ZEN
E A ARTE DA MANUTENÇÃO DE MOTOCICLETAS

UMA INVESTIGAÇÃO SOBRE OS VALORES

ROBERT M. PIRSIG

COM NOVA INTRODUÇÃO DO AUTOR

Tradução
Marcelo Brandão Cipolla

Esta obra foi publicada originalmente em inglês com o título
ZEN AND THE ART OF MOTORCYCLE MAINTENANCE
por HarperCollins Publishers, Nova York
Copyright © 1974, 1999 by Robert M. Pirsig
Este livro não pode ser, no todo ou em parte, reproduzido ou transmitido por nenhuma forma ou meio, eletrônico ou mecânico, incluindo fotocópia ou base de dados sem autorização prévia, por escrito, do proprietário do copyright.
Publicado por acordo com William Morrow, um selo de HarperCollins Publishers Inc.
Copyright © 2007, Editora WMF Martins Fontes Ltda.,
São Paulo, para a presente edição.

1ª edição 2007
4ª edição 2022
2ª tiragem 2025

Tradução
Marcelo Brandão Cipolla
Acompanhamento editorial
Luzia Aparecida dos Santos
Revisões
Maria Luiza Favret
Renato da Rocha Carlos
Dinarte Zorzanelli da Silva
Capa e edição de arte
Gisleine Scandiuzzi
Produção gráfica
Geraldo Alves
Paginação
Moacir Katsumi Matsusaki
Imagem da capa
© 350007/iStock.com

Dados Internacionais de Catalogação na Publicação (CIP)
(Câmara Brasileira do Livro, SP, Brasil)

Pirsig, Robert M.
    Zen e a arte da manutenção de motocicletas : uma investigação sobre os valores / Robert M. Pirsig ; tradução Marcelo Brandão Cipolla. – 4. ed. – São Paulo : Editora WMF Martins Fontes, 2022.

    Título original: Zen and the art of motorcycle maintenance
    ISBN 978-85-469-0399-3

    1. Ficção autobiográfica norte-americana 2. Pirsig, Robert M. I. Título.

22-118106   CDD-813-5

Índices para catálogo sistemático:
1. Romance autobiográfico : Literatura norte-americana   813.5

Cibele Maria Dias – Bibliotecária – CRB-8/9427

Todos os direitos desta edição reservados à
Editora WMF Martins Fontes Ltda.
Rua Prof. Laerte Ramos de Carvalho, 133 01325-030 São Paulo SP Brasil
Tel. (11) 3293-8150 e-mail: info@wmfmartinsfontes.com.br
http://www.wmfmartinsfontes.com.br

À minha família.

NOTA DO AUTOR

O relato apresentado a seguir baseia-se em acontecimentos reais. Embora a retórica tenha motivado muitas mudanças, ele deve ser considerado factual em sua essência. Entretanto, não deve de modo algum ser associado ao grande corpo de informações factuais relacionadas às práticas ortodoxas do Budismo Zen; e também não é factualmente rigoroso no que diz respeito às motocicletas.

*O que é bom, Fedro,
E o que não é bom –
Acaso precisamos pedir a alguém que nos ensine essas coisas?*

INTRODUÇÃO À EDIÇÃO DE VIGÉSIMO QUINTO ANIVERSÁRIO

Acho que todo escritor sonha com o mesmo sucesso que o *Zen e a arte da manutenção de motocicletas* alcançou nos últimos vinte e cinco anos – o entusiasmo da crítica, milhões de exemplares vendidos em vinte e três línguas, as reportagens de imprensa sobre "o livro de filosofia mais lido de todos os tempos"*.

No começo da década de 1970, quando ele ainda estava sendo escrito, eu evidentemente sonhava com isso, mas não me deixava arrebatar por esse sonho nem o expressava publicamente, por medo de que fosse interpretado como um sinal de megalomania e uma regressão à doença mental de que eu já sofrera. Hoje em dia o sonho é uma realidade e já não preciso me preocupar com isso.

Porém, em vez de contar de novo uma história de sucesso que todos já conhecem, o melhor a fazer no presente momento é escrever sobre as deficiências do livro, colaborando assim, talvez, para que sejam corrigidas. Duas delas se destacam – uma menos importante, e a outra, mais.

A menos importante é que o nome Fedro não significa "lobo" em grego. Esse erro nasceu de uma experiência que eu efetivamente tive na Universidade de Chicago em 1960 e que relato na Parte IV. O professor de filosofia dissera que Platão gostava de dar a seus personagens no-

▼

* *London Telegraph* e rádio BBC. (N. do T.)

mes que sugerissem a natureza da personalidade deles; e que, no diálogo *Fedro*, fazia uma comparação com um lobo. O professor, cujo nome verdadeiro, pelo que me lembro, era Lamm ou Lamb, me olhava de uma maneira que deixava bem claro que, em sua opinião, o título de lobo se aplicava perfeitamente a mim*. Eu era um estranho que parecia mais interessado em atacar tudo o que era ensinado que em aprender com aquilo. Minha mente hiperativa tomou isso como uma imagem definitiva da minha relação com a faculdade, e o fato acabou entrando no livro. Porém, o personagem que Platão comparava a um lobo não era Fedro, mas Lícias, cujo nome é semelhante ao grego *lýkos*, que de fato significa "lobo". Como os leitores já me disseram inúmeras vezes, *Phaedrus* significa, na verdade, "brilhante" ou "radiante". Tive sorte. O significado verdadeiro poderia ser muito pior.

O segundo erro é muito mais grave, pois obscureceu o sentido fundamental do livro. Muitos leitores observaram que o final não esclarece as coisas; que, de certo modo, fica faltando algo. Alguns o compararam a um "final hollywoodiano" que compromete a integridade artística do livro. Essas pessoas têm razão, mas o final hollywoodiano não foi intencional. O final tencionado é muito diferente, mas não ficou suficientemente claro. No final tencionado, não é o narrador que triunfa sobre o infame Fedro: é o nobre Fedro que triunfa sobre um narrador que o caluniara o tempo todo. Nesta edição, isso é evidenciado pelo uso de um tipo não-serifado para transcrever a voz de Fedro.

Para falar um pouco mais sobre esse assunto, remeto-me a um seminário de redação criativa que acontecia nas tardes de inverno no começo da década de 1950 na Universidade de Minnesota. O professor era Allen Tate, distinto poeta e crítico literário. No decorrer de muitas aulas, o tema de discussão foi *The Turn of the Screw* [*A volta do parafuso*], de Henry James, em que uma governanta tenta proteger duas crianças de uma presença fantasmagórica. Ela não consegue fazê-lo, e, no final, as duas crianças morrem. Eu estava perfeitamente convicto de tratar-se de uma pura e simples história de fantasmas, mas Tate dizia que não,

▼

* *Lamb* significa "cordeiro". (N. do T.)

que Henry James queria mais do que isso. A governanta não seria a heroína da história, mas a vilã. Quem teria matado as crianças não seria o fantasma, mas a crença histérica da governanta na existência de um fantasma. No começo não acreditei nisso, mas li o conto de novo e vi que Tate tinha razão. Ele pode ser interpretado das duas maneiras.

Como eu não o percebera?

Tate explicou que James conseguiu operar essa mágica através do uso do narrador em primeira pessoa. Segundo Tate, a narração em primeira pessoa é a forma mais difícil, pois o escritor fica trancado dentro da cabeça do narrador, sem poder sair. Não pode dizer "enquanto isso, lá na fazenda" para mudar de assunto, pois permanece aprisionado dentro do narrador. *Mas o mesmo acontece com o leitor!* E aí está a força da narrativa em primeira pessoa. O leitor não percebe que a governanta é a vilã porque o que ele vê é o que ela vê.

Voltemos agora ao *Zen e a arte da manutenção de motocicletas* e notemos as semelhanças. Há um narrador de cuja mente o leitor jamais sai. Ele se refere a um fantasma maligno chamado Fedro, mas o leitor só sabe que ele é maligno porque o narrador o disse. Durante a história, Fedro surge nos sonhos do narrador de um modo tal que o leitor começa a perceber não só que o narrador persegue Fedro a fim de destruí-lo, mas também que Fedro persegue o narrador com a mesma intenção. Quem será o vencedor?

Há aí uma personalidade dividida: duas mentes combatendo pelo mesmo corpo, uma situação que inspirou o sentido original da palavra "esquizofrenia". Essas duas mentes têm valores diferentes, idéias diferentes acerca do que importa na vida.

O narrador é, antes de tudo, uma pessoa dominada pelos valores sociais. Como diz no começo do livro: "Há anos não tenho uma idéia nova". Quando conta sua história, sempre o faz de um modo calculado para que o leitor goste dele. Partilha seus pensamentos com o leitor, mas não com John, Sylvia, Chris ou o casal DeWeese. Acima de tudo, ele não quer sentir-se isolado do leitor ou da sociedade que o rodeia. Assume uma posição cuidadosa dentro dos limites normais da sociedade circundante porque sabe o que aconteceu com Fedro, que não fez isso. Aprendeu sua lição. Para ele, chega de terapia de eletrochoque. Só uma vez o narrador confessa o seu segredo: é um herege louvado por todos por ter salvado sua alma, mas sabe, no fundo, que na verdade só fez salvar a própria pele.

Só existem duas pessoas que sabem disso, ou pelo menos o pressentem. Chris é uma delas. Procurando o pai do qual se lembra, a quem ama, mas que já não consegue encontrar, ele se dilacera, cheio de sofrimento e confusão. A outra pessoa é Fedro. Fedro sabe perfeitamente o que o narrador pretende e despreza-o por isso.

Ao ver de Fedro, o narrador é um corrupto, um covarde, que trocou sua verdade pela popularidade e pela aceitação social do psiquiatra, dos familiares, dos patrões e dos conhecidos. Fedro percebe que o narrador não quer mais ser uma pessoa sincera; quer ser apenas um membro aceito da comunidade e pretende passar o resto da vida acatando passivamente as imposições desta, à procura de uma solução de meio-termo.

Fedro só se curvava perante os valores intelectuais. Não dava a mínima para saber quem gostava e quem não gostava dele. Caminhava obstinadamente no encalço de uma verdade que, segundo lhe parecia, teria uma importância tremenda para o mundo. O mundo não tinha a mínima idéia do que ele procurava fazer e tentou matá-lo para impedi-lo de seguir em frente. No fim, ele foi destruído socialmente – foi silenciado. Porém, os resíduos de sua sabedoria ainda permanecem no cérebro do narrador, e aí está a fonte de todo o conflito.

No fim, é a agonia de Chris que liberta Fedro. Quando Chris pergunta "Você estava louco mesmo?" e ouve como resposta um "Não", quem responde não é o narrador, mas Fedro. E, quando Chris diz "Eu sabia", também compreende que, pela primeira vez naquela viagem, estava conversando de novo com o pai perdido havia muito. A tensão desaparece. Eles venceram. Foi-se o narrador dissimulado. "Agora tudo vai melhorar", diz Fedro. "Dá para sentir essas coisas."

Se você quiser saber mais sobre o verdadeiro Fedro, que não é um fantasma malvado mas um hiperintelectual de maneiras agradáveis, recomendo que leia *Lila*, a seqüência deste livro, que só foi adequadamente compreendida por um número muito pequeno de pessoas. Recomendo também, na internet, www.moq.org, um grupo que reúne alguns desses poucos que compreenderam.

PARTE I

1

Sem tirar a mão do guidão da motocicleta, vejo no meu relógio que são oito e meia da manhã. Mesmo a noventa e cinco quilômetros por hora, o vento é quente e úmido. Se às oito e meia o tempo já está tão quente e abafado, fico pensando em como estará à tarde.

O vento traz, forte, o odor acre dos brejos ao lado da estrada. Estamos numa parte das Planícies Centrais onde existem milhares de charcos próprios para caçar patos. Vamos de Minneapolis para as Dakotas, rumo ao noroeste. Esta é uma velha estrada de pista única, pavimentada de concreto, que não tem visto muito trânsito desde que inauguraram uma rodovia paralela de pista dupla, alguns anos atrás. Ao passarmos ao lado de um pântano, o ar de repente fica mais fresco. Quando o deixamos para trás, volta a esquentar.

Estou contente por viajar de novo por esta região. Ela é uma espécie de lugar nenhum, não é famosa por nada, e exatamente isso lhe dá um atrativo especial. Em estradas velhas como esta, as tensões desaparecem. Vamos sacolejando no concreto desgastado por entre as taboas e os campos de várzea, que se sucedem interminavelmente. Aqui e ali a água aflora e se espraia, e quem olha com atenção pode ver os patos selvagens junto às taboas. E tartarugas... e um pássaro-preto de asas vermelhas.

Bato com força no joelho de Chris e aponto com o dedo.

– O quê? – berra ele.

– Pássaro-preto!

Ele diz algo, mas não consigo ouvir. – O quê? – pergunto, olhando para trás.

Ele agarra meu capacete por trás e grita ainda mais alto:
– Eu já vi um *monte* desses pássaros, pai!
– Ah! – grito em resposta. Então, faço que "sim" com a cabeça. Aos onze anos de idade, a gente não se impressiona muito com pássaros-pretos de asas vermelhas.

Para isso acontecer, é preciso ser mais velho. Para mim, tudo isso está ligado a certas lembranças que Chris não tem: manhãs geladas, há muito tempo, quando o capim-dos-pântanos adquiria uma tonalidade castanha e as taboas balançavam com o vento noroeste. Naquela época, o cheiro acre vinha do lodo que remexíamos com nossas botas de pesca enquanto esperávamos o nascer do sol e a abertura da temporada de caça ao pato. Ou invernos em que o pântano ficava completamente congelado, morto, e eu caminhava entre o gelo e a neve, no meio das taboas ressequidas, e não via nada a não ser o céu cinzento, coisas mortas e o frio. Nesse tempo, os pássaros-pretos iam embora. Mas agora, em julho, eles estão de volta. A vida atingiu seu auge; em cada centímetro quadrado destes brejos ouvem-se zumbidos, coaxos, zunidos e piados, e toda uma comunidade de milhões de seres vivos que preenchem a região com suas vidas, numa espécie de contínuo espacial benigno.

Viajando de motocicleta, vemos as coisas de um jeito completamente diferente. Num carro, você está sempre dentro de um compartimento e, por estar habituado a isso, simplesmente não percebe que o que vê pelas janelas do carro é só uma outra versão da televisão. Você é um observador passivo e tudo passa tediosamente à sua frente, enquadrado por uma moldura.

Numa moto, não há moldura. Você entra em contato direto com tudo à sua volta. Está *dentro* da paisagem, não apenas contemplando-a, e essa sensação de presença é incrível. O concreto que passa voando dez centímetros abaixo dos seus pés é real, é o mesmo chão no qual você pisa, está ali, passando numa velocidade tal que é impossível focalizá-lo com o olhar; mas, quando quiser, você pode baixar o pé e tocá-lo, e a coisa toda, a experiência como um todo, nunca se afasta da consciência imediata.

Chris e eu, junto com dois amigos que estão mais à frente, vamos até Montana, talvez mais longe. Nossos planos são deliberadamente indefinidos; queremos mais viajar do que chegar a algum lugar. Estamos de férias. Preferimos as estradas secundárias. As vicinais pavimentadas são as melhores; em segundo lugar, as rodovias estaduais. As auto-estradas são as piores. Queremos viajar bem rápido, mas para nós o "bem" é mais importante do que o "rápido". Com essa mudança de ênfase, tudo muda de figura. As estradas de serra, cheias de curvas, são mais demoradas pelo tempo medido em segundos, mas são muito mais agradáveis de percorrer numa motocicleta, que se inclina nas curvas e na qual você não fica sendo jogado para cá e para lá dentro de um compartimento. As estradas com pouco tráfego são mais agradáveis, além de mais seguras. As melhores são as estradas sem *drive-ins* e cartazes comerciais, aquelas em que os bosques, as várzeas, os pomares e os jardins chegam quase a tocar seus pés, onde as crianças acenam quando você passa e as pessoas olham da varanda para ver quem chegou; onde a resposta tende a ser mais longa do que você esperava, quando pára para pedir uma informação, e onde as pessoas lhe perguntam de onde você veio e há quanto tempo está na estrada.

Foi há alguns anos que eu, minha esposa e meus amigos começamos a viajar por estas estradas. Enveredávamos por elas de vez em quando, só para variar ou para tomar um atalho na direção de outra grande auto-estrada; e a cada vez a paisagem era belíssima e saíamos da estrada com uma sensação de relaxamento e satisfação. Fizemos isso várias vezes antes de perceber o óbvio: estas estradas são mesmo muito diferentes das principais. Todo o ritmo de vida e a personalidade das pessoas que moram à margem delas são diferentes. Essas pessoas não estão indo a lugar algum e não são ocupadas demais para ser bem-educadas. Conhecem muito bem o aqui e agora das coisas. Foram os outros, os que mudaram para as cidades grandes há muito tempo, foram eles e seus filhos perdidos que se esqueceram de tudo isso. Essa descoberta foi muito importante.

Pergunto-me por que demoramos tanto para perceber isso. Olhávamos para a coisa mas não a víamos. Ou antes, tínhamos sido condicionados a *não* vê-la. Tínhamos sido, talvez, ludibriados para pensar que toda a ação se concentrava nas metrópoles e que tudo isto não passava do tédio do interior. É engraçado. A verdade bate à sua porta e você diz: "Vá embora, estou procurando a verdade" – e ela vai embora. Engraçado.

Mas, obviamente, depois que percebemos, nada mais conseguia nos afastar destas estradas, nos fins de semana, à noite, nas férias. Tornamo-nos verdadeiros entusiastas dos passeios de motocicleta pelas estradas secundárias e descobrimos que existem coisas que só se aprendem na prática.

Aprendemos, por exemplo, a reconhecer as boas estradas num mapa. Se a linha é toda sinuosa, isso é bom. Significa que a estrada passa no meio de montanhas. Se ela parece ser o caminho mais curto de uma cidade média para uma grande, isso é mau. As melhores sempre vão do nada para lugar nenhum e têm um trajeto alternativo mais rápido. Se você vai de uma cidade grande para nordeste, não deve tomar esse rumo diretamente. Deve sair e começar a trafegar para o norte, depois para o leste, depois para o norte de novo, e logo estará numa estrada vicinal que só é usada pela população local.

O mais importante é não se perder. Como as estradas só são usadas por gente do local, que as conhece de vista, ninguém reclama se não há placas nas encruzilhadas. E muitas vezes não há. Quando há, geralmente é uma placa bem pequena escondida em meio às urzes. Os fabricantes de placas indicativas das estradas do interior não são muito loquazes; economizam suas palavras. Se você não enxergar a placa entre as urzes, isso é problema *seu*, não deles. Além disso, você logo descobre que os mapas do governo geralmente são bastante imprecisos no que diz respeito às estradas vicinais. De quando em quando, você constata que sua "estrada vicinal" conduz a uma estrada de terra que logo vira uma picada e desemboca num pasto, ou simplesmente termina no quintal de alguma casa de fazenda.

Assim, nossa navegação é feita principalmente por meio de cálculos aproximados e deduções a partir das pistas que encontramos. Levo no bolso uma bússola para os dias nublados em que não há o sol para indicar as direções, e o mapa fica montado numa estrutura especial em cima do tanque de gasolina. Com ele, posso contar os quilômetros passados desde a última encruzilhada e já sei mais ou menos o que esperar. Com esses instrumentos e nenhuma obrigação de "chegar a algum lugar", tudo vai bem e temos a América em nossas mãos.

Nos feriados prolongados do Dia do Trabalho e do Dia do Soldado, viajamos por quilômetros e quilômetros nessas estradas sem ver veículo algum. Então cruzamos uma rodovia federal e vemos os carros colados pára-choque a pára-choque, em filas intermináveis que chegam até o horizonte. Lá dentro, rostos carrancudos e crianças berrando no banco de trás. Fico a pensar se não haveria um modo de dizer algo a essas pessoas, mas elas fecham a carranca e parecem estar sempre com pressa, e não há nada que se possa fazer...

Já vi estes brejos mais de mil vezes, mas eles são novos a cada vez. Não é correto chamá-los de "benignos". Poderíamos do mesmo modo considerá-los cruéis, sem sentido, e eles de fato são tudo isso, mas a *realidade* deles sobrepuja as concepções medíocres. Ali! Um bando enorme de pássaros-pretos de asas vermelhas sai voando dos ninhos escondidos nas taboas, assustados com o ruído das motos. Bato no joelho de Chris pela segunda vez... e então me lembro que ele já tinha visto montes deles.

– O que foi? – ele grita de novo.
– Nada.
– Mas *o que* foi?
– Só queria saber se você ainda estava aí – grito, e ninguém diz mais nada.

Se você não gosta de berrar, não pode desenvolver longas conversas numa motocicleta em movimento. Em vez disso, passa o tempo percebendo as coisas e meditando sobre elas: as imagens e os sons, o clima e as lembranças, a máquina e a paisagem, pensando longa e despreocupadamente em tudo isso, sem pressa e sem sentir que está perdendo tempo.

O que eu quero fazer é usar o tempo que teremos agora para falar sobre certos assuntos que me vêm à mente. Estamos sempre com tanta pressa que quase não temos oportunidade de conversar. O resultado é uma espécie de superficialidade cotidiana, uma monotonia que, com o passar dos anos, leva cada qual a se perguntar o que aconteceu com todo aquele tempo e a se lamentar por tê-lo perdido. Agora que temos tempo e sabemos disso, quero usar esse tempo para conversar em profundidade a respeito de certas coisas que parecem importantes.

O que tenho em mente é uma espécie de Chautauqua – é o único nome que me ocorre –, como os espetáculos itinerantes da escola de Chautauqua, que costumavam viajar pela América, *esta* América em que estamos agora: aquela antiga série de palestras populares que tinha a função de educar e divertir, aperfeiçoar a inteligência e levar a cultura

7

e a luz aos ouvidos e pensamentos dos ouvintes*. As Chautauquas foram desbancadas pelo rádio, pelo cinema e pela televisão, de ritmo mais frenético, e me parece que essa mudança não foi de todo para melhor. Pode ser que, por causa das mudanças, a correnteza da consciência nacional seja agora mais rápida e mais larga, mas também parece ser menos profunda. Os antigos canais já não podem contê-la; na sua busca de novos canais, ela provoca o caos e a destruição ao longo de suas margens. Nesta Chautauqua, não pretendo abrir novos canais de consciência, mas simplesmente escavar os canais antigos que já estão assoreados com a areia de pensamentos estéreis e lugares-comuns desgastados pela excessiva repetição. "O que há de novo?" – essa é uma pergunta eterna, extremamente interessante, que se abre para o infinito; mas, caso se procure respondê-la à exclusão de todas as outras, resultará somente num desfile interminável de banalidades e gritos da moda, os areais de amanhã. Eu gostaria, em vez disso, de procurar responder à pergunta "O que é o melhor?" – uma pergunta que não se alarga, mas se aprofunda, uma pergunta cujas respostas tendem a levar a areia embora para o mar. Já houve épocas da história da humanidade em que os canais do pensamento eram demasiadamente profundos e não admitiam nenhuma mudança, em que nada de novo acontecia e o "melhor" era definido por um dogma, mas já não é essa a situação atual. Agora a correnteza da nossa consciência comum parece devorar suas próprias margens; está perdendo sua direção essencial e sua finalidade, inundando as terras baixas, separando e isolando as colinas, tudo isso sem nenhum outro objetivo senão a efetivação cega e devastadora de seu próprio impulso interno. Parece que é necessário aprofundar de novo os canais.

Lá na frente, os outros motociclistas, John Sutherland e sua esposa, Sylvia, pararam numa área de descanso à beira da estrada. É hora de esticar as pernas. Quando estaciono minha máquina ao lado da de-

▼

* As Chautauquas, cujo nome deriva da região do estado de Nova York onde a instituição foi fundada, eram espetáculos itinerantes que associavam o ensino e o entretenimento, assumindo geralmente a forma de palestras, concertos e espetáculos teatrais apresentados ao ar livre ou numa tenda especialmente montada. A instituição floresceu no final do século XIX e início do século XX. (N. do T.)

les, Sylvia tira o capacete e balança os cabelos enquanto John baixa o apoio de sua BMW. Ninguém diz nada. Já viajamos juntos tantas vezes que agora sabemos por um simples olhar como os outros se sentem. Neste exato momento, estamos simplesmente em silêncio, olhando em volta.

As mesas de piquenique estão completamente vazias a esta hora da manhã. John atravessa o gramado e movimenta a bomba d'água de ferro fundido, tirando água para beber. Chris sobe e desce uma pequena elevação de vegetação rasteira, atravessa um pequeno bosque e chega a um riozinho. Eu mesmo só olho para cá e para lá.

Depois de um tempo, Sylvia senta-se sobre o banco de madeira e estende as pernas, levantando uma de cada vez bem devagar, sem olhar para cima. Quando ela fica em silêncio por muito tempo é porque está deprimida, e comento isso com ela. Ela olha para mim e de novo para o chão.

– Foram as pessoas nos carros que iam na direção oposta – diz ela.
– A primeira parecia triste. A segunda também. A outra também, e a outra, e todas eram iguais.
– Elas estavam indo trabalhar.

Ela captara bem a expressão das pessoas, mas não percebera que aquela expressão era perfeitamente natural.

– Você sabe, *trabalho* – repito. – Segunda-feira de manhã. Meio dormindo, meio acordadas. Quem é que vai trabalhar com um sorriso na segunda-feira de manhã?

– É que elas pareciam tão *perdidas* – diz ela. – Como se estivessem todas mortas. Como se fosse um cortejo funerário. – Sylvia baixa ambas as pernas e deixa-as apoiadas no chão.

Entendo o que ela diz, mas logicamente isso não leva a nada. Trabalha-se para viver, e é isso que elas estão fazendo.

– Eu estava olhando para os brejos – digo.

Passam-se alguns instantes. Ela olha para mim e diz:
– O que você viu?
– Um bando inteiro de pássaros-pretos de asas vermelhas. Eles levantaram vôo de repente quando passamos.
– Ah.
– Fiquei contente de vê-los de novo. Eles amarram as coisas, juntam os pensamentos. Sabe como é?

9

Ela pensa um pouco e então sorri. As árvores atrás dela são de um verde profundo. Sylvia compreende uma linguagem peculiar que não tem relação nenhuma com o que está sendo dito. Uma filha.
– É verdade – ela diz. – Eles são muito bonitos.
– Fique olhando. Você vai vê-los – digo eu.
– Tudo bem.

John aparece e verifica a bagagem na motocicleta. Aperta as cordas, abre a bolsa e começa a remexê-la em busca de algo. Põe algumas coisas no chão.

– Se um dia você precisar de corda, não hesite em me pedir – diz ele. – Meu Deus, acho que tenho aqui *cinco* vezes mais corda do que o necessário.

– Ainda não preciso – respondo.

– Que tal fósforos? – diz ele, ainda remexendo a bagagem. – Protetor solar, pentes, cordões de sapato... *cordões de sapato*? Para que precisamos de cordões de sapato?

– Não vamos entrar *nessa* discussão – diz Sylvia. Eles olham inexpressivamente um para o outro e depois olham para mim.

– Nunca se sabe quando vão se partir os cordões de nossos sapatos – digo em tom solene. Eles sorriem, mas não um para o outro.

Logo Chris aparece e chega a hora de ir em frente. Enquanto ele se apronta e sobe na moto, eles partem e Sylvia acena. Estamos de novo na estrada e vejo-os afastar-se na distância.

A Chautauqua que pretendo fazer nesta viagem foi inspirada por esses dois há muitos meses e talvez, embora eu não tenha certeza, esteja relacionada a uma certa corrente oculta de desarmonia que existe entre eles.

Suponho que a desarmonia seja comum em qualquer casamento, mas no caso deles parece mais trágica. A meu ver, pelo menos.

Não é um conflito de personalidades; é outra coisa, da qual nenhum dos dois é culpado, mas para a qual não encontram solução. Segundo me parece, também não tenho a solução, somente algumas idéias.

As idéias começaram com o que parecia ser uma insignificante diferença de opinião entre mim e John sobre um assunto de importância mínima: o quanto o proprietário deve cuidar da manutenção da sua motocicleta. A mim me parece natural e normal fazer uso do pequeno estojo de ferramentas e do manual de instruções que vêm junto com a máquina, e cuidar eu mesmo de mantê-la sempre regulada e ajustada. John discorda. Prefere deixar que um mecânico competente cuide dessas coisas para que fiquem bem-feitas. Nenhum dos dois pontos de vista é incomum, e essa pequena diferença jamais teria assumido as proporções que assumiu se não passássemos tanto tempo andando juntos de moto e sentados nos bares de beira de estrada, bebericando cerveja e conversando sobre o que nos dá na telha. Geralmente, o que nos dá na telha é aquilo em que estivemos pensando na última meia hora ou quarenta e cinco minutos desde que nos falamos pela última vez. Quando o assunto são as estradas, as pessoas, antigas lembranças ou as notícias do dia, a conversa vai se construindo de modo muito agradável. Porém, toda vez que minha mente esteve ocupada com o desempenho da máquina e esse assunto se introduz na conversa, a construção desaba. A conversa não toma corpo. Impõe-se um silêncio e a continuidade se rompe. É como se dois velhos amigos, um católico e um protestante, estivessem juntos bebendo cerveja e gozando a vida e de repente viesse à tona o tema do controle da natalidade. Gelo.

E é claro que, quando se descobre algo desse tipo, é como descobrir um dente cuja obturação caiu. É impossível deixá-lo em paz. Você tem de estudá-lo, remexê-lo com a língua, tentar deslocá-lo e torná-lo o objeto de seus pensamentos, não porque isso seja agradável, mas porque ele está em sua mente e não quer sair dali. E, quanto mais vou sondando e insistindo no assunto da manutenção de motocicletas, tanto mais John fica irritado, o que só me dá mais vontade de sondar e insistir. Não de propósito, só para irritá-lo, mas porque a irritação parece ser sintoma de algo mais profundo, que está sob a superfície e não é imediatamente manifesto.

Quando o assunto é o controle da natalidade, chega-se a um impasse porque o tema em pauta não é somente a conveniência de haver mais bebês ou menos bebês. Isso é somente o que está na superfície. O que está por trás é um conflito entre duas formas de fé: a fé num planejamento social empírico e a fé na autoridade de Deus revelada pelos ensinamentos da Igreja Católica. Você pode se cansar de ouvir a própria voz a provar o quanto é prático o planejamento familiar, mas não chegará a lugar algum, pois seu adversário não concorda com o pressuposto de que qualquer coisa socialmente prática é boa em si. Para ele, a bondade tem outras fontes que ele valoriza tanto quanto a praticidade social, ou mais.

Assim é com John. Mesmo que eu pregasse até ficar rouco o valor prático da manutenção de motocicletas, não chegaria sequer a arranhar a superfície de suas convicções. Depois de duas frases versando sobre esse tema, os olhos dele se vitrificam e ele muda de assunto, ou simplesmente olha para o outro lado. Não quer ouvir falar disso.

Sylvia, nesse ponto, está completamente do lado dele. Na verdade, é ainda mais insistente. Quando está pensativa, ela diz: "O problema é outro." Quando não está, simplesmente decreta: "Isso é bobagem." Eles querem *não* entender, não *ouvir* falar do assunto. E, quanto mais tento saber por que gosto tanto da mecânica e eles a odeiam tanto, mais a verdade me escapa. Parece que a causa original dessa diferença de opinião – uma diferença que, em princípio, é bem pequena – está no fundo, bem no fundo.

A incapacidade mental deles é descartada imediatamente. Ambos são bastante inteligentes. Qualquer um dos dois poderia aprender a regular uma motocicleta em uma hora e meia se dedicasse a isso sua mente e sua energia, e a posterior economia de dinheiro, preocupação e tempo compensaria amplamente esse esforço. E eles *sabem* disso. Ou talvez não saibam. Não sei. Nunca lhes fiz essa pergunta diretamente. O melhor é simplesmente ir levando.

Mas lembro que certa vez, do lado de fora de um bar em Savage, Minnesota, num dia em que o calor estava de rachar, quase perdi o controle. Tínhamos passado cerca de uma hora no bar; quando saímos, as máquinas estavam tão quentes que mal conseguíamos montar. Eu já estava pronto para ir embora e John ainda tentava dar a partida no motor. Sinto um cheiro forte de gasolina, como se estivéssemos ao lado de uma refinaria, e o afirmo, pensando que isso seria suficiente para ele saber que o motor está afogado.

– É, também estou sentindo – diz ele, e continua tentando dar a partida com o pé. Ele pula, toma impulso, baixa mais uma vez e outra vez a alavanca de partida e *eu* não sei mais o que dizer. Por fim, ele já está esbaforido, o suor lhe escorre pelo rosto e o cansaço o impede de continuar tentando. Então, sugiro que tiremos as velas para secá-las e arejar os cilindros enquanto tomamos mais uma cerveja.

Meu Deus, de jeito nenhum! Ele não quer começar com tudo isso.
– Tudo isso o quê?
– Ah, tirar fora as ferramentas e tudo o mais. Não tem motivo para ela não querer pegar. É uma máquina novinha em folha e estou seguindo perfeitamente as instruções. Veja só, o afogador está completamente puxado, como eles dizem.
– *Afogador*?
– É o que está nas instruções.
– Isso é para quando o motor está *frio*!
– Bem, nós ficamos lá dentro pelo menos meia hora – ele diz.
Isso me abala.
– John, está fazendo calor – digo. – E um motor de moto leva mais tempo do que isso para esfriar mesmo que esteja nevando.
Ele coça a cabeça.
– Bom, então por que eles não dizem isso no manual de instruções? – Abre o afogador e na segunda tentativa o motor pega. – Acho que era isso – diz ele, todo contente.

No dia seguinte, estávamos na mesma região e o problema aconteceu de novo. Dessa vez eu estava determinado a não falar sequer uma palavra. Quando minha mulher me pediu que fosse ajudá-lo, fiz que não com a cabeça. Disse a ela que, enquanto John não sentisse uma necessidade premente de ajuda, qualquer tentativa de auxílio só serviria para irritá-lo. Assim, desmontamos e sentamo-nos à sombra para esperar.

Notei que, enquanto pisava loucamente a alavanca de partida, ele falava com Sylvia de maneira supereducada, o que queria dizer que estava furioso. Ela olhava para nós com um rosto suplicante. Se ele tivesse feito uma única pergunta, eu teria me levantado imediatamente para fazer o diagnóstico, mas ele não quis. Deve ter levado uns quinze minutos para conseguir fazer o motor pegar.

Mais tarde, estávamos novamente tomando cerveja junto ao lago Minnetonka e todos conversávamos ao redor da mesa, mas ele guardava silêncio e percebi que, lá dentro, estava realmente aborrecido, como que amarrado. Ainda. Provavelmente para desabafar, ele disse por fim:

– Sabe... quando ela não quer pegar... como aconteceu dessa vez... viro um *monstro* por dentro. Fico paranóico. – Com isso, ele pareceu se soltar um pouco e acrescentou:

— Na loja, eles só tinham *essa* moto, sabe? Esse *azedume*. E não sabiam o que fazer com ela, se a mandavam de volta à fábrica, se a vendiam para um ferro-velho ou seja lá o que for... e então, no último segundo, *me* viram chegar. Com mil e oitocentos dólares no bolso. E perceberam que todos os problemas deles estavam resolvidos.

Repeti, em voz cantada, o apelo à atividade mecânica, e ele tentou ouvir. Às vezes, ele realmente se esforça. Porém, o bloqueio baixou de novo, ele foi até o balcão pedir mais uma rodada para todos nós e o assunto morreu.

Ele não é teimoso, não tem a mente estreita, não é preguiçoso nem é burro. Não havia uma explicação simples. Assim, a questão ficou no ar como uma espécie de enigma que a gente desiste de desvendar porque não vale a pena andar em círculos em busca de uma resposta que não existe.

Ocorreu-me que talvez o meu ponto de vista fosse incomum, mas descartei também essa hipótese. A maioria dos motociclistas que gostam de viajar sabe regular suas máquinas. Os donos de automóveis geralmente não mexem no motor, mas não existe nenhuma cidade, por menor que seja, que não tenha uma oficina com um elevador caro, ferramentas especiais e equipamentos de diagnóstico que os donos de automóvel, em geral, não têm dinheiro para comprar. Além disso, o motor de um carro é mais complexo e menos acessível que o de uma motocicleta, de modo que a atitude dos donos de carro tem algum sentido. Mas aposto que entre o ponto em que estamos e Salt Lake City não há nenhum mecânico que saiba mexer na motocicleta de John, uma BMW R60. Se as velas ou os contatos elétricos queimarem, babau. Eu *sei* que ele não leva consigo um jogo de contatos de reserva. Ele nem sabe o que são os contatos. Se a máquina der problema na região oeste de Dakota do Sul ou em Montana, não sei o que ele vai fazer. Talvez vendê-la aos índios. Mas sei o que ele está fazendo neste exato momento. Está se empenhando cuidadosamente em não pensar em absoluto nesse assunto. A BMW é famosa por não dar problemas na estrada, e é com isso que ele conta.

Eu teria pensado que essa atitude peculiar de John e Sylvia se referere apenas às motos, mas depois descobri que se estendia também a outras coisas... Certa manhã, sentado na cozinha da casa deles e esperando que se aprontassem, notei que a torneira da pia estava pingando e lembrei que ela já estava pingando na vez anterior em que eu estivera lá; que, na verdade, estava pingando desde a primeira vez em que a vira. Fiz um comentário sobre o assunto e John me disse que tentara consertá-la com uma borracha nova, mas que o conserto não tinha dado certo. E não disse mais nada. Conclusão: fim de papo. Se você tenta consertar a torneira e seu conserto não dá certo é porque você está fadado a conviver com uma torneira que vaza.

Isso me levou a pensar se esse pinga-pinga, dia após dia, ano após ano, não lhes dava nos nervos; mas, como não notei nenhuma irritação ou preocupação da parte deles, concluí que coisas como uma torneira que pinga simplesmente não os incomodavam. Tem gente que não se incomoda com isso.

Não lembro bem o que me fez reformular essa conclusão... foi alguma intuição, alguma idéia que tive certo dia... talvez tenha sido uma sutil mudança de humor em Sylvia quando a torneira estava pingando mais alto do que de costume e ela tentava falar. A voz dela é muito suave. Certo dia, enquanto tentava falar mais alto que o pingar da torneira, as crianças entraram e a interromperam, e ela perdeu a paciência. Tive a impressão de que sua raiva das crianças não teria sido tão grande se a torneira não estivesse pingando enquanto ela tentava falar. Foi a combinação do pingar da torneira com o berreiro das crianças que a fez explodir. O que mais me marcou na ocasião foi que ela *não* culpava a torneira, e não o fazia *de propósito*. Não estava, em absoluto, ignorando a torneira! Estava *reprimindo* sua raiva da torneira, e aquela maldita torneira estava a ponto de *acabar* com ela! Mas, por um motivo qualquer, ela não podia admitir o quanto esse fato era importante.

Por que reprimir a raiva de uma torneira que pinga? Foi o que me perguntei.

Então isso se juntou à manutenção da motocicleta, uma daquelas lâmpadas se acendeu sobre a minha cabeça e pensei: "Ahhhhhhhh!"

Não é a manutenção da motocicleta nem a torneira. O que eles não engolem é a tecnologia como um todo. Todas as peças começaram então a se encaixar, e eu sabia que tinha descoberto o problema. A irritação de Sylvia com uma amiga que pensava que a programação de computadores era uma atividade "criativa". Todos os desenhos, pinturas e fotografias deles, nos quais não aparece sequer um aparelho tecnológico. Pensei: é claro que ela não vai se irritar com a torneira. As pessoas sempre reprimem a raiva momentânea de algo que odeiam profunda e permanentemente. É claro que John sempre muda de assunto quando começamos a falar do conserto de motocicletas, mesmo quando é óbvio que o problema o faz sofrer. É a tecnologia. E é isso mesmo, é evidente, é óbvio. É muito simples quando o percebemos. Eles sobem na motocicleta para escapar da tecnologia e fugir para o campo, o ar fresco e a luz do sol. Quando trago o tema à baila exatamente no momento e lugar em que acham que finalmente escaparam dele, eles são acometidos de uma tremenda paralisia. É por isso que a conversa sempre se interrompe e se congela quando surge esse assunto.

Há outras coisas que também se encaixam nessa explicação. De vez em quando, com um sofrimento atroz e usando um mínimo de palavras, eles falam sobre "isso" ou "tudo isso", como na frase "Não é possível escapar disso". Se eu pergunto "Do quê?", a resposta pode ser "De tudo isso", "De toda essa organização" ou até mesmo "Do sistema". Certa vez, na defensiva, Sylvia disse: "Bem, *você* sabe como *lidar* com isso." Na hora, isso me deixou tão envaidecido que tive vergonha de perguntar o que era "isso", e assim continuei sem saber do que se tratava. Pensei que era algo mais misterioso que a tecnologia. Agora, porém, percebo que "isso" é principalmente, se não unicamente, a tecnologia. Por outro lado, essa idéia também não me parece correta. "Isso" é uma espécie de força que dá origem à tecnologia, uma coisa indefinida, inumana, mecânica, sem vida, um monstro cego, uma força mortífera. Uma coisa abominável da qual eles fogem, mas da qual sabem que não poderão escapar. Este meu jeito de falar é muito pesado; mas, de maneira um pouco menos enfática e menos definida, é disso que se trata. Em algum lugar existem pessoas que compreendem isso e são capazes de controlá-lo, mas são tecnólogos que, quando falam sobre o que fazem, usam uma linguagem inumana, feita de segmentos e relações entre coisas desconhecidas que nunca adquirem sentido, por mais que você ouça falar delas. E as coisas, os monstros que eles constroem, continuam devorando a terra e poluindo o ar e os lagos, e não há como revidar nem, na prática, nenhum meio de escapar.

Não é difícil chegar a essa atitude. Quando você passa pela zona industrial de uma grande cidade, lá está a tecnologia em toda a sua pujança, rodeada de cercas de arame farpado, portões trancados e grandes tabuletas que dizem PROIBIDA A ENTRADA. Mais adiante você vê, através do ar enfumaçado, horrendas formas de metal e tijolo cuja finalidade é desconhecida e cujos senhores você jamais verá. Não sabe o que aquilo significa para você e não há ninguém para lhe dizer por que aquilo existe; assim, você só pode se sentir jogado para escanteio, repelido, como se aquele não fosse o seu lugar. As pessoas que compreendem e possuem essas coisas não querem você por lá. De repente, toda essa tecnologia fez de você um estranho em sua própria terra. A forma, a aparência, o próprio mistério que a envolve dizem: "Fora!" Você sabe que em algum lugar tudo isso tem uma explicação e que, sem dúvida, a operação dessas máquinas faz algum bem indireto à humanidade, mas não é isso que vê. O que vê são as tabuletas de PROIBIDA A ENTRADA, PASSAGEM PROIBIDA; não vê as coisas servindo às pessoas, mas as pessoas, pequenas como formigas, servindo a essas formas estranhas e incompreensíveis. E pensa: mesmo que eu fizesse parte disso, mesmo que não fosse um estranho, seria somente mais uma formiga a servir as formas. A sensação final é de hostilidade, e acho que, em última análise, é isso que explica essa atitude de John e Sylvia, a qual de outra maneira seria inexplicável. Se alguma coisa envolve válvulas, eixos e chaves inglesas, ela faz parte *desse* mundo desumanizado, e o melhor é não pensar no assunto. Eles não querem se envolver com isso.

Nesse caso, eles não estão sós. Não duvido de que têm seguido seus sentimentos naturais e não têm tentado imitar ninguém. Mas muitos outros também têm seguido seus sentimentos naturais sem imitar ninguém, e há um número enorme de pessoas que têm os mesmos sentimentos naturais acerca dessa questão; a tal ponto que, quando se consideram essas pessoas em sua coletividade, como fazem os jornalistas, tem-se a ilusão de um movimento de massas, um gigantesco movimento antitecnológico, uma nova esquerda antitecnológica que está surgindo, avultando no horizonte, nascendo do nada para dizer: "Chega de tecnologia. Levem-na para algum outro lugar. Não queremos tecnologia aqui." O movimento ainda é contido por uma fina camada de lógica que observa que, sem as fábricas, não há empregos nem um bom padrão de vida. Porém, existem forças humanas mais poderosas que a lógica. Essas forças sempre existiram e, caso venham a se tornar poderosas o suficiente em seu ódio à tecnologia, a fina camada poderá se romper.

Os antitecnólogos e as pessoas contrárias ao sistema foram marcados com vários clichês e estereótipos, como os de "beatnik" ou "hippie", e continuarão sendo. Mas a simples invenção de um adjetivo coletivo não basta para converter indivíduos em elementos da massa. John e Sylvia, como muitos outros que seguem o mesmo caminho, não são elementos da massa. Na verdade, é contra essa massificação que eles parecem se revoltar. E sentem que a tecnologia tem muito a ver com as forças que estão tentando massificá-los; e não gostam disso. Até agora têm empreendido sobretudo uma resistência passiva, fugindo para a zona rural sempre que possível e outras coisas desse tipo, mas essa passividade pode não durar para sempre.

Se discordo deles quanto à manutenção de motocicletas, não é por não me identificar com os sentimentos deles a respeito da tecnologia. Simplesmente acho que o ódio deles à tecnologia e o ato de fugir dela são autodestrutivos e autocontraditórios. O Buda, a Divindade, repousa com a mesma tranquilidade nos circuitos de um computador ou nas engrenagens de uma caixa de transmissão quanto no topo de uma montanha ou nas pétalas de uma flor. Pensar o contrário disso é aviltar o Buda – ou seja, aviltar a si mesmo. É disso que pretendo falar nesta Chautauqua.

* * *

Já saímos dos pântanos, mas o ar ainda está tão úmido que podemos olhar direto para o círculo amarelo do sol, como se o céu estivesse encoberto da fumaça de fábricas. De qualquer modo, já estamos no meio de uma paisagem verdejante. As casas de fazenda são limpas, brancas e bem cuidadas. E não há fumaça à vista.

2

A estrada segue sempre em frente, serpenteando... paramos para descansar e almoçar, conversamos fiado e nos acomodamos para enfrentar a longa etapa seguinte. A fadiga da tarde contrabalança o entusiasmo do primeiro dia, e seguimos num ritmo constante, nem rápido nem devagar.

Pegamos de lado um vento de sudoeste. A cada rajada, a moto se inclina como que por si mesma na direção contrária para se opor ao efeito do vento. Tenho tido uma sensação peculiar a respeito desta estrada, uma certa apreensão, como se estivéssemos sendo observados ou seguidos. Mas à nossa frente não há veículo algum e pelo retrovisor só vejo John e Sylvia, muito atrás de nós.

Não estamos ainda nas Dakotas, mas os campos extensos mostram que estamos chegando perto. Alguns deles estão azuis com as flores do linho, que se agitam em longas ondas como a superfície do oceano. O terreno é mais movimentado do que antes e agora as elevações de terra dominam toda a paisagem, com exceção do céu, que aqui parece mais largo. As casas de fazenda, bem longe, são tão pequenas que mal conseguimos vê-las. O terreno está começando a se abrir.

O final das Planícies Centrais e o começo das Grandes Planícies não são demarcados por uma linha divisória rígida. É uma mudança gradual que pega você de surpresa, como se, partindo num veleiro de um porto de mar agitado, você percebesse de repente que as ondulações do mar ficaram mais largas e profundas e, voltando-se para trás, não visse mais a terra. Há menos árvores aqui, e de repente me dou conta de que elas não são naturais da região. Foram trazidas para cá e plantadas em fileiras ao redor das casas e entre os campos para diminuir a força do vento. Mas, onde não foram plantadas, não se vê a macega dos bosques nem árvores novas – só a relva, às vezes com algumas ervas daninhas e flores silvestres, mas quase toda de gramíneas. São pastagens. Entramos nas pradarias.

Tenho a sensação de que nenhum de nós compreende perfeitamente como será passar quatro dias nestas pradarias em pleno mês de julho. As lembranças de viagens de carro por esta região são imagens de um terreno plano e vazio até onde a vista alcança, de um tédio e uma monotonia extremos em que as horas se sucedem e não se chega a lugar algum; e você se pergunta até onde a estrada pode prosseguir sem nenhuma curva, sem nenhuma mudança na paisagem, que se estende interminável até o horizonte.

John tinha medo de que Sylvia não conseguisse agüentar o desconforto da viagem e quis que ela fosse de avião até Billings, em Montana, mas tanto Sylvia quanto eu o convencemos a desistir da idéia. Eu disse que o desconforto físico só afeta a pessoa quando seu estado de espírito está mal. Quando isso acontece, ela se apega à coisa que lhe causa desconforto e lhe põe a culpa. Porém, quando o estado de espírito está bem, o desconforto físico não tem grande importância. E, quando eu pensava no humor e nos sentimentos de Sylvia, não imaginava que pudesse se queixar.

Além disso, quem chega às Montanhas Rochosas de avião as contempla num determinado tipo de contexto, como uma bela paisagem. Mas quem chega depois de dias e dias de viagem através das pradarias as vê de outra maneira, como uma meta, uma terra prometida. Se John, Chris e eu chegássemos com esse sentimento e Sylvia as visse como "legais" e "bonitas", haveria mais desarmonia entre nós do que a desarmonia causada pelo calor e pela monotonia das Dakotas. De qualquer modo, também estou pensando em mim, pois gosto de conversar com ela.

Na minha mente, quando olho para estes campos, digo a ela: "Viu?... Viu?" E acho que ela vê. Espero que, com o tempo, ela passe a ver e a sentir um aspecto destas pradarias sobre o qual já desisti de falar com os outros: uma coisa que existe aqui porque aqui não existe mais nada, uma coisa que pode ser percebida graças à ausência de outras coisas. Às vezes, a monotonia e o tédio da vida na cidade parecem deixar Sylvia tão deprimida que pensei que, talvez, no meio desta relva e deste vento sem fim, ela consiga ver uma coisa que às vezes acontece quando aceitamos a monotonia e o tédio. Essa coisa está aqui, mas não sei com que nome chamá-la.

Agora mesmo, no horizonte, vejo algo que, segundo me parece, os outros não vêem. Muito longe, a sudoeste – só pode ser avistado do alto desta colina –, o céu tem uma linha escura na parte de baixo. Tempestade chegando. Talvez seja isso que tem me perturbado. Eu mantive a mente fechada de propósito, mas sabia desde o começo que, com esta umidade e este vento, era muito provável que viesse uma tempestade. É uma pena topar com uma no primeiro dia, mas, como eu disse, numa motocicleta você está *dentro* da paisagem, não é um simples espectador passivo; e as tempestades, em definitivo, fazem parte da paisagem.

Quando se trata de uma nuvem isolada, você pode tentar contorná-la, mas não é o caso desta aqui. Aquela longa tira negra, sem nenhuma nuvem cirro à frente, é uma frente fria. As frentes frias são violentas e, quando vêm do sudoeste, são mais violentas ainda. Freqüentemente contêm tornados. Quando chegam, o melhor é se proteger e deixá-las passar. Não duram muito, e o ar frio que vem por trás é bom para andar de moto.

As frentes quentes são as piores. Podem durar dias. Lembro que, alguns anos atrás, eu e Chris viajamos para o Canadá. Vencemos cerca de duzentos quilômetros e fomos pegos por uma frente quente de cuja presença já estávamos mais do que cientes, mas que não compreendíamos. A experiência toda foi bem tola e triste.

Viajávamos com uma motocicletinha de seis cavalos e meio, com bagagem demais e bom senso de menos. A máquina, mesmo acelerada ao máximo, não passava dos setenta quilômetros por hora contra um vento moderado. Não era uma moto para viajar. Na primeira noite, chegamos a um lago em North Woods e acampamos entre tempestades que duraram a noite inteira. Esqueci-me de escavar uma vala em torno da barraca e, às duas da manhã, uma corrente de água entrou nela e encharcou os dois sacos de dormir. Na manhã seguinte, estávamos ensopados, deprimidos e sonolentos, mas pensei que, se fôssemos em frente, a chuva diminuiria depois de algum tempo. Nada disso. Às dez da manhã o céu estava tão escuro que todos os carros trafegavam com os faróis acesos. E foi então que caiu a chuva forte.

Estávamos usando os ponchos que tinham servido de barraca na noite anterior. Na moto, eles se abriam como velas ao vento e diminuíam nossa velocidade para cinqüenta quilômetros por hora no máximo. A água na estrada chegou a cinco centímetros de profundidade. Raios caíam à nossa volta. Lembro-me da cara de uma mulher que nos encarou perplexa da janela de um carro que passava, pensando que diabos estávamos fazendo com uma motocicleta nesse tempo. Tenho certeza de que, se ela me fizesse essa pergunta, eu não saberia o que responder.

A velocidade da moto diminuiu para quarenta quilômetros por hora, depois trinta. Então ela começou a tossir, engasgar e pigarrear até que, mal conseguindo chegar a dez por hora, encontramos num bosque de reflorestamento um posto de gasolina velho e mal conservado no qual entramos.

Naquela época, eu, como John, ainda não me ocupara de aprender muitas coisas a respeito do conserto de motocicletas. Lembro-me que segurei o poncho sobre a cabeça para impedir que a chuva caísse sobre o tanque de gasolina e balancei a motocicleta entre as pernas. Ouvi a gasolina chacoalhar lá dentro. Examinei as velas, os contatos e o carburador e tentei dar a partida até ficar exausto.

Entramos no edifício do posto, que também era bar e restaurante, e comemos um bife semicarbonizado. Então, saí e tentei de novo. Chris ficava me fazendo perguntas que começaram a me deixar com raiva, pois ele não percebia o quanto a situação era séria. Por fim, percebi que nada daquilo adiantava, desisti e minha raiva passou. Com todo o cuidado, expliquei-lhe que estava tudo acabado. Não iríamos a lugar algum de motocicleta naquelas férias. Chris me sugeriu algumas soluções, como a de verificar se havia gasolina no tanque, o que eu já tinha feito, ou encontrar um mecânico. Mas não havia mecânicos por ali. Só os pinheiros de reflorestamento, os arbustos e a chuva.

Sentei-me na grama ao lado dele, no acostamento da estrada, derrotado, olhando para as árvores e arbustos. Respondi pacientemente a todas as suas perguntas, que com o tempo foram rareando. Então,

Chris finalmente compreendeu que nossa viagem de motocicleta tinha acabado e começou a chorar. Acho que, na época, ele tinha oito anos. Voltamos para casa de carona, alugamos um reboque, o amarramos no carro e fomos buscar a moto. Nós a trouxemos de volta à nossa cidade e partimos em viagem de novo, dessa vez de carro. Mas não era a mesma coisa. Na realidade, não nos divertimos muito.

Duas semanas depois do fim das férias, certa noite, depois do trabalho, tirei o carburador da moto para tentar descobrir qual era o problema, mas mesmo assim não consegui encontrar nada. Para limpar a graxa antes de colocá-lo de volta, abri a torneirinha debaixo do tanque para tirar um pouco de gasolina. Não saiu nada. O tanque estava completamente vazio. Na hora não consegui acreditar e ainda não consigo.

Já me recriminei mentalmente mais de cem vezes por essa estupidez e acho que, na verdade, nunca vou conseguir realmente me perdoar por isso. É claro que o barulho que ouvi quando balancei a moto foi o da gasolina no tanque de reserva, que não cheguei a abrir. Se não fiz uma verificação mais cuidadosa, foi porque parti do pressuposto de que a chuva causara o problema do motor. Na época, eu não sabia o quanto essas conclusões precipitadas podem ser tolas. Agora estamos com uma máquina de vinte e oito cavalos e levo muito a sério a sua manutenção.

De repente, John me ultrapassa levantando e abaixando a mão, fazendo sinal para parar. Diminuímos a velocidade e procuramos um local por onde passar da pista ao acostamento de cascalho. A beirada do concreto é abrupta, o cascalho está solto e não gosto nem um pouco dessa manobra.

Chris pergunta:
— Para que estamos parando?
— Acho que passamos a nossa saída ali atrás — diz John.
Olho para trás e não vejo nada. — Não vi placa nenhuma — digo.
John balança a cabeça. — Grande como a porta de um celeiro.
— Verdade?
Ele e Sylvia fazem que sim com a cabeça.
Ele se inclina, estuda meu mapa, aponta para a saída e, mais adiante, para um viaduto sobre a auto-estrada. — Veja só, já passamos por esta auto-estrada — ele diz. E tem toda razão. Fico envergonhado.
— Voltamos ou vamos em frente? — pergunto.

Ele pensa um pouco. – Bom, acho que na verdade não temos motivo nenhum para voltar. Tudo bem. Vamos em frente. De um jeito ou de outro chegaremos lá.

E agora, seguindo-os de perto, penso: por que fiz aquilo? Mal notei a auto-estrada. E agora mesmo esqueci-me de avisá-los da tempestade. A situação está um pouco preocupante.

A massa de nuvens tempestuosas está maior agora, mas não se aproxima tão rápido quanto eu esperava. Isso não é bom. Quando a tempestade chega depressa, também vai embora depressa. Quando chega devagar, como esta, você pode ter de passar bastante tempo parado.

Tiro uma das luvas com os dentes, abaixo a mão e coloco-a sobre a capa lateral de alumínio do motor. A temperatura está ótima. Quente demais para que eu fique com a mão ali, mas não tão quente a ponto de me queimar. Nada de errado.

Num motor refrigerado a ar como este, o superaquecimento pode causar um "ataque". Esta máquina teve um... na verdade, teve três ataques. De tempos em tempos submeto-a a um *check-up* como faria com um paciente que teve um ataque cardíaco, mesmo que tenha sido curado.

Num ataque desse tipo, os pistões se expandem com o excesso de calor, ficam grandes demais para os cilindros, prendem-se nestes, às vezes se fundem com eles. O motor e a roda traseira travam e a motocicleta derrapa. Na primeira vez em que esta moto teve um ataque, debrucei-me sobre o guidão e a pessoa que estava na garupa quase passou por cima de mim. A cerca de cinqüenta por hora, a roda se soltou e a moto voltou a correr, mas saí da estrada para ver o que estava acontecendo. O camarada que estava comigo se contentou em dizer: "Mas por que você fez *isso*?"

Dei de ombros e me senti tão perplexo quanto ele. Fiquei lá, só olhando, enquanto os carros zuniam ao lado. O motor estava tão quente que o ar ao redor tremeluzia e sentíamos a irradiação do calor. Quando pus sobre ele um dedo molhado, a saliva ferveu imediatamente. Fomos para casa devagar, com a moto fazendo um barulho novo, um estralo que nos dizia que os pistões já não se encaixavam nos cilindros e era preciso retificar o motor.

Levei a máquina a uma oficina mecânica porque pensei que a questão não era importante o suficiente para que eu mesmo cuidasse dela. Eu teria de aprender seus detalhes complicados, teria talvez de encomendar peças e ferramentas especiais e desperdiçaria meu tempo, ao passo que poderia mandar alguém fazer o mesmo serviço mais rapidamente – uma atitude parecida com a de John. A oficina era diferente daquelas de que eu me lembrava. Os mecânicos, que antigamente eram todos veteranos experientes, pareciam crianças. Um rádio estava ligado no último volume; o pessoal brincava, fazia piadas e conversava; aparentemente não perceberam a minha presença. Quando um deles enfim se aproximou, mal ouviu o ruído dos pistões e disse:

– É isso mesmo, é o comando de válvulas.

Comando de válvulas? Naquela hora eu já deveria saber o que aconteceria.

Duas semanas depois, paguei a conta de 140 dólares, dirigi cuidadosamente a motocicleta, sempre em baixa velocidade, para amaciar o motor, e depois de rodar mil e quinhentos quilômetros acelerei até o fim. A cento e vinte por hora ela teve um novo ataque e se soltou a cinqüenta, como antes. Quando a levei de novo à oficina, eles me acusaram de não tê-la amaciado convenientemente, mas depois de muita discussão concordaram em examiná-la mais uma vez. Consertaram-na novamente e saíram eles mesmos com ela para fazer um teste de alta velocidade.

Dessa vez, ela teve o ataque na mão *deles*.

Depois do terceiro conserto, dois meses depois, eles substituíram os cilindros, instalaram injetores maiores no carburador, retardaram o tempo para que o motor pudesse rodar na temperatura mais baixa possível e me disseram: "Não corra."

A motocicleta estava coberta de graxa e o motor não pegou. Vi que as velas estavam desligadas dos cabos. Conectei-as, dei a partida e, dessa vez, o comando de válvulas realmente *estava* fazendo barulho. Eles não tinham ajustado os lóbulos. Quando mencionei esse fato, o garotão apareceu com uma chave inglesa na mão, aberta no tamanho errado, e rapidamente arredondou as faces das duas capas de alumínio das bielas das válvulas, arruinando-as.

– Espero que tenhamos essas peças no estoque – ele disse.

Concordei.

Ele trouxe um martelo e uma talhadeira e começou, com pancadas, a tentar arrancar as capas. A talhadeira furou o alumínio e vi que ele estava a ponto de enfiá-la no próprio cabeçote do motor. A martelada seguinte errou completamente o alvo e o martelo acertou o cabeçote, quebrando em pedaços duas das aletas de resfriamento.

– Pode parar – eu disse com toda a educação, sentindo-me no meio de um pesadelo. – Dê-me as capas novas e eu levo a moto do jeito que está.

Saí de lá o mais rápido possível, o motor batendo as válvulas, a capa do comando de válvulas arruinada, a máquina coberta de graxa, rua abaixo, e sentia uma vibração ruim toda vez que passava dos trinta quilômetros por hora. Encostei junto à sarjeta e descobri que, dos quatro parafusos que seguravam o motor, dois estavam faltando e um terceiro estava sem porca. O motor inteiro estava suspenso por um único parafuso. Também o parafuso de tensão da correia do virabrequim tinha sido perdido, de forma que, por mais que quiséssemos, seria impossível ter sido feito o ajuste. Um pesadelo.

A idéia de John deixar sua BMW nas mãos desse tipo de gente é algo sobre o que nunca conversamos. Talvez eu deva fazer isso.

Poucas semanas depois, descobri a causa dos ataques, que certamente aconteceriam de novo. Era um pininho do sistema interno de lubrificação, um pino de vinte e cinco centavos, que tinha se rompido e impedia a circulação de óleo no cabeçote quando o motor trabalhava em alta velocidade.

A pergunta *por quê?* vem repetidamente à minha cabeça e é uma das principais razões pelas quais quero fazer esta Chautauqua. Por que eles a maltrataram tanto? Eles não eram gente que foge da tecnologia, como John e Sylvia. Eram tecnólogos. Tinham um trabalho a fazer e o fizeram como um bando de chimpanzés. Não havia naquilo nada de pessoal; não havia nenhuma razão óbvia. E tentei imaginar de novo aquela oficina, aquele lugar de pesadelo, para me lembrar de qualquer coisa que pudesse explicar o acontecido.

O rádio me deu uma pista. É impossível pensar cuidadosamente sobre o que se está fazendo e ouvir rádio ao mesmo tempo. Pode ser que, na opinião deles, o serviço que estavam executando não tivesse nada que ver com "pensar cuidadosamente", mas apenas com manipular a chave inglesa. É mais agradável mexer com a chave inglesa ouvindo rádio.

A pressa me deu outra pista. Eles jogavam as coisas em qualquer lugar, sempre apressados, e não se davam ao trabalho de saber onde deixavam cada coisa. Assim se ganha mais dinheiro – quando você não se lembra que, desse jeito, o serviço demora mais e fica mal feito. Porém, a maior pista estava nas expressões deles. É difícil explicá-las. Alegres, amistosas, sossegadas – e sem envolvimento nenhum. Eles eram como espectadores. Tinha-se a sensação de que haviam entrado ali por acaso e alguém lhes havia dado uma chave inglesa. Não se identificavam com o trabalho. Não diziam "sou mecânico". Às cinco da tarde, ou no final do horário de serviço, qualquer que fosse, eles saíam de lá e não pensavam mais naquilo. Mesmo *no* horário de serviço já tentavam não pensar. À maneira deles, estavam fazendo a mesma coisa que John e Sylvia: convivendo com a tecnologia sem se relacionar com ela. Ou, antes, tinham alguma relação com ela, mas o ser verdadeiro de cada um deles estava longe dela, alheado, do lado de fora. Eles se envolviam com ela, mas não a ponto de ter dedicação.

Não só os mecânicos não conseguiram encontrar um pino quebrado como também, sem dúvida, foi um mecânico que o quebrou, errando a montagem da capa lateral do motor. Segundo o dono anterior da moto, um mecânico lhe dissera que fora difícil encaixar a capa. Aí estava o porquê. O manual do proprietário chamava a atenção para isso, mas esse mecânico, como os outros, ou estava com muita pressa, ou não estava nem aí.

Enquanto trabalhava, eu pensava nessa mesma falta de dedicação nos manuais de computadores digitais que reviso. Nos outros onze meses do ano, ganho a vida escrevendo e revisando manuais técnicos, e sei que eles são repletos de erros, ambigüidades, omissões e informações tão disparatadas que têm de ser lidos meia dúzia de vezes para serem entendidos. Mas o que percebi então pela primeira vez foi a semelhança entre esses manuais e a atitude de espectador que vi na oficina. Eram manuais para espectadores. Essa característica estava embutida no próprio formato deles. Em cada linha estava implícita a idéia de que "A máquina está aqui, isolada no tempo e no espaço de todas as outras coisas no universo. Não existe relação entre você e ela e entre ela e você, exceto pelo fato de você girar algumas chaves, manter o nível de voltagem, ficar atento para a ocorrência de um problema...", e por aí afora. Só isso. Na realidade, a atitude dos mecânicos em relação à motocicleta não era diferente da atitude do manual em relação à máquina ou da minha atitude de quando levei a moto à oficina. Todos nós éramos espectadores. E me ocorreu que *não existe* nenhum manual que *realmente* trate de manutenção de motocicletas, do aspecto mais importante dessa atividade. A atenção, a dedicação e o cuidado com o que se está fazendo são considerados pouco importantes, ou são tacitamente pressupostos.

Acho que nesta viagem devemos voltar a atenção para esse fato, explorá-lo um pouco, para ver se, nessa estranha separação entre o que o homem é e o que ele faz, podemos encontrar algumas pistas que nos ajudem a determinar o que, diabos, deu errado neste século XX. Não quero fazer isso com pressa. A pressa em si mesma é uma atitude venenosa que caracteriza o nosso século. Quando você faz algo com pressa, isso significa que aquilo não lhe importa e que você quer fazer outras coisas. Quanto a mim, quero fazer isto bem devagar, mas com todo o cuidado e de forma completa, com o mesmo espírito com que estava quando encontrei aquele pino partido. Foi esse espírito que encontrou o pino.

Percebo de súbito que o terreno aqui se achatou num plano euclidiano. Não há uma colina, uma mínima elevação em parte alguma. Isso significa que entramos no Vale do Rio Vermelho e logo estaremos nas Dakotas.

3

Quando saímos do Vale do Rio Vermelho, as nuvens tempestuosas cobrem o céu e já estão quase em cima de nós.

John e eu discutimos a situação em Breckenridge e decidimos tocar em frente até sermos obrigados a parar. Agora isso não deve demorar muito. O sol desapareceu, o vento está frio e estamos como que cercados por uma muralha de diferentes tons de cinza.

A muralha parece gigantesca, poderosíssima. Aqui a pradaria é imensa, mas, acima dela, o tamanho dessa agourenta massa negra prestes a desabar é de meter medo. Agora, estamos viajando à mercê dela. Não podemos determinar onde e quando ela virá. Tudo o que podemos fazer é vê-la aproximar-se cada vez mais.

Lá onde o cinza mais escuro já chegou ao chão, uma cidadezinha que antes avistávamos, com uns poucos edifícios pequenos e uma caixa d'água, desapareceu. Está chegando a hora. Não vejo nenhuma cidade à frente, e teremos de correr para nos proteger.

Ponho-me ao lado de John e lanço a mão à frente num gesto que significa "A toda velocidade!" Ele concorda com a cabeça e acelera. Deixo-o adiantar-se um pouco e depois ponho-me na mesma velocidade que ele. O motor responde harmoniosamente – cento e vinte... cento e trinta... cento e quarenta... agora estamos realmente sentindo o vento e inclino a cabeça à frente para diminuir a resistência... cento e quarenta e cinco quilômetros por hora. O ponteiro do velocímetro trepida um pouco, mas o conta-giros aponta fixamente para os nove mil... cerca de cento e cinqüenta quilômetros por hora... e mantemos essa velocidade... sempre em frente. Agora vamos tão depressa que já é impossível focalizar o olhar no acostamento... estendo a mão e, por segurança, ligo o farol. De qualquer modo, isso é necessário. Está ficando muito escuro.

Passamos zunindo pela planície sem avistar nenhum carro, quase nenhuma árvore, mas a estrada é lisa e bem pavimentada e neste instante o motor, em alta rotação, tem um ruído "comprimido" que me diz que está funcionando perfeitamente. A escuridão aumenta cada vez mais.

Uma luz e o *Ca-brum!* do trovão, em rápida sucessão. Isso me abala, e Chris viaja agora com a cabeça apertada contra minhas costas. Umas poucas gotas de chuva, como que para nos alertar... a esta velocidade, elas parecem agulhas. Uma segunda luz. *CA-BRUM!*, e tudo brilha... e então, no brilho do relâmpago seguinte, aquela casa de fazenda... aquele moinho de vento... ó meu Deus, ele *esteve* aqui!... desacelero... esta estrada é *dele*... uma cerca, algumas árvores... e a velocidade cai a cento e vinte, depois cem, depois noventa e aí fica.

– Por que estamos desacelerando? – grita Chris.
– Rápido demais!
– Não está, não!

Faço que "sim" com a cabeça.

A casa e a caixa-d'água ficaram para trás e, então, surge uma pequena valeta de drenagem e uma estrada que sai pela lateral e se perde no horizonte. É... é isso mesmo, penso. É exatamente isso.

– Eles estão muito à nossa frente! – berra Chris. – Acelere!

Balanço a cabeça para os lados.

– Por que não? – berra ele.
– Não é seguro!
– Eles sumiram!
– Vão esperar!
– Acelere!
– Não. – Balanço a cabeça. É só um pressentimento. Numa moto, convém confiar nos pressentimentos, e permanecemos a noventa.

A chuva começa a cair mas avisto à nossa frente as luzes de uma cidade... Eu sabia que ela estaria lá.

Quando chegamos, John e Sylvia estão esperando debaixo da primeira árvore junto à estrada.
– O que aconteceu com vocês?
– Diminuí a velocidade.
– Bom, *disso* nós sabemos. Algum problema?
– Não. Vamos sair da chuva.

John diz que há um motel do outro lado da cidade, mas lhe digo que há um melhor numa ruazinha que sai à direita alguns quarteirões adiante, ao lado de uma fileira de choupos.

Viramos à direita nos choupos e percorremos alguns quarteirões até chegar a um pequeno motel. Na recepção, John olha em volta e diz:
– Este lugar é bom *mesmo*. Quando você esteve aqui?
– Não me lembro – digo.
– Então como sabia disto?
– Intuição.

Ele olha para Sylvia e balança a cabeça.

Já faz algum tempo que Sylvia me observa em silêncio. Ela percebe que minhas mãos estão tremendo quando assino a ficha de entrada.
– Você está tremendamente pálido – diz ela. – Aquele relâmpago o assustou?
– Não.
– Parece que você viu um fantasma.

John e Chris olham para mim e me volto para o outro lado, caminhando para a porta. Ainda está chovendo forte, mas corremos em direção aos quartos. A bagagem nas motos está protegida e vamos esperar que a tempestade passe para retirá-la.

Quando a chuva pára, o céu fica um pouquinho mais claro. Mas do pátio do motel vejo que para além dos choupos está vindo uma segunda escuridão, a escuridão da noite. Saímos a pé para a cidade, jantamos e, quando chegamos de volta ao motel, o cansaço do dia realmente toma conta de mim. Sentamos para descansar, quase imobilizados, nas poltronas de metal do pátio do motel, bebericando lentamente meio litro de uísque e água que John pegou na geladeira. A bebida desce agradável, devagar. Um vento noturno, fresco, faz farfalhar a folhagem dos choupos ao longo da rua.

Chris se pergunta o que vamos fazer agora. Esse menino não se cansa. A novidade e a estranheza daquele lugar o entusiasmam e ele quer que cantemos como eles faziam no acampamento.

– Não somos bons cantores – diz John.

– Então vamos contar histórias – diz Chris. Ele pensa um pouco. – Vocês conhecem boas histórias de fantasmas? Na nossa cabine, todas as crianças costumavam contar histórias de fantasmas à noite.

– Por que *você* não conta alguma? – pergunta John.

E ele conta. São divertidas de ouvir. Algumas eu não ouvia desde que tinha a idade dele. Digo-lhe isso e ele pede que eu conte alguma história minha, mas não consigo me lembrar de nenhuma.

Pouco depois, ele diz:

– Você acredita em fantasmas?

– Não – respondo.

– Por que não?

– Porque essa crença é *anti*científica.

O tom em que digo isso traz um sorriso aos lábios de John.

– Eles não contêm matéria – prossigo – e não têm energia. Portanto, de acordo com as leis da ciência, não podem existir a não ser na mente das pessoas.

O uísque, o cansaço e o vento nas árvores começam a se misturar em minha mente. Acrescento:

– É claro que as leis da ciência também não contêm matéria e não têm energia, e portanto também não existem a não ser na mente das pessoas. O melhor é ter uma postura científica diante de tudo isso e não acreditar nem em fantasmas nem nas leis da ciência. Desse jeito, você está seguro. Não lhe resta muito em que acreditar, mas isso também é científico.

– Não sei do que você está falando – Chris diz.

– Estou fazendo uma espécie de facécia.

Chris fica frustrado quando falo assim, mas não acho que isso lhe faça mal.

– Um dos garotos da ACM diz que acredita em fantasmas.

– Ele estava tentando assustar você.

– Não estava, não. Disse que, quando as pessoas não são enterradas direito, o fantasma delas volta para assombrar os outros. Ele realmente acredita nisso.

– Ele estava tentando assustar você – repito.

– Como ele se chama? – diz Sylvia.

– Tom Urso Branco.

John e eu olhamos um para o outro, reconhecendo de repente a mesma coisa.
— Ahhh, um *índio*! — diz ele.
Dou risada. — Acho que vou ter de voltar atrás no que disse — assevero. — Estava pensando nos fantasmas europeus.
— E qual é a diferença?
John solta uma gargalhada. — Ele pegou você — diz.
Penso um pouco e digo:
— Bem, os índios às vezes têm um jeito diferente de ver as coisas, e não estou dizendo que esse jeito é errado. A ciência não faz parte da tradição indígena.
— Tom Urso Branco contou que sua mãe e seu pai lhe disseram que não acreditasse nessas coisas. Mas sua avó lhe disse bem baixinho que era tudo verdade, e então ele acredita.
Ele me olha com ar de súplica. Às vezes, ele realmente *quer* saber. Um bom pai não faz facécias.
— Está certo — digo, mudando de opinião —, também acredito em fantasmas.
Agora são John e Sylvia que me olham curiosos. Percebo que não será fácil escapar desta situação e me preparo para dar uma longa explicação.
— É perfeitamente natural — digo — pensar que os europeus ou os índios que acreditavam em fantasmas eram ignorantes. O ponto de vista científico eliminou todos os outros pontos de vista e nos deixou com a impressão de que todos eles eram primitivos. Assim, hoje em dia, se alguém fala sobre fantasmas ou espíritos, é considerado ignorante ou talvez meio doido. É quase totalmente impossível imaginar um mundo em que os fantasmas possam existir de fato.
John balança a cabeça, concordando, e sigo em frente:
— Minha opinião é que o intelecto do homem moderno não é tão superior. Seu QI não é muito diferente. Os índios e os homens medievais eram tão inteligentes quanto nós, mas o contexto dentro do qual pensavam era completamente diverso. Dentro desse *contexto* de pensamento, os fantasmas e espíritos são tão reais quanto os átomos, partículas, fótons e quanta para o homem moderno. *Nesse* sentido, eu acredito em fantasmas. Vocês sabem que o homem moderno também tem os seus espíritos e fantasmas.
— Quais são?

– Ah, as leis da física e da lógica... o sistema numérico... o princípio da substituição algébrica. São fantasmas. Nós acreditamos neles a tal ponto que parecem reais.
– Parecem reais para mim – diz John.
– Não entendi – torna Chris.
Assim, prossigo. – Por exemplo, parece perfeitamente natural supor que a gravitação e a lei da gravitação existiam antes de Isaac Newton. Pareceria loucura pensar que antes do século XVII a gravidade não existia.
– É claro.
– Nesse caso, quando essa lei começou a existir? Será que ela sempre existiu?
John franze o cenho, perguntando-se aonde pretendo chegar.
– Estou me referindo – afirmo – à idéia de que, antes que a Terra existisse, antes que o Sol e as estrelas fossem formados, antes da geração primordial de todas as coisas, a lei da gravidade já existia.
– Com certeza.
– Parada ali, sem massa nenhuma, sem nenhuma energia própria, ela não estava na mente de ninguém, pois ninguém existia; tampouco estava no espaço, pois não havia o espaço, não havia lugar nenhum. Por acaso essa lei da gravidade ainda existia?
Agora John não parece ter tanta certeza.
– Se essa lei da gravidade existia – digo –, francamente não sei o que é preciso para que uma coisa *não* exista. Segundo me parece, a lei da gravidade passou em todos os exames de não-existência. Não se pode conceber um único atributo de não-existência que a lei da gravidade não tenha, nem um único atributo científico de existência que ela tenha. Mesmo assim, o "bom senso" ainda nos manda acreditar que ela existia.
John retruca:
– Acho que eu teria de pensar um pouco mais sobre esse assunto.
– Bem, profetizo que, se você pensar nele por um tempo suficiente, há de ver-se andando em círculos e mais círculos até chegar por fim à única conclusão inteligente e racional possível: a lei da gravidade e a própria gravidade *não existiam* antes de Isaac Newton. Nenhuma outra conclusão tem sentido.
"E isso – acrescento antes que ele possa me interromper –, *o que isso significa* é que a lei da gravidade não existe em *lugar nenhum* a não ser

na cabeça das pessoas! É um fantasma! Todos nós somos muito arrogantes e presunçosos na hora de desmistificar os fantasmas dos outros, mas somos tão ignorantes, bárbaros e supersticiosos quanto eles em relação aos nossos próprios fantasmas."

– Nesse caso, por que todos acreditam na lei da gravidade?

– Hipnose coletiva, sob uma forma extremamente ortodoxa chamada "educação".

– Você quer dizer que o professor hipnotiza os alunos para fazê-los acreditar na lei da gravidade?

– Exatamente.

– Isso é um absurdo.

– Você já ouviu falar da importância de o professor olhar no olho dos alunos em sala de aula? Todos os educadores insistem nisso e nenhum deles o explica.

John balança a cabeça de um lado para o outro e me serve mais uma bebida. Cobre a boca com a mão e, fazendo piada, diz de lado para Sylvia:

– Sabe, eu pensei que ele fosse normal...

Retruco:

– Essa é a primeira coisa normal que eu digo em várias semanas. Durante o resto do tempo, finjo que assumo a loucura do século XX, como vocês. Só para não chamar a atenção para mim mesmo.

"Mas, só para vocês, vou *repetir* o que eu disse. Nós acreditamos que as palavras desencarnadas de Sir Isaac Newton estavam paradas no meio do nada bilhões de anos antes de ele nascer, e que ele, como que por encanto, *descobriu* essas palavras. Elas sempre existiram, mesmo quando não havia nada a que se aplicassem. Aos poucos o mundo veio à existência e elas passaram a se aplicar a *ele*. Aliás, foram essas mesmas palavras que formaram o mundo. Isso, John, é ridículo.

"O problema, a contradição que aflige os cientistas, é a contradição da *mente*. A mente não tem nem matéria nem energia, mas eles não conseguem fugir à sua predominância em tudo o que fazem. A lógica existe na mente. Os números só existem na mente. Não me aborreço quando os cientistas dizem que os fantasmas existem na mente. O que me aborrece é o *apenas*. Também a ciência existe *apenas* na mente, e nem por isso é má. O mesmo vale para os fantasmas."

Como eles olham para mim sem nada dizer, prossigo:

— As leis da natureza, como os fantasmas, são *invenções* humanas. As leis da lógica, da matemática, como os fantasmas, também são invenções humanas. Tudo é invenção humana, inclusive a idéia de que elas *não são* invenções. O mundo não tem absolutamente nenhuma existência fora da imaginação do ser humano. Todo ele é um fantasma, e na Antiguidade era reconhecido como tal, todo este bendito mundo em que vivemos. É governado por fantasmas. Nós vemos o que vemos porque esses fantasmas nos *mostram*, os fantasmas de Moisés, do Cristo, do Buda, de Platão, de Descartes, de Rousseau, de Jefferson, de Lincoln, e assim por diante. Isaac Newton é um fantasma muito bom, um dos melhores. Seu bom senso não é outra coisa senão as vozes de milhares e milhares de fantasmas do passado. Fantasmas e mais fantasmas. Fantasmas que tentam encontrar um lugar entre os vivos.

John parece demasiado absorto em seus pensamentos para poder falar. Mas Sylvia está entusiasmada.

— De *onde* você tira todas essas idéias? — ela pergunta.

Vou responder, mas resolvo não fazê-lo. Tenho a sensação de que já levei meu discurso ao limite, talvez além do limite, e está na hora de calar.

Depois de alguns instantes, John diz:

— Vai ser bom ver as montanhas de novo.

— Ah, se vai — concordo. — Um último brinde a isso!

Terminamos de beber e vamos para nossos quartos.

Mando Chris escovar os dentes e aceito sua promessa de que vai tomar banho de manhã cedo. Alegando precedência, escolho a cama perto da janela. Depois de apagadas as luzes, ele diz:

— Agora me conte uma história de fantasmas.

— Acabei de contar, lá fora.

— Quero dizer uma história de fantasmas *de verdade*.

— Aquela é a história mais verdadeira que você vai ouvir em toda a sua vida.

— Você sabe o que eu quero dizer. Uma das do outro tipo.

Tento pensar em alguma história convencional. — Eu conhecia muitas quando era garoto, Chris, mas todas foram esquecidas. É hora de dormir. Amanhã de manhã, todos nós temos de acordar cedo.

O silêncio é completo, a não ser pelo vento que atravessa as venezianas da janela do motel. A idéia desse vento que chega a nós depois de passar pelos campos abertos da pradaria me tranqüiliza e me embala o sono.

O vento aumenta e diminui, aumenta de novo, suspira, diminui de novo... vindo de tão longe...

— Você já viu um fantasma? — pergunta Chris.

Estou semi-adormecido. — Chris — digo —, conheci certa vez um sujeito que passou a vida inteira caçando um fantasma, e foi só perda de tempo. Portanto, vá dormir.

Percebo meu erro tarde demais.

— E ele o encontrou?

— Sim, Chris, ele o encontrou.

Gostaria que Chris simplesmente ouvisse o vento e não fizesse perguntas.

— O que ele fez então?

— Deu-lhe uns bons sopapos.

— E depois?

— Depois ele mesmo virou um fantasma. — De algum modo eu tinha a esperança de que isso deixasse Chris com sono, mas não só ele não está ficando com sono como eu mesmo estou acordando.

— Qual é o nome dele?

— Não é ninguém que você conheça.

— Mas *qual é*?

— Não importa.

— Mesmo assim, qual é?

— O nome dele, Chris, como isso não importa, é Fedro. Não é um nome que você conheça.

— Você o viu quando estávamos de moto no meio da tempestade?

— De onde você tirou *essa* idéia?

— Sylvia disse que achava que você tinha visto um fantasma.

— É só uma maneira de dizer.

— Pai?

— Chris, se essa não for sua última pergunta, vou ficar bravo.

— Só queria lhe dizer que seu jeito de falar é diferente do de qualquer outra pessoa.

— É verdade, Chris, eu sei disso — digo. — É um problema. Agora vá dormir.

— Boa noite, pai.

– Boa noite.

Meia hora depois ele ressona pacificamente, o vento está forte como nunca e estou totalmente desperto. Lá fora, no escuro, do outro lado desta janela – o vento frio atravessando a rua e perpassando as árvores, as folhas tremeluzindo faíscas de luar –, não há a menor dúvida, Fedro viu tudo isto. Não tenho a menor idéia do que ele estava fazendo aqui. Provavelmente nunca vou saber por que ele veio para cá. Mas ele esteve aqui, trouxe-nos misteriosamente para esta estrada estranha, esteve conosco o tempo todo. Não há escapatória.

Gostaria de poder dizer que não sei por que ele está aqui, mas agora tenho de confessar que, infelizmente, eu sei. As idéias, as coisas que estava falando sobre a ciência e os fantasmas, até mesmo a idéia desta tarde acerca do cuidado e da tecnologia – essas idéias não são minhas. Na verdade, há anos não tenho uma idéia nova. Foram roubadas dele. E ele esteve observando. E é por isso que está aqui.

Com essa confissão, espero que agora ele me deixe dormir um pouco.

Coitado do Chris. "Você conhece alguma história de fantasmas?", perguntou. Poderia ter-lhe contado uma, mas o simples fato de pensar nela me deixa com medo.

Realmente preciso dormir.

4

Toda Chautauqua deve ter, em algum ponto, uma lista de coisas que valha a pena lembrar, uma lista que possa ser guardada num lugar seguro para as horas de necessidade e de inspiração. Detalhes. E agora, enquanto os outros ainda roncam, desperdiçando este belo sol da manhã... bem... para matar o tempo...

O que tenho aqui é minha lista de coisas importantes que você deve levar em sua próxima viagem de motocicleta pelas Dakotas.

Estou acordado desde a madrugada. Chris ainda está profundamente adormecido na cama ao lado. Virei de lado para tentar dormir mais, mas ouvi o cantar de um galo e me dei conta de que estamos em férias e não tenho motivo algum para dormir. Do outro lado da parede divisória, ouço John serrando lenha... a menos que seja Sylvia... não, está alto demais. Maldita *motosserra*, parece uma...

Como me cansei de esquecer coisas em viagens como esta, fiz essa lista, que deixo guardada num arquivo em minha casa para ser verificada antes de eu sair em viagem.

A maioria dos itens é perfeitamente normal e não precisa de comentário. Alguns são peculiares aos motociclistas e pedem alguns comentários. Outros são simplesmente peculiares e pedem muitos comentários. A lista se divide em quatro partes: Roupas e Acessórios, Objetos Pessoais, Material de Cozinha e Acampamento e Material para a Motocicleta.

A primeira parte, Roupas e Acessórios, é simples:

1. Duas mudas de roupas de baixo.
2. Ceroulas.
3. Uma muda de camisa e calças para cada um de nós. Uso uniformes de faxina do exército. São baratos, resistentes e escondem bem a sujeira. Antes, eu tinha um item chamado "roupas boas", mas John escreveu "*smoking*" a lápis ao lado desse item. Na verdade, eu só estava pensando em alguma roupa que pudesse ser usada fora de um posto de gasolina.
4. Uma malha de lã e uma jaqueta para cada um.
5. Luvas. As melhores são luvas de couro sem forro, pois impedem as queimaduras de sol, absorvem o suor e mantêm as mãos numa temperatura fresca. Quando você faz uma viagem de uma ou duas horas, essas coisinhas não são importantes; mas, quando viaja o dia inteiro por vários dias seguidos, são importantíssimas.
6. Botas de motoqueiro.
7. Roupa para chuva.
8. Capacete e viseira.
9. Visor transparente, de plástico, para afixar ao capacete em caso de chuva. Este visor me dá claustrofobia, por isso só o uso na chuva. Senão, em alta velocidade, as gotas ferem o rosto como agulhas.
10. Óculos de proteção. Não gosto de usar um pára-brisa, pois ele também nos aprisiona. Meus óculos são ingleses, feitos de vidro laminado. O vento entra por trás de óculos de sol. Os óculos de plástico riscam-se facilmente e distorcem a visão.

A lista seguinte é de Objetos Pessoais:
Pentes. Carteira. Canivete. Caderneta de anotações. Caneta. Cigarros e fósforos. Lanterna. Sabonete e saboneteira de plástico. Escova e pasta de dentes. Tesouras. Comprimidos para dor de cabeça. Repelente de pernilongos. Desodorante (seus melhores amigos não precisam saber que você passou o dia inteiro numa moto debaixo do sol quente). Protetor solar. (Numa moto, você só percebe que se queimou de sol quando pára, e então é tarde demais. Passe o protetor de manhã.) *Band-aid*. Papel higiênico. Bucha ou esponja para banho (coloque-a numa caixa plástica para não molhar as outras coisas). Toalha.

Livros. Não conheço nenhum outro motociclista que leve livros consigo. Eles ocupam muito espaço, mas de qualquer modo trouxe três, com algumas folhas de papel soltas no meio para escrever. São eles:

a. O manual do proprietário desta moto.
b. Um manual geral de manutenção de motocicletas, que contém todas as informações técnicas que não consigo guardar na cabeça. O meu é *Chilton's Motorcycle Troubleshooting Guide*, escrito por Ocee Rich e adquirido na Sears, Roebuck.
c. Um exemplar do *Walden*, de Thoreau... que Chris nunca ouviu e pode ser lido centenas de vezes sem cansar. Sempre tento escolher um livro complicado demais para ele e lê-lo não sem interrupções, mas como base para perguntas e respostas. Leio uma ou duas frases, espero que ele lance o seu costumeiro bombardeio de perguntas, respondo-as, leio mais uma ou duas frases. Os clássicos são bons para ler assim. Devem ter sido escritos assim. Houve vezes em que passamos a noite inteira lendo e conversando e, no fim, descobrimos que não tínhamos avançado mais do que duas ou três páginas. É uma forma de leitura que se fazia há cem anos... quando as Chautauquas eram populares. Se você nunca fez isso, não sabe o quanto é agradável.

Vejo que Chris está dormindo completamente relaxado, sem nenhum sinal de sua costumeira tensão. Acho que ainda não vou acordá-lo. O Material de Acampamento é:

1. Dois sacos de dormir.
2. Dois ponchos e uma lona para o chão. Eles se convertem numa barraca e também protegem a bagagem da chuva durante a viagem.
3. Corda.
4. Mapas do governo para as regiões onde pretendemos fazer excursões a pé.
5. Machadinha.
6. Bússola.
7. Cantil. Não o encontrei antes de sair. As crianças devem tê-lo perdido em algum lugar.

8. Dois jogos de refeições do exército, com faca, garfo e colher.
9. Um fogareirozinho a gás, dobrável, com uma lata descartável de gás, de tamanho médio. Foi uma aquisição experimental, que ainda não usei. Quando chove ou quando você está no alto das montanhas, onde não nascem árvores, é difícil arranjar lenha.
10. Algumas latas de alumínio com tampa de rosquear. Para banha, sal, manteiga, farinha, açúcar. Comprei-as há muitos anos, numa loja de artigos para alpinismo.
11. Tira-manchas, para limpeza.
12. Duas mochilas com estrutura de alumínio.

Material para a Motocicleta. Há um jogo de ferramentas que vem com a moto e fica guardado debaixo do assento. Esse jogo é suplementado com o seguinte equipamento:

Uma chave inglesa grande, ajustável. Um martelo de pena. Uma talhadeira. Um jogo de repuxos. Um par de ferros para tirar o pneu. Um jogo de conserto de pneus furados. Uma bomba para encher pneus. Uma lata de bissulfureto de molibdênio para a corrente. (Esse desengripante tem uma tremenda capacidade de penetrar dentro de cada rolamento, que é o que realmente importa, e a superioridade do bissulfureto de molibdênio como lubrificante é bem conhecida. Mas, depois que ele seca, deve ser complementado com o bom e velho óleo de máquina SAE-30.) Uma chave de fenda de impacto. Uma lima. Medidor de espessura do contato das velas. Lâmpada de teste.

Peças de reposição:

Velas. Cabos do acelerador, da embreagem e do freio. Contatos, fusíveis, lâmpadas dos faróis dianteiro e traseiro, elo de emenda da corrente com retentor, chavetas, arame. Uma corrente de reserva (a minha é uma corrente velha que já estava bem desgastada quando a substituí, mas será suficiente para levar a moto a uma oficina se a atual se partir).

E é isso. Nada de cordões de sapatos.

Seria normal, a esta altura, você se perguntar em que espécie de *trailer* eu reboco toda essa parafernália. Mas, na realidade, ela não é tão volumosa quanto parece.

Acho que, se eu deixar, estas outras figuras vão dormir o dia inteiro. Lá fora, o céu está claro e brilhante, e seria uma pena desperdiçar este dia.

Por fim, vou até o outro lado do quarto e sacudo Chris. Seus olhos se abrem de repente e ele senta-se na mesma hora, sem entender o que está acontecendo.

– Hora do banho – digo eu.

Saio. O ar me revigora. Na verdade – meu Deus! – está *frio* aqui fora. Bato com força na porta dos Sutherland.

– Olá – a voz sonolenta de John atravessa a porta. – Hummm. Olá.

Parece o *outono*. As motos estão ensopadas de orvalho. Hoje, nada de chuva, mas está *frio*! A temperatura deve estar entre cinco e dez graus.

Enquanto espero, verifico o nível de óleo do motor, os pneus, os parafusos das rodas e a tensão da corrente. Está um pouco frouxa, e assim desempacoto o jogo de ferramentas para apertá-la. Estou ficando realmente ansioso para partir.

Mando Chris vestir roupas quentes. Já estamos prontos, rodando na estrada, e está frio mesmo. Em poucos minutos, todo o calor das roupas é levado pelo vento e estou tremendo. Revigorante.

Quando o sol subir um pouco mais, vai esquentar. Mais meia hora de viagem e estaremos em Ellendale para tomar o café da manhã. Hoje, nestas estradas retas, provavelmente viajaremos muitos quilômetros.

Se não estivesse tão frio, esta etapa seria simplesmente maravilhosa. O sol em ângulo agudo com a Terra plana incide sobre algo que cobre os campos como geada, mas é somente o orvalho, que rebrilha e reflete uma luz mais ou menos difusa. As sombras matinais que se alongam por toda parte fazem com que o terreno pareça menos plano do que parecia ontem. E é todo nosso. Parece que ninguém ainda se levantou. Segundo meu relógio, são seis e meia. A velha luva que o recobre parece revestida de gelo, mas acho que são só os resíduos da chuvarada de ontem à noite. Excelentes luvas, velhas e desgastadas. Agora, estão tão rígidas por causa do frio que mal consigo abrir os dedos.

Ontem, falei sobre o carinho e o cuidado. Tenho *carinho* por estas luvas de motociclista, velhas e mofadas. Vejo-as voando no vento a meu lado e sorrio para elas, porque têm me acompanhado há tantos anos, e são tão velhas, podres e cansadas, que existe nelas algo de engraçado. Empaparam-se a tal ponto de óleo, suor, poeira e insetos esmagados que, quando as coloco sobre uma mesa, mesmo no calor, elas se recusam a achatar-se. São dotadas de uma memória própria. Não custam mais que três dólares e foram recosturadas tantas vezes que já é quase impossível consertá-las; mesmo assim, invisto meu tempo e minha energia na atividade de remendá-las porque não sou capaz de imaginá-las substituídas por um novo par. Isso não é prático, mas a praticidade não é o valor máximo nem no que diz respeito às luvas nem a qualquer outra coisa.

A própria motocicleta evoca em mim os mesmos sentimentos. Já tendo rodado mais de quarenta mil quilômetros, está entrando na categoria de uma motocicleta viajada, uma veterana, embora haja nas ruas muitas outras mais velhas que ela. Porém, com o passar dos quilômetros – e acho que a maioria dos motociclistas concordaria comigo neste ponto –, você capta certas sensações que dizem respeito àquela moto somente e a nenhuma outra. Um amigo que tem uma motocicleta da mesma marca, modelo e ano me pediu que eu a consertasse. Quando dei uma volta com ela depois, para testá-la, foi difícil de acreditar que muitos anos atrás ela havia saído da mesma fábrica que a minha. Percebia-se que havia muito ela tinha adquirido seu próprio estilo, seu jeito de rodar, seu som, completamente diferentes dos da minha. Não piores, mas diferentes.

Suponho que se possa dizer que isso é uma personalidade. Cada máquina *tem* a sua própria personalidade singular, que provavelmente pode ser definida como a somatória de todas as coisas que você sabe e sente a respeito dela. Essa personalidade muda de modo constante, geralmente para pior, mas às vezes, surpreendentemente, para melhor; e é essa personalidade que é o verdadeiro objeto da manutenção de motocicletas. As novas, no começo, não passam de estranhas de bela aparência; dependendo do modo como são tratadas, degeneram rapidamente e transformam-se em megeras rabugentas ou até aleijadas; ou, por outro lado, tornam-se amigas saudáveis, bondosas, para toda a vida. Apesar das torturas que sofreu nas mãos dos supostos mecânicos, esta moto parece ter se recuperado e, com o passar do tempo, vem precisando de cada vez menos consertos.

Lá está ela! Ellendale!

Uma caixa-d'água, bosques e, entre eles, edifícios banhados pela luz do sol matinal. Desisti de tentar controlar as tremedeiras que me acometeram constantemente ao longo desta etapa da viagem. Segundo o relógio, são sete e quinze.

Daí a poucos minutos estacionamos ao lado de uns edifícios antigos, de tijolos. Volto-me para John e Sylvia, que estacionaram atrás de nós.

– Isso sim é *frio*! – digo.

Eles se limitam a olhar para mim com olhos de peixe morto.

– Revigorante, não? – insisto. Nenhuma resposta.

Espero até que eles desmontem e vejo que John está tentando desamarrar a bagagem. Está com dificuldades para desatar o nó. Desiste e vamos todos em direção ao restaurante.

Tento de novo. Estou à frente deles, andando de costas rumo ao restaurante, sentindo-me um pouco eufórico por causa da viagem, apertando as mãos e rindo alto.

– Sylvia! Fale comigo!

Nem um sorriso.

Acho que eles estão *mesmo* com frio.

Pedem o café da manhã sem olhar para mim.

O café termina e digo por fim:

– E agora?

Lenta e marcadamente, John diz:

– Não vamos sair daqui até o tempo esquentar. – Fala como um xerife ao entardecer, o que, suponho, significa que o que foi dito não está em discussão.

Assim, John, Sylvia e Chris ficam sentados e aquecidos no saguão do hotel anexo ao restaurante enquanto saio para dar uma volta a pé.

Acho que estão furiosos comigo por tê-los acordado tão cedo para uma viagem tão penosa. Quando as pessoas ficam juntas como estamos agora, parece-me que as pequenas diferenças de temperamento tendem a ganhar relevo. Agora, pensando no assunto, lembro-me que nunca andei de moto com eles antes da uma ou duas horas da tarde, embora o nascer do sol seja, para mim, a melhor hora para andar de moto.

A cidadezinha é limpa e bem conservada, ao contrário daquela em que acordamos hoje de manhã. Há algumas pessoas nas ruas, abrindo as lojas, desejando-se "bom dia", conversando e comentando sobre o frio. No lado sombreado da rua, dois termômetros marcam seis e oito graus. Um outro, no sol, marca dezoito.

Depois de alguns quarteirões, a rua principal se transforma em duas valetas de terra dura que atravessam um campo, passam por um edifício metálico pré-fabricado cheio de implementos agrícolas e ferramentas para consertá-los e depois terminam em outro campo. Um homem, de pé no meio do campo, me encara cheio de suspeita e, enquanto examino o edifício metálico, provavelmente se pergunta o que estou fazendo ali. Volto, caminhando rua acima, encontro um banco gelado e fico a contemplar a motocicleta. Nada há para fazer.

É verdade que estava frio, mas não estava *tão* frio. Fico pensando: como John e Sylvia suportam os invernos de Minnesota? Há aí uma incoerência gritante, tão óbvia que quase não vale a pena falar sobre ela. Se não suportam o desconforto físico e não suportam a tecnologia, têm de chegar a uma solução de meio-termo. Dependem da tecnologia e ao mesmo tempo a condenam. Tenho certeza de que eles sabem disso e de que esse conhecimento só contribui para que a situação toda lhes provoque desgosto. Eles não apresentam uma tese lógica; limitam-se a declarar um fato. Mas agora três agricultores chegam à cidade, virando a esquina numa caminhonete novinha em folha. Aposto que com eles acontece o contrário. Gostam de exibir a caminhonete, o trator e a nova máquina de lavar, têm ferramentas para consertá-las caso se quebrem e sabem usar essas ferramentas. *Valorizam* a tecnologia. E são eles que *menos* precisam dela. Se amanhã não houvesse mais tecnologia, eles saberiam o que fazer. Não seria fácil, mas sobreviveriam. John, Sylvia, Chris e eu estaríamos mortos numa semana. A verdade é que a condenação da tecnologia é uma tremenda ingratidão.

Esse, porém, é um beco sem saída. Se uma pessoa é ingrata e você lhe diz que ela é ingrata, tudo bem, você a rotulou; mas não resolveu nada.

Meia hora depois, o termômetro ao lado da porta do hotel marca doze graus. Dentro da grande sala de jantar do hotel, encontro-os inquietos. Suas expressões, porém, dão a entender que estão num estado de espírito melhor, e John diz com otimismo:

— Vou vestir todas as roupas que tenho e então poderemos ir em frente tranqüilos.

Ele vai até as motos e, na volta, diz:

— Detesto desempacotar toda a bagagem, mas não quero fazer mais nenhuma viagem igual a essa última. — Acrescenta que o banheiro dos homens está gelado e, como não há mais ninguém na sala de jantar, vai para trás de uma mesa, afastado de onde estamos sentados. Estou sentado na mesa, conversando com Sylvia, e quando olho para o outro lado vejo John trajando ceroulas azuis-claras, só em roupas de baixo. Pensando no ridículo de sua aparência, ele sorri de orelha a orelha. Fico alguns instantes olhando para seus óculos, deixados sobre a mesa, e então digo a Sylvia:

— Sabe, agora há pouco estávamos sentados aqui, conversando com Clark Kent... olhe lá os óculos dele... e agora, de repente... Lois, será que ele...?

John berra:

— O HOMEM-FRANGO!

Ele corre pelo salão, desliza como um patinador pelo chão encerado, dá um salto mortal apoiando-se com as mãos no chão e depois vem deslizando de volta. Levanta um braço bem alto e se agacha, como se olhasse para o céu.

— Estou pronto, lá vou eu! — Sacode a cabeça com tristeza fingida. — Xiii, é uma pena ter de arrebentar esse teto tão lindo, mas minha visão de raio X me diz que alguém está com problemas. — Chris dá risada.

— Nós é que vamos ter problemas se você não se vestir logo — diz Sylvia.

John ri. — Um exibicionista, hein? "O tarado de Ellendale!" — Pavoneia-se mais um pouco e depois começa a vestir-se por cima das ceroulas. Diz: — Não, não, eles não fariam isso. O Homem-frango tem um acordo com a polícia. Eles sabem quem está do lado da lei, da ordem, da justiça, da decência e da dignidade para todos.

Quando caímos de novo na estrada, ainda está frio, mas não tanto quanto antes. Passamos por várias cidadezinhas e aos poucos, quase imperceptivelmente, o sol vai esquentando, e meus sentimentos se aquecem junto com ele. A sensação de cansaço desaparece completamente e agora o vento e o sol dão uma sensação boa, conferindo realidade à viagem. É a união do calor do sol, da estrada, das fazendas na pradaria verdejante e do vento forte que faz com que isso aconteça. E em pouco tempo só o que temos é uma beleza cálida, o vento, a velocidade e o sol na estrada vazia. A última friagem da manhã se desfaz no ar morno. Vento, e mais sol, e mais quilômetros de uma boa estrada.

Tão verde este verão, e tão novo!

Há margaridas brancas e amarelas diante de uma velha cerca de arame, uma várzea com algumas cabeças de gado e bem ao longe, na distância, uma ligeira elevação de terra com algo dourado por cima. É difícil saber o que é. E não é preciso saber.

Quando pegamos uma leve subida, o zunido do motor fica mais pesado. Chegamos ao alto, vemos à nossa frente uma nova planície, a estrada desce e o zunido some. Pradaria. Tranqüila e distante.

Mais tarde, quando paramos, os olhos de Sylvia lacrimejam por causa do vento. Ela abre os braços e diz:

— É tão bonito! É tão vazio!

Ensino Chris a estender a jaqueta no chão e usar uma outra camisa como travesseiro. Ele não está nem um pouco sonolento, mas digo-lhe para deitar-se mesmo assim, pois o descanso lhe fará bem. Abro minha jaqueta para absorver mais calor. John pega a máquina fotográfica.

Depois de alguns instantes, ele diz:

— Esta é a paisagem mais difícil de fotografar. É preciso uma lente de trezentos e sessenta graus, ou coisa que o valha. Você vê a paisagem e, quando olha pelo visor da câmera, ela não é mais nada. Quando se definem limites, ela já era.

Digo:

— Acho que é isso que é impossível ver de dentro de um carro.

Sylvia diz:

— Uma vez, quando tinha uns dez anos, paramos ao lado da estrada do mesmo jeito que fizemos agora e gastei meio rolo de filme tirando fotos. Quando as fotos vieram da revelação, chorei. Não havia nada.

— Quando vamos continuar a viagem? — diz Chris.

— Por que você está com pressa? — indago.

— Só quero continuar a viagem.

— Lá adiante não há nada melhor do que isto aqui.

Ele olha para baixo em silêncio, testa franzida. — Vamos acampar hoje à noite? — pergunta. Os Sutherland me olham apreensivos.

— Vamos ou não? — ele repete.

— Veremos mais tarde — digo.

— Por que mais tarde?

— Porque agora eu não sei.

— Por que agora você não sabe?

— Bem, eu simplesmente não sei por que agora não sei.

John levanta os ombros para me dizer que não há problema.
– Este não é o melhor lugar para acampar – digo. – Não há abrigo e não há água. – Mas acrescento de repente: – Tudo bem, esta noite vamos acampar.

Nós já havíamos conversado sobre o assunto.

Assim, seguimos pela estrada vazia. Não quero ser dono destas pradarias, nem fotografá-las, nem mudá-las, nem parar, nem seguir em frente. Estamos somente seguindo pela estrada vazia.

5

A lisura da pradaria desaparece e o terreno passa a apresentar profundas ondulações. As cercas são mais raras e o verde, mais pálido... sinais de que nos aproximamos das Planícies Altas.

Paramos em Hague para pôr gasolina e perguntamos se existe algum meio de atravessar o Missouri entre Bismarck e Mobridge. O frentista não conhece nenhum. Já está quente, e John e Sylvia vão a algum lugar para tirar as roupas de baixo. A motocicleta ganha uma troca de óleo e uma lubrificação da correia. Chris observa tudo o que faço, mas com alguma impaciência. Não é um bom sinal.

– Estou com dor nos olhos – diz ele.
– Por quê?
– Por causa do vento.
– Vamos procurar um par de óculos.

Entramos todos numa lanchonete para tomar café e comer bolinhos. Tudo é diferente com exceção de nós mesmos; assim, não conversamos, mas olhamos em volta, captando fragmentos de conversa entre pessoas que parecem se conhecer e olham de relance para *nós* porque *nós* somos novos aqui. Mais tarde, rua abaixo, compro um termômetro a ser guardado na mala e um par de óculos de plástico para Chris.

Também o dono da loja de ferragens não conhece nenhum caminho mais curto para atravessar o Missouri. John e eu estudamos o mapa. Eu tinha esperanças de encontrar uma balsa não-oficial, uma ponte para atravessar a pé ou alguma outra coisa nesse trecho de mais de cento e quarenta quilômetros, mas pelo jeito não há nada, pois do outro lado não há lugar algum aonde as pessoas queiram ir. É a reserva indígena. Decidimos seguir rumo ao sul até Mobridge e ali atravessar o rio.

A estrada para o sul é péssima. A faixa de concreto é estreita e esburacada; pegamos o vento e o sol de frente e há enormes carretas vindo no sentido oposto. Nestas colinas, que parecem uma montanha-russa, elas aceleram na descida e vão muito devagar na subida; além disso, as ondulações nos impedem de ver à frente, o que torna exasperante a passagem pelas carretas. A primeira me meteu medo, pois eu não estava preparado. Agora, antes de passar por uma carreta vinda no sentido oposto, me preparo e me seguro. Não há perigo. É só uma onda de choque que nos atinge. O tempo está mais quente e mais seco.

Em Herreid, John desaparece para tomar um trago enquanto Sylvia, Chris e eu encontramos uma sombra num parque e tentamos descansar. Não há repouso. Ocorreu uma mudança que eu não sei exatamente qual é. As ruas desta cidadezinha são largas, muito mais largas do que precisavam ser, e o ar tem uma lividez de poeira. Os terrenos baldios espalhados aqui e ali entre os edifícios estão cheios de ervas daninhas. Os galpões de zinco e a torre da caixa d'água são como os das outras cidades, mas mais espaçados. Todas as coisas estão mais desgastadas, têm uma aparência mais mecânica e estão colocadas como que ao acaso. Aos poucos, percebo do que se trata. Aqui, ninguém se preocupa em organizar e aproveitar o espaço. A terra já não tem valor. Estamos numa cidade do Oeste.

Em Mobridge, almoçamos hambúrgueres e cerveja numa loja da cadeia A & W, descemos uma rua principal bastante congestionada e lá está ele, ao pé da colina: o Missouri. Aquela água em movimento é muito estranha, ladeada por colinas gramadas que quase nunca recebem água. Olho para trás na direção de Chris, mas ele não parece estar muito interessado.

Descemos tranqüilamente a colina, entramos na ponte barulhenta e a atravessamos, contemplando o rio por entre as vigas metálicas que se sucedem ritmicamente. Estamos do outro lado.

Subimos uma colina compridíssima e penetramos num outro tipo de terreno.

Agora as cercas simplesmente não existem. Nenhum arbusto, nenhuma árvore. Os aclives e declives do terreno são tão amplos que a motocicleta de John parece uma formiguinha ali à frente, cruzando as vertentes verdes. Para além das vertentes, formações rochosas se destacam, encimando o topo dos penhascos.

Tudo tem uma limpeza natural. Se a terra tivesse sido abandonada, teria uma aparência mastigada, amarfanhada, com pedaços do antigo concreto das fundações, restos de arame e de zinco pintado, ervas daninhas tomando conta dos trechos de terreno em que a relva tivesse sido arrancada por algum motivo. Não há nada disso aqui. Não é uma terra conservada; é uma terra que nunca foi tocada. Provavelmente está do jeito que sempre esteve. Terra de reserva.

Para além dessas formações rochosas não há nenhum mecânico de motos camarada, e me pergunto se estamos preparados para isso. Se algo der errado agora, estaremos seriamente encrencados.

Verifico com a mão a temperatura do motor. Sua frieza me tranqüiliza. Puxo a embreagem e deixo a motocicleta rodar um pouco em ponto morto para ouvir o barulho natural do motor. Ouço um ruído estranho e repito o processo. Demoro um pouco para perceber que o motor não está com problema algum. O penhasco à nossa frente emite um eco que permanece mesmo depois de solto o acelerador. Engraçado. Faço isso duas ou três vezes. Chris pergunta o que há de errado e faço-o escutar o eco. Nenhum comentário da parte dele.

Este velho motor tem um som como o de um cofrinho, como se estivesse cheio de moedas de cinco e dez centavos que voassem lá dentro. É terrível, mas não passa do bater normal das válvulas. Quando você se acostuma com esse som e aprende que ele está sempre lá, percebe automaticamente qualquer diferença. Quando não ouve nada de diferente, está tudo bem.

Certa vez, tentei fazer com que John se interessasse por esse som, mas fracassei completamente. Ele só ouviu um ruído, só viu a máquina e as ferramentas cheias de graxa em minhas mãos, mais nada. Não funcionou.

Na realidade, ele não viu o que estava acontecendo e não se interessou o suficiente para tentar descobrir. Não se interessa tanto pelo que as coisas *significam* quanto pelo que elas *são*. Isso é muito importante, o fato de ele ver as coisas desse modo. Levei bastante tempo para perceber essa diferença, e é importante para a Chautauqua que eu a deixe bem clara.

Estava tão perplexo diante da recusa dele de sequer pensar em qualquer coisa relacionada à mecânica que fiquei procurando maneiras de lhe dar algumas pistas para introduzi-lo no assunto, mas não sabia por onde começar.

Pensei em esperar até que ocorresse algo com a moto *dele*. Então, eu *o* ajudaria a consertá-la e *desse* modo despertaria seu interesse. Mas eu mesmo estraguei tudo porque não compreendia essa diferença no jeito de ele ver as coisas.

O guidão dele começou a afrouxar. Não muito, segundo ele, só um pouquinho, quando era sacudido com força. Aconselhei-o a não usar a chave inglesa regulável nas porcas do guidão. Poderia danificar o cromado e abrir caminho para pequenos pontos de ferrugem. Ele concordou em usar minhas chaves métricas.

Quando trouxe sua motocicleta, usei minhas chaves; mas então percebi que, por mais que apertasse, não conseguia diminuir o jogo do guidão, pois as extremidades das duas peças que seguravam o guidão por cima e por baixo já estavam em contato uma com a outra.

– Você vai ter de calçar o guidão – eu disse.

– Como assim, calçar?

– Vai usar uma tira de metal. Teremos de colocá-la ao redor do guidão, entre as duas peças, e ela vai separá-las até um ponto em que você possa apertar as porcas de novo. Esse tipo de calço é usado para ajustar todos os tipos de máquinas.

– Oh – disse ele. Estava ficando interessado. – Ótimo. Onde podemos comprá-la?

– Tenho algumas bem aqui – eu disse alegremente, levantando com a mão uma lata de cerveja.

Ele não entendeu de imediato. Então disse:

– O quê? A *lata*?

– Com certeza – respondi. – O melhor calço que existe.

Eu mesmo achava espertíssima aquela solução. Ele economizaria uma ida a Deus sabe onde para comprar metal de calço, economizaria tempo e economizaria dinheiro.

Mas, para minha surpresa, ele não viu nenhuma esperteza naquilo. Na verdade, ficou bastante arrogante. Logo começou a desconversar e apresentar desculpas de todo tipo e, antes que eu percebesse qual era de fato a sua atitude, já havíamos decidido, no fim das contas, não consertar o guidão.

Pelo que sei, o guidão ainda está solto. E agora creio que, na hora, ele ficou ofendido. Eu tinha tido a *coragem* de sugerir que ele consertasse sua BMW de mil e oitocentos dólares, o ponto alto de meio século de sofisticação mecânica alemã, com um pedaço de uma velha lata de *cerveja*!

Ach, du lieber!

De lá para cá quase não conversamos sobre o conserto de motocicletas. Aliás, agora que penso no assunto, não conversamos nenhuma vez.

Você insiste um pouco no assunto e de repente fica bravo, sem saber por quê.

Para explicá-lo, devo dizer que o alumínio de lata é macio e pegajoso em comparação com outros metais. É perfeito para esse uso. O alumínio não se oxida com o tempo úmido – ou melhor, é permanentemente recoberto por uma fina camada de óxido que impede qualquer oxidação ulterior. Perfeito, mais uma vez.

Em outras palavras, qualquer *verdadeiro* mecânico alemão, amparado por meio século de sofisticação mecânica, concluiria que essa solução específica para esse problema técnico específico era *perfeita*.

Por algum tempo pensei que, na hora, deveria ter escapado para a bancada de trabalho, cortado um pedaço da lata, lixado a pintura, voltado e dito a John que estávamos com sorte, que aquele era o último calço que eu tinha, especialmente importado da Alemanha. Isso teria resolvido o problema. Um calço especial do estoque particular do Barão Alfred Krupp, que só a custo o vendera. Com isso, John deliraria.

Essa fantasia do calço-particular-de-Krupp me satisfez por certo tempo, mas depois se desgastou e vi que era apenas uma forma de vingança. Em lugar dela surgiu aquele antigo sentimento de que já falei, o sentimento de que existe aí algo maior do que o que transparece na superfície. Quando se seguem por tempo suficiente essas pequenas discrepâncias, às vezes elas se abrem em tremendas revelações. Eu tinha somente um sentimento de que isso era um pouco maior do que gostaria de acreditar sem querer pensar no assunto, e voltei assim ao meu hábito de tentar extrair as causas e os efeitos a fim de ver o que, naquilo, poderia produzir tamanho impasse entre a visão de John e a minha em relação àquele belíssimo calço. Essas coisas acontecem a todo momento quando se trabalha com mecânica. Um impasse. Você simplesmente se senta, olha e pensa, e busca aleatoriamente por informações novas, e vai, e volta, até que, depois de um tempo, os fatores invisíveis começam a se revelar.

O que se revelou, primeiro de forma vaga e depois com os contornos nitidamente delineados, foi uma explicação segundo a qual eu olhava aquele calço de maneira intelectual, racional e cerebral, por assim dizer, com o objetivo de só atentar para as propriedades científicas do metal. John entrava no assunto de modo imediato e intuitivo, saboreando-o. Eu o abordava em função de uma forma subjacente; ele, em função da aparência imediata. Eu via o que o calço *significava*; ele, o que o calço *era*. Foi assim que cheguei a essa distinção. E, nesse caso, quando você vê o que o calço *é* – bem, é deprimente. Quem quer ver uma bela máquina de precisão consertada com um pedaço de ferro-velho?

Acho que esqueci de mencionar que John é músico, um baterista que trabalha com bandas da cidade inteira e ganha um bom dinheiro com isso. Suponho que ele pensa em todas as coisas do mesmo modo que pensa quando toca bateria – ou seja, na verdade ele não *pensa* de modo algum. Simplesmente age. Está na coisa. Ante a possibilidade de consertar sua motocicleta com uma latinha de cerveja, ele reagiu como reagiria se alguém atrasasse o ritmo durante uma música. Aquilo fez um grande baque dentro dele e ponto final. Ele não quis mais saber do assunto.

A princípio, essa diferença parecia bem pequena, mas depois cresceu... e cresceu... e cresceu... até que comecei a perceber por que não a tinha notado. Certas coisas não são notadas por serem muito pequenas. Outras, por serem *tão imensas*. Estávamos ambos olhando para a mesma coisa, vendo a mesma coisa, falando sobre a mesma coisa, pensando na mesma coisa, mas ele olhava, via, falava e pensava a partir de uma *dimensão* completamente diferente.

Na verdade, ele *gosta* de tecnologia. O problema é que, nessa outra dimensão, ele se complica e se sente hostilizado por ela. A tecnologia não entra no ritmo dele. Ele tenta fazê-la dançar sem nenhuma premeditação racional e remenda, remenda, remenda... e, depois de tantos remendos e consertos malfeitos, ele desiste e simplesmente lança uma maldição absoluta sobre todo esse monte de porcas e parafusos. Não acredita, ou não quer acreditar, que haja alguma coisa neste mundo que não possa ser resolvida só pela curtição.

É nessa dimensão que ele vive: a dimensão da curtição. Eu, falando o tempo todo sobre mecânica, estou sendo tremendamente careta. São simples partes, relações, análises, sínteses e soluções que não estão realmente *aqui*. Estão em algum outro lugar que acha que é aqui, mas fica a milhões de quilômetros de distância. É *disso* que se trata. Ele vive nessa diferença dimensional que, a meu ver, esteve por trás de boa parte das mudanças culturais dos anos sessenta e ainda está reconfigurando toda a nossa maneira de ver as coisas neste país. O "abismo entre gerações" resultou dela. Os nomes "beat" e "hip" nasceram dela. Agora ficou claro que essa dimensão não é uma simples moda que vai desaparecer no ano que vem ou no ano seguinte. Ela veio para ficar, pois é um modo de ver as coisas muito sério e importante, que *parece* incompatível com a razão, a ordem e a responsabilidade, mas na realidade não é. Agora chegamos à raiz das coisas.

Minhas pernas ficaram tão duras que estão doendo. Estendo-as uma de cada vez e, para alongá-las, viro meu pé o máximo possível para a esquerda e para a direita. Isso ajuda, mas então os outros músculos se cansam de manter as pernas esticadas.

O que temos aqui é um conflito entre duas *visões da realidade*. O mundo tal como você o vê aqui e agora *é a realidade*, independentemente do que dizem os cientistas a respeito dele. É assim que John o vê. Mas o mundo tal como é revelado pelas descobertas científicas também é a realidade, independentemente de quais forem as aparências; e, se as pessoas que vivem na dimensão de John quiserem conservar sua visão da realidade, não poderão limitar-se a ignorar esse fato. John vai ficar sabendo disso se os contatos das velas se queimarem.

Foi por isso que ele ficou tão aborrecido naquele dia em que não conseguiu dar a partida no motor. Aquele acontecimento *invadiu sua realidade*. Abriu um buraco no seu jeito "curtido" de ver as coisas e ele não quis encará-lo, pois dava a impressão de ameaçar todo o seu estilo de vida. De certo modo, ele sentiu a mesma espécie de raiva que as pessoas de mentalidade científica às vezes sentem, ou pelo menos *costumavam* sentir, a respeito da arte abstrata. Esse tipo de arte também não se enquadrava no estilo de vida *delas*.

O que você tem aqui, na verdade, são *duas* realidades: uma, da aparência artística imediata, e outra, da explicação científica subjacente, e as duas não combinam, não se encaixam e não têm muito que ver uma com a outra. É uma situação bem grave. Pode-se dizer que existe um probleminha aí.

A certa altura da estrada comprida e vazia, vemos uma mercearia isolada. Lá dentro, na parte dos fundos, sentamo-nos sobre alguns caixotes e bebemos cerveja em lata.

O cansaço e a dor nas costas estão começando a tomar conta de mim. Empurro a mochila de encontro a um poste e reclino-me sobre ela.

A expressão de Chris evidencia que ele está entrando num estado bem ruim. O dia foi longo e difícil. Ainda em Minnesota, eu dissera a Sylvia que nosso moral decairia no segundo ou terceiro dia, e agora isso estava acontecendo. Minnesota – quando foi isso?

Uma mulher totalmente bêbada está comprando cerveja para um homem que a espera lá fora, dentro de um carro. Não consegue decidir que marca comprar e a esposa do proprietário, à espera, vai ficando irritada. A mulher ainda não consegue se decidir; então, nos vê, acena e pergunta se as motocicletas são nossas. Fazemos que sim com a cabeça. Ela então quer dar uma volta. Fico para trás e deixo que John lide com a situação.

Ele recusa educadamente, mas ela volta uma vez e depois outra, oferecendo-lhe um dólar em troca de uma volta. Faço algumas piadas, mas nenhuma delas é engraçada, e só contribuem para aumentar a depressão. Saímos e caímos de novo nas colinas castanhas e no calor.

Quando chegamos a Lemmon, estamos realmente cansados e doloridos. Num bar, alguém nos diz que ao sul há um lugar para acampar. John quer acampar num parque bem no meio de Lemmon, comentário que soa estranho e deixa Chris morto de raiva.

Há muito tempo não me sinto tão cansado quanto agora. Os outros, idem. Porém, arrastamo-nos por um supermercado, pegamos os alimentos de que conseguimos nos lembrar e, com certa dificuldade, nós os carregamos nas motocicletas. O sol está tão baixo que já estamos quase sem luz. Em uma hora estará escuro. Parece que não conseguimos partir. Pergunto-me se estamos falando bobagens.

– Vamos lá, Chris, vamos embora – digo.

– Não grite *comigo*. *Eu* estou pronto.

Exaustos, tomamos uma estrada vicinal que desce de Lemmon e a percorremos por um tempo que parece interminável, mas que não pode ser tão longo assim porque o sol ainda não se pôs. O *camping* está deserto. Ótimo. Mas nos sobra menos de meia hora de sol e já não temos energia nenhuma. Agora vem o mais difícil.

Tento desempacotar as coisas o mais rápido possível, mas estou tão estupidificado de cansaço que amontôo todas as coisas ao lado da estrada do *camping* sem perceber o quanto aquele ponto é ruim para acampar. Vejo então que é muito ventoso. Este é o vento das Planícies Altas. O lugar é semi-árido; tudo é seco e crestado, com exceção de um lago, uma espécie de grande represa abaixo de nós. O vento sopra do horizonte, passa pelo lago e nos atinge com rajadas violentas. Já está frio. A cerca de vinte metros da estradinha há alguns pinheiros-anões, e peço a Chris que leve as coisas para lá.

Ele não o faz. Caminha para baixo, mais ou menos a esmo, em direção à represa. Carrego sozinho o equipamento.

Entre uma viagem e outra, vejo que Sylvia está fazendo um tremendo esforço para ajeitar o trem de cozinha, mas está tão cansada quanto eu.

O sol se põe.

John juntou lenha, mas as achas são muito grandes e o vento está tão violento que é difícil acender o fogo. É preciso parti-las para obter gravetos. Volto para o capão de pinheiros-anões e procuro a machadinha no lusco-fusco; mas já está tão escuro entre os pinheiros que não consigo encontrá-la. Preciso da lanterna. Procuro-a, mas é igualmente difícil achá-la no escuro.

Volto, dou a partida na moto e vou com ela até lá. Direciono o farol para a bagagem para encontrar a lanterna. Em busca da lanterna, examino todos os itens da bagagem, um por um. Levo bastante tempo para perceber que não preciso da lanterna, mas sim da machadinha, que está ali bem à frente do meu nariz. Quando volto, John já acendeu o fogo. Uso a machadinha para partir algumas achas maiores de lenha.

Chris reaparece. *Ele* está com a lanterna!

– Quando vamos comer? – ele reclama.

– Estamos cuidando disso o mais rápido possível – digo a ele. – Deixe a lanterna aqui.

Ele desaparece de novo, levando a lanterna consigo.

O vento está tão forte que o fogo não consegue alcançar os bifes para fritá-los. Tentamos fazer um anteparo com as grandes pedras que ladeiam a estradinha, mas está escuro demais e não conseguimos ver o que estamos fazendo. Trazemos ambas as motos para perto e colocamos o cenário sob um fogo cruzado de faróis. Uma luz peculiar. O pó de cinza que sobe do fogo fica branco de repente sob essa luz e depois desaparece no vento.

PÁ! Uma explosão bem alta atrás de nós. Então ouço as risadinhas de Chris.

Sylvia está aborrecida.

– Encontrei umas bombinhas – diz Chris.

Contenho minha raiva a tempo de dizer-lhe friamente:

– Agora é hora de comer.

– Preciso de fósforos – ele diz.

– Sente-se e coma.

– Primeiro me dê os fósforos.

– Sente-se e coma.

Ele senta-se e tento comer o bife com minha faca de refeições do exército. A carne, porém, está dura demais, e por isso uso uma faca de caça. A luz do farol da motocicleta incide no meu rosto, de modo que a faca, quando entra dentro do prato, fica totalmente encoberta pela sombra e não a vejo.

Chris diz que não consegue cortar o seu bife e passo-lhe minha faca. Ao estender o braço para pegá-la, ele deixa toda a comida cair na lona.

Ninguém diz uma palavra.

Não estou bravo por ele ter deixado cair a comida. Estou bravo porque agora a lona vai ficar engordurada pelo resto da viagem.

– Tem mais? – ele pergunta.

– Coma *isso* – digo. – Só caiu na lona.

– Está sujo – ele diz.

– Bom, não tem mais.

Somos atingidos por uma onda de depressão. Agora tudo o que quero fazer é ir dormir. Mas ele está bravo e acho que vamos assistir a uma de suas cenas. Fico à espera e ela logo começa.

– Não gosto do gosto disto aqui – diz ele.

— É, é duro, Chris.

— Não gosto de *nada* disto. Não estou gostando nem um pouco deste acampamento.

— A idéia foi *sua* – diz Sylvia. – Foi você quem quis vir acampar.

Ela não deveria dizer isso, mas não tinha como saber. Sylvia e John olham para mim, mas minha expressão não se altera. Sinto muito, mas não há nada que eu possa fazer neste exato momento. Qualquer discussão só fará piorar as coisas.

— Não estou com fome – Chris diz.

Ninguém responde.

— Estou com dor de barriga – ele diz.

A explosão é evitada quando ele se volta para o outro lado e desaparece na escuridão.

Terminamos de comer. Ajudo Sylvia a fazer a limpeza e então nos sentamos juntos. Desligamos os faróis das motos para não esgotar as baterias e porque, de qualquer modo, a luz deles é feia demais. O vento abrandou um pouco e o fogo emite alguma luz. Ao cabo de um certo tempo, meus olhos se acostumam com ela. O alimento e a raiva sacudiram um pouco do torpor. Chris não reaparece.

— Você acha que ele está fazendo isso só para nos *castigar*? – pergunta Sylvia.

— Acho – afirmo –, mas isso não me parece muito correto. – Penso sobre o assunto e acrescento: – Esse é um termo da psicologia infantil, um contexto que não me agrada. Vamos dizer simplesmente que ele está sendo um tremendo patife.

John ri um pouco.

— De qualquer modo – digo – foi um bom jantar. Desculpe por ele ter feito essa cena.

— Ah, não tem problema – diz John. – É só uma pena que ele não tenha comido nada.

— Não lhe fará mal.

— Você não acha que ele vai se perder por aí?

— Não, se ele se perder, vai gritar.

Agora que ele se foi e não temos nada para fazer, tomo mais consciência do espaço à nossa volta. Não há um ruído em lugar algum. A solidão das pradarias.

Sylvia diz:

— Você acha que ele realmente está com dor de estômago?
— Sim — digo de forma um pouco dogmática. Não queria dar continuidade a esse assunto, mas eles merecem uma explicação melhor do que a que estão recebendo. Provavelmente percebem que o que ouviram é só uma parte do problema.
— Tenho certeza que sim — digo por fim. — Ele já foi examinado meia dúzia de vezes por causa disso. Certa vez, a dor foi tão forte que pensamos que fosse apendicite... Lembro-me que estávamos de férias no norte. Eu tinha acabado de formular uma proposta de engenharia para um contrato de cinco milhões de dólares e estava esgotado. É um outro mundo, completamente diferente. Sem tempo, sem paciência, seiscentas páginas de informação a ser redigidas em uma semana. Eu estava a ponto de matar três pessoas diferentes, e achamos que o melhor era ir um pouco para a floresta.
"Não me lembro em que parte da floresta nós estávamos. Minha cabeça girava com dados de engenharia, e Chris só gritava. Não conseguíamos tocar nele, até que por fim percebi que teria de pegá-lo bem rápido e levá-lo ao hospital. Nunca vou me lembrar de onde isso aconteceu, mas os médicos não encontraram nada."
— Nada?
— Nada. Mas a mesma coisa aconteceu também em outras ocasiões.
— Eles não têm *nenhuma* idéia? — pergunta Sylvia.
— Na primavera, diagnosticaram o problema como os primeiros sintomas de uma doença mental.
— O quê? — diz John.
Agora já está escuro demais para que eu possa ver Sylvia ou John, ou mesmo os contornos das montanhas. Fico à escuta dos sons a distância, mas não ouço nada. Não sei o que responder e, assim, não digo nada.
Forçando o olhar, consigo distinguir algumas estrelas acima de nós, mas o fogo à nossa frente dificulta a visão delas. A noite ao redor está espessa e escura. Meu cigarro chega aos dedos e apago-o.
— Eu não sabia disso — diz a voz de Sylvia. Todos os resquícios de raiva desapareceram. — Nós bem que nos perguntamos por que você o trouxe em vez de trazer sua esposa — diz ela. — Ainda bem que você nos contou.
John empurra para dentro da fogueira as extremidades das achas que ainda não foram queimadas.

Sylvia diz:
— Na sua opinião, qual é a causa?
John pigarreia, como que para cortar o assunto, mas respondo:
— Não sei. As causas e efeitos parecem não se encaixar. Causas e efeitos resultam do pensamento. Na minha opinião, a doença mental vem antes do pensamento.
Tenho certeza de que, para eles, isso não tem sentido. Também não tem muito sentido para mim e estou cansado demais para refletir, e, assim, desisto.
— O que pensam os psiquiatras? — pergunta John.
— Nada. Deixei para lá.
— Deixou para lá?
— Deixei.
— E isso é bom?
— Não sei. Não consigo conceber nenhum motivo racional para dizer que *não* seja bom. É só um bloqueio mental que eu tenho. Penso nisso, em todos os bons motivos para isso, planejo uma consulta, chego até a procurar o número de telefone. Então desce o bloqueio e é como se uma porta se fechasse com força.
— Isso não me parece correto.
— É o que todos pensam. Suponho que não vou poder conservar esta mesma atitude para sempre.
— Mas *por quê?* — pergunta Sylvia.
— Não *sei* por quê... é só que... não sei... eles não são *da nossa parentela*. — Uma palavra surpreendente, penso com meus botões que nunca a usei antes. Não são da mesma *família*... parece conversa de caipira... não são da mesma *espécie*... mesma raiz... *bondade*, também... não podem ter uma verdadeira *bondade* para com ele, não são da *parentela* dele...* É exatamente esse o sentimento que tenho.
Uma palavra antiga, tão antiga que quase já perdeu o sentido. Como mudou no decorrer dos séculos! Hoje em dia, qualquer um pode ser "bom". E se espera que todos o sejam. A diferença é que, no passado, você o era desde que nascia e não podia mudar esse fato. Hoje

▼

---

* As palavras *kin* ("parentela" ou "família"), *kind* ("espécie") e *kindness* ("bondade", "gentileza"), usadas no original, têm todas a mesma raiz. (N. do T.)

em dia, na maior parte do tempo, é só uma atitude de mentira, como a dos professores no primeiro dia de aula. Mas o que podem saber sobre a *bondade* os que não são *parentes*?

Meus pensamentos repassam repetidamente essa idéia... *mein Kind* – meu filho. Lá está ela, numa outra língua. *Mein Kinder*... *"Wer reitet so spät durch Nacht und Wind? Es ist der Vater mit seinem Kind."* Isso provoca um sentimento estranho.

– No que você está pensando? – pergunta Sylvia.

– Num antigo poema, de Goethe. Deve ter duzentos anos de idade. Há muito tempo, tive de aprendê-lo. Não sei por que me lembro dele agora, a não ser... – Retorna o sentimento estranho.

– O que ele diz? – pergunta Sylvia.

Tento me lembrar. – Um homem anda a cavalo por uma praia à noite, no vento. Ele leva seu filho bem seguro em seus braços. Pergunta ao filho por que ele está tão pálido, e o filho responde: "Pai, você não vê o fantasma?" O pai tenta tranqüilizar o menino, dizendo que o que ele vê é somente uma massa de neblina ao longo da praia e o que ele ouve é somente o farfalhar das folhas com o vento, mas o filho continua dizendo que é o fantasma, e o pai cavalga cada vez mais rápido noite adentro.

– E como termina?

– Fracasso... a morte da criança. O fantasma vence.

O vento aviva as brasas e vejo Sylvia olhar para mim apreensiva.

– Mas isso foi em outra terra, em outro lugar – digo. – Aqui, a vida é o fim de tudo e os fantasmas nada significam. Acredito nisso. Acredito também em tudo isto – acrescento, olhando para a pradaria escurecida –, embora não saiba ainda o que tudo isto significa... Atualmente, não tenho certeza de quase nada. Talvez seja por isso que eu fale tanto.

As brasas vão morrendo. Fumamos nossos cigarros. Chris está longe, em algum ponto da escuridão, mas não vou sair tropeçando atrás dele. John mantém um silêncio estudado, Sylvia está quieta, e de repente estamos todos separados, cada qual sozinho em seu próprio universo, e não há comunicação entre nós. Apagamos o fogo e voltamos para os sacos de dormir, em meio aos pinheiros.

Constato que este minúsculo refúgio de pinheiros-anões onde pus os sacos de dormir é também o lugar onde milhões de pernilongos, vindos da represa, refugiam-se do vento. O repelente de pernilongos não tem nenhum efeito contra eles. Arrasto-me para o fundo do saco de dormir e só deixo aberto um buraquinho para respirar. Estou quase dormindo quando Chris finalmente aparece.

— Há um enorme monte de areia aqui perto — ele diz, fazendo barulho com os pés nas folhas secas de pinheiro.
— Está certo — digo. — Vá dormir.
— Você deveria ir ver. Amanhã você vai ver?
— Não teremos tempo.
— Posso brincar ali amanhã de manhã?
— Pode.

Enquanto se despe e entra no saco de dormir, ele faz um barulho interminável. Está dentro do saco. Vira-se então para um lado. Fica em silêncio e revira-se mais um pouco. Então diz:
— Pai?
— O que foi?
— Como era quando você era criança?
— Vá *dormir*, Chris! — Nossa capacidade de ouvir tem seus limites.

Mais tarde, ouço um fungar de nariz que me diz que ele esteve chorando; e, embora esteja exausto, não durmo. Algumas palavras de conforto poderiam ter ajudado naquela hora. Ele estava tentando fazer as pazes. Mas por algum motivo as palavras não vêm. Palavras de conforto são mais para estranhos, para hospitais, não para parentes. Não é desses pequenos *Band-aids* emocionais que ele precisa, não é isso que busca... Não sei do que ele precisa nem o que busca.

A lua minguante sobe do horizonte por trás dos pinheiros, e pelo seu arco lento e paciente pelo céu meço minhas horas de semi-sono. Cansaço demais. A lua, sonhos estranhos, zumbidos de pernilongos e bizarros fragmentos de memória se confundem e se misturam numa irreal paisagem perdida em que, embora brilhe a lua, há uma massa de neblina e estou cavalgando. Chris está comigo e o cavalo salta sobre um riozinho que cruza a areia rumo ao oceano, em algum lugar além. E então isso se rompe... E então reaparece.

E na neblina surgem os contornos de uma figura. Ela some quando a contemplo diretamente, mas reaparece no canto de meu campo de visão quando desvio o olhar. Estou a ponto de dizer algo, de chamá-la, de reconhecê-la, mas não faço isso, pois sei que o ato de reconhecê-la por um gesto ou atitude qualquer equivale a conferir-lhe uma realidade que ela não pode ter. Porém, é uma figura que eu reconheço, embora não o admita. É Fedro.

Mau espírito. Louco. Vindo de um mundo onde a vida e a morte não existem.

A figura se esvai e contenho o pânico... firme... sem pressa... deixando que ele continue... sem crer nele nem descrer dele... mas os cabelos de minha nuca lentamente se eriçam... ele está chamando Chris, é isso?... É isso?...

6

Segundo meu relógio, são nove horas. E já está quente demais para o sono. Fora do saco de dormir, o sol já está alto no céu. O ar ao redor está limpo e seco.

Levanto do chão, artrítico e de olhos esbugalhados.

Minha boca já está seca e meus lábios, rachados. Meu rosto e minhas mãos estão cobertos de picadas de pernilongos. Sinto a dor de algumas queimaduras causadas pelo sol da manhã anterior.

Para lá dos pinheiros há a relva crestada e montões de terra e areia tão brilhantes que são difíceis de olhar. O calor, o silêncio, as colinas áridas e o céu totalmente aberto dão a sensação de um espaço imenso, intenso.

Nenhuma umidade no céu. Hoje o calor vai ser de arrasar.

Saio dos pinheiros para um trecho de areia seca entre extensões de relva e fico observando por bastante tempo, meditativamente...

Decidi que, na Chautauqua de hoje, vou começar a explorar o mundo de Fedro. Antes, pretendia simplesmente reafirmar algumas de suas idéias a respeito da tecnologia e dos valores humanos, sem fazer nenhuma referência pessoal a ele, mas o esquema de pensamentos e lembranças da noite passada indicou que não é esse o caminho a seguir. Omitir agora a pessoa dele seria fugir de algo do qual não se deve fugir.

No primeiro lusco-fusco da manhã, o que Chris disse a respeito da avó do amigo voltou à minha mente, esclarecendo uma coisa. Ela dissera que os fantasmas aparecem quando alguém não foi adequadamente enterrado. Isso é verdade. Ele nunca *foi* adequadamente enterrado, e é exatamente essa a raiz do problema.

Mais tarde, volto e vejo que John está de pé e me olha sem nada entender. Ainda não está realmente acordado, e agora anda em círculos, sem rumo, para clarear a mente. Logo Sylvia se levanta também, e seu olho esquerdo está todo inchado. Pergunto-lhe o que aconteceu. Ela diz que foram as picadas de pernilongos. Começo a juntar a parafernália para carregar a motocicleta. John faz a mesma coisa.

Depois disso, acendemos uma fogueira enquanto Sylvia abre pacotes de toicinho defumado, ovos e pão para o desjejum.

Quando a comida fica pronta, acordo Chris. Ele não quer se levantar. Chamo-o de novo e ele diz não. Agarro a parte de baixo do saco de dormir, dou-lhe um tremendo puxão e ele está fora, piscando os olhos em meio às agulhas secas de pinheiros. Leva algum tempo para perceber o que lhe aconteceu, enquanto enrolo o saco de dormir.

Chega para tomar o desjejum com a expressão de quem foi ofendido, engole um bocado, diz que não está com fome e está com dor de estômago. Aponto para o lago abaixo de nós, tão estranho no meio desta paisagem semi-árida, mas ele não demonstra nenhum interesse. Reitera sua queixa. Deixo que ele se queixe e John e Sylvia fazem o mesmo. Felizmente, eu já lhes disse qual é a situação dele. Se não tivesse dito, poder-se-ia criar um verdadeiro atrito entre nós.

Terminamos o desjejum em silêncio e me sinto estranhamente tranqüilo. A decisão a respeito de Fedro pode ter algo a ver com isso. Mas também estamos cerca de trinta metros acima da represa, olhando para o outro lado dela em direção a uma espécie de vastidão típica do Oeste. Colinas áridas, ninguém à vista, nenhum ruído; em lugares como esse, há algo que levanta um pouco o seu moral e o faz pensar que as coisas provavelmente vão melhorar.

Enquanto reponho o resto do equipamento no porta-bagagens, constato, surpreso, que o pneu de trás está extremamente gasto. Deve ser por causa da velocidade, da carga e do calor da estrada no dia de ontem. A corrente também está frouxa. Tiro as ferramentas para ajustá-la e solto um gemido.

– Qual é o problema? – diz John.

– A rosca de ajuste da corrente está espanada.

Tiro o parafuso de ajuste e examino a rosca.
— Foi culpa minha, que tentei ajustá-la uma vez sem afrouxar a porca do eixo. O parafuso está bom. — Mostro-o a John.
— Parece que o que está espanado é a rosca interna do quadro da moto.
John olha longamente para a roda. — Será que você consegue chegar à cidade?
— Ah, sim, com certeza. Ela pode rodar assim para sempre. Só fica difícil ajustar a corrente.

Ele me observa atentamente enquanto solto a porca do eixo traseiro até deixá-la somente em ligeiro contato com o quadro, bato-a com um martelo até deixar a corrente na tensão correta, aperto a porca com toda a força para impedir o eixo de escorregar para a frente mais tarde e recoloco o pino de contenção. Ao contrário das porcas que seguram os eixos de um automóvel, esta não afeta a regulagem dos rolamentos.

— Como você sabia o que fazer?
— Basta pensar um pouco.
— Eu não saberia nem por onde começar — diz ele.

Penso comigo mesmo: sem dúvida é esse o problema, por onde começar. Para tocar John, para alcançá-lo, é preciso recuar cada vez mais; e, quanto mais você recua, tanto mais tem de recuar, até que algo que parecia um pequeno problema de comunicação se transforma numa grande investigação filosófica. É esse, suponho, o porquê da Chautauqua.

Coloco em ordem o jogo de ferramentas, fecho a tampa da caixa e penso comigo mesmo: vale a pena tentar tocá-lo.

De novo na estrada, o ar fresco faz evaporar o suor do trabalho com a corrente e por algum tempo me sinto bem. Porém, assim que o suor seca, sinto calor. Já deve fazer por volta de trinta graus.

Não há trânsito nesta estrada e vamos direto em frente. É um dia para se viajar.

* * *

Quero agora começar a cumprir um certo dever de gratidão, e por isso afirmo que houve uma pessoa, que não está mais aqui, que tinha algo a dizer e o disse, mas em quem ninguém acreditou e que ninguém chegou realmente a compreender. Esquecida. Por motivos que logo se evidenciarão, preferiria que ela permanecesse esquecida, mas não tenho alternativa: sou obrigado a reabrir seu processo.

Não conheço sua história inteira. Ninguém jamais a conhecerá, com exceção do próprio Fedro, e ele já não pode falar. Porém, a partir de seus escritos, do que outras pessoas disseram e de fragmentos de minha própria memória, será possível construir uma imagem aproximada daquilo sobre o que ele falava. Uma vez que as idéias básicas desta Chautauqua foram tiradas dele, não faremos uma digressão propriamente dita, mas apenas uma ampliação, que poderá tornar a Chautauqua mais compreensível do que se fosse apresentada de maneira puramente abstrata. Sem dúvida, o motivo da ampliação não é defender a causa de Fedro nem, muito menos, louvá-lo. O objetivo é enterrá-lo – de uma vez por todas.

Lá em Minnesota, quando passávamos por entre os pântanos, falei alguma coisa sobre as "formas" da tecnologia, a "força mortífera" da qual o casal Sutherland parecia estar fugindo. Quero caminhar agora na direção oposta à dos Sutherland, *rumo* a essa força, até o seu próprio centro. Fazendo assim, estaremos penetrando no mundo de Fedro, o único mundo que ele chegou a conhecer, no qual toda compreensão se dava em função da forma subjacente.

O mundo da forma subjacente é um estranho objeto de discussão, pois na verdade ele mesmo é uma *modalidade* de discussão. As coisas podem ser discutidas em função de sua aparência imediata ou de sua forma subjacente; e, quando você tenta discutir essas modalidades de discussão, incorre em algo que podemos chamar de um "problema de plataforma". Com exceção das duas modalidades, não há outra plataforma a partir da qual você possa discuti-las.

Antes, discuti o mundo de Fedro – o mundo da forma subjacente –, ou pelo menos o aspecto desse mundo que se chama tecnologia, a partir de um ponto de vista exterior. Agora me parece correto que eu fale sobre esse mundo da forma subjacente a partir do seu próprio ponto de vista. Quero falar sobre a forma subjacente do próprio mundo da forma subjacente.

Para isso, antes de mais nada é preciso definir uma dicotomia; mas, para poder usá-la com honestidade, tenho de retroceder e dizer o que *ela* significa; e essa, por si mesma, já é uma longa história. Faz parte do problema da retrocessão. Neste exato instante, porém, quero simplesmente usar a dicotomia e deixar para explicá-la depois. Quero dividir a inteligência humana em dois tipos – a inteligência clássica e a inteligência romântica. Do ponto de vista da verdade última, esse tipo de dicotomia praticamente não tem significado; mas ele é perfeitamente legítimo quando se opera dentro do modo clássico, usado para descobrir ou criar um mundo de formas subjacentes. Os termos *clássico* e *romântico*, segundo o uso que Fedro lhes dava, significam o seguinte:

A inteligência clássica vê o mundo primariamente como forma subjacente. A inteligência romântica o vê primariamente em função da aparência imediata. Se você mostrasse um motor, um desenho mecânico ou um esquema eletrônico a um romântico, ele provavelmente não se interessaria muito. O objeto não tem apelo porque a realidade que o romântico vê é a superfície: listas complexas e monótonas de nomes, linhas e números. Nada de interessante. Porém, se você mostrasse o mesmo projeto ou esquema ou fizesse a mesma descrição a uma pessoa clássica, essa pessoa poderia olhar para o objeto e fascinar-se, pois veria que as linhas, figuras e símbolos contêm uma tremenda riqueza de formas subjacentes.

O modo romântico é primariamente inspirado, imaginativo, criativo e intuitivo. Os sentimentos prevalecem sobre os fatos. A "Arte", quando se opõe à "Ciência", costuma ser romântica. Não procede por meio da razão ou de leis. Procede por meio do sentimento, da intuição e da consciência estética. Nas culturas do norte da Europa, o modo romântico é de hábito associado à feminilidade, mas essa associação não é necessária de modo algum.

O modo clássico, por sua vez, procede por meio da razão e de leis – as quais, em si mesmas, são formas subjacentes de pensamento e comportamento. Nas culturas européias, ele é primariamente um modo masculino, e é por esse motivo que as mulheres não se sentem atraídas pelos campos da ciência, do direito e da medicina. Embora andar de moto seja uma atividade romântica, a manutenção de motocicletas é puramente clássica. A poeira, a graxa, o necessário domínio da forma subjacente dão-lhe uma conotação tão anti-romântica que as mulheres jamais se aproximam dela.

Embora a feiúra superficial seja um atributo comum do modo clássico de inteligência, não é um atributo intrínseco. Existe uma estética clássica que, em virtude de sua sutileza, freqüentemente passa despercebida pelos românticos. O estilo clássico é direto, sem ornamentos, pouco emotivo, econômico e cuidadosamente proporcionado. Seu objetivo não é promover uma inspiração emocional, mas criar a ordem a partir do caos e dar a conhecer o desconhecido. Não é um estilo natural e esteticamente livre. É esteticamente contido. Tudo é controlado. Seu valor se mede pela habilidade com que esse controle é exercido.

Para um romântico, esse modo clássico costuma parecer insípido, feio e canhestro, como a própria manutenção de aparelhos mecânicos. Todas as coisas são entendidas em função de suas peças, partes, componentes e relações. Nada se define até ser passado dez vezes pelo computador. Tudo tem de ser medido e comprovado. Opressivo. Pesado. Infinitamente cinza. A força mortífera.

Visto de dentro do modo clássico, porém, o romântico também tem a sua aparência própria. Frívolo, irracional, volúvel, indigno de confiança, interessado sobretudo pela busca de prazer. Superficial. Sem substância. Muitas vezes, é um parasita que não quer ou não pode suportar o próprio peso. Um atraso para a sociedade. A esta altura, esses exércitos alinhados em lados opostos já devem parecer mais ou menos familiares.

Essa é a origem do problema. As pessoas tendem a pensar e sentir exclusivamente dentro de uma modalidade ou da outra, e, assim fazendo, deixam de compreender e de dar o devido valor à modalidade oposta. Porém, ninguém se dispõe a negar a verdade que tem diante dos olhos, e, pelo que sei, ninguém que ainda esteja vivo operou uma verdadeira reconciliação entre essas verdades ou modalidades. Não existe um ponto em que se unifiquem essas visões da realidade.

Assim, em tempos recentes, vimos o desenvolvimento de uma enorme cisão entre uma cultura clássica e uma contracultura romântica – dois mundos cada vez mais separados e com ódio um do outro, dois mundos nos quais todos se perguntam se as coisas sempre serão assim, uma casa dividida contra si mesma. Na realidade, nenhuma pessoa quer essa divisão – apesar do que possam pensar seus antagonistas situados na dimensão oposta.

É nesse contexto que os pensamentos e palavras de Fedro são importantes. Porém, naquela época, *ninguém* ouvia. No começo, limitavam-se a considerá-lo excêntrico; depois, indesejável; depois, com um parafuso a menos; por fim, francamente louco. Ao que parece, não há dúvida de que ele *era* louco, mas boa parte de seus escritos da época indicam que o que o deixou louco foi essa opinião hostil a seu respeito.

Um comportamento incomum tende a provocar estranheza nos outros; isso tende a alimentar o comportamento incomum, e de novo a estranheza, em ciclos que se repetem e se alimentam a si mesmos até que se alcance alguma espécie de clímax. No caso de Fedro, esse clímax foi uma prisão com mandado judicial e a reclusão permanente, longe da sociedade.

Vejo que chegamos à intersecção com a US 12, na qual viraremos à esquerda, e John parou para abastecer. Paro ao lado dele.

O termômetro à porta do posto marca 33 graus.

– Hoje vai ser mais um dia difícil – digo.

Com os tanques cheios, atravessamos a rua e paramos num restaurante para tomar café. Chris, como era de esperar, está com fome.

Eu lhe digo que estava à espera desse momento. Digo-lhe que ou ele come conosco ou não come de jeito nenhum. Não o digo com raiva. Apenas afirmo um fato. Ele se ressente, mas percebe que estou falando sério.

Vislumbro em Sylvia uma fugaz expressão de alívio. Evidentemente, ela pensava que esse problema continuaria.

Quando terminamos o café e vamos de novo para fora, o calor está tão feroz que subimos nas motos e nos pomos em movimento o mais rápido possível. Mais uma vez aquele frescor momentâneo, que logo desaparece. O sol torna tão brilhantes a areia e a relva crestada que tenho de franzir os olhos para não me ofuscar. A US 12 é uma estrada velha e ruim. O concreto esburacado é remendado com asfalto e cheio de protuberâncias. Placas de sinalização indicam que teremos desvios à frente. Vez por outra, de ambos os lados da estrada, vêem-se antigos galpões e bancas que se acumularam no decorrer dos anos. Agora, o trânsito está pesado. Estou feliz por estar pensando no mundo de Fedro, clássico, racional e analítico.

Desde a Antiguidade, as pessoas usavam esse tipo de racionalidade para se afastar do tédio e da depressão do meio ambiente próximo. Isso é difícil de perceber porque, embora ela fosse usada como uma fuga, a fuga foi tão bem-sucedida que hoje em dia é dela que os românticos tentam escapar. Se é tão difícil ver com clareza o mundo de Fedro, não é porque ele é estranho, mas sim porque é demasiadamente conhecido. Também a familiaridade pode nos cegar.

Esse modo de ver as coisas produz uma espécie de descrição que pode ser chamada de "analítica". É esse um outro nome da plataforma clássica a partir da qual as coisas são discutidas em função de sua forma subjacente. Fedro era uma pessoa totalmente clássica. E, para dar uma descrição mais completa disso, quero agora voltar a abordagem analítica para si mesma – analisar a própria análise. Para fazer isso, antes de mais nada, vou dar um exemplo bastante extenso dessa abordagem e depois dissecá-lo. A motocicleta é um objeto perfeito para essa análise, porque ela foi inventada por mentes clássicas. Ouçam, então:

Para os fins de uma análise clássica racional, uma motocicleta pode ser dividida segundo os complexos que a compõem ou segundo suas funções.

Se for dividida segundo os complexos que a compõem, a divisão mais básica é entre o complexo motor e o complexo de rodagem.

O complexo motor pode ser dividido em motor e transmissão. Trataremos primeiro do motor.

O motor consiste numa cápsula que contém um sistema de geração de energia, um sistema de combustível, um sistema de ignição, um sistema de retroalimentação e um sistema de lubrificação.

O sistema de geração de energia consiste em cilindros, pistões, êmbolos e bielas, um eixo de manivelas e um disco volante.

Os componentes do sistema de combustível, que faz parte do complexo motor, são o tanque e o filtro de gasolina, o filtro de ar, um carburador, válvulas e tubos de descarga.

O sistema de ignição consiste num alternador, um retificador, uma bateria, uma bobina e velas de ignição.

O sistema de retroalimentação consiste numa correia dentada, um eixo de ressaltos, os próprios ressaltos e um distribuidor.

O sistema de lubrificação consiste numa bomba de óleo e canais dentro da cápsula, por onde se distribui o óleo.

O sistema de transmissão anexo ao motor consiste em embreagem, caixa de marchas e corrente.

O complexo de suporte que acompanha o complexo motor consiste em uma estrutura que inclui apoios para os pés, assento e guardas; um conjunto de direção; amortecedores dianteiros e traseiros; rodas; alavancas e cabos de controle; faróis e buzina; velocímetro e hodômetro.

Essa é a motocicleta dividida de acordo com seus componentes. Para saber para que servem os componentes, é necessária uma divisão segundo as funções:

Uma motocicleta pode ser dividida em funções normais de rodagem e em funções especiais, controladas pelo operador.

As funções normais de rodagem podem ser divididas em funções que acompanham o ciclo de admissão, funções que acompanham o ciclo de compressão, funções que acompanham o ciclo de explosão e funções que acompanham o ciclo de descarga.

E assim por diante. Eu poderia me estender e dizer quais são as funções específicas e a seqüência em que ocorrem durante cada um dos quatro ciclos, e depois passar às funções controladas pelo operador; e teríamos aí uma descrição bastante sucinta da forma subjacente de uma motocicleta. Comparada com outras descrições desse tipo, esta seria extremamente curta e rudimentar. Pode-se falar indefinidamente sobre praticamente qualquer um dos componentes mencionados. Já li todo um livro de engenharia elétrica que trata exclusivamente dos pontos de contato, que são uma parte pequena, mas essencial, do distribuidor. Existem outros tipos de motores a explosão além do motor Otto de um cilindro aqui descrito: o motor de dois ciclos, motores de mais de um cilindro, o motor Diesel, o motor Wankel – mas esse exemplo basta.

Essa descrição trataria do "o quê" da motocicleta, segundo seus componentes, e do "como" do motor, segundo suas funções. Pode sentir-se muito a falta de uma análise do "onde", sob a forma de uma ilustração, e de uma análise do "por que", sob a forma dos princípios de engenharia mecânica que produziram essa determinada configuração das partes. Porém, nosso objetivo aqui não é analisar exaustivamente a motocicleta. É fornecer um ponto de partida, um exemplo de um modo de entender as coisas, o qual se tornará ele mesmo um objeto de análise.

Decerto, à primeira vista, não há nada de estranho nessa descrição. Ela parece algo tirado de um livro de referência para principiantes, ou talvez da primeira lição de um curso profissionalizante. O que há nela de incomum é percebido quando ela deixa de ser um modo de discurso e se torna um objeto de discurso. Então certas coisas podem ser observadas.

A primeira coisa a observar acerca dessa descrição é tão óbvia que ela tem de permanecer em suspenso para não submergir todas as demais observações. É o seguinte: ela é mais opaca que água poluída.

Blablablá, blablablá, blablablá, carburador, relação de marchas, compressão, blablablá, pistão, velas, injeção, blablablá etc. Essa é a face romântica do modo clássico. Opaco, canhestro e feio. Poucos românticos vão além desse ponto.

Porém, se você conseguir deixar em suspenso essa observação extremamente óbvia, poderá notar outras coisas que não se manifestam de imediato.

A primeira é que a motocicleta, descrita desse modo, é praticamente ininteligível se você já não sabe como ela funciona. Não estão ali as impressões superficiais imediatas que são essenciais para um primeiro entendimento. Só resta a forma subjacente.

A segunda é que também o observador não está lá. A descrição não diz que, para ver o pistão, você precisa remover o cabeçote. "Você" não faz parte do quadro. Até mesmo o "operador" é uma espécie de robô sem personalidade cuja operação funcional sobre a máquina é completamente mecânica. Nessa descrição, não existem verdadeiros sujeitos; apenas objetos independentes de qualquer observador.

A terceira é que as palavras "bom" e "mau" e todos os seus sinônimos estão completamente ausentes. Não se expressou nenhum juízo de valor; somente fatos.

A quarta é que há aí uma faca em movimento. Uma faca mortífera, um bisturi intelectual tão afiado e tão rápido que, às vezes, você não vê o movimento dele. Tem a ilusão de que todas essas partes estão ali e recebem seus nomes na medida de sua existência real. Porém, dependendo do movimento da faca, elas podem receber nomes muito diferentes e podem ser organizadas de maneira muito diferente.

O mecanismo de retroalimentação, por exemplo, que inclui o eixo de ressaltos, a correia dentada, os ressaltos e o distribuidor, só existe em virtude de um corte incomum dessa faca analítica. Se você fosse a uma loja de peças de motocicletas e pedisse um conjunto de retroalimentação, eles não saberiam de que diabos você está falando. Não dividem as coisas desse modo. Não há dois fabricantes que dividam as coisas da mesma maneira, e todo mecânico conhece o problema da peça que não pode ser comprada porque não existe, e que não existe porque o fabricante a considera uma parte de alguma outra coisa.

É importante ver essa faca como ela é e não cometer o erro de pensar que a motocicleta, ou outra coisa qualquer, é como é pelo simples fato de a faca a ter cortado desse modo. É importante concentrar-se na faca em si. Mais tarde vou querer demonstrar que a capacidade de usar essa faca de forma criativa e eficaz pode resultar em soluções para a cisão entre clássico e romântico.

Fedro era um mestre no uso dessa faca e empunhava-a com destreza e com uma sensação de poder. Com um único golpe de pensamento analítico, cortava o mundo inteiro em partes que ele mesmo escolhia, cortava as partes e cortava ainda os fragmentos das partes em elementos cada vez menores, até tê-los reduzido ao que quisesse que eles fossem. Mesmo o uso especial dos termos "clássico" e "romântico" é um exemplo dessa habilidade.

Porém, se a habilidade analítica fosse sua única qualidade, eu estaria mais do que disposto a não dizer uma palavra sequer a respeito dele. Se é importante não me calar, é porque ele usava essa habilidade de maneira bizarra mas, ao mesmo tempo, significativa. Ninguém jamais percebeu isso, acho que nem ele mesmo o percebeu, e pode até ser que tudo não passe de ilusão minha; mas a faca que ele usava era menos a de um assassino que a de um mau cirurgião. Talvez não haja diferença. Mas ele via uma realidade doente, moribunda, e começou a cortar fundo, cada vez mais fundo, para chegar à raiz dela. Estava em busca de algo. Isso é importante. Estava em busca de algo e usou a faca porque era o único instrumento de que dispunha. Porém, assumiu tanta responsabilidade e foi tão longe que, no fim, ele mesmo foi sua verdadeira vítima.

7

Agora o calor está em toda parte. Já não consigo ignorá-lo. O ar é como o bafo de uma fornalha, tão quente que meus olhos, sob os óculos de proteção, parecem frescos comparados com o restante do rosto. Minhas mãos estão frescas, mas na parte de cima das luvas há grandes manchas pretas de suor rodeadas de riscas brancas de sal seco.

Na estrada, à nossa frente, um corvo bica um pedaço de carniça e sai voando lentamente quando nos aproximamos. Parece o cadáver de um lagarto, seco e colado ao asfalto.

Surge no horizonte uma imagem de edifícios, tremeluzindo com o calor. Consulto o mapa e chego à conclusão de que é a cidade de Bowman. Penso em água gelada e ar-condicionado.

Nas ruas e calçadas de Bowman não vemos quase ninguém, embora um grande número de carros estacionados nos mostre que as pessoas estão por lá. Todas dentro de casa. Estacionamos as máquinas em ângulo, embicadas para fora, para podermos sair mais rápido. Um velho sozinho, usando um chapéu de abas largas, fica a nos observar enquanto montamos as motos sobre os apoios e tiramos capacetes e luvas.

– Está quente o suficiente para vocês? – pergunta ele. Seu rosto é completamente inexpressivo.

John balança a cabeça e diz:
– Meu Deus!

A expressão do rosto, sombreada pelo chapéu, transforma-se quase num sorriso.

– Qual é a temperatura? – pergunta John.

– Trinta e nove graus – diz ele. – Na última vez que vi. Deve chegar a quarenta.

Ele nos pergunta de onde viemos e, quando lhe dizemos, balança a cabeça numa espécie de gesto de aprovação.

– É um longo caminho – diz ele. Então, pergunta sobre as máquinas.

A cerveja e o ar-condicionado nos chamam, mas não nos afastamos. Simplesmente ficamos em pé sob o sol de trinta e nove graus conversando com essa pessoa. É um pecuarista, aposentado; diz que há muitas fazendas e ranchos na região e que, anos atrás, tinha uma motocicleta Henderson. Agrada-me o fato de ele querer conversar sobre sua Henderson sob este sol de trinta e nove graus. Falamos sobre o assunto por certo tempo, diante da impaciência cada vez maior de John, Sylvia e Chris. Quando finalmente nos despedimos, ele diz que ficou muito contente de nos conhecer e, embora conserve o rosto ainda inexpressivo, sentimos que disse a verdade. Afasta-se com uma espécie de vagarosa dignidade no sol de trinta e nove graus.

No restaurante, tento tecer um comentário sobre o assunto mas ninguém se interessa. John e Sylvia parecem não ter dado a mínima. Simplesmente, sentam-se e absorvem o ar-condicionado sem fazer um movimento sequer. A garçonete vem anotar o pedido e isso os tira um pouco do transe, mas eles ainda não sabem o que pedir e, assim, ela se afasta novamente.

– Acho que não quero sair daqui – diz Sylvia.

Volta-me a imagem do velho de chapéu largo.

– Pense em como era aqui antes do ar-condicionado.

– Estou pensando – ela responde.

– Com as estradas tão quentes e o meu pneu traseiro do jeito que está, não devemos ultrapassar os cem por hora – digo.

Nenhum comentário da parte deles.

Ao contrário deles, Chris parece estar de volta a seu estado normal, atento e observador. Quando chega a comida, ele a devora e, antes de termos chegado à metade, pede mais. Chega a segunda rodada e o esperamos terminar.

Quilômetros à frente, o calor está simplesmente mortífero. Óculos de sol e óculos de proteção não bastam para evitar o ofuscamento. É preciso uma máscara de soldador.

As Planícies Altas terminam em colinas dispersas, entremeadas com gargantas e desfiladeiros. A paisagem inteira é de cor bege esbranquiçada e brilhante. Nenhuma folha de relva em lugar algum: simplesmente talos esparsos de ervas daninhas, pedras e areia. O preto da rodovia é um alívio de ver; assim, olho para ele e estudo a rápida passagem daquela imagem desfocada sob meus pés. Ao lado, vejo que o escapamento adquiriu uma tonalidade mais azulada que em qualquer outro momento da viagem. Cuspo na ponta dos dedos, encosto a luva no escapamento e vejo a saliva ferver. Nada bom.

Agora é importante simplesmente conviver com esse fato e não combatê-lo mentalmente... controle da mente...

Devo falar agora sobre a faca de Fedro. Isso nos ajudará a compreender certas coisas de que já falamos.

Aplicar essa faca, dividir o mundo em partes e construir essa estrutura é algo que todos fazem. O tempo inteiro, percebemos milhões de coisas a nosso redor – essas formas cambiantes, essas colinas em brasa, o ruído do motor, a pegada do acelerador, cada pedra, cada erva, cada mourão de cerca e cada objeto abandonado ao lado da estrada –, percebemos essas coisas mas não temos verdadeira consciência delas a menos que haja algo de estranho ou que elas reflitam algo que estejamos predispostos a ver. Não poderíamos ter consciência dessas coisas e nos lembrar de todas elas, pois nossa mente ficaria tão cheia de detalhes inúteis que nos seria impossível pensar. Temos de fazer uma escolha entre todos esses objetos de percepção, e aquilo que selecionamos e chamamos de consciência nunca é igual à percepção, pois o processo de seleção opera uma modificação. Tomamos um punhado de areia da infinda paisagem de percepção ao nosso redor e damos a esse punhado o nome de "mundo".

Uma vez tomado o punhado de areia, o mundo do qual temos consciência, um processo de discriminação começa a se exercer sobre ele. É a faca. Dividimos a areia em partes. Isto e aquilo. Aqui e ali. Preto e branco. Hoje e amanhã. A discriminação é a divisão do universo em partes.

O punhado de areia parece uniforme a princípio, mas, quanto mais o olhamos, mais ele nos parece diversificado. Cada grão de areia é diferente e não há dois grãos iguais. Alguns apresentam um determinado tipo de semelhança, outros, um outro tipo; e, com base nessas semelhanças e dessemelhanças, podemos organizar a areia em pequenos montinhos. Podemos dividir os montinhos pelos matizes tonais, pelo tamanho dos grãos, pela forma dos grãos, pelos subtipos de forma dos grãos, pelos graus de opacidade etc. Seria de imaginar que o processo de subdivisão e classificação termina em algum lugar, mas isso não ocorre. Ele simplesmente continua.

A inteligência clássica trata dos montinhos e dos princípios em função dos quais eles se dividem e se inter-relacionam. A inteligência romântica tem por objeto o punhado de areia antes da divisão em montinhos. Embora irreconciliáveis, ambas são modos válidos de ver o mundo.

Há uma necessidade que se tornou urgente: uma maneira de ver o mundo que não faça violência a nenhum desses dois tipos de inteligência, mas de ambos faça um só. Essa nova inteligência não rejeitará *nem* a classificação da areia *nem* a pura contemplação da areia não-classificada. Essa inteligência buscará, em vez disso, dirigir nossa atenção para a infinita paisagem da qual veio a areia. Era isso que Fedro, o mau cirurgião, procurava fazer.

Para entender o que ele procurava fazer, é necessário ver que uma *parte* da paisagem, uma parte *inseparável* dela, que *tem* de ser entendida, é uma personagem que fica no meio dela e separa a areia em montes. Ver a paisagem inteira e não ver essa personagem é o mesmo que não ver a paisagem em absoluto. Rejeitar essa parte do Buda que cuida da análise das motocicletas é rejeitar o Buda por inteiro.

Existe uma questão clássica perene: saber qual parte da motocicleta, qual grão de areia em qual monte é o Buda. É óbvio que fazer essa pergunta é olhar na direção errada, pois o Buda está em toda parte. Porém, é igualmente óbvio que fazer essa pergunta é olhar na direção *certa*, pois o Buda está em toda parte. Sobre o Buda que existe independentemente de qualquer pensamento analítico, muitas coisas já foram ditas – na opinião de alguns, já foram ditas coisas *demais* e seria tolice tentar dizer mais alguma. Mas, a respeito do Buda que existe *dentro* do pensamento analítico, e que *dá ao pensamento analítico a sua direção*, não se disse praticamente nada, e existem motivos históricos para que assim seja. Porém, a história continua; talvez não faça mal, e faça até algum bem, se acrescentarmos à nossa herança histórica algumas palavras nesse campo de discurso.

Quando a faca, o pensamento analítico, se aplica à experiência, algo sempre é morto no processo. Esse fato é bem compreendido, pelo menos nas artes. Vem-nos à mente a experiência de Mark Twain, na qual, depois de dominar o conhecimento necessário para navegar um barco no rio Mississippi, ele descobriu que o rio perdera sua beleza. Algo sempre *é* morto. Mas o que não se percebe no ramo das artes é que, por outro lado, algo sempre é criado. E, em vez de falar somente sobre o que morre, é importante ver o que se cria e considerar o processo como uma espécie de continuidade entre morte e nascimento, uma continuidade que não é boa nem má, mas simplesmente *é*.

Passamos por uma cidadezinha chamada Marmarth, mas John não pára nem para descansar, e assim seguimos adiante. Mais calor de fornalha nas *badlands**, e assim cruzamos a fronteira de Montana. Uma placa de estrada a anuncia.

Sylvia balança os braços para cima e para baixo e toco a buzina para responder, mas, quando vejo a placa, meus sentimentos não estão nem um pouco alegres. Para mim, a informação que ela veicula causa uma tensão interior repentina que para eles não existe. Eles não têm como saber que estamos agora no lugar onde ele morava.

Toda essa conversa que tivemos até agora, sobre a inteligência clássica e a romântica, deve parecer um modo estranhamente oblíquo de descrevê-lo; mas, para chegar a Fedro, esse caminho oblíquo é o único que existe. Descrever sua aparência física ou as estatísticas de sua vida seria atentar para dados superficiais e enganosos. E abordá-lo diretamente seria um convite ao desastre.

Ele era louco. E, quando você olha para um louco, tudo o que vê é um reflexo da sua própria noção de que ele é louco, o que equivale a não

▼

---

* Regiões semi-áridas típicas do centro-norte dos Estados Unidos, especialmente dos estados de Dakota do Norte e Dakota do Sul, caracterizadas pela quase ausência de vegetação e pelas formas fantásticas esculpidas pela erosão nas colinas e afloramentos rochosos. (N. do T.)

vê-lo de modo algum. Para vê-lo, é preciso ver o que ele via; e, quando se tenta ver com os olhos de um louco, a rota oblíqua é a única possível. Caso contrário, suas opiniões bloqueiam o caminho. Na minha opinião, só existe uma via de acesso a Fedro, e ainda podemos trilhá-la.

Se falei de análises, definições e hierarquias, não foi pelo que essas coisas representam em si mesmas, mas para lançar as bases de uma compreensão da direção na qual Fedro caminhava.

Naquela noite, eu disse a Chris que Fedro passara a vida inteira correndo atrás de um fantasma. É verdade. O fantasma que ele perseguia era o fantasma que se esconde por trás de toda a tecnologia, toda a ciência moderna, todo o pensamento ocidental. Era o fantasma da própria racionalidade. Eu disse a Chris que ele encontrou o fantasma e que, quando o encontrou, deu-lhe uns bons sopapos. Acho que, no sentido figurativo, isso é verdade. As coisas que espero trazer à luz à medida que avançarmos são algumas das coisas que ele descobriu. Agora os tempos mudaram e é possível que os outros dêem algum valor a isso. Naquela época, ninguém via o fantasma que Fedro perseguia; hoje, porém, acho que um número cada vez maior de pessoas o vê, ou pelo menos o vislumbra nos maus momentos: um fantasma que se chama de racionalidade mas tem a aparência da incoerência e da falta de sentido, que faz com que os atos mais normais da vida cotidiana pareçam mais ou menos insanos por não terem absolutamente nada que ver com nenhuma outra coisa. É o fantasma dos pressupostos normais do cotidiano, que declara que o objetivo último da vida, o de perpetuar-se, é um objetivo impossível; mas declara que esse é o objetivo último mesmo assim, de modo que grandes intelectos se esforçam para curar doenças a fim de que as pessoas possam viver por mais tempo – mas só os loucos se perguntam por quê. A pessoa vive mais para que possa viver mais. Não há outro objetivo. É isso que o fantasma diz.

Em Baker, os termômetros marcam 42 graus à sombra. Quando tiro as luvas, o metal do tanque de gasolina está tão quente que não posso tocá-lo. O motor, superaquecido, ressoa um agourento clique-claque. Muito mau. O pneu traseiro também está severamente desgastado, e sinto com as mãos que está tão quente quanto o tanque de gasolina.

– Vamos ter de ir mais devagar – digo.

– O quê?

— Acho que não devemos passar dos cinqüenta — digo.
John olha para Sylvia e ela retribui o olhar. Eles já trocaram algum comentário sobre a minha lentidão. Os dois parecem extremamente aborrecidos.

— Só queremos chegar lá o mais rápido possível — diz John, e ambos se encaminham para um restaurante.

Também a corrente está quente e seca. Reviro o bagageiro da direita em busca de uma lata de *spray* lubrificante, encontro-a, dou a partida no motor e borrifo a corrente em movimento. A corrente ainda está tão quente que o solvente evapora praticamente no mesmo instante. Então, pingo um pouco de óleo líqüido, deixo o motor rodar por alguns instantes e desligo-o. Chris espera pacientemente e entra comigo no restaurante.

— Pensei que você tinha dito que o grande baque viria no segundo dia — diz Sylvia quando nos aproximamos da mesa deles.

— Segundo ou terceiro — respondo.

— Ou quarto, ou quinto?

— Talvez.

Ela e John trocam de novo um olhar com a mesma expressão que tinham lá fora. Ela parece querer dizer: "Três é demais." Pode ser que eles queiram ir mais rápido e me esperar em alguma cidade mais à frente. Eu mesmo o sugeriria, mas o fato é que, se forem muito mais rápido, eles não estarão me esperando em alguma cidade mas sim parados à beira da estrada.

— Não sei como o povo daqui agüenta isso — diz Sylvia.

— Bem, é uma terra para gente forte — digo com uma certa irritação. — As pessoas sabem disso antes de vir para cá e se preparam.

Acrescento:

— Quando alguém reclama, torna tudo ainda mais difícil para os outros. O povo daqui é um povo *forte*. Sabe se virar.

John e Sylvia não dizem nada. John termina rapidamente sua Coca-Cola e vai para o bar tomar um trago. Saio, verifico novamente a bagagem na moto e constato que o novo pacote diminuiu um pouco de volume. Assim, tiro a folga das cordas e amarro-as de novo.

Chris aponta para um termômetro sob o sol direto e vemos que ele chegou no fim da escala, a 50 graus.

Antes de sairmos da cidade estou suando de novo. O frescor do período de secagem não dura mais de meio minuto.

O calor atinge-nos como um martelo. Mesmo com óculos de sol, tenho de franzir os olhos. Não há nada ao redor, exceto a areia ardente e um céu tão claro que é difícil olhar para qualquer lado. Em toda parte, o calor chegou ao ponto do branco. Um verdadeiro inferno.

John, à minha frente, vai cada vez mais rápido. Desisto de acompanhá-lo e baixo a velocidade para noventa quilômetros por hora. Neste calor, só quem está em busca de problemas vai rodar seus pneus a cento e trinta por hora. Um pneu estourado neste trecho seria o fim.

Suponho que eles entenderam o que eu disse como uma espécie de recriminação, mas não era isso que eu tinha em mente. Não estou mais à vontade do que eles neste calor, mas não vale a pena ficar insistindo nesse ponto. O dia todo, enquanto eu pensava e falava sobre Fedro, eles deviam estar pensando sobre o quanto está ruim esta viagem. É isso que os está abatendo: o pensamento.

Podem-se dizer certas coisas sobre Fedro como indivíduo:

Era um conhecedor de lógica, o clássico sistema dos sistemas, que descreve as regras e procedimentos do pensamento sistemático por meio do qual os conhecimentos analíticos são estruturados e inter-relacionados. Era tão bom nisso que seu QI pelo teste de Stanford-Binet, que é essencialmente uma medida da habilidade na manipulação analítica, era de 170, valor que só é alcançado por uma pessoa em cinqüenta mil.

Era sistemático, mas dizer que pensava e agia como uma máquina seria um erro; não se compreenderia assim a natureza de seu pensamento. Este não se assemelhava ao movimento unificado, maciço e coordenado de pistões, rodas e engrenagens. Antes, vem à mente a imagem de um raio *laser*: um único lápis de luz, tão extremamente concentrado que, se fosse direcionado para a lua, seu reflexo poderia ser visto da terra. Fedro não tentou usar seu brilhantismo para iluminar tudo. Buscou um alvo distante, específico, mirou-o e acertou-o. Mais nada. A iluminação geral desse alvo que ele acertou parece ter ficado por minha conta.

Proporcionalmente à sua inteligência, ele era extremamente isolado. Não se tem registro de nenhum amigo íntimo seu. Não tinha companheiros de viagem. Nunca. Mesmo na presença de outros, estava sempre completamente sozinho. As pessoas às vezes percebiam isso e se sentiam rejeitadas e não gostavam dele; mas esse desgosto não lhe importava. Parece que quem sofreu mais foi sua esposa e seus familiares. A esposa diz que os que procuravam atravessar as barreiras de sua reserva se viam face a face com um vazio. Minha impressão é que eles ansiavam por um tipo de afeto que ele nunca lhes deu.

Na realidade, ninguém o conhecia. Evidentemente, era isso que ele queria e era assim que as coisas eram. Pode ser que a solidão fosse uma conseqüência de sua inteligência; pode ser que fosse a causa. Mas as duas estavam sempre juntas. Uma inteligência misteriosa e solitária.

Mas isso ainda não é o suficiente, pois esta descrição, junto com a imagem de um raio *laser*, pode ter dado a idéia de que ele era completamente frio, sem emoção nenhuma, e isso não é verdade. Na busca daquilo que chamei de fantasma da racionalidade, ele era um caçador fanático.

Vem-me agora vívido à memória o fragmento de uma cena nas montanhas, num momento em que o sol já tinha se posto havia meia hora e o crepúsculo prematuro transformara as árvores e até as pedras em sombras semi-enegrecidas de azul, cinza e castanho. Fedro estivera lá por três dias sem comer nada. Sua comida havia acabado, mas ele estava refletindo profundamente, contemplando as coisas, e relutava em ir embora. Não estava longe de onde sabia haver uma estrada, e não tinha pressa.

No lusco-fusco, descendo a trilha, viu um movimento e então vislumbrou, aproximando-se pelo caminho, um animal que parecia ser um cachorro, um cão pastor muito grande, ou antes um cão mais parecido com um *husky*; e perguntou-se o que estaria fazendo um cão nesse lugar escuro a essa hora da noite. Não gostava de cães, mas aquele animal se movimentava de um modo tal que anulou esse sentimento. Era o animal que parecia estar observando-o e julgando-o, a *ele*. Fedro olhou-o nos olhos por bastante tempo e por um instante teve uma sensação de reconhecimento. Então, o cão desapareceu.

Muito tempo depois, Fedro percebeu que o animal era um lobo da floresta, e a lembrança desse incidente permaneceu com ele por muito tempo. Penso que permaneceu com ele porque ele vira uma espécie de imagem de si mesmo.

Uma fotografia pode mostrar uma imagem física em que o tempo é estático, e um espelho pode mostrar uma imagem física em que o tempo é dinâmico; mas acho que o que ele viu na montanha foi um tipo de imagem completamente diferente, uma imagem que não era física e não existia no tempo de modo algum. Não obstante, era uma imagem, e foi por isso que ele teve uma sensação de reconhecimento. A imagem me vem agora bem nítida porque a vi de novo na noite passada como o rosto do próprio Fedro.

À semelhança daquele lobo da floresta que encontrou na montanha, ele tinha um tipo de coragem animal. Seguia seu próprio caminho sem se importar em absoluto com as conseqüências que às vezes abalavam as pessoas e ainda me abalam quando penso nelas. Não costumava se desviar nem para a direita nem para a esquerda. Foi isso que descobri. Essa coragem, porém, não provinha de um ideal qualquer de auto-sacrifício, mas da mera paixão de sua busca, e nela não havia nada de nobre.

Acho que ele caçava o fantasma da racionalidade para *vingar-se* dele, por sentir-se tão moldado por ele. Queria libertar-se de sua própria imagem. Queria destruí-lo porque o fantasma era *ele*, e queria sacudir os grilhões que o prendiam à sua própria identidade. De maneira estranha, conseguiu alcançar essa liberdade.

Esta descrição dele pode parecer sobrenatural, mas a parte mais sobrenatural dela ainda está por vir. Trata-se do meu próprio relacionamento com ele. Venho adiando até agora esse momento, mas, não obstante, é algo que precisa ser conhecido.

Descobri-o inicialmente por inferência, muitos anos atrás, a partir de uma estranha série de acontecimentos. Numa sexta-feira, eu tinha ido trabalhar e tinha cumprido muitas tarefas antes do final de semana, e estava contente com isso. Mais tarde, nesse mesmo dia, fui de carro a uma festa em que, depois de conversar com todo o mundo por muito tempo e em voz muito alta e de beber *muito* mais do que devia, fui para um dos quartos de trás para deitar um pouco.

Quando acordei, percebi que tinha dormido a noite inteira, pois já era dia, e pensei: "Meu Deus, não sei nem mesmo o nome dos anfitriões!" Fiquei a me perguntar qual o tipo de vergonha que iria passar. O quarto não parecia o quarto em que havia me deitado, mas estava escuro quando cheguei e, de qualquer modo, eu devia estar cego de tanta bebida.

Levantei-me e vi que estava com outras roupas. Aquelas não eram as roupas com que me deitara na noite anterior. Saí pela porta afora, mas, para minha surpresa, a porta não dava para os outros cômodos de uma casa, mas sim para um longo corredor.

Enquanto andava pelo corredor, tive a impressão de que todos me olhavam. Por três vezes, três desconhecidos pararam-me e perguntaram como eu me sentia. Supondo que se referissem à bebedeira, respondi que não estava nem mesmo de ressaca, o que fez com que um deles começasse a rir mas logo se contivesse.

Numa sala no final do corredor, vi uma mesa onde se desenrolava algum tipo de atividade. Sentei-me ali perto na esperança de passar despercebido até entender o que estava acontecendo. Porém, uma mulher vestida de branco aproximou-se de mim e perguntou-me se eu sabia o seu nome. Li o pequenino crachá pendurado em sua blusa. Ela não percebeu que eu fizera isso, pareceu perplexa e saiu andando apressada.

Quando voltou, trouxe consigo um homem que me olhava nos olhos. Sentou-se a meu lado e perguntou-me se eu sabia o seu nome. Disse-lhe seu nome e fiquei tão surpreso quanto eles por conhecê-lo.

– É muito cedo para que isto esteja acontecendo – disse ele.

– Isto parece um hospital – disse eu.

Concordaram.

– Como vim parar aqui? – perguntei, pensando na festa e na bebedeira. O homem nada disse e a mulher olhou para baixo. Pouca coisa se explicou.

Levei mais de uma semana para deduzir, a partir dos dados que tinha à disposição, que todas as coisas anteriores ao meu despertar naquela manhã eram um sonho e todas as coisas posteriores eram a realidade. Não havia fundamento para a distinção entre as duas séries de acontecimentos, exceto um número cada vez maior de novos acontecimentos que pareciam negar a existência da bebedeira. Surgiram umas coisas pequenas, como a porta trancada, cujo lado de fora eu não me lembrava de jamais ter visto. E um pedaço de papel da vara de família e sucessões que me dizia que uma pessoa qualquer havia sido considerada oficialmente insana. Será que se referia a *mim*?

Explicaram-me por fim que "Agora você tem uma nova personalidade". Porém, essa afirmação não explicava coisa alguma. Deixou-me mais confuso do que nunca, pois eu não tinha consciência alguma de uma personalidade "velha". Se tivessem dito: "Você *é* uma nova personalidade", isso seria muito mais claro. Encaixar-se-ia no que estava acontecendo. Eles haviam cometido o erro de pensar que uma personalidade é uma espécie de objeto, como um terno, que uma pessoa veste. Porém, fora da personalidade, o que existe? Um amontoado de ossos e de carne. Um conjunto de estatísticas jurídicas, talvez, mas, por certo, nenhuma pessoa. Os ossos, a carne e as estatísticas jurídicas são as roupas que a personalidade veste, e não o contrário.

Mas quem era a personalidade *velha* que eles tinham conhecido e da qual presumiam que eu era uma continuação?

Foi esse o primeiro indício que tive da existência de Fedro, há muitos anos. Nos dias, semanas e anos seguintes, fiquei sabendo muito mais.

Ele estava morto: destruído por uma ordem judicial, cumprida mediante a transmissão de uma corrente alternada de alta voltagem entre seus lóbulos cerebrais. Uma amperagem de aproximadamente 800 *mills* fora aplicada por um período de 0,5 a 1,5 segundo em vinte e oito ocasiões consecutivas, num processo cujo nome técnico é "Terapia Eletroconvulsiva de Aniquilação". Uma personalidade inteira fora liqüidada sem deixar vestígios num ato tecnologicamente perfeito que definiu todo o nosso relacionamento desde então. Nunca o encontrei e nunca o encontrarei.

Não obstante, estranhos sopros de sua memória repentinamente se coadunam com esta estrada, com as rochas do deserto e com a areia branca e quentíssima ao nosso redor. De modo bizarro, as coisas se aglutinam e então sei que ele já viu tudo isto. Ele esteve aqui, caso contrário eu não conheceria estas coisas. É impossível que não tenha estado aqui. E, quando capto essas estranhas coalescências de visão e me lembro de um estranho fragmento de pensamento de cuja origem não tenho a mais vaga idéia, sou semelhante a um clarividente, um médium espírita que recebe mensagens de outro mundo. É assim que as coisas são. Vejo-as com meus próprios olhos e também com os olhos dele. Em outro tempo, estes olhos foram dele.

Estes OLHOS! É isto que me assusta. Estas mãos enluvadas para as quais olho agora, guiando a motocicleta estrada afora, já foram *dele*! E, se você compreende a sensação que isso dá, compreende o verdadeiro medo – o medo que vem de saber que não há lugar algum para onde você possa fugir.

Entramos num desfiladeiro entre duas elevações baixas. Logo surge uma parada de beira de estrada pela qual já estava esperando. Uns poucos bancos de jardim, um pequeno edifício e umas arvorezinhas verdes com mangueiras a aguar-lhes as raízes. John – juro! – já está do outro lado, de saída, pronto para tomar novamente a estrada. Ignoro esse fato e estaciono ao lado do edifício. Chris pula da moto e a colocamos sobre o apoio. O calor sobe do motor como se ele estivesse em chamas, emitindo ondas térmicas que distorcem a visão de todas as coisas ao redor. Com o rabo do olho vejo a outra moto aproximar-se. Quando chegam, os dois me comem vivo com o olhar.

Sylvia diz:
– Nós estamos... com raiva!
Dou de ombros e me encaminho para o bebedouro.
John diz:
– Onde está toda aquela *força* de que você estava falando?
Olho para ele por um instante e vejo que realmente *está* com raiva.
– Acho que vocês levaram aquilo muito a sério – digo, e então me afasto. Bebo a água, que é alcalina, como se estivesse misturada com sabão. Bebo-a assim mesmo.

John entra no prediozinho para ensopar a camiseta de água. Verifico o nível do óleo. A tampa do filtro de óleo está tão quente que queima meus dedos mesmo com as luvas. O motor não perdeu muito óleo. O pneu de trás está um pouco mais baixo, mas ainda pode rodar. A corrente está tensa o suficiente, mas um pouco seca. Assim, por segurança, lubrifico-a novamente. Todos os parafusos importantes estão bem apertados.

John se aproxima, pingando água, e diz:
– Desta vez, você vai à frente. Vamos ficar atrás.
– Não vou correr – digo.
– Tudo bem – diz ele. – Vamos chegar lá.

Assim, vou à frente e devagar. A estrada que atravessa o desfiladeiro não se abre novamente para uma paisagem semelhante à que já atravessamos, como achei que faria, mas começa a subir em curvas. Uma surpresa.

Ora a estrada se abre em curvas sinuosas, ora se afasta abruptamente da direção em que deveríamos avançar e depois volta. Logo sobe um pouco, e depois um pouco mais. Avançamos em ziguezague para dentro de pequenas gargantas, depois subimos de novo, e a cada vez subimos um pouco mais.

Surgem algumas moitas rasteiras, e depois arbustos. A estrada sobe mais ainda até uma pradaria de urzes e, depois, um grande campo gramado, com cercas.

Lá em cima aparece uma nuvenzinha. Chuva, talvez? Talvez. Um campo gramado tem de tomar chuva, e este tem até algumas flores. É estranho como tudo isto mudou. Não há nada no mapa que o indique, e também a consciência da memória desapareceu. Fedro não deve ter vindo por este caminho. Porém, não havia outra estrada. Estranho. Ela continua subindo.

O sol se inclina para a nuvem, que agora já cresceu e desceu até tocar o horizonte à nossa frente e acima de nós, no qual há árvores, pinheiros, e do qual desce um vento frio que traz o cheiro de pinho das árvores. As flores no campo gramado balançam com o vento, a motocicleta se inclina um pouco e de repente temos uma sensação de frescor.

Olho para Chris, que está sorrindo. Estou sorrindo também.

Então a chuva cai violenta sobre a estrada com uma rajada de cheiro de terra do chão empoeirado que já esperou demais, e o pó ao lado da estrada recebe a marca das primeiras gotas.

Isso é tão novo! E estamos tão necessitados disso, de uma chuva nova. Minhas roupas se molham, os óculos de proteção ficam borrifados de água e sinto arrepios deliciosos. A nuvem sai de sob o sol e a floresta de pinheiros e os pequenos campos gramados reluzem de novo, brilhando naqueles pontos em que a luz do sol incide nas gotículas de chuva.

Chegamos ao topo já secos, mas refrescados, e paramos, contemplando de cima um vale enorme com um rio ao meio.

– Acho que chegamos – diz John.

Sylvia e Chris foram caminhar pelo gramado, entre as flores e sob os pinheiros. Através dos pinheiros vejo o outro lado do vale, lá longe, lá embaixo.

Sou um pioneiro agora, e contemplo uma terra prometida.

PARTE II

8

São cerca de dez horas da manhã e estou sentado ao lado da moto, na sombra e no frescor do meio-fio, atrás de um hotel que encontramos em Miles City, Montana. Sylvia está com Chris numa lavanderia automática, lavando as roupas de todos nós. John saiu à procura de uma pena de ganso para pôr no capacete. Ele acha que viu uma numa loja de artigos para motos quando entramos na cidade ontem. E eu estou a ponto de regular o motor.

Sinto-me bem agora. Chegamos aqui à tarde e pusemos o sono em dia. Foi bom ter parado. Estávamos tão bêbados de cansaço que não sabíamos o quanto estávamos exaustos. Quando John tentou fazer o registro na portaria do hotel, nem sequer se lembrava do meu nome. A recepcionista nos perguntou se aquelas "motos maravilhosas, de sonho" estacionadas do lado de fora eram nossas, e nós dois gargalhamos tanto que ela se perguntou o que havia dito de errado. Era só uma risada tola provocada pelo excesso de fadiga. Ficamos contentíssimos de poder deixá-las estacionadas e andar, para variar.

E o banho. Numa bela banheira esmaltada, antiga, de ferro fundido, que repousava à nossa espera sobre patas de leão no meio de um piso de mármore. A água era tão alcalina que mal consegui tirar o sabão do corpo. Depois, subimos e descemos a pé as ruas principais e nos sentimos como uma família...

Já regulei tantas vezes o motor desta máquina que a regulagem se tornou um ritual. Não tenho mais de pensar sobre como fazê-lo. Limito-me sobretudo a procurar qualquer coisa de estranho. O motor está com um barulho que pode ser um ressalto solto, mas também pode ser coisa pior; por isso, vou regulá-lo para ver se o barulho some. A regulagem dos ressaltos tem de ser feita com o motor frio, ou seja, tem de ser feita no mesmo lugar onde você estacionou a moto na noite anterior; e é por isso que estou sentado à sombra num meio-fio atrás de um hotel em Miles City, Montana. Agora mesmo o ar está bem fresco na sombra e ainda estará por mais ou menos uma hora, até o sol se levantar acima das copas das árvores. É uma hora boa para trabalhar na moto. É importante não regular estas máquinas no sol direto ou no período da tarde, quando o cérebro fica enevoado. Isso porque, mesmo que você já tenha feito a mesma coisa cem vezes, tem de estar alerta e atento.

Nem todos compreendem o quanto este processo, a manutenção de uma motocicleta, é um processo completamente racional. Pensam que é fruto de uma espécie de "jeito" ou de um tipo de "afinidade pelas máquinas". Estão certos, mas o "jeito" é quase todo um processo da razão, e a maioria dos problemas são causados pelo que os radialistas de outras épocas chamavam de um "curto-circuito entre os fones de ouvido", ou seja, a incapacidade de usar adequadamente o cérebro. A motocicleta funciona totalmente de acordo com as leis da razão, e um estudo da arte de consertar motocicletas é na verdade um estudo em miniatura da própria arte da racionalidade. Ontem eu disse que o que Fedro buscava era o fantasma da racionalidade e que foi isso que o deixou louco; mas, para chegar até aí, é essencial que nos limitemos aos exemplos mais concretos de racionalidade, de modo que não nos percamos em generalidades que ninguém mais pode entender. Uma conversa sobre a racionalidade pode ficar muito confusa, a menos que inclua também as coisas com as quais a racionalidade lida.

Estamos agora no limite entre o clássico e o romântico. De um lado, vemos uma motocicleta tal como se apresenta imediatamente a nós – e esta é uma maneira importante de vê-la – e, do outro, podemos começar a vê-la como faz um mecânico, em função da forma subjacente – e também esta é uma maneira importante de ver as coisas. Estas ferramentas, por exemplo – esta chave inglesa –, têm uma certa beleza romântica, mas sua função é sempre puramente clássica. Elas foram projetadas para alterar a forma subjacente da máquina.

A porcelana dentro desta primeira vela está muito escura. Isso é feio não só do ponto de vista romântico, mas também do clássico, pois significa que o cilindro está queimando muita gasolina e pouco ar. As moléculas de carbono na gasolina não estão encontrando oxigênio suficiente para se combinar e acabam ficando ali dentro e entupindo a vela. Quando chegamos à cidade, ontem, o motor em ponto morto estava um pouco acelerado, o que é um sintoma da mesma coisa.

Para ver se é só um cilindro que está afogado, verifico também o outro. Ambos estão iguais. Tiro do bolso um canivete, pego um graveto da sarjeta e afino a ponta para limpar as velas, meditando na possível causa do afogamento. Não pode ter relação com as bielas ou válvulas, e os carburadores quase nunca se desregulam. Os injetores principais são maiores que o normal, o que aumenta a proporção de combustível em alta velocidade, mas antes as velas estavam bem mais limpas do que isso com os *mesmos* injetores. Mistério. Estamos sempre rodeados de mistérios. Porém, se tentássemos solucionar todos eles, nunca consertaríamos a máquina. Como não há uma resposta imediata, simplesmente deixo a pergunta no ar.

O primeiro ressalto está perfeito e não precisa ser ajustado; assim, passo ao seguinte. Ainda tenho muito tempo até o sol passar pelas árvores... Quando faço isso, sempre me sinto como se estivesse na igreja... O medidor de espessura é uma espécie de ícone religioso e estou executando com ele um rito sagrado. Ele faz parte de um conjunto chamado "instrumentos de medida de precisão", conjunto que, no sentido clássico, é dotado de um significado profundo.

Numa motocicleta, essa precisão não é conservada por motivos românticos ou de perfeccionismo. Ocorre simplesmente que as gigantescas forças de temperatura e pressão explosiva dentro do motor só podem ser controladas pelo tipo de precisão oferecido por esses instrumentos. A cada explosão, ela impulsiona a biela na direção do eixo de manivelas com uma pressão superficial de várias toneladas por centímetro quadrado. Se o encaixe entre a biela e o eixo de manivelas for preciso, a força da explosão será transferida sem sobressaltos e o metal será capaz de suportá-la. Porém, se o encaixe estiver solto numa distância de meros milésimos de centímetro, a força será transmitida de repente, como um golpe de martelo, e logo a superfície da biela, do rolamento e do eixo de manivelas estará achatada, criando um ruído que se parece muito, a princípio, com o de ressaltos soltos. É por isso que estou fazendo esta verificação. Se a biela *estiver* solta e eu tentar subir as montanhas sem fazer o conserto, o ruído ficará cada vez mais alto até que a biela se solte, vá de encontro ao eixo de manivelas em movimento giratório e destrua o motor. Às vezes, uma biela solta pode quebrar o revestimento do virabrequim e entornar todo o óleo do motor na estrada. Num caso desses, tudo o que se pode fazer é começar a caminhar.

Porém, tudo isso pode ser prevenido por um encaixe de poucos milésimos de centímetro, que pode ser garantido pelos instrumentos de medida de precisão; e é essa a beleza clássica destes instrumentos – não a beleza que se pode ver, mas do que eles significam –, sua capacidade de controlar a forma subjacente.

O segundo ressalto está ótimo. Vou até o outro lado da moto, no lado da rua, para revisar o outro cilindro.

Os instrumentos de precisão são projetados para realizar uma *idéia*, a idéia da precisão dimensional, cuja perfeição é impossível por natureza. Não existe nem jamais existirá uma peça de motocicleta cuja forma seja perfeita; porém, quando você se aproxima da perfeição o máximo que os instrumentos lhe permitem, coisas notáveis acontecem e você pode cruzar a zona rural com uma força que seria chamada de mágica se não fosse racional sob todos os aspectos. O fundamental é a compreensão dessa *idéia* racional intelectual. John olha para a motocicleta e vê o aço em suas várias formas; tem sentimentos negativos a respeito dessas formas de aço e renega tudo isso em bloco. Agora, olho para as formas de aço e vejo *idéias*. Ele pensa que estou trabalhando com *peças*, mas estou trabalhando com *conceitos*.

Ontem mesmo eu estava falando sobre esses conceitos quando disse que a motocicleta pode ser dividida de acordo com seus componentes e com suas funções. Quando disse isso, criei repentinamente um conjunto de caixas organizado da seguinte maneira:

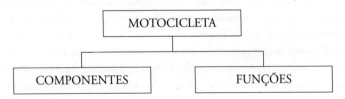

E, quando afirmei que os componentes podem ser subdivididos num complexo motor e num complexo de rodagem, de repente fiz surgir do nada mais algumas caixinhas:

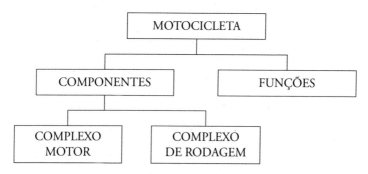

E você vê que, cada vez que fiz mais uma divisão, surgiram mais caixas baseadas nessas divisões, até que fiquei com uma gigantesca pirâmide de caixas. Por fim você percebe que, ao mesmo tempo que dividia a moto em peças cada vez menores, eu também erigia uma estrutura.

Essa estrutura de conceitos é formalmente chamada de hierarquia, e foi desde a Antiguidade uma estrutura básica de todo o conhecimento ocidental. Reinos, impérios, igrejas e exércitos estruturaram-se em hierarquias. As empresas modernas estruturam-se dessa forma. Os índices dos livros de referência têm essa estrutura, os conjuntos mecânicos, os programas de computador, todo o conhecimento técnico e científico tem essa estrutura – a tal ponto que em alguns campos, como a biologia, a hierarquia de reino-filo-classe-ordem-família-gênero-espécie é quase um ícone.

A caixa "motocicleta" *contém* as caixas "componentes" e "funções". A caixa "componentes" *contém* as caixas "complexo motor" e "complexo de rodagem", e assim por diante. Existem muitos outros tipos de estruturas produzidos por outros operadores, como "causa", que produz longas estruturas encadeadas segundo a forma "A causa B que causa C que causa D", e por aí afora. A descrição funcional da motocicleta faz uso dessa estrutura. Os operadores "existe", "é igual a" e "implica" produzem ainda outras estruturas. Normalmente, essas estruturas se inter-relacionam segundo padrões e caminhos tão complexos e tão imensos que nenhum indivíduo é capaz de compreender, ao longo de toda a sua vida, senão uma pequena parte deles. O nome genérico dessas estruturas inter-relacionadas, o gênero do qual a hierarquia de inclusão e a estrutura causal não passam de espécies, é *sistema*. A motocicleta é um sistema. Um sistema *concreto*.

É correto dizer que as instituições do governo e outras instituições são "o sistema", uma vez que essas organizações se fundam nas mesmas relações conceituais estruturais que a motocicleta. São sustentadas por relações estruturais mesmo quando perdem qualquer outro sentido e propósito. As pessoas chegam a uma fábrica e, porque a estrutura exige que assim seja, das oito às cinco cumprem uma tarefa que não tem absolutamente nenhum sentido. Não existe um vilão, um "homem mau" que quer que elas vivam uma vida sem sentido; é a estrutura, o sistema, que o exige, e ninguém está disposto a tomar a peito a dificílima tarefa de mudar a estrutura pelo simples fato de ela não ter sentido.

Porém, destruir uma fábrica, revoltar-se contra um governo ou evitar o conserto de uma motocicleta, a pretexto de serem sistemas, é atacar os efeitos e não as causas; e, enquanto o ataque tiver por único objeto os efeitos, nenhuma mudança será possível. O verdadeiro sistema é a atual construção do pensamento sistemático em si, da racionalidade em si; e, se uma fábrica for destruída mas a racionalidade que a produziu continuar de pé, essa racionalidade simplesmente produzirá outra fábrica. Se uma revolução destruir um governo sistemático, mas os esquemas sistemáticos de pensamento que produziram esse governo continuarem intactos, esses esquemas repetir-se-ão no governo seguinte. Fala-se muito sobre o sistema, mas compreende-se pouco.

A motocicleta não é outra coisa senão isto: um sistema de conceitos concretizado no aço. Não há nela nenhuma peça, nenhuma forma que não tenha saído da mente de alguém... o ressalto número três também está perfeito. Falta um. Espero que seja ele... Já vi que as pessoas que nunca trabalharam com aço têm dificuldade para perceber isso – que a motocicleta é antes de tudo um fenômeno mental. Essas pessoas associam o metal a determinadas figuras – tubos, eixos, vigas, ferramentas, peças –, todas elas fixas e invioláveis, e consideram-no um objeto primordialmente físico. Porém, a pessoa que se dedica à mecânica, à fundição, ao trabalho de ferreiro ou à soldagem vê que o "aço" não tem forma nenhuma. Se você tiver habilidade suficiente, ele poderá assumir a forma que você quiser; se não tiver habilidade, assumirá qualquer forma, *menos* a que você quer. As formas, como este ressalto, são o *ponto final* de um processo, são algo que você dá ao aço. O aço não tem mais forma do que este monte de poeira que se acumulou sobre o motor. Todas as formas saíram da mente de alguém. O aço não existe na natureza. Qualquer homem da Idade do Bronze poderia lhe dizer isso. A natureza inteira tem um *potencial* para o aço; mais nada. Porém, o que significa "potencial"? Também ele está na mente de alguém!... Fantasmas.

Na verdade, era disso que Fedro estava falando quando disse que tudo está na mente. Essas palavras parecem loucas quando você simplesmente se levanta e as diz sem fazer referência a nada de específico, como, por exemplo, a um motor. Porém, quando você amarra a afirmação a uma coisa específica e concreta, a impressão de loucura tende a desaparecer e percebe-se que ele talvez estivesse dizendo algo importante.

O quarto ressalto *está* solto, e é isso que eu queria. Ajusto-o. Verifico o tempo da correia dentada; vejo que está correto e que os contatos não estão oxidados. Assim, deixo essas coisas como estão, parafuso as tampas das válvulas, recoloco as velas e dou a partida.

O ruído dos ressaltos desapareceu, mas isso não significa muita coisa enquanto o óleo ainda está frio. Deixo o motor funcionando enquanto guardo as ferramentas; então, subo na moto e encaminho-me para uma oficina de motos da qual um ciclista nos falou na noite passada. É possível que lá eu possa comprar um novo elo ajustável para a corrente e uma nova borracha de apoio para os pés. Ao que parece, Chris não pára de mexer os pés. Seus apoios estão sempre desgastados.

Ando alguns quarteirões e ainda não ouço nenhum ruído dos ressaltos. Está começando a ficar bom, acho que está resolvido. Entretanto, não vou chegar a nenhuma conclusão enquanto não tivermos rodado uns cinqüenta quilômetros. Mas até lá, e agora mesmo, o sol está brilhando, o ar está fresco, minha cabeça está desanuviada, temos o dia inteiro pela frente, quase chegamos às montanhas, é um dia bom para viver. Isso é obra deste ar rarefeito. A gente sempre se sente assim quando começa a chegar aos lugares mais altos.

A altitude! É por isso que o motor está afogado. É essa a razão, sem dúvida. Estamos agora a 820 metros de altitude. É melhor instalar injetores de tamanho normal. A instalação não leva mais que alguns minutos. E deixar o motor um pouco menos acelerado no ponto morto. Vamos subir bem mais do que isto.

Debaixo de árvores frondosas, encontro a Oficina do Bill, mas não o próprio Bill. Um transeunte diz que ele "deve ter ido pescar em algum lugar", deixando a oficina totalmente aberta. *Realmente* estamos no Oeste. Ninguém deixaria aberta uma oficina como esta em Chicago ou em Nova York.

Lá dentro, vejo que Bill é um mecânico da escola da "mente fotográfica". Tudo está espalhado por toda parte. Chaves inglesas, chaves de fenda, peças velhas, motocicletas velhas, peças novas, motocicletas novas, catálogos de vendas, tubos, tudo espalhado em espessas camadas e tão desorganizado que mal se podem ver as bancadas por baixo. Eu jamais conseguiria trabalhar nestas condições, mas isso é só porque não sou um mecânico de mente fotográfica. Bill provavelmente é capaz de pôr a mão em qualquer ferramenta no meio desta bagunça sem ter sequer de pensar onde ela está. Já vi mecânicos desse tipo. Você fica louco de vê-los trabalhar, mas eles trabalham tão bem quanto os outros, e, às vezes, mais rápido. Porém, se você mover uma ferramenta dez centímetros para a esquerda, ele terá de passar dias procurando por ela.

Bill chega, sorrindo por algum motivo. É claro que ele tem injetores para minha máquina e sabe exatamente onde estão. Mas terei de esperar um segundo. Lá atrás, ele vai fechar um negócio de venda de algumas peças Harley. Saio com ele para um galpão nos fundos e vejo que está vendendo uma Harley inteirinha desmontada, com exceção do quadro, que o comprador já tem. Está vendendo todas as peças por 125 dólares. Uma pechincha.

Voltando à oficina, comento:

— Quando terminar de montar *isso*, ele vai saber alguma coisa sobre motocicletas.

Bill dá risada:

— E é o melhor jeito de aprender.

Ele tem os injetores e a borracha de apoio para os pés, mas não tem o elo ajustável. Instalo a borracha e os injetores, desacelero o motor e volto para o hotel.

Quando chego, Sylvia, John e Chris estão descendo as escadas com suas coisas. Os rostos deles indicam que estão com o espírito tão bom quanto o meu. Descemos a rua principal, encontramos um restaurante e pedimos bife para o almoço.

— Esta cidade é uma jóia – diz John –, uma *jóia* mesmo. Estou surpreso por ainda haver uma cidade como esta. Andei por aí esta manhã. Há bares para vaqueiros, botas de cano longo, grandes fivelas para cintos, Levis, Stetsons, tudo isso... e é *de verdade*. Não são só as propagandas da Câmara de Comércio... Esta manhã, num bar neste mesmo quarteirão, as pessoas começaram a conversar comigo como se me conhecessem desde pequeno.

Pedimos uma rodada de cerveja. Uma placa em forma de ferradura pendurada na parede me informa que estamos no território da cerveja Olympia, e é ela que peço.

— Devem ter pensado que sou de algum rancho ou coisa parecida – prossegue John. – E um velho dizia que não ia deixar nada para os malditos meninos, e gostei de ouvir aquilo. O rancho todo ficaria para as meninas, pois os malditos meninos gastam com a Suzie cada centavo que ganham. – John prorrompe em gargalhadas. – Estava arrependido de tê-los criado, e por aí afora. Achei que tudo isso tinha desaparecido há trinta anos, mas ainda está aí.

A garçonete chega com os bifes, nos quais cravamos os dentes com gosto. O trabalho com a moto me abriu o apetite.

— Há outra coisa que deve interessar a você – diz John. – No bar, estavam conversando sobre Bozeman, para onde vamos. Disseram que o governador de Montana tinha uma lista de cinqüenta professores radicais que davam aula na faculdade de Bozeman e que iria despedi-los. Então morreu num acidente de avião.

— Isso foi há muito tempo – respondo. Estes bifes *realmente* estão deliciosos.

— Eu não sabia que havia tantos radicais neste estado.

— Neste estado há pessoas de *todo* tipo – digo. – Mas isso foi só uma manobra política da direita.

John põe um pouco mais de sal na comida. Diz:

— Um colunista de jornal do estado de Washington falou sobre isso em sua coluna de ontem, e é por isso que todos estavam conversando sobre o assunto. O reitor da faculdade confirmou o fato.

— Será que eles publicaram a lista?

— Não sei. Você conhecia alguns deles?

— Se havia cinqüenta nomes – afirmo –, o meu devia estar entre eles.

Ambos me olham com certa surpresa. Na verdade, não sabem muito sobre esse assunto. É claro que tudo aconteceu com *ele*, e é com certa sensação de falsidade que explico que em Gallatin County, Montana, um "radical" não é a mesma coisa que um radical em qualquer outro lugar.

— Nessa faculdade — informo-lhes —, a esposa do presidente dos Estados Unidos foi jubilada por provocar "muitas controvérsias".

— Quem?

— Eleanor Roosevelt.

— Ah, meu Deus! — John gargalha. — Ela devia ser *selvagem*!

Querem ouvir mais, mas é difícil dizer qualquer coisa. Então me lembro de algo:

— Numa situação como essa, um *verdadeiro* radical tem a faca e o queijo nas mãos. Pode fazer praticamente qualquer coisa e escapar ileso, pois seus opositores já demonstraram a própria estupidez. O que quer que ele diga, vai parecer adequado.

A caminho da estrada, passamos por um parque que notei ontem à noite e que provocou uma coincidência de memória: só uma lembrança de estar olhando para cima, para as copas das árvores. Certa noite, a caminho de Bozeman, ele dormira naquele banco de jardim. Foi por isso que ontem não reconheci aquela floresta. Ele chegara à noite, a caminho da faculdade de Bozeman.

9

Agora seguimos o vale do Yellowstone, atravessando Montana. As plantações de milho do Meio-Oeste e os campos de artemísia do Oeste se sucedem, dependendo de o terreno ser irrigado pelo rio ou não. Às vezes cruzamos formações rochosas que nos afastam da área irrigada, mas em geral ficamos próximos ao rio. Passamos por um marco que diz algo acerca de Lewis e Clark. Um deles veio para estes lados, numa excursão colateral a partir da Passagem do Noroeste.

Soa bem. Convém à Chautauqua. Nós também, na verdade, estamos numa espécie de passagem do Noroeste. Cruzamos mais plantações e mais desertos, e o dia se aproxima do fim.

Agora quero perseguir mais um pouco o mesmo fantasma que Fedro perseguia – a racionalidade em si, o fantasma da forma subjacente, monótono, complexo e clássico.

Esta manhã, falei sobre as hierarquias do pensamento – o sistema. Agora quero falar sobre os métodos pelos quais alguém pode encontrar seu caminho em meio a essas hierarquias – a lógica.

Usam-se dois tipos de lógica, a indutiva e a dedutiva. As inferências indutivas começam com observações da máquina e terminam em conclusões gerais. Por exemplo: se a motocicleta passa sobre uma lombada e o motor engasga; depois, passa sobre outra lombada e o motor engasga; depois, passa sobre outra lombada e o motor engasga; depois, passa por uma reta comprida e bem asfaltada e o motor não engasga nenhuma vez; depois, passa sobre uma quarta lombada e o motor engasga de novo – pode-se concluir logicamente que o engasgo do motor é causado pelas lombadas. Essa é a indução: o raciocínio que parte de experiências particulares e chega a verdades gerais.

A inferência dedutiva faz o contrário. Parte de um conhecimento geral e prevê uma observação específica. Por exemplo: se, ao ler a hierarquia de fatos relativos à máquina, o mecânico sabe que a buzina da moto é acionada exclusivamente pela eletricidade da bateria, pode inferir logicamente que, se a bateria estiver descarregada, a buzina não funcionará. Isso é uma dedução.

A solução de problemas complicados demais para serem resolvidos pelo senso comum é obtida por meio de longas cadeias mistas de inferências indutivas e dedutivas, que unem numa teia a máquina observada e a hierarquia mental da máquina encontrada nos manuais. O programa formal e correto dessa teia é o método científico.

Na verdade, nunca vi um problema de manutenção de motocicletas que fosse complexo o suficiente para exigir a aplicação do método científico formal em toda a sua pujança. Os problemas de conserto não são tão difíceis. Quando penso no método científico formal, vem-me à mente às vezes a imagem de um enorme carro de batalha, um trator gigantesco – lento, tedioso, pesado, dificílimo de pôr em movimento, mas invencível. Demora duas vezes mais, cinco vezes mais, talvez dez vezes mais do que as técnicas informais do mecânico, mas você sabe que no fim *vai* resolver o problema. Não existe, na manutenção de motocicletas, nenhum problema isolado que possa resistir-lhe. Se você encontrou um problema realmente difícil, tentou de tudo, quebrou a cabeça e nada funcionou, e sabe que, dessa vez, a Natureza realmente decidiu se fazer de difícil, diz: "Tudo bem, Natureza, chega de ser *bonzinho*" – e põe em ação o método científico formal.

Para tanto, usa um caderno de registros de laboratório. Tudo fica formalmente registrado para que a todo momento você saiba onde está, onde esteve, para onde vai e para onde quer ir. Isso é necessário no trabalho científico e na tecnologia eletrônica porque, caso contrário, os problemas ficam tão complexos que você se perde neles, se confunde, esquece o que já sabe e o que não sabe e é obrigado a desistir. Na manutenção de motocicletas, as coisas não são tão complicadas; porém, quando começa a confusão, convém diminuí-la, tornando tudo tão formal e exato quanto possível. Às vezes, o simples ato de pôr os problemas por escrito clareia-os na mente.

As afirmações lógicas anotadas no caderno reduzem-se a seis tipos: (1) declaração do problema, (2) hipóteses relativas à causa do problema, (3) experimentos concebidos para testar cada hipótese, (4) resultados previstos dos experimentos, (5) resultados observados dos experimentos e (6) conclusões tiradas dos resultados dos experimentos. Não é diferente do arranjo formal de muitos cadernos de laboratório da faculdade e do colégio, mas o objetivo aqui já não é simplesmente o de manter os estudantes ocupados. O objetivo é uma orientação precisa do pensamento, o qual, se não for minucioso, não chegará ao resultado almejado.

O verdadeiro objetivo do método científico é garantir que a Natureza não nos leve a pensar que sabemos algo que, na realidade, não sabemos. Não existe nenhum mecânico, nenhum cientista, nenhum técnico que não tenha incorrido nesse erro tantas vezes que já não se ponha instintivamente em guarda contra ele. É esse o principal motivo pelo qual os escritos científicos e mecânicos parecem tão monótonos e cautelosos. Se você se descuidar ou começar a dar um ar romântico às informações científicas, floreando-as aqui e ali, a Natureza logo lhe passará a perna. É isso que ela faz de qualquer modo, mesmo que você não lhe dê a oportunidade. No trato com a Natureza, é preciso ser extremamente cuidadoso e rigidamente lógico: uma única falha lógica causa a ruína de todo um edifício científico. Uma única dedução errada a respeito da máquina pode pôr a perder indefinidamente todos os seus esforços.

Na Parte I do método científico formal, a declaração do problema, o segredo principal está em não dizer absolutamente nada além do que você já tem certeza de saber. É muito melhor declarar: "Resolver problema: por que a motocicleta não funciona?" – que parece tolo, mas está correto – do que declarar: "Resolver problema: o que há de errado com o sistema elétrico?" quando você *não sabe* se o problema está no sistema elétrico ou não. O que você deve declarar é: "Resolver problema: o que há de errado com a moto?" e só *depois* declarar, como primeiro item da Parte II: "Hipótese número um: o problema está no sistema elétrico." Conceba todas as hipóteses que puder e então projete experimentos para pô-las à prova a fim de ver quais são verdadeiras e quais são falsas.

Essa atitude cautelosa em relação às primeiras perguntas nos impede de tomar um caminho errado que pode nos custar semanas de trabalho, ou mesmo nos obstaculizar completamente. É por isso que as perguntas científicas geralmente têm uma aparência superficial de tolice. Elas são feitas para impedir que, mais à frente, erros realmente tolos sejam cometidos.

A Parte III, a etapa do método científico formal que se chama "experimentação", é concebida às vezes pelos românticos como a totalidade da ciência, pois é a única parte visível. Eles vêem muitos tubos de ensaio, equipamentos bizarros e pessoas correndo em volta para fazer descobertas. Não vêem o experimento como parte de um processo intelectual maior, e assim freqüentemente confundem os experimentos com as demonstrações, que têm a mesma aparência. Um homem que conduz um espetáculo científico sensacionalista com um equipamento frankensteiniano de cinqüenta mil dólares não está fazendo ciência se sabe de antemão quais serão os resultados de seus esforços. Por outro lado, um mecânico de motocicletas que toca a buzina para saber se a bateria está funcionando está conduzindo informalmente um verdadeiro experimento científico. Está pondo à prova uma hipótese, fazendo uma pergunta à natureza. O cientista de seriado de televisão que fala com tristeza: "O experimento foi um fracasso; não conseguimos obter o que esperávamos" está sofrendo por causa de um mau roteirista. Um experimento não fracassa por não ter dado os resultados previstos. Só fracassa quando é incapaz de pôr à prova, de modo adequado, a hipótese em questão – quando os dados que produz não provam nem deixam de provar nada.

Nessa etapa, o segredo está em fazer uso de experimentos que só põem à prova a hipótese em questão – nada menos, nada mais. Se a buzina toca e o mecânico conclui que todo o sistema elétrico está funcionando bem, ele está em apuros. Chegou a uma conclusão ilógica. A buzina que toca só lhe diz que a bateria e a buzina estão funcionando. Para projetar um experimento adequado, ele tem de pensar com rigor no que causa o quê. Isso se conhece pela hierarquia. A buzina não faz a motocicleta rodar. A bateria também não, a não ser de forma muito indireta. O ponto em que o sistema elétrico causa *diretamente* a ignição do motor são as velas; se ele não fizer o seu experimento aí, no ponto final do sistema elétrico, nunca saberá se o problema é elétrico ou não.

Para fazer um experimento adequado, o mecânico retira a vela e a encosta no motor de tal modo que a base ao redor dela esteja aterrada. Então, empurra com o pé a alavanca de partida e observa o espaço entre os dois pólos da vela para ver se ela solta uma faísca azul. Se não soltar, poderá concluir uma de duas coisas: (a) o sistema elétrico está com um problema ou (b) seu experimento foi malfeito. Se tiver experiência, ele fará mais algumas tentativas, verificando os contatos e fazendo todo o possível para que a vela solte uma faísca. Se não conseguir fazê-la faiscar, concluirá então, finalmente, que a hipótese *a* está correta e que há um problema no sistema elétrico; assim termina o experimento. Ele provou que sua hipótese está correta.

Na categoria final, a das conclusões, o segredo está em não afirmar nada além daquilo que o experimento provou sem sombra de dúvida. Não está provado que, quando o sistema elétrico estiver consertado, o motor funcionará. Pode haver outros problemas. Porém, o mecânico sabe que a motocicleta não rodará enquanto o sistema elétrico não estiver funcionando, e assim propõe a pergunta formal seguinte: "Resolver problema: o que há de errado com o sistema elétrico?"

Então, ele propõe hipóteses relativas a essa pergunta e testa-as. Fazendo a pergunta correta, escolhendo os experimentos corretos e tirando as conclusões corretas, o mecânico vai descendo nos graus de hierarquia da motocicleta até chegar à causa ou causas específicas e exatas do mau funcionamento do motor; então, muda as causas para corrigir esse mau funcionamento.

O observador bisonho só vê o trabalho físico e freqüentemente conclui que a principal atividade do mecânico é o trabalho manual. Na verdade, o trabalho físico é a parte menor e mais fácil da atividade do mecânico. De longe, a parte principal do seu trabalho é a observação cuidadosa e o pensamento preciso. É por isso que, quando fazem seus testes, os mecânicos às vezes parecem tão distantes e taciturnos. Não gostam que falem com eles, pois estão concentrados em hierarquias e imagens mentais e, na realidade, não estão olhando em absoluto para você ou para a motocicleta. Usam o experimento como parte de um programa no qual a hierarquia de conhecimento da motocicleta defeituosa é ampliada e comparada com a hierarquia correta que eles têm na mente. Olham para a forma subjacente.

Um carro com reboque está vindo em nossa direção. Depois de uma ultrapassagem, está tendo dificuldade para voltar à sua faixa. Pisco o farol para garantir que ele nos veja. Ele nos vê, mas não consegue virar. O acostamento é estreito e cheio de protuberâncias. Se entrarmos nele, cairemos. Aperto o freio, toco a buzina, pisco o farol. Deus Todo-Poderoso, ele entra em pânico e toma o rumo do nosso acostamento! Fico firme na extremidade exterior da estrada. AÍ VEM ELE! No último segundo, volta para sua faixa, passando a poucos centímetros de nós.

Um caixote de papelão roda e se arrasta na estrada à nossa frente, e ficamos a contemplá-lo por bastante tempo antes de nos aproximarmos dele. Evidentemente, caiu de algum caminhão.

Agora vem a tremedeira. Se estivéssemos num carro, teríamos colidido de frente. Ou talvez capotado na valeta ao lado da estrada.

Fazemos uma parada numa cidadezinha que poderia ficar no meio do estado de Iowa. Ao redor dela, em todas as direções, o milho cresce alto e o cheiro de fertilizante é pesado no ar. Deixamos as motos estacionadas e entramos num estabelecimento enorme, de pé direito altíssimo. Dessa vez, para acompanhar a cerveja, peço todos os petiscos que eles têm; e, no meio da tarde, almoçamos amendoins, pipoca, *pretzels*, batatas fritas, anchovas secas, outro tipo de peixe defumado com muitos espinhos pequeninos, bastonetes de carne seca, carne defumada, salsichão, salgadinhos fritos de milho, amendoim doce, patê de presunto, torresmo frito e uns biscoitos de gergelim que têm o gosto de mais alguma coisa que não consigo identificar.

Sylvia diz:

– Ainda me sinto fraca.

De algum modo, ela pensou que aquele caixote de papelão era nossa motocicleta rolando pela estrada.

10

De novo lá fora, no vale, o céu ainda é limitado pelas elevações rochosas de ambos os lados do rio, mas elas estão mais próximas entre si e mais próximas de nós do que estavam de manhã. À medida que rumamos para a nascente do rio, o vale se estreita. Nas coisas que estávamos discutindo, também chegamos a uma espécie de nascente. Nela, podemos enfim começar a falar sobre o rompimento de Fedro com a corrente principal do pensamento racional, quando ele partiu em busca do fantasma da própria racionalidade.

Havia um texto que ele leu e repetiu para si mesmo tantas vezes que ainda sobrevive intacto. Começa:

No templo da ciência há muitas moradas... e muito diferentes entre si, de fato, são os que lá residem e os motivos pelos quais ali chegaram.

Muitos encetam sua caminhada científica por se julgarem dotados de faculdades intelectuais superiores; desses, a ciência é o esporte no qual buscam experiências vívidas e a satisfação de suas ambições. No templo se encontram, ainda, muitos outros que ofereceram no altar os produtos de seu saber por motivos puramente utilitários. Viesse um anjo do Senhor para expulsar do templo quantos pertencem a essas duas categorias, ele achar-se-ia sensivelmente mais vazio, mas ainda restariam alguns homens tanto do presente quanto de épocas passadas... Se os tipos que expulsamos fossem os únicos, o templo jamais teria existido, da mesma maneira que não pode haver uma floresta feita somente de plantas trepadeiras...

os que mereceram o favor do anjo... são sujeitos bastante excêntricos, solitários e pouco comunicativos; na realidade, são bem menos semelhantes uns aos outros do que o batalhão dos rejeitados são entre si.

Não há uma resposta única à pergunta de... o que os trouxe ao templo... a fuga da vida cotidiana, com sua dolorosa brutalidade e sua monotonia sem esperanças; a fuga aos grilhões dos seus próprios desejos mutáveis. Uma natureza refinada busca escapar de seu ambiente ruidoso e limitado e alçar-se ao silêncio das altas montanhas, onde os olhos descortinam livremente a paisagem revelada pelo ar ainda puro e distinguem apaixonadamente os repousantes contornos, construídos aparentemente para toda a eternidade.

Este trecho é tirado de um discurso feito em 1918 por um jovem cientista alemão chamado Albert Einstein.

Aos quinze anos de idade, Fedro terminara seu primeiro ano de curso universitário. Seu campo de estudos já era a bioquímica, e ele pretendia especializar-se no conhecimento do ponto de contato entre os mundos orgânico e inorgânico, chamado agora de biologia molecular. Não concebia esse estudo como uma carreira de progresso pessoal. Era ainda muito jovem e tinha, de certo modo, um objetivo nobre e idealista.

O estado mental que habilita um homem a fazer este tipo de obra é semelhante ao do adorador ou do amante. O esforço cotidiano não vem de um programa ou intenção deliberados, mas diretamente do coração.

Se Fedro tivesse entrado na ciência com um objetivo puramente ambicioso ou utilitário, talvez nunca lhe tivesse ocorrido a idéia de fazer perguntas acerca da natureza de uma hipótese científica considerada em si mesma. Porém, ele fez essas perguntas e não ficou satisfeito com as respostas.

A formação de hipóteses é a categoria mais misteriosa do método científico. Ninguém sabe de onde elas vêm. Uma pessoa está sentada em algum lugar, cuidando de seus assuntos, e de repente – bam! – compreende algo que antes não compreendia. Até ser posta à prova, a hipótese não é verdadeira. Isso porque ela não se origina dos testes. Sua origem é outra.

Einstein dissera:

O homem tenta construir para si mesmo, do modo que melhor lhe convém, uma imagem do mundo simplificada e inteligível. Procura então, em certa medida, substituir o mundo das experiências por esse cosmo da sua criação, superando o primeiro com o auxílio do segundo... Faz desse cosmo e da sua construção o fulcro de sua vida emocional, a fim de encontrar assim a paz e a serenidade que não consegue obter no estreito remoinho das experiências pessoais... A tarefa suprema... é a de chegar àquelas leis universais e elementares a partir das quais o cosmo inteiro pode ser construído por simples dedução. Não existe um caminho lógico que leve a essas leis; só a intuição, fundada numa compreensão simpática da experiência, pode alcançá-las...

Intuição? Simpatia? Estranhas palavras para explicar a origem do conhecimento científico.

Um cientista inferior a Einstein poderia ter dito: "Mas o conhecimento científico vem da *natureza*. É a *natureza* que proporciona as hipóteses." Einstein, porém, compreendeu que a natureza não faz nada disso. Ela só proporciona os dados experimentais.

A mesma mente inferior poderia então dizer: "Ora, então é o *homem* que proporciona as hipóteses." Mas Einstein também negou essa possibilidade. Disse: "Ninguém que já tenha efetivamente tratado desse assunto há de negar que, na prática, é só o mundo dos fenômenos que determina o sistema teórico, apesar de não haver nenhuma ponte teórica entre os fenômenos e seus princípios teóricos."

A ruptura de Fedro ocorreu quando, em decorrência dos experimentos feitos em laboratório, ele se interessou pelas hipóteses enquanto entidades em si. No laboratório, percebera reiteradamente que a concepção das hipóteses, que pode parecer a parte mais difícil do trabalho científico, era invariavelmente a mais fácil. O ato de escrever tudo formalmente, de modo claro e preciso, parecia por si só sugeri-las. Enquanto ele testava a hipótese número um pelo método científico, uma torrente de outras hipóteses lhe vinha à mente; e, enquanto ele as testava, vinham ainda outras; isso até o doloroso momento em que se evidenciou que, embora ele continuasse testando hipóteses, eliminando-as ou confirmando-as, o número delas não diminuía. Na verdade, esse número *aumentava* à medida que ele progredia.

No começo, ele gostou disso. Formulou uma lei que aspirava ao mesmo bom humor da lei de Parkinson. Dizia ela: "O número de hipóteses racionais capazes de explicar qualquer fenômeno dado é infinito." Agradava-lhe o fato de nunca ficar sem uma hipótese. Mesmo quando seu trabalho experimental parecia deparar com dificuldades insuperáveis, ele sabia que, caso se sentasse e pensasse sobre o assunto por tempo suficiente, outra hipótese inevitavelmente surgiria. E ela sempre surgia. Foi só alguns meses depois de formular a lei que ele começou a ter dúvidas sobre o caráter engraçado ou benéfico disso tudo.

Essa lei, caso seja verdadeira, não é uma falha insignificante do raciocínio científico. É completamente niilista. É uma catastrófica refutação lógica da validade geral de todo o método científico!

Se o método científico tem o objetivo de escolher uma entre várias hipóteses e se o número de hipóteses cresce mais rápido do que a capacidade do método experimental de desembaraçá-las, fica claro que jamais será possível testar todas as hipóteses. Se as hipóteses não podem ser todas postas à prova, não são conclusivos os resultados do experimento; e, assim, o método científico fica aquém do seu objetivo de provar irrefutavelmente um conhecimento.

Acerca disso, Einstein dissera: "A evolução demonstrou que, em qualquer dado momento, dentre todas as construções concebíveis, há uma que se mostra absolutamente superior às demais" – e não falara mais sobre o assunto. Porém na visão de Fedro, essa resposta era incrivelmente fraca. A expressão "em qualquer dado momento" realmente o deixou perplexo. Será que Einstein efetivamente quisera dizer que a verdade é uma função do tempo? *Essa* afirmação aniquilaria o pressuposto mais básico de toda a ciência!

Porém, à vista de todos, lá estava a história da ciência, uma narrativa clara na qual velhos fatos recebiam explicações novas e sempre mutáveis. A duração da validade das teorias parecia completamente aleatória, e Fedro não conseguia ver nela nenhuma espécie de ordem. Certas verdades científicas pareciam durar séculos; outras, menos de um ano. A verdade científica não era um dogma, válido por toda a eternidade, mas uma entidade temporal quantitativa que podia ser estudada como qualquer outra coisa.

Fedro estudou as verdades científicas e ficou ainda mais aborrecido quando averiguou a causa aparente da sua natureza temporal. Aparentemente, a duração da verdade científica era uma função inversa da intensidade geral do esforço científico. Assim, as verdades científicas do século XX parecem ter uma duração muito menor que as do século passado, pois a atividade científica hoje é muito maior. Se, no século seguinte, a atividade científica aumentar dez vezes, pode-se prever que a expectativa de vida de qualquer verdade científica caia talvez para um décimo do que é agora. O que diminui a durabilidade da verdade existente é o volume de hipóteses oferecidas para substituí-la; quanto maior o número de hipóteses, menor a duração da verdade. E, nas décadas recentes, o que parece ter causado o aumento do número de hipóteses não é outra coisa senão o próprio método científico. Quanto mais se olha, mais se vê. Em vez de escolher uma verdade dentre uma multidão delas, na verdade se está *aumentando a multidão*. Logicamente, isso significa que, quando buscamos chegar à verdade imutável pela aplicação do método científico, não chegamos nem um pouco mais perto dela. *Afastamos-nos* dela! É a aplicação do método científico que causa a mudança!

O que Fedro observou no nível pessoal foi um fenômeno profundamente característico da história da ciência, que há anos vem sendo deliberadamente ocultado. Existe uma oposição total entre os resultados previstos da investigação científica e seus resultados efetivos, e ninguém parece dar muita atenção a esse fato. O método científico tem o objetivo de escolher uma única verdade a partir de muitas verdades hipotéticas. É isso, mais do que qualquer outra coisa, que caracteriza a ciência. Porém, no decorrer da história, a ciência fez exatamente o oposto. Através da multiplicação sucessiva de fatos, informações, teorias e hipóteses, é a própria ciência que está afastando a humanidade das verdades absolutas e singulares e aproximando-a de verdades múltiplas, indeterminadas e relativas. A grande produtora do caos social – da indeterminação dos valores e do pensamento, a qual o conhecimento racional teria a função de eliminar – não é outra senão a própria ciência. E o que Fedro contemplou na solidão de seu laboratório há muitos anos é evidente em toda parte do mundo tecnológico hoje em dia. Uma anticiência, cientificamente produzida – o caos.

Agora podemos olhar um pouco para trás e ver por que motivo é importante falar sobre essa pessoa no contexto de tudo que já dissemos acerca da divisão entre as realidades clássica e romântica e do caráter irreconciliável de ambas. Ao contrário das multidões de românticos que se deixam abalar pelas mudanças caóticas que a ciência e a tecnologia impõem ao espírito humano, Fedro, com sua mente clássica de formação científica, não se limitou a torcer as mãos em aflição, a fugir ou a condenar a situação em bloco sem oferecer solução alguma.

Como eu disse, ele ofereceu, no fim, algumas soluções. Porém, o problema era tão profundo, tão difícil e tão complexo que ninguém chegou a compreender a gravidade do que ele buscava solucionar; assim, ninguém entendeu o que ele dizia.

Diria ele que a causa das atuais crises sociais é um defeito genético na natureza da própria razão. E, enquanto esse defeito genético não for sanado, as crises permanecerão. As modalidades atuais da racionalidade não estão encaminhando a sociedade rumo a um mundo melhor. Pelo contrário, estão afastando-a cada vez mais desse mundo melhor. Essas modalidades operam desde o Renascimento e continuarão a operar enquanto forem prementes as necessidades de alimento, vestimenta e abrigo. Porém, numa época em que essas necessidades já não são as mais urgentes da vida para um número enorme de pessoas, a estrutura inteira da razão que nos foi legada pela Antiguidade já não é suficiente. Começa a ser vista tal como realmente é – emocionalmente oca, esteticamente absurda e espiritualmente vazia. É nesse estado que ela se encontra hoje, e nele se encontrará ainda por muito tempo.

Vejo diante de meus olhos uma crise social inflamada e contínua cuja profundidade ninguém realmente compreende, muito menos saberia solucionar. Vejo pessoas como John e Sylvia, perdidos e separados de toda a estrutura racional da vida civilizada, buscando soluções fora dessa estrutura sem encontrar nenhuma que seja satisfatória por um tempo suficiente. E então vejo Fedro e suas abstrações solitárias e isoladas no laboratório – sempre preocupado com a mesma crise, mas partindo de um outro ponto, caminhando na direção oposta. O que estou tentando fazer aqui é juntar tudo isso. É tão grande – é por isso que às vezes pareço estar divagando.

Nenhuma das pessoas com quem Fedro conversava parecia preocupar-se realmente com esse fenômeno que o atarantava. Todas diziam: "Sabemos que o método científico é válido. Por que fazer perguntas sobre ele?"

Fedro não compreendia essa atitude, não sabia o que fazer a respeito dela e, como não estudava a ciência por motivos pessoais ou utilitários, ela acabou por travá-lo totalmente. Foi como se contemplasse a serena paisagem de montanhas que Einstein descrevera e de repente, entre as montanhas, surgisse uma fissura, uma brecha feita de puro nada. E bem devagar, com a máxima agonia, para explicar essa fissura, ele teve de admitir que as montanhas, aparentemente construídas para toda a eternidade, talvez fossem uma outra coisa... talvez fossem meras invenções da sua própria imaginação. Isso o bloqueou.

E, assim, Fedro, que aos quinze anos de idade terminara o primeiro ano do curso superior em ciências, foi expulso da Universidade aos dezessete anos por não obter as notas necessárias. A imaturidade e a falta de atenção aos estudos foram dadas como causas oficiais.

Ninguém poderia ter feito nada a esse respeito, nem para prevenir o acontecido, nem para corrigi-lo. A Universidade não poderia mantê-lo sem abandonar completamente seus padrões.

Num estado de completa perplexidade, Fedro deu início a uma longa série de divagações laterais que o levaram a um longínquo círculo da mente; porém, ao fim e ao cabo, pelo mesmo caminho que agora estamos seguindo, ele voltou para as próprias portas da Universidade. Amanhã tentarei recapitular esse caminho.

Em Laurel, enfim à vista das montanhas, paramos para passar a noite. Agora a brisa noturna está fresca. Desce das neves. Embora o sol já tenha desaparecido há mais ou menos uma hora, o céu ainda está bem iluminado com o brilho que vem de trás da cordilheira.

Sylvia, John, Chris e eu caminhamos pela longa rua principal no lusco-fusco cada vez mais denso e, embora falemos sobre outras coisas, sentimos a presença das montanhas. Sinto-me contente de estar aqui, mas também um pouco triste. Às vezes, viajar é melhor do que chegar ao destino.

11

Acordo e me pergunto se é pela memória ou por algo que está no ar que sei que nos aproximamos das montanhas. Estamos num belo quarto de hotel, antigo e todo de madeira. O sol atravessa a persiana e bate na madeira escura, mas mesmo com a persiana fechada sou capaz de sentir que estamos próximos. O ar das montanhas está neste quarto. É fresco, úmido e quase perfumado. Respiro fundo uma vez e me sinto preparado para respirar mais uma vez, e mais outra; e a cada hausto me sinto mais forte, até que pulo da cama, abro a persiana e deixo entrar todo aquele sol – brilhante, fresco, fulgurante, claro e agudo.

Sinto o impulso de atravessar o quarto e chacoalhar Chris, acordando-o para que veja tudo isto; mas por bondade, ou talvez respeito, deixo-o dormir mais um pouco. Assim, com a gilete e o sabonete na mão, vou ao banheiro comum que fica do outro lado de um longo corredor feito da mesma madeira escura, cujo assoalho range o caminho inteiro. No banheiro, a água quente está praticamente fervendo nos canos e, a princípio, é quente demais para se fazer a barba, mas fica boa quando misturada com água fria.

Pela janela, além do espelho, vejo que o hotel tem uma varanda atrás. Depois de me lavar, vou até lá. Ela fica na altura da copa das árvores que rodeiam o edifício, as quais parecem reagir da mesma maneira que eu ao ar da manhã. Os ramos e as folhas se movem com as leves rajadas de brisa como se as tivessem previsto, como se fossem algo há muito tempo esperado.

Chris logo se levanta. Sylvia sai do quarto e diz que ela e John já tomaram o café da manhã e ele saiu para ir a algum lugar, mas que ela vai acompanhar a mim e a Chris no café da manhã.

Nesta manhã, estamos apaixonados por todas as coisas. Caminhando até o restaurante pela rua iluminada com o sol matinal, falamos de coisas boas. Os ovos, os bolinhos quentes e o café vêm do céu. Sylvia e Chris conversam com intimidade sobre a escola, os amigos e os assuntos pessoais dele, enquanto ouço e contemplo pela grande janela do restaurante as fachadas das lojas do outro lado da rua. Tão diferente, agora, daquela noite solitária na Dakota do Sul. Além daqueles edifícios há montanhas e campos nevados.

Sylvia diz que John conversou com um habitante da cidade sobre outra rota que leva a Bozeman pelo sul, passando pelo Parque de Yellowstone.

– Pelo sul? – digo. – Você se refere a Red Lodge?
– Acho que sim.

Vem-me a lembrança de campos nevados em pleno mês de junho.

– Essa estrada vai bem para cima do ponto máximo onde crescem as árvores.

– E isso é ruim? – pergunta Sylvia.

– Vai fazer frio. – Em minha mente, no meio dos campos nevados, aparecem as motos e nós em cima delas. – Mas será espetacular.

Encontramos John e está resolvido. Logo, depois de passar sob um viaduto da estrada de ferro, estamos numa sinuosa rodovia pavimentada de asfalto que cruza os campos rumo às montanhas. Trata-se de uma estrada que Fedro usava sempre, e lampejos de suas lembranças surgem a cada instante. Bem à nossa frente eleva-se, alta e escura, a serra de Absaroka.

Estamos seguindo um regato até sua nascente. Sua água provavelmente era neve há menos de uma hora. O regato e a estrada cruzam campos verdes e pedregosos, cada qual um pouco mais elevado que o anterior. Neste sol, todas as coisas ganham uma tonalidade intensa. Sombras escuras, luz clara. O céu, azul-escuro. O sol é quente e brilhante quando estamos sob seus raios; mas, quando passamos sob as árvores ao longo da estrada, fica frio de repente.

Pelo caminho, brincamos de "pega" com um Porschezinho azul, ultrapassando-o com uma buzinada e sendo ultrapassados por ele com uma buzinada, e assim diversas vezes pelos campos de álamos negros, claros verdes de relva e arbustos de montanha. Tudo isso está na memória. Ele usava esta estrada para chegar às terras altas. Então, de mochila às costas, caminhava pelo mato por três, quatro ou cinco dias, voltava para pegar mais comida e entrava no mato de novo. Tinha uma necessidade quase fisiológica destas montanhas. A cadeia de suas abstrações ficava tão longa e complexa que ele precisava deste ambiente de silêncio e espaço para conservá-la nos eixos. Era como se horas e horas de construções mentais pudessem ser despedaçadas pela menor perturbação provocada por outros pensamentos ou deveres. Mesmo então, antes da loucura, seu pensamento não era como o das outras pessoas. Funcionava num nível em que todas as coisas mudam e se deslocam, em que os valores e verdades institucionais desaparecem e o espírito é obrigado a mover-se com as próprias forças. Seu fracasso precoce na universidade o libertara da obrigação subjetiva de pensar segundo as diretrizes institucionais, e seus pensamentos já eram independentes num grau conhecido de poucos. Sentia ele que as instituições, como as escolas, igrejas, governos e organizações políticas de toda espécie, tendem a direcionar o pensamento para outras finalidades que não a verdade: para a perpetuação de suas funções e para a subordinação dos indivíduos a essas funções. Chegou assim a ver seu fracasso precoce como um golpe de sorte, uma fuga acidental de uma armadilha que lhe tinha sido preparada; e, durante todo o tempo que lhe restou, sempre tomou muito cuidado com a armadilha das verdades instituídas. Porém, a princípio não via essas coisas nem pensava desse modo; foi só depois que isso aconteceu. Estou saindo da seqüência. Tudo isso só aconteceu muito depois.

De início, as verdades que Fedro começou a buscar eram verdades laterais; não as verdades frontais da ciência, aquelas para as quais a disciplina ostensivamente aponta, mas o tipo de verdade que se vê lateralmente, de soslaio. Numa situação de laboratório, quando todo o procedimento se desarranja, quando tudo dá errado, quando as coisas permanecem indeterminadas ou ficam tão confusas por causa de resultados inesperados que é impossível entendê-las, você começa a olhar *para os lados*. Trata-se de uma expressão que ele usou depois para designar um crescimento do conhecimento que não caminha para a frente como uma flecha em pleno vôo, mas se expande lateralmente, como uma flecha que aumentasse de volume durante o vôo, ou como o arqueiro ao descobrir que, embora tenha acertado o alvo e ganhado um prêmio, sua cabeça repousa sobre um travesseiro e o sol entra pela janela. O conhecimento lateral é um conhecimento que vem de uma região totalmente inesperada, uma direção que nem sequer é entendida como tal até o momento em que o conhecimento se impõe. As verdades laterais indicam a falsidade dos axiomas e postulados que subjazem ao sistema que a pessoa usa para chegar à verdade.

Aparentemente, ele apenas divagava. Na realidade, era isso mesmo que ele fazia. Divagar: é isso que se faz quando se procuram as verdades laterais. Ele não podia seguir nenhum método procedimental conhecido para descobrir sua causa, uma vez que eram esses métodos e procedimentos que estavam errados em princípio. Assim, divagava. Era tudo quanto podia fazer.

A divagação levou-o ao exército, que o enviou à Coréia. Há um fragmento de sua memória, a figura de uma muralha vista da proa de um navio, brilhando radiante como um portal do céu, do outro lado de um ancoradouro enevoado. Ele deve ter dado grande valor a esse fragmento e pensado nele muitas vezes, pois, embora não tenha relação com mais nada, é extremamente intenso – tão intenso que eu mesmo o recuperei diversas vezes. Parece simbolizar algo muito importante, um momento de mudança.

As cartas que mandou da Coréia são radicalmente diferentes de seus textos anteriores, indicando essa mesma mudança. Simplesmente transbordam de emotividade. Ele escreve páginas e páginas acerca dos mínimos detalhes das coisas que vê: mercados populares, lojas com portas deslizantes de vidro, telhados de ardósia, estradas, cabanas cobertas de sapé, tudo. Ora cheio de um tremendo entusiasmo, ora deprimido, ora contrafeito, ora até bem-humorado, ele se assemelha a uma pessoa ou outra criatura qualquer que conseguiu escapar de uma gaiola de cuja existência nem sequer sabia, e que vaga a esmo pelo campo, devorando visualmente tudo quanto lhe cai sob os olhos.

Depois, fez amizade com alguns trabalhadores coreanos que falavam um pouco de inglês mas queriam aprender mais a fim de poder trabalhar como tradutores. Passava algum tempo com eles depois do horário de trabalho, e eles, para retribuir, conduziam-no nos fins de semana em longas caminhadas pelas montanhas para ver suas casas e seus amigos e traduzir para ele o modo de viver e de pensar de uma outra cultura.

Está sentado ao lado de uma trilha numa bela colina batida pelo vento sobre o Mar Amarelo. Nos terraços abaixo da trilha, o arroz já crescido assumiu um tom castanho. Os amigos olham com ele para o mar, na direção de ilhas distantes. Fazem uma refeição ao ar livre e conversam com ele e entre si. O tema são os ideogramas e sua relação com o mundo. Ele comenta o quanto é maravilhoso que todas as coisas no universo possam ser descritas pelos vinte e seis caracteres escritos com os quais estavam trabalhando. Seus amigos assentem com a cabeça, sorriem, comem os alimentos que levaram na marmita e, com toda a polidez, dizem que não.

Confuso pelo assentimento com a cabeça e a resposta verbal "não", ele repete sua afirmação. Mais uma vez vem o movimento de cabeça que significa "sim" e a resposta "não". Aí termina o fragmento, mas, como o da muralha, é algo sobre o qual ele pensa muitas vezes.

O último fragmento forte daquela região do mundo é de um salão num navio de transporte de tropas. Está voltando para casa. O salão está vazio e quase não foi usado. Ele está sozinho num beliche de lona amarrado a uma estrutura de aço, como uma cama elástica. Em cada fileira há cinco beliches, e as fileiras sucedem-se, preenchendo o vazio do salão de tropas.

O salão fica na proa do navio, e a lona nas estruturas vizinhas sobe e desce, acompanhando os movimentos de seu estômago. Ele contempla essas coisas e o profundo ribombar do aço à sua volta e percebe que, se não fosse por esses sinais, não teria indício nenhum de que todo o salão reiteradamente eleva-se no ar e depois mergulha nas águas. Pergunta-se se é isso que o impede de concentrar-se no livro à sua frente, mas percebe que não, que é o livro que é difícil. Trata-se de um texto sobre a filosofia oriental e é o livro mais difícil que ele já leu. Fica contente por estar sozinho e entediado nesse salão vazio; se assim não fosse, jamais conseguiria ler esse livro inteiro.

Segundo o livro, a existência humana tem um elemento teórico que é primariamente ocidental (e que corresponde ao passado de Fedro no laboratório) e um elemento estético que se manifesta com mais força no Oriente (e que corresponde ao passado de Fedro na Coréia), e esses dois elementos nunca parecem se encontrar. Os termos "teórico" e "estético" correspondem ao que Fedro depois chamou de modalidades clássica e romântica da realidade; provavelmente foram eles que moldaram esses conceitos em sua mente, influenciando-o num grau maior do que ele pôde perceber. A diferença é que a realidade clássica é *primariamente* teórica, mas tem também a sua própria estética. A realidade romântica é *primariamente* estética, mas tem também a sua teoria. A cisão entre teoria e estética se dá entre os elementos que compõem um só mundo; a cisão entre classicismo e romantismo se dá entre dois mundos separados. O livro de filosofia, chamado *The Meeting of East and West* [O encontro de Oriente e Ocidente], de F. S. C. Northrop, sugere que se aumente o conhecimento do "contínuo estético indiferenciado" a partir do qual surge o elemento teórico.

Fedro não compreendeu isso. Mas, depois que chegou a Seattle e foi dispensado do exército, passou duas semanas sentado em seu quarto de hotel, mastigando as gigantescas maçãs do estado de Washington, pensando, comendo mais maçãs e pensando um pouco mais; e, em decorrência de todos aqueles fragmentos, e da sua reflexão, voltou à Universidade para estudar filosofia. Sua divagação lateral terminara. Pôs-se então a buscar ativamente alguma coisa.

Subitamente, uma forte rajada lateral de vento frio traz o aroma de pinheiros, seguida por outras rajadas; e, quando nos aproximamos de Red Lodge, já estou tremendo.

Em Red Lodge, a estrada corre praticamente unida à base da montanha. A massa escura e ameaçadora que se eleva acolá domina até mesmo os telhados dos edifícios que se erguem de um lado e de outro da rua principal. Estacionamos as motos e abrimos a bagagem para desempacotar roupas quentes. Passamos por lojas que vendem produtos para esquiar e entramos num restaurante cujas paredes ostentam enormes fotografias da estrada que pegaremos para subir. Subiremos cada vez mais por uma das estradas pavimentadas mais altas do mundo. Sinto-me um pouco ansioso a respeito disso. Percebo que a ansiedade é irracional e procuro me livrar dela falando aos outros sobre a estrada. Não há como cair. Nenhum perigo para a motocicleta. Só uma lembrança de lugares de onde se podia atirar uma pedra e ela cairia por centenas de metros antes de tocar o chão, e a associação dessa pedra com a moto e seu condutor.

Quando terminamos o café, vestimos as roupas quentes, arrumamos a bagagem e logo chegamos à primeira curva em cento e oitenta graus que se ergue na face da montanha.

O asfalto da estrada é muito mais largo e mais seguro do que me aparecia na memória. Numa moto, tem-se espaço de sobra. John e Sylvia fazem as curvas fechadas à nossa frente e depois voltam em nossa direção, acima de nós, sorrindo. Logo nós também fazemos a curva e os vemos de novo pelas costas. Então, eles viram mais uma vez e nós os encontramos novamente, gargalhando. É difícil quando imaginado de antemão, mas fácil quando se faz.

Falei sobre a divagação lateral de Fedro, que terminou com sua entrada na disciplina da filosofia. Via ele a filosofia como o mais alto patamar de toda a hierarquia do conhecimento. Entre os filósofos, essa crença é tão comum que se tornou quase um chavão, mas para ele foi uma revelação. Descobriu que a ciência, antes concebida como a totalidade do conhecimento, não é senão um ramo da filosofia, que é muito mais ampla e geral. As perguntas que fizera sobre a infinitude das hipóteses não interessavam à ciência porque não eram perguntas científicas. A ciência não pode estudar o método científico sem entrar num círculo vicioso que destrói a validade de seus resultados. As perguntas dele estavam num nível mais alto que o alcançado pela ciência. Assim, Fedro encontrou na filosofia um prolongamento natural da pergunta que inicialmente o conduzira à ciência. O que significa isso tudo? Qual é o objetivo de tudo?

Numa via lateral que sai da estrada principal, paramos, tiramos algumas fotos para provar que estivemos aqui e andamos até um caminhozinho que nos leva à beira de um precipício. Daqui mal se poderia ver uma motocicleta na estrada que avistamos abaixo de nós, numa linha quase vertical. Agasalhamo-nos um pouco mais e tocamos em frente, para cima.

Aqui já não há árvores latifoliadas. Restam apenas alguns pinheiros de pequeno tamanho. Muitos deles têm formas retorcidas e truncadas.

Logo, também os pinheiros truncados desaparecem e nos encontramos em meio a prados alpinos. Não há árvores em lugar algum, só a relva, repleta de pontinhos de um intenso cor-de-rosa, azul ou branco. Flores silvestres, em toda parte! Aqui só podem viver as flores, a relva, os musgos e os liquens. Chegamos às terras altas, onde já não crescem árvores.

Olho para trás a fim de contemplar a garganta pela última vez. É como olhar para o fundo do oceano. Nas baixas altitudes, as pessoas passam a vida inteira sem saber que estas terras altas existem. A estrada se volta para dentro, afastando-se da garganta e penetrando em campos nevados. Por causa da falta de oxigênio, explosões fora de tempo sacodem o motor, que ameaça parar, mas não pára. Logo nos encontramos entre placas de neve antiga, parecida com a neve que se vê na primavera depois do primeiro degelo. Em toda parte pequenas torrentes de água entremeiam-se no solo coberto de musgo, descendo depois para esta relva, que não deve ter mais de uma semana, e para as minúsculas flores silvestres que parecem saltar, brilhantes de sol, do meio das sombras negras. Em toda parte a mesma coisa! Alfinetezinhos de luz colorida saltam em minha direção de um fundo sombrio, negro ou verde. O céu agora está escuro, e faz frio. A não ser onde bate o sol. Do lado ensolarado, meu braço, minha perna e minha jaqueta estão quentes; mas o lado escuro, agora envolto em sombras profundas, está muito frio.

A neve se adensa sobre os campos e se amontoa ao lado dos caminhos abertos pelos carros limpa-neve. Os montes têm um metro de altura, depois dois metros, depois quase quatro metros. Passamos no meio de duas muralhas, quase um túnel de neve. Então, o túnel se abre de novo para o céu e, quando saímos, vemos que chegamos ao topo.

Do outro lado fica um outro país. Abaixo de nós estendem-se lagos de montanha, pinheiros e campos nevados. Para cima e além deles, até onde a vista alcança, outras cadeias de montanhas cobertas de neve. As terras altas.

Paramos e estacionamos num desvio onde alguns turistas tiram fotos e contemplam a paisagem e uns aos outros. John tira a câmera fotográfica do bagageiro na traseira da moto. Da minha própria máquina, removo o jogo de ferramentas e abro-o sobre o assento. Pego a chave de fenda, dou a partida no motor e uso-a para regular os carburadores até que o motor em ponto morto passe de muito acelerado para um pouco menos acelerado. Estou surpreso pelo fato de ele ter estourado, tossido e gritado tantas vezes ao longo da subida, dando vários indícios de que ia parar, mas não ter parado. Não o regulei antes porque estava curioso para ver como ele reagiria aos mais de três mil metros de altitude. Agora deixo-o parcialmente afogado, com um ruído não muito bom, porque vamos descer um pouco rumo ao Parque de Yellowstone; se não estiver afogado agora, vai estar com muito ar na mistura mais à frente, o que é perigoso porque esquenta demais o motor.

No caminho para baixo, com a segunda marcha engatada, o motor ainda estoura fora de tempo, mas o barulho diminui à medida que chegamos às regiões mais baixas. Voltam as florestas. Passamos agora em meio a grandes formações rochosas, lagos e árvores, aproveitando as belas curvas e viradas surpreendentes da estrada.

Quero falar agora sobre terras altas de um outro tipo: as terras altas do mundo do pensamento, que, de certo modo, pelo menos para mim, parecem produzir sentimentos semelhantes a estes. Vamos chamá-las de terras altas da mente.

Partindo-se do princípio de que todo o conhecimento humano, tudo que é conhecido, constitui uma gigantesca estrutura hierárquica, as terras altas da mente se encontram nos escalões superiores dessa estrutura, nas considerações mais gerais e mais abstratas.

Poucos são os que viajam por elas. Não há nada a lucrar em andar por aí; mesmo assim, à semelhança do que ocorre com as terras altas do mundo material que nos rodeia, elas têm a sua própria beleza austera, que, para algumas pessoas, parece fazer com que as dificuldades da viagem valham a pena.

Nas terras altas da mente, é preciso acostumar-se com o ar rarefeito da incerteza, com a enorme magnitude das perguntas que são feitas e com as respostas propostas a essas perguntas. A vastidão é tão grande, e é tão óbvio que chega a distâncias que a mente jamais seria capaz de alcançar, que hesitamos até mesmo em nos aproximar dela, com medo de nos perder e nunca encontrar o caminho de saída.

O que é a verdade e como reconhecê-la?... Como podemos realmente *saber* alguma coisa? Acaso existe um "eu", uma "alma" que conhece, ou será que a função da alma é simplesmente a de coordenar os sentidos?... Será que a realidade é essencialmente mutável ou é fixa e permanente?... Quando se diz que algo *significa* algo, o que significa isso?

Desde o começo dos tempos, muitas trilhas e picadas através dessas terras altas foram abertas e depois esquecidas; e, embora as respostas trazidas dessas trilhas tenham reclamado para si a permanência e a universalidade, as civilizações escolheram para si trilhas diversas. Temos, portanto, muitas respostas diferentes para as mesmas perguntas, respostas que podem ser todas consideradas verdadeiras dentro do seu próprio contexto. Mesmo dentro de uma única civilização, velhas trilhas se fecham e novas sempre se abrem.

Às vezes se afirma que na verdade não existe o progresso; que uma civilização que mata multidões de civis na guerra moderna, que polui a terra e os oceanos com quantidades cada vez maiores de lixo, que destrói a dignidade dos indivíduos na medida em que os sujeita a uma existência mecanizada obrigatória – que uma civilização dessas não pode ser considerada mais avançada do que a civilização mais simples dos caçadores, coletores e agricultores da época pré-histórica. Esse argumento, porém, embora convincente do ponto de vista romântico, não se sustenta. As tribos primitivas admitiam uma liberdade individual muito menor do que a sociedade moderna. As guerras antigas tinham de ter muito menos justificação moral do que as modernas. Uma tecnologia que produz lixo pode encontrar, e está encontrando, novos meios de jogá-lo fora sem provocar catástrofes ecológicas. E as imagens do homem primitivo que às vezes vemos nos livros de escola omitem alguns dos pontos menos atraentes de sua vida primitiva – a dor, a doença, a fome e a quantidade de trabalho necessária para simplesmente subsistir. O caminho que leva dessa agonia da mera subsistência à vida moderna só pode ser descrito como um progresso ascendente, e o único agente desse progresso é, sem a menor sombra de dúvida, a própria razão.

É evidente que os processos informais e formais de formulação de hipóteses, experimentação e conclusão, século após século, repetidos com materiais sempre novos, construíram as hierarquias de pensamento que eliminaram a maior parte dos inimigos do homem primitivo. Em certa medida, a condenação romântica da racionalidade nasce do próprio poder que a racionalidade tem de tirar o homem de suas primitivas condições de vida. A racionalidade do homem civilizado é um agente tão forte e tão predominante que praticamente excluiu todas as outras coisas e hoje em dia domina o próprio homem. Essa é a raiz da queixa.

Fedro vagou por essas terras altas, primeiro sem destino, seguindo qualquer caminho que encontrasse, qualquer caminho por onde alguém já tivesse passado. Olhando ocasionalmente para trás, percebia que tinha feito algum progresso, mas não via nada à sua frente que lhe indicasse qual o caminho a seguir.

Grandes vultos da civilização haviam passado pela cordilheira de perguntas acerca da realidade e do conhecimento. Alguns deles, como Sócrates, Aristóteles, Newton e Einstein, são conhecidos de quase todos, mas a maioria é muito mais obscura: nomes que Fedro nunca ouvira. E fascinou-se com o pensamento deles e toda a sua maneira de pensar. Seguia-lhes as trilhas cuidadosamente até que não parecessem levar mais a lugar algum; então, abandonava-as. Nessa época, os trabalhos de Fedro mal atendiam aos requisitos mínimos da academia, mas não por falta de esforço ou de reflexão. Ele refletia muito; e, nessas terras altas da mente, quanto mais se reflete, mais devagar se caminha. Fedro não lia à maneira literária, mas à maneira científica, verificando cada frase à medida que avançava, anotando suas dúvidas e questões para resolvê-las depois, e felizmente tenho um baú cheio dos seus cadernos de anotações.

O mais incrível desses cadernos é que contêm quase tudo o que ele disse anos depois. É frustrante ver o quanto, na época, ele não tinha consciência da importância do que pensava. É como estar diante de alguém que segura nas mãos, uma por uma, todas as peças de um quebra-cabeça cuja solução você já conhece; você quer lhe dizer: "Veja só, esta encaixa *aqui*, e aquela, *ali*", mas não pode dizer nada. E, assim, ele vaga às cegas pelas trilhas, descobrindo as peças uma por uma sem saber o que fazer com elas; você range os dentes quando ele toma uma trilha que não leva a lugar algum e se alivia quando ele retorna, muito embora ele mesmo esteja desanimado. "Não se preocupe" – é o que você gostaria de lhe dizer. "Vá em frente!"

Porém, ele faz tão mal os trabalhos acadêmicos que só deve passar de ano pela bondade dos professores. Encara com preconceito cada filósofo que estuda. Sempre se intromete e impõe suas próprias opiniões aos textos que está estudando. É sempre parcial, nunca é justo. Quer que cada filósofo siga um certo caminho e se enfurece quando vê que ele não o faz.

Preserva-se ainda um fragmento de memória de Fedro sentado numa sala às três ou quatro da manhã com a *Crítica da razão pura* de Immanuel Kant, estudando-a como um jogador de xadrez estuda as aberturas dos grandes mestres, contrapondo a linha de desenvolvimento do argumento ao seu próprio discernimento e habilidade, procurando contradições e incongruências.

Em comparação com os norte-americanos do Meio-Oeste que o rodeiam, Fedro é um sujeito bizarro; porém, estudando Kant, é menos estranho. Sente um respeito por esse alemão setecentista, um respeito que não vem da concordância, mas de uma apreciação pelo modo formidável com que Kant fortificou e defendeu sua posição. Kant, ao escalar o gigantesco monte nevado do pensamento sobre o que está na mente e o que está fora da mente, é sempre metódico, persistente, regular e meticuloso. Para os alpinistas modernos, esse é um dos picos mais altos que existem; pretendo agora ampliar um pouco essa imagem de Kant, mostrando algo de como ele pensava e de como Fedro pensava a respeito dele, a fim de dar uma idéia mais detalhada dessas terras altas da mente e preparar o caminho para uma compreensão melhor dos pensamentos de Fedro.

Toda a solução que Fedro deu para o problema das inteligências clássica e romântica ocorreu inicialmente nessas terras altas da mente; e, caso não se compreenda a relação dessas terras com o restante da existência, o sentido e a importância dos níveis inferiores daquilo que se vai dizer aqui serão subestimados ou mal compreendidos.

Para acompanhar Kant, é preciso também compreender alguma coisa acerca do filósofo escocês David Hume. Antes do alemão, Hume afirmara que, caso uma pessoa siga as regras mais rigorosas possíveis de indução e dedução lógicas a partir da experiência a fim de determinar a verdadeira natureza do mundo, chegará forçosamente a determinadas conclusões. Seu raciocínio partia da resposta a esta pergunta: suponhamos uma criança nascida sem nenhum dos sentidos; não tem visão, nem audição, nem tato, nem olfato, nem paladar – nada. Essa criança não tem meio absolutamente nenhum pelo qual possa ter alguma sensação do mundo externo. Suponhamos que essa criança seja alimentada e cuidada de modo que se mantenha viva até os dezoito anos de idade. Pergunta-se então: será que essa pessoa de dezoito anos teria algum pensamento em sua cabeça? Caso tivesse, de onde viria esse pensamento? Como o obteria?

Hume responderia que essa pessoa não teria absolutamente nenhum pensamento, e, ao dar essa resposta, definir-se-ia como um *empirista*, alguém que acredita que todo conhecimento é derivado exclusivamente dos sentidos. O método de experimentação científica é um empirismo cuidadosamente controlado. Hoje em dia, o chamado "senso comum" é o empirismo, uma vez que a absoluta maioria das pessoas concordaria com Hume, ainda que, em outras épocas e lugares, a maioria tivesse talvez discordado.

Caso se creia no empirismo, o primeiro problema que se apresenta é o da "substância". Se todo o nosso conhecimento vem dos dados sensoriais, o que é exatamente essa substância que supostamente emite os próprios dados sensoriais? Se você tentar imaginar o que é essa substância, considerada como separada da sensação, há de ver-se pensando no nada absoluto.

Uma vez que todo conhecimento vem das impressões sensoriais e uma vez que a substância em si não deixa impressão sensorial nenhuma, decorre logicamente daí que o conhecimento da substância não existe. Ela é algo que imaginamos, algo que está inteiramente dentro da nossa mente. A idéia de que existe algo lá fora que transmite as propriedades que captamos é mais uma dessas noções do senso comum, semelhante às noções do senso comum que as crianças têm: por exemplo, que a Terra é plana e que as retas paralelas jamais se encontram.

Em segundo lugar, partindo-se da premissa de que todo conhecimento nos vem dos sentidos, é preciso perguntar: de qual dado sensorial vem o nosso conhecimento da relação de causa e efeito? Em outras palavras, qual é a base científica e empírica da própria relação de causa e efeito?

A resposta de Hume é: "Nenhuma." Nossas sensações não nos dão sinal algum da existência de uma relação de causa e efeito. À semelhança da substância, essa relação é simplesmente algo que imaginamos quando uma coisa acontece repetidamente depois de outra. Ela não tem existência real no mundo que observamos. Segundo Hume, caso se aceite a premissa de que todo conhecimento nos vem dos sentidos, é preciso concluir logicamente que tanto a "Natureza" quanto as "leis da Natureza" são criações da nossa própria imaginação.

Essa idéia de que o mundo inteiro está dentro da nossa própria mente poderia ser descartada como absurda se Hume a tivesse proposto como uma simples especulação. Porém, ele a usou para apresentar um argumento supostamente infalível.

Era necessário refutar a conclusão de Hume, mas infelizmente ele a obtivera de tal modo que, aparentemente, era impossível contradizê-la sem abandonar a própria razão empírica e regredir a alguma noção medieval, predecessora da razão empírica. Isso, Kant se recusou a fazer.

Assim, segundo Kant, fora Hume que "o despertara do sono do dogmatismo" e o fizera escrever o que hoje se considera um dos maiores tratados filosóficos já compostos, a *Crítica da razão pura*, que muitas vezes serve de tema para todo um curso na Universidade. Kant procura salvar o empirismo científico das conseqüências de sua lógica autofágica. Toma, a princípio, o caminho indicado por Hume. "Não há dúvida de que todo o nosso conhecimento parte da experiência", diz ele, mas logo sai do caminho, negando que todos os componentes do conhecimento vêm dos sentidos no momento mesmo em que os dados sensoriais são recebidos. "Embora todo o conhecimento surja *com* a experiência, não decorre daí que ele surja *da* experiência."

Parece, a princípio, que ele está fazendo uma distinção insignificante, mas isso não é verdade. Em decorrência dessa distinção, Kant contorna o abismo de solipsismo ao qual conduz o caminho de Hume e toma um caminho totalmente novo e diferente, só seu.

Kant diz que existem aspectos da realidade que não são fornecidos imediatamente pelos sentidos. A esses aspectos, dá o nome de *a priori*.

O "tempo" é um dos exemplos de conhecimento *a priori*. O tempo não é visto, não é ouvido, não é cheirado, não é tocado nem provado com o paladar. Não está presente nos dados dos sentidos tais e quais são captados. O tempo é o que Kant chama de uma "intuição", que a própria mente tem de fornecer quando recebe os dados.

O mesmo vale para o espaço. Se não *aplicamos* os conceitos de espaço e tempo às impressões que recebemos, o mundo é ininteligível; não passa de uma caleidoscópica confusão de cores, figuras, ruídos, cheiros, dores e gostos sem significado nenhum. Sentimos os objetos de determinada maneira em virtude da aplicação de intuições *a priori*, como o espaço e o tempo, mas não criamos esses objetos a partir da nossa imaginação, como diriam os puros idealistas filosóficos. As formas do espaço e do tempo são aplicadas aos dados na medida em que são recebidas do objeto que as produz. Os conceitos *a priori* têm origem na natureza humana; assim, nem são causados pelos objetos dos sentidos nem dão realidade a esses objetos, mas cumprem uma espécie de função de *filtragem* para os dados dos sentidos que aceitamos. Quando nossos olhos piscam, por exemplo, os dados dos sentidos nos dizem que o mundo desapareceu. Porém, isso é filtrado e não chega à consciência, uma vez que temos na mente o conceito *a priori* de que o mundo tem uma continuidade. Aquilo que chamamos de realidade é uma síntese contínua de elementos tirados de uma hierarquia fixa de conceitos *a priori* e dos dados sempre mutáveis dos sentidos.

Agora vamos parar e aplicar a esta estranha máquina alguns dos conceitos propostos por Kant. Vamos aplicá-los a esta criação que tem nos conduzido ao longo do espaço e do tempo. Vejamos agora qual é a nossa relação com ela, tal como Kant a revela.

O que Hume diz, com efeito, é que tudo o que sei a respeito da motocicleta me vem através dos sentidos. Tem de ser assim. Não há outra alternativa. Se digo que ela é feita de metal e outras substâncias, ele pergunta: o que é o metal? Se respondo que o metal é duro, brilhante, frio ao toque e deforma sem se quebrar quando é golpeado por um material mais duro, Hume diz que todas essas coisas são objetos da visão, da audição e do tato. Não há substância. Diga-me o que é o metal *separado* dessas sensações. Aí, evidentemente, tenho de parar.

Porém, se a substância não existe, o que podemos dizer acerca dos dados sensoriais que recebemos? Se volto a cabeça para a esquerda e vejo o guidão, a roda dianteira, o porta-mapas e o tanque de gasolina, capto um determinado padrão de dados sensoriais. Se desloco a cabeça para a direita, capto um padrão ligeiramente diferente. As duas visões são diferentes. Os ângulos dos planos e as curvas do metal são diferentes. O sol incide sobre eles de maneira diversa. Se não existe fundamento lógico para a substância, não existe fundamento lógico para concluir que o que produziu essas duas visões foi a mesma motocicleta.

Agora chegamos a um verdadeiro impasse intelectual. Nossa razão, que deveria tornar as coisas mais inteligíveis, parece estar tornando-as menos inteligíveis; e, quando a razão contraria assim a sua própria função, é preciso modificar algo na sua própria estrutura.

Kant chega para nos salvar. Diz que o fato de não ser possível captar imediatamente "uma motocicleta" pelos sentidos, e não simplesmente as cores e formas produzidas por uma motocicleta, não é prova alguma de que a motocicleta não exista. Temos na mente uma motocicleta *a priori* que tem continuidade no espaço e no tempo e é capaz de mudar de aspecto quando mudamos a cabeça de lugar, não sendo, portanto, contradita pelos dados sensoriais que recebemos.

A motocicleta de Hume, a que não tem sentido, ocorrerá se nosso hipotético paciente de cama, o que não tem sentidos, for exposto por um segundo somente aos dados sensoriais de uma motocicleta e depois for privado novamente de seus sentidos. Depois disso, penso que terá na mente uma motocicleta de Hume, que não lhe proporciona indício nenhum de conceitos como o de causa e efeito.

Porém, como diz Kant, nós não somos essa pessoa. Levamos na mente uma motocicleta *a priori* incontestavelmente real, de cuja existência não temos motivo nenhum para duvidar, cuja realidade pode ser confirmada a qualquer tempo.

A motocicleta *a priori* foi construída em nossa mente no decorrer de muitos anos a partir de uma quantidade imensa de dados sensoriais, e muda constantemente à medida que novos dados sensoriais são absorvidos. Algumas mudanças nesta específica motocicleta *a priori* que estou dirigindo são muito rápidas e transitórias, tais como as suas relações espaciais com a estrada. À medida que contornamos as curvas da estrada, estou sempre a acompanhá-las e corrigi-las. No momento mesmo em que a informação perde seu valor, esqueço-a, pois há mais informações entrando que precisam ser acompanhadas. Outras mudanças nesta motocicleta *a priori* são mais lentas: a gasolina que desaparece do tanque, a borracha que desaparece dos pneus, os parafusos e porcas que se soltam, o espaço que aumenta entre a lona do freio e o tambor. Outros aspectos dela mudam tão devagar que parecem permanentes – a pintura, os rolamentos das rodas, os cabos de controle –, no entanto, também eles estão em constante mudança. Por fim, levando-se em consideração um período realmente grande, até mesmo o quadro muda ligeiramente por causa das pancadas da estrada, das mudanças térmicas e da fadiga interna comum a todos os metais.

Esta motocicleta *a priori* é uma bela máquina. Se você parar para pensar nela por tempo suficiente, verá que é a coisa principal. Os dados sensoriais confirmam sua existência, mas não são *ela*. A motocicleta que acredito existir fora de mim *a priori* é semelhante ao dinheiro que acredito ter no banco. Se eu fosse ao banco e pedisse para ver meu dinheiro, o funcionário me olharia de um jeito peculiar. O banco não tem "meu dinheiro" numa gavetinha que o funcionário pode abrir e me mostrar. "Meu dinheiro" não passa de alguns domínios magnéticos num pouco de óxido de ferro que repousa sobre um rolo de fita num computador. Mas isso me basta, pois tenho fé que, se eu precisar das coisas que o dinheiro pode comprar, o banco, através do seu sistema de compensação, me proporcionará os meios de obtê-las. Do mesmo modo, embora meus dados sensoriais nunca tenham me mostrado nada que possa ser chamado de "substância", basta-me que esses dados tenham a capacidade de realizar as coisas que uma substância, em tese, deve poder fazer, e que continuem a conformar-se à motocicleta *a priori* que tenho na mente. Por conveniência, digo que tenho dinheiro no banco; e, também por conveniência, digo que a motocicleta na qual ando é composta por substâncias. A maior parte da *Crítica da razão pura* de Kant trata de como esse conhecimento *a priori* é adquirido e empregado.

Kant comparou a uma "revolução copernicana" sua tese de que nossos pensamentos *a priori* são independentes dos dados sensoriais e os filtram. Referia-se aí à afirmação de Copérnico de que a Terra gira em torno do Sol. Essa revolução não mudou nada, e no entanto mudou tudo. Ou, para dizê-lo em terminologia kantiana, o mundo objetivo que produz nossos dados sensoriais não mudou, mas o conceito *a priori* que temos dele virou do avesso. O efeito foi de imensa magnitude. É a aceitação da revolução copernicana que distingue o homem moderno de seus predecessores medievais.

E o que Copérnico fez? Tomou o conceito *a priori* do mundo que então existia, a noção de que ele era plano e imóvel, e postulou um conceito *a priori* alternativo, que o mundo é esférico e gira em torno do sol; e demonstrou ainda que *ambos* os conceitos *a priori* correspondem aos dados sensoriais existentes.

Kant achou que tinha feito a mesma coisa no domínio da metafísica. Se você presume que os conceitos *a priori* que temos na cabeça são independentes do que vemos e, na verdade, filtram nossos dados sensoriais, está virando do avesso o velho conceito aristotélico do homem científico como um observador passivo, uma "tábua rasa". Kant e seus milhões de seguidores afirmaram que, em decorrência dessa inversão, obtivemos uma compreensão muito mais satisfatória do nosso processo de conhecimento.

Apresentei detalhadamente esse exemplo para mostrar de perto uma certa região das terras altas, mas também, e principalmente, para dar o contexto adequado das ações posteriores de Fedro. Também ele efetuou uma inversão copernicana e, através dela, reduziu a um só os mundos separados das inteligências clássica e romântica. E parece-me que, como resultado, podemos ter uma compreensão muito mais satisfatória da realidade do mundo.

De início, a metafísica de Kant empolgou Fedro, mas depois parou de fazê-lo, e ele não sabia o porquê. Pensou sobre o assunto e chegou à conclusão de que talvez fosse por causa da experiência no Oriente. Tinha tido a sensação de ter escapado de uma prisão do intelecto, e agora estava na prisão de novo. Leu a estética de Kant primeiro com decepção, depois com raiva. As idéias de Kant sobre o "belo" eram feias para Fedro, e a feiúra era tão profunda e extensa que ele não tinha a menor idéia de como começar a atacá-la ou contorná-la. Parecia tão profundamente entretecida na própria estrutura do mundo de Kant que não havia como tirá-la de lá. E não era simplesmente a feiúra do século XVIII ou uma feiúra "técnica". Estava presente em todos os filósofos que ele lia. A universidade inteira que ele freqüentava cheirava à mesma feiúra. Estava em toda parte, na sala de aula, nos livros de referência. Estava nele mesmo, e ele não sabia nem como nem por quê. A própria razão parecia horrível, e parecia não haver como se libertar dela.

12

Em Cooke City, John e Sylvia parecem mais felizes do que desde há muitos anos, e damos grandes mordidas em nossos sanduíches quentes de churrasco. Estou contente de ver a exuberância deles nestas terras altas, mas não faço comentário nenhum, simplesmente continuo comendo.

Do lado de fora da grande janela, do outro lado da rua, há pinheiros enormes. Por baixo deles passam muitos carros a caminho do parque. Agora estamos bem para baixo da altitude máxima em que crescem as árvores. Aqui é mais quente, mas vez por outra o céu fica encoberto por uma nuvem baixa, pronta para derramar chuva.

Acho que, se eu não fosse o palestrista de uma Chautauqua, mas um romancista, me preocuparia em "desenvolver os personagens" de John, Sylvia e Chris em cenas recheadas de ação que também revelassem os "sentidos interiores" do Zen, da Arte e, talvez, até do Conserto de Motocicletas. Seria um tremendo romance, mas por algum motivo não me sinto capaz de escrevê-lo. Essas pessoas são minhas amigas, não são personagens, e a própria Sylvia me disse certa vez: "Não gosto de ser um objeto!" Assim, simplesmente não vou mencionar várias coisas que sabemos uns dos outros. Nada de ruim, mas nada que tenha relação com esta Chautauqua. Com os amigos, temos de nos comportar assim.

Ao mesmo tempo, a Chautauqua pode levar o leitor a compreender por que sempre pareço tão distante e reservado aos olhos deles. De vez em quando, eles me fazem perguntas que parecem exigir uma declaração de quais são os assuntos em que, diabos, estou pensando o tempo todo; porém, se eu fosse realmente declarar meus pensamentos acerca de, digamos, o pressuposto *a priori* da continuidade de uma motocicleta no tempo, e se o fizesse sem introduzi-los em todo o edifício da Chautauqua, eles simplesmente ficariam preocupados e se perguntariam o que há de errado comigo. Realmente *estou* interessado nessa continuidade e no modo pelo qual falamos e pensamos nela. Isso me distancia da situação normal de almoço, o que dá uma impressão de alheamento. É um problema.

É um problema de nossos tempos. Hoje em dia, o âmbito do conhecimento humano é tão grande que cada um de nós é um especialista; e a distância entre as especialidades é tão grande que qualquer um que pretenda caminhar livremente entre elas fica praticamente obrigado a abrir mão da intimidade com as pessoas que o cercam. Também a conversa aqui-e-agora da hora do almoço é uma especialidade.

Chris parece compreender melhor do que eles meu alheamento, talvez por estar mais acostumado e porque seu relacionamento comigo é tal que ele tem de prestar mais atenção. Às vezes capto em seu rosto um olhar de preocupação, ou no mínimo de ansiedade. Quando me pergunto o porquê, vejo que estou irritado. Se não visse a expressão dele, talvez não o percebesse. Em outros momentos, ele corre e pula à vontade e, quando me pergunto por quê, vejo que é porque estou de bom humor. Agora percebo que ele está um pouco nervoso e responde a uma pergunta que John evidentemente tinha dirigido a mim. É sobre as pessoas com quem passaremos o dia de amanhã, o casal DeWeese.

Mesmo sem saber qual fora a pergunta, acrescento:

– Ele é pintor. É professor de belas-artes na faculdade daqui, um impressionista abstrato.

Perguntam-me como cheguei a conhecê-lo e tenho de responder, de forma um pouco evasiva, que não me lembro. Não me lembro de *nada* a respeito dele, a não ser de alguns fragmentos. Evidentemente, ele e sua esposa eram amigos dos amigos de Fedro, e foi assim que eles vieram a se conhecer.

John e Sylvia perguntam o que um escritor de manuais técnicos como eu poderia ter em comum com um pintor abstrato, e mais uma vez tenho de responder que não sei. Mentalmente, examino os fragmentos em busca de uma resposta, mas não encontro nenhuma.

Sem dúvida, as personalidades deles eram diferentes. As fotografias do rosto de Fedro naquela época mostram distanciamento e agressividade – um membro do mesmo departamento, numa meia-piada, chamara-o de um rosto "subversivo" –, ao passo que as fotografias de DeWeese na mesma época mostram um rosto bastante passivo, quase sereno, não fosse por uma leve expressão de questionamento.

Tenho na memória um filme sobre um espião da Primeira Guerra Mundial que estudou o comportamento de um oficial alemão capturado (sósia dele) através de um vidro espelhado. Estudou-o por vários meses até ser capaz de imitar-lhe cada gesto e cada nuance da fala. Então, fingindo ser o oficial fugido, infiltrou-se no comando do exército alemão. Lembro-me da tensão e do entusiasmo que o acometeram quando se defrontou com o primeiro teste, diante dos velhos amigos do oficial, para ver se eles reconheceriam a impostura. Tenho agora o mesmo sentimento em relação a DeWeese, que há de naturalmente presumir que sou a mesma pessoa que ele conheceu.

Lá fora, uma leve neblina molhou as motocicletas. Tiro o visor de plástico do bagageiro e prendo-o no capacete. Logo estaremos no Parque de Yellowstone.

A estrada adiante de nós está coberta de neblina. Parece que uma nuvem entrou no vale, o qual, na verdade, não é um vale de modo algum, mas sim uma passagem de montanha.

Não sei o quanto DeWeese o conhecia e quais são as lembranças que espera que eu tenha. Já estive nessa situação com outras pessoas e, em geral, consegui passar por cima dos momentos mais difíceis. A cada vez, a recompensa foi uma expansão do conhecimento sobre Fedro, expansão essa que me ajuda a fingir que sou ele e que, no decorrer dos anos, forneceu a maior parte das informações que tenho apresentado aqui.

Segundo os fragmentos que guardo na memória, Fedro tinha DeWeese em alta conta porque não o compreendia. Para Fedro, a incapacidade de compreender algo despertava-lhe um interesse tremendo, e as atitudes de DeWeese eram fascinantes. Pareciam completamente absurdas. Quando Fedro dizia algo que, a seu ver, era muito engraçado, DeWeese olhava para ele com expressão de quem não entendeu, ou levava a sério a afirmação. Em outros momentos, Fedro dizia algo muito sério, objeto de profunda preocupação, e DeWeese prorrompia em gargalhadas como se tivesse acabado de ouvir a melhor piada de sua vida.

Há, por exemplo, um fragmento de memória a respeito de uma mesa de jantar cujo revestimento lateral caíra e fora colado por Fedro. Para segurar o revestimento enquanto a cola secava, ele o amarrou em torno da mesa com um rolo de barbante inteiro, dando várias voltas ao redor.

DeWeese viu o barbante e quis saber o que era aquilo.

– É minha última escultura – disse Fedro. – Construtiva, não acha?

Em vez de rir, DeWeese encarou-o estupefato, estudou o trabalho por muito tempo e disse por fim:

– Onde você aprendeu tudo *isto*?

Por um segundo, Fedro pensou que ele estava prolongando a piada, mas estava falando sério.

Em outra ocasião, Fedro estava aborrecido pelo fato de certos alunos serem reprovados. Caminhando com DeWeese na direção de sua casa, debaixo de algumas árvores, fez um comentário sobre o assunto e DeWeese perguntou por que ele se entristecia pessoalmente com aquilo.

– Também me fiz a mesma pergunta – disse Fedro com voz embaraçada, e acrescentou: – Penso que é porque, em geral, o professor tende a aprovar os alunos que mais se parecem com ele. Se você tem uma bela caligrafia, tende a considerar essa qualidade como mais importante, num aluno, do que se não tivesse. Se usa palavras complicadas, tende a gostar dos alunos que escrevem com palavras complicadas.

– É assim mesmo. E o que há de errado com isso? – retrucou DeWeese.

– Bem, há algo de estranho aqui – disse Fedro –, pois os alunos dos quais mais gosto, com os quais realmente me identifico, estão todos *sendo reprovados!*

Com isso, DeWeese gargalhou forte e deixou Fedro amuado. Para ele, aquilo era uma espécie de fenômeno científico que talvez fornecesse uma pista para novos conhecimentos, e DeWeese simplesmente dera risada.

A princípio, ele pensou que DeWeese rira do insulto que ele inadvertidamente dirigira a si mesmo. Mas isso não podia ser verdade, pois DeWeese não tinha em absoluto o costume de ridicularizar os outros. Mais tarde, Fedro compreendeu que a gargalhada tinha sido provocada por uma verdade superior. Os melhores alunos *sempre* são reprovados. *Todo* bom professor sabe disso. Era um tipo de risada que destrói as tensões produzidas por situações sem saída, e Fedro poderia tê-la aproveitado um pouco, pois naquela época estava levando tudo demasiadamente a sério.

Essas reações enigmáticas de DeWeese deram a Fedro a idéia de que DeWeese tinha acesso a uma gigantesca inteligência oculta. DeWeese sempre parecia estar *ocultando* alguma coisa. Estava *escondendo* alguma coisa de Fedro, e este não conseguia adivinhar o que poderia ser.

Vem então um fragmento forte, do dia em que Fedro descobriu que DeWeese parecia sentir a mesma perplexidade a respeito *dele*.

No ateliê de DeWeese, um interruptor deixara de funcionar, e ele perguntou a Fedro qual era o problema. Trazia no rosto um sorriso meio envergonhado, meio curioso, como o sorriso de um cliente apreciador das artes que conversa com um pintor. O cliente fica envergonhado ao revelar a exigüidade de seus conhecimentos, mas ao mesmo tempo sorri diante da expectativa de aprender mais. Ao contrário dos Sutherland, que *detestam* a tecnologia, DeWeese vivia tão afastado dela que não a percebia como uma ameaça específica. Na realidade, DeWeese era um *entusiasta* da tecnologia, um *cliente* dos tecnólogos. Não os compreendia, mas sabia o que queria e sempre estava disposto a aprender mais.

Tinha a ilusão de que o problema estava no fio perto da lâmpada, uma vez que a luz se apagava imediatamente quando se sacudia o interruptor. Achava ele que, se o problema estivesse no interruptor, haveria um lapso de tempo entre o ato de sacudi-lo e a luz se apagar. Fedro não contra-argumentou. Simplesmente atravessou a rua, foi a uma loja de ferragens, comprou um interruptor novo e em poucos minutos o instalou. A luz se acendeu de imediato, como seria de se esperar, deixando DeWeese curioso e frustrado.

– Como você sabia que o problema estava no interruptor? – perguntou ele.

– Porque a luz acendia e apagava quando eu mexia no interruptor.

– Bem... Não poderia ser pelo fato de o fio estar balançando?

— Não.
A atitude dogmática de Fedro deixou DeWeese irritado, e ele começou a discutir.
— Como você *sabe* tudo isso?
— É *óbvio*.
— Então por que eu não percebi?
— É preciso ter alguma experiência.
— Nesse caso, *não é* óbvio, não é mesmo?
DeWeese sempre construía seus argumentos a partir dessa estranha perspectiva que impossibilitava qualquer tipo de resposta. Era essa perspectiva que dava a Fedro a idéia de que DeWeese ocultava dele alguma coisa. Foi só no último período de sua estadia em Bozeman que ele pensou ter compreendido, à sua maneira analítica e metódica, o que era aquela perspectiva.

Na entrada do parque, paramos e compramos os ingressos de um homem com chapéu de Zé Colméia. Ele nos entrega um passe válido para um dia. Mais à frente, um turista idoso nos filma com sua filmadora e sorri. Abaixo de suas calças curtas sobressaem pernas brancas metidas em meias e sapatos de passeio. Sua esposa, que observa tudo com ar de aprovação, tem pernas idênticas às dele. Quando saímos, aceno e eles acenam de volta. É um momento que estará preservado em filme por muitos anos.

Fedro desprezava este parque sem saber exatamente por quê – talvez porque não fora ele a descobri-lo, mas provavelmente por outro motivo. Irritava-o a atitude dos guardas, que bancavam guias turísticos. A atitude dos turistas, que pareciam estar fazendo um passeio ao zoológico, irritava-o ainda mais. Quanta diferença em relação às terras altas ao redor! O parque parecia um imenso museu cujos objetos de exposição eram cuidadosamente conservados para dar a impressão de realidade, mas permaneciam devidamente circundados por grossas correntes para que as crianças não pudessem quebrá-los. As pessoas entravam no parque e se tornavam educadas, acolhedoras e falsas umas com as outras porque a atmosfera do parque as levava a isso. Durante todo o período em que morou a menos de cento e cinqüenta quilômetros do parque, só o visitou uma ou duas vezes.

Mas estou saindo da seqüência. Pulei mais ou menos dez anos. Ele não transitou direto de Immanuel Kant para a vida em Bozeman, Montana. Durante esse período de dez anos, passou muito tempo na Índia estudando filosofia oriental na Universidade Hindu de Benares. Pelo que sei, não aprendeu ali nenhum segredo místico. Quase nada aconteceu, exceto os primeiros contatos. Ouviu discursos de filósofos, visitou homens religiosos, absorveu informações, pensou, absorveu um pouco mais, pensou um pouco mais, e só. Tudo o que suas cartas revelam é uma enorme confusão de contradições, incongruências, divergências e exceções a qualquer regra que ele já tivesse formulado a respeito das coisas que observava. Chegou à Índia como um cientista empirista e saiu de lá como um cientista empirista, não muito mais sábio do que estivera ao chegar. Entretanto, teve contato com muitas coisas e construiu uma espécie de imagem latente que, mais tarde, veio associar-se a muitas outras imagens latentes.

Algumas dessas latências devem ser mencionadas porque se tornaram importantes com o tempo. Ele se deu conta de que as diferenças doutrinais entre o hinduísmo, o budismo e o taoísmo não são nem de longe tão importantes quanto as diferenças doutrinais entre o cristianismo, o judaísmo e o islamismo. Não se travam guerras santas entre aquelas religiões porque, nelas, as afirmações verbais sobre a realidade nunca são confundidas com a própria realidade.

Todas as doutrinas orientais dão grande valor à doutrina sânscrita do *Tat tvam asi*, "Tu és isto", segundo a qual você é tudo o que pensa e não existe separação entre o que você pensa e o que você percebe. Realizar plenamente essa não-separação é iluminar-se.

A lógica presume uma separação entre sujeito e objeto; portanto, a lógica não é a sabedoria suprema. Para eliminar a ilusão da separação entre sujeito e objeto, o melhor caminho consiste em eliminar toda atividade física, mental e emocional. Para tanto, existem muitas disciplinas. Uma das mais importantes é a que em sânscrito se chama *dhyana*. Por um erro de pronúncia, foi chamada em chinês de "Chan"; em japonês, por um novo erro, foi chamada "Zen". Fedro nunca se envolveu com a meditação porque ela não tinha sentido para ele. Durante todo o tempo que passou na Índia, o "sentido" sempre foi a coerência lógica, e ele não conseguiu encontrar nenhum meio pelo qual pudesse sinceramente deixar de lado essa crença. Acho que isso conta como um ponto a seu favor.

Porém, certo dia, na sala de aula, o professor de filosofia, pela qüinquagésima vez, estava tecendo jubilosos comentários sobre a natureza ilusória do mundo. Fedro levantou a mão e perguntou, com frieza, se ele acreditava que as bombas atômicas despejadas sobre Hiroshima e Nagasaki eram ilusórias. O professor sorriu e respondeu que sim. O diálogo terminou aí.

Dentro das tradições da filosofia indiana, essa resposta talvez estivesse correta; porém, para Fedro e para qualquer pessoa que lê regularmente os jornais e se preocupa com coisas tais como a destruição em massa de seres humanos, era uma resposta irremediavelmente insuficiente. Ele saiu da sala, saiu da Índia e desistiu.

Voltou a seu Meio-Oeste, formou-se num curso técnico de jornalismo, casou-se, morou em Nevada e no México, fez bicos aqui e ali, trabalhou como jornalista, como escritor de divulgação científica e como redator de anúncios de propaganda industrial. Teve dois filhos, comprou uma fazenda, um cavalo de sela e dois carros e estava começando a ganhar peso, como é de regra na meia-idade. Tinha desistido de buscar o que chamara de o fantasma da razão. É extremamente importante compreender esse fato. Havia desistido.

Por ter desistido, o exterior da vida era cômodo para ele. Trabalhava bastante, era de fácil convivência e, não fosse por um ocasional vislumbre de seu vazio interior, manifestado em alguns contos que ele escreveu na época, seus dias transcorriam sem sobressaltos.

Não se sabe ao certo o que o levou a subir estas montanhas. Sua esposa parece não sabê-lo, mas talvez tenham sido esses sentimentos interiores de fracasso e a esperança de que, talvez, isso o colocasse de novo no caminho. Ele amadurecera, como se de algum modo o abandono das metas interiores o fizera envelhecer mais rápido.

Saímos do parque em Gardiner, onde não parece chover muito, uma vez que, à luz fraca do crepúsculo, só vemos relva e artemísia nas encostas das montanhas. Decidimos passar a noite aqui.

A cidadezinha ocupa as duas margens altas de um rio, ligadas por uma ponte. O rio corre suave sobre pedras arredondadas. Do outro lado da ponte, no hotel onde vamos nos instalar, as lâmpadas elétricas já estão acesas; mas, mesmo sob a luz artificial que vem das janelas, vejo que cada chalé foi cuidadosamente rodeado por um canteiro de flores, e assim tomo cuidado para não pisar nelas.

Percebo também certas coisas no próprio chalé, que mostro a Chris. Todas as janelas são de guilhotina com contrapeso. As portas se fecham macias. Todas as guarnições são perfeitamente esquadradas. Nisso tudo não há nada de rebuscado. É simplesmente bem-feito, e algo me diz que tudo foi feito por uma única pessoa.

Quando voltamos do restaurante para o hotel, um casal de idosos está sentado num pequeno jardim ao lado da recepção, aproveitando a brisa noturna. O homem confirma que foi ele mesmo quem construiu todos os chalés, e fica tão contente porque alguém o percebeu que sua esposa, contemplando a cena, nos convida a todos a sentar.

Conversamos sem pressa. Esta é a entrada mais antiga para o parque. Já era usada antes da época do automóvel. Eles falam sobre as mudanças que ocorreram no decorrer dos anos, acrescentando uma dimensão ao que vemos à nossa volta, e aquilo vai assumindo os contornos de uma coisa muito bela – esta cidadezinha, este casal e os anos que por aqui se passaram. Sylvia põe sua mão sobre o braço de John. Tenho consciência do gorgolejar do rio, que passa sobre os pedregulhos lá embaixo, e de um perfume no vento noturno. A mulher, que conhece todos os perfumes, diz que esse é o de madressilva; ficamos em silêncio por certo tempo, agradavelmente sonolentos. Quando decidimos nos recolher, Chris está quase dormindo.

13

John e Sylvia mastigam os bolinhos quentes e tomam o café da manhã, ainda embalados pela boa disposição de ontem à noite, mas estou achando difícil engolir o alimento.

Hoje devemos chegar à faculdade, o lugar para onde muitas coisas convergiram, e já me sinto tenso.

Lembro-me de ter lido, certa vez, sobre uma escavação arqueológica no Oriente Próximo. O texto falava sobre os sentimentos do arqueólogo quando abriu, pela primeira vez, tumbas esquecidas havia milhares de anos. Agora, eu mesmo me sinto um pouco como um arqueólogo.

A artemísia que recobre o desfiladeiro na direção de Livingston é a mesma que cresce daqui até o México.

O sol desta manhã é o mesmo da manhã de ontem, com a diferença de que é mais quente e mais suave, uma vez que estamos de novo numa altitude mais baixa.

Não há nada de diferente no ar.

É só este sentimento arqueológico de que a calma dos arredores oculta alguma coisa. Um lugar assombrado.

Na verdade, não quero ir para lá. Para mim, o mais fácil seria dar meia-volta e ir embora.

Acho que é só a tensão.

Isso traz de volta um fragmento de memória. Várias vezes, pela manhã, a tensão dele era tanta que, antes de entrar para dar a primeira aula, vomitava tudo o que havia comido. Detestava ficar à frente dos estudantes e falar. Isso violava completamente seu modo de vida solitário e isolado, e ele sentia o nervosismo de um ator. Porém, os sintomas não eram os mesmos que acometem um ator. Manifestavam-se, antes, numa espécie de *intensidade* terrível em tudo o que ele fazia. Os alunos diziam a sua esposa que era como se o ar estivesse carregado de eletricidade. Quando ele entrava na sala de aula, todos os olhos o seguiam. As conversas se reduziam a sussurros e assim permaneciam, às vezes, por vários minutos, até que a aula começasse. No decorrer daquela uma hora, os olhares não se desviavam dele.

Tornou-se uma figura comentada e controversa. A maioria dos alunos fugia de suas matérias como da peste. Já tinham ouvido histórias demais a respeito dele.

A faculdade era o que se poderia chamar, eufemisticamente, de "faculdade de ensino". Numa faculdade de ensino, você ensina, ensina e ensina mais um pouco. Não tem tempo para pesquisar, contemplar e participar de assuntos extra-universitários. Ensina, ensina e ensina até que a mente fique obtusa, a criatividade desapareça e você se torne um autômato que diz sempre as mesmas coisas a ondas sempre novas de estudantes inocentes que não conseguem compreender por que você é tão apático e, assim, perdem o respeito por você e espalham esse desrespeito pela comunidade. O motivo pelo qual você só ensina é que esse é um meio muito inteligente de administrar uma faculdade com baixo orçamento e, ao mesmo tempo, manter a aparência de uma educação verdadeira.

Mas, apesar disso, ele dava à faculdade um nome que parecia um pouco absurdo e, em vista da natureza real do lugar, até ridículo. Porém, esse nome tinha um grande sentido para ele. Fedro jamais deixou de chamar a faculdade por esse nome e, antes de ir embora, percebeu que o havia conseguido inocular em algumas mentes. Chamava-a de "Igreja da Razão", e boa parte da perplexidade que as pessoas sentiam a seu respeito teria se extinguido se elas compreendessem o que ele queria dizer com isso.

Naquela época, o estado de Montana estava assistindo à ascensão de grupos políticos de ultradireita, num processo semelhante ao que ocorreu em Dallas, no Texas, pouco antes do assassinato do presidente Kennedy. Um professor da Universidade de Montana em Missoula, conhecido em todo o país, foi proibido de falar em público no campus a pretexto de que suas palavras "provocariam agitação". Foi comunicado aos professores que todas as declarações públicas teriam de ser previamente aprovadas pelo departamento de relações públicas da faculdade. Os critérios acadêmicos foram destruídos. A assembléia legislativa já havia proibido a faculdade de recusar a admissão de qualquer aluno com mais de vinte e um anos, quer esse aluno tivesse completado o ensino médio, quer não. Agora os deputados aprovavam uma lei que impunha à faculdade uma multa de oito mil dólares por aluno que fosse reprovado – virtualmente, uma ordem para que todos os alunos fossem aprovados.

O governador recém-eleito tentava demitir o reitor da faculdade por motivos pessoais e políticos. Além de ser um inimigo pessoal, era um democrata, e o governador não era um simples republicano. O diretor de sua campanha era também o coordenador estadual da John Birch Society*. Foi esse mesmo governador que elaborou a lista de cinqüenta subversivos de que ouvimos falar há alguns dias.

Por causa de sua vendeta, a verba destinada à faculdade estava sendo reduzida. O reitor transferira uma proporção anormalmente grande do corte de verbas para o departamento de inglês, do qual Fedro era membro. Os membros do departamento vinham manifestando opiniões fortes sobre a questão da liberdade acadêmica.

Fedro desistira e estava trocando cartas com o Conselho Regional de Autorização Educacional do Noroeste para ver se este Conselho poderia fazer algo para impedir aquela violação das exigências acadêmicas. Além dessa correspondência privada, ele pedira publicamente um inquérito sobre a situação geral da faculdade.

Quando isso aconteceu, alguns alunos de uma de suas classes lhe perguntaram, com amargura, se o seu esforço de revogar o reconhecimento oficial da instituição significava que ele tentava impedi-los de obter sua educação superior.

Fedro disse que não.

Então um certo aluno, aparentemente partidário do governador, disse com raiva que a assembléia legislativa impediria a faculdade de perder seu reconhecimento.

▼
* Associação conservadora norte-americana. (N. do T.)

Fedro perguntou como.

O aluno disse que eles poriam a polícia no *campus*.

Fedro pensou um pouco no assunto e depois compreendeu o quanto era monstruosa a falta de compreensão que aquele aluno tinha do processo de reconhecimento educacional.

Naquela noite, para a aula do dia seguinte, ele escreveu uma defesa de seu curso de ação. Foi a aula da Igreja da Razão, cujas anotações, comparadas com as anotações sucintas que geralmente fazia para as aulas, foram bastante compridas e cuidadosamente elaboradas.

A aula começou fazendo referência a um artigo de jornal sobre o antigo edifício de uma igreja, na zona rural, que agora tinha um anúncio de cerveja sobre a porta principal. O edifício fora vendido e nele estava funcionando um bar. Podemos supor que, a essa altura, a classe começou a rir. A faculdade era conhecida pelos excessos alcoólicos de seus alunos, e a imagem se encaixou. Segundo o artigo, várias pessoas haviam se queixado às autoridades eclesiásticas. O edifício já fora uma igreja católica, e o padre incumbido de responder às críticas se mostrou bastante irritado. Para ele, as queixas evidenciavam uma inacreditável ignorância acerca da natureza da Igreja. Será que as pessoas pensavam que eram os tijolos, as tábuas e o vidro que constituíam a Igreja? Ou a forma do telhado? O próprio materialismo ao qual a Igreja se opunha disfarçava-se ali de piedade. O edifício em questão não era um imóvel santo. Já fora desconsagrado. Ponto final. O anúncio de cerveja estava colocado sobre um bar, não sobre uma igreja, e as pessoas incapazes de reconhecer a diferença estavam simplesmente fazendo alarde da própria ignorância.

Fedro disse que a Universidade era objeto da mesma confusão, e era por isso que a perda do reconhecimento oficial era difícil de entender. A verdadeira Universidade não é um objeto material. Não é um conjunto de edifícios que pode ser defendido pela polícia. Explicou que, quando uma faculdade perdia o reconhecimento oficial, ninguém vinha fechá-la. Não havia penalidades legais, nem multas, nem prisões. As aulas não eram interrompidas. Tudo continuava exatamente como era antes. Os alunos recebiam a mesma educação que receberiam se a faculdade não perdesse o reconhecimento. A mudança, segundo Fedro, limitava-se à aceitação oficial de um estado de coisas já existente. Seria semelhante à excomunhão. O que aconteceria é que a *verdadeira* Universidade, que não obedece aos ditames de nenhum legislador e não se localiza em nenhum edifício de tijolos, tábuas e vidro, simplesmente declararia que este lugar já não era um "lugar sagrado". A verdadeira Universidade desapareceria de lá, deixando para trás os tijolos, os livros e a manifestação material.

Deve ter sido um conceito muito estranho para todos os alunos. Posso imaginar Fedro esperando por bastante tempo para que esse conceito fosse assimilado e depois tendo de responder à pergunta: o que é, na sua opinião, a verdadeira Universidade?

Em resposta a essa pergunta, suas anotações dizem o seguinte:

A verdadeira Universidade, disse ele, não tem uma localização específica. Não possui bens de espécie alguma, não paga salários e não recebe mensalidades. A verdadeira Universidade é um estado de espírito. É aquela grande herança de pensamento racional que nos foi legada através dos séculos e que não existe em nenhum lugar específico. É um estado de espírito regenerado no decorrer das eras por um corpo de pessoas que tradicionalmente recebem o título de professores; mas nem esse título faz parte da verdadeira Universidade. A verdadeira Universidade não é nada menos que o próprio corpo da razão, que se perpetua.

Além desse estado de espírito, a "razão", existe uma entidade jurídica que, embora infelizmente chamada pelo mesmo nome, é outra coisa completamente diferente. É uma empresa sem fins lucrativos, um ramo do Estado, com um endereço específico. Possui bens, paga salários, recebe dinheiro e, nesse processo, pode reagir às pressões do legislativo.

Mas essa segunda universidade, a pessoa jurídica, não pode ensinar, gerar conhecimento ou avaliar idéias. Não é, de modo algum, a verdadeira Universidade. É apenas um edifício de igreja, um cenário, uma localização que propicia condições favoráveis à existência da verdadeira Igreja.

Disse que as pessoas incapazes de captar essa diferença continuamente se confundem e pensam que o controle dos edifícios da igreja implica o controle da Igreja. Vêem os professores como empregados da segunda universidade, que devem abandonar a razão quando alguém lhes manda e devem aceitar ordens sem discutir, como os empregados de outras empresas.

Vêem a segunda universidade, mas não a primeira.

Lembro-me que, quando li essas anotações pela primeira vez, reparei na excelência analítica que elas demonstravam. Ele evitou dividir a Universidade em campos ou departamentos e lidar com os resultados dessa análise. Evitou também a divisão tradicional entre corpo discente, corpo docente e administração. Quando se divide a Universidade dessas duas maneiras, o que se obtém é mais ou menos o que se poderia obter pela leitura do anuário da faculdade. Fedro, porém, distinguiu a "Igreja" da "localização"; e, uma vez feita essa distinção, a mesma situação monótona e imponderável que se reflete no anuário é vista de repente com um grau de clareza que antes não era possível. Baseado nessa distinção, ele conseguiu explicar vários aspectos normais, mas enigmáticos, da vida universitária.

Depois dessas explicações, voltou à analogia com a igreja religiosa. Os cidadãos que constroem essa igreja e pagam por ela provavelmente pensam que estão fazendo isso para o bem da comunidade. Um bom sermão pode deixar os paroquianos num estado de espírito adequado para a semana que virá. A escola dominical ajuda as crianças a desenvolver um bom caráter. O ministro que faz o sermão e dirige a escola dominical compreende esses objetivos e normalmente os aceita, mas também sabe que o *seu* objetivo principal não é o de servir à comunidade: é o de servir a Deus. Normalmente não há conflito entre os dois objetivos; vez por outra, porém, um conflito se insinua quando os diretores da fundação se opõem aos sermões do ministro e ameaçam reduzir a verba. Isso acontece.

Numa tal situação, o verdadeiro ministro tem de agir como se jamais tivesse ouvido as ameaças. Seu objetivo primeiro não é o de servir aos membros da comunidade, mas sempre o de servir a Deus.

O objetivo primeiro da Igreja da Razão, disse Fedro, é sempre o antigo objetivo de Sócrates: o conhecimento da verdade em suas formas sempre mutáveis, tal como é revelada pelo processo da racionalidade. Tudo o mais está subordinado a isso. Normalmente, esse objetivo não conflita com o objetivo local de melhorar a qualidade dos cidadãos, mas às vezes o conflito surge, como no caso do próprio Sócrates. Surge quando os diretores da fundação e os legisladores, que empenharam grandes quantidades de tempo e dinheiro para fundar aquela materialização local, assumem pontos de vista que se opõem aos pontos de vista manifestados nas aulas ou declarações públicas dos professores.

Então, os diretores e legisladores podem exercer pressão sobre a administração, ameaçando reduzir as verbas se os professores não disserem o que eles querem ouvir. Isso também acontece.

Numa situação como essa, um verdadeiro homem de Igreja tem de agir como se jamais tivesse ouvido as ameaças. O objetivo primeiro desse homem não é servir à comunidade acima de tudo. Seu objetivo primeiro é servir à verdade através da razão.

Era isso que Fedro queria dizer com sua Igreja da Razão. Não há dúvida de que esse conceito despertava nele um sentimento profundo. Fedro era visto como uma espécie de baderneiro, mas nunca chegou a ser censurado na mesma proporção das inconveniências que causava. O que o salvava da ira dos que o rodeavam era, em parte, a recusa de dar qualquer apoio aos inimigos da faculdade, mas também, por outro lado, a relutante aceitação do fato de que todas as inconveniências que ele provocava eram motivadas, em última análise, por uma obrigação da qual nenhum membro da universidade poderia estar livre: a obrigação de falar a verdade segundo a razão.

As anotações de aula explicam quase tudo o que ele fez, mas deixam um elemento por explicar – sua veemência fanática. A pessoa pode acreditar na verdade, no processo racional de descoberta da verdade e na resistência às autoridades estaduais, mas por que se consumir inteiramente, dia após dia, por essa causa?

As explicações psicológicas que me foram oferecidas parecem insuficientes. O medo de se expor não é capaz de sustentar esse tipo de esforço por meses a fio. O mesmo se pode dizer de outra explicação, segundo a qual ele procurava se redimir do seu fracasso anterior na Universidade. Não há nenhum indício de que ele tenha, em algum momento, entendido sua expulsão da universidade como um fracasso; era somente um enigma. A explicação pela qual concluí nasce da discrepância entre sua falta de fé na razão científica do laboratório e a fé fanática expressa na aula sobre a Igreja da Razão. Certo dia, eu pensava sobre essa discrepância quando de repente me dei conta de que não era uma discrepância de modo algum. Se ele tinha uma tão fanática dedicação à razão, era *porque* não tinha fé na razão.

Ninguém é tão dedicado a algo em que tem a mais absoluta confiança. Ninguém sai por aí gritando fanaticamente que o sol há de nascer amanhã. Todos *sabem* que ele vai nascer. Quando as pessoas se dedicam fanaticamente a uma fé política ou religiosa ou a qualquer outro dogma ou objetivo, é sempre porque têm dúvidas sobre esses dogmas ou objetivos.

A militância dos jesuítas (a quem Fedro de certo modo se assemelhava) é um exemplo disso. Do ponto de vista histórico, o zelo jesuíta não nasce da força da Igreja, mas de sua fraqueza diante da Reforma. Era a *falta* de fé na razão que fazia de Fedro um professor tão fanático. Isso tem mais sentido. E explica muitas coisas que aconteceram depois.

Provavelmente, era por isso que ele sentia tamanha afinidade com os estudantes repetentes que se sentavam nas fileiras de trás da sala de aula. O olhar de desdém no rosto deles refletia os mesmos sentimentos que ele tinha por todo o processo intelectual e racional. A única diferença é que eles desprezavam esse processo porque não o compreendiam, e ele o desprezava porque o compreendia. Como não o compreendiam, eles não tinham alternativa: repetiam de ano e pelo resto da vida guardavam lembranças amargas desse fato. Ele, por outro lado, sentia-se fanaticamente obrigado a fazer alguma coisa a respeito disso. É por isso que sua aula da Igreja da Razão foi tão cuidadosamente preparada. Dizia-lhes que tinham que ter fé na razão porque não existe mais nada em que se possa acreditar. Porém, ele mesmo não tinha essa fé.

Não podemos esquecer jamais que isso aconteceu na década de 1950, não na de 1970. Naquela época, os *beatniks* e os primeiros *hippies* começavam a murmurar contra "o sistema" e o intelectualismo quadrado que o sustentava, mas quase ninguém previa o quão profundamente todo o edifício viria a ser abalado. Lá estava Fedro, então, defendendo fanaticamente uma instituição de que ninguém – pelo menos em Bozeman, Montana – tinha motivos para duvidar. Um Loyola de antes da Reforma. Um militante que garantia a todos que o sol nasceria amanhã, num momento em que ninguém se preocupava com isso. Preocupavam-se com *ele*.

Mas agora, quando entre nós e ele já se interpôs a década mais tumultuosa do século, uma década em que a razão foi assediada e agredida num grau que ultrapassa os mais loucos pesadelos dos anos cinqüenta, penso que, nesta Chautauqua baseada nas coisas que ele descobriu, podemos entender um pouco mais aquilo que ele dizia… uma solução para todo esse problema… se ao menos isso fosse verdade… tanto já se perdeu que não temos como saber.

Talvez seja por isso que me sinto como um arqueólogo, e que isso me deixa tão tenso. Só disponho desses fragmentos de memória e das coisas que as pessoas me dizem; e, à medida que nos aproximamos, pergunto se não seria melhor não desenterrar essa tumba.

De repente me lembro de Chris, sentado atrás de mim, e me pergunto o quanto ele sabe e do quanto se lembra.

Chegamos a uma intersecção em que a estrada vinda do parque se une à rodovia principal leste–oeste. Paramos e entramos na rodovia. De lá, depois de uma garganta estreita, chega-se à própria cidade de Bozeman. Agora a estrada sobe, rumando para oeste, e de repente me sinto na expectativa do que vamos encontrar.

14

Descemos da garganta para uma pequena planície verdejante. Imediatamente ao sul estendem-se montanhas cobertas de florestas de pinheiros cujos picos ainda retêm as neves do último inverno. Em todas as outras direções surgem montanhas mais baixas e mais distantes, mas igualmente nítidas. Essa paisagem de cartão-postal se enquadra na memória de modo vago, não muito definido. É possível que, naquela época, não existisse esta rodovia interestadual.

A afirmação "viajar é melhor do que chegar" volta à minha mente e nela se instala. Estivemos viajando e agora chegaremos. Sempre enfrento um período de depressão quando atinjo um objetivo temporário, como este, e depois tenho de me reorientar para outro. Daqui a um ou dois dias, John e Sylvia terão de voltar e Chris e eu teremos de decidir o que fazer em seguida. Tudo terá de se reorganizar.

A rua principal da cidade me parece vagamente familiar, mas agora tenho a sensação de ser um turista. Percebo então que as vitrines das lojas foram montadas para mim, o turista, e não para as pessoas que moram aqui. Na realidade, esta não é uma cidade pequena. As pessoas se movimentam com muita rapidez e com excessiva independência umas em relação às outras. Bozeman é uma dessas cidades médias com população de quinze a trinta mil almas, que não é nem uma cidadezinha nem uma metrópole – na verdade, não é nada em especial.

Almoçamos num restaurante todo envidraçado e cromado do qual não me recordo em absoluto. Parece que foi construído depois que Fedro morou aqui e evidencia a mesma falta de identidade que se vê na rua principal.

Numa lista telefônica, procuro o número de Robert DeWeese e não o encontro. Ligo para a telefonista, mas ela nunca ouviu aquele nome e não sabe me dizer o número. Não acredito! Será que eles só existiam na imaginação dele? A afirmação da telefonista gera um sentimento de pânico que dura alguns segundos, mas depois me lembro da resposta deles à minha carta, na qual eu avisava da nossa vinda, e me acalmo. As pessoas imaginárias não usam os serviços postais.

John sugere que eu ligue para o departamento de arte ou para alguns amigos. Passo um tempo fumando e tomando café; depois de me tranqüilizar, sigo a sugestão dele e aprendo o caminho até a casa de DeWeese. O que me mete medo não é a tecnologia. É o que a tecnologia faz com as relações entre as pessoas, como, por exemplo, entre a telefonista e a pessoa que telefona.

A distância da cidade até as montanhas, passando pelo fundo do vale, não deve ser superior a quinze quilômetros. Para transpô-la, trilhamos uma estrada de terra que passa no meio de um campo verde de alfafa crescida, pronta para ser colhida e tão densa que o campo parece difícil de atravessar a pé. A plantação se estende numa leve inclinação ascendente até o sopé das montanhas, onde brota de repente o verde bem mais escuro dos pinheiros. É lá que moram os DeWeese: no encontro do verde-claro com o verde-escuro. O vento traz o aroma do feno verde-claro recém-moído e da criação de gado. A certa altura, passamos por uma faixa de ar frio que cheira a pinho, mas depois voltamos para o calor. O sol, a várzea e a montanha que se aproxima.

Pouco antes de chegarmos aos pinheiros, a camada de pedra britada sobre a estrada fica muito funda. Reduzimos para primeira marcha e para menos de vinte quilômetros por hora, e deixo ambos os pés fora dos estribos para apoiar a moto caso ela escorregue no cascalho. Contornamos uma curva e súbito entramos no meio dos pinheiros, na boca de um desfiladeiro profundo, em forma de V, que recorta a montanha. Ali mesmo, bem ao lado da estrada, há uma casa cinzenta com uma gigantesca escultura abstrata de ferro fundido parafusada num dos lados. Debaixo dela, sentada numa cadeira inclinada para trás, rodeada de outras pessoas, está a imagem viva do próprio DeWeese, com uma lata de cerveja na mão, acenando para nós. Como se tivesse saído diretamente das velhas fotografias.

Estou tão ocupado em manter a moto de pé que não posso tirar as mãos do guidão. Assim, aceno de volta com uma perna. A imagem viva do próprio DeWeese sorri quando estacionamos.

— Você encontrou — diz ele. Um sorriso tranqüilo. Olhos contentes.

— Faz muito tempo — digo. Também me sinto contente, embora tenha uma sensação estranha ao ver a imagem mover-se e falar.

Desmontamos e tiramos o equipamento de viagem. Vejo que a plataforma aberta na qual estão ele e seus convidados ainda não foi acabada e não tem sinais de exposição ao tempo. DeWeese olha-nos de cima, ali mesmo onde está, pouco mais de um metro acima da estrada; mas o V do desfiladeiro descai tão precipitadamente para trás que o outro lado da plataforma fica quatro metros e meio acima do chão. Uns quinze metros para trás da casa, e outros quinze metros para baixo, vejo o riacho entre as árvores e a relva crescida, onde um cavalo, parcialmente oculto pela vegetação, pasta sem tomar conhecimento da nossa chegada. Aqui, é preciso olhar bem alto para ver o céu. Ao nosso redor está a floresta verde-escura que víamos agora há pouco.

— Isto é *lindo* — exclama Sylvia.

A imagem viva de DeWeese sorri para ela.

— Obrigado — diz ele. — Que bom que você gostou. — Seu tom de voz é completamente aqui-e-agora, totalmente tranqüilo. Percebo que, embora essa seja a imagem autêntica do próprio DeWeese, também é uma pessoa nova em folha que vem se renovando continuamente e que vou ter de conhecer de novo.

Subimos na plataforma. As tábuas que a compõem estão dispostas espaçadamente, como uma grelha. Pelos espaços posso ver o chão. Com um sorriso e um tom de voz que significam "não sei exatamente como fazer isto", DeWeese faz todas as apresentações, que entram por um ouvido e saem pelo outro. Nunca me lembro dos nomes das pessoas. Os convidados dele são um professor de arte da faculdade, com óculos de aro de chifre, e sua esposa, que sorri envergonhada. Devem ser novos aqui.

Conversamos um pouco. DeWeese dedica-se principalmente a explicar aos outros quem eu sou. Então, do lugar onde a plataforma desaparece atrás da casa, surge de repente Gennie DeWeese com uma bandeja cheia de latas de cerveja. Ela também é pintora e, de súbito, me dou conta, uma excelente entendedora, que já partilha comigo um sorriso em torno da economia artística do gesto de pegar uma lata de cerveja em vez de pegar-lhe a mão. Enquanto isso, diz:

– Uns vizinhos nossos acabaram de nos deixar uma truta para o jantar. Estou tão contente!

Tento pensar em algo adequado para dizer, mas limito-me a balançar a cabeça.

Sentamo-nos. Fico no sol, de onde é difícil distinguir os detalhes do outro lado da plataforma, que está sombreado.

DeWeese olha para mim e dá a impressão de que vai comentar a minha aparência, que sem dúvida é muito diferente da que ele tem na memória; mas algo o impede de fazê-lo e, em vez disso, ele se volta para John e faz perguntas sobre a viagem.

John explica que está sendo ótima, algo de que ele e Sylvia precisavam há anos.

Sylvia concorda:

– O simples fato de ficar ao ar livre nestes espaços enormes – diz.

– Há muito espaço em Montana – diz DeWeese, com certa melancolia. DeWeese, John e o professor de arte se envolvem numa conversa sobre as diferenças entre Montana e Minnesota, que serve para que eles se conheçam melhor.

O cavalo pasta pacificamente lá embaixo e logo adiante dele a água rebrilha no riacho. O tema da conversa mudou para as terras de DeWeese aqui no desfiladeiro, há quanto tempo DeWeese mora aqui e para a qualidade do ensino das artes na faculdade. John tem um verdadeiro dom para esse tipo de conversa casual, dom que nunca tive; assim, limito-me a ouvir.

Depois de um tempo, o calor do sol é tão grande que tiro o suéter e desabotôo a camisa. Além disso, para não ter de franzir os olhos, ponho os óculos de sol. Está melhor, mas a sombra fica a tal ponto escura que mal consigo distinguir os rostos. Assim, sinto-me visualmente isolado de todas as coisas, com exceção do sol e das vertentes ensolaradas do desfiladeiro. Penso em tirar a bagagem das motos, mas decido não mencionar o assunto. Eles sabem que vamos ficar, mas, intuitivamente, deixam que as coisas aconteçam a seu tempo. Primeiro relaxamos, depois tiramos as malas. Para que a pressa? A cerveja e o sol começam a assar minha cabeça como se fosse um *marshmallow*. Ótimo.

Depois de um tempo que não sei calcular, ouço alguns comentários de John sobre "o astro de cinema aqui" e percebo que está falando de mim e de meus óculos. Olho por cima dos óculos, para a sombra, e percebo que DeWeese, John e o professor de arte estão sorrindo para mim. Devem querer que eu participe da conversa, algo sobre problemas na viagem.

– Eles querem saber o que acontece se tivermos um problema mecânico – diz John.

Conto toda a história da vez em que Chris e eu fomos pegos pela tempestade e o motor parou de funcionar, que é uma boa história, mas – percebo enquanto a estou contando – um pouco fora de contexto em relação à pergunta feita. O final, sobre a falta de combustível, evoca o gemido esperado.

– E eu ainda pedi que ele olhasse! – diz Chris.

DeWeese e Gennie comentam sobre o tamanho de Chris. Ele fica envergonhado e enrubesce. Perguntam sobre sua mãe e seu irmão e respondemos às perguntas da melhor maneira possível.

Por fim, o calor do sol torna-se insuportável e passo minha cadeira para a sombra. A sensação de *marshmallow* se desfaz no frio súbito, e poucos minutos depois tenho de abotoar a camisa. Gennie percebe e diz:

– Assim que o sol passa para trás da montanha, fica muito frio.

A distância entre o sol e a montanha já é bem pequena. Calculo que, embora ainda estejamos no meio da tarde, resta menos de meia hora de sol direto. John pergunta sobre as montanhas no inverno e conversa com DeWeese e com o professor de arte sobre caminhadas na neve. Quanto a mim, poderia ficar sentado aqui para sempre.

Sylvia, Gennie e a esposa do professor de arte conversam sobre a casa, e logo Gennie as convida a entrar.

Meus pensamentos se transferem para o comentário sobre o crescimento de Chris, e de repente me vem o sentimento do túmulo. Meu conhecimento sobre a época em que Chris viveu aqui é indireto, mas parece que, para eles, faz pouquíssimo tempo que ele foi embora. Vivemos em estruturas temporais completamente diferentes.

A conversa muda para as correntes atuais das artes plásticas, da música e do teatro, e fico surpreso com a habilidade com que John trata desse assunto. Não tenho muito interesse pelas novidades nessas áreas. Ele provavelmente sabe disso e é por esse motivo que nunca conversa comigo sobre esses temas. É o inverso do que ocorre com a manutenção de motocicletas. Fico pensando se, neste momento, meus olhos estão tão vidrados quanto ficam os dele quando falo de eixos e pistões.

Porém, o que ele e DeWeese realmente têm em comum somos Chris e eu; e, depois do comentário sobre o astro de cinema, está se desenvolvendo aqui um curioso entrave. O sarcasmo bonachão de John em relação a seu velho companheiro de bebedeiras e passeios de moto está aborrecendo ligeiramente DeWeese, fazendo com que DeWeese relutantemente se refira a mim num tom respeitoso. Isto, por sua vez, parece aumentar o sarcasmo de John, como num círculo vicioso. Ambos o percebem e passam a falar de assuntos sobre os quais concordam; então voltam a falar de mim, o entrave cresce e tornam de novo a outro assunto agradável.

– De qualquer modo – diz John – esta figura aqui disse que sofreríamos uma decepção quando chegássemos aqui, e parece que ainda não superamos essa "decepção".

Dou risada. Não queria tê-lo deixado na expectativa. DeWeese também sorri. Mas então John se volta para mim e diz:

– Meu Deus, você devia estar *realmente* louco, quer dizer, realmente *maluco* quando saiu daqui. Pouco importa o estado da faculdade.

Vejo que DeWeese o encara, chocado. Depois, irritado. DeWeese olha para mim e, com um gesto, peço que se acalme. Criou-se um tipo de impasse que não sei como contornar.

– É um belo lugar – digo com fraqueza.

DeWeese, na defensiva, diz:

– Se você passasse um tempo aqui, veria o outro lado deste lugar. – O instrutor concorda com a cabeça.

O impasse gera agora o seu silêncio. É impossível conciliá-lo. John não disse o que disse por maldade. Ninguém é mais bondoso que ele. O que ele sabe e eu sei, mas DeWeese não sabe, é que a pessoa a quem eles estão se referindo não é muita coisa hoje em dia. É só mais um indivíduo de classe média e meia-idade que tenta sobreviver. Preocupado principalmente com Chris, mas com mais nada de especial.

Porém, o que DeWeese sabe e eu sei, mas os Sutherland não sabem, é que já *houve* alguém, uma pessoa que já morou aqui, que estava cheia de um entusiasmo criativo gerado por um conjunto de idéias das quais ninguém jamais tinha ouvido falar; mas então algo ruim aconteceu, e nem DeWeese nem eu sabemos como ou por quê. O motivo do impasse, do sentimento ruim, é que DeWeese pensa que essa pessoa está aqui agora. E não tenho a menor possibilidade de lhe dizer o contrário.

Por um breve instante, lá em cima, no alto da montanha, o clarão do sol se difunde entre as árvores e um halo de luz desce até aqui. O halo se expande, captura todas as coisas num lampejo repentino e, de súbito, me captura também.

– Ele via coisas demais – digo, ainda pensando no impasse. DeWeese, porém, parece não entender, e John nem sequer registra minhas palavras. Tarde demais, percebo o *non sequitur*. Longe, um único pássaro grita tristemente.

Agora, de repente, o sol desaparece atrás da montanha e o desfiladeiro todo se enche de uma sombra opaca.

Com meus botões, penso o quanto aquele comentário foi deslocado. Esse tipo de comentário não se faz. Saímos do hospital sabendo que não devemos falar esse tipo de coisa.

Gennie aparece com Sylvia e sugere que desfaçamos as malas. Concordamos, e ela nos mostra nossos quartos. Vejo que minha cama está coberta com um acolchoado grosso, defesa contra o frio da noite. Um belo quarto.

Em três viagens entre a moto e o quarto, transfiro toda a bagagem. Então, vou ao quarto de Chris para ver o que ele precisa tirar da mala, mas ele está contente e crescido e não precisa de ajuda.

Olho para ele:

– Está gostando daqui?

Ele diz:

– Estou, mas não é nem um pouco parecido com o que você disse ontem à noite.

– Quando?

– Logo antes de irmos dormir. No chalé.

Não sei do que ele está falando. Ele acrescenta:

– Você disse que este lugar dava uma sensação de solidão.

– Por que eu diria *isso*?

– Como *eu* vou saber? – Minha pergunta o frustra e, assim, deixo o assunto de lado. Ele devia estar sonhando.

Quando descemos à sala de estar, sinto o aroma de truta frita vindo da cozinha. Numa das extremidades da sala, DeWeese está inclinado sobre a lareira, aproximando um fósforo de um jornal amassado sob os gravetos. Ficamos a observá-lo.

– Usamos esta lareira durante todo o verão – diz ele.

Respondo:

– Estou surpreso com este frio.

Chris diz que também está com frio. Peço que ele vá buscar sua blusa e a minha.

– É o vento da noite – diz DeWeese. – Ele desce pelo desfiladeiro lá do alto, onde é muito frio.

O fogo salta subitamente, diminui e salta de novo por causa da irregularidade das correntes de ar. Dou-me conta de que lá fora deve estar ventando e olho pelas imensas janelas que ocupam toda uma parede da sala de estar. Do outro lado do desfiladeiro, no lusco-fusco, vejo o movimento arrebatado das árvores.

– Mas é isso mesmo – afirma DeWeese. – Você sabe o quanto é frio lá no alto. Costumava ficar por lá o tempo todo.

– Lembro-me disso – digo.

Neste instante surge em minha mente um único fragmento dos ventos noturnos em torno de uma fogueira de chão, menor do que esta que está agora à nossa frente, abrigada em meio às rochas, pois não há árvores. Ao lado da fogueira estão as mochilas e o equipamento de cozinha para protegê-la do vento, bem como um cantil cheio de água tirada da neve derretida. A água tinha de ser coletada bem cedo, pois, nas alturas em que já não existem árvores, a neve pára de derreter quando o sol se põe.

DeWeese diz:

– Você mudou muito. – Dirige-me um olhar penetrante. Sua expressão parece me perguntar se esse assunto é proibido ou não, e, de me olhar, ele percebe que é. Acrescenta:

– Todos nós mudamos.

Respondo:

– Não sou mais a mesma pessoa. – Isso parece deixá-lo mais à vontade. Se conhecesse a verdade literal dessas palavras, ficaria muito *menos* à vontade. – Muita coisa aconteceu – prossigo – e surgiram certas coisas que precisam ser solucionadas, pelo menos dentro de mim, e em parte é por isso que estou aqui.

Ele me olha, à espera de algo mais, mas o professor de arte e sua esposa vêm para perto do fogo e deixamos o assunto de lado.

– Pelo zunido do vento, parece que haverá uma tempestade hoje à noite – diz o professor de arte.

– Não acho – diz DeWeese.

Chris volta com as blusas e pergunta se existem fantasmas no alto de desfiladeiro.

DeWeese o encara, achando graça.

– Não, mas existem lobos.

Chris pensa sobre isso e diz:

– E o que eles fazem?

DeWeese responde:

– Complicam a vida dos fazendeiros. – Franze o cenho. – Matam as novilhas e os cordeiros.

– Eles correm atrás das pessoas?

– Nunca ouvi falar – diz DeWeese. Então, percebendo que Chris se decepcionou, acrescenta:

– Mas *poderiam*.

No jantar, a truta do riacho vem acompanhada por taças de vinho Chablis de Bay County. Sentamo-nos espalhados pela sala, cada qual numa cadeira ou poltrona. Um lado inteiro da sala é envidraçado com janelas que dão para o desfiladeiro. Porém, já está escuro lá fora e os vidros refletem a luz da lareira. O brilho do fogo, causado pelo peixe e pelo vinho, reverbera com uma luminosidade interior, e não dizemos quase nada. Limitamo-nos a murmurar, elogiando a refeição.

Sylvia, bem baixinho, mostra a John os grandes jarros e vasos distribuídos pela sala.

– Eu *tinha* visto – diz John. – Fantásticos.

– Foram feitos por Peter Voulkas – diz Sylvia.

– É *mesmo*?

– Ele foi aluno do sr. DeWeese.

– Meu Deus! Quase derrubei um desses com os pés!

DeWeese ri.

Mais tarde, John resmunga repetidamente alguma coisa, olha para todos nós e anuncia:

– Está feito... Para nós já é o suficiente... Agora podemos voltar e passar mais oito anos no número dois mil, seiscentos e quarenta e nove da Avenida Colfax.

Sylvia diz, pesarosa:
– Não vamos falar sobre isso.
John olha para mim por um instante.
– Acho que uma pessoa que tem amigos capazes de proporcionar uma noite como esta não pode ser *tão* ruim. – Inclina a cabeça gravemente. – Vou ter de voltar atrás em todas as coisas que pensava sobre você.
– *Todas* elas? – pergunto.
– *Algumas*, pelo menos.
DeWeese e o professor de arte sorriem, e um pouco do impasse se desfaz.

Depois do jantar, chegam Jack e Wylla Barsness. Mais imagens vivas. Nos fragmentos do túmulo, Jack figura como uma boa pessoa que escreve e ensina inglês na faculdade. A chegada deles é seguida pela de um escultor do norte de Montana que ganha a vida criando ovelhas. Pelo jeito como DeWeese o apresenta, concluo que nunca o encontrei antes.

DeWeese diz que está tentando persuadir o escultor a entrar para o corpo docente da universidade. Digo que vou tentar convencê-lo a não entrar e me sento ao lado dele, mas a conversa é muito difícil porque o escultor é excessivamente sério e desconfiado – na certa porque não sou artista. Comporta-se como se eu fosse um detetive que tentasse arrancar dele alguma informação, e só me aceita quando descobre que sou um aficionado dos processos de soldagem. A manutenção de motocicletas abre estranhas portas. Ele diz que pratica a soldagem pelas mesmas razões que eu, entre outras. Depois de adquirida a habilidade, a soldagem dá uma tremenda sensação de poder e controle sobre o metal. Você pode fazer qualquer coisa. Mostra algumas fotos de objetos que soldou, e nelas vejo belos pássaros e animais terrestres com texturas superficiais ondulantes que não se assemelham a nada que eu já tenha visto.

Mais tarde, saio de lá e vou conversar com Jack e Wylla. Jack está indo embora para dirigir um departamento de inglês em Boise, Idaho. Sua atitude em relação ao departamento daqui parece reservada, mas negativa. Se não fosse negativa, evidentemente ele não estaria indo embora. Lembro-me agora que ele era sobretudo um escritor de ficção que dava aulas de inglês, e não um teórico sistemático que ensinava a língua. No departamento, sempre houve uma cisão como essa, e foi ela que, em parte, originou ou pelo menos acelerou o crescimento das loucas idéias de Fedro, idéias de que ninguém jamais tinha ouvido falar. Jack apoiava Fedro porque, embora não tivesse certeza de compreender o que Fedro falava, considerava que um escritor de ficção poderia trabalhar melhor com aquelas idéias do que com a análise lingüística. É uma cisão antiga, semelhante à que existe entre a arte e a história da arte. Uma pessoa faz, a outra fala sobre como se faz; e as palavras sobre como se faz nunca parecem corresponder ao que se faz.

DeWeese traz as instruções de montagem de uma churrasqueira e pede que eu, na qualidade de escritor técnico profissional, as avalie. Passou a tarde inteira tentando montar o objeto e quer que as instruções queimem eternamente no inferno.

Mas, quando as leio, elas me parecem instruções comuns e não consigo encontrar nada de errado. É claro que não quero dizer isso; assim, fico à procura de algo que possa condenar. Na realidade, é impossível saber se um conjunto de instruções é bom sem colocá-lo frente à frente com o objeto que ele descreve, mas detecto uma separação de páginas que impede que o montador leia sem ter de virar a página repetidamente para passar do texto à ilustração – sempre uma má pedida. Dou o bote e DeWeese me encoraja. Chris pega as instruções para saber do que estou falando.

Porém, enquanto dou o bote e descrevo alguns erros de interpretação que podem ser provocados pelo descompasso entre diferentes partes das instruções, tenho a sensação de que não foi por isso que DeWeese teve dificuldade para compreendê-las. O que o aborreceu foi simplesmente a falta de suavidade e continuidade. Ele é incapaz de compreender as coisas que se revestem do fraseado grotesco, truncado e disforme que caracteriza os escritos técnicos e de engenharia. A ciência trabalha com fragmentos, peças e pedaços das coisas, presumindo a continuidade delas, ao passo que DeWeese só trabalha com a continuidade das coisas, presumindo os fragmentos, peças e pedaços. O que ele realmente quer que eu condene é a falta de continuidade artística, algo que o engenheiro e o técnico desprezam totalmente. Como tudo o mais que diz respeito à tecnologia, isto aqui, na verdade, também gira em torno da cisão entre o clássico e o romântico.

Enquanto isso, Chris toma as instruções e as dobra de uma maneira que eu não havia pensado, de tal modo que a ilustração fica bem ao lado do texto. Confiro a idéia dele uma vez, depois outra vez, e me

sinto como um personagem de desenho animado que foi além da borda do precipício mas ainda não começou a cair porque não percebeu a situação em que se encontra. Faço um sinal de assentimento com a cabeça. Silêncio. Então percebo minha situação, e todos desatam a rir enquanto bato na cabeça de Chris até mandá-lo para o fundo do desfiladeiro. Quando as gargalhadas diminuem, digo:
— Bem, de qualquer maneira... — mas as risadas recomeçam.

— O que eu queria dizer — consigo afirmar por fim — é que tenho em casa um folheto de instruções que abre grandes possibilidades de melhora para a redação técnica. Elas começam assim: "Montagem de bicicleta japonesa exige grande paz de espírito."

Isso faz com que todos riam um pouco mais, mas Sylvia, Gennie e o escultor expressam sua concordância com o olhar.

— É uma *boa* instrução — diz o escultor. Gennie concorda com a cabeça.

— Foi por isso que guardei o folheto — digo. — De início, dei risada, porque me lembrava das bicicletas que eu mesmo havia montado e, é claro, por causa da falha de linguagem. Porém, há muita sabedoria nesse dito.

John me encara apreensivo. Encaro-o com a mesma apreensão. Ambos rimos. Ele diz:

— Agora o professor discursará.

— Na realidade, a paz de espírito não é uma coisa superficial de modo algum — começo o discurso. — Ela é tudo. O que a produz é a boa manutenção; o que a perturba é a manutenção deficiente. O que chamamos de bom funcionamento da máquina não é outra coisa senão uma objetificação dessa paz de espírito. A prova definitiva é sempre a sua própria serenidade. Se você não tem serenidade quando começa a trabalhar e não a conserva durante o processo de trabalho, tende a impregnar a própria máquina com seus problemas pessoais.

Eles simplesmente olham para mim, pensando nisso.

— Não é um conceito convencional — digo —, mas a razão convencional o confirma. O objeto material observado, a bicicleta ou a churrasqueira, não pode estar certo ou errado. Moléculas são moléculas. Não têm nenhum código de ética a seguir, a não ser o que os seres humanos lhes dão. A prova da máquina é a satisfação que ela lhe dá. Não há outra prova. Se a máquina produz tranqüilidade, está certa. Se ela o

perturba, está errada até que ela mude ou a sua mente mude. A prova da máquina é sempre a sua própria mente. Não há nenhuma outra prova.
DeWeese pergunta:
— E se a máquina estiver errada mas eu me sentir em paz com ela? Risos. Respondo:
— Isso é contraditório. Se você *realmente* está tranqüilo, não vai sequer *saber* que ela está errada. Esse pensamento jamais lhe ocorrerá. O ato de declará-la errada é uma forma de atenção carinhosa.
Acrescento:
— O mais comum é que você se sinta intranqüilo mesmo que ela esteja correta, e acho que foi isso que aconteceu aqui. Nesse caso, se você está preocupado, ela não está correta. Isso significa que não foi suficientemente verificada. Em qualquer situação industrial, uma máquina que não foi verificada não pode ser usada, por mais que funcione perfeitamente. Sua preocupação com a churrasqueira é a mesma coisa. Você não completou a máxima exigência da obtenção da paz de espírito, pois acha que as instruções eram complicadas demais e talvez não as tenha entendido corretamente.
DeWeese pergunta:
— Bem, como você as mudaria para que eu obtivesse essa paz de espírito?
— Isso exigiria um estudo muito maior do que eu pude fazer agora. A coisa toda é muito profunda. Essas instruções para a montagem da churrasqueira começam e terminam exclusivamente na máquina. Porém, o tipo de abordagem em que estou pensando não é tão estreito. As instruções deste tipo são irritantes porque insinuam que só existe um jeito certo de montar esta churrasqueira – o jeito *delas*. E essa presunção elimina toda a criatividade. Na verdade, existem centenas de maneiras de montar a churrasqueira. Quando eles o obrigam a seguir um único caminho sem lhe mostrar o problema geral, fica difícil seguir as instruções sem cometer erros. Você perde o gosto pelo trabalho. E isso não é tudo: é muito improvável que eles tenham lhe dado o melhor caminho.
— Mas as instruções são da *fábrica* – diz John.
— *Eu* também sou da fábrica – digo – e *sei* como esses folhetos de instruções são feitos. Você vai para a linha de montagem com um gravador e o capataz manda-o conversar com a pessoa de quem ele menos precisa, com o maior pateta de toda a fábrica, e o que essa pessoa lhe

diz são as instruções. Talvez houvesse ali outra pessoa que pudesse lhe dizer algo completamente diferente e provavelmente melhor, mas essa outra pessoa está ocupada demais para atendê-lo.

Todos parecem surpresos.

– Eu deveria saber – diz DeWeese.

– É o formato – afirmo. – Nenhum escritor pode mudar isso. A tecnologia parte do princípio de que só existe uma maneira certa de fazer as coisas, e isso não é verdade. Quando se parte do princípio de que só existe uma maneira certa de fazer as coisas, é *claro* que as instruções vão começar e terminar exclusivamente na churrasqueira. Porém, se você tiver de escolher uma dentre infinitas maneiras de montá-la, terá de levar em conta a relação da máquina com você e a sua relação e a da máquina com o resto do mundo. Isso porque a escolha de uma dentre várias alternativas, a *arte* da obra, depende tanto do material da máquina quanto da sua mente e do seu espírito. É por isso que a paz de espírito é necessária.

"Na realidade, essa idéia não é tão estranha – prossigo. – Quando você puder, observe um trabalhador novato ou um mau trabalhador e compare a expressão dele com a de um artesão cujo trabalho você conhece e sabe que é excelente. Você verá a diferença. O artesão nunca segue uma única linha de instruções. Toma decisões à medida que trabalha. Por isso, permanece sempre absorto em sua obra e atento ao que está fazendo, muito embora não o faça deliberadamente. Existe uma espécie de harmonia entre os movimentos dele e a máquina. Não segue um conjunto particular de instruções escritas porque a natureza do material que tem diante de si determina seus pensamentos e movimentos, os quais, simultaneamente, mudam a natureza do material. O material e os pensamentos do trabalhador mudam juntos numa progressão de transformações até que, ao mesmo tempo, a mente dele repousa e o material chega ao estado correto."

– Isso parece arte – diz o professor.

– Ora, *é* arte – digo. – A separação entre arte e tecnologia é completamente antinatural. O problema é que essa separação ocorreu há tanto tempo que é preciso ser um arqueólogo para saber onde ela ocorreu. A montagem de churrasqueiras é, na verdade, um ramo da escultura há muito tempo esquecido, e, por obra de séculos e séculos de desvios intelectuais, tão separado de suas raízes que, hoje em dia, a simples idéia de que possa existir uma relação entre as duas coisas parece ridícula.

Eles não sabem se estou brincando ou falando sério.

– Você quer dizer – pergunta DeWeese – que, quando estava montando esta churrasqueira, eu na verdade a estava esculpindo?

– Exatamente.

Ele revira a idéia na mente, sorrindo cada vez mais.

– Queria ter sabido disso antes de começar – diz. Todos riem.

Chris afirma que não entende o que estou dizendo.

– Não tem problema, Chris – diz Jack Barsness. – Nós também não entendemos. – Mais risos.

– Acho que vou ficar simplesmente com a escultura comum – diz o escultor.

– Acho que vou ficar simplesmente com a pintura – diz DeWeese.

– Acho que vou ficar simplesmente com a bateria – diz John.

Chris pergunta:

– E você, com que você vai ficar?

– Com minhas armas, garoto, com minhas armas – digo-lhe. – É a Lei do Oeste!

Todos eles dão fortes gargalhadas quando digo isso e minha arenga parece perdoada. Quando você está com uma Chautauqua na cabeça, é difícil não despejá-la sobre os inocentes.

As pessoas se dividem em grupos e passo o resto da reunião conversando com Jack e Wylla sobre a situação do departamento de língua inglesa.

Porém, depois de terminada a festa e de Chris e o casal Sutherland já terem ido dormir, DeWeese se lembra de minha palestra. Diz com toda a seriedade:

– Isso que você disse sobre as instruções de montagem da churrasqueira é interessante.

Gennie acrescenta, também a sério:

– Parece que você já vem pensando nisso há muito tempo.

– Venho pensando sobre os conceitos que estão por trás disso há vinte anos – digo.

Além da cadeira à minha frente, centelhas voam pela chaminé atraídas pelo vento lá de fora, que está mais forte do que antes.

Acrescento, quase falando comigo mesmo:

– Quando você olha para onde está e para onde vai, nada tem sentido; mas, quando olha para onde já esteve, começa a identificar um padrão. E, se fizer uma projeção a partir desse padrão, poderá às vezes encontrar alguma coisa.

"Toda essa conversa sobre tecnologia e arte faz parte de um padrão que parece ter se formado em minha própria vida. Representa uma transcendência em relação a algo que, segundo me parece, muitos outros estão tentando transcender."

– E o que seria isso?

– Bem, não é simplesmente a arte e a tecnologia. É uma espécie de dissociação entre a razão e o sentimento. O problema da tecnologia é que ela não tem nenhuma ligação real com os assuntos do espírito e do coração. Assim, por acidente, ela faz coisas feias e cegas, e por isso é odiada. Antes, as pessoas não prestavam muita atenção nisso porque a grande preocupação era providenciar alimento, vestimenta e abrigo para todos, e a tecnologia possibilitou essas coisas.

"Mas agora, naqueles lugares onde as necessidades básicas estão adequadamente satisfeitas, a feiúra vem se fazendo notar cada vez mais, e as pessoas se perguntam se somos obrigados a sofrer espiritual e esteticamente só para atender a necessidades materiais. Ultimamente, isso virou quase uma crise nacional: passeatas contra a poluição, comunidades e estilos de vida antitecnológicos, e por aí afora."

Tanto DeWeese quanto Gennie sabem disso há tanto tempo que não precisam fazer comentários. Assim, acrescento:

– Do padrão que se formou em minha vida, o que está surgindo é a crença de que a crise existe porque as atuais formas de pensamento não são adequadas para lidar com a situação. A crise não pode ser resolvida por meios racionais, porque a própria racionalidade é a origem do problema. Os únicos que conseguem resolvê-la, resolvem-na só para si, abandonando completamente a racionalidade "quadrada" e guiando-se unicamente pelo sentimento. É o caso de John e Sylvia e de milhões de outros iguais a eles. E esse caminho também não me parece correto. Assim, acho que o que estou tentando dizer é que a solução do problema não está em abandonar a racionalidade, mas em expandir a natureza da racionalidade a fim de torná-la capaz de encontrar uma solução.

– Acho que não entendi o que você quis dizer – diz Gennie.

– Bem, é uma operação circular. É como o dilema com que *Sir* Isaac Newton deparou quando quis resolver o problema da mudança instantânea. Em sua época, era irracional pensar que algo pudesse mudar num tempo zero. Não obstante, na matemática, é praticamente necessário trabalhar com outras quantidades zero, como o ponto espacial, que ninguém considerava irracional embora não houvesse diferença alguma. Assim, o que Newton fez, na verdade, foi dizer: "Vamos *presumir* que a mudança instantânea existe e vamos encontrar maneiras de determinar o que ela é em diversas aplicações." O resultado desse pressuposto é o ramo da matemática que hoje chamamos de cálculo, o qual é usado por todos os engenheiros. Newton *inventou* uma nova forma de razão. Expandiu a razão para lidar com as mudanças infinitesimais, e penso que o que é necessário hoje é uma expansão semelhante que lide com a feiúra tecnológica. O problema é que a expansão tem de ser feita nas raízes, não nos ramos, e é por isso que ela é difícil de ver.

"Vivemos numa época de confusão, e acho que o que causa a sensação de confusão é o fato de as antigas formas de pensamento não serem adequadas para lidar com as novas experiências. Já ouvi dizer que todo verdadeiro aprendizado nasce de um dilema. Num caso desses, em vez de expandir os ramos daquilo que já sabe, você tem de parar e vagar lateralmente por certo tempo até encontrar algo que lhe permita expandir as raízes de seus conhecimentos. Todos sabem disso. Acho que o mesmo ocorre com civilizações inteiras quando precisam expandir suas bases.

"Quando olhamos para trás, para os últimos três mil anos, vemos nitidamente os padrões e encadeamentos de causas e efeitos que deixaram as coisas do jeito que estão. Porém, quando voltamos às fontes originais, à literatura de uma época em particular, constatamos que essas causas nunca se manifestavam na época em que supostamente estariam operando. Durante os períodos de expansão das raízes, as coisas sempre pareceram tão confusas e sem sentido quanto parecem agora. Supõe-se que o Renascimento inteirinho resultou do sentimento de confusão causado pela descoberta de um novo mundo por Cristóvão Colombo. Isso abalou as pessoas. A confusão daquela época está registrada em toda parte. Nas concepções de Terra plana do Antigo e do Novo Testamentos, não havia nada que pudesse prevê-la. Não obstante, as pessoas não podiam negá-la. Para assimilá-la, só lhes restava abandonar todo o ponto de vista medieval e embarcar numa nova expansão da razão.

"Colombo tornou-se a tal ponto um estereótipo dos livros didáticos que hoje em dia é quase impossível imaginá-lo como uma pessoa real, de carne e osso. Mas, se você realmente tentar deixar em suspenso o seu conhecimento atual sobre a viagem dele e projetar-se na situação em que ele próprio estava, poderá talvez começar a perceber que a atual exploração da lua é brincadeira de criança em comparação com o que se passou com ele. A exploração da lua não envolve uma verdadeira expansão do pensamento em suas raízes. Não temos motivos para duvidar de que as atuais formas de pensamento são suficientes para lidar com ela. Na verdade, ela não passa de uma ramificação do que Colombo fez. Uma exploração realmente nova, que parecesse para nós tão estranha quanto o mundo pareceu a Colombo, teria de partir numa direção completamente nova."

— Como, por exemplo?

— Além da razão, por exemplo. Acho que a razão atual é análoga à razão da Terra plana do período medieval. Supõe-se que os que vão muito além dela acabam caindo no precipício da loucura. E as pessoas têm muito medo disso. Acho que esse medo da loucura é comparável ao medo que as pessoas tinham de cair das extremidades do mundo. Ou ao medo da heresia. Existe aí uma analogia muito estrita.

"Acontece, porém, que a cada ano a antiga Terra plana da razão convencional se torna menos adequada para lidar com as experiências que temos, e isso cria uma sensação difusa de confusão. Em decorrência disso, um número cada vez maior de pessoas está penetrando nas áreas irracionais do pensamento — no ocultismo, no misticismo, nas transformações provocadas por drogas e coisas parecidas — porque percebem a insuficiência da razão clássica para lidar com experiências que elas sabem ser reais."

— Não sei exatamente o que você quer dizer com razão *clássica*.

— A razão analítica, a razão dialética. A razão que, na Universidade, é às vezes identificada à totalidade da inteligência. Na realidade, você nunca *teve* de entendê-la. Ela nunca conseguiu abarcar a arte abstrata. A arte não-figurativa é uma das experiências fundamentais de que estou falando. Certas pessoas ainda a condenam porque ela não tem "sentido". Porém, o que está errado não é a arte, mas o "sentido", a razão clássica que não consegue compreendê-la. As pessoas ficam à procura de ramificações da razão que abarquem as ocorrências mais recentes no campo da arte. As respostas, porém, não estão nos ramos, mas nas raízes.

Uma rajada de vento desce furiosa do topo da montanha.
– Os gregos da Antiguidade – afirmo –, os inventores da razão clássica, sabiam que não podiam contar exclusivamente com ela para prever o futuro. Ouviam a voz do vento e a partir disso conheciam o futuro. Hoje em dia, isso parece loucura. Porém, como podemos chamar de loucos os inventores da razão?

DeWeese franze os olhos.

– Como eles conseguiam prever o futuro a partir do vento?

– Não sei, talvez do mesmo modo que um pintor é capaz de prever o futuro de sua pintura ao olhar para a tela vazia. Todo o nosso sistema de conhecimento nasceu dos resultados que eles alcançaram. Entretanto, ainda não chegamos a compreender os métodos que produziram esses resultados.

Penso mais um pouco e digo:

– Quando estive aqui pela última vez, por acaso eu falava muito sobre a Igreja da Razão?

– Sim, você falava muito sobre isso.

– Alguma vez falei de um indivíduo chamado Fedro?

– Não.

– Quem foi ele? – pergunta Gennie.

– Foi um grego da Antiguidade... um retórico... um "especialista em composição" de sua época. Foi um dos que estiveram presentes à invenção da razão.

– Acho que você nunca falou sobre isso.

– Isso deve ter vindo depois. Os retóricos da Grécia antiga foram os primeiros professores que surgiram no mundo ocidental. Platão, por um interesse pessoal seu, difamou-os em todas as suas obras; e, como quase tudo o que sabemos a respeito deles nos vem de Platão, eles são casos únicos de pessoas que foram condenadas ao longo de toda a história sem nunca poder contar sua versão do que aconteceu. A Igreja da Razão sobre a qual falei foi fundada sobre os túmulos deles. Hoje em dia, ainda se ergue sobre esses túmulos. E, quando fazemos escavações profundas junto às suas fundações, encontramos fantasmas.

Olho para meu relógio. Já são mais de duas horas.

– É uma longa história – digo.

– Você deveria escrever tudo isso – diz Gennie.

Balanço a cabeça, concordando.

— Estou pensando numa série de ensaios que sejam aulas, uma espécie de Chautauqua. Enquanto vínhamos para cá, estive tentando elaborá-los mentalmente... e provavelmente é por isso que tenho todas essas palavras na ponta da língua. É muito grande e muito difícil. É como tentar atravessar essas montanhas a pé.

"O problema é que os ensaios sempre soam como se tivessem sendo escritos por Deus para toda a eternidade, e na realidade as coisas não são assim. As pessoas devem poder perceber que aquelas são simplesmente as palavras de uma pessoa que fala num determinado lugar, num determinado tempo e numa determinada circunstância. Isso sempre foi assim, mas é difícil transmitir isso num ensaio."

— Você deveria escrever de qualquer modo — diz Gennie. — Sem tentar alcançar uma perfeição.

— Acho que sim — digo.

DeWeese pergunta:

— Acaso isso tem alguma relação com o que você falava sobre "Qualidade"?

— É o resultado direto disso — digo.

Lembro-me de algo e encaro DeWeese:

— Você não me aconselhou a deixar aquilo de lado?

— Disse que ninguém jamais havia conseguido fazer o que você queria.

— E você acha que isso é possível?

— Não sei. Quem sabe? — Sua expressão mostra que ele está realmente pensando no assunto. — Hoje em dia, muitas pessoas estão ouvindo mais. Particularmente os jovens. Eles realmente estão ouvindo... e não só para impressionar você. Estão ouvindo *você*. E isso faz toda a diferença.

O vento que desce dos campos nevados reverbera por muito tempo em toda a casa. Grita alto, como se tivesse a esperança de varrer a casa inteira e todos nós para o nada, deixando o desfiladeiro como já foi outrora. A casa, porém, resiste, e o vento, derrotado, se acalma. Depois volta, matreiro, ameaçando nos golpear do outro lado e produzindo de repente uma forte rajada do nosso lado.

— Fico ouvindo o vento — digo. E acrescento: — Acho que, quando os Sutherland forem embora, Chris e eu vamos subir essas montanhas para encontrar o lugar onde o vento começa. Acho que já é hora de ele conhecer melhor estas terras.

— Você pode partir daqui mesmo – diz DeWeese – e subir o desfiladeiro. Naquela direção, não há uma estrada por cento e vinte quilômetros.

— Então é daqui que vamos partir – digo.

No andar de cima, fico contente ao ver de novo o grosso acolchoado sobre a cama. Já está muito frio e ele será necessário. Dispo-me rapidamente e me enrolo no acolchoado. Está quente, deliciosamente quente, e fico bastante tempo pensando nos campos nevados, no vento e em Cristóvão Colombo.

15

Por dois dias, John, Sylvia, Chris e eu vadiamos, conversamos e fazemos uma viagem de ida e volta a uma antiga cidade mineira, e chega então a hora de John e Sylvia voltarem para casa. Entramos agora em Bozeman, vindos do desfiladeiro, juntos pela última vez.

Lá na frente, Sylvia volta a cabeça pela terceira vez, evidentemente para ver se está tudo bem conosco. Há dois dias que ela está muito silenciosa. Ontem pareceu lançar-nos um olhar apreensivo, quase assustado. Preocupa-se demais com Chris e comigo.

Num bar de Bozeman, tomamos juntos uma última rodada de cerveja e discuto com John os caminhos de volta. Então, trocamos comentários superficiais sobre como foi bom viajar juntos e como vamos nos ver de novo em breve, e de repente é muito triste ter de falar assim – como se mal nos conhecêssemos.

De novo na rua, Sylvia volta-se para mim e para Chris, faz uma pausa e diz:

– Vocês vão ficar bem. Não há nada com que se preocupar.

– É claro – afirmo.

Mais uma vez, o mesmo olhar assustado.

John dá a partida na moto e espera por ela.

– Eu acredito em você – digo.

Ela nos dá as costas, sobe na moto e, com John, fica olhando para os carros que passam à espera de uma oportunidade de entrar no fluxo.

– Até mais – digo.
Ela olha de novo para nós, desta vez sem expressão. John encontra sua oportunidade e entra na estrada. Então Sylvia acena, como num filme. Chris e eu acenamos também. A motocicleta deles desaparece no tráfego pesado de carros de outros estados, para os quais fico olhando por bastante tempo.
Olho para Chris e ele, para mim. Nem uma palavra.
Passamos a manhã, primeiro, sentados num banco de praça com uma placa que diz USO EXCLUSIVO DE CIDADÃOS IDOSOS; depois, comemos e vamos até um posto de gasolina trocar o pneu e substituir o elo de ajuste da corrente. O elo tem de ser recondicionado para encaixar e, assim, esperamos e caminhamos um pouco, longe da rua principal. Chegamos a uma igreja e sentamo-nos no gramado fronteiro. Chris deita de costas na grama e cobre os olhos com a jaqueta.
– Cansado? – pergunto-lhe.
– Não.
Entre o lugar onde estamos e o sopé das montanhas, para o norte, o ar tremeluz com ondas térmicas. Para escapar do calor, um inseto de asas transparentes pousa numa folha de relva ao lado do pé de Chris. Vejo-o abrir e fechar as asas, sentindo-me cada vez mais preguiçoso. Deito-me para dormir, mas não consigo. Muito pelo contrário, sinto-me tomado por uma sensação de inquietude. Levanto-me.
– Vamos andar um pouco – digo.
– Para onde?
– Para a escola.
– Vamos.
Caminhamos sob árvores frondosas em calçadas bonitas ao lado de casas bonitas. As alamedas me proporcionam vários pequenos vislumbres de memória. Grandes lembranças. Ele andava freqüentemente por estas ruas. Aulas. Preparava suas aulas à maneira peripatética, usando estas ruas como sua academia.
A disciplina que veio ensinar aqui era retórica, redação, a segunda das "três habilidades básicas ensinadas na escola". Tinha de dar cursos avançados de redação técnica e algumas disciplinas para a turma de primeiro ano de graduação em inglês.
– Você se lembra desta rua? – pergunto a Chris.
Ele olha em volta e diz:

– Nós passávamos por aqui de carro procurando você. – Aponta para o outro lado da rua. – Lembro-me daquela casa com o telhado engraçado... Quem visse você primeiro ganhava uma moeda. Então parávamos, abríamos a porta de trás do carro e você nem conversava conosco.

– Eu estava pensando muito naquela época.

– É o que a mamãe dizia.

Ele *estava* pensando muito. A grande quantidade de aulas a serem dadas já o esgotava, mas o que lhe parecia muito pior era que, à sua maneira analítica e extremamente precisa, ele entendia que a matéria que ensinava era, sem dúvida alguma, a disciplina mais imprecisa, menos analítica e mais amorfa de toda a Igreja da Razão. Era por isso que ele pensava tanto. Para uma mente metódica, formada no laboratório, a retórica é simplesmente um caso perdido. É como um imenso Mar dos Sargaços de lógica estagnada.

Na maioria dos cursos de retórica para alunos do primeiro ano, o que se espera do professor é que ele leia um pequeno ensaio ou conto, discuta como o escritor fez certas coisinhas para obter certos efeitozinhos e depois mande os alunos escrever um ensaio ou conto imitativo para ver se são capazes de fazer as mesmas coisinhas. Ele tentou fazer isso várias vezes, mas o processo não chegou a se consolidar. Trabalhando com base nessa imitação calculada, os alunos quase nunca faziam algo que mesmo de longe se assemelhasse aos modelos que ele lhes dava. Na maioria das vezes, a redação deles ficava pior. Parecia que cada regra que ele buscava descobrir e aprender junto com os alunos era tão cheia de exceções, contradições, ressalvas e confusões que ele passava a desejar jamais tê-la conhecido.

Toda vez, um aluno perguntava como a regra se aplicava numa determinada circunstância especial. Fedro, então, podia escolher entre fabricar uma explicação falsa de como a regra funcionava ou seguir o caminho da imparcialidade e dizer o que realmente pensava. E o que realmente pensava era que a regra tinha sido *sobreposta* ao texto depois de ele ter sido terminado. Era *post hoc*, posterior ao fato, e não anterior ao fato. E convenceu-se de que todos os escritores que os alunos deveriam imitar escreviam sem regras, redigindo da maneira que lhes parecia a melhor, voltando para ver se realmente era a melhor e modificando o texto caso não fosse. Alguns aparentemente escreviam com uma premeditação calculada porque era essa a impressão dada pelo produto final. Porém, essa aparência parecia muito pobre aos olhos de Fedro. Como dissera certa vez Gertrude Stein, tinha muito mel mas não adoçava. Mas como se faz para ensinar algo que não é premeditado? Era uma exigência aparentemente impossível. Ele simplesmente tomava o texto, comentava-o de maneira não premeditada e esperava que os alunos captassem alguma coisa. Não era satisfatório.

Lá está ela. Bate a tensão, a mesma sensação ruim no estômago, à medida que caminhamos na direção dela.
– Você se lembra daquele prédio?
– É onde você dava aulas... por que vamos para lá?
– Não sei. Só queria vê-la.
Parece não haver muita gente por aqui. E evidentemente não há. Estamos nas férias de verão. Frontões imensos, estranhamente plasmados sobre paredes de tijolos escuros. Na verdade, um belo edifício. O único que parece feito para este lugar. Uma velha escadaria de pedra conduz às portas. Os degraus, desgastados por milhões de passos.
– Por que estamos entrando?
– Shh. Agora fique quieto.
Abro a porta exterior, grande e pesada, e entro. Lá dentro há mais uma escada, de madeira e igualmente desgastada. Os degraus rangem sob nossos pés e recendem a cem anos de vassoura e cera. A meio caminho do final da escadaria, paro e escuto. Não se ouve ruído algum.
Chris murmura:
– Por que estamos *aqui*?
Limito-me a balançar a cabeça. Ouço o ruído de um carro lá fora.
Chris sussurra:
– Não gosto daqui. Este lugar me dá *medo*.
– Saia, então – digo.
– Você também.
– Depois.
– Não, agora. – Ele olha para mim e vê que não vou sair. Seu olhar trai um tamanho terror que estou a ponto de mudar de idéia, mas sua expressão muda de repente e ele me dá as costas, corre escada abaixo e sai pela porta afora antes que eu possa acompanhá-lo.

A porta grande e pesada se fecha lá embaixo e me vejo completamente sozinho. Fico à escuta de um ruído qualquer... De quem?... *Dele?*... Passo um bom tempo à escuta...

À medida que caminho pelo corredor, as tábuas do assoalho soltam um rangido lúgubre, acompanhado pela idéia lúgubre de que *é* ele quem está aqui. Neste lugar, a realidade é ele e o fantasma sou eu. Na maçaneta da porta de uma sala de aula, vejo sua mão repousar por um momento, girá-la lentamente e abrir a porta de um golpe.

A sala lá dentro está à espera segundo a imagem exata das lembranças dele, como se ele estivesse aqui agora. E ele *está*. Tem consciência de tudo o que vejo. Tudo dá um passo à frente e reverbera com a memória.

As lousas compridas em cada um dos lados, de cor verde-escura, estão desgastadas e precisam de um conserto como precisavam então. O giz, que permanece eternamente na forma de pequenos tocos no porta-giz, ainda está aqui. Para lá das lousas ficam as janelas e, para além delas, as montanhas que ele contemplava meditativamente nos dias em que os alunos escreviam. Sentava-se ao lado do aquecedor com um toco de giz numa das mãos e olhava pela janela para as montanhas, interrompido ocasionalmente por um ou outro aluno que perguntava: "Por acaso temos que...?" Ele se voltava, respondia à pergunta e havia lá uma unidade que ele jamais conhecera. Aquele era um lugar onde ele era *acolhido* – como ele mesmo. Não como deveria ou poderia ser, mas como era. Um lugar todo receptivo – *à escuta*. A esse lugar ele deu tudo. Não era uma só sala; eram milhares, que mudavam a cada dia com as tempestades, as nevascas e os desenhos das nuvens nas montanhas, a cada aula, até mesmo a cada aluno. Nenhuma hora era igual a outra, e o que cada uma delas traria era sempre um mistério...

Já perdi a noção do tempo quando ouço o ranger de passos no corredor. O rangido fica mais alto e pára na entrada da sala. A maçaneta gira. Abre-se a porta e uma mulher olha para dentro.

Tem um rosto agressivo, como se esperasse pegar alguém aqui de calças curtas. Parece estar beirando os trinta anos e não é muito bonita.

– Achei que tinha visto alguém – diz ela. – Achei... – Ela parece perplexa.

Entra na sala e caminha em minha direção. Olha-me mais de perto. A expressão agressiva desaparece e assume devagar os contornos do maravilhamento. Está atônita.

— Ó meu Deus! — diz ela. — É *você*?
Não a reconheço em absoluto. Nada.
Ela diz meu nome e confirmo-o com um movimento de cabeça. Sim, sou eu.
— Você voltou!
Balanço a cabeça para um lado e para o outro.
— Só por alguns minutos.
Ela continua olhando para mim até a situação se tornar embaraçosa. Sozinha se dá conta disso e pergunta:
— Posso me sentar um pouco? — O jeito tímido com que faz a pergunta indica que pode ter sido aluna dele.
Senta-se numa das carteiras da frente. Sua mão, na qual não se vê uma aliança de casamento, está tremendo. Realmente *sou* um fantasma.
Ela mesma fica envergonhada.
— Quanto tempo você vai ficar?... Não, eu já lhe perguntei...
Informo-a:
— Estou passando alguns dias com Bob DeWeese e depois vou para o Oeste. Tinha algum tempo para passear pela cidade e resolvi vir ver como está a faculdade.
— Ah — diz ela. — Que bom que você veio... Tudo mudou muito... Todos nós mudamos... tanto desde que você foi embora...
Mais uma pausa embaraçosa.
— Ouvimos dizer que você esteve no hospital...
— É isso mesmo — digo.
Outro silêncio constrangedor. O fato de ela não insistir no assunto significa que provavelmente sabe o porquê. Hesita mais um pouco em busca de algo para dizer. A situação está ficando insuportável.
— Onde você está lecionando? — pergunta ela por fim.
— Não leciono mais — digo. — Parei.
Ela parece incrédula.
— Você *parou*? — Franze a testa e olha para mim de novo, como que para verificar se está realmente conversando com quem pensava estar.
— Você não pode fazer isso.
— Posso, sim.
Ela balança a cabeça como se não acreditasse:
— *Você* não!
— Sim.

— *Por quê?*
— Tudo aquilo acabou para mim. Estou fazendo outras coisas. Gostaria de saber quem ela é, e a sua expressão parece igualmente desconcertada.
— Mas isso é... — A frase é cortada ao meio. Ela tenta de novo. — Você está completamente... — mas também essa frase se interrompe. A palavra seguinte é "maluco". Porém, nas duas vezes ela percebeu o que ia dizer. Toma consciência de algo, morde o lábio e parece arrependida. Eu diria algo se pudesse, mas não tenho por onde começar.

Estou a ponto de lhe dizer que não a conheço quando ela se levanta e diz:

— Agora tenho de ir. — Acho que percebe que não me lembro dela. Vai até a porta e me dá um cumprimento de despedida rápido e *pro forma*. Quando a porta se fecha, os seus passos percorrem o corredor, acelerados, quase numa corrida.

A porta exterior do edifício se fecha e a sala de aula fica tão silenciosa quanto estava antes, mas tomada por uma espécie de rodamoinho psíquico que ela deixou para trás. O rodamoinho modifica completamente a sala, que agora contém somente os restos da presença da garota. Aquilo que vim ver aqui desapareceu.

"Ótimo", penso comigo mesmo, pondo-me novamente em pé. Estou contente por ter vindo ver esta sala, mas acho que nunca mais vou querer vê-la de novo. Prefiro consertar motocicletas, e há uma à minha espera.

A caminho da saída abro mais uma porta, compulsivamente. Na parede, vejo algo que me faz gelar a espinha.

É uma pintura. Não tinha nenhuma lembrança dela, mas agora sei que ele *a comprou* e a colocou ali. E de repente me recordo de que não é uma pintura, mas uma reprodução de uma pintura que ele encomendara de Nova York e que não agradara a DeWeese por ser uma estampa, e as estampas, embora sejam *de* arte, não são arte propriamente dita, distinção que na época ele não reconhecia. Mas a estampa, a *Igreja das minorias* de Feininger, atraía-o por um motivo que nada tinha a ver com a arte. Seu tema, uma espécie de catedral gótica criada a partir de linhas, planos, cores e sombras semi-abstratas, parecia refletir a imagem mental que ele tinha da Igreja da Razão, e por isso ele a colocara ali. Agora tudo isso volta. Este era o escritório dele. Uma *descoberta*. *Esta* era a sala que eu estava procurando!

Entro na sala e uma avalanche de memória, desencadeada pela estampa, começa a cair. A luz que incide sobre a estampa vem de uma janelinha miserável na parede adjacente, através da qual ele contemplava o vale e, do outro lado, a Serra de Madison, e via as tempestades chegar. E foi enquanto contemplava este vale que agora está diante de mim, do outro lado desta janela, aqui, agora..., foi aqui que tudo começou, toda a loucura, bem *aqui*! Este é o lugar exato!

E aquela porta conduz ao escritório de Sarah. Sarah! Agora me lembro! Ela veio trotando com o regador nas mãos, de uma porta a outra, do corredor ao seu escritório, e disse: "Espero que você esteja ensinando Qualidade aos seus alunos." Disse-o na voz cantada, lá-di-lá, de uma senhora a um ano da aposentadoria e a ponto de regar suas plantas. Foi nesse instante que tudo começou. O cristal fundamental.

Cristal fundamental. Volta agora um poderoso fragmento de memória. O laboratório. Química orgânica. Ele estava trabalhando com uma solução extremamente supersaturada quando algo semelhante acontecera.

Uma solução supersaturada é aquela em que foi excedido o ponto de saturação, ou seja, o ponto além do qual nenhum material pode se dissolver nela. Isso pode acontecer porque o ponto de saturação se eleva à medida que a temperatura da solução aumenta. Quando você dissolve o material em alta temperatura e esfria a solução, o material às vezes não se cristaliza porque as moléculas não sabem fazê-lo. Elas precisam de algo que lhes indique o caminho, um cristal fundamental, uma partícula de poeira ou mesmo uma súbita batida no vidro que contém a solução.

Ele se encaminhou para a torneira a fim de esfriar a solução mas não chegou lá. Diante de seus olhos, enquanto caminhava, viu surgir na solução uma estrela de material cristalino que cresceu de modo repentino e radiante até preencher todo o recipiente. Ele a *viu* crescer. Onde antes havia um líquido transparente há então uma massa tão sólida que ele podia emborcar o recipiente que nada sairia dele.

Aquela única frase – "Espero que você esteja ensinando Qualidade aos seus alunos" – lhe foi dita e, em poucos meses, crescendo com tamanha rapidez que praticamente se podia *vê-la* crescer, surgiu uma massa de pensamento gigantesca, complexa e altamente estruturada, que se formou como que por encanto.

Não sei o que ele lhe respondeu quando ela disse aquilo. Todos os dias, para entrar e sair do escritório, ela passava para lá e para cá muitas vezes por trás da cadeira dele. Às vezes parava e se desculpava, em uma ou duas palavras, pela interrupção, ou lhe contava alguma novidade, e ele estava acostumado com isso como com um elemento normal da vida do escritório. Sei que ela passou uma segunda vez e perguntou: "Você *realmente* está ensinando Qualidade neste trimestre?" Ele assentiu com um movimento de cabeça, olhou para trás por um instante e disse: "Com certeza!" E ela trotou em frente. Naquele dia, ele estava trabalhando em suas anotações para as aulas e estava completamente deprimido por causa delas.

O que o deprimia era que o texto era um dos mais racionais sobre a retórica e ainda assim não parecia correto. Além disso, ele tinha acesso aos autores, que eram membros do departamento. Havia feito perguntas, ouvido as respostas e concordado racionalmente com elas, mas de algum modo ainda não estava satisfeito.

O texto partia da premissa de que, se era preciso ensinar retórica na universidade, ela devia ser ensinada como um ramo da razão e não como uma arte mística. Propunha, assim, o domínio dos fundamentos racionais da comunicação como meio para a compreensão da retórica. Apresentava-se a lógica elementar, acrescentava-se uma teoria elementar de estímulo e resposta e, a partir disso, progredia-se até a compreensão de como desenvolver uma dissertação.

Durante o primeiro ano de docência, Fedro permaneceu relativamente contente com essa estrutura. Percebia que havia algo de errado com ela, mas que o erro não estava nessa aplicação da razão à retórica. O erro estava no velho fantasma de seus sonhos – na própria racionalidade. Viu nele o mesmo erro que o vinha perturbando havia anos e para o qual não tinha nenhuma solução. Simplesmente sentia que nenhum escritor jamais havia aprendido a escrever por meio dessa abordagem quadrada, quantitativa, objetiva e metódica. Não obstante, isso era tudo o que a racionalidade podia oferecer, e não havia nada a fazer a respeito disso sem cair na irracionalidade. E, se havia um mandamento que a Igreja da Razão lhe impunha, era o de ser racional; logo, ele não pensou mais no assunto.

Uns dias depois, quando Sarah passou de novo pela sala, trotando, ela parou e disse:

– Estou tão *contente* por você estar ensinando *Qualidade* neste trimestre! Quase *ninguém* a ensina hoje em dia.
– Bem, *eu* ensino – disse ele. – Estou fazendo questão de ensinar.
– Ótimo – disse ela, e saiu trotando.

Ele voltou a suas anotações, mas logo seus pensamentos foram interrompidos pela lembrança do estranho comentário. De que diabos ela estava falando? *Qualidade*? É *claro* que ele estava ensinando Qualidade. Quem não estava? Prosseguiu com as anotações.

Outra coisa que o deprimia era a retórica prescritiva, que supostamente fora abolida mas ainda estava por lá. Tapinha na mão de quem não colocasse corretamente os pronomes oblíquos. Ortografia *correta*, pontuação *correta*, gramática *correta*. Centenas de regras mesquinhas para pessoas mesquinhas. Ninguém era capaz de se lembrar de tudo aquilo e ainda assim concentrar-se no texto que procurava escrever. Era uma etiqueta de mesa que não nascera de nenhuma noção de bondade, decência ou humanidade, mas do desejo egoísta de querer parecer uma dama ou um cavalheiro. As damas e cavalheiros se portavam bem à mesa e escreviam e falavam segundo a gramática. Era assim que alguém se identificava como um membro das classes superiores.

Em Montana, porém, o efeito era completamente outro. Era assim que alguém se identificava como um almofadinha presunçoso da Costa Leste. O departamento fazia uma exigência mínima de retórica prescritiva, mas, como os outros professores, Fedro escrupulosamente evitava apresentar qualquer defesa da retórica prescritiva, a não ser a de que ela era uma "exigência da faculdade".

Logo o pensamento se interrompeu novamente. *Qualidade*? Naquela pergunta havia algo que o irritara, até mesmo o enraivecera. Ele pensou sobre o assunto, pensou mais um pouco, olhou pela janela e pensou mais um pouco. *Qualidade*?

Quatro horas depois, ainda estava sentado com os pés sobre o parapeito, olhando para um céu que se tornara escuro. O telefone tocou. Era sua esposa, querendo saber o que acontecera. Ele lhe disse que logo estaria em casa, mas depois se esqueceu disso e de tudo o mais. Foi só às três horas da manhã que, esgotado, confessou a si mesmo que não tinha a menor idéia do que era a Qualidade, pegou a pasta e foi para casa.

A essa altura, a maioria das pessoas teria se esquecido da Qualidade, ou a teria deixado em suspenso por não estar chegando a nada e ter mais o que fazer. Porém, ele ficou tão desanimado ao ver-se incapaz de ensinar algo em que acreditava que mandou às favas todas as suas outras atividades; e, quando acordou na manhã seguinte, a Qualidade ainda o encarava. Três horas de sono. Estava tão cansado que sabia que não conseguiria dar aula naquele dia, e, além do mais, não tinha terminado suas anotações. Assim, escreveu no quadro-negro: "Escreva uma dissertação de 350 palavras em resposta à seguinte pergunta: O que é a *qualidade* no pensamento e na palavra?" Então, enquanto os alunos escreviam, sentou-se ao lado do aquecedor e ficou ele mesmo pensando no assunto.

Ao final da aula, ninguém havia terminado e ele deixou que os alunos levassem a redação para casa. Aquela classe não teria aula por dois dias, e isso lhe dava mais tempo para pensar. Nesse ínterim, ele viu alguns alunos entre os horários de aulas, cumprimentou-os e foi encarado com olhares de medo e raiva. Concluiu que estavam tendo o mesmo problema que ele.

Qualidade... você sabe o que é e, no entanto, não sabe. Mas isso é contraditório. Certas coisas *são* melhores do que outras, ou seja, têm mais qualidade. Porém, quando se tenta definir a qualidade, abstraída das coisas nas quais se manifesta, ela desaparece no ar. Não há nada sobre o que falar. Por outro lado, se você não sabe definir a qualidade, como sabe o que ela é, ou mesmo que ela existe? Se ninguém sabe o que ela é, para todos os efeitos ela não existe. Mas, para todos os efeitos, ela existe *sim*. Em que mais se baseia o sistema de notas escolares? Por que as pessoas pagam uma fortuna por um objeto e jogam outro fora? Obviamente, certas coisas são melhores do que as outras... mas o que é esse "melhor"?... Assim, você fica andando em círculos, girando suas engrenagens mentais sem encontrar ponto algum em que se apoiar. Que diabos é a Qualidade? Que é ela?

PARTE III

16

Chris e eu tivemos uma boa noite de sono e, esta manhã, arrumamos cuidadosamente as mochilas. Agora faz mais ou menos uma hora que estamos subindo a montanha. Aqui no fundo do desfiladeiro, a floresta é composta basicamente de pinheiros, com alguns álamos e arbustos latifoliados. As paredes quase verticais do *canyon* erguem-se abruptamente de ambos os lados. Vez por outra, a trilha se abre para uma clareira relvada e iluminada pelo sol à beira do riacho, mas logo se reintroduz na sombra profunda dos pinheiros. A terra da trilha é coberta por uma camada macia e elástica de folhas de pinheiro secas. É muito silencioso aqui.

Não só na literatura do Zen, mas também nas histórias de todas as grandes religiões encontramos relatos de montanhas como estas, das pessoas que viajam por elas e dos acontecimentos que sobrevêm a essas pessoas. A comparação entre uma montanha física e a montanha espiritual que se interpõe entre cada alma e seu objetivo é uma alegoria natural e espontânea. À semelhança dos que ficaram atrás de nós, no vale, a maioria das pessoas passa a vida toda ao sopé das montanhas espirituais e nunca as escala, contentando-se em ouvir as histórias dos que lá estiveram, evitando assim toda dificuldade. Algumas escalam as montanhas acompanhadas de guias experientes que conhecem os caminhos melhores e menos perigosos pelos quais podem chegar a seu destino. Outras ainda, bisonhas e desconfiadas, procuram encontrar seu próprio caminho. Poucas destas o conseguem, mas ocasionalmente uma ou outra, por pura sorte, graça e força de vontade, alcança a meta. Uma vez lá, essas pessoas, mais do que todas as demais, adquirem a firme consciência de que o número de caminhos não é fixo nem determinado. Existem tantos caminhos quantas são as almas individuais.

Pretendo falar agora sobre as explorações de Fedro em torno do sentido do termo *Qualidade*, explorações que, para ele, representavam uma rota através das montanhas do espírito. Pelo que posso decifrar, essa exploração se deu em duas fases distintas.

Na primeira fase, ele não procurou formular uma definição rígida e sistemática daquilo sobre o que falava. Foi uma fase feliz, satisfatória e criativa. Durou a maior parte do tempo em que ele deu aula na faculdade que deixamos para trás, no vale.

A segunda fase originou-se de uma crítica intelectual normal dessa falta de definição. Nessa fase, ele emitiu afirmações sistemáticas e rígidas acerca da definição de Qualidade e elaborou uma imensa estrutura hierárquica de pensamento para embasá-las. Teve de mover céus e terra para chegar a essa compreensão sistemática e, quando a obteve, pensou ter alcançado uma explicação da existência, e de nossa consciência, melhor do que qualquer outra que já houvesse existido.

Se ela era de fato uma nova rota sobre a montanha, certamente é uma rota necessária. Já há mais de três séculos que os caminhos mais batidos deste hemisfério foram solapados e quase reduzidos a nada pela erosão natural e pela mudança da forma da montanha, operada pela verdade científica. Os primeiros alpinistas fundaram caminhos em terreno firme e acessíveis a todos, mas, hoje em dia, as rotas ocidentais estão praticamente fechadas em virtude da inflexibilidade do dogma diante da mudança. O questionamento do significado literal das palavras de Jesus ou Moisés evoca a hostilidade da maioria das pessoas; mas é fato que, se Jesus ou Moisés viessem ao mundo hoje em dia, incógnitos, e transmitissem a mesma mensagem que transmitiram há milênios, o equilíbrio mental deles seria posto em questão. Não porque as palavras de Jesus ou Moisés sejam falsas ou porque a sociedade moderna esteja errada, mas simplesmente porque o caminho que eles quiseram revelar aos outros perdeu sua pertinência e sua inteligibilidade. "O alto do céu" perde o significado quando a consciência da era espacial pergunta onde é "o alto". Todavia, o fato de os antigos caminhos terem perdido seu sentido imediato em virtude da rigidez da linguagem, e de terem quase se fechado, não quer dizer que a montanha já não exista. Ela existe e existirá enquanto houver a consciência.

A segunda fase de Fedro, a fase metafísica, foi um desastre absoluto. Antes de os eletrodos serem ligados à sua cabeça, ele já havia perdido tudo: dinheiro, bens, filhos; até mesmo seus direitos de cidadão lhe tinham sido confiscados por mandado judicial. Tudo o que lhe restava era esse único sonho, louco e solitário, da Qualidade, um mapa de uma trilha sobre a montanha, pelo qual ele sacrificara tudo. Depois de ligados os eletrodos, ele perdeu isso também.

Nem eu nem ninguém jamais saberemos o que lhe passava pela cabeça na época. Hoje em dia, restam apenas fragmentos: escombros, anotações dispersas, que podem até ser montadas e encaixadas, mas deixam áreas enormes em branco.

Quando descobri pela primeira vez os escombros, senti-me como um camponês que vivesse nas proximidades de, digamos, Atenas e que de vez em quando, sem se surpreender, desse com seu arado em pedras rabiscadas com estranhas inscrições. Eu sabia que essas pedras compunham um grande edifício, que existira no passado, mas que ultrapassava em muito minha compreensão. De início, evitava-as deliberadamente e não lhes prestava atenção, pois sabia que elas haviam causado algum problema do qual eu devia fugir. Porém, mesmo naquela época, eu já percebia que elas faziam parte de uma imensa estrutura de pensamento acerca da qual eu alimentava uma espécie de curiosidade secreta.

Depois, quando fiquei convicto de que era imune às aflições dele, interessei-me pelos escombros de um modo mais positivo e comecei a anotar os fragmentos de maneira amorfa, ou seja, sem dar atenção à forma, na ordem mesma em que me ocorriam. Muitas dessas afirmações amorfas me foram comunicadas por amigos. Disponho agora de milhares delas, e, embora só uma pequena fração possa entrar nesta Chautauqua, meu discurso atual baseia-se nelas de modo evidente.

Provavelmente, esta Chautauqua está muito distante do que ele pensava. Na tentativa de recriar todo um esquema, construído por dedução a partir de uma série de fragmentos, estou fadado a cometer erros e a fazer declarações incoerentes, pelas quais peço desculpas. Em muitos casos, os fragmentos são ambíguos; levam a diversas conclusões. Se há algo de errado, é muito provável que o erro não esteja no pensamento dele, mas na minha reconstrução desse pensamento, e mais tarde talvez se possa desenvolver uma reconstrução melhor.

Ouço um bater de asas e uma perdiz desaparece entre as árvores.
– Você viu isso? – diz Chris.
– Vi – digo de trás.
– O que era?
– Uma perdiz.
– Como você sabe?
– Elas balançam para a frente e para trás quando voam – digo. Não tenho certeza disso, mas me parece uma boa razão. – E nunca se afastam muito do chão.
– Ah – diz Chris, e continuamos caminhando. Os raios do sol criam um efeito de catedral entre os pinheiros.

Hoje, agora, quero tratar da primeira fase da viagem de Fedro pela Qualidade, a fase não-metafísica; e isso será agradável. É ótimo começar a viagem num lugar agradável, mesmo quando você sabe que o fim será diferente. Usando suas anotações para as aulas como referência, quero reconstruir o modo pelo qual a Qualidade se tornou para ele um conceito operante no ensino de retórica. Sua segunda fase, a fase metafísica, foi hesitante e especulativa, mas essa primeira fase, na qual ele simplesmente lecionou retórica, foi, segundo se pode deduzir, sólida e pragmática e provavelmente deve ser julgada pelos próprios méritos, independentemente da segunda fase.

Ele já era um inovador. Tivera problemas com os alunos que não tinham nada a dizer. De início, pensou que era preguiça, mas depois ficou claro que não era. Eles simplesmente não conseguiam pensar em nada.

Dentre eles, uma menina de óculos grossos quis escrever um ensaio de quinhentas palavras sobre os Estados Unidos. Ele estava acostumado com o sentimento de desânimo que se origina de idéias como essa e sugeriu, sem nenhuma insinuação de menoscabo, que ela reduzisse o tema simplesmente a Bozeman.

Chegado o dia da entrega, a redação não estava pronta e ela estava aborrecida. Tentara várias vezes, mas simplesmente não conseguia pensar em nada para dizer.

Ele já conversara com os professores anteriores da aluna, os quais confirmaram as impressões que ele tivera. Ela era séria, disciplinada e esforçada, mas extremamente obtusa. Não havia nela, em lugar algum, nenhuma centelha de criatividade. Seus olhos, por trás das lentes grossas, eram os olhos de um burro de carga. Ela não estava blefando; realmente não conseguia pensar em nada e aborrecia-se com a própria incapacidade de fazer o que lhe mandavam.

Isso o deixou perplexo. Dessa vez, era *ele* quem não conseguia pensar em nada para dizer. Transcorreu um silêncio e, depois, uma resposta peculiar:

– Reduza o tema à *rua principal* de Bozeman. – Uma intuição genial.

Ela assentiu mecanicamente com um movimento de cabeça e saiu. Porém, imediatamente antes da aula seguinte, voltou *realmente* em desespero, desta vez em lágrimas, num desespero que evidentemente estivera contido havia muito tempo. Ainda não conseguia pensar em nada para dizer e não entendia por que, se não era capaz de pensar em nada acerca da cidade de Bozeman *inteira*, deveria ser capaz de pensar em algo sobre uma única rua.

Ele ficou furioso.

– Você não está *olhando*! – disse. Veio-lhe à memória a sua própria dispensa da universidade por ter *coisas demais* a dizer. Para cada fato existem *infinitas* hipóteses. Quanto mais se *olha*, mais se *vê*. Ela realmente não estava olhando e, não obstante, de algum modo não compreendia isso.

Irritado, ele disse-lhe:

– Reduza o tema à *fachada* de *um* edifício da rua principal de Bozeman. O teatro de ópera. Comece com o primeiro tijolo do alto, à esquerda.

Por trás dos óculos de vidros grossos, os olhos dela se arregalaram.

Na aula seguinte, ela chegou com expressão de quem não entendeu algo e lhe entregou uma dissertação de cinco mil palavras sobre a fachada do teatro de ópera na rua principal de Bozeman, Montana.

– Sentei-me na lanchonete do outro lado da rua – disse – e comecei a escrever sobre o primeiro tijolo, depois sobre o segundo. Quando cheguei ao terceiro, tudo começou a vir e não consegui parar. Eles pensaram que eu estava louca e ficaram zombando de mim, mas aqui está. Não compreendo.

Tampouco ele compreendia; porém, caminhando pelas alamedas da cidade, pensou no assunto e concluiu que ela evidentemente estivera sofrendo o mesmo bloqueio que o paralisara no primeiro dia de aula. Estava bloqueada porque tentava repetir, em seus escritos, as coisas que já havia ouvido, do mesmo modo que ele, no primeiro dia, tentara repetir as coisas que já decidira dizer. Ela não conseguia pensar em nada para escrever a respeito de Bozeman porque não se lembrava de jamais ter ouvido algo que valesse a pena repetir. Estranhamente, não tinha consciência de que, escrevendo, podia olhar e ver as coisas por si mesma, sem levar em conta o que já tinha sido dito. A redução do tema a um único tijolo destruiu o bloqueio, pois o novo tema era tão óbvio que ela *tinha* de lançar um olhar original e direto sobre ele.

Fedro empreendeu novas experiências. Numa aula, fez com que todos os alunos passassem uma hora escrevendo cada qual sobre a parte de trás de seu polegar. Todos lhe dirigiram olhares estranhos no começo da aula, mas todos fizeram a redação e ninguém reclamou de não ter "nada para dizer".

Em outra aula, mudou o tema do polegar para uma moeda e todos os alunos passaram uma hora inteira escrevendo. Em outras classes, a mesma coisa. Alguns perguntavam: "Temos de escrever sobre os dois lados?" Quando se acostumavam com a idéia de ver por si mesmos, percebiam também que o que tinham para dizer não tinha limites. Era um exercício que, além de tudo, fazia aumentar a confiança, pois o que eles escreviam, embora parecesse trivial, era, não obstante, altamente pessoal, e não uma imitação de algo escrito por outra pessoa. Nas aulas em que ele passava o exercício da moeda, as turmas ficavam sempre menos manhosas e mais interessadas.

Em decorrência desses experimentos, ele concluiu que a imitação era um mal que tinha de ser erradicado antes que o verdadeiro ensino da retórica pudesse começar. Essa imitação parecia ser uma compulsão externa. Não era uma característica das crianças pequenas. Parecia sobrevir mais tarde, talvez em decorrência da própria escola.

Essa idéia parecia correta, e, quanto mais ele pensava sobre ela, mais correta lhe parecia. A escola nos ensina a imitar. Se você não imita o que o professor lhe manda imitar, ganha uma nota ruim. Na faculdade – é óbvio – o processo era mais sofisticado; o aluno tinha de imitar o professor de modo que o convencesse de que não estava imitando, mas aproveitando a essência das instruções e usando-as à sua própria maneira. Com isso obtinha-se a nota A. A originalidade, por outro lado, podia ser recompensada com qualquer resultado – de A a E. Todo o sistema de notas a desaconselhava.

Ele discutiu a idéia com um vizinho seu, um professor de psicologia extremamente imaginativo, que lhe disse:

– Exatamente. Com a eliminação de todo o sistema de notas e de títulos acadêmicos, teríamos a verdadeira educação.

Fedro pensou sobre o assunto. Semanas depois, quando uma aluna brilhante não conseguia se decidir por um tema para a redação de fim de trimestre, o assunto ainda estava na mente dele, e Fedro sugeriu à aluna que o adotasse como tópico. De início ela não gostou do tema, mas concordou em adotá-lo de qualquer maneira.

Ao cabo de uma semana, estava falando sobre o assunto com todas as pessoas que conhecia, e em duas semanas já havia elaborado uma redação excelente. Entretanto, a classe à qual a apresentou não tinha tido duas semanas para refletir e mostrou-se totalmente hostil à idéia de eliminação das notas e dos títulos. Isso não a deteve. Seu tom de voz adquiriu um antigo fervor religioso. Ela implorava aos outros alunos que *ouvissem*, que compreendessem que aquilo era realmente *correto*. "Não estou dizendo isto por *ele*", disse ela, voltando o olhar para Fedro, "mas por *vocês*."

Seu tom de súplica e seu fervor religioso o impressionaram sobremaneira, bem como o fato de que, pelos exames de admissão para a universidade, ela fazia parte do um por cento dos melhores alunos da turma. No decorrer do trimestre seguinte, ao lecionar "como escrever para persuadir", ele escolheu esse tema como uma "demonstração", uma redação persuasiva que ele mesmo escrevia, dia a dia, na frente dos alunos e com a ajuda deles.

Usou a demonstração para não ter de falar de princípios de composição, dos quais ele duvidava profundamente. Sentia que, se expusesse os alunos às suas próprias frases à medida que as criava, com todas as dificuldades, dilemas e rasuras, daria uma impressão mais verdadeira da realidade do escrever, mais verdadeira do que se usasse o tempo de aula para analisar minuciosamente os trabalhos completos dos alunos ou apresentar as obras dos mestres para serem imitadas. Dessa vez, desenvolveu a tese de que todo o sistema de notas e títulos deveria ser eliminado; e, para realmente envolver os alunos na realidade do que falava, não lhes deu nenhuma nota durante todo o trimestre.

Agora, logo acima da crista desta elevação, pode-se ver a neve. A pé, contudo, o trajeto leva vários dias. As rochas imediatamente abaixo são escarpadas demais para uma escalada direta a pé, sobretudo com as mochilas pesadas que estamos carregando, e Chris é novo demais para qualquer tipo de escalada com cordas e pinos. Temos de cruzar o topo da elevação na qual estamos agora, coberta de florestas, entrar em outro desfiladeiro, segui-lo até o final e voltar, atacando a outra elevação num ângulo ascendente. Daqui até a neve, são três dias de marcha forçada, quatro dias em caminhada tranqüila. Se não voltarmos em nove dias, DeWeese começará a nos procurar.

Paramos para descansar, sentamo-nos e apoiamo-nos contra uma árvore para não cair para trás com o peso das mochilas. Depois de alguns instantes, alcanço a machadinha sobre minha mochila e entrego-a a Chris.

– Está vendo aqueles dois álamos? Os mais retos? No fim da mata?
– Aponto-os. – Corte-os a mais ou menos trinta centímetros do chão.
– Por quê?
– Mais tarde vamos precisar deles como bastões de caminhada e para armar a barraca.

Chris toma a machadinha, começa a levantar-se mas depois abaixa-se de novo.

– Corte-os você – diz ele.

Assim, tomo a machadinha, vou até lá e corto os troncos. Ambos cedem a um único golpe, permanecendo presos ao cepo unicamente por uma faixa de casca, que corto com o gancho acima da machadinha. Na parte rochosa da montanha, os bastões servem de apoio na caminhada. O pinheiro lá de cima não serve para fazer bastões, e estes serão os últimos álamos que vamos encontrar. Incomoda-me um pouco, porém, o fato de Chris recusar-se a trabalhar. Nas montanhas, esse não é um bom sinal.

Um curto descanso e vamos em frente. Vou demorar um pouco para me acostumar com esta carga. O excesso de peso provoca uma reação negativa. À medida que prosseguirmos, porém, o peso ficará mais natural...

***

De início, os argumentos de Fedro em favor da abolição do sistema de notas e títulos acadêmicos provocaram uma reação de perplexidade ou de repúdio em quase todos os alunos, uma vez que, à primeira vista, ela parecia destruir todo o sistema universitário. Uma aluna declarou-o abertamente ao dizer, com toda a sinceridade:
– É claro que não se pode eliminar o sistema de notas e títulos. Afinal de contas, é por isso que estamos aqui.

Disse toda a verdade. A idéia de que a maioria dos alunos freqüenta a universidade pelo conhecimento, independentemente das notas e do diploma, é uma hipocrisiazinha que todos concordam em ocultar. Vez por outra há um aluno que chega lá para obter conhecimento, mas a natureza mecânica da instituição logo o converte a uma atitude menos idealista.

A demonstração era a tese de que a eliminação das notas e títulos destruiria essa hipocrisia. Em vez de tratar de generalidades, o argumento centrava-se na carreira específica de um aluno imaginário que de certo modo tipificava os presentes na sala de aula: um aluno completamente condicionado a trabalhar para obter uma nota, e não para adquirir o conhecimento que a nota supostamente representava.

Segundo a hipótese da demonstração, esse aluno iria à primeira aula, receberia a primeira tarefa e, pelo hábito, provavelmente a cumpriria. Talvez cumprisse também a segunda e a terceira. Ao fim e ao cabo, porém, o estímulo da novidade perderia a força e, como a vida acadêmica não seria sua única atividade, a pressão das demais obrigações e desejos criaria circunstâncias que simplesmente o impossibilitariam de entregar uma tarefa.

Na ausência de um sistema de notas e títulos, ele não incorreria em nenhuma sanção. As aulas subseqüentes, estruturadas no pressuposto de que a tarefa fora cumprida, seriam talvez um pouco mais difíceis de entender, e essa dificuldade, por sua vez, poderia enfraquecer o interesse do aluno a tal ponto que a tarefa seguinte, já difícil demais, também fosse deixada de lado. Também nesse caso, nenhuma sanção.

Com o tempo, sua compreensão cada vez mais exígua do assunto tratado tornaria cada vez mais difícil o ato de prestar atenção às aulas. Por fim, ele perceberia que não estava aprendendo nada; e, em face da pressão contínua das obrigações externas, pararia de estudar, sentindo-se culpado por isso; e deixaria de freqüentar as aulas. Mais uma vez, não sofreria punição alguma.

O que acontecera? O aluno, sem ser recriminado por ninguém, teria reprovado e jubilado a si mesmo. Ótimo! Era exatamente o que deveria ocorrer. Ele não estivera jamais em busca do verdadeiro conhecimento e não tinha o que fazer na Universidade. Uma grande quantidade de dinheiro e esforço seria poupada e ele não teria o estigma do fracasso e da ruína a assombrá-lo pelo resto da vida. Poderia voltar atrás a qualquer momento.

O maior problema desse aluno era uma mentalidade servil que se construíra nele no decorrer de anos e anos de atribuição de notas segundo o princípio da cenoura e do chicote, uma mentalidade de mulas, que repetia: "Se não me chicotearem, não trabalharei." Ele não fora chicoteado e não trabalhara. E a carroça da civilização, que ele supostamente estava sendo educado para puxar, teria simplesmente de avançar um pouco mais devagar, sem a ajuda dele.

Isso, porém, só é uma tragédia quando se pressupõe que a carroça da civilização, o "sistema", é puxada por mulas. Trata-se de um ponto de vista comum, vocacional, "pontual", mas não é a atitude da Igreja.

A atitude da Igreja é a de que a civilização, o "sistema", a "sociedade", ou como quer que se queira chamá-la, não deve ser puxada por mulas, mas por homens livres. O objetivo de se abolirem as notas e os títulos universitários não é castigar ou eliminar as mulas, mas criar um ambiente no qual uma mula possa transformar-se num homem livre.

O hipotético estudante, ainda uma mula, passaria algum tempo a vagar. Obteria outro tipo de educação tão valiosa quanto a que abandonara, que antigamente se costumava chamar de "escola da vida". Em vez de perder tempo e dinheiro para tentar se tornar uma mula de alto escalão, teria de obter um emprego como uma mula de baixo escalão, como mecânico, talvez. A verdade é que seu escalão *real* subiria. Para variar, ele daria uma contribuição à sociedade. Talvez passasse o resto da vida fazendo isso. Talvez encontrasse aí o seu lugar. Mas não necessariamente.

Com o tempo – seis meses, cinco anos, talvez – poderia começar a sofrer uma mudança. Iria sentir-se cada vez menos satisfeito com a rotina monótona do trabalho manual. Sua inteligência criativa, sufocada pelo excesso de teorias e de notas na faculdade, seria reavivada pelo tédio da oficina. Depois de passar milhares de horas resolvendo frustrantes problemas mecânicos, ele se interessaria pelo projeto de máquinas. Teria vontade de projetá-las ele mesmo. Iria imaginar-se capaz de fazer um projeto melhor. Tentaria modificar alguns motores, obteria êxito e buscaria um êxito ulterior, mas se veria obstaculizado pela falta de informações teóricas. Descobriria que, se antes se sentia burro por sua falta de interesse pelas informações teóricas, encontrara agora um tipo de informação teórica pelo qual tinha muito respeito – a saber, a engenharia mecânica. Voltaria assim à nossa faculdade sem notas e sem títulos, mas com uma diferença. Já não seria motivado pelas notas; seria motivado pelo conhecimento. Não necessitaria de estímulos externos para aprender; seu estímulo viria de dentro. Seria um homem livre. Não precisaria de uma grande disciplina para entrar em forma. Na verdade, se os instrutores designados para ensiná-lo se mostrassem relapsos, ele mesmo se encarregaria de *pô-los* em forma, fazendo perguntas comprometedoras. Estaria ali para aprender; estaria pagando para aprender, e eles que se virassem para lhe ensinar algo.

Uma vez estabelecido, esse tipo de motivação é uma força feroz. Na instituição sem notas e títulos, nosso aluno não haveria de ater-se às informações básicas de engenharia. A física e a matemática entrariam em seu universo de interesses, pois veria a conveniência de aprendê-las. A metalurgia e a engenharia elétrica chamar-lhe-iam a atenção. E, no processo de amadurecimento intelectual desencadeado por esses estudos abstratos, ele provavelmente viria a estudar outros campos teóricos sem relação direta com as máquinas, mas que teriam passado a fazer parte de um objetivo maior. O objetivo maior não seria essa simulação de conhecimento que caracteriza as universidades de hoje, revestida e obscurecida pelas notas e títulos que dão a impressão de que algo está acontecendo quando, na verdade, não está ocorrendo praticamente nada. Seria a realidade.

Tal era a demonstração de Fedro, sua tese impopular. Foi com ela que ele trabalhou ao longo de todo o trimestre, construindo-a, modificando-a, defendendo-a e argumentando a favor dela. No decorrer do trimestre, as lições voltavam aos alunos com comentários mas sem notas, embora as notas ficassem registradas num livro.

Como já disse, de início quase todos ficaram mais ou menos perplexos. A maioria provavelmente pensou que estava tendo de lidar com um idealista que pensava que a eliminação das notas os deixaria mais felizes, ao passo que era evidente que, sem as notas, todos simplesmente vadiariam. A princípio, boa parte dos alunos que haviam tirado nota A em trimestres anteriores manifestou desprezo e raiva; mas, em virtude de uma disciplina já adquirida, foram em frente e, em todo caso, cumpriram as tarefas. Os alunos que tiravam B e C+ perderam algumas das primeiras tarefas ou entregaram trabalhos malfeitos. Muitos dos que tiravam C- e D nem sequer deram as caras em sala de aula. A essa altura, outro professor lhe perguntou o que ele faria a respeito dessa falta de iniciativa.

– Vou vencê-los pelo cansaço – respondeu ele.

Sua mansidão desorientou os alunos a princípio e depois deixou-os desconfiados. Alguns começaram a fazer perguntas sarcásticas. As respostas, porém, eram mansas, e as aulas e palestras procederam como de costume, mas sem notas.

Então começou a ocorrer um fenômeno pelo qual ele esperava. Na terceira ou quarta semana, os alunos A começaram a ficar nervosos e passaram a entregar trabalhos excelentes e a ficar mais tempo depois da aula, fazendo perguntas que lhes dessem algum indício da avaliação de seu desempenho. Os alunos B e C+, notando isso, começaram a trabalhar um pouco mais e a elevar a qualidade de suas redações a um nível mais normal. Os alunos C-, D e os futuros E começaram a aparecer em sala de aula só para ver o que estava acontecendo.

Depois da metade do trimestre, ocorreu um fenômeno pelo qual ele esperava ainda mais. Os alunos avaliados com A perderam todo o nervosismo e tornaram-se participantes ativos de tudo quanto acontecia, demonstrando uma afabilidade que não se via nas turmas às quais se atribuíam notas. A essa altura, os alunos B e C já estavam em pânico e passaram a entregar redações que evidenciavam horas e horas de um trabalho intenso. Os alunos D e E entregaram tarefas satisfatórias.

Nas últimas semanas do trimestre, época em que normalmente todos já sabem qual será a sua nota e simplesmente dormem em sala de aula, Fedro obtinha com aquela classe um tipo de participação que chamava a atenção dos outros professores. Os alunos B e C haviam se unido aos A em amistosas discussões livres que faziam com que a aula parecesse uma festa animada. Só os alunos D e E sentavam-se rígidos nas carteiras, completamente dominados por um pânico interno.

O fenômeno do relaxamento e da afabilidade foi explicado depois por dois alunos, que lhe disseram:

– Vários alunos se reuniram depois da aula para tentar descobrir como vencer nesse sistema. Todos chegaram à conclusão de que a melhor coisa a fazer é simplesmente partir do princípio de que seremos reprovados e, depois, ir em frente e fazer o melhor possível. Então começamos a relaxar. Se não, ficaríamos completamente loucos!

Os alunos acrescentaram que o sistema não era tão ruim quando se acostumavam com ele, que se sentiam mais interessados pela matéria; mas reiteraram que não era fácil se acostumar.

No final do trimestre, pediu-se aos alunos que escrevessem uma dissertação avaliando o sistema. Ao escrever, nenhum deles sabia qual seria a sua nota. Cinqüenta e quatro por cento opuseram-se, trinta e sete por cento declararam-se a favor e nove por cento declararam-se neutros.

Pela contagem dos votos individuais, o sistema era altamente impopular. Sem dúvida alguma, a maioria dos alunos queria saber suas notas à medida que o curso progredia. Porém, quando Fedro correlacionou os votos às notas marcadas em seus livros – notas que não destoavam das obtidas no passado pelos mesmos alunos, nem das avaliações de admissão –, tudo mudou de figura. Os alunos que tiraram A eram a favor do sistema na proporção de dois para um. Os que tiraram B e C dividiam-se meio a meio. E os que tiraram D e E opunham-se *unanimemente* ao sistema!

Esse resultado surpreendente corroborava uma suspeita que ele tinha havia muito tempo: que os alunos mais inteligentes e mais sérios eram os que *menos* se importavam com as notas, talvez por se interessarem mais pelo tema do curso; ao passo que os alunos obtusos ou preguiçosos eram os que *mais* as desejavam, talvez porque as notas lhes dissessem que estavam indo bem o suficiente.

* * *

Como disse DeWeese, daqui para a frente, na direção sul, poderíamos caminhar cento e vinte quilômetros no meio das florestas e da neve sem encontrar nem sequer uma estrada, embora haja estradas a leste e a oeste. Programei a caminhada de tal modo que, se as coisas derem errado, ao final do segundo dia estaremos próximos de uma estrada pela qual poderemos chegar rapidamente à cidade. Chris não sabe disso. Seu espírito de aventura, alimentado pelo acampamento da ACM, seria ferido se eu lhe contasse, mas o fato é que, depois de viajar muitas vezes por terrenos agrestes, o desejo de aventura diminui e põem-se em evidência os benefícios mais concretos da redução dos riscos. Estas terras podem ser perigosas. Você erra um passo em um milhão, torce o tornozelo e só então constata o quanto está longe da civilização.

Ao que parece, pouquíssima gente chega a esta altura do desfiladeiro. Depois de uma hora de caminhada, percebemos que a trilha praticamente já não existe.

Segundo suas anotações, Fedro achou que a retenção das notas era uma coisa boa, mas não atribuiu valor científico a essa constatação. Num experimento de verdade, é preciso manter constantes todas as causas possíveis, com exceção de uma, e depois ver quais são os efeitos da variação dessa única causa. Em sala de aula não se pode fazer isso. O conhecimento e a atitude dos alunos e a atitude do professor têm suas nuanças, provocadas por causas de toda espécie, causas incontroláveis e, em sua maioria, incognoscíveis. Além disso, nesse caso o próprio observador é uma das causas e não pode julgar seus efeitos sem alterá-los. Por isso, ele não tentou tirar nenhuma conclusão disso tudo; simplesmente foi em frente e fez o que quis.

O movimento que o levou disso para a investigação sobre a Qualidade ocorreu por causa de um aspecto sinistro da atribuição de notas, evidenciado pela retenção destas notas. Na realidade, as notas encobrem a incapacidade de ensinar. Um mau instrutor pode dar aulas um trimestre inteiro sem deixar absolutamente nada de memorável no cérebro de seus alunos. Se arredondar as notas obtidas numa prova insignificante, dará a impressão de que alguns alunos aprenderam e outros não. Porém, eliminadas as notas, a classe é obrigada a perguntar-se a cada dia o que está *realmente* aprendendo. As perguntas "O que está sendo ensinado? Qual é o objetivo? De que maneira as aulas e tarefas realizam o objetivo?" tornam-se assustadoras. A eliminação das notas põe a nu um vácuo imenso e aterrorizante.

Em todo caso, o que Fedro estava tentando fazer? À medida que ele prosseguia, essa pergunta tornou-se cada vez mais premente. A resposta que lhe parecera correta quando começara perdia progressivamente o sentido. Quisera alimentar a criatividade de seus alunos, levando-os a descobrir por si mesmos o que era uma boa redação em lugar de fazer-lhe constantemente essa pergunta. O verdadeiro objetivo da retenção das notas era obrigá-los a olhar para dentro de si próprios, o único lugar de onde poderiam tirar uma resposta realmente correta. Mas isso já não tinha sentido. Se eles já sabiam o que era bom e o que era ruim, não tinham motivo algum para fazer o curso. O fato de serem estudantes significava que *não* conheciam o bom e o ruim. Era essa a sua tarefa de instrutor – ensiná-los a distinguir o bom do ruim.

Na realidade, havia uma oposição fundamental entre as idéias da criatividade individual e da expressão em sala de aula, por um lado, e a idéia da Universidade, por outro.

Para muitos alunos, a retenção das notas criou uma situação kafkiana, em que viam que seriam castigados por não ter feito algo, mas ninguém lhes dizia o que deviam fazer. Olhavam dentro de si e nada viam; olhavam para Fedro e nada viam; e simplesmente sentavam-se impotentes e desamparados, sem saber o que fazer. O vácuo era mortífero. Uma garota sofreu um colapso nervoso. Não se podem reter as notas, sentar-se na cadeira do professor e criar um vácuo sem sentido. É preciso proporcionar à classe um objetivo rumo ao qual ela possa trabalhar, a fim de preencher esse vácuo. Mas ele não estava fazendo isso.

E não podia fazê-lo. Não conseguia encontrar uma maneira de lhes dizer o que buscar sem cair de novo na armadilha da docência didática e autoritária. Porém, como se pode pôr no quadro-negro o misterioso objetivo interno de cada indivíduo criativo?

No trimestre seguinte, ele deixou a idéia de lado e voltou a dar notas como de costume, desanimado e confuso, sentindo que, embora estivesse certo, por algum motivo tudo dera errado. Quando a espontaneidade, a individualidade e a boa originalidade ocorriam em sala de aula, não era por causa da instrução, mas apesar dela. Essa idéia parecia coerente. Ele estava prestes a renunciar ao cargo. Ensinar a mecânica conformidade a estudantes detestáveis – não era isso que ele queria fazer.

Ouvira dizer que no Reed College, estado de Oregon, as notas ficavam retidas até a formatura. Foi até lá durante as férias de verão, mas ficou sabendo que o corpo docente não tinha uma opinião unânime sobre o valor da retenção de notas e que ninguém estava muito contente com aquele sistema. Durante o restante do verão, entrou num estado de depressão e preguiça. Foi várias vezes acampar nas montanhas com sua esposa. Ela lhe perguntou por que ele permanecia o tempo todo em silêncio, mas ele não soube responder. Estava travado, à espera. À espera daquele cristal fundamental do pensamento que de repente viria solidificar todas as coisas.

17

A situação não está boa para Chris. Por certo tempo ele ficou bastante à frente, mas agora senta-se sob uma árvore para descansar. Não olha para mim, e é por isso que sei que a situação não está boa. Sento-me ao lado dele, que conserva uma expressão de distanciamento. Seu rosto está corado, e vejo que está exausto. Sentamo-nos e ouvimos o vento passando entre os pinheiros.

Sei que, por mais que demore, ele há de levantar-se e seguir em frente, mas *ele* não sabe disso e tem medo de enfrentar a possibilidade concebida pelo medo: a possibilidade de não conseguir subir a montanha até o fim. Lembro-me de uma história que Fedro escrevera sobre estas montanhas e conto-a agora a Chris.

– Há muitos anos – conto-lhe – sua mãe e eu estávamos no final da floresta, não muito longe daqui, e acampamos perto de um lago, que num dos lados era um pântano.

Ele não olha para mim, mas está ouvindo.

– Na madrugada, pouco antes do nascer do sol, ouvimos um ruído de pedras caindo e pensamos que fosse algum animal, embora os animais não costumem fazer barulho. Então ouvi o som da água remexendo no pântano e acordamos para valer. Saí lentamente do saco de dormir, tirei o revólver do bolso da jaqueta e agachei-me ao lado de uma árvore.

Agora a atenção de Chris não está mais fixada em seus próprios problemas.

— Ouvi outro barulho na água — digo. — Pensei que talvez fossem pessoas chegando a cavalo, mas não àquela hora. Outro *squich*! E um *galunf* bem alto! Isso não é um cavalo! Mais um *Galunf*! e mais um *GALUNF*! E ali, na luz cinzenta da madrugada, vindo diretamente na minha direção pela lama do pântano, estava o maior alce macho que já vi. A envergadura dos chifres era da altura de um homem. Depois do urso pardo, é o animal mais perigoso das montanhas. Segundo alguns, o mais perigoso de todos.

Os olhos de Chris brilham novamente.

— *GALUNF!* Puxei o cão do revólver, pensando que um trinta e oito não daria conta de um alce. *GALUNF!* Ele NÃO ME VIU! *GA-LUNF!* Eu não podia sair do caminho. Sua mãe estava adormecida no saco de dormir bem à frente dele. *GALUNF!* Que GIGANTE! *GA-LUNF!* Está a *dez* metros de distância! *GALUNF!* Levanto-me e faço mira. *GALUNF!*... *GALUNF!*... *GALUNF!*... Ele pára, A TRÊS ME-TROS DE DISTÂNCIA, e me vê... Miro bem no meio dos olhos dele... Estamos ambos imóveis.

Alcanço um pedaço de queijo em minha mochila.

— E então, o que aconteceu? — pergunta Chris.

— Espere até eu cortar uma fatia deste queijo.

Puxo a faca de caça e seguro o queijo pela embalagem, de modo que não ponha os dedos nele. Corto uma fatia de meio centímetro e estendo-a na direção dele. Ele a toma.

— E então, o que aconteceu?

Aguardo até que ele dê a primeira mordida.

— O alce macho olhou para mim por uns cinco segundos. Depois, olhou para baixo, para sua mãe. Depois olhou de novo para mim e para o revólver, que estava praticamente em cima do seu focinho redondo. Então, sorriu e foi embora bem devagar.

— Ah — diz Chris. Ele parece decepcionado.

— Normalmente, eles atacam quando são confrontados dessa maneira — digo —, mas ele achou que aquela era uma bela manhã e nós tínhamos chegado lá primeiro. Então, para que procurar confusão? E foi por isso que ele sorriu.

— Um alce pode *sorrir*?

— Não, mas pareceu que ele estava sorrindo.

Guardo o queijo e acrescento:

– Mais tarde, naquele mesmo dia, estávamos pulando de pedra em pedra pela vertente. Eu estava a ponto de pular numa grande pedra redonda, marrom, quando de repente a pedra saltou no ar e correu para a floresta. Era o mesmo alce... Acho que ele se cansou de nós naquele dia. Ajudo Chris a levantar-se.

– Você estava indo rápido demais – digo. – Agora a vertente está ficando mais inclinada e temos de ir devagar. Se você vai rápido demais, perde o fôlego. Quando perde o fôlego, fica tonto. Isso enfraquece seu espírito e você pensa: "Não vou conseguir." Por isso, vá devagar por um tempo.

– Vou ficar atrás de você – ele diz.

– Tudo bem.

Afastamo-nos agora do riacho que estávamos acompanhando e subimos a vertente do desfiladeiro no ângulo mais raso que consigo encontrar.

As montanhas devem ser escaladas com o mínimo possível de esforço e sem nenhum desejo. A realidade da sua própria natureza deve determinar o ritmo. Se você estiver impaciente, apresse-se. Se estiver sem fôlego, vá mais devagar. A escalada é feita num equilíbrio entre a impaciência e a exaustão. Então, quando você já não está pensando no que vai acontecer mais à frente, seus passos deixam de ser meios para um fim e se tornam cada qual um acontecimento único. *Esta* folha tem as bordas serrilhadas. *Esta* pedra parece solta. *Deste* lugar a neve é menos visível, embora esteja mais próxima. São coisas em que, de qualquer modo, você deve prestar atenção. É superficial a vida que visa somente a uma meta futura. Não é o cume da montanha que sustenta a vida, mas as vertentes. É nas vertentes que as coisas crescem.

Mas é claro que, sem o cume, não haveria vertentes. É o cume que *define* as vertentes. E, assim, vamos em frente... temos muito o que caminhar... sem pressa... um passo depois do outro... com uma pequena Chautauqua para nos entreter... A reflexão mental é tão mais interessante que a televisão que é uma pena que as pessoas não "mudem de canal" e passem a refletir. Elas provavelmente pensam que o que ouvem não tem importância, mas sempre tem.

Há um grande fragmento que recorda a primeira aula que Fedro deu depois de ter passado a redação sobre "O que é a qualidade no pensamento e na palavra?" A atmosfera era explosiva. A pergunta parecia ter deixado quase todos tão frustrados e irritados quanto ele.

– Como *nós* vamos saber o que é a qualidade? – disseram. – É você que deveria *nos* dizer.

Eles lhes disse, então, que também não sabia e queria saber. Havia passado a lição na esperança de que alguém lhe proporcionasse uma boa resposta.

Ateou-se o fogo. Um rugido de indignação sacudiu a sala. Antes de acalmada a comoção, outro professor abriu a porta para ver qual era o problema.

– Está tudo bem – disse Fedro. – Simplesmente tropeçamos, por mero acaso, numa questão verdadeira, e é difícil se recuperar desse choque. – Alguns alunos ficaram curiosos e o ruído diminuiu.

Ele aproveitou a ocasião para voltar rapidamente ao seu tema da "Corrupção e Decadência na Igreja da Razão". Disse que a corrupção se evidenciava pelo fato de os estudantes se escandalizarem se alguém tentasse *usá-los* para buscar a verdade. A busca da verdade deveria ser *fingida*, *imitada*. *Buscá-la* realmente era um embuste maldito.

A verdade, disse ele, era que sinceramente queria saber o que eles pensavam, não para atribuir uma nota a esses pensamentos, mas simplesmente para saber.

Eles pareciam confusos.

– Passei a noite inteira pensando – disse um deles.

– Quase chorei de tanta raiva – disse uma menina próxima à janela.

– Você deveria ter-nos avisado – afirmou um terceiro.

– Como eu poderia avisar – respondeu ele – se não tinha a menor idéia de como vocês reagiriam?

Alguns dos que tinham a expressão confusa o encararam com um princípio de compreensão. Ele não estava brincando. Realmente queria saber.

Uma pessoa muito estranha.

Então alguém disse:

– O que *você* acha?

– *Não sei* – respondeu ele.

– Mas o que você *acha*?

Seguiu-se um longo silêncio.

— Acho que a Qualidade existe, mas que, assim que tentamos defini-la, algo se desarranja. Não é possível defini-la.

Murmúrios de assentimento. Ele continuou:

— Não sei por que isso é assim. Achei que talvez as redações de vocês pudessem me dar algumas idéias. Eu mesmo não sei.

Dessa vez, a classe ficou em silêncio.

Nas aulas subseqüentes, naquele mesmo dia, a comoção se repetiu até certo ponto; mas, em cada turma, alguns alunos apresentaram respostas amistosas que lhe deram a entender que a aula tinha sido discutida durante o almoço.

Alguns dias depois, ele elaborou uma definição própria e colocou-a no quadro-negro para ser copiada para a posteridade. Era a seguinte: "A qualidade é uma característica do pensamento e da palavra que é reconhecida por um processo que não envolve o pensamento. Uma vez que a definição é um produto do pensamento rígido e formal, a qualidade não pode ser definida."

O fato de essa "definição" ser na verdade uma não-definição não suscitou nenhum comentário. Os alunos não tinham formação suficiente para saber que aquela afirmativa, no sentido formal, era completamente irracional. Se é impossível definir alguma coisa, não se dispõe de nenhum meio formal e racional de saber que ela existe. Tampouco se pode realmente *dizer* a outras pessoas o que ela é. Na verdade, não existe nenhuma diferença formal entre a incapacidade de definir e a burrice. Quando digo: "A Qualidade não pode ser definida", na verdade estou declarando formalmente: "Sou burro e não sei o que é a Qualidade."

Felizmente, os alunos não sabiam disso. Se levantassem essas objeções naquele dia, ele não seria capaz de respondê-las.

Mas então, abaixo da definição, no quadro-negro, ele escreveu: "Porém, embora a Qualidade não possa ser definida, *vocês sabem o que é Qualidade!*"

— Ah, não, não sabemos!

— Ah, sim, sabem sim.

— Ah, *não*, não *sabemos*!

— Ah, sim, *sabem sim!* – disse ele, e já tinha um material à mão para demonstrá-lo.

Havia selecionado dois exemplos de redações feitas por alunos. A primeira era uma massa verborrágica e desconexa, com idéias interessantes que nunca chegavam a constituir um todo. A segunda era uma peça magnífica, escrita por um aluno que se sentiu ele próprio perplexo, sem saber como a redação ficara tão boa. Fedro leu ambas e depois pediu que levantassem a mão todos os que pensassem que a primeira era melhor. Duas mãos se levantaram. Perguntou quantos haviam gostado mais da segunda. Vinte e oito mãos se levantaram.

– Aquilo – disse ele – que fez com que a imensa maioria levantasse a mão para a segunda é o que chamo de Qualidade, seja ela o que for. Então, vocês *sabem* o que ela é.

Depois disso houve um longo silêncio meditativo, e ele não o interrompeu.

Do ponto de vista intelectual, aquilo era escandaloso, e ele sabia disso. Não estava mais ensinando; estava doutrinando. Erigira uma entidade imaginária, definira-a como impassível de definição, dissera aos alunos que, apesar de todos os seus protestos, eles sabiam o que ela era, e demonstrara essa última afirmação por meio de uma técnica tão logicamente duvidosa quanto o próprio termo. Só fora capaz de fazer tudo isso sem ser questionado porque a refutação lógica exigiria um talento maior que o de qualquer aluno ali presente. Nas aulas subseqüentes, continuou pedindo que eles o refutassem, mas ninguém o fez. Então, improvisou um pouco mais.

Para reforçar a idéia de que eles já sabiam o que era a Qualidade, desenvolveu uma rotina em que, em sala de aula, lia quatro redações de alunos e pedia que cada um as classificasse, numa folha de papel, por ordem de Qualidade. Ele fazia o mesmo. Recolhia as folhas, reproduzia os votos no quadro-negro e calculava a opinião média da classe como um todo. Revelava então sua própria classificação, a qual quase sempre era muito próxima, se não idêntica, à da média da classe. As diferenças, quando existiam, ocorriam geralmente por haver duas redações de qualidade muito semelhante.

A princípio os alunos ficaram animados com esse exercício, mas com o tempo passaram a ficar entediados. O sentido que ele dava à palavra Qualidade era óbvio. Eles também sabiam, evidentemente, o que ela era, e assim perderam o interesse em ouvir. Sua pergunta agora era: "Tudo bem, sabemos o que é a Qualidade. Como podemos obtê-la?"

Então, por fim, os textos-padrão da retórica encontraram sua utilidade. Os princípios neles expostos já não eram regras contra as quais se rebelar, já não eram fins em si mesmos, mas simples técnicas, expedientes, para a produção do que realmente importava e que não se confundia com as técnicas – a Qualidade. O que começara como uma heresia em relação à retórica tradicional transformou-se numa bela introdução a ela.

Fedro destacou aspectos da Qualidade, como a unidade, a vivacidade, a autoridade, a economia, a sensibilidade, a clareza, a entonação, a fluência, o suspense, o brilho, a precisão, a proporção, a profundidade etc.; manteve cada um deles tão mal definido quanto a própria Qualidade, mas demonstrou-os pela mesma técnica de leitura perante os alunos. Mostrou-lhes, por exemplo, que o aspecto da Qualidade chamado unidade, a correlação entre as partes de uma narrativa, podia ser melhorado pelo uso de uma técnica chamada "esquema". A autoridade de um argumento podia ser fortalecida pelo uso de uma técnica chamada "notas de rodapé", que relacionam o texto a autoridades incontestes. O esquema e as notas de rodapé fazem parte do currículo-padrão de qualquer curso de redação para os calouros da universidade; mas, como técnicas para melhorar a Qualidade, passavam a ter um sentido. E, se um aluno entregasse um amontoado de referências genéricas ou um esquema malfeito, deixando claro que estava cumprindo a tarefa mecanicamente, o professor poderia lhe dizer que sua redação, embora atendesse à letra da lição, não alcançara a meta da Qualidade e, portanto, não valia um níquel.

Agora, para responder à eterna pergunta dos estudantes – "Como *fazer* isto?" –, que frustrara a ponto de pensar em se demitir, ele poderia responder: "Pouco importa *como* você o faz! Faça de modo que fique bom." O aluno relutante perguntaria em sala de aula: "Mas como sabemos se está bom ou não?" Porém, antes mesmo de terminar de fazer a pergunta, ele perceberia que a resposta já fora dada. Em geral, um outro aluno lhe diria: "Você simplesmente *vê*." Se o primeiro dissesse "Eu não vejo", o segundo retrucaria: "Você vê. Ele provou que sim." Enfim, o aluno ver-se-ia obrigado a emitir seus próprios juízos sobre a qualidade. E o que o ensinava a escrever era isso e mais nada.

Até então, Fedro se vira forçado pelo sistema acadêmico a dizer o que queria, embora soubesse que obrigava assim os alunos a adaptar-se a formas artificiais que lhes destruíam a criatividade. Os alunos que seguiam as regras por ele explanadas eram depois condenados por sua incapacidade de criar ou produzir um trabalho que refletisse seus padrões pessoais de qualidade.

Mas isso terminara. Revertendo a regra básica segundo a qual tudo que vai ser ensinado tem de ser definido de antemão, ele encontrara uma saída. Já não apontava para nenhum princípio, nenhuma regra geral de escrita, nenhuma teoria – mas, mesmo assim, apontava para algo real, algo de cuja realidade eles não podiam duvidar. O vácuo que fora criado pela retenção das notas preenchera-se subitamente de um objetivo positivo, a Qualidade, e todas as coisas se encaixaram. Os alunos, espantados, passavam pelo seu escritório e diziam: "Antes, eu *detestava* inglês. Agora, é a matéria que passo mais tempo estudando." Não apenas um ou dois alunos, mas muitos. Todo o conceito de Qualidade era belo. Ele funcionava. Era aquele objetivo interno, misterioso e pessoal de cada indivíduo criativo, finalmente posto sobre o quadro-negro.

Volto-me para ver como Chris vai indo. Seu rosto parece cansado. Pergunto:
– Como se sente?
– Tudo bem – diz ele, mas em tom de desafio.
– Podemos parar e acampar em qualquer lugar – digo.
Ele me relanceia um olhar feroz e, assim, não digo mais nada. Logo vejo que está caminhando em ângulo para o lado, colina acima, para me ultrapassar. Com um esforço que parece gigantesco, ele se lança em frente. Prosseguimos.

Fedro chegou tão longe com o conceito de Qualidade porque deliberadamente se recusava a olhar além da experiência imediata em sala de aula. Aplicava-se aí a afirmação de Cromwell de que "ninguém voa tão alto quanto o que não sabe para onde vai". Ele não sabia para onde ia. Só sabia que aquilo funcionava.

Com o tempo, porém, passou a perguntar-se *por que* funcionava, tanto mais que já sabia que aquilo era irracional. Por que um método irracional funcionava, ao passo que os racionais eram todos inúteis? Crescia rapidamente nele o sentimento intuitivo de que não esbarrara num reles truque de salão, mas em algo muito maior. Quanto, ele não sabia.

Foi esse o início da cristalização de que já falei. Na época, outros se perguntavam: "Por que ele fica tão entusiasmado com a 'qualidade'?" Mas viam somente a palavra e seu contexto retórico. Não sabiam o quanto ele se desesperara, no passado, com questões abstratas sobre a existência em si, questões que, derrotado, ele deixara de lado.

Se qualquer outra pessoa perguntasse o que é a Qualidade, *de fato* essa seria só mais uma pergunta. Mas, quando *ele* se fazia essa pergunta, por causa de seu passado, ela se propagava diante dele em ondas que avançavam simultaneamente em todas as direções – não numa estrutura hierárquica, mas numa estrutura concêntrica. No centro, geradora das ondas, estava a Qualidade. À medida que as ondas se propagavam diante dele, tenho certeza de que ele sabia que cada uma delas viria a estourar na praia de algum padrão de pensamento já existente. Assim, mantinha uma espécie de relacionamento unificado com essas estruturas de pensamento. Porém, ele mesmo só chegou à praia no extremo fim, se é que chegou. Para ele, só havia ondas de cristalização que se expandiam indefinidamente. Vou tentar seguir agora, da melhor maneira possível, essas ondas de cristalização, a segunda fase de sua exploração da qualidade.

Bem à frente, todos os movimentos de Chris parecem raivosos e cansados. Ele tropeça nas coisas e deixa que os ramos das árvores o arranhem em vez de empurrá-los para o lado.

Tenho pena de ver isso. Um pouco da culpa cabe ao acampamento da ACM, onde ele esteve por duas semanas antes de sairmos em viagem. Pelo que me disse, eles transformaram toda a experiência ao ar livre num grande festival do ego. Uma prova de macheza. Chris começou numa classe inferior, e eles tiveram o cuidado de dizer que era desonroso fazer parte daquela classe... o pecado original. Então, pôde provar seu valor através de uma longa série de realizações – natação, habilidade em dar nós... ele mencionou uma dúzia de provas, mas já não me lembro delas.

Tenho certeza de que as crianças que iam ao acampamento ficavam muito mais entusiasmadas e cooperativas quando tinham metas do ego a alcançar; mas, ao fim e ao cabo, essa motivação é destrutiva.

Todo esforço que tem como ponto final a autoglorificação está fadado ao desastre. Agora, estamos pagando o preço. Quando você tenta escalar uma montanha para provar o quanto é grande, quase nunca consegue chegar ao final. E, mesmo que consiga, sua vitória será oca. Para sustentar a vitória, terá de colocar-se à prova reiteradamente e de diversas maneiras, indefinidamente, para sempre obrigado a manter uma imagem falsa, assombrado pelo medo de que alguém descubra que ela é de mentira. Esse não é o caminho – nunca.

Numa carta escrita na Índia, Fedro falava de uma peregrinação ao sagrado Monte Kailas, nascente do Ganges e morada de Shiva, no alto do Himalaia. Começou a fazer a peregrinação na companhia de um santo e seus discípulos.

Nunca chegou à montanha. No final do terceiro dia desistiu, exausto, e a peregrinação continuou sem ele. Disse que tinha a força física, mas que essa força física não era suficiente. Tinha a motivação intelectual, mas ela também não era suficiente. Não achava que tinha sido arrogante, mas que tinha tentado fazer a peregrinação para ampliar *suas* experiências, para obter conhecimento para *si mesmo*. Tentava usar a montanha e a própria peregrinação para seus próprios fins. Para ele, a entidade fixa não era a montanha nem o caminhar, mas ele mesmo; assim, não estava pronto para peregrinar. Conjeturou que os outros peregrinos, os que chegaram à montanha, provavelmente sentiam de modo tão intenso a sacralidade desta que cada passo deles era um ato de devoção, um ato de submissão a essa sacralidade. A sacralidade da montanha infundida em seus espíritos dava-lhes uma resistência muito maior que a dele, que tinha mais força física.

Para o observador leigo, a escalada com ego e a escalada sem ego parecem idênticas. Ambos os tipos de escaladores colocam um pé à frente do outro. Ambos inspiram e expiram no mesmo ritmo. Ambos param quando estão cansados e vão adiante quando bem dispostos. Mas quanta diferença! O escalador pelo ego é como uma máquina desregulada. Põe o pé no chão um segundo antes ou depois do que devia. Tende a não perceber as belas passagens do sol por entre as copas das árvores. Vai adiante quando seu passo desajeitado mostra que já está cansado. Descansa na hora errada. Procura ver o que está à sua frente na trilha, embora já o tenha visto um segundo atrás. Vai mais rápido ou mais devagar do que deveria e, quando fala, suas palavras versam sempre sobre outro tempo, outro lugar. Está aqui mas não está. Rejeita o aqui, vive descontente com o aqui, quer estar mais adiante no caminho; mas, quando estiver lá, também estará descontente, pois, então, *lá* será "aqui". O que ele procura, o que quer está em toda parte à sua volta; mas, exatamente por causa *disso*, não o quer. Cada passo é um esforço físico e espiritual, pois ele imagina que sua meta está fora dele e longe, muito longe.

Parece ser esse, agora, o problema de Chris.

18

Há todo um ramo da filosofia que trata da definição da Qualidade: a estética. Sua pergunta – O que é o *belo*? – remonta à Antiguidade. Porém, quando estudava filosofia, Fedro afastara-se violentamente de todo esse ramo do conhecimento. Quase se fizera reprovar deliberadamente no único curso que fez sobre o assunto, e escrevera diversas redações nas quais dirigia violentos ataques ao professor e ao material de leitura. Odiava e descompunha tudo.

Não era um esteticista em particular que produzia nele essa reação. Eram todos. Não era um ponto de vista particular que o escandalizava, mas antes a idéia de que a Qualidade pudesse estar subordinada a *qualquer* ponto de vista. O processo intelectual reduzia a Qualidade à servidão e a prostituía. Acho que era essa a razão de sua ira.

Numa redação, ele escreveu: "Esses esteticistas pensam que seu objeto é uma espécie de bombom de menta no qual têm o direito de meter seus lábios gordos; pensam que é algo a ser devorado, algo a ser intelectualmente ingerido com garfo, faca e colher, bocadinho por bocadinho, com comentários delicados; de minha parte, fico com vontade de vomitar. Aquilo em que eles cravam seus dentes é a putrefação de algo que mataram há muito tempo."

Como primeiro passo do processo de cristalização, ele viu então que, quando a Qualidade permanece indefinida por definição, todo o campo chamado estética é eliminado... perde toda a sua razão de ser...

ponto final. Recusando-se a definir a Qualidade, ele a excluíra totalmente do processo analítico. Se a Qualidade não pode ser definida, tampouco pode ser subordinada a uma regra intelectual qualquer. Os esteticistas já não têm o que dizer. Todo o seu campo de ação – a definição da Qualidade – desaparece.

Essa idéia lhe dava frêmitos de emoção. Era como descobrir uma cura para o câncer. Acabavam-se todas as explicações sobre o que é a arte. Acabavam-se as maravilhosas escolas críticas de especialistas que determinavam racionalmente os sucessos e fracassos de cada artista. Todos eles, todos e cada um desses sabichões, teriam finalmente de calarse. Essa já não era somente uma idéia interessante. Era um sonho.

Acho que, de início, ninguém realmente percebeu o que ele queria. Viam um intelectual emitindo uma opinião que tinha toda a aparência exterior de uma análise racional da situação de sala de aula. Não percebiam que ele tinha um objetivo completamente oposto a qualquer outro com que estivessem acostumados. Na verdade, Fedro não estava promovendo a análise racional, mas bloqueando-a. Estava virando o método da racionalidade contra ela mesma, virando-o contra todo o gênero ao qual pertencia, defendendo um conceito irracional, uma entidade indefinida chamada Qualidade.

Escreveu: "(1) Todo professor de redação em inglês sabe o que é a qualidade. (O professor que não o souber deverá ocultar cuidadosamente esse fato, que seria uma prova segura de incompetência.) (2) Todo professor que pensa que a qualidade da escrita pode ser definida deve ir em frente e defini-la. (3) Todos os que pensam que a qualidade da escrita existe mas não pode ser definida, mas deve ser ensinada mesmo assim, podem beneficiar-se do seguinte método de ensino da qualidade pura na escrita, sem defini-la."

Prosseguiu então e descreveu alguns métodos de comparação que se desenvolveram na sala de aula.

Acho que ele realmente esperava que alguém se apresentasse, o desafiasse e tentasse definir a Qualidade. Porém, ninguém fez isso.

Entretanto, aquela afirmaçãozinha entre parênteses, que equiparava a incapacidade de definir a qualidade a uma prova de incompetência, desconcertou alguns membros do departamento. Afinal de contas, ele era o membro mais novo, e ainda não se esperava que pretendesse estabelecer padrões de desempenho para os mais graduados.

Seu direito de falar o que bem entendesse foi respeitado, e os membros mais velhos na verdade pareceram gostar de sua independência de pensamento e o apoiaram de modo clerical, eclesiástico. Porém, ao contrário do que pensam muitos adversários da liberdade acadêmica, a Igreja nunca defendeu que o professor deve ter o direito de berrar o que lhe vier na cabeça sem dever satisfação a ninguém. A Igreja afirma simplesmente que ele deve satisfação ao Deus da Razão, não aos ídolos do poder político. O fato de estar insultando as pessoas não tinha relação alguma com a verdade ou a falsidade do que dizia, e ele não poderia sofrer uma acusação ética por isso. Porém, eles estavam perfeitamente dispostos a acusá-lo – eticamente e com todo o prazer – por qualquer sinal de que estivesse dizendo coisas sem sentido. Ele poderia fazer o que bem entendesse, desde que o justificasse racionalmente.

Porém, com todos os diabos, como se pode justificar racionalmente a recusa a definir alguma coisa? As definições são o *fundamento* da razão. Sem elas, é impossível raciocinar. Fedro podia defender-se temporariamente com sua ginga dialética e com seus insultos referentes à competência e à incompetência; mas, mais cedo ou mais tarde, teria de apresentar algo mais substancial. Sua tentativa de chegar a algo mais substancial produziu uma outra onda de cristalização, que ia além dos limites tradicionais da retórica e adentrava o domínio da filosofia.

Chris volta-se e dirige-me um olhar atormentado. Já está quase na hora. Mesmo antes de sair havia indícios de que isso aconteceria. Quando DeWeese disse a um vizinho que eu tinha experiência nas montanhas, Chris mostrou-se bastante admirado. Aos olhos dele, era uma grande coisa. Logo ele estará esgotado e poderemos parar por hoje.

Opa! Lá vai ele. Caiu e não se levantou. Foi uma queda cinematográfica, que não me pareceu muito acidental. Agora ele me encara magoado e irritado, à procura de um olhar de condenação que não vem. Sento-me ao lado dele e vejo que está quase derrotado.

– Bem – digo –, podemos parar aqui, podemos seguir em frente ou podemos voltar. O que você quer fazer?

– Pouco me importa – ele diz. – Não quero...

– Não quer o quê?

– *Pouco me importa!* – ele diz, com raiva.

— Então, como pouco lhe importa, vamos seguir em frente — digo, pegando-o numa armadilha.
— Não estou gostando desta viagem — diz ele. — Não estou me divertindo. Pensei que iria me divertir. Uma certa raiva também me pega desprevenido.
— Pode até ser — retruco —, mas isso não é coisa que se diga.
Vejo um repentino lampejo de medo em seus olhos quando ele se levanta.
Seguimos em frente.
O céu sobre o outro lado do desfiladeiro está encoberto e o vento nos pinheiros ao nosso redor está fresco e ameaçador.
Pelo menos o frescor facilita a caminhada...

Estava falando sobre a primeira onda de cristalização fora da retórica que resultou da recusa de Fedro em definir a Qualidade. Ele tinha de responder à pergunta: se você não a define, o que o faz pensar que ela existe?

Sua resposta era uma resposta antiga, pertencente a uma escola filosófica chamada *realismo*. Disse ele: "Uma coisa existe se um mundo não pode funcionar normalmente sem ela. Se pudermos mostrar que um mundo não funciona normalmente sem a Qualidade, teremos demonstrado que a Qualidade existe, quer seja definida, quer não." Então, ele subtraiu a Qualidade da descrição do mundo tal como o conhecemos.

Feita essa subtração, disse ele, a primeira baixa seriam as belas-artes. Se é impossível distinguir o belo do feio nas artes, elas desaparecem. Não há por que pendurar uma pintura na parede se a parede branca é tão bonita quanto ela. Não há por que compor uma sinfonia se os riscos do disco ou o zumbido do amplificador são tão belos quanto ela.

A poesia desapareceria, uma vez que as poesias quase nunca têm sentido e não têm nenhum valor prático. Curiosamente, também a comédia sumiria. Ninguém compreenderia as piadas, uma vez que a diferença entre o humor e a falta dele é pura Qualidade.

Em seguida, fez desaparecer os esportes. O futebol americano, o beisebol, os jogos de todo tipo sumiriam. Os placares já não seriam a medida de algo significativo, mas estatísticas vazias, como o número de pedras num monte de brita. Quem iria assistir aos jogos? Quem pagaria para isso?

217

Depois, ele subtraiu a qualidade do mercado e previu as mudanças que aconteceriam. Uma vez que a qualidade do sabor não teria significado, os supermercados só venderiam cereais básicos, como arroz, farinha de milho, soja e farinha de trigo; talvez também uma carne genérica, leite para os bebês desmamados e suplementos vitamínicos e minerais para compensar as deficiências. As bebidas alcoólicas, o chá, o café e o tabaco desapareceriam, bem como o cinema, a dança, o teatro e as festas em geral. Todos nós usaríamos o transporte público e botas do exército.

Uma quantidade imensa de pessoas perderia o emprego, mas essa situação provavelmente seria temporária, até sermos redirecionados para profissões essencialmente não-qualitativas. A ciência aplicada e a tecnologia mudariam drasticamente, mas a ciência pura, a matemática, a filosofia e sobretudo a lógica permaneceriam as mesmas.

Na opinião de Fedro, este último dado era extremamente interessante. As atividades puramente intelectuais seriam as menos afetadas pela subtração da Qualidade. Se a Qualidade deixasse de existir, só a racionalidade permaneceria incólume. Isso era estranho. Por que isso aconteceria?

Ele não sabia, mas sabia que, subtraindo a qualidade da imagem do mundo tal como o conhecemos, revelara toda a magnitude da importância desse termo, importância que antes desconhecia. O mundo *pode* funcionar sem a qualidade, mas a vida seria tão monótona que quase não valeria a pena. Aliás, não valeria a pena de modo algum. A própria noção de *valor* é uma noção qualitativa. A vida seria uma simples sobrevivência sem nenhum valor, nem propósito.

Ele olhou para trás, contemplou todo o trajeto pelo qual essa linha de pensamento o conduzira e concluiu que certamente havia provado sua alegação. Sendo óbvio que o mundo não funciona normalmente quando a Qualidade é subtraída, a Qualidade existe, quer seja definida, quer não.

Depois de elaborar esse panorama de um mundo sem Qualidade, logo percebeu sua semelhança com algumas situações sociais sobre as quais já lera. Vieram-lhe à mente a Esparta da Antiguidade, a Rússia comunista e seus satélites, a China comunista, o *Admirável mundo novo* de Aldous Huxley e o *1984* de George Orwell. Lembrou-se também de pessoas que conhecera e que teriam aprovado esse mundo sem

Qualidade. Eram as mesmas pessoas que haviam tentado convencê-lo a parar de fumar. Pediram-lhe os motivos racionais do seu hábito e, quando ele não apresentou nenhum, esnobaram-no, como se devesse se envergonhar. Tinham de ter razões, planos e soluções para tudo. Essas pessoas pertenciam à mesma classe que ele, a classe que ele agora se dedicava a atacar. E ele passou muito tempo em busca de um nome adequado para resumir o que as caracterizava para ter como manipular esse mundo sem Qualidade.

Era sobretudo uma postura intelectual, mas o fundamental não era somente a inteligência. Era uma certa atitude básica com respeito à realidade do mundo, o pressuposto de que o mundo é governado por certas leis – a razão – e que a melhora do homem está principalmente na descoberta dessas leis da razão e na sua aplicação à satisfação de seus próprios desejos. Era essa a fé que sustentava tudo. Ele franziu os olhos por um tempo, procurando ter uma visão melhor desse mundo sem Qualidade; elaborou mais detalhes, pensou no assunto, franziu os olhos de novo, pensou mais um pouco e por fim voltou, descrevendo um círculo, ao lugar onde estava antes.

Caretice.

Era essa a postura. Isso a resumia. Caretice. Subtraída a qualidade, resta a caretice. A ausência de Qualidade é a essência da caretice.

Lembrou-se de uns artistas amigos seus, com quem viajara certa vez pelos Estados Unidos. Eram negros e sempre se queixavam dessa falta de Qualidade que ele estava descrevendo. Careta. Essa era a palavra com que a designavam. Muito tempo antes de os meios de comunicação a terem adotado e oferecido ao uso de toda a comunidade branca norte-americana, eles já chamavam aquela lengalenga intelectual de careta e não queriam ter nada a ver com ela. E houvera uma troca fantástica de conversas e atitudes entre ele e eles, porque Fedro era um exemplo perfeito da caretice da qual falavam. Quanto mais tentava fazer com que definissem aquilo sobre o que falavam, mais vagos eles ficavam. Ora, com sua Qualidade, ele parecia dizer a mesma coisa que eles e falar tão vagamente quanto eles, muito embora aquilo sobre o que falava fosse tão tangível, claro e sólido quanto qualquer entidade racionalmente definida com que já tivesse lidado.

Qualidade. Era sobre isso que eles falavam o tempo todo. Um deles havia dito: "Você poderia, por favor, *sacar* e segurar essas maravilhosas perguntas de sete dólares? Se você se perguntar o tempo todo *o que é*, nunca terá tempo para *saber*." Alma. Qualidade. A mesma coisa? A onda de cristalização avançou. Ele via dois mundos simultaneamente. Do lado intelectual, do lado careta, ele via agora que a Qualidade era um termo divisório, algo que todo analista intelectual procura. Toma-se a faca da análise, coloca-se a lâmina sobre o termo Qualidade e bate-se do outro lado – não com força, mas sutilmente: e o mundo inteiro se divide perfeitamente em duas metades – bacana e careta, clássica e romântica, tecnológica e humanística – nitidamente separadas. Não há confusão nem indefinição. Não há pequenos objetos que poderiam tanto estar de um lado quanto do outro. Não é somente uma cisão hábil, é também uma cisão de sorte. Às vezes, mesmo os melhores analistas, trabalhando com as linhas de cisão mais óbvias, podem bater sua faca e obter apenas um monte de lixo. Mas havia a Qualidade; uma falha geológica fina, quase imperceptível; uma linha de ilogismo em nosso conceito do universo; quando se batia nela, o universo inteiro se dividia em dois, de modo tão perfeito que era quase inacreditável. Fedro queria que Kant estivesse vivo. Kant, mestre dos lapidadores de diamantes, teria gostado daquilo. Ele veria. Manter indefinida a Qualidade. Era esse o segredo.

Com a vaga intuição de estar cometendo um estranho suicídio intelectual, Fedro escreveu: "A caretice pode ser definida sucintamente, mas de modo completo, como a incapacidade de ver a qualidade antes de esta ser intelectualmente definida, ou seja, antes de ser picotada em palavras... Provamos que a qualidade, embora indefinida, existe. Sua existência é vista empiricamente em sala de aula e pode ser demonstrada logicamente pela constatação de que, sem ela, o mundo não pode existir tal como o conhecemos. O que resta saber, a coisa a ser analisada, não é a qualidade, mas aqueles peculiares hábitos de pensamento, chamados de 'caretice', que às vezes nos impedem de vê-la."

Assim, ele buscava redirecionar o ataque. O objeto de análise, o paciente sobre a mesa, já não era a Qualidade, mas a própria análise. A Qualidade estava cheia de saúde e ia muito bem, obrigada. A análise, por outro lado, parecia ter algum problema que a impedia de ver o óbvio.

Volto a cabeça e vejo que Chris está muito para trás.
– Vamos lá! – grito.

Ele não responde.
— Vamos *lá*! — grito de novo.
Vejo-o então cair de lado e sentar-se na relva, na encosta da montanha. Deixo para trás a mochila e volto para onde ele está. O terreno é tão inclinado que tenho de caminhar de lado para não cair. Quando chego lá, ele está chorando.
— Machuquei o tornozelo — diz ele, sem olhar para mim.
Quando um alpinista do ego tem de proteger uma imagem de si mesmo, mente naturalmente para protegê-la. Porém, é algo que me dá nojo, e fico envergonhado por ter deixado que isso acontecesse. Agora as lágrimas dele corroem minha própria disposição de seguir em frente, e a sensação interior de derrota que o acomete transmite-se a mim. Sento-me no chão, convivo um pouco com esse sentimento e digo a Chris:
— Vou carregar as mochilas, uma por vez. Levo esta até onde está a minha e então você pára lá e espera, para não as perdermos. Levarei a minha mais para a frente e voltarei para buscar a sua. Assim, você poderá descansar bastante. Iremos mais devagar, mas chegaremos lá.
Porém, era cedo demais para dizer isso. Minha voz ainda está cheia de desprezo e ressentimento, que ele capta e o deixam envergonhado. Ele demonstra raiva mas nada diz, por medo de ter de levar a mochila de novo. Limita-se a franzir o cenho e me ignorar enquanto carrego as mochilas para cima, uma por vez. Quanto a mim, resolvo o ressentimento por ter de fazer isso ao perceber que, na verdade, não estou tendo de trabalhar mais do que se continuássemos como estávamos. Tudo bem, o trabalho é maior em relação à meta de chegar ao topo, mas esse não passa do objetivo nominal da caminhada. No que diz respeito ao objetivo real, que é o de fazer sucederem-se minutos bons, dá na mesma; aliás, fica melhor. Galgamos lentamente a encosta e o ressentimento se esvai.

Por uma hora subimos lentamente e carrego as duas mochilas, uma por vez, até ouvir o leve gorgolejar de um regato. Mando Chris buscar água numa das panelas e ele obedece. Quando volta, diz:
— Por que paramos aqui? Vamos em frente.
— Provavelmente, Chris, este é o último riozinho que veremos por um bom tempo, e estou cansado.
— E por que você está tão cansado?
Será que está procurando me deixar furioso? Está conseguindo.

— Estou cansado, Chris, porque estou carregando as mochilas. Se você estiver com pressa, pegue sua mochila e vá correndo na frente. Daqui a pouco alcanço você.

Ele me olha com outro relance de medo e então senta-se.

— Não estou gostando disto — diz, quase às lágrimas. — Estou *detestando* este passeio. Estou arrependido de ter vindo. Por que viemos para cá? — Está chorando de novo, desbragadamente.

Respondo:

— Você também está fazendo com que eu me arrependa. É melhor comer alguma coisa.

— Não quero nada. Estou com dor de barriga.

— Faça como quiser.

Ele se afasta um pouco, pega um talo de relva e o põe na boca. Então, enterra o rosto nas mãos. Faço almoço para mim e tiro uma rápida soneca.

Quando acordo, ele ainda está chorando. Nenhum de nós tem para onde ir nem nada a fazer a não ser encarar a situação. Porém, na realidade, não sei qual é essa situação.

— Chris — digo, por fim.

Ele não responde.

— Chris — repito.

Nenhuma resposta ainda. Ele finalmente vocifera:

— O quê?

— Chris, eu ia dizer que você não tem que me provar nada. Você compreende isso?

Uma forte expressão de terror passa-lhe pelo rosto. Ele lanceia violentamente a cabeça, num movimento espasmódico. Digo:

— Você não compreende o que quero dizer, não é?

Ele continua a olhar para o outro lado e não responde. O vento geme em meio aos pinheiros.

Simplesmente não sei. Não sei do que se trata. Não é só o egoísmo da ACM que o deixa *tão* aborrecido. Uma coisinha de nada o entristece e é como se o mundo acabasse. Quando ele tenta fazer algo e não consegue perfeitamente, explode ou se derrama em lágrimas.

Sento-me de novo na relva e descanso. Pode ser que o que esteja nos derrotando, a ambos, seja o fato de não ter respostas. Não quero ir em frente porque não me parece que vá encontrar respostas à frente. Tam-

bém não as encontrarei atrás. Fico vagando para a lateral. É isso que se interpõe entre mim e ele. Vagando para a lateral, esperando por algo. Mais tarde ouço-o remexer na mochila. Rolo para um lado e vejo que está olhando firme para mim.
– Onde está o queijo? – diz. O tom ainda é de briga.
Mas não vou ceder:
– Vire-se. Não estou aqui para servi-lo.
Ele remexe mais um pouco e encontra um pouco de queijo e biscoitos. Dou-lhe minha faca de caça para passar o queijo.
– Chris, acho que já sei o que fazer. Vou pôr as coisas mais pesadas na minha mochila e as mais leves na sua. Assim, não vou ter de ir e voltar com as duas mochilas.
Ele concorda com essa idéia e seu humor melhora. Ela parece ter resolvido alguma coisa para ele.
Agora minha mochila deve estar pesando uns vinte quilos, e, depois de algum tempo de escalada, estabelece-se um equilíbrio na base de uma respiração a cada passo.
Chegamos a um trecho inclinado e o ritmo muda para duas respirações por passo. Num determinado ponto, chega a quatro por passo. Passos enormes, quase verticais, agarrando-me a árvores e arbustos. Sinto-me estúpido por não ter planejado um contorno. Os bastões de madeira de álamo tornam-se úteis e Chris se interessa pelo uso deles. As mochilas elevam nosso centro de gravidade e os bastões são excelente garantia contra uma queda. Você põe um pé à frente, firma o bastão no chão e BALANÇA para cima, apoiado nele. Respira três vezes, põe o outro pé à frente, firma o bastão e BALANÇA para cima...

Não sei se ainda tenho alguma Chautauqua a fazer hoje. A esta altura da tarde, minha cabeça começa a girar... talvez possa ainda passar em revista um único assunto e depois encerrar por hoje...
Há muito tempo, quando partimos nesta estranha jornada, falei que John e Sylvia pareciam estar fugindo de uma misteriosa força mortífera que lhes parecia encarnada na tecnologia. Falei dos muitos que pensam como eles e teci alguns comentários sobre o modo pelo qual certas pessoas envolvidas na tecnologia também pareciam evitá-la. Esse problema se explica, em parte, pelo fato de eles encararem a tecnologia a partir do ponto de vista de uma "dimensão bacana" que foca a super-

fície imediata das coisas, ao passo que eu me ocupo da forma subjacente. Chamei o estilo de John de romântico, e o meu, de clássico. Na gíria dos anos sessenta, o dele era "bacana" e o meu, "careta". Então começamos a penetrar nesse mundo careta para identificar-lhe a essência. Dados, classificações, hierarquias, causa e efeito, análise – tudo isso foi discutido e, em algum lugar no meio do caminho, falamos sobre um punhado de areia, o mundo no qual prestamos atenção, tirado da paisagem infinita de consciência que nos envolve. Eu disse que um processo de discriminação opera sobre esse punhado de areia para dividi-lo em partes. A inteligência clássica, careta, tem relação com os montículos de areia, a natureza dos grãos e os métodos pelos quais eles podem ser distinguidos e entrerrelacionados.

No quadro dessa analogia, a recusa de Fedro de definir a Qualidade era uma tentativa de romper os grilhões da inteligência clássica, com suas peneiras de areia, e encontrar um ponto comum entre os mundos clássico e romântico. A Qualidade, termo que operava a distinção entre bacana e careta, parecia ser esse ponto. Ambos os mundos faziam uso desse termo; ambos sabiam em que ela consistia. A diferença é que o mundo romântico a deixava em paz e a via tal como era, ao passo que o clássico procurava transformá-la num conjunto de tijolinhos intelectuais a serem usados para a construção de outras coisas. Mas, com a definição bloqueada, a mente clássica era obrigada a lançar sobre a Qualidade o mesmo olhar que a romântica, sem distorcê-la através de estruturas de pensamento.

Estou fazendo um carro de batalha dessas distinções entre o clássico e o romântico, mas Fedro não fez nada disso. Não se interessava nem um pouco por nenhuma diferença de fusão entre esses dois mundos. Estava atrás de outra coisa: de seu fantasma. Perseguindo esse fantasma, chegou a um sentido mais amplo de Qualidade, sentido esse que o aproximou mais de seu objetivo. A diferença entre ele e mim é que não tenho a menor intenção de atingir esse objetivo. Ele simplesmente passou por este território e o desbravou. Quanto a mim, pretendo ficar no território e cultivá-lo, para ver se consigo fazer alguma coisa crescer aqui.

Segundo me parece, o referente de um termo capaz de dividir um mundo em bacana e careta, clássico e romântico, tecnológico e humanístico, é uma entidade igualmente capaz de unir as duas metades de um mundo já dividido. Uma compreensão verdadeira da Qualidade não serve ao Sistema, mas também não o vence nem foge dele. Ela *captura* o Sistema, domestica-o e coloca-o para trabalhar para nossos fins pessoais, ao mesmo tempo que nos deixa completamente livres para cumprir nosso destino interior.

Agora que já estamos bem alto num dos lados do desfiladeiro, olhando para trás e para baixo podemos ver o outro lado. É tão inclinado quanto este – um tapete escuro de pinheiros negro-esverdeados que sobem até um espinhaço rochoso. Podemos medir nosso progresso traçando com o olhar um ângulo entre este lado e aquele.

Acho que por hoje basta de conversas sobre a Qualidade, e já era tempo. A Qualidade não me preocupa; o problema é que essa conversa clássica sobre ela *não é* Qualidade. A Qualidade é simplesmente o ponto focal em torno do qual está sendo rearranjado um grande número de peças de mobiliário intelectual.

Fazemos uma pausa e olhamos para baixo. Chris parece mais animado agora, mas infelizmente é de novo a coisa do ego.

– Olhe só aonde chegamos! – diz ele.

– Ainda temos muito o que caminhar.

Mais tarde, ele grita para ouvir o eco e atira pedras para baixo para ver onde caem. Está ficando quase arrogante, e por isso acelero o ritmo até chegar a uma respiração rápida, cerca de uma vez e meia a velocidade em que estávamos indo. Isso o acalma um pouco e prosseguimos na escalada.

Cerca das três da tarde, minhas pernas começam a ficar moles e chega a hora de parar. Não estou em muito boa forma. Se você continua depois que as pernas chegam a esse estado, começa a forçar os músculos, e o dia seguinte é pura agonia.

Paramos num trecho plano, um grande outeiro que se destaca da vertente da montanha. Digo a Chris que por hoje é só. Ele parece satisfeito e contente; talvez eu tenha, afinal de contas, feito algum progresso com ele.

Estou prestes a tirar uma soneca, mas nuvens de chuva formaram-se no desfiladeiro, preenchendo-o de tal modo que não podemos ver o fundo e mal podemos vislumbrar a vertente oposta.

Abro as mochilas, tiro as duas metades da tenda – os ponchos do exército – e ligo-as uma à outra. Amarro a corda entre duas árvores e lanço sobre ela a lona do abrigo. Com a machadinha, corto algumas estacas de arbustos e enfio-as no chão; então, com o lado plano da mesma ferramenta, cavo um rego ao redor da tenda para levar embora a água da chuva. Logo que acabamos de pôr tudo lá dentro, caem os primeiros pingos.

Chris está animado com a chuva. Deitamos de costas nos sacos de dormir e ouvimos os espoucos dos pingos sobre a lona. A floresta assume um aspecto nebuloso. Nós dois ficamos contemplativos. Vemos as folhas dos arbustos balançar quando atingidas por um pingo de chuva e balançamos um pouco nós mesmos quando ouvimos o ribombar do trovão, mas estamos contentes por estarmos secos enquanto tudo ao redor está molhado.

Depois de certo tempo, procuro o livro de Thoreau em minha mochila, encontro-o e tenho de forçar um pouco os olhos para lê-lo em voz alta para Chris na cinzenta luminosidade chuvosa. Acho que já expliquei que, no passado, fiz isso com outros livros, livros avançados que normalmente ele não entenderia. O que acontece é que leio uma frase, ele faz uma longa série de perguntas a respeito e, quando fica satisfeito, leio a frase seguinte.

Fazemos isso com Thoreau por alguns minutos, mas, ao cabo de meia hora, surpreso e decepcionado, percebo que Thoreau não está atingindo o alvo. Chris está inquieto e eu, idem. A estrutura da linguagem não combina com a floresta de montanha em que estamos. Pelo menos é essa a sensação que tenho. O livro parece enclausurado e domesticado, algo que eu jamais pensaria a respeito de Thoreau, mas é um fato. Ele fala para outro tempo e outra situação, descobrindo os males da tecnologia sem revelar a solução. Não está falando conosco. Com relutância, guardo de novo o livro e ficamos nós dois silenciosos e meditativos. Agora somos só Chris e eu, a floresta e a chuva. Já não há livros que nos possam guiar.

As panelas que pusemos fora da tenda começam a se encher de água de chuva. Quando temos o suficiente, jogamos toda a água num caldeirão, acrescentamos alguns cubinhos de caldo de galinha e a aquecemos num pequeno fogareiro Sterno. Como qualquer outro alimento depois de uma dura escalada, o caldo está saborosíssimo.

Chris diz:
— Prefiro acampar com você a acampar com os Sutherland.
— As circunstâncias são outras — retruco.
Terminado o caldo, abro uma lata de feijão com carne de porco e derramo o conteúdo no caldeirão. Leva um tempão para esquentar, mas não estamos com pressa.
— Cheira bem — diz Chris.
A chuva parou e a tenda é atingida somente por pingos ocasionais.
— Acho que amanhã vai fazer sol — digo.
Passamos de um para o outro o caldeirão de feijão, comendo de lados opostos.
— Pai, no que você pensa o tempo todo? Você está sempre pensando, o tempo todo.
— Ahhhhhh... muitas coisas.
— O quê?
— Ah, sobre a chuva, sobre problemas que podem acontecer e sobre as coisas em geral.
— Que coisas?
— Ah, sobre como serão as coisas para você quando você crescer.
Ele fica interessado.
— E como serão?
Mas há um leve brilho de ego em seus olhos quando faz a pergunta, e por isso a resposta sai velada:
— Não sei. São só coisas que eu acho.
— Você acha que amanhã vamos chegar ao topo deste desfiladeiro?
— Ah, sim, não estamos longe do topo.
— De manhã?
— Acho que sim.
Mais tarde, ele dorme e o úmido vento noturno desce do espinhaço, fazendo suspirar os pinheiros. As silhuetas dos topos das árvores movem-se suavemente com o vento. Os grandes troncos cedem e depois voltam à posição inicial, com um suspiro cedem e voltam, movidos por forças que não fazem parte de sua natureza. O vento faz com que um dos lados da lona comece a bater. Levanto-me e fixo-o com uma estaca, caminho um pouco pela grama úmida e esponjosa do outeiro e por fim arrasto-me de novo para dentro da tenda e espero o sono chegar.

19

Diante do meu rosto, um tapete de agulhas de pinheiro iluminadas pelo sol me diz onde estou e ajuda a dissolver um sonho.

No sonho, eu estava de pé numa sala pintada de branco, diante de uma porta de vidro. Do outro lado estavam Chris, seu irmão e sua mãe. Chris estava acenando para mim e seu irmão estava sorrindo, mas sua mãe tinha lágrimas nos olhos. Vi então que o sorriso de Chris era forçado e artificial e que, na verdade, ele estava profundamente assustado.

Fui na direção da porta e seu sorriso melhorou. Ele fez sinal para que a abrisse. Estava a ponto de abri-la, mas não abri. O medo dele voltou; quanto a mim, fiz meia-volta e me afastei.

É um sonho que já tive muitas vezes. Seu sentido é óbvio e se encaixa em certas coisas que pensei ontem à noite. Ele tenta entrar em contato comigo e tem medo de nunca conseguir. Aqui em cima, as coisas estão ficando mais claras.

Para lá da lona da tenda, as folhas de pinheiro no chão emitem rolos de vapor d'água que sobem em direção ao sol. O ar está úmido e fresco, e enquanto Chris dorme, saio cuidadosamente da tenda, levanto-me e espreguiço.

Minhas pernas e minhas costas estão duras, mas não doloridas. Faço alguns minutos de ginástica para soltá-las e então dou uma corrida do outeiro aos pinheiros. Sinto-me melhor agora.

Esta manhã, o cheiro dos pinheiros está pesado e úmido. Agacho-me e olho para baixo, para a neblina da manhã no desfiladeiro.

Mais tarde volto à tenda, onde um barulho me faz perceber que Chris já está acordado. Quando olho para dentro, vejo que está olhando em volta, em silêncio. Ele demora para acordar, e só daqui a cinco minutos sua mente estará quente o suficiente para que possa falar. Agora ele olha para a luz, franzindo os olhos.

– Bom dia – digo.

Nenhuma resposta. Umas poucas gotas caem dos pinheiros.

– Você dormiu bem?

– Não.

– Que pena.

– Como você acordou tão cedo? – ele pergunta.

– Não é cedo.

– Que horas são?

– Nove horas – respondo.

– Aposto que só fomos dormir às três.

Três? Se ele ficou acordado até essa hora, vai se arrepender na caminhada de hoje.

– Bem, *eu* fui dormir – afirmo.

Ele me olha perplexo. – Foi *você* que não me deixou dormir.

– *Eu?*

– Falando.

– Falando dormindo, você quer dizer.

– Não, falando sobre a *montanha*!

Há algo de estranho aí. – Não sei de nada sobre a montanha, Chris.

– Bem, sei que você falou sobre ela a noite toda. Disse que do topo da montanha nós veríamos tudo. Disse que me encontraria lá.

Acho que ele sonhou.

– Como eu poderia encontrá-lo lá se já estou com você?

– Não sei. Quem disse isso foi *você*. – Ele parece aborrecido. – Você parecia bêbado ou coisa parecida.

Ele ainda está meio adormecido. O melhor é deixá-lo acordar em paz. Porém, estou com sede e me lembro de que deixei o cantil na cidade, pensando que encontraríamos bastante água à medida que caminhássemos. Tolo. Agora não haverá café da manhã até cruzarmos o topo deste espinhaço e descermos o suficiente do outro lado para encontrar um fio de água.

– O melhor é arrumar tudo e seguir em frente – digo – para arranjar água para o café da manhã.
Já está menos fresco e à tarde provavelmente fará calor.
A tenda se desmonta facilmente e fico contente de ver que nada se molhou. Em meia hora arrumamos tudo. Agora, exceto pela relva batida, parece que ninguém esteve aqui.
Ainda temos muito o que subir, mas na trilha descobrimos que o dia de hoje será mais fácil que o de ontem. Estamos nos aproximando da porção superior da montanha, arredondada, e a vertente não é tão inclinada. Parece que os pinheiros daqui nunca foram cortados. Nenhuma luz direta chega ao solo da floresta, no qual não crescem plantas pequenas de espécie alguma. É um chão amplo e espaçoso, coberto de agulhas secas de pinheiro e fácil de caminhar...

É hora de continuar com a Chautauqua e com a segunda onda de cristalização, a onda metafísica.
Esta constituiu-se em resposta às loucas divagações de Fedro sobre a Qualidade, quando o corpo docente do departamento de inglês em Bozeman, informado de que eram caretas, apresentou-lhe uma pergunta razoável: "Por acaso essa 'qualidade' que você se recusa a definir existe nas coisas que observamos?", perguntaram. "Ou é subjetiva e existe somente no observador?" Era uma pergunta simples e normal, e não havia pressa em apresentar uma resposta.
Ah. Não havia pressa. Era um ultimato, um tiro certeiro, um golpe decisivo, um especial de sábado à noite – para abatê-lo de vez.
Isso porque, se a Qualidade existe no objeto, é preciso explicar por que os instrumentos científicos são incapazes de detectá-la. É necessário inventar instrumentos que a detectem ou senão aceitar a explicação de que os instrumentos não a detectam porque seu conceito de Qualidade é, para dizê-lo educadamente, um grande monte de asneiras.
Por outro lado, se ela é subjetiva e só existe no observador, então essa Qualidade de que você tanto fala não passa de um nome pomposo que se aplica ao que lhe agradar.
O que os professores do departamento de inglês da Universidade Estadual de Montana apresentaram a Fedro era uma antiga construção lógica chamada dilema. O *dilema*, que em grego significa "duas premissas", já foi comparado à cabeça de um touro raivoso no ato do ataque.

Se ele aceitasse a premissa de que a Qualidade é objetiva, seria pego por um dos chifres do dilema. Se aceitasse a outra premissa, seria pego pelo outro chifre. A Qualidade tem de ser objetiva ou subjetiva; logo, ele seria pego qualquer que fosse sua resposta.

Foi isso que ele percebeu pelos sorrisos amistosos que vinha recebendo de vários membros do corpo docente.

Fedro, porém, escolado na lógica, sabia que o dilema não tem somente duas, mas três refutações clássicas, e conhecia ainda outras que não eram tão clássicas; por isso, retribuiu os sorrisos. Poderia peitar de frente o ataque do chifre esquerdo e refutar a idéia de que a objetividade implica a detectabilidade científica. Poderia ainda enfrentar o direito e refutar a idéia de que a subjetividade implica "o que lhe agradar". E poderia também ficar entre os dois chifres e negar que a objetividade e a subjetividade fossem as duas únicas escolhas possíveis. Podemos ter certeza de que ele experimentou as três defesas.

Além dessas três refutações da lógica clássica, existem também outras refutações ilógicas, "retóricas". Fedro, na qualidade de retórico, também as tinha à sua disposição.

Ele podia atirar areia nos olhos do touro. Já tinha feito isso quando dissera que a ignorância do que é a Qualidade é sinal de incompetência. Segundo uma antiga regra da lógica, a competência ou incompetência de quem fala não tem relação alguma com a verdade do que ele fala; por isso, o apelo à incompetência era pura areia. Se o maior imbecil do mundo disser que o sol está brilhando, nem por isso o sol vai se apagar. Sócrates, esse antigo inimigo dos argumentos retóricos, teria pulado direto no pescoço de Fedro diante de tal afirmação, dizendo: "Pois muito bem, aceito sua afirmação de que sou incompetente no que diz respeito ao conhecimento da Qualidade. Então, por obséquio, mostre a este velho incompetente o que é a Qualidade. Caso contrário, como poderei saber?" Deixaria então que Fedro falasse por alguns minutos sem chegar a lugar algum; depois o arrasaria com perguntas que demonstrariam que tampouco ele sabia o que era a Qualidade e, portanto, pelos seus próprios critérios, era mais um incompetente.

Podia tentar cantar para fazer o touro dormir. Poderia ter dito aos que o questionavam que a resposta a esse dilema estava além dos seus parcos poderes dedutivos, mas que o fato de não ser capaz de encontrar uma solução não era prova lógica de que a solução não poderia ser encontrada. Será que eles, com sua ampla experiência, não poderiam tentar ajudá-lo a encontrar a resposta? Porém, já era tarde demais para entoar uma tal cantiga de ninar. Eles poderiam responder simplesmente: "Não, somos caretas demais. E, enquanto você não obtiver uma resposta, atenha-se ao currículo para que no próximo semestre não tenhamos de reprovar seus alunos confusos."

A terceira alternativa retórica ao dilema, que em minha opinião era a melhor, era a de *recusar-se a entrar na arena*. Fedro poderia ter dito simplesmente: "A tentativa de classificar a Qualidade como subjetiva ou objetiva é uma tentativa de defini-la. Já disse que ela *não é definível*." E ponto final. Creio que, na época, DeWeese chegou a aconselhá-lo a fazer isso.

Não sei por que ele preferiu ignorar esse conselho e responder ao dilema de maneira lógica e dialética em vez de tomar a saída fácil do misticismo. Mas posso adivinhar. Penso, em primeiro lugar, que ele considerava que toda a Igreja da Razão existia irreversivelmente *dentro* da arena da lógica e que, quando alguém se retira da disputa lógica, retira-se também da academia. O misticismo filosófico, a idéia de que a verdade é indefinível e só pode ser apreendida por meios não-racionais, acompanha-nos desde a aurora da história. É a base da prática do Zen. Porém, não é uma disciplina acadêmica. A academia, a Igreja da Razão, trata exclusivamente das coisas que *podem* ser definidas; e o lugar dos místicos não é a Universidade, mas o mosteiro. As Universidades são lugares onde as coisas devem ser expostas de modo claro e distinto.

Parece-me que a segunda razão pela qual ele entrou na arena foi uma razão egoísta. Ele sabia que era um especialista em lógica e dialética, orgulhava-se disso e encarava aquele dilema como um desafio a sua habilidade. Hoje, penso que esse resíduo de egoísmo talvez tenha sido o princípio de todas as suas tribulações.

Vejo um veado caminhando cerca de duzentos metros adiante, acima de nós, entre os pinheiros. Tento mostrá-lo a Chris, mas, quando este lhe dirige o olhar, o veado já desapareceu.

O primeiro chifre do dilema de Fedro era o seguinte: se a Qualidade existe no objeto, por que os instrumentos científicos não podem detectá-la?

Esse era o chifre perigoso. Desde o começo ele percebeu o quanto era mortífero. Se ele se colocasse como um supercientista capaz de ver nos objetos uma Qualidade que nenhum cientista conseguia detectar, provaria que era mesmo um louco, um tolo ou ambos. No mundo de hoje, as idéias incompatíveis com o conhecimento científico não decolam do chão.

Lembrou-se da afirmação de Locke de que todo objeto, científico ou não, só é cognoscível por suas qualidades. Essa verdade irrefutável parecia dar a entender que os cientistas são incapazes de detectar a Qualidade *nos* objetos porque *tudo* quanto detectam é Qualidade. O "objeto" não passa de um construto intelectual *deduzido* da percepção das qualidades. Essa resposta, se fosse válida, certamente esmagaria o primeiro chifre do dilema, e por certo tempo deixou-o muito entusiasmado.

Porém, revelou-se falsa. A Qualidade que ele e os alunos vinham contemplando em sala de aula era completamente diferente das qualidades de cor, calor ou solidez observadas no laboratório. Todas aquelas propriedades físicas eram mensuráveis por meio de instrumentos. Sua Qualidade – "excelência", "valor", "perfeição" – não era uma propriedade física nem era mensurável. Ele fora desencaminhado por uma ambigüidade existente no próprio termo *qualidade*. Perguntou-se por que aquela ambigüidade existia, decidiu no futuro fazer pesquisas sobre as raízes históricas do termo *qualidade* e deixou o assunto de lado. O chifre do dilema ainda estava lá.

Voltou a atenção para o outro chifre, que parecia mais passível de refutação. Pensou: então a Qualidade é o que lhe agrada? Isso o deixou com raiva. Os grandes artistas da história – Rafael, Beethoven, Michelângelo – só teriam produzido o que agradava às pessoas. Não teriam outro objetivo senão o de fazer grandiosas cócegas nos sentidos do público. Mas será mesmo? Isso lhe dava raiva, e o que o deixava mais irritado era o fato de não vislumbrar nenhum meio de anular logicamente essa idéia. Assim, estudou cuidadosamente a afirmação, de maneira reflexiva, como sempre estudara as coisas antes de atacá-las.

Então seus olhos se abriram. Puxou da faca e extraiu a palavra específica que criava todo o efeito irritante daquela frase. A palavra era "simplesmente". Por que a Qualidade é *simplesmente* o que lhe agrada? Por que "o que lhe agrada" é "simplesmente"? O que *significava* a palavra "simplesmente" naquele caso? Quando a palavra era isolada e submetida a um exame independente, ficava claro que, naquele caso, "simplesmente" não significava coisa nenhuma. Era um termo puramente pejorativo, cuja contribuição lógica à proposição era nula. Mas, uma vez eliminado o termo, a frase se reduzia a "Qualidade é o que lhe agrada", e seu significado mudava completamente. Transformava-se num truísmo inócuo.

Perguntou-se por que aquela afirmação tanto o irritara a princípio. Parecia tão natural... Por que demorara tanto para perceber que o que ela significava, na verdade, era: "O que lhe agrada é ruim, ou, pelo menos, insignificante." O que havia por trás dessa presunçosa idéia de que as coisas agradáveis são más ou, no mínimo, pouco importantes em relação às outras coisas? Parecia a própria essência da caretice contra a qual ele lutava. As crianças pequenas eram ensinadas a não fazer "simplesmente o que lhes agradasse", mas sim... mas sim o quê?... É evidente! O que agrada aos *outros*. E quais outros? Os pais, os professores, os supervisores, os policiais, os juízes, os dignitários, os reis, os ditadores. Todas as autoridades. Quando você é educado para desprezar "o que lhe agrada", torna-se um servo muito mais obediente – um *excelente* servo. Quando aprende a não fazer "o que lhe agrada", o Sistema passa a amá-lo.

Mas suponha que você *faça* o que lhe agrada. Acaso isso significa que você sairá por aí a injetar heroína, roubar bancos e estuprar senhoras? A pessoa que o aconselha a não fazer "simplesmente o que lhe agrada" tem pressupostos notáveis acerca do que é agradável e do que não é. Parece não ter consciência de que as pessoas podem não roubar um banco porque mediram os prós e os contras e resolveram não fazê-lo. Não percebe que os bancos só existem porque são "simplesmente" algo que agrada às pessoas, a saber, instituições que fornecem empréstimos. Fedro começou a se perguntar por que essa condenação do "agradável" parecera, de início, uma objeção tão natural.

Logo viu que ela ia muito mais longe do que pensava. Quando as pessoas dizem: "Não faça simplesmente o que lhe agrada", não querem dizer simplesmente "Obedeça às autoridades", mas também outra coisa.

Essa "outra coisa" se abria para uma imensa área das crenças científicas clássicas, segundo as quais "o que lhe agrada" não é importante porque se resume a um conjunto de emoções irracionais dentro da sua pessoa. Fedro estudou esse argumento por bastante tempo e depois, com sua faca, o dividiu em dois grupos menores, aos quais deu o nome de materialismo científico e formalismo clássico. Disse que os dois se encontram freqüentemente unidos na mesma pessoa, mas que logicamente são separados.

O materialismo científico, mais comum entre os seguidores leigos da ciência que entre os próprios cientistas, afirma a realidade de tudo quanto é composto de matéria ou energia e é mensurável pelos instrumentos da ciência. Tudo o mais é irreal, ou pelo menos insignificante. "O que lhe agrada" não é mensurável e, portanto, é irreal. "O que lhe agrada" pode ser um fato ou uma alucinação. O agrado não distingue entre as duas coisas. O objetivo essencial do método científico é traçar distinções válidas entre o verdadeiro e o falso na natureza, eliminar os elementos subjetivos, irreais e imaginários da obra do indivíduo, de modo que produza uma imagem objetiva e verdadeira da realidade. Se Fedro dissesse que a Qualidade é subjetiva, aos ouvidos deles estaria dizendo somente que ela é imaginária e, portanto, pode ser deixada de fora de qualquer consideração séria da realidade.

Do outro lado há o formalismo clássico, segundo o qual o que não é compreendido intelectualmente não é compreendido de forma nenhuma. Nesse caso, a Qualidade não tem importância porque é objeto de uma compreensão emocional desacompanhada dos elementos intelectuais da razão.

Dessas duas principais fontes do epíteto "simplesmente", Fedro achava que a primeira, o materialismo científico, era de longe a mais fácil de reduzir a escombros. Sua educação anterior ensinara-lhe que ela fazia parte de uma ciência ingênua. Foi aí que ele atacou primeiro, usando a *reductio ad absurdum*. Essa forma de argumento se baseia no fato de que, se as conclusões inevitáveis de certas premissas são absurdas, pode-se deduzir que pelo menos uma das premissas que as geraram é absurda. Disse ele: vamos examinar o que decorreria da premissa de que nada que não seja composto de matéria ou energia pode ser real ou importante.

Usou o número zero como primeiro exemplo. O zero, surgido inicialmente entre os indianos, foi trazido ao Ocidente pelos árabes durante a Idade Média, e era desconhecido dos antigos gregos e romanos. *Como?* – ele pensou. Será que a natureza ocultara o zero sob uma tal nuvem de sutileza que nem todos os gregos e romanos – milhões e milhões – puderam encontrá-lo? O normal seria pensar que o zero está logo aí, debaixo dos narizes de todos. Fedro demonstrou o absurdo de procurar derivar o zero de uma forma qualquer de massa ou energia e depois perguntou, retoricamente, se isso significava que o número zero não era "científico". Nesse caso, será que os computadores digitais, que funcionam exclusivamente com os números um e zero, deveriam limitar-se somente ao uso do número um para fazer trabalhos científicos? Aí não era difícil encontrar o absurdo.

Passou então a outros conceitos científicos, um por um, demonstrando como não poderiam, em absoluto, existir independentemente de considerações subjetivas. Terminou com a lei da gravidade, usando o mesmo exemplo que dei a John e Sylvia na primeira noite de nossa viagem. Se a subjetividade for eliminada como insignificante, disse, todo o corpo da ciência terá de ser eliminado junto com ela.

Entretanto, essa refutação do materialismo científico parecia colocá-lo no partido dos filósofos idealistas – Berkeley, Hume, Kant, Fichte, Schelling, Hegel, Bradley, Bosanquet –, excelentes companheiros, lógicos até a última vírgula, mas tão difíceis de justificar na linguagem do "bom senso" que, em defesa da Qualidade, eles se afiguravam mais como um fardo que como uma ajuda. O argumento de que o mundo era todo espírito podia até ser uma posição sólida do ponto de vista lógico, mas certamente não era uma boa posição retórica. Era tediosa e difícil demais para um simples curso de redação dirigido aos calouros de inglês. "Forçada" demais.

A essa altura, o chifre subjetivo do dilema parecia quase tão pouco inspirador quanto o objetivo. E os argumentos do formalismo clássico, quando começou a examiná-los, tornaram-no ainda pior. Eram argumentos extremamente convincentes, segundo os quais ninguém deve atender a seus impulsos emocionais imediatos sem levar em consideração, racionalmente, o quadro geral.

Diz-se às crianças: "Não gaste toda a sua mesada em chiclete [impulso emocional imediato] porque, mais tarde, você vai querer gastar com outra coisa [quadro maior]." E aos adultos: "Esta fábrica de papel cheira mal mesmo com os melhores filtros [emoções imediatas], mas sem ela a economia de toda a cidade iria por água abaixo [quadro maior]." Nos termos da antiga dicotomia, é isto que se está dizendo: "Não baseie suas decisões no apelo superficial romântico sem levar em conta a forma subjacente clássica." E ele concordava com isso.

O que os formalistas clássicos queriam dizer com a objeção "A qualidade é simplesmente o que lhe agrada" era que essa "qualidade" indefinida e subjetiva que Fedro ensinava não tinha senão um apelo superficial romântico. Tudo bem, os concursos de popularidade realizados em sala de aula poderiam até determinar se uma composição tinha apelo imediato, mas será que isso era *Qualidade*? Acaso a Qualidade era algo que a gente "simplesmente percebe", ou seria algo mais sutil, algo não captado imediatamente, mas só depois de muito tempo?

Quanto mais ele examinava esse argumento, tanto mais o temia. Parecia capaz de lançar por terra toda a sua tese.

O que o tornava tão ameaçador era o fato de parecer responder a uma pergunta que surgira freqüentemente em sala de aula e que ele sempre tivera de responder de forma casuísta. A pergunta era a seguinte: se todos sabem o que é a qualidade, por que existe tanta discordância sobre o assunto?

A resposta casuísta era que, embora a *Qualidade* pura fosse a mesma para todos, os *objetos* nos quais as pessoas diziam que a Qualidade estava *presente* variavam de pessoa para pessoa. Enquanto ele se recusasse a definir a Qualidade, não haveria como contradizer isso; mas ele sabia, e sabia que os alunos sabiam, que essa resposta cheirava a falsidade. Não resolvia efetivamente a questão.

Havia uma explicação alternativa: as pessoas discordavam quanto à Qualidade porque alguns se baseavam em suas emoções imediatas, ao passo que outros aplicavam a totalidade de seus conhecimentos. Fedro sabia que, em qualquer concurso de popularidade realizado entre os professores do departamento de inglês, este último argumento, capaz de justificar e aumentar a autoridade de cada um deles, seria unanimemente endossado.

Porém, esse argumento era devastador. Em vez de uma Qualidade única e uniforme, parecia agora haver *duas* qualidades: uma qualidade romântica, a simples percepção, que os alunos tinham; e uma qualidade clássica, a compreensão geral, que os professores tinham. Uma qualidade bacana e uma careta. A caretice não era a ausência de Qualidade; era a Qualidade clássica. A bacanice não era a presença da Qualidade; era a mera Qualidade romântica. A cisão que ele descobrira ainda existia, mas desta vez a Qualidade não ficava inteira de um dos lados dela, como ele supusera inicialmente. A própria Qualidade se dividia em duas, uma de cada lado da linha divisória. Sua Qualidade simples, nítida, bela e indefinida começava a ficar complexa.

Ele não gostou da direção para a qual tudo caminhava. O próprio divisor de águas que unificaria os pontos de vista clássico e romântico fora dividido em duas partes e já não podia unificar coisa alguma. Fora pego por um moedor de carne analítico. A faca chamada "subjetividade e objetividade" cortara a Qualidade em dois e a inutilizara enquanto conceito operante. Para salvá-la, ele tinha de subtraí-la do domínio daquela faca.

E, com efeito, a Qualidade de que ele falava não era *nem* a Qualidade clássica *nem* a Qualidade romântica. Estava além de ambas. E, por Deus, não era nem subjetiva nem objetiva, encontrando-se além de *ambas* as categorias. No que dizia respeito à Qualidade, todo o dilema de subjetividade e objetividade, de espírito e matéria, era injusto. Já havia séculos que a relação entre espírito e matéria era um escolho filosófico. Estavam simplesmente lançando esse escolho sobre a Qualidade a fim de derrubá-la. Como poderia *ele* dizer se a Qualidade era espírito ou matéria se, para começar, nem sequer existia um consenso lógico acerca do que são o espírito e a matéria?

Assim: ele rejeitou o chifre da esquerda. Disse que a Qualidade não é objetiva. Não reside no mundo material.

Depois: rejeitou o chifre da direita. Disse que a Qualidade não é subjetiva, não reside no espírito somente.

E por fim: Fedro, tomando um caminho que a seu ver não fora jamais trilhado em toda a história do pensamento ocidental, avançou direto entre os chifres do dilema subjetivo-objetivo e afirmou que a Qualidade não faz parte nem do espírito nem da matéria. É uma *terceira* entidade, independente daquelas duas.

Pelos corredores, salões e escadarias de Montana Hall, as pessoas o ouviam cantar baixinho, em voz suave: "Santo, santo, santo... santa Trindade."

E resta um fragmento de memória, quase apagado, provavelmente errôneo, talvez mero produto de minha imaginação, segundo o qual ele simplesmente deixou que toda a estrutura de pensamento permanecesse nesse mesmo estado por semanas, sem levá-la adiante.

Chris grita:
– Quando vamos chegar ao topo?

— Provavelmente ainda temos muito que andar.
— Vamos ver muita coisa?
— Acho que sim. Procure o céu azul por entre as árvores. Enquanto não conseguimos ver o céu, sabemos que ainda temos muito que caminhar. Quando estivermos chegando ao topo, o céu vai aparecer entre as árvores.

A chuva da noite passada encharcou suficientemente o tapete de agulhas de pinheiro para torná-las boas para a caminhada. Às vezes, num tempo bem seco e numa montanha como esta, elas ficam escorregadias e é preciso pisar de lado para não cair.

Digo a Chris:
— Não é ótimo quando não existem arbustos nem mato rasteiro?
— E por que não tem?
— Acho que as árvores desta área nunca foram cortadas. Quando uma floresta passa séculos sem ser perturbada, as árvores impedem o crescimento de plantas menores.
— É como um parque — diz Chris. — Enxergamos tudo ao redor. — O espírito dele parece melhor hoje do que ontem. Acho que, daqui em diante, ele será um bom viajante. O silêncio da floresta melhora qualquer um.

Agora, segundo Fedro, o mundo era composto de três coisas: espírito, matéria e Qualidade. De início, o fato de não ter estabelecido relação nenhuma entre os três elementos não o incomodou. Se a relação entre espírito e matéria fora objeto de controvérsias por séculos e séculos e ainda não fora resolvida, como poderia ele, em questão de poucas semanas, chegar a uma opinião conclusiva sobre a Qualidade? Assim, deixou tudo como estava. Guardou a idéia numa espécie de prateleira mental onde relegava todas as perguntas para as quais não tinha respostas imediatas. Sabia que a tríade metafísica de sujeito, objeto e Qualidade teria de ser inter-relacionada mais cedo ou mais tarde, mas não teve pressa. Estava tão satisfeito por ter escapado ao perigo dos chifres que relaxou e aproveitou a situação por tanto tempo quanto pôde.

Ao fim e ao cabo, porém, examinou-a mais de perto. Embora não haja nenhuma objeção lógica a uma tríade metafísica, uma realidade tricéfala, essas tríades são incomuns e impopulares. Normalmente o metafísico procura um monismo, como Deus, o qual explica a natureza do mundo como manifestação de uma única coisa; ou um dualismo, como espírito e matéria, que a explica como manifestação de duas coisas; ou senão aceita um pluralismo, o qual a explica como a manifestação de um número infinito de coisas. Três, porém, é um número incômodo. Logo de cara se quer saber: por que três? Qual é a relação entre os três elementos? E, quando a necessidade de relaxar diminuiu, Fedro também ficou curioso a respeito dessa relação.

Notou que, embora a Qualidade seja normalmente associada aos objetos, a sensação de Qualidade às vezes ocorre sem nenhum objeto. Foi isso que o levou, de início, a pensar que a Qualidade talvez fosse toda subjetiva. Porém, a Qualidade para ele também não se reduzia ao prazer subjetivo. A Qualidade *diminui* a subjetividade. Tira a pessoa de si mesma e lhe dá consciência do mundo que a rodeia. A Qualidade é oposta à subjetividade.

Não sei o quanto ele teve de pensar para chegar a isso, mas a certa altura viu que a Qualidade não poderia ser independentemente relacionada nem ao sujeito nem ao objeto; poderia ser encontrada *somente na relação entre os dois*. É ela o ponto em que sujeito e objeto se encontram.

Estava quente.

A Qualidade não é uma *coisa*. É um *evento*.

Mais quente.

É o evento em que o sujeito toma consciência do objeto.

E, uma vez que sem objeto não há sujeito – uma vez que o objeto cria a consciência que o sujeito tem de si mesmo enquanto tal –, a Qualidade é o evento no qual se torna possível a consciência do sujeito e do objeto.

Quentíssimo.

Percebeu que estava chegando lá.

Isso significa que a Qualidade não é o mero *resultado* de uma colisão entre sujeito e objeto. A própria existência do sujeito e do objeto é *deduzida* do evento qualitativo. O evento qualitativo é a *causa* dos sujeitos e objetos, que depois são erroneamente considerados a causa da Qualidade!

Pegara pela garganta o maligno dilema, o qual sempre trouxera em seu bojo, despercebido, um pressuposto vil, desprovido de justificação lógica: de que a Qualidade seria o *efeito* dos sujeitos e objetos. *Não era!*

Fedro puxou da faca.

"O sol da qualidade", escreveu, "não gira em torno dos sujeitos e objetos de nossa existência. Não os ilumina passivamente. Não está subordinado a eles de nenhuma maneira. Foi ele que os *criou*. São eles que *lhe* estão subordinados!"

E a essa altura, quando escreveu isso, soube que havia chegado a um tipo de culminação de pensamento pelo qual lutara inconscientemente no decorrer de muitos anos.

– Céu azul! – berra Chris.

Lá está ela, muito acima de nós, uma estreita faixa de azul em meio aos troncos das árvores.

Passamos a caminhar mais rápido, as faixas azuis tornam-se cada vez maiores entre as árvores e logo vemos um trecho, bem no topo, em que as árvores desaparecem por completo, deixando uma clareira aberta. A cerca de cinqüenta metros do cume, grito "Vamos lá!" e parto numa corrida, empenhando nela todas as reservas de energia que consegui economizar.

Dou tudo de mim, mas Chris corre mais rápido. Passa por mim, dando risada. Com o peso nas costas e a altitude, não estamos batendo nenhum recorde, mas estamos correndo na máxima velocidade possível.

Chris chega primeiro, enquanto eu mal saí das árvores. Levanta os braços e grita:

– O Vencedor!

Egoísta.

Chego tão esbaforido que não consigo falar. Simplesmente deixamos cair as mochilas dos ombros e nos jogamos no chão, recostando nas pedras. A parte superficial do solo está seca por causa do sol, mas a parte inferior ainda é a lama da chuva de ontem. Abaixo de nós, a quilômetros e quilômetros de distância, além das vertentes arborizadas e dos campos cultivados, fica o Gallatin Valley. Bozeman fica num dos cantos do vale. Um gafanhoto pula das pedras e voa para baixo, para longe de nós, por sobre as árvores.

– Conseguimos – diz Chris. Ele está contentíssimo. Quanto a mim, ainda estou sem fôlego e não consigo responder. Tiro as botas e as meias, encharcadas de suor, e ponho-as para secar sobre uma rocha. Contemplo-as meditativamente enquanto seus vapores ascendem em direção ao sol.

20

Evidentemente, dormi. O sol queima. Segundo meu relógio, faltam poucos minutos para o meio-dia. Olho por sobre a rocha na qual me reclino e vejo Chris dormindo a sono solto do outro lado. Muito acima dele, a floresta termina em rochedos cinzentos encimados por faixas de neve. Podemos escalar esta vertente por ali, mas a escalada ficaria perigosa perto do topo. Passo algum tempo olhando o cume. Que foi que Chris disse que eu falei a noite passada? – "Verei você no topo da montanha"... não... "*Encontrarei* você no topo da montanha."

Como poderia encontrá-lo no topo da montanha se já estou com ele? Há algo muito estranho nisso. Ele disse que eu também falei outra coisa, numa outra noite – que este é um lugar solitário. Isso contradiz minha crença real. Na minha opinião, este lugar não é nem um pouco solitário.

Um ruído de desmoronamento de rochas chama minha atenção para um dos lados da montanha. Nenhum movimento. Imobilidade total.

Tudo bem. Esses pequenos desmoronamentos acontecem o tempo todo.

Às vezes, porém, não são tão pequenos. As avalanches começam com pequenos movimentos como esse. Para quem está acima ou ao lado, são interessantes de ver. Mas, para quem está embaixo – babau. Tudo que resta a fazer é vê-las chegar.

* * *

Dormindo, as pessoas dizem coisas estranhas, mas por que eu teria dito que vou *encontrá-lo*? E por que teria ele pensado que eu estava acordado? Nisso há algo de errado que gera em mim um mau sentimento, mas não sei do que se trata. O sentimento vem primeiro, o entendimento depois.

Ouço movimentos de Chris e vejo-o olhar em volta.

– Onde estamos? – pergunta ele.

– No topo da vertente.

– Ah – diz. Sorri.

Preparo um almoço de queijo suíço, salame e biscoitos salgados. Corto o queijo e o salame em fatias primorosamente regulares. O silêncio permite-nos alcançar a perfeição em cada coisa que fazemos.

– Vamos construir uma cabana aqui – diz ele.

– Ahhhhh – solto um gemido. – E subir até aqui todos os dias?

– É claro – provoca ele. – Não foi tão difícil.

O dia de ontem já está longe em sua memória. Passo-lhe alguns biscoitos e um pouco de queijo.

– Sobre o que você fica pensando o tempo todo? – pergunta ele.

– Milhares de coisas – respondo.

– O quê?

– Você não conseguiria entender a maioria delas.

– Por exemplo?

– Por exemplo, por que eu disse que encontraria você no topo da montanha.

– Ah – diz ele, olhando para baixo.

– Você disse que eu parecia bêbado – puxo o fio da conversa.

– Não, bêbado não – responde ele, ainda de cabeça baixa. O modo como afasta seu olhar de mim me faz pensar, de novo, se estaria dizendo a verdade.

– Então como?

Ele não responde.

– Como, Chris?

– Diferente, só isso.

– Como?

– Ora, não *sei!* – Ele olha para mim com uma sombra de medo. – Como você costumava falar há muito tempo – diz, e baixa de novo a cabeça.

– Quando?
– Quando morávamos aqui.
Conservo a firmeza do rosto para que ele não perceba nenhuma mudança de expressão. Então, com todo o cuidado, levanto-me e viro metodicamente as meias sobre a pedra. Há muito tempo que já estão secas. Voltando com elas na mão, vejo que ele ainda olha para mim de soslaio. Como quem não quer nada, digo:
– Não percebi que eu estava falando de um jeito diferente.
Ele não responde.
Ponho as meias e calço as botas sobre elas.
– Estou com sede – fala Chris.
– Não teremos de descer muito para achar água – afirmo, levantando-me. Contemplo a neve por certo tempo e completo:
– Pronto para seguir em frente?
Ele assente com a cabeça e colocamos as mochilas nas costas.
Enquanto andamos pelo topo do espinhaço, rumo à entrada de uma ravina, ouvimos de novo o ruído de um desmoronamento de rochas, bem mais alto que o que ouvi há pouco. Olho para cima para ver de onde vem. Nada, ainda.
– O que foi isso? – pergunta Chris.
– Desmoronamento.
Ambos estacamos por um estante, a ouvir. Chris pergunta:
– Tem alguém lá em cima?
– Não, acho que é só o degelo que faz soltar as pedras. Quando o começo do verão é bem quente, ouvem-se muitos pequenos desmoronamentos. Às vezes, alguns grandes. Faz parte do desgaste natural das montanhas.
– Não sabia que as montanhas se consumiam.
– Elas não se consomem, se *desgastam*. Ficam redondas e suaves. Estas montanhas ainda não foram desgastadas.
Agora, em toda parte à nossa volta, exceto acima, as vertentes da montanha estão cobertas com o verde-negro da floresta. A distância, ela parece feita de veludo.
Digo:
– Quando olhamos para estas montanhas agora, elas parecem permanentes e pacíficas, mas estão mudando o tempo todo e essas mudanças nem sempre são pacíficas. Lá embaixo, bem aqui abaixo de

onde estamos, existem forças que podem rasgar em duas toda esta montanha.
— Isso acontece?
— Acontece o quê?
— Uma montanha ser rasgada em duas.
— Acontece — retruco. Então me lembro: — Não muito longe daqui, dezenove pessoas jazem mortas debaixo de milhões de toneladas de pedra. Todos ficaram surpresos por só haver dezenove.
— O que aconteceu?
— Eram turistas do Leste que pararam à noite para acampar. Durante a noite, as forças subterrâneas se desencadearam. No dia seguinte, quando os membros da equipe de resgate viram o que tinha acontecido, limitaram-se a balançar a cabeça. Nem sequer tentaram escavar. Teriam de revolver dezenas de metros de rochas em busca de corpos que seriam enterrados de novo. Então, deixaram-nos ali, e ali estão até hoje.
— Como eles sabem que só havia dezenove pessoas?
— Os vizinhos e parentes de suas cidades de origem deram queixa de desaparecimento.
Chris contempla o topo da montanha à nossa frente.
— Será que eles não tiveram aviso nenhum?
— Não sei.
— É de pensar que haveria algum tipo de aviso.
— É possível que tenha havido.
Caminhamos até o ponto em que o espinhaço se dobra em direção ao corpo principal da montanha, no começo de uma ravina. Percebo que podemos seguir o curso descendente da ravina até encontrar água. Começo a descer agora.
Mais rochas desmoronam acima. De repente, fico com medo.
— Chris? — digo.
— Que foi?
— Sabe o que eu acho?
— Não. O quê?
— Acho que seríamos muito espertos se deixássemos o cume da montanha para lá e tentássemos escalá-lo num outro verão.
Ele fica em silêncio. Então diz:
— Por quê?
— Estou com um mau pressentimento.

Ele permanece de boca fechada por um longo lapso de tempo. Por fim, diz:
— Como, por exemplo?
— Ah, penso por exemplo que, lá em cima, poderíamos ser pegos por uma tempestade, um desmoronamento ou alguma outra coisa, e aí estaríamos encrencados mesmo.

Mais silêncio. Olho para ele e vejo em seu rosto que está realmente decepcionado. Acho que sabe que estou escondendo algo.

— Por que você não pensa sobre o assunto — digo — e, quando encontrarmos água e fizermos o almoço, decidiremos?

Prosseguimos na descida.
— Tudo bem? — digo.
Ele diz por fim:
— Tudo bem — sem compromisso nenhum na voz.

Por enquanto a descida está fácil, mas vejo que ficará mais inclinada daqui a pouco. O local aqui ainda é aberto e ensolarado, mas logo estaremos entre as árvores.

Não sei o que significou aquela estranha conversa noturna; sei apenas que não foi nada de bom. Nem para mim, nem para ele. Parece que o cansaço da moto, dos acampamentos, da Chautauqua e destes lugares do passado tem um efeito ruim sobre mim, que transparece à noite. Quero sair daqui o mais rápido possível.

De fato, para Chris, isso não deve parecer em nada com as épocas passadas. Hoje em dia, qualquer coisa me dá medo, e não tenho vergonha de admiti-lo. *Ele* nunca tinha medo de nada. Nunca. Essa é a diferença entre nós. É por isso que estou vivo e ele não. Se ele está aqui, na forma de alguma entidade psíquica, algum fantasma, algum Doppelgänger à nossa espera lá em cima, Deus sabe como..., bem, terá de esperar sentado. Por muito, muito tempo.

Estas terras altas ficam sinistras depois de algum tempo. Quero descer, descer, para bem longe.

Até o oceano. Isso me parece bom. Onde as ondas quebram devagar, com seu ruído perpétuo, e onde não podemos cair de precipício nenhum. Já estamos no fundo.

Agora penetramos de novo nas árvores. A vista do cume da montanha é impedida pelas copas e fico contente.

Também nesta Chautauqua parece-me que já seguimos o suficiente o caminho de Fedro. Agora quero sair desse caminho. Já lhe atribuí o crédito pelo que pensou, disse e escreveu, e agora quero desenvolver por mim mesmo algumas idéias que ele mesmo deixou de lado. O título desta Chautauqua é *Zen e a arte da manutenção de motocicletas*, não *Zen e a arte de escalar montanhas*; nos cumes das montanhas não há motocicletas e, na minha opinião, o que há lá de Zen é muito pouco. O Zen é o "espírito do vale", não da montanha. O único Zen que você encontrará no topo da montanha é o que você levar até lá. Vamos sair daqui.

– É gostoso descer, não é?

Nenhuma resposta.

Infelizmente, parece que teremos uma briguinha.

Você sobe até o topo da montanha e tudo que ganha é uma grande e pesada tabuleta de pedra, cheia de regras escritas.

Foi mais ou menos isso que aconteceu com ele.

Achou que era um maldito Messias.

Mas *comigo* não, violão. O trabalho é muito e o salário, pouquíssimo. Vamos embora. Vamos embora...

Logo estou descendo a vertente numa espécie de galope imbecil, desabalado, de dois passos... *ga-dump, ga-dump, ga-dump*... até que ouço o berro de Chris: "MAIS DEVAGAR!", e vejo que ele está uns duzentos metros atrás de mim, no meio das árvores.

Diminuo o ritmo, mas em breve percebo que ele está ficando para trás de propósito. Evidentemente, está decepcionado.

Acho que, nesta Chautauqua, o que devo fazer é simplesmente indicar de forma resumida a direção em que Fedro caminhou, sem criticá-lo, e depois seguir meu próprio caminho. Creia-me: quando o mundo não é visto como uma dualidade de espírito e matéria, mas como uma tríade de qualidade, espírito e matéria, a arte de consertar motocicletas e outras artes adquirem uma dimensão e um significado que nunca tiveram antes. O espectro da tecnologia, do qual os Sutherland vivem fugindo, deixa de ser uma coisa má e se torna um elemento positivo e divertido. E a demonstração desse fato será uma tarefa longa e igualmente divertida.

Porém, antes de mais nada, para deixar que esse outro espectro siga seu caminho, tenho de dizer o seguinte:

Talvez ele tivesse caminhado na mesma direção em que vou caminhar agora. Talvez o tivesse feito se sua segunda onda de cristalização, a onda metafísica, tivesse se fixado por fim no lugar onde pretendo fixá-la, ou seja, no mundo cotidiano. Acho que a metafísica só é boa quando melhora a vida cotidiana; caso contrário, esqueça-a. Infelizmente para ele, porém, ela não se fixou. Transformou-se numa terceira onda de cristalização, uma onda mística, da qual ele jamais se recuperou.

Estivera especulando sobre a relação entre a Qualidade, de um lado, e espírito e matéria, de outro, e identificara a Qualidade como a mãe do espírito e da matéria, o acontecimento que dá origem ao espírito e à matéria. Essa inversão copernicana da relação entre a Qualidade e o mundo objetivo poderia parecer misteriosa se não fosse cuidadosamente explicada, mas ele não queria ser misterioso. Queria dizer simplesmente que na extrema vanguarda do tempo, antes que um objeto possa ser distinguido, é preciso haver uma consciência não-intelectual que chamou de consciência da Qualidade. Você só pode ter consciência de ver uma árvore *depois* de tê-la visto, e entre o instante da visão e o instante da consciência deve haver um lapso de tempo. Às vezes, consideramos esse lapso insignificante. Porém, não há justificativa para pensar que esse lapso de tempo não tem importância – não há justificativa *de espécie alguma*.

O passado só existe em nossa memória; o futuro, só em nossos planos. O presente é a única realidade. Em virtude desse pequeno lapso de tempo, a árvore da qual você tem consciência intelectual está sempre no passado e, logo, é sempre irreal. *Qualquer* objeto intelectualmente concebido permanece *sempre* no passado e é, portanto, *irreal*. A realidade é sempre o momento da visão, *antes* da intelectualização. Não há outra realidade. Foi essa realidade pré-intelectual que Fedro pensou ter identificado com a Qualidade. Uma vez que todas as coisas intelectualmente identificáveis têm de *nascer* dessa realidade pré-intelectual, a Qualidade é a *mãe*, a *fonte* de todos os sujeitos e objetos.

Fedro pensava que, em geral, são os intelectuais que têm mais dificuldade de ver essa Qualidade, exatamente por fazerem tanta questão de reduzir tudo rapidamente a uma forma intelectual. Os que têm mais facilidade para vê-la são as crianças pequenas, as pessoas sem instrução e os "excluídos" da cultura. São os que têm menos predisposição à intelectualidade derivada de fontes culturais e têm menos formação, uma formação que instilaria ainda mais aquela idéia em suas cabeças. Por isso, pensava ele, que a caretice é uma doença que praticamente só acomete os intelectuais. Achava também que o fato de ter sido expulso da universidade o imunizara acidentalmente contra essa doença, ou pelo menos cortara, em certa medida, o hábito dela. Depois de ter sido expulso, ele não sentia mais uma identificação compulsória com a intelectualidade e era capaz de ver com simpatia as doutrinas antiintelectuais.

Na opinião dele, os caretas, parciais em favor da intelectualidade, geralmente vêem a Qualidade – a realidade pré-intelectual – como algo insignificante, um monótono período de transição entre a realidade objetiva e sua percepção subjetiva. Por terem a idéia preconcebida de sua insignificância, não buscam saber se ela difere, ou não, da concepção intelectual que fazem dela.

Ela *é* diferente, disse ele. Quando começa a ouvir o som dessa Qualidade, a ver aquela muralha coreana, aquela realidade não-intelectual em sua forma pura, você tem vontade de esquecer todo o conhecimento baseado nas palavras, o qual, como você percebe então, nunca está onde parece estar.

Agora, armado daquela nova trindade metafísica, correlacionada pelo tempo, ele pôde obstar completamente a cisão clássico-romântica que ameaçara arruiná-lo. Eles não poderiam mais retalhar a Qualidade. Ele, sentado tranqüilo, poderia retalhá-*los* a seu bel-prazer. A Qualidade romântica sempre se correlacionava com as impressões instantâneas. A Qualidade careta sempre envolvia múltiplas considerações que se estendiam por um período de tempo. A Qualidade romântica era o presente, o aqui-e-agora das coisas. A clássica sempre tratava de algo fora do presente. A relação entre passado, presente e futuro era sempre levada em consideração. Para quem concebia o passado e o futuro como contidos no presente, ótimo – essa pessoa vivia para o presente. E, se a moto está funcionando, para que se preocupar? Porém, para quem considera o presente um mero instante entre o passado e o futuro, um momento fugidio, negligenciar o passado e o futuro é uma opção de péssima Qualidade. A moto pode estar funcionando agora, mas quando foi que você verificou pela última vez o nível de óleo? Mesquinharia do ponto de vista romântico, mas, do clássico, simples bom senso.

Agora temos dois tipos diferentes de Qualidade, que no entanto já não dividem a Qualidade em si. São apenas dois aspectos temporais da

Qualidade: o imediato e o prolongado. O que se exigia antes era uma hierarquia metafísica semelhante a esta:

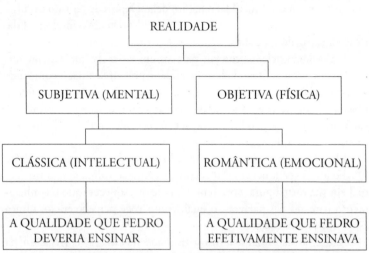

O que ele lhes forneceu em troca era uma hierarquia metafísica como esta:

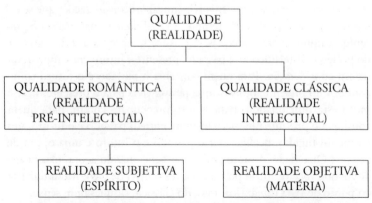

A Qualidade que ele ensinava não era um mero fragmento da realidade: era a realidade inteira.

Adotou então os termos da tríade para responder à pergunta: por que cada pessoa vê a Qualidade de maneira diferente? Antes, sempre tivera de dar respostas insatisfatórias a essa pergunta. Desta vez, disse: "A Qualidade não tem figura nem forma, é indescritível. Ver figuras e formas é usar o intelecto. A Qualidade independe de quaisquer figuras e formas. Os nomes, figuras e formas que damos à Qualidade só dependem dela parcialmente. Parcialmente, dependem também das imagens *a priori* que acumulamos na memória. No evento qualitativo, sempre buscamos encontrar algo análogo às experiências que já tivemos. Se assim não fosse, não seríamos capazes de agir. Construímos nossa linguagem e toda a nossa cultura sobre o fundamento dessas analogias."

Disse que as pessoas têm opiniões diversas sobre a Qualidade porque a encaram segundo analogias diferentes. Apresentou exemplos lingüísticos, demonstrando que as letras *da*, *Ôa* e *dha*, da língua hindi, têm todas o mesmo som para nós, pois não temos em nossa experiência nenhuma analogia que nos torne sensíveis às diferenças entre elas. Do mesmo modo, a maioria dos falantes de hindi não são capazes de distinguir entre seu *da* e o *th* dos falantes de inglês, pois não foram sensibilizados para isso. Disse ainda que os camponeses da Índia não têm dificuldade alguma para ver fantasmas, mas têm uma dificuldade terrível para ver a lei da gravidade.

É isso – afirmou – que explica por que toda uma classe de alunos de primeiro ano de faculdade pode chegar a avaliações semelhantes de Qualidade na redação. Todos eles têm conhecimentos semelhantes e antecedentes de vida semelhantes. Porém, caso se introduzisse na classe um grupo de estudantes estrangeiros, ou se apresentassem aos alunos poemas medievais que fugissem à experiência deles, a capacidade dos alunos de avaliar a Qualidade provavelmente não seria tão homogênea.

Em certo sentido, asseverou, é a escolha de Qualidade por parte do aluno que define *o próprio aluno*. As pessoas têm opiniões diferentes sobre a Qualidade – não porque a Qualidade seja diferente, mas porque as experiências passadas das pessoas são diferentes. Especulou que, se duas pessoas tivessem analogias idênticas *a priori*, sua avaliação da Qualidade seria sempre idêntica. Mas, como essa idéia não podia ser posta à prova, teria de permanecer no campo da pura especulação.

Respondendo a seus colegas professores, ele escreveu:

"Qualquer explicação filosófica da Qualidade será simultaneamente falsa e verdadeira, pelo fato mesmo de ser uma explicação filosófica. O processo de explicação filosófica é um processo analítico, um processo pelo qual um todo é decomposto em sujeitos e predicados. O que denoto (e todas as pessoas denotam) pela palavra *qualidade* não pode ser decomposto em sujeitos e predicados, não porque a Qualidade seja misteriosa, mas porque é maximamente simples, imediata e direta.

"Dentre as analogias intelectuais da Qualidade pura, a mais inteligível para as pessoas daqui é que 'a Qualidade é a resposta de um organismo a seu ambiente' [ele usou esse exemplo porque seus principais adversários pareciam conceber as coisas segundo uma teoria comportamentalista de estímulo e resposta]. Uma ameba, colocada num pires cheio d'água com uma gota de ácido sulfúrico diluído ao lado, vai se afastar do ácido (suponho). Se pudesse falar, a ameba, mesmo sem ter a menor noção do que é o ácido sulfúrico, diria: 'Este ambiente é de má qualidade.' Se tivesse um sistema nervoso, poderia agir de maneira muito mais complexa para superar a má qualidade do ambiente. Buscaria analogias, ou seja, imagens e símbolos tirados de suas experiências passadas, para definir a natureza desagradável de seu novo ambiente e assim 'compreendê-lo'.

"Em nosso estado orgânico altamente complexo, nós, organismos avançados, respondemos a nosso ambiente inventando muitas analogias maravilhosas. Inventamos a terra e o céu, as árvores, as rochas e o mar, os deuses, a música, as artes, a linguagem, a filosofia, a engenharia, a civilização e a ciência. Damos a essas analogias o nome de realidade. E elas *são* a realidade. Em nome da verdade, hipnotizamos nossos filhos para levá-los a saber que elas *são* a realidade. Os que não aceitam essas analogias, nós os colocamos num hospício. Porém, o que nos leva a inventar as analogias é a Qualidade. A Qualidade é o estímulo contínuo que o ambiente nos impõe para criar o mundo em que vivemos: o mundo todo, em cada uma de suas partes.

"Ora, é evidentemente impossível tomar aquilo que nos fez criar o mundo e inseri-lo dentro do mundo que criamos. É por isso que a Qualidade não pode ser definida. Quando a definimos, o que definimos é menos que a Qualidade propriamente dita."

Lembro-me deste fragmento mais claramente do que dos outros, talvez por ser o mais importante de todos. Quando o escreveu, ele sentiu uma onda momentânea de medo e esteve a ponto de riscar as palavras "o mundo todo, em cada uma de suas partes". Havia loucura ali. Acho que ele percebeu. Porém, não conseguiu apresentar a si mesmo nenhum motivo lógico para riscar essas palavras, e já era tarde demais para se acovardar. Ignorou esse aviso e deixou as palavras como estavam. Soltou o lápis e então... foi como se algo se rompesse. Como se, dentro dele, algo tivesse sido submetido a uma tensão demasiada e não a tivesse suportado. Já era tarde demais.

Começou a perceber que havia se afastado de sua posição original. Já não estava falando de uma trindade metafísica, mas de um monismo absoluto. A Qualidade era a origem e a substância de todas as coisas.

Toda uma torrente de associações filosóficas veio-lhe ao espírito. Hegel, com seu Espírito Absoluto, dissera a mesma coisa. Também o Espírito Absoluto era independente da objetividade e da subjetividade.

Mas Hegel, embora dissesse que o Espírito Absoluto era a origem de todas as coisas, excluiu a experiência romântica das "coisas" a que ele havia dado origem. O Absoluto de Hegel era completamente clássico, completamente racional e ordeiro.

A Qualidade não era assim.

Fedro lembrou-se que Hegel fora tido como uma ponte entre as filosofias do Ocidente e do Oriente. O Vedanta dos hindus, a Via dos taoístas, até mesmo o Buda haviam sido classificados como sistemas de monismo absoluto semelhantes à filosofia de Hegel. Naquela época, porém, Fedro questionou o pressuposto de que a Unidade mística e o monismo metafísico podiam ser equiparados, uma vez que a Unidade mística não segue regra alguma, ao passo que o monismo metafísico segue. Sua Qualidade não era uma entidade mística, mas metafísica. Ou será que não? Qual seria a diferença?

Respondeu para si mesmo que a diferença residia unicamente na definição. As entidades metafísicas são definidas. As Unidades místicas, não. Com isso, a Qualidade tornava-se mística. Mas não. Na realidade, era ambas as coisas. Embora até então ele a tivesse pensado filosoficamente como um conceito metafísico, em nenhum momento concordara em defini-la. Por isso, era mística também. Sua indefinibilidade a libertava das regras da metafísica.

Então, seguindo um impulso, Fedro caminhou até a estante de livros e puxou um volumezinho encadernado em papel-cartão azul. Anos antes, havia copiado à mão e encadernado aquele livro, pois não encontrara em lugar nenhum um exemplar à venda. Era o *Tao Te Ching* de Lao-tsé, de 2.400 anos. Começou a reler as linhas que já havia lido inúmeras vezes, mas desta vez estudou o texto para ver se conseguia efetuar uma determinada substituição. Lia e interpretava ao mesmo tempo.

Eis o que leu:

A qualidade que pode ser definida não é a Qualidade Absoluta.

Era isso que ele havia dito.

Os nomes que lhe podem ser dados não são nomes absolutos.
Ela é a origem do céu e da terra.
Com um nome, é a mãe de todas as coisas...

Exatamente.

A Qualidade [Qualidade romântica] *e sua manifestação* [Qualidade clássica] *são, em sua natureza essencial, idênticas. Ela recebe diferentes nomes* [sujeitos e objetos] *quando se manifesta classicamente.*

A qualidade romântica e a qualidade clássica, juntas, podem ser chamadas o "místico".

Aprofundando-se de mistério em mistério, é o portal do segredo de toda a vida.

A Qualidade penetra todas as coisas.
Seu uso é inexaurível!
Insondável!
Como a nascente de todas as coisas...
Não obstante, permanece transparente como a água.
Não sei de quem ela é Filha.
Uma imagem do que existia antes de Deus.
... Contínua, continuamente permanece. A quem a recebe, serve com facilidade...

Embora contemplada com os olhos, não pode ser vista... embora auscultada com os ouvidos, não pode ser ouvida... embora pega com a mão, não pode ser tocada... estes três escapam de todas as investigações e assim se unem e se tornam um.

Não é por sua ascensão que vem a luz,
Nem pelo seu declínio sobrevêm as trevas.
Incessante, contínua,
Não pode ser definida

E de novo torna ao mundo do nada.
Por isso é chamada a forma do sem-forma,
A imagem do sem-imagem.
Por isso é chamada "fugidia".
Se a encontrares, não contemplarás sua face;
Se a seguires, não a verás pelas costas.
O que se atém à Qualidade antiga
Conhecerá os princípios primordiais
Que são a continuidade da Qualidade.

Fedro leu o texto linha por linha, versículo por versículo, e viu-os adequar-se, emparelhar-se, encaixar-se perfeitamente. De modo exato. Era *isso* que ele queria dizer. Era *isso* que ele vinha dizendo desde o começo, embora de maneira medíocre, mecânica. Naquele livro não havia nada de vago ou inexato. Era tão preciso e definido quanto poderia ser. Dizia o que ele vinha dizendo, mas numa linguagem diferente, com raízes e origens diferentes. Fedro vinha de outro vale, mas contemplava agora *aquele* vale – não como um conto contado por estranhos, e sim como uma parte do próprio vale do qual provinha. Agora via tudo.

Decifrara o código.

Continuou a ler. Linha por linha, página por página. Nenhuma discrepância. O que ele chamara de Qualidade era ali o Tao, a grande força geradora de todas as religiões, orientais e ocidentais, do passado e do presente, de todo conhecimento, de tudo o que existe.

Então levantou os olhos de seu espírito e contemplou sua própria imagem. Percebeu onde estava, o que estava vendo, e... não sei, na verdade, o que aconteceu... aquele rompimento que sentira antes, o rompimento interno de sua mente, adquiriu de repente uma enorme força de peso, como as rochas no topo de uma montanha. Antes que pudesse esboçar um movimento, a massa de conhecimento subitamente acumulada começou a crescer e multiplicar-se numa descontrolada avalanche de pensamento e consciência; cada novo crescimento da massa que despenhava pela montanha fazia desprender um volume de rochas cem vezes maior, e a nova massa arrastava um volume cem vezes maior, e depois cem vezes aquele; cada vez mais ampla e mais larga; até que não sobrasse mais nada.

Mais nada de nada.

O chão desapareceu de sob seus pés.

21

— Você não é muito corajoso, é? – afirma Chris.
— Não – retruco, puxando com os dentes a casca de uma fatia de salame. — Mas nem queira saber o quanto sou esperto.

Já estamos bem longe do topo. Aqui, os pinheiros de diversas espécies e os arbustos latifoliados que crescem debaixo deles são muito mais altos e compactos do que eram nesta mesma altitude do outro lado do desfiladeiro. É evidente que este lado recebe mais chuva. Engulo uma grande quantidade de água de um jarro que Chris acabou de encher no regato; depois, olho para Chris. Vejo em sua expressão que se resignou a descer e que não há necessidade de tentar convencê-lo nem de lhe passar sermão. Arrematamos o almoço com alguns doces, regados com mais um jarro d'água, e deitamo-nos no chão para descansar. A água de montanha tem o melhor gosto do mundo.

Ao cabo de certo tempo, Chris afirma:
— Já posso carregar um peso maior.
— Tem certeza?
— Claro que tenho certeza – diz ele, com uma pontinha de arrogância.

Grato, transfiro alguns objetos mais pesados para sua mochila. Para vestir as mochilas, passamos as alças pelos ombros ainda sentados no chão e então nos levantamos. Sinto a diferença de peso. Chris, quando está no espírito, é capaz de ter muita consideração pelos outros.

Daqui em diante, a descida será lenta. Evidentemente, esta vertente já foi explorada pelos madeireiros; os arbustos debaixo dos pinheiros são mais altos que nossa cabeça e dificultam a caminhada. Teremos de dar a volta.

O que pretendo fazer agora, na Chautauqua, é fugir um pouco das abstrações intelectuais de natureza extremamente geral e apresentar algumas informações sólidas, práticas, que podem ser usadas no dia-a-dia; e não sei muito bem como fazer isso.

Os pioneiros em geral têm um lado que não costuma ser lembrado: invariavelmente, por sua própria natureza, são bagunceiros. Seguem em frente, de olhos fixos em sua meta nobre e distante, e não atentam para a desordem e os detritos que vão deixando pelo caminho. A tarefa de limpeza, nem glamourosa nem muito interessante, sobra para outra pessoa. Para empreendê-la, é preciso deprimir-se um pouco. Então, quando você já está deprimido e com o espírito bem baixo, ela não é tão ruim assim.

Subir no alto de uma montanha e descobrir uma relação metafísica entre a Qualidade e o Buda é algo muito espetacular, mas pouquíssimo importante. Fosse esse o único assunto desta Chautauqua, eu deveria ser mandado embora. O importante é a relação entre essa descoberta e todos os vales deste mundo, todas as profissões tediosas e monótonas e os anos de labuta que nos aguardam nelas.

No primeiro dia, quando reparou nas pessoas que vinham em sentido contrário, Sylvia sabia do que estava falando. Que disse ela? "Um cortejo funerário." A tarefa que nos aguarda é a de voltar para aquele cortejo com um entendimento mais amplo do que o que existe lá agora.

Em primeiro lugar, devo dizer que não sei se a afirmação de Fedro, de que a Qualidade é o Tao, é verdadeira. Não conheço nenhum método pelo qual possa ser verificada, uma vez que ele se limitou a comparar seu entendimento de uma entidade mística com outra entidade mística. Certamente pensou que as duas eram a mesma, mas pode não ter chegado a compreender completamente o que é a Qualidade. Ou, o que é mais provável, pode não ter entendido o Tao. É certo que não era um sábio. E aquele livro traz muitos conselhos aos sábios, conselhos que ele deveria ter ouvido.

Penso, além disso, que aquele alpinismo metafísico nada fez para aumentar nosso entendimento do que é a Qualidade ou do que é o Tao. Nada mesmo.

Parece que estou rejeitando em bloco tudo quanto ele pensou e fez, mas isso não é verdade. Acho que ele mesmo teria concordado com essa minha afirmação, uma vez que toda descrição da Qualidade é uma espécie de definição e, nesse sentido, jamais atingirá o alvo. Talvez ele chegasse até a dizer que fazer afirmações como as que ele fez, que não atingem o alvo, é *pior* que não fazer afirmação nenhuma, uma vez que as afirmações podem ser confundidas com a verdade e, assim, *retardar* a compreensão da Qualidade.

Não, ele nada fez em prol da Qualidade ou do Tao. Beneficiou apenas a razão. Apontou um caminho pelo qual a razão poderia ser *ampliada* de modo que incluísse elementos que antes não eram assimiláveis e, por isso, eram considerados irracionais. Na minha opinião, é a presença maciça desses elementos irracionais, reclamando desesperadamente sua assimilação, que cria a má qualidade de nossos tempos, o espírito caótico e desconexo do século XX. Pretendo agora avaliar esses elementos de maneira tão ordenada quanto possível.

Estamos num terreno inclinado e escorregadio, no qual é difícil encontrar um apoio firme para os pés. Para não cair, agarramo-nos a arbustos e ramos de árvores. Dou um passo, planejo o passo seguinte, dou esse passo e planejo de novo.

A certa altura, o mato fica tão denso que percebo que terei de abrir uma picada à força. Sento-me e Chris puxa a machadinha da mochila que levo nas costas. Passa-me a machadinha. Cortando e decepando a madeira, avanço pelo mato. O ritmo é lento. A cada passo sou obrigado a cortar dois ou três ramos. Talvez tenhamos de passar um bom tempo aqui.

A primeira decorrência da afirmação de Fedro de que "a Qualidade é o Buda" é que essa asserção, se verdadeira, proporciona o fundamento racional para a unificação de três áreas da vida humana que hoje estão separadas: a Religião, a Arte e a Ciência. Caso se possa demonstrar que a Qualidade é o tema central das três, e que essa Qualidade não é de muitos tipos, mas de um tipo só, as três áreas desunidas terão uma base comum que permitirá a comunicação entre elas.

A relação da Qualidade com a Arte já foi tratada de modo exaustivo quando falamos sobre o entendimento de Fedro da Qualidade na Arte da retórica. Na minha opinião, já não é necessário analisar esse campo. A Arte é um empreendimento humano de alta qualidade. Na realidade, isso é tudo que precisa ser dito. Ou senão, caso se queira uma afirmação mais bombástica e grandiloqüente: a Arte é a Divindade manifesta nas obras do homem. A relação identificada por Fedro deixa claro que as duas afirmações, conquanto soem tão diferentes uma da outra, são na verdade idênticas.

Na área da Religião, a relação racional entre a Qualidade e a Divindade tem de ser provada de modo mais cuidadoso, e espero fazer isso adiante. Por enquanto, o leitor pode meditar no fato de que as duas antigas raízes inglesas que designam o Buda e a Qualidade, *God* e *good*, parecem idênticas.

É sobre a área da Ciência que pretendo concentrar minha atenção no futuro imediato, pois é nessa área que é mais necessário comprovar aquela relação. A idéia de que a Ciência e sua filha, a tecnologia, são "isentas de valores", ou seja, "isentas de qualidade", tem de ser refutada. É essa "liberdade em relação aos valores" que sublinha a força mortífera para a qual chamamos a atenção no início da Chautauqua. Amanhã, pretendo começar a falar sobre isso.

Pelo restante da tarde, empreendemos a descida sobre os troncos cinzentos e desgastados de árvores caídas, caminhando em ziguezague pela vertente inclinada.

Chegamos a um despenhadeiro e o seguimos pela beirada em busca de um caminho para baixo. Finalmente deparamos com uma estreita saliência de rocha pela qual conseguimos descer. Ela nos conduz a um pequeno desfiladeiro rochoso no meio do qual corre um riacho. A fenda rochosa está repleta de arbustos, pedras, lama e raízes de grandes árvores arrastadas pelo riacho. Ouvimos então, a distância, o rugido de um rio maior.

Cruzamos o riozinho com uma corda, que deixamos para trás, e, na estrada, fazemos amizade com outros campistas que nos levam de carro até a cidade.

Em Bozeman, é tarde e está escuro. Em vez de acordar os DeWeese e pedir pousada, hospedamo-nos no principal hotel da cidade. No saguão, alguns turistas nos encaram perplexos. Nestas roupas de exército, com o cajado na mão, barba de dois dias e boina preta, devo estar parecido com um velho revolucionário cubano que veio fazer um ataque de surpresa.

No quarto do hotel, exaustos, largamos toda a bagagem no chão. Despejo no cesto de lixo as pedras que a água corrente do riacho lançou dentro de minhas botas e deixo-as ao lado da janela fria, para que sequem lentamente. Caímos na cama sem dizer palavra.

22

Na manhã seguinte, saímos do hotel descansados, despedimo-nos dos DeWeese e rumamos para o norte pela grande rodovia que sai de Bozeman. Os DeWeese queriam que ficássemos, mas fui tomado pelo peculiar desejo de seguir para o oeste e continuar com meus pensamentos. Hoje, gostaria de discursar sobre uma pessoa de quem Fedro jamais ouviu falar, mas cujos escritos estudei extensamente ao me preparar para esta Chautauqua. Ao contrário de Fedro, esse homem já era famoso no mundo inteiro aos trinta e cinco anos de idade; aos cinqüenta e oito, era uma lenda viva. Segundo Bertrand Russell, foi, "pelo consenso de todos, o cientista mais eminente de sua geração". Reuniu na mesma pessoa o astrônomo, o físico, o matemático e o filósofo. Seu nome era Jules Henri Poincaré.

Jamais consegui acreditar, e ainda não consigo, que Fedro tenha trilhado um longo caminho de pensamento nunca antes percorrido. Alguém, em algum lugar, pensara necessariamente a mesma coisa; e Fedro era tão fraco em matéria de pesquisa acadêmica que, para ele, seria normal repetir os lugares-comuns de um famoso sistema filosófico que não tivesse se dado ao trabalho de conhecer.

Assim, passei mais de um ano pesquisando a história da filosofia, longa e às vezes tediosa, em busca de idéias semelhantes às dele. Foi essa, entretanto, uma maneira fascinante de travar contato com a história da filosofia; e ocorreu-me algo que ainda não consigo entender completamente. Sistemas filosóficos que em tese seriam totalmente opostos pareciam *ambos* dizer algo muito próximo do que Fedro pensava, com pequenas diferenças. Reiteradamente pensei ter encontrado o original que ele reproduzira, mas, a cada vez, em virtude de diferenças que pareciam ligeiras, ele tomava uma direção completamente diversa. Hegel, por exemplo, a quem já me referi, rejeitava os sistemas filosóficos hindus, afirmando que não eram filosóficos de maneira nenhuma. Fedro, por sua vez, pareceu assimilá-los, ou *ser assimilado* por eles. Não via contradição.

Por fim cheguei a Poincaré. Também nesse caso não havia reprodução, mas outro tipo de fenômeno. Fedro segue um caminho longo e tortuoso que leva às mais elevadas abstrações, parece estar a ponto de descer novamente, mas pára lá em cima. Poincaré parte dos lugares-comuns mais básicos da ciência, sobe às mesmas abstrações e pára. Os dois caminhos *terminam exatamente no mesmo lugar*! Há entre eles uma continuidade perfeita. Quando você vive à sombra da loucura, o surgimento de outro espírito que pensa e fala como o seu é uma bênção, como Robinson Crusoé ao descobrir pegadas na areia.

Poincaré viveu de 1854 a 1912 e foi professor na Universidade de Paris. Sua barba e seu *pince-nez* lembravam os de Toulouse-Lautrec, que viveu em Paris na mesma época e era só dez anos mais novo que o cientista.

Durante a vida de Poincaré desencadeou-se uma crise profunda, e alarmante, nos próprios fundamentos das ciências exatas. Havia anos que o pensamento científico era visto como superior a qualquer possibilidade de dúvida; a lógica da ciência era infalível e, se os cientistas às vezes se enganavam, concluía-se que isso só ocorria porque se enganavam a respeito das regras do método. Todas as grandes perguntas haviam sido respondidas. Agora, a missão da ciência consistia simplesmente em refinar cada vez mais essas respostas, tornando-as progressivamente mais exatas e precisas. É certo que ainda havia fenômenos inexplicados, como a radioatividade, a transmissão da luz através do "éter" e a peculiar relação que ligava as forças magnéticas às elétricas; mas, a julgar pelas tendências do passado, essas barreiras logo haveriam de cair. Poucos seriam capazes de adivinhar que em poucas décadas já não haveria espaço absoluto, tempo absoluto, substância absoluta e mesmo magnitude absoluta; que a física clássica, o rochedo eterno da ciência, adquiriria *status* "aproximativo"; que os mais sóbrios e respeitados astrônomos proclamariam ao homem que, se olhasse por tempo suficiente através de um telescópio forte o suficiente, veria pelas lentes sua própria nuca! Os fundamentos da Teoria da Relatividade, que veio para abalar todas as estruturas, ainda eram compreendidos somente por um número exíguo de pessoas, uma das quais era Poincaré, o maior matemático da época.

Em seus *Fundamentos da ciência*, Poincaré explicou que os antecedentes da crise fundamental da ciência eram muito antigos. Disse que há muito tempo se buscava, em vão, demonstrar o axioma chamado de quinto postulado de Euclides; e essa busca fora o princípio da crise. O postulado euclidiano das paralelas, segundo o qual por um ponto dado só passa uma paralela a uma reta dada, é geralmente ensinado aos alunos nas aulas de geometria do segundo colegial. É um dos fundamentos sobre os quais se ergue todo o edifício da geometria matemática.

Os outros axiomas pareciam tão óbvios que se afiguravam inquestionáveis; não, porém, este. Não era possível eliminá-lo sem destruir ramos inteiros da matemática, e no entanto ninguém era capaz de reduzi-lo a algo mais elementar. Eram inimagináveis, segundo Poincaré, os esforços despendidos nessa busca quimérica.

Por fim, nos primeiros anos do século XIX, e quase ao mesmo tempo, um húngaro e um russo – Bolyai e Lobachevski – demonstraram sem sombra de dúvida que a prova do quinto postulado de Euclides é impossível. Raciocinaram que, se houvesse um modo de reduzir o postulado euclidiano a outros axiomas mais seguros, decorreria um outro efeito: a reversão do postulado de Euclides criaria contradições lógicas na geometria. Assim, reverteram o postulado.

Lobachevski parte do pressuposto de que, por um ponto dado, podem passar duas paralelas a uma reta dada. E conserva, ao lado desse, os outros quatro axiomas de Euclides. A partir dessa hipótese, deduz uma série de teoremas entre os quais não há contradição alguma. Constrói uma geometria cuja lógica irrefutável não deixa nada a dever à geometria euclidiana.

Assim, na medida em que não encontra contradições, prova que o quinto postulado não é redutível a axiomas mais simples.

O alarmante não foi a prova. Foi o seu subproduto racional, que em pouco tempo se tornou mais importante que qualquer outra coisa no campo da matemática. A matemática, pedra fundamental da certeza científica, de repente tornara-se incerta.

Havia agora *duas* visões contraditórias da verdade científica inabalável, duas visões verdadeiras para os homens de todas as épocas, independentemente de suas preferências individuais.

Foi essa a base da crise profunda que reduziu a escombros a autocomplacência dessa era dourada da ciência. *Como saber qual dessas geometrias é a correta?* Se é impossível operar uma distinção entre elas, o todo da matemática é passível de contradições lógicas. Porém, uma matemática que admite contradições lógicas não é matemática de modo algum. O efeito último das geometrias não-euclidianas é um saco de gatos nas mãos de um mágico, uma situação na qual a crença científica é sustentada unicamente pela fé!

E é claro que, uma vez aberta a porta, não era de esperar que o número de sistemas inabaláveis de verdade científica ficasse limitado a dois. Um alemão chamado Riemann surgiu com outro sistema geométrico inabalável que lança por terra não só o quinto postulado de Euclides como também seu primeiro axioma, segundo o qual só há uma reta que pode passar por dois pontos dados. Mais uma vez, não se encontra nesse sistema nenhuma contradição interna; ele só é incoerente com as geometrias de Euclides e Lobachevski.

Segundo a Teoria da Relatividade, é a geometria de Riemann que melhor descreve o mundo em que vivemos.

Em Three Forks, a estrada penetra num desfiladeiro estreito, formado de rochas esbranquiçadas e castanhas, e passa ao largo de algumas cavernas visitadas por Lewis e Clark. A leste de Butte, subimos uma ladeira comprida e inclinada, cruzamos o Divisor de Águas continental e descemos em direção a um vale. Mais tarde, passamos pela chaminé enorme da siderúrgica de Anaconda e encontramos um bom restaurante para comer um bife e tomar café. Subimos nova ladeira que conduz a um lago rodeado de pinheiros. Lá, alguns pescadores empurram um barquinho para dentro d'água. A estrada desce então, sinuosamente, pela floresta de pinheiros, e percebo pelo ângulo do sol que a manhã está quase no fim.

Passamos por Phillipsburg e penetramos nas várzeas do vale. Aqui, o vento bate de frente em rajadas; para diminuí-lo um pouco, baixo a velocidade para noventa quilômetros por hora. Cruzamos Maxville e, quando chegamos a Hall, já estamos há tempo precisando de um descanso. Encontramos ao lado da estrada um cemitério de igreja e paramos. Agora o vento bate forte e frio, mas o sol está quente. Assim, depomos nossas jaquetas e capacetes sobre a grama a sotavento da igreja e deitamos para descansar. Aqui é aberto e não há ninguém, mas é bonito. Sempre que há montanhas ou mesmo simples colinas a distância há espaço. Chris cobre o rosto com a jaqueta e tenta dormir.

Agora, sem os Sutherland, tudo está tão diferente – tão solitário. Se você me der licença, vou continuar meu discurso da Chautauqua até a solidão ir embora.

Para resolver o problema de saber o que é a verdade matemática, Poincaré disse que temos, em primeiríssimo lugar, de nos perguntar acerca da natureza dos axiomas geométricos. Serão eles juízos sintéticos *a priori*, como disse Kant? Ou seja, será que existem como partes fixas da consciência humana, independentemente da experiência, sem ter sido criados pela experiência? Poincaré achava que não. Se assim fosse, impor-se-iam a nós com tamanha força que jamais poderíamos conceber a proposição contrária ou, muito menos, construir sobre ela todo um edifício teórico. Não haveria uma geometria não-euclidiana.

Devemos concluir, portanto, que os axiomas da geometria são verdades derivadas da experiência? Poincaré também não pensava assim. Se fossem, estariam sujeitos a contínuas mudanças e revisões à medida que os laboratórios fossem obtendo novos dados. E essa idéia parecia contrária à própria natureza da geometria.

Poincaré concluiu que os axiomas da geometria são *convenções*; nossa escolha entre todas as convenções possíveis é *dirigida* pelos fatos da experiência, mas permanece *livre* e só é limitada pela necessidade de evitar toda contradição. É assim que os postulados podem permanecer rigorosamente verdadeiros, mesmo que as leis experimentais que determinaram sua adoção sejam apenas aproximativas. Em outras palavras, os axiomas da geometria não passam de definições disfarçadas.

Tendo assim identificado a natureza dos axiomas geométricos, passou ele a tratar da questão: qual a geometria verdadeira? A euclidiana ou a riemanniana?

E respondeu: essa pergunta não tem sentido.

Seria o mesmo que perguntar se o sistema métrico é verdadeiro e o *avoirdupois*, falso; se as coordenadas cartesianas são verdadeiras e as polares, falsas. Nenhuma geometria pode ser mais verdadeira do que outra; só pode ser mais *conveniente*. O critério da geometria não é a verdade, são suas vantagens.

Poincaré dedicou-se então a demonstrar a natureza convencional de outros conceitos da ciência, tais como o espaço e o tempo, mostrando que, entre as diversas maneiras de medir essas entidades, nenhuma é mais verdadeira que as outras; a maneira mais adotada é simplesmente a mais *conveniente*.

Nossos conceitos de espaço e tempo também são definições, escolhidas em virtude de sua conveniência no trato com os fatos.

Porém, esse entendimento radical de nossos conceitos científicos mais básicos ainda não está completo. O mistério do espaço e do tempo pode tornar-se um pouco mais compreensível a partir dessa explicação; mas o fardo de sustentar a ordem do universo repousa sobre os "fatos". O que são os fatos?

Poincaré empreendeu uma análise crítica dos fatos. *Quais* fatos você pretende observar? – perguntou. São eles em número infinito. A probabilidade de uma observação não-seletiva dos fatos produzir ciência é a mesma de um macaco sentado a uma máquina de escrever compor o *Pai-Nosso*.

O mesmo vale para as hipóteses. *Quais* hipóteses? Poincaré escreveu: "Se um fenômeno admite uma explicação mecânica completa, há de admitir uma infinidade de outras que explicarão igualmente bem todas as peculiaridades reveladas pelo experimento." É o mesmo que Fedro dissera no laboratório; foi aí que surgiu a questão que o levou a ser expulso da universidade.

Segundo Poincaré, se o cientista tivesse à sua disposição um tempo infinito, seria o bastante que lhe dissessem: "Olhe e repare bem"; porém, não há tempo para ver tudo; e, como é melhor não ver do que ver mal, ele tem de fazer uma escolha.

Poincaré estabeleceu algumas regras: existe uma hierarquia de fatos.

Quanto mais geral é um fato, mais precioso ele é. Os fatos recorrentes são melhores que os que têm pouca probabilidade de surgir novamente. Os biólogos, por exemplo, não saberiam construir sua ciência se não existissem as espécies, mas somente os indivíduos, ou se a hereditariedade não fizesse com que os filhos fossem parecidos com os pais.

Quais fatos tendem a reiterar-se? Os fatos simples. Como reconhecê-los? Escolha os que *parecem* simples. Ou a simplicidade é real ou os elementos complexos são indistinguíveis. No primeiro caso, a tendência é de virmos a encontrar novamente esse fato simples, quer sozinho, quer como elemento de um fato complexo. Também o segundo caso tem boa probabilidade de recorrência, uma vez que a natureza não constrói esses casos ao acaso.

Onde está o fato simples? Os cientistas vêm buscando-o nos dois extremos, o infinitamente grande e o infinitamente pequeno. Os biólogos, por exemplo, foram instintivamente conduzidos a perceber a célula como algo mais interessante que o animal inteiro; e, da época de Poincaré para cá, a perceber a molécula protéica como mais interessante que a célula. Os resultados mostram o quão sábia foi essa escolha, uma vez que células e moléculas pertencentes a organismos diferentes são, segundo se descobriu, mais parecidas entre si que os próprios organismos.

Como então escolher o fato interessante, o que se repete indefinidamente? O método é exatamente essa escolha de fatos; a primeira coisa com que o cientista deve se ocupar, portanto, é com a criação de um método; e muitos métodos já foram imaginados, visto que nenhum se impõe por si próprio. É adequado começar com os fatos regulares; porém, uma vez estabelecida uma regra, os fatos que a ela se conformam perdem o interesse, pois já não nos ensinam nada de novo. Então, é a exceção que adquire importância. Não buscamos mais semelhanças, mas diferenças; escolhemos as diferenças mais acentuadas porque são as mais notáveis e também as mais instrutivas.

Buscamos primeiro os casos em que a regra tem maior probabilidade de não se aplicar; indo bem longe no espaço ou no tempo, podemos constatar que nossas regras usuais viram de cabeça para baixo, e essas grandes reviravoltas nos habilitam a ver melhor as pequeninas mudanças que ocorrem aqui, mais perto de nós. Porém, nosso objetivo não deve ser tanto o de identificar semelhanças e diferenças, quanto o de reconhecer semelhanças ocultas por trás de aparentes divergências. A princípio, as regras particulares parecem discordantes; porém, examinando-as mais de perto, constatamos em geral que se assemelham umas às outras; diferentes quanto à matéria, são semelhantes quanto à forma, quanto à ordem de suas partes. Quando as examinamos partindo desse pressuposto, vemos que elas se ampliam e tendem a abarcar todas as coisas. E é isso que determina o valor de certos fatos, os quais vêm completar um conjunto e demonstrar que ele é a imagem fiel de outros conjuntos conhecidos.

Não, concluiu Poincaré: o cientista não escolhe ao acaso os fatos que observa. Busca condensar uma grande quantidade de experiências e pensamentos num volume pequeno; e é por isso que um livro fino de física contém tantas experiências passadas e um número mil vezes maior de experiências possíveis cujo resultado é conhecido de antemão.

Em seguida, Poincaré deu um exemplo de como os fatos são descobertos. Havia descrito de modo genérico como os cientistas chegam aos fatos e teorias, mas penetrou então em sua própria experiência com as funções matemáticas que lhe haviam conquistado a fama na juventude.

Segundo seu relato, ele passara quinze dias tentando provar que nenhuma daquelas funções poderia existir. A cada dia, sentava-se por uma ou duas horas em sua escrivaninha, experimentava um grande número de combinações e não chegava a resultado nenhum.

Certa noite, ao contrário do que costumava fazer, tomou café preto e não conseguiu dormir. Multidões de idéias vinham-lhe à mente. Ele sentia que elas colidiam entre si até interligar-se em pares, por assim dizer, constituindo combinações estáveis.

Na manhã seguinte, teve somente de escrever os resultados. Formara-se uma onda de cristalização.

Contou que uma segunda onda de cristalização, conduzida pelo estabelecimento de analogias com a matemática já conhecida, produziu o que ele chamou depois de "série Teta-Fuchsiana". Poincaré saiu de Caen, onde morava, e fez uma excursão geológica. As vicissitudes da viagem levaram-no a esquecer a matemática. Estava a ponto de entrar num ônibus; no momento em que pousou seu pé no degrau da porta, veio-lhe a idéia – sem que nenhum pensamento anterior lhe pudesse ter preparado o caminho – de que as transformações que ele usara para definir as funções fuchsianas eram idênticas às da geometria não-euclidiana. Não quis verificar a idéia, mas simplesmente continuou conversando, no ônibus, sobre outro assunto; porém, tinha consciência de uma perfeita certeza. Mais tarde, quando teve tempo, verificou o resultado.

Uma outra descoberta ocorreu quando estava caminhando por um penhasco à beira do mar. Impôs-se a ele com as mesmas características de concisão, subitaneidade e certeza imediata. Outra ainda ocorreu enquanto ele caminhava pela rua. O público em geral atribuía o processo às operações misteriosas do gênio, mas Poincaré não se contentou com uma explicação tão superficial. Procurou investigar de modo mais profundo o que havia acontecido.

Segundo ele, a matemática, como, aliás, todo o restante da ciência, não é uma mera aplicação de regras. Não se limita a fazer o maior número possível de combinações de acordo com certas leis. As combinações assim obtidas seriam excessivamente numerosas, inúteis, um elefante branco. A verdadeira obra do inventor consiste em escolher algumas dessas combinações, eliminando as inúteis – ou, antes, em poupar-se o trabalho de fazê-las –; e as regras que orientam a escolha são extremamente sutis e delicadas. É quase impossível formulá-las com precisão; não devem ser formuladas, mas sentidas.

Poincaré concebeu então a hipótese de que essa escolha ou seleção é feita pelo que chamou de "eu subliminar", entidade que corresponde exatamente ao que Fedro chamava de consciência pré-intelectual. Segundo Poincaré, o eu subliminar examina um grande número de soluções possíveis para um problema, mas somente as soluções *interessantes* são admitidas ao domínio da consciência. As soluções matemáticas são escolhidas pelo eu subliminar com base na "beleza matemática", na harmonia dos números e figuras, na elegância geométrica. "Trata-se de um verdadeiro sentimento estético, que todos os matemáticos conhecem", escreveu Poincaré, "mas que os profanos ignoram a tal ponto que, em sua maioria, sentem-se tentados a sorrir." Todavia, o que está no centro de tudo é essa harmonia, essa beleza.

Poincaré deixou claro que não estava falando da beleza romântica, da beleza das aparências que estimulam os sentidos. Referia-se à beleza clássica, que vem da ordem harmoniosa das partes, que pode ser captada pela inteligência pura, que dá estrutura à beleza romântica e sem a qual a vida seria vaga e passageira, um sonho que não poderia ser distinto dos sonhos, pois não haveria fundamento para a distinção. É a busca dessa beleza clássica especial, a sensação de harmonia do cosmos, que nos faz *escolher os fatos que melhor contribuem para essa harmonia*. Não são os fatos, mas sim a relação entre eles que resulta na harmonia universal que constitui a única realidade objetiva que existe.

O que garante a objetividade do mundo em que vivemos é o fato de esse mundo ser igualmente percebido por outros seres pensantes. Através de nossa comunicação com outros homens, recebemos deles o testemunho de raciocínios harmônicos já prontos. Sabemos que esses raciocínios não vêm de nós; mas, ao mesmo tempo, *em virtude de sua harmonia*, reconhecemos neles a obra de seres racionais como nós. E, na medida em que esses raciocínios parecem corresponder ao mundo de nossas sensações, chegamos à conclusão de que esses seres racionais vêem o mesmo que nós; e, assim, sabemos que não estivemos sonhando. E essa harmonia, essa *qualidade*, se você preferir, é a única base da única realidade que podemos conhecer.

Os contemporâneos de Poincaré recusaram-se a admitir a idéia de uma pré-seleção dos fatos, pois, na opinião deles, destruir-se-ia assim a validade do método científico. Presumiram que a "pré-seleção dos fatos" significava que a verdade é "o que lhe agrada", e apuseram o rótulo de convencionalismo às idéias de Poincaré. Ignoraram descaradamente a verdade de que o próprio "princípio de objetividade" de que tanto falavam não é, em si, um fato observável – e deveria, portanto, ser deixado em estado de animação suspensa.

Viram-se obrigados a cometer esse ilogismo porque, se não o cometessem, todas as bases filosóficas da ciência cairiam por terra. Poincaré, por sua vez, não procurou oferecer soluções para esse dilema. Não avançou o suficiente nas implicações metafísicas de suas idéias para chegar a uma solução. O que ele deixou de dizer é que a pré-seleção dos fatos antes da "observação" só é "o que lhe agrada" *dentro de um sistema metafísico dualista, que distingue o sujeito do objeto*! Quando a Qualidade entra em cena como uma terceira entidade metafísica, a pré-seleção dos fatos já não é arbitrária. Não é baseada no capricho subjetivo, no que "lhe agrada", mas na *Qualidade*, que é a realidade mesma. Assim, o dilema desaparece.

É como se Fedro estivesse montando um quebra-cabeça e, por falta de tempo, tivesse deixado de montar todo um lado da figura.

Poincaré, por sua vez, estava montando um quebra-cabeça *seu*. Sua idéia de que os cientistas selecionam fatos, hipóteses e axiomas com base na harmonia também deixava incompleto todo um lado do quebra-cabeça. Causando no mundo científico a impressão de que a fonte de toda realidade científica é uma simples harmonia subjetiva e caprichosa, essa idéia resolvia problemas de epistemologia, mas deixava um canto inacabado no lado da metafísica, e assim a epistemologia perdia sua aceitabilidade.

Porém, a metafísica de Fedro nos diz que a harmonia de que Poincaré falava *não é subjetiva*. É a *origem* dos sujeitos e objetos e guarda em relação a estes uma relação de anterioridade. *Não* é caprichosa, mas, pelo contrário, a própria força que se opõe aos caprichos individuais; é o princípio ordenador de todo pensamento científico e matemático, que *destrói* as idiossincrasias e sem o qual nenhum pensamento científico pode avançar. O que trouxe lágrimas de reconhecimento a meus olhos foi a descoberta de que esses lados inacabados dos dois quebra-cabeças encaixam-se perfeitamente, constituindo uma espécie de harmonia semelhante à de que Fedro e Poincaré falavam e produzindo uma estrutura de pensamento completa, capaz de unificar as linguagens da Ciência e da Arte.

De um lado e de outro, as vertentes tornaram-se cada vez mais inclinadas e formaram um vale comprido e estreito pelo qual a estrada desce, sinuosa, até Missoula. O vento frontal desgastou-me e agora estou cansado. Chris bate-me nas costas e aponta para uma colina alta onde está pintada uma grande letra *M*. Faço-lhe um sinal de cabeça. Nesta manhã vimos um *M* semelhante quando saímos de Bozeman. Ocorre-me o fragmento de que, todo ano, os calouros da universidade sobem a colina e pintam o *M*.

Num posto de gasolina em que paramos para abastecer, um homem cujo carro puxa um *trailer* com dois cavalos da raça Appaloosa puxa conversa conosco. A maioria dos fanáticos por cavalos não gosta de motocicletas, mas não é o caso deste aqui. Ele me faz uma porção de perguntas, às quais respondo. Chris pede-me insistentemente para subir até o *M*, mas vejo daqui que a estrada que leva até lá é íngreme e cheia de buracos e pedras soltas. Com nossa moto feita para estradas lisas e carregada como está, não quero brincar. Esticamos as pernas por certo tempo, andamos para lá e para cá e, um pouco desanimados, saímos de Misoula rumo a Lolo Pass.

Lembro-me agora que, há poucos anos, esta estrada era de chão batido e fazia curvas ao redor de cada rocha e reentrância nas montanhas. Agora está pavimentada e as curvas são largas. Evidentemente, o tráfego que nos acompanhava rumava para o norte, para Kalispell ou Coeur d'Alene, pois já não há carros ao nosso redor. Seguimos rumo ao sudoeste, pegamos um vento favorável e nos sentimos melhor por causa disso. A estrada, sempre em curvas, sobe agora em direção ao passo.

Todos os resquícios do Leste já desapareceram, pelo menos em minha imaginação. Aqui, toda a chuva vem dos ventos do Pacífico; todos os rios e riachos deságuam no Pacífico. Em dois ou três dias deveremos chegar ao mar.

Em Lolo Pass, vemos um restaurante e estacionamos ao lado de uma velha Harley que já viu muitas estradas. Tem afixado na traseira um grande cesto feito em casa e o hodômetro marca sessenta mil quilômetros. Eis aí um verdadeiro viajante.

Lá dentro, empanturramo-nos de pizza e leite e, acabando de comer, saímos imediatamente. Restam poucas horas de sol, e é difícil e desagradável procurar um lugar para acampar no meio da escuridão.

Ao sair, vemos o viajante com sua esposa ao lado da moto e o cumprimentamos. Ele vem do Missouri, e a expressão tranqüila no rosto da esposa me diz que estão fazendo boa viagem.

Ele pergunta:

– Vocês também encararam aquele vento até chegar a Missoula?

Faço que sim com a cabeça:

– O vento devia estar a uns cinqüenta ou sessenta quilômetros por hora.

– Pelo menos – completa ele.

Falamos um pouco sobre acampamento e eles comentam sobre o frio. No Missouri, nunca sonharam que faria tanto frio no verão, mesmo nas montanhas. Tiveram de comprar roupas e cobertores.

– Hoje à noite provavelmente não fará muito frio – digo. – Estamos só a uns mil e seiscentos metros de altitude.

Chris fala:

– Vamos acampar logo ali adiante.

– Num dos *campings*?

– Não, em algum mato ao largo da estrada – afirmo.

Eles não dão mostras de querer nos acompanhar. Assim, depois de uma pausa, aperto o botão da ignição e acenamo-lhes com a mão para nos despedir.

Sobre a estrada, as sombras das árvores da montanha já estão bem compridas. Ao cabo de dez ou quinze quilômetros, algumas estradas de madeireiras saem da estrada principal. Enveredamos para cima por uma delas.

A estrada de madeireira tem o piso arenoso; para não derrapar e cair, sigo em marcha lenta com os pés projetados para os lados. Estradas menores saem da principal, mas permaneço nesta até que, a uns dois quilômetros da rodovia, deparamos com uns tratores estacionados. Isso significa que ainda estão cortando árvores aqui. Fazemos meia volta e tomamos uma das estradinhas colaterais. Daí a um quilômetro vemos um tronco de árvore bem grosso caído no meio da estrada. Ótimo. Isso significa que esta trilha foi abandonada.

Digo a Chris:

— É isso aí.

Ele desmonta. Estamos numa vertente de montanha que nos oferece a vista ilimitada de quilômetros de florestas contínuas.

Chris é todo a favor de fazermos explorações, mas estou tão cansado que só quero repousar.

— Vá sozinho — digo.

— Não, você vem também.

— Estou muito cansado, Chris. De manhã saímos para explorar.

Desamarro a bagagem e estendo no chão os sacos de dormir. Chris sai. Espreguiço-me e o cansaço preenche meus braços e pernas. Floresta bonita, silenciosa...

Em tempo, Chris chega e diz que está com diarréia.

— Ah — digo, e levanto-me. — Você tem de trocar a roupa de baixo?

— Tenho. — Está encabulado.

— Bem, as cuecas estão na mala à frente da moto. Troque-se. Depois, pegue uma barra de sabão na bolsa lateral. Vamos descer até o riozinho para lavar as cuecas sujas.

A situação toda o deixou envergonhado e ele está contente de receber ordens.

Com a inclinação descendente da estrada, batemos os pés com força no chão enquanto descemos ao riacho. Chris mostra-me as pedras que juntou enquanto eu dormia. Aqui, o aroma de pinheiros é forte. Já está esfriando e o sol está bem baixo. O silêncio, a fadiga e o pôr-do-sol me deprimem um pouco, mas não demonstro nada.

Depois de Chris lavar suas cuecas, limpá-las completamente e torcê-las, subimos de novo pela estrada dos madeireiros. Enquanto subimos, tenho de repente a deprimente sensação de que tenho caminhado por esta estrada minha vida inteira.
— Pai?
— O quê? — Um passarinho sai voando de uma árvore à nossa frente.
— O que devo ser quando crescer?
O pássaro desaparece por trás de uma elevação do terreno. Não sei o que dizer. Digo por fim:
— Honesto.
— Quero dizer, que profissão devo ter?
— Qualquer profissão.
— Por que você fica bravo quando pergunto isso?
— Não estou bravo... Só acho que... Não sei... Estou cansado demais para pensar... Pouco importa o que você faça.

Estas estradinhas vão ficando cada vez menores e mais estreitas e então desaparecem.

Logo percebo que ele não está me acompanhando.

O sol já cruzou a linha do horizonte e o crepúsculo está ao nosso redor. Subimos separados pela estrada dos madeireiros e, quando chegamos perto da moto, entramos cada qual em seu saco de dormir e, sem dizer palavra, caímos no sono.

23

Lá está ela no final do corredor: uma porta de vidro. Atrás dela está Chris; de um lado, seu irmão mais novo; do outro, sua mãe. Chris está com a mão no vidro. Reconhece-me e acena. Retribuo o aceno e me aproximo da porta.

Como tudo está silencioso! É como assistir a um filme sem som. Chris olha para a mãe e sorri. Ela sorri de volta, mas vejo que está apenas disfarçando seu sofrimento. Está muito preocupada com algo, mas não quer que eles percebam.

E agora vejo o que é a porta de vidro. É a porta de um caixão – o meu. Não é um caixão, mas um sarcófago. Estou dentro de um sepulcro enorme, morto, e eles vieram me prestar sua última homenagem.

Foi muita gentileza deles vir fazer isso. Não tinham a obrigação de fazê-lo. Sinto-me grato.

Agora, Chris me pede, com um gesto, que abra a porta de vidro do sepulcro. Percebo que ele quer conversar comigo. Quer, talvez, que eu lhe diga como é a morte. Sinto vontade de fazer isso, de lhe falar. Ele foi tão gentil de vir até aqui e acenar para mim que vou lhe dizer que isto não é tão ruim. É solitário, apenas.

Estendo a mão para abrir a porta, mas uma figura negra, oculta numa sombra ao lado, me faz um sinal para não tocá-la. Um único dedo se ergue de encontro a lábios invisíveis. Os mortos não podem falar.

Porém, eles *querem* que eu fale. Ainda sou *necessário*! Ele não percebe isso? Deve ter havido algum engano. Ele não percebe que eles precisam

de mim? Imploro à figura, dizendo que tenho de falar com eles. Ainda não terminei. Tenho coisas a lhes dizer. Porém, a figura nas sombras não dá sequer sinal de ter-me ouvido.
– *Chris!* – grito para o outro lado da porta. – *Vou ver você!*
A figura negra faz um movimento ameaçador em minha direção, mas ouço a voz de Chris, vaga e distante:
– *Onde?*
Ele me *ouviu*! A figura negra, enraivecida, puxa uma cortina por sobre a porta.
Penso: na montanha não. A montanha já era. E grito:
– *No fundo do oceano!*
E agora encontro-me de pé, sozinho, no meio das ruínas de uma cidade abandonada. As ruínas estendem-se infinitamente ao meu redor, em todas as direções, e tenho de percorrê-las sozinho.

24

O sol nasceu.
Demoro um pouco para saber onde estou.
Estamos numa estradinha, numa floresta, em algum lugar. Pesadelo. De novo a porta de vidro.
O cromado da moto brilha ao meu lado. Vejo então os pinheiros e lembro-me do estado de Idaho.
A porta e a figura escura ao lado dela eram somente imaginárias.
Estamos numa estrada de madeireiros, é isso mesmo... um dia claríssimo... o ar perfeitamente transparente. Nossa!... é bonito. Rumamos para o oceano.
Lembro-me de novo do sonho e das palavras "Vou ver você no fundo do oceano". Penso nelas. Porém, os pinheiros e a luz solar são mais fortes que qualquer sonho, e a cisma vai embora. A realidade, a boa e velha realidade!
Saio do saco de dormir. Está frio e visto-me rapidamente. Chris está dormindo. Caminho ao redor dele, transponho o tronco de árvore caído e subo a estradinha dos madeireiros. Para esquentar, começo a correr e subo rapidamente. Bom, bom, bom, bom, bom. A palavra marca o ritmo da corrida. Um grupo de pássaros sai da montanha sombreada rumo ao sol e observo-os até perdê-los de vista. Bom, bom, bom, bom, bom. Os pedregulhos da estrada, que rangem sob meus pés. Bom, bom. A areia amarela luzindo ao sol. Bom, bom, bom. Às vezes estas estradinhas estendem-se por quilômetros a fio. Bom, bom, bom.

Por fim, fico realmente esbaforido. A estrada está mais alta e agora posso ver quilômetros de floresta ao meu redor.

Ótimo.

Ainda sem fôlego, tomo o caminho de volta num passo rápido, fazendo menos barulho com os pés e prestando atenção nas plantinhas e arbustos que crescem onde os pinheiros foram cortados.

De volta à moto, arrumo tudo rápido e sem fazer barulho. A esta altura, já estou tão familiarizado com a ordem das bagagens que o processo praticamente não ocupa o pensamento. Por fim, preciso do saco de dormir de Chris. Empurro-o um pouquinho para o lado, sem muita violência, e digo-lhe:

– Um belo dia!

Ele olha em volta, desorientado. Sai do saco de dormir e, enquanto o enrolo, veste-se sem saber, na verdade, o que está fazendo.

– Vista a blusa de lã e a jaqueta – digo. – Esta parte da viagem vai ser fria.

Ele se veste e sobe na moto. Em marcha reduzida, pegamos o caminho de volta pela estrada de chão até o asfalto. Antes de seguirmos adiante, olho para trás uma última vez. Gostei. Um bom lugar. A partir daqui, o asfalto só desce, sinuoso.

A Chautauqua de hoje será longa. É uma que tenho estado na expectativa de fazer desde que comecei a viagem.

Segunda marcha; terceira. Não muito rápido nestas curvas. É bela a luz do sol nestas florestas.

Até aqui, esta Chautauqua tem estado coberta por uma névoa, marcada por um problema que provocou sucessivos retrocessos; no primeiro dia, falei sobre a dedicação e o cuidado e depois percebi que não podia dizer nada de significativo sobre esse assunto sem antes fazer compreender seu outro lado, a Qualidade. Parece-me importante, agora, fazer a ligação entre a dedicação e a Qualidade, chamando a atenção para o fato de que as duas são os aspectos interno e externo da mesma coisa. A pessoa que vê a Qualidade e a sente à medida que trabalha é uma pessoa que tem carinho e dedicação. A pessoa que presta atenção no que vê e faz é uma pessoa que fatalmente terá algumas características de Qualidade.

Assim, se o problema da desesperança tecnológica é causado pela ausência de dedicação, tanto por parte dos tecnólogos quanto dos antitecnólogos; e se a dedicação e a Qualidade são os aspectos interno e externo da mesma coisa, podemos concluir logicamente que, na realidade, o que causa a desesperança tecnológica é a ausência de percepção da Qualidade na tecnologia, tanto por parte dos tecnólogos quanto dos não-tecnólogos. A louca procura de Fedro pelo sentido racional, analítico e, portanto, *tecnológico* da palavra "Qualidade" foi na verdade uma procura pela resposta ao problema da desesperança tecnológica. Ou, pelo menos, assim me parece.

Assim, retrocedi e passei a tratar da cisão clássico-romântica, que, em minha opinião, está por trás de toda a problemática humanista-tecnológica. Porém, também nesse caso era preciso retroceder e chegar ao significado da Qualidade.

Por outro lado, para compreender a Qualidade de modo clássico, era preciso retroceder à metafísica e às relações desta com a vida cotidiana. Para fazer isso, era preciso retroceder ainda mais e penetrar naquela área imensa do conhecimento que correlaciona as duas coisas – a saber, a razão formal. Assim, parti da razão formal, passei pela metafísica e cheguei à Qualidade; da Qualidade, desci de novo para a metafísica e desta para a ciência.

Agora, precisamos descer ainda mais: da ciência para a tecnologia. E, assim, acredito que estaremos por fim onde eu queria estar desde o início.

Porém, temos conosco agora alguns conceitos que alteram imensamente nossa compreensão das coisas. A Qualidade é o Buda. A Qualidade é a realidade científica. A Qualidade é o objetivo da Arte. Resta-nos trabalhar esses conceitos num contexto prático e terra-a-terra; para tanto, não há nada de mais prático ou terra-a-terra do que aquilo de que venho falando desde o início: o conserto de uma velha motocicleta.

A estrada prolonga-se indefinidamente em curvas, descendo o *canyon*. À nossa volta, vemos em toda parte as manchas brilhantes do sol da manhã. A moto zumbe no ar frio, por entre os pinheiros de montanha, e uma plaquinha nos diz que, em dois quilômetros, chegaremos a um estabelecimento onde poderemos tomar o café da manhã.

– Você está com fome? – grito.

— Estou! — berra Chris.

Logo vemos uma segunda placa onde está escrito CHALÉS, com uma flecha apontando para a esquerda. Diminuímos a velocidade, viramos e seguimos uma estrada de chão até chegar a um grupo de pequenos chalés feitos de troncos, debaixo das árvores. Estacionamos a moto sob uma árvore, desligamos e entramos no chalé principal. As botas de motoqueiro fazem um barulho gostoso no piso de madeira. Sentamo-nos numa mesa coberta com toalha e pedimos ovos, bolinhos quentes, xarope de bordo, leite, salsichas e suco de laranja. O vento frio abriu-nos o apetite.

— Quero escrever uma carta para a mamãe — diz Chris.

Isso me parece bom. Vou até o balcão e peço algumas folhas de papel de carta. Trago-as a Chris e dou-lhe minha caneta. O ar fresco da manhã também lhe deu alguma energia. Ele deita as folhas à sua frente, agarra a caneta com a mão pesada e concentra-se por certo tempo no papel em branco.

Olha para mim.

— Que dia é hoje?

Dou-lhe a informação. Ele assente com a cabeça e a escreve.

Vejo-o escrever então: "Querida Mamãe:"

Olha fixamente para o papel por certo tempo.

Olha então para mim.

— O que devo dizer?

Começo a sorrir. Deveria fazê-lo escrever por uma hora sobre um dos lados de uma moeda. Já aconteceu de eu encará-lo como uma espécie de aluno, mas não como um aluno de retórica.

Interrompidos pela chegada dos bolinhos, digo-lhe que deixe a carta de lado; depois o ajudarei.

Terminada a refeição, permaneço sentado e fumo com a sensação plúmbea dos bolinhos quentes, dos ovos e de tudo o mais, e percebo pela janela que lá fora, sob os pinheiros, o chão está entremesclado de sombras e luz do sol.

Chris pega novamente o papel.

— Agora me ajude — diz.

— Tudo bem — respondo. Digo-lhe que o travamento é o problema mais comum. Em geral, afirmo, a mente se trava quando você tenta fazer muitas coisas de uma só vez. O que você deve fazer é não tentar forçar as palavras a sair. Com isso, o travamento só aumenta. Agora, o que você deve fazer é simplesmente separar as coisas e executá-las uma de cada vez. Está tentando ao mesmo tempo decidir *o que* dizer e o que dizer *primeiro*, e isso é muito difícil. Separe as duas coisas. Simplesmente faça uma lista, numa ordem qualquer, de todas as coisas que pretende dizer. Mais tarde pensaremos na ordem adequada.

– Que coisas, por exemplo? – diz ele.
– Bem, o que você quer contar a ela?
– Sobre a viagem.
– Que partes da viagem?
Ele pensa um pouco.
– A montanha que escalamos.
– Ótimo, escreva isso – digo.
Ele o faz.

Vejo-o anotar então outro item, depois mais um, enquanto termino o cigarro e o café. Ele gasta três folhas de papel listando as coisas que pretende dizer.

– Guarde-as – digo-lhe – e mais tarde trabalharemos nelas.
– Nunca vou conseguir pôr tudo isso numa carta só – diz ele.
Ao me ver soltar uma gargalhada, ele franze o cenho. Falo:
– Escolha só as melhores coisas.
Saímos e montamos de novo na moto.

Na estrada, descendo o *canyon*, o espoucar de nossos ouvidos nos mostra o quanto estamos perdendo altitude. Além disso, está mais quente e o ar está mais denso. Damos adeus às terras altas, nas quais estivemos mais ou menos desde que chegamos a Miles City.

Travamento. É sobre isso que pretendo falar hoje.

Você há de lembrar que, quando saímos de Miles City, eu disse que o método científico formal pode ser aplicado ao conserto de uma motocicleta mediante o estudo das cadeias de causa e efeito e o uso do método experimental para determinar essas cadeias. O objetivo, na ocasião, era mostrar o que é a racionalidade clássica.

Quero demonstrar agora que esse padrão clássico de racionalidade pode ser tremendamente melhorado, ampliado e tornado mais eficaz. Basta, para tanto, reconhecer formalmente a Qualidade em sua operação. Antes de fazer isso, porém, devo repassar alguns aspectos negativos da manutenção tradicional para mostrar exatamente onde estão os problemas.

O primeiro é o travamento, um travamento mental que acompanha o travamento físico da coisa na qual você está trabalhando. Era disso que Chris estava sofrendo. Um parafuso trava, por exemplo, numa das placas laterais do motor. Você verifica o manual para saber se existe um motivo especial para que esse parafuso seja tão duro de tirar, mas tudo o que ele diz é "remova a placa lateral", naquele estilo técnico conciso e maravilhoso que nunca lhe diz o que você mais quer saber. Não há nenhum procedimento anterior que você tenha deixado de lado e cuja falta poderia fazer com que os parafusos da placa travassem.

O mecânico experiente, a essa altura, provavelmente vai usar um desengripante e uma chave de fenda de impacto. Porém, suponha que você não seja experiente. Você afixa um alicate de pressão ao cabo da chave de fenda comum e a gira com força, procedimento com o qual obteve sucesso no passado, mas que desta vez só serve para danificar irremediavelmente a fenda do parafuso.

Sua mente já estava pensando no futuro, no que você iria fazer quando a placa estivesse removida; assim, você leva algum tempo para perceber que esse aborrecimento pequeno e irritante, um parafuso danificado, não é tão insignificante assim. Você está travado, parado, acabado. Ele o impediu imperativamente de consertar a motocicleta.

Esta cena não é rara na ciência e na tecnologia. É a cena mais comum. *Travado* e ponto. Na manutenção tradicional, este é o pior de todos os momentos; é tão ruim que você não quis nem pensar nele antes de ele acontecer.

O livro já não lhe serve de nada; o mesmo se pode dizer da razão científica. Você não precisa de nenhum experimento científico para saber qual é o problema. O que precisa é formular uma hipótese de como vai tirar dali aquele parafuso sem fenda, e o método científico não cria hipóteses. Só funciona quando elas já existem.

É esse o ponto zero da consciência. Travado. Nenhuma resposta. Você está perdido, liqüidado. Do ponto de vista emocional, é uma experiência terrível. Você está perdendo tempo, é incompetente e não sabe o que está fazendo. Deveria envergonhar-se e levar a máquina a um mecânico *de verdade*, que saiba o que fazer em casos como este.

É normal, a esta altura, que a síndrome de raiva e medo leve a melhor sobre você e o faça querer arrancar fora a placa lateral com um formão, tirá-la de lá a golpes de marreta, se necessário. Quanto mais você pensa no assunto, mais se convence de que o melhor é levar a máquina a uma ponte bem alta e deixá-la cair lá de cima. É escandaloso que uma simples fenda de parafuso possa derrotá-lo totalmente.

Você deparou com o grande desconhecido, o vazio de todo pensamento ocidental. Precisa de algumas idéias, algumas hipóteses. Infelizmente, o método científico tradicional nunca chegou a nos dizer exatamente onde arranjar hipóteses como essas. Em sua *melhor* forma, o método científico tradicional é uma visão perfeita – do que já aconteceu. É ótimo para que você saiba por onde já passou. É ótimo para verificar se seus conhecimentos são verdadeiros ou não, mas não pode lhe dizer para onde você *deve* ir, a menos que esse novo destino seja somente uma continuação dos caminhos já percorridos. A criatividade, a originalidade, a inventividade, a intuição, a imaginação – o "destravamento", em outras palavras – estão completamente fora do seu domínio.

Prosseguimos na descida do *canyon* e vamos passando por dobras nas vertentes despenhadas, das quais saem largas torrentes de água. Notamos que o rio cresce rapidamente à medida que vai sendo alimentado por esses afluentes. Aqui, as curvas da estrada são menos acentuadas e as retas são mais longas. Toco a moto na marcha mais alta.

As árvores mais à frente são escassas e espigadas, tendo entre si grandes áreas de arbustos e mato baixo. Está quente demais para usar jaqueta e blusa de lã; assim, paro numa área de descanso para tirá-las.

Chris quer caminhar por uma trilha que sobe a montanha e deixo-o ir. Quanto a mim, encontro uma sombra para sentar e descansar. Estou simplesmente quieto e meditativo.

Uma placa fala de um incêndio que ocorreu aqui há alguns anos. Segundo as informações dadas, a floresta está crescendo de novo, mas muitos anos terão de passar para que ela volte ao estado anterior.

Mais tarde, o barulho dos pés nas pedrinhas me diz que Chris está voltando pela trilha. Ele não foi muito longe. Quando chega, diz:

– Vamos.

Amarramos novamente a bagagem, que começou a se mexer um pouco, e saímos para a estrada. O vento faz secar repentinamente o suor acumulado durante o descanso.

Ainda estamos travados naquele parafuso, e, para destravar, tudo o que podemos fazer é deixar de examinar o parafuso segundo o método científico tradicional. Ele não funciona. O que temos de fazer é examinar o método científico tradicional à luz daquele parafuso travado.

Até agora, estivemos olhando o parafuso "objetivamente". Segundo a doutrina da "objetividade", elemento essencial do método científico tradicional, o fato de gostarmos ou não gostarmos desse parafuso não tem relação alguma com a correção do nosso pensamento. Não devemos avaliar o que vemos. Nossa mente deve ser como uma tábua rasa que a natureza se encarrega de preencher; depois, o raciocínio deve trabalhar desinteressadamente sobre os fatos que observamos.

Porém, quando raciocinamos desinteressadamente sobre isso à luz do parafuso travado, começamos a perceber que essa idéia de observação desinteressada é uma grande tolice. Onde *estão* esses fatos? O que devemos observar desinteressadamente? A fenda danificada? A placa lateral imóvel? A cor da pintura? O velocímetro? As barras de segurança? Como teria dito Poincaré, a motocicleta congloba um número infinito de fatos, e os fatos corretos não se apresentam por si mesmos. Além de serem passivos, os fatos corretos, aqueles de que realmente precisamos, *esquivam-se* de nós, e não podemos simplesmente dar um passo para trás e "observá-los". Temos de estar lá dentro, *à procura* deles, sob pena de, não o fazendo, ter de permanecer aqui por muito tempo – para sempre. Como observou Poincaré, *é preciso* que haja uma escolha subliminar dos fatos que observamos.

A diferença entre o bom e o mau mecânico, como a diferença entre o bom e o mau matemático, está exatamente nessa capacidade de *selecionar* os fatos bons, separando-os dos ruins segundo o critério da qualidade. Tem de ter *dedicação*! Trata-se de uma capacidade acerca da qual o método científico formal e tradicional nada tem a dizer. Já era tempo de examinar mais de perto essa pré-seleção qualitativa dos fatos, que parece ter sido tão escrupulosamente ignorada pelos que atribuem tanta importância aos fatos depois de "observados". Segundo me parece, descobriremos que o reconhecimento formal do papel da Qualidade no processo científico não destruiria o ponto de vista empírico. Poderia expandi-lo, fortalecê-lo e aproximá-lo muito mais da prática da ciência tal como ela é.

Na minha opinião, a falha básica que está por trás do problema do travamento é a insistência da racionalidade tradicional na "objetividade", a doutrina de que a realidade se divide em sujeito e objeto. Para que a verdadeira ciência aconteça, os dois têm de estar absolutamente separados. "Você é o mecânico. Aquela é a motocicleta. Vocês estarão eternamente separados. Faça isto e aquilo com ela. Os resultados serão tais e tais."

Esse dualismo eterno entre sujeito e objeto parece correto porque estamos acostumados com ele. Porém, não é correto. Sempre foi uma interpretação artificial que se *sobrepõe* à realidade. Nunca foi a própria realidade. Quando essa dualidade é completamente aceita, destrói-se uma certa relação de não-divisão entre o mecânico e a moto, um sentimento artesanal pelo trabalho. Quando a racionalidade tradicional divide o mundo em sujeitos e objetos, ela deixa de fora a Qualidade; e, numa situação de travamento, é a Qualidade, e não os sujeitos e objetos, que nos diz para onde devemos ir.

Esperamos que, voltando nossa atenção para a Qualidade, possamos arrancar o trabalho tecnológico do dualismo entre sujeito e objeto, que faz sumir a dedicação, e inseri-lo de novo numa realidade artesanal que nos revelará os fatos que precisamos conhecer quando estamos travados.

Tenho na mente agora a imagem de um comboio ferroviário enorme, um daqueles trens de 120 vagões que cruzam ininterruptamente as pradarias, carregados de madeira e legumes no rumo leste e de automóveis e outros produtos industrializados no rumo oeste. Quero dar a esse trem o nome de "conhecimento" e subdividi-lo em duas partes: o Conhecimento Clássico e o Conhecimento Romântico.

Segundo essa analogia, o Conhecimento Clássico, ou seja, o conhecimento ensinado pela Igreja da Razão, é a locomotiva e todos os vagões. Todos eles e tudo quanto eles contêm. Se você subdividir o trem em partes, não encontrará em lugar algum o Conhecimento Romântico. E, se não tomar cuidado, poderá facilmente chegar à conclusão de que o trem se reduz àquilo. Se isso acontece, não é porque o Conhecimento Romântico não existe ou não tem importância, mas porque, até agora, a definição do trem foi estática e não levou em conta a finalidade para a qual ele existe. Era isso que eu queria dizer ainda na Dakota do Sul, quando falei das duas dimensões da existência. São duas maneiras de *encarar* o trem.

Segundo essa analogia, a Qualidade Romântica não é uma "parte" do trem. É a frente da locomotiva, uma superfície bidimensional que não significa nada para quem não compreende que o trem não é, de maneira nenhuma, uma entidade estática. O trem que não vai a lugar algum não é um trem. No processo de examinar o trem e subdividi-lo em partes, inadvertidamente o fizemos parar, de tal modo que já não é um trem que estamos examinando. É por isso que ficamos travados.

O verdadeiro trem do conhecimento não é uma entidade estática que possa ser parada e subdividida. Sempre vai a algum lugar, sobre os trilhos da Qualidade. A locomotiva e os 120 vagões só vão aonde a Qualidade os leva; e é a Qualidade romântica, a superfície frontal do trem, que os conduz nesse caminho.

A realidade romântica é a superfície frontal da experiência. É a frente do trem do conhecimento e mantém o trem inteiro sobre os trilhos. O conhecimento tradicional é apenas a memória coletiva de onde essa superfície frontal já esteve. Na superfície frontal não há sujeitos nem objetos; tudo o que existe são os trilhos da Qualidade à frente. Se você não possui um esquema formal para avaliar e reconhecer essa Qualidade, o trem inteiro não pode saber para onde vai. Não existe a razão pura, mas a pura confusão. A superfície frontal é o lugar onde tudo acontece – tudo, sem exceção. Ela leva em si as infinitas possibilidades do futuro e contém toda a história do passado. Onde mais poderiam esses dois estar contidos?

O passado não pode se lembrar do passado. O futuro não pode gerar o futuro. A superfície frontal deste instante, aqui e agora, não é nada mais, nada menos que a totalidade de tudo quanto existe.

O valor, a superfície frontal da realidade, já não é mera decorrência da estrutura. Ele a precede. É a consciência pré-intelectual que lhe dá origem. Nossa realidade estruturada é pré-selecionada segundo critérios de valor, e, para compreender verdadeiramente a realidade estruturada, é preciso compreender a fonte de onde ela saiu.

Assim, o entendimento racional que temos de uma moto se modifica de minuto em minuto, à medida que trabalhamos nela e vemos que uma compreensão racional nova e diferente é mais dotada de Qualidade. Não precisamos nos agarrar a idéias velhas e pegajosas, pois temos uma base racional imediata para rejeitá-las. A realidade já não é estática. Não é um conjunto de idéias contra as quais você tem de lutar ou às quais precisa resignar-se. É composta, em parte, de idéias que devem crescer à medida que você cresce, à medida que todos nós crescemos, de século em século. Tendo a Qualidade como um termo central indefinido, a realidade, em sua natureza essencial, não é estática, mas dinâmica. E, quando você realmente compreende a realidade dinâmica, nunca fica travado. Ela tem formas, mas essas formas podem mudar.

Em termos mais concretos: se você pretende construir uma fábrica, consertar uma motocicleta ou fazer a justiça num país, e pretende fazer isso sem ficar travado, deve saber que o conhecimento clássico, estruturado, dualista, dicotômico entre sujeito e objeto, embora necessário, não será jamais suficiente. Você precisa ter alguma percepção da qualidade da obra, alguma noção do que é bom. É *isso* que o conduz adiante. Essa percepção não é somente um dom de nascença, embora você nasça com ela. É também algo que pode ser desenvolvido. Não é a mera "intuição" ou uma inexplicável "habilidade" ou "talento". É o resultado direto do contato com a *realidade* básica, a Qualidade, que, no passado, foi encoberta pela razão dualista.

Isso parece tão extravagante e esotérico quando é dito dessa maneira que nos surpreendemos ao constatar que é uma das visões de mundo mais despretensiosas e terra-a-terra que podem existir. Lembro-me, pasmem, de Harry Truman, que, a respeito dos programas de sua administração, disse: "Vamos experimentá-los... se não funcionarem... bem, experimentaremos outra coisa." Talvez a citação não seja exata, mas está bem próxima.

Disse ele que a realidade do governo norte-americano não é estática, mas *dinâmica*. Se não gostarmos dela, procuraremos algo melhor. O governo norte-americano não vai se deixar travar por um conjunto qualquer de idéias doutrinárias bonitinhas.

A palavra-chave é "melhor" – Qualidade. Dirão alguns que a forma subjacente do governo norte-americano *é* travada, *é* incapaz de mudar de acordo com a Qualidade, mas esse argumento não vem ao caso. O caso é que o presidente e todos os demais cidadãos, desde o radical mais fervoroso até o mais empedernido reacionário, concordam com a idéia de que o governo *deve* mudar de acordo com a Qualidade, mesmo que efetivamente não mude. O conceito de Fedro, da Qualidade mutável como a realidade, uma realidade tão onipotente que os próprios governos do mundo são obrigados a mudar para acompanhá-la, é algo em que todos nós, mesmo sem confessá-lo, sempre acreditamos.

E, na verdade, o que Harry Truman disse não difere em nada da atitude prática e pragmática de qualquer cientista de laboratório, engenheiro ou técnico quando não está pensando "objetivamente" no seu trabalho cotidiano.

Estou falando de teoria, mas, de algum modo, o que está sendo expresso é algo que todos sabem, uma espécie de folclore. Essa Qualidade, essa percepção do bem da obra, é algo conhecido em qualquer oficina.

Voltemos finalmente àquele parafuso.

Reavaliemos a situação e consideremos que o travamento que agora experimentamos, o zero da consciência, não é a pior de todas as situações, mas a melhor situação em que você poderia estar neste momento. Afinal, é exatamente esse travamento que os zen-budistas tanto se esforçam para induzir: através de koans, da respiração profunda, da meditação sentada etc. Sua mente está vazia e você tem a atitude "oca e flexível" de um principiante. Está na superfície frontal do trem do conhecimento, nos próprios trilhos da realidade. Pense, para variar, que este momento não deve ser temido, mas cultivado. Se a sua mente está verdadeiramente travada, profundamente travada, é possível que você esteja em situação muito melhor que quando estava cheio de idéias.

Freqüentemente, a princípio, a solução do problema parece insignificante ou indesejável, mas o estado de travamento deixa que, com o tempo, ela assuma sua verdadeira importância. Parecia pequena porque a avaliação rígida que você já tinha feito, e que o tinha conduzido ao travamento, a fazia parecer pequena.

Porém, considere agora o fato de que, por mais que você tente se agarrar a ele, esse travamento está fadado a desaparecer. Sua mente caminhará livre e naturalmente rumo a uma solução. A menos que você seja um verdadeiro mestre do travamento, não poderá impedir que isso aconteça. O medo do travamento é desnecessário, pois, quanto mais tempo você fica travado, tanto mais contempla a Qualidade-realidade que surge toda vez para destravá-lo. *Na verdade*, o que o deixa travado é o fato de você sair correndo pelos vagões do seu trem de conhecimento, em busca de uma solução que só pode estar ali, na frente do trem. O travamento não deve ser evitado. É ele o predecessor psíquico de toda compreensão verdadeira. A aceitação do travamento, sem se deixar levar pelo ego, é a chave da compreensão de toda a Qualidade, tanto nos trabalhos mecânicos quanto em qualquer outra atividade. É essa compreensão da Qualidade revelada pelo travamento que faz com que tantos mecânicos autodidatas sejam superiores aos treinados em institutos, que aprenderam a lidar com tudo, exceto com uma situação nova.

Normalmente, os parafusos são tão baratos, tão pequenos e tão simples que parecem insignificantes a você. Mas agora, à medida que sua consciência da Qualidade vai ficando mais forte, você percebe que aquele parafuso específico, aquele ali, não é nem barato, nem pequeno, nem insignificante. Neste momento, esse parafuso vale o preço da motocicleta inteira, pois o fato é que essa motocicleta não valerá nada até que você consiga tirá-lo. Com essa reavaliação do parafuso vem a disposição de expandir o conhecimento que você tem dele.

Com a expansão do conhecimento viria, segundo me parece, uma reavaliação do que o parafuso realmente é. Se você se concentrar nele, pensar nele, ficar travado nele por tempo suficiente, acho que vai perceber o parafuso cada vez menos como um objeto típico de uma classe e cada vez mais como um objeto único e singular. Então, aumentando ainda mais a concentração, você deixa de perceber o parafuso como um objeto e começa a vê-lo como uma coleção de funções. O travamento vai aos poucos eliminando os padrões da razão tradicional.

No passado, quando você separava o sujeito do objeto de modo permanente, seu pensamento a respeito deles ficou muito rígido. Você elaborou uma categoria chamada "parafuso" que parecia inviolável e mais real que a realidade observada. E não conseguia saber o que fazer para destravar porque não conseguia pensar em nada de novo, e isso porque não conseguia *ver* nada de novo.

Agora, tentando tirar esse parafuso, você não se interessa mais pelo que ele *é*. Isso deixou de ser uma categoria de pensamento e tornou-se uma experiência direta contínua. Já não está nos vagões; está na frente e é capaz de mudar. Você está interessado no que o parafuso *faz* e no porquê de o fazer. Vai começar a fazer perguntas funcionais. A essas perguntas vai juntar-se uma discriminação subliminar da Qualidade, idêntica à discriminação de Qualidade que levou Poincaré a elaborar as equações fuchsianas.

A solução efetiva que você encontrar para o problema não terá importância, desde que tenha Qualidade. O pensamento de que o parafuso, nesse momento, combina a rigidez e a aderência, e a noção de sua ligação helicoidal com a placa podem conduzir naturalmente à solução do impacto e do uso de solventes. Esse é um dos trilhos que a Qualidade pode tomar. Mas há outros: ir até a biblioteca e consultar um catálogo de ferramentas profissionais, no qual você possa encontrar um extrator de parafusos que sirva para esse fim; ligar para um amigo que entende de mecânica; furar o parafuso com uma furadeira ou derretê-lo com um maçarico; e você pode ainda, em virtude de sua atenta meditação no parafuso, encontrar uma nova maneira de extraí-lo, uma maneira em que ninguém pensou até agora, que ganha de todas as outras, que é patenteável e poderá deixá-lo milionário daqui a cinco anos. Não há como prever para onde os trilhos da Qualidade vão nos levar. Todas as soluções são simples – depois de conhecidas. Porém, só são simples quando você já sabe quais são.

A Auto-Estrada 13 segue outro braço do nosso rio, mas vai rumo à nascente e passa agora por antigas cidades madeireiras, um cenário sonolento. Às vezes, quando saímos de uma rodovia federal e entramos numa estadual, é como se voltássemos no tempo. Belas montanhas, um belo rio, uma estrada de asfalto esburacada, mas agradável... edifícios antigos, velhos nas varandas... é curioso que os edifícios, fábricas e usinas velhas e obsoletas, a tecnologia de cinqüenta ou cem anos atrás sempre tenha uma aparência muito melhor que as coisas novas. As ervas daninhas, a relva e as flores do campo crescem onde o concreto rachou e quebrou. As linhas nítidas, ortogonais e verticais sofrem um arqueamento aleatório. As massas uniformes de cor da tinta fresca abrandam-se e adquirem uma suavidade fosca e desgastada pelo tempo. A natureza tem uma geometria não-euclidiana toda própria que parece suavizar a objetividade deliberada desses edifícios, introduzindo nela uma espécie de espontaneidade aleatória que os arquitetos fariam bem em estudar.

Logo deixamos para trás o rio e os edifícios velhos e sonolentos e subimos para um tipo de planalto seco e gramado. A estrada tem tantas curvas e buracos que não posso passar dos noventa por hora. O asfalto tem orifícios e sulcos bem grandes, e é preciso prestar atenção. Realmente nos acostumamos a viajar. Trechos que pareceriam longos nas Dakotas agora nos parecem curtos e fáceis de transpor. Estar sobre a moto parece mais natural que estar fora dela. Agora mesmo, não nos encontramos num lugar familiar; estamos numa terra que nunca vi antes, mas não me sinto um estranho nela.

No alto do planalto de Grangeville, em Idaho, saímos do calor abrasador para um restaurante com ar-condicionado. Lá dentro, um frescor profundo. Enquanto esperamos nossos leites maltados, percebo um colegial sentado junto ao balcão trocando olhares com a garota a seu lado. Ela é linda, e não sou eu o único a percebê-lo. A garota por trás do balcão, que está servindo os dois, também os observa com uma raiva que, segundo pensa, não é notada por mais ninguém. Uma espécie de triângulo. Passamos assim, despercebidos, por pequenos momentos da vida das pessoas.

De volta ao calor e não longe de Grangeville, percebemos que o planalto seco, que parecia quase uma pradaria quando estávamos no meio dele, abre-se de repente num desfiladeiro enorme. Vejo que nossa estrada descerá e descerá, fazendo umas cem curvas fechadíssimas, até chegar a um deserto rochoso e esburacado. Dou um tapa no joelho de Chris e aponto para baixo. Quando fazemos uma curva que nos oferece uma vista aberta, ele grita:

– Uau!

Na beirada, reduzo para terceira e solto o acelerador. O motor contém o movimento da moto, estourando um pouco, e começamos a descida.

Quando chegamos lá embaixo, onde quer que seja, já descemos muitas centenas de metros. Olho por sobre os ombros e os carros no alto me parecem formigas. Agora temos de cruzar este deserto, que é um forno, até onde a estrada nos levar.

25

Nesta manhã discutimos uma solução para o problema do travamento, o mal clássico causado pela razão tradicional. Agora chegou a hora de passar a seu equivalente romântico, a feiúra da tecnologia que a razão tradicional produziu.

A estrada, em curvas, subidas e descidas, passou sobre as colinas do deserto até chegar a uma estreita faixa de verde ao redor da cidadezinha de White Bird; encontrou-se então com um rio grande e rápido, o Salmon, que corre entre as altas paredes de um *canyon*. Aqui, o calor é tremendo e a luminosidade das rochas brancas do *canyon* é ofuscante. Prosseguimos em curvas no fundo do estreito desfiladeiro, nervosos com a rapidez do trânsito e oprimidos pelo calor abrasador.

A feiúra da qual os Sutherland fugiam não é inerente à tecnologia. Parecia-lhes tal porque, dentro da tecnologia, é difícil isolar esse elemento de horror. Porém, a tecnologia em si é simplesmente o ato de fazer coisas, e a fabricação de coisas não pode ser feia por natureza. Caso contrário, não haveria a possibilidade de beleza nas artes, que também consistem na confecção de objetos. Na verdade, a raiz da palavra tecnologia, *techne*, originalmente *significava* "arte". Os gregos da Antiguidade nunca separavam, em suas mentes, a arte da manufatura; por isso, nunca desenvolveram palavras diferentes para designar as duas coisas.

Além disso, a feiúra não é inerente aos materiais da tecnologia moderna – afirmação que às vezes ouvimos. Os plásticos e materiais sintéticos produzidos em grande escala não são maus em si. Simplesmente foram associados a algo ruim. A pessoa que passou a maior parte da vida cercada pelas muralhas de pedra de uma prisão há de ver a pedra como um material intrinsecamente feio, muito embora seja ela a principal matéria-prima da escultura; e a pessoa que viveu numa prisão de horrível tecnologia plástica, partindo dos brinquedos da infância e passando por toda uma vida de bens de consumo descartáveis, há de ver esse material como intrinsecamente feio. Porém, a verdadeira feiúra da tecnologia moderna não se encontra em nenhum material, nenhuma forma, nenhum ato, nenhum produto. Esses são somente os objetos em que a baixa Qualidade parece residir. O que nos dá essa impressão é o hábito de atribuir a Qualidade aos sujeitos ou objetos.

A verdadeira feiúra não resulta de nenhum dos objetos da tecnologia. A seguirmos a metafísica de Fedro, tampouco resulta dos sujeitos da tecnologia, ou seja, das pessoas que a produzem ou utilizam. A Qualidade, ou sua ausência, não reside nem no sujeito nem no objeto. A verdadeira feiúra está na relação entre as pessoas que produzem a tecnologia e as coisas que elas produzem, a qual provoca uma relação semelhante entre as pessoas que usam a tecnologia e as coisas que elas usam.

Fedro sentia que no momento da pura percepção da Qualidade, ou melhor, no momento da pura Qualidade, antes ainda da percepção, não existe nem o sujeito nem o objeto. Só existe uma sensação de Qualidade que produz depois a consciência dos sujeitos e dos objetos. No momento da Qualidade pura, sujeito e objeto são idênticos. É isto o *Tat tvam asi* dos Upanishads, que se reflete também nas gírias contemporâneas. "Curtir" e "sacar" são reflexos dessa identidade na gíria. É essa identidade que está na base da perícia artesanal em todas as artes técnicas; e é essa identidade que falta à tecnologia moderna, concebida de um ponto de vista dualista. O criador dessa tecnologia não tem uma sensação particular de identidade com ela. Seu possuidor não se identifica particularmente com o objeto possuído. O mesmo se pode dizer de seu usuário. Logo, pela definição de Fedro, essa tecnologia não tem Qualidade.

Aquela muralha que Fedro viu na Coréia era um ato de tecnologia. Não era bela em virtude de um planejamento intelectual magistral, nem de uma supervisão científica do processo de construção, nem de um acréscimo de gastos para a "estilização". Era bela porque as pessoas que a fizeram tinham um jeito de ver as coisas que as levou a construí-la direito sem ter consciência disso. Não se separavam da obra; assim, não a faziam de forma errada. Aí está o cerne de toda a solução.

A solução do conflito entre os valores humanos e as necessidades tecnológicas não está em fugir da tecnologia. Isso é impossível. A solução consiste em derrubar as muralhas do pensamento dualista, que impedem a compreensão verdadeira do que é a tecnologia – não uma exploração da natureza, mas uma fusão da natureza e do espírito humano num novo tipo de criação que transcende a ambos. Quando essa transcendência se dá em acontecimentos como o primeiro vôo sobre o Atlântico ou o primeiro passo na superfície lunar, ocorre uma espécie de reconhecimento público da natureza transcendente da tecnologia. Porém, essa transcendência também precisa ocorrer no nível individual, no nível pessoal, na vida de cada pessoa, de modo menos bombástico e dramático.

Aqui, as paredes do *canyon* já são completamente verticais. Em muitos locais, foi preciso dinamitá-las para abrir espaço para a estrada. Não existem caminhos alternativos. Temos de seguir o rio aonde quer que ele vá. Talvez seja apenas minha imaginação, mas parece que o rio já está menor do que estava há uma hora.

Evidentemente, essa transcendência pessoal dos problemas com a tecnologia não tem de envolver motocicletas. Pode se dar num nível tão simples quanto o de afiar uma faca de cozinha, costurar um vestido ou consertar uma cadeira quebrada. Os problemas subjacentes são os mesmos. Em cada caso, há uma maneira bela e uma maneira feia de fazer o trabalho. E, para chegar à maneira bela de agir, à alta qualidade no agir, são necessárias tanto a capacidade de perceber o que "parece bom" quanto a capacidade de compreender os métodos pelos quais esse "bom" pode se realizar. Os entendimentos clássico e romântico da Qualidade têm de combinar-se.

A natureza de nossa cultura é tal que, se você fosse em busca de instruções sobre como fazer qualquer um desses trabalhos, elas só lhe dariam um dos entendimentos da Qualidade: o clássico. Dir-lhe-iam como segurar a lâmina ao afiar a faca, como usar uma máquina de costura ou como misturar e aplicar a cola, presumindo que, uma vez aplicados esses métodos, o "bom" seguiria naturalmente. A capacidade de ver diretamente o que "parece bom" seria ignorada.

O resultado é bastante típico da tecnologia moderna: uma monotonia geral da aparência, algo tão deprimente que tem de ser revestido de um verniz de "estilo" para não matar a todos de tédio. E, para os que são sensíveis à Qualidade romântica, isso só faz piorar as coisas. Agora, além de ser deprimente e aborrecido, também é falso! Juntando-se as duas coisas, obtém-se uma descrição básica, mas muito precisa, da tecnologia norte-americana moderna: carros estilizados, motores de popa estilizados, máquinas de escrever estilizadas e roupas estilizadas; geladeiras estilizadas, repletas de alimentos estilizados, nas cozinhas estilizadas de lares estilizados; brinquedos estilizados de plástico para crianças estilizadas, que, no Natal e nas festas de aniversário, seguem o estilo de seus estilizados pais. Para não se cansar disso de vez em quando, você mesmo tem de "ter estilo". É o estilo que nos faz mal: a feiúra tecnológica adocicada com um glacê de falsidade romântica; o esforço de produção de beleza por parte de pessoas que, por mais estilosas que sejam, não sabem sequer por onde começar, uma vez que ninguém jamais lhes disse que neste mundo existe algo que se chama Qualidade e que essa Qualidade é real, não é um estilo. A Qualidade não é algo que se deposita sobre a superfície dos sujeitos e objetos, como a purpurina sobre uma árvore de Natal. A Qualidade verdadeira tem de ser a própria origem dos sujeitos e objetos, a pinha da qual a árvore nasce.

Para chegar a *essa* Qualidade, é preciso adotar um procedimento um pouco diferente da "Etapa 1, Etapa 2, Etapa 3" das instruções que acompanham a tecnologia dualista; é sobre esse procedimento que vou tentar falar agora.

* * *

Depois de muitas curvas junto às paredes do desfiladeiro, fazemos uma parada sob um bosquezinho de árvores crestadas entre as quais se erguem rochas. A relva ao redor das árvores está queimada, amarelada e coberta de lixo deixado pelos campistas.

Deixo-me cair na sombra e, depois de um tempo, levanto os olhos semicerrados para o céu, que praticamente não olhei depois de entrarmos neste *canyon*. Lá em cima, muito acima das paredes do *canyon*, ele se ergue fresco, azul profundo e longínquo.

Chris nem sequer vai ver o rio, coisa que normalmente faria. Como eu, está cansado e contenta-se em repousar sob a parca sombra das árvores.

Pouco depois, ele diz que parece haver uma velha bomba de ferro entre nós e o rio. Aponta-a e vejo do que está falando. Vai até lá e vejo-o bombear água na mão e levá-la ao rosto. Junto-me a ele e bombeio a água para que possa usar as duas mãos. Faço então a mesma coisa. A água refresca-me as mãos e o rosto. Quando terminamos, caminhamos em direção à moto, montamos e retornamos à estrada do *canyon*.

Agora, aquela solução. Até agora, em toda esta Chautauqua, só examinamos o problema da feiúra tecnológica de um ponto de vista negativo. Já dissemos que as atitudes românticas em relação à Qualidade, como as do casal Sutherland, por si mesmas não levam a nada. Não se pode viver só de curtir emoções. É preciso trabalhar também com a forma subjacente do universo, as leis da natureza, que, quando são compreendidas, facilitam o trabalho, diminuem as doenças e praticamente eliminam a fome. Por outro lado, a tecnologia baseada na razão puramente dualista também foi condenada porque, para obter essas vantagens materiais, transforma o mundo inteiro num depósito de lixo estilizado. Chegou a hora de parar de condenar as coisas e encontrar algumas respostas.

A resposta vem de encontro à afirmação de Fedro de que a inteligência clássica não deve ser *revestida* de formosura romântica; as inteligências clássica e romântica devem unir-se pela base. No passado, nosso universo racional comum ocupou-se sempre de fugir do mundo irracional e romântico do homem pré-histórico, de rejeitar esse mundo. Desde antes da época de Sócrates foi preciso rejeitar as paixões, as emoções, a fim de deixar a mente racional livre para encontrar uma compreensão da ordem natural que ainda não existia. Agora, para levar adiante a compreensão da ordem natural, temos de reassimilar as paixões das quais fugimos originalmente. As paixões, as emoções, o domínio afetivo da consciência humana também fazem parte da ordem da natureza. Aliás, constituem a parte central.

Atualmente, estamos soterrados debaixo de uma expansão cega e irracional do acúmulo de dados nas ciências, pois a compreensão da criatividade científica não tem um formato racional. Além disso, estamos soterrados debaixo de uma imensa estilização das artes – arte magra – devida à falta de assimilação e conhecimento da forma subjacente. Nossos artistas não têm conhecimento científico, nossos cientistas não têm conhecimento artístico e nem uns nem outros têm o menor sentido de gravidade espiritual; os resultados não são simplesmente desastrosos, são terríveis. Já há muito tempo que precisamos de uma verdadeira reunificação da arte e da tecnologia.

Na casa dos DeWeese, comecei a falar sobre a paz de espírito necessária para o trabalho técnico, mas fui expulso do palco sob gargalhadas porque mencionei o assunto fora do contexto em que havia me ocorrido originalmente. Parece-me que agora é *cabível* tratarmos de novo da paz de espírito e ver do que eu estava falando.

A paz de espírito não é um elemento superficial do trabalho técnico: é tudo. O trabalho que a produz é um bom trabalho; o que a destrói é mau. As especificações, os instrumentos de medida, o controle de qualidade e a verificação final são todos *meios* para criar a paz de espírito nos responsáveis pelo trabalho. No fim, o que realmente conta é a paz de espírito deles, mais nada. Isso porque a paz de espírito é um pré-requisito para a percepção dessa Qualidade que vai além das Qualidades clássica e romântica, que as unifica e que deve acompanhar o trabalho em todo o seu processo. O caminho para ver o que parece bom, entender por que parece bom e *unir-se a essa bondade* à medida que se procede ao trabalho é o cultivo de uma quietude interior, uma paz de espírito através da qual possa brilhar a bondade.

Refiro-me à paz de espírito *interior*, que não tem relação nenhuma com as circunstâncias exteriores. Pode ocorrer num monge em meditação, num soldado em combate ou num mecânico que tira com a lima aquele último milésimo de centímetro. Envolve um esquecimento de si que produz a perfeita identificação com as circunstâncias. Existem diversos níveis de identificação e diversos níveis de quietude, tão profundos e tão difíceis de atingir quanto os níveis superiores de atividade, mais conhecidos. As montanhas da realização exterior são descobrimentos da Qualidade efetuados numa única direção; são relativamente insignificantes e quase sempre inalcançáveis, a menos que sejam buscados juntamente com as profundezas oceânicas da autoconsciência – que não significa lembrança de si – resultantes da paz interior do espírito.

Essa paz interior do espírito ocorre em três níveis. A quietude física parece a mais fácil de obter, embora também tenha diversos graus, como provam os místicos da Índia, que conseguem permanecer enterrados vivos por vários dias. A quietude mental, que elimina os pensamentos errantes, parece mais difícil, mas pode ser alcançada. Já a quietude dos valores, na qual a pessoa não tem nenhum desejo errante, mas simplesmente executa sem nenhum desejo os atos de sua vida – essa parece ser a mais difícil de todas.

Houve vezes em que pensei que essa paz interior do espírito, essa quietude, é semelhante ou mesmo idêntica ao estado de calma em que as pessoas às vezes entram quando vão pescar, e que explica em boa medida a popularidade desse esporte. Simplesmente sentar-se com a linha na água, sem fazer um movimento, sem pensar em nada, sem se preocupar com nada – isso parece tirar da pessoa as tensões e frustrações interiores que a impediam de resolver problemas e davam a suas ações e pensamentos um caráter feio e canhestro.

É claro que, para consertar sua moto, você não precisa ir pescar. Basta tomar uma xícara de café, dar uma volta no quarteirão, às vezes simplesmente parar e passar cinco minutos em silêncio. Quando faz isso, você praticamente sente um crescimento em direção a essa paz interior que revela tudo. O que afasta dessa calma interior e da Qualidade que ela revela é a manutenção ruim. O que a propicia é a boa. As formas pelas quais alguém pode se afastar ou se aproximar são infinitas, mas a meta é sempre a mesma.

Acho que, quando esse conceito de paz de espírito é introduzido no ato do trabalho técnico e assume caráter central, pode acontecer uma fusão das qualidades clássica e romântica num nível básico e dentro de um contexto de trabalho. Já disse que é efetivamente possível *ver* essa fusão em certos mecânicos hábeis, e é possível vê-la nas obras que fazem. Dizer que eles não são artistas é não compreender a natureza da arte. Eles têm paciência e dedicação e prestam atenção no que estão fazendo, mas não é só – há uma espécie de paz interior do espírito que não é fingida, mas resulta de um tipo de harmonia entre o trabalhador e a obra. Nessa harmonia, não há líder nem seguidor. O material e os pensamentos do artesão mudam juntos numa progressão de mutações suaves e homogêneas até que a mente do artesão chega ao repouso no instante mesmo em que o material assume sua forma correta.

Todos nós já tivemos momentos desse tipo quando estávamos fazendo algo que realmente queríamos fazer. O problema é que, infelizmente, separamos esses momentos do nosso trabalho. O mecânico de que estou falando não faz essa separação. Pode-se dizer dele que se "interessa" pelo que faz, que está "envolvido" com o trabalho. O que produz esse envolvimento é a ausência de qualquer noção de separação entre sujeito e objeto na linha de frente da consciência. "Ter a manha", "ter nascido para tal coisa" — existem muitas expressões idiomáticas que designam essa ausência de dualidade entre sujeito e objeto, pois isto de que estou falando não é novidade alguma para o folclore, o senso comum, a sabedoria comum da oficina. Porém, em linguagem científica, as palavras que designam essa ausência de dualidade são escassas, pois as mentes científicas se fecharam para esse tipo de consciência na constituição do ponto de vista científico formal, que é dualista.

Os zen-budistas falam de "simplesmente ficar sentado", prática meditativa na qual a mente não é dominada pela idéia do eu e do objeto. O que estou falando aqui, em matéria de conserto de motocicletas, é de "simplesmente consertar", ato em que a consciência não é dominada pela idéia da dualidade entre sujeito e objeto. Quando a pessoa não é dominada pela sensação de separação entre ela e a obra que está fazendo, pode-se dizer que tem "dedicação" pelo que faz. Essa é a verdadeira definição da dedicação: um sentimento de identificação com o que se está fazendo. Quando a pessoa tem esse sentimento, ela vê também o outro lado da moeda da dedicação: a Qualidade.

Assim, ao trabalhar numa motocicleta ou em qualquer outra coisa, o que se deve fazer é cultivar a paz de espírito que não consiste numa separação em relação ao ambiente circundante. Quando isso é feito com sucesso, tudo o mais vem naturalmente. A paz de espírito produz valores corretos e os valores corretos produzem pensamentos corretos. Os pensamentos corretos produzem ações corretas e as ações corretas produzem uma obra que será, para que os outros vejam, um reflexo material da serenidade que está no centro de todo esse processo. Era isso que distinguia aquela muralha na Coréia. Ela era um reflexo material de uma realidade espiritual.

Acho que, se queremos reformar o mundo e fazer dele um lugar melhor para viver, o caminho não está em discursar sobre relações de natureza política, que são inevitavelmente dualistas, repletas de sujeitos e objetos e dos relacionamentos de uns com os outros; ou de programas cheios de diretrizes que outras pessoas têm de cumprir. Na minha opinião, essa abordagem parte do fim e supõe que o fim seja o começo. Os programas de natureza política são importantes *produtos finais* de qualidade social que só podem ser eficazes se a estrutura subjacente dos valores sociais estiver correta. Para melhorar o mundo, é preciso em primeiríssimo lugar melhorar o próprio coração e as próprias mãos, e trabalhar a partir daí. As outras pessoas podem falar sobre como expandir o destino da humanidade. Quanto a mim, quero falar somente do conserto de motocicletas. Na minha opinião, isto que tenho a dizer tem um valor mais perene.

Surge uma cidade chamada Riggins, onde vemos muitos hotéis de beira de estrada. Depois, a rodovia se afasta do *canyon* e passa a seguir um riozinho menor. Parece dirigir-se para cima, na direção da floresta.

É isso mesmo que acontece. Logo a estrada fica sombreada por pinheiros grandes, frescos. Aparecem placas de hotéis turísticos. Subindo a estrada sinuosa, chegamos inesperadamente a planícies relvadas frescas, verdes e agradáveis, rodeadas de florestas de pinheiros. Numa cidadezinha chamada New Meadows, enchemos de novo o tanque e compramos duas latas de óleo, ainda surpresos com a mudança.

Porém, ao sair de New Meadows, percebo a longa inclinação do sol e começo a ser tomado por uma depressão típica de final de tarde. Num outro momento qualquer do dia, estes campos de montanha seriam colírio para meus olhos, mas hoje já rodamos demais. Passamos Tamarack e a estrada descai novamente dos campos relvados para um terreno seco e arenoso.

Acho que é só isso que pretendo dizer na Chautauqua de hoje. Foi uma sessão longa, talvez a mais importante. Amanhã quero falar sobre as coisas que parecem afastar-nos e aproximar-nos da Qualidade, sobre algumas armadilhas e problemas que podem aparecer.

Sensações estranhas são produzidas pela luz solar cor-de-laranja neste território seco e arenoso tão longe de casa. Pergunto-me se Chris sente a mesma coisa. Uma espécie de tristeza inexplicável que vem todo fim de tarde, quando o novo dia se foi para nunca mais voltar e não temos nada adiante de nós, exceto a escuridão cada vez mais densa.

A luz alaranjada torna-se acobreada e continua a mostrar o que nos mostrou durante todo o dia, mas agora parece ter perdido o entusiasmo. Para lá dessas colinas áridas, dentro daquelas casinhas a distância, as pessoas que estiveram aqui o dia todo, cuidando de seus negócios, não vêem agora nada de estranho ou diferente nesta estranha paisagem que escurece. É o contrário do que acontece conosco. Se fôssemos procurá-las no começo do dia, elas ficariam curiosas conosco e com o porquê de estarmos aqui. A esta hora da tarde, porém, simplesmente se ressentiriam da nossa presença. O dia de trabalho terminou. É hora de jantar, de relaxar com a família, de voltarmos para dentro de casa. Sem que ninguém nos perceba, aceleramos por esta estrada vazia neste território estranho que nunca vi em toda a minha vida. O que predomina agora é uma sensação pesada de isolamento e solidão, e meu ânimo descai com o sol.

Paramos no pátio de uma escola abandonada e, debaixo de um imenso choupo, troco o óleo da moto. Chris está irritadiço e se pergunta por que paramos por tanto tempo, sem saber, talvez, que é simplesmente a hora do dia que o deixa irritado; mas dou-lhe o mapa para estudar enquanto troco o óleo, e, quando este está trocado, olhamos o mapa juntos e decidimos jantar no próximo bom restaurante que encontrarmos e dormir no primeiro lugar bom para acampar. Isso o anima.

Jantamos numa cidade chamada Cambridge. Quando terminamos, está completamente escuro. Seguimos o facho do farol por uma estradinha secundária que segue em direção ao Oregon até chegar a uma tabuleta que diz "ACAMPAMENTO BROWNLEE". Este parece localizar-se num vale estreito entre as montanhas. No escuro, é difícil saber em que tipo de terreno estamos. Seguimos uma estrada de terra por baixo de árvores e ao lado de matas baixas até chegar a um local de acampamento. Parece não haver mais ninguém aqui. Quando desligo o motor e estamos descarregando as coisas, ouço um riacho ali perto. Com exceção do ruído da água e dos gorjeios de um passarinho, não se houve mais som nenhum.

— Eu gosto daqui — diz Chris.

— É bem silencioso — afirmo.

— Para onde vamos amanhã?

— Para o Oregon. — Dou-lhe a lanterna e peço que direcione o facho para as malas, nas quais estou mexendo.

– Eu já estive aqui?
– Pode ser, não sei ao certo.
Desenrolo os sacos de dormir e ponho o dele em cima da mesa de piquenique. Ele se anima com a novidade. Nesta noite não teremos problemas para dormir. Logo ouço-o respirar fundo, o que me indica que já adormeceu.

Gostaria de saber o que lhe dizer. Ou o que lhe perguntar. Às vezes ele parece muito próximo; não obstante, essa proximidade não tem relação alguma com as coisas que digo ou pergunto. Em outras ocasiões, porém, ele parece muito longe, parece estar me observando a partir de uma atalaia que não consigo vislumbrar. E, por fim, há ocasiões em que é simplesmente um crianção e não temos relação nenhuma.

Às vezes, quando penso nisso, concluo que a idéia de que a mente de uma pessoa é acessível a outra não passa de uma ilusão convencional, uma figura de linguagem, um pressuposto que dá plausibilidade a um tipo qualquer de troca ocorrido entre criaturas essencialmente estranhas umas às outras; e penso que, na realidade, o relacionamento entre duas pessoas é essencialmente incognoscível. O esforço para tentar sondar o que passa pela mente do outro cria uma distorção do que é visto. Estou à procura, suponho, de uma situação em que a realidade venha à tona sem distorções, como quer que ela seja. Mas, do jeito que ele me faz perguntas, não sei.

26

Uma sensação de frio me acorda. Pelo buraco do saco de dormir, vejo que o céu está cinza-escuro. Trago minha cabeça para dentro e fecho de novo os olhos.

Mais tarde, percebo que o cinza do céu está mais claro, mas ainda está frio. Vejo o vapor de minha respiração. O pensamento alarmante de que o cinza seja devido a nuvens de chuva me acorda; porém, depois de olhar com cuidado, vejo que é simplesmente o cinza da aurora. Parece frio demais e cedo demais para andar de moto, e assim não saio do saco. Mas o sono se foi.

Através dos raios da roda vejo o saco de dormir de Chris sobre a mesa de piquenique, todo retorcido ao redor dele. Ele não faz o menor movimento.

A moto ergue-se quieta a meu lado, pronta para partir, como se tivesse velado a noite inteira, à semelhança de um guardião silencioso.

Cinza-prateada, cromada e preta – e cheia de pó. Pó de Idaho, de Montana, das Dakotas e de Minnesota. Vista daqui debaixo, parece impressionante. Nenhum enfeite inútil. Cada coisa com sua função.

Acho que nunca vou vendê-la. Na verdade, não teria motivo para fazê-lo. Elas não são como os carros, cuja carroceria enferruja em poucos anos. Se forem sempre reguladas e consertadas, podem durar tanto quanto você, provavelmente mais. Qualidade. Ela nos trouxe até aqui sem nenhum problema.

* * *

A luz do sol apenas toca o topo da formação rochosa que encima o vale em que estamos. Um pouco de neblina surgiu acima do riacho. Isso significa que vai esquentar.

Saio do saco de dormir, calço meus sapatos, guardo tudo o que posso sem acordar Chris e por fim vou à mesa de piquenique e sacudo-o de leve para acordá-lo.

Ele não reage. Olho em volta e vejo que não há mais nada a fazer exceto acordá-lo, e hesito; mas, agitado e estimulado pelo ar cortante da manhã, berro:

– ACORDE!

E ele senta-se de repente, de olhos arregalados.

Tento encaixar nesse berro o primeiro quarteto do *Rubaiyat* de Omar Khayyam. Parece que estamos na Pérsia, abaixo de um despenhadeiro no meio do deserto. Porém, Chris não tem a menor idéia de que diabos estou falando. Olha para o topo da formação rochosa e fica lá sentado, contemplando-me de olhos franzidos. É preciso estar num determinado estado de espírito para aceitar más recitações de poesia. Especialmente dessa aí.

Logo estamos de novo na estrada, cheia de curvas. Descemos para um enorme *canyon* com altas paredes de rocha branca de um lado e do outro. O vento está de cortar. A estrada passa por uma faixa de sol, que parece atravessar a jaqueta e a blusa de lã e esquentar-me diretamente o corpo, mas logo entramos novamente na sombra do *canyon* e o vento nos congela. Este ar seco do deserto não retém o calor. Meus lábios, com o vento batendo neles, parecem secos e rachados.

Adiante, cruzamos uma represa, saímos do *canyon* e penetramos num território alto e semidesértico. Já estamos no Oregon. A estrada, com suas curvas, cruza uma paisagem que me lembra o norte do Rajastão, na Índia, onde o clima não é muito desértico: há muitos pinhões, zimbros e relva, mas nenhuma agricultura, exceto nos vales onde a água se acumula.

Os doidos quartetos do *Rubaiyat* giram em minha cabeça.

... caminha comigo num campo relvado
Que separa o deserto do semeado,

Onde Servo e Sultão são ignorados,
E lamentemos Mahmud, em seu trono sentado...

Isso evoca o vislumbre das ruínas de um antigo palácio mongol perto do deserto, onde, com o canto dos olhos, ele viu uma roseira selvagem...
... *E o mês estival que as faz florescer...* Como era mesmo? Não sei. Nem mesmo *gosto* do poema. Notei que, desde que começou esta viagem, e especialmente desde Bozeman, estes fragmentos parecem cada vez menos partes da memória *dele* e, cada vez mais, partes da minha. Não sei o que isso significa... Acho que simplesmente não sei.

Acho que este tipo de semi-árido tem um nome, mas não consigo lembrar qual é. Não se vê ninguém na estrada em lugar nenhum, exceto nós.

Chris, esgoelando, diz que está novamente com o intestino solto. Prosseguimos até que vejo lá embaixo um riacho. Então, saímos da estrada e paramos. Seu rosto está de novo cheio de vergonha, mas digo-lhe que não estamos com pressa. Tiro da bagagem uma troca de roupa de baixo, um rolo de papel higiênico e uma barra de sabão e digo-lhe que lave as mãos com toda a paciência e cuidado quando acabar.

Sento-me numa rocha de Omar Khayyam, contemplando o deserto, e não me sinto mal.
... *E o mês estival que as faz florescer...* ah... agora me lembro...

Dizes que cada manhã traz mil rosas,
Mas aonde leva as de ontem, airosas
Como aquelas? E o mês estival que as faz florescer
Levará Jamshyd e Kaikobad com seu poder.

... E assim por diante...

Vamos escapar de Omar e voltar para a Chautauqua. A solução de Omar consiste simplesmente em vadiar, embebedar-se e sentir-se mal pelo fato de o tempo estar passando; em comparação, a Chautauqua me parece boa. Especialmente a Chautauqua de hoje, que trata do que vamos chamar de "pique".

Vejo que Chris está de volta, subindo o morro. Está com a expressão feliz.

* * *

Gosto da palavra "pique" porque tem um ar caseiro, antigo e fora de moda. Tem o aspecto de alguém que está precisando de um amigo e não vai rejeitar ninguém que venha lhe fazer companhia. Gosto dela, além disso, porque descreve exatamente o que acontece com a pessoa que entra em contato com a Qualidade. Ela fica cheia de *pique*.

Os gregos chamavam-na *enthousiasmos*, raiz de "entusiasmo", que significa literalmente "cheio de *theós*", de Deus, de Qualidade. Vê como as coisas se encaixam?

Uma pessoa cheia de pique não fica sentada sem fazer nada, cozinhando as coisas em sua cabeça. Permanece na frente do trem de sua própria consciência, de olhos abertos para ver o que vai encontrar pelos trilhos. Isso é pique.

Chris chega e diz:
– Já me sinto melhor.
– Ótimo – respondo. Guardamos o sabão e o papel higiênico e colocamos a toalha e a roupa de baixo num local onde não passarão umidade às outras coisas. Então, caímos de novo na estrada.

O processo pelo qual uma pessoa se enche de pique ocorre quando ela permanece em silêncio por tempo suficiente para ver, ouvir e sentir o universo real, não somente as estéreis opiniões que tem sobre ele. Porém, não é nada de exótico. É por isso que gosto dessa palavra.

Vê-se com freqüência nas pessoas que voltam de longas pescarias. Em geral, elas ficam meio precavidas por ter "desperdiçado" tanto tempo, pois não há justificativa intelectual para o que estavam fazendo. Porém, o pescador que volta costuma ter uma peculiar abundância de pique, geralmente para fazer as mesmas coisas de que já não agüentava sequer ouvir falar uma ou duas semanas atrás. Não esteve perdendo tempo. É só o nosso ponto de vista cultural limitado que dá esse aspecto à coisa.

Se você vai consertar uma motocicleta, uma reserva suficiente de pique é a ferramenta mais importante. Se você não tem essa ferramenta, é melhor recolher e guardar todas as outras, pois elas de nada lhe servirão.

O pique é a gasolina psíquica que mantém tudo em movimento. Se você não tem pique, é impossível consertar a motocicleta. Mas, se *tem* e sabe conservá-lo, não há nada neste mundo que possa *impedi-lo* de consertá-la. O conserto está fadado a acontecer. Portanto, é o pique que deve ser controlado em todos os momentos e preservado mais que qualquer outra coisa.

A importância suprema do pique resolve um problema relacionado ao formato desta Chautauqua. Seu problema tem sido como sair das generalidades. Se a Chautauqua entrar nos detalhes do conserto de uma máquina em particular, o mais provável é que a marca e o modelo da moto em questão sejam diferentes dos da sua. Nesse caso, a informação será não somente inútil como também perigosa, pois as informações que consertam um modelo podem destruir outro. Para obter informações objetivas detalhadas, use um manual mecânico da marca e modelo específicos da sua máquina. Além disso, um manual de mecânica geral, como o *Audel's Automotive Guide*, pode preencher as lacunas que sobrarem.

Existe, porém, um outro tipo de detalhe de que nenhum manual trata, mas que é comum a todas as máquinas e pode ser apresentado aqui. É o detalhe da relação de Qualidade, a relação de pique entre a máquina e o mecânico, a qual é tão intrincada quanto a própria máquina. No decorrer do processo de conserto, sempre ocorrem situações de baixa qualidade, desde um machucado na mão até um conjunto mecânico "insubstituível" arruinado por acidente. Essas situações nos fazem perder o pique, destroem-nos o entusiasmo e nos deixam tão desencorajados que temos vontade de esquecer todo o assunto. Chamo-as de "armadilhas do pique".

Existem centenas de tipos diferentes de armadilhas do pique – talvez milhares, talvez milhões. Não tenho como saber quantas são as que não conheço. Sei que *parece* que já deparei com todos os tipos possíveis e imagináveis de armadilhas do pique. A única coisa que me impede de pensar que já conheço todas é o fato de deparar com mais uma a cada novo conserto. O conserto da motocicleta fica frustrante, enche-me de raiva e de fúria. É isso que o torna interessante.

* * *

O mapa diante de meus olhos me diz que a cidade de Baker está logo à frente. Vejo agora que estamos em terras aráveis de melhor qualidade. Aqui chove mais.

O que tenho agora em mente é um catálogo de "Armadilhas de pique que já conheci". Quero fundar toda uma nova disciplina acadêmica, a piquelogia, na qual essas armadilhas serão distinguidas, classificadas, hierarquizadas e inter-relacionadas em prol da edificação das gerações futuras e do benefício de toda a humanidade.

Piquelogia 101 – Um exame dos bloqueios afetivos, cognitivos e psicomotores à percepção das relações de Qualidade – 3cr, VII, MWF. Gostaria de ver essa disciplina listada em algum catálogo de faculdade.

Segundo a manutenção tradicional, o pique é algo inato ou algo que a pessoa adquire pela boa educação. É um recurso fixo. Dada a falta de informações acerca de como o pique pode ser adquirido, poderíamos ficar tentados a pensar que a pessoa sem pique é um caso perdido.

Na manutenção não-dualista, o pique não é um recurso fixo. É variável; é um reservatório de ânimo que pode crescer ou diminuir. Uma vez que o pique resulta da percepção da Qualidade, a armadilha do pique pode, conseqüentemente, ser definida como qualquer coisa que leve a pessoa a perder de vista a Qualidade e, assim, perder o entusiasmo pelo que está fazendo. Essa definição tão ampla dá a entender que a disciplina é enorme, e só podemos apresentar aqui um esboço preliminar.

Pelo que sei, existem dois tipos principais de armadilhas de pique. O primeiro tipo é aquele em que você perde a pista da Qualidade em virtude de condições criadas por circunstâncias externas, que chamarei de "reveses". O segundo tipo são as armadilhas em que você perde a pista da Qualidade por causa de condições que existem primordialmente dentro de você mesmo. Não tenho um nome genérico pelo qual chamá-las – "dificuldades", talvez. Vou tratar primeiro dos reveses causados por condições exteriores.

Na primeira vez em que você faz um trabalho mais complicado, parece que o revés causado pela montagem fora de seqüência é sua maior preocupação. Isso geralmente ocorre quando você acha que praticamente já terminou. Depois de dias de trabalho, finalmente está tudo montado, com exceção de: O que é isto? *A capa do rolamento da biela?!* Como pude deixar *isso* de fora? Ó meu Deus, terei de desmontar *tudo* de novo! Quase se pode ouvir o pique esvaindo-se. *Pssssssssssss.*

Não há nada que você possa fazer exceto voltar e desmontar tudo... depois de um período de descanso de um mês, que lhe permitirá acostumar-se com a idéia.

Há duas técnicas que uso para prevenir o revés da montagem fora de seqüência. Uso-as principalmente quando estou cuidando de um mecanismo complexo que desconheço completamente.

Devo mencionar aqui, entre parênteses, que existe uma escola de pensamento sobre a mecânica que diz que eu não deveria sequer *tentar* consertar um mecanismo complexo que desconheço completamente. Deveria estudar o assunto ou deixar a tarefa nas mãos de um especialista. Trata-se de um conceito mecânico elitista e preguiçoso que eu gostaria de fazer sumir da face da Terra. Foi um "especialista" que quebrou as aletas de resfriamento desta máquina. Eu mesmo compus manuais escritos para treinar os especialistas da IBM, e o que eles sabem depois do treinamento não é grande coisa. Na primeira vez em que você faz o serviço, você está em desvantagem; poderá gastar um pouco mais com a compra de peças danificadas por acidente e certamente levará muito mais tempo; mas, na segunda vez, estará muito à frente do especialista. Você, com seu pique, terá aprendido a montagem do jeito mais difícil e terá associado a ela todo um conjunto de bons sentimentos que o especialista provavelmente não tem.

Seja como for, a primeira técnica para prevenir a armadilha de pique da montagem fora de seqüência é um caderninho no qual anoto a ordem de desmontagem e qualquer detalhe estranho que possa vir a dar problema na remontagem, mais tarde. Esse caderninho fica horrível, cheio de graxa. Porém, várias vezes, uma ou duas palavras que não pareciam importantes quando foram escritas preveniram erros e me economizaram horas de trabalho. As anotações devem dar especial atenção à orientação das peças para a esquerda e para a direita, para cima e para baixo, bem como aos códigos de cores e à posição dos fios. Se uma ou outra peça parecer gasta ou danificada, é esta a hora de anotar o fato, para que você possa comprar todas as suas peças de uma vez.

A segunda técnica para prevenir a armadilha de pique da montagem fora de seqüência são folhas de jornal abertas no chão da garagem, nas quais todas as peças são depositadas da esquerda para a direita e de cima para baixo, como se lê a página de um livro. Assim, quando você puser tudo de volta em ordem inversa, os parafusinhos, arruelas e pinos fáceis de esquecer chamarão sua atenção quando necessário.

Porém, mesmo com todas essas precauções, às vezes acontece de você montar algo fora de seqüência. Nesse caso, você tem de observar o pique. Fique atento para o desespero do pique, quando você faz tudo às pressas, esbaforido, na tentativa de restaurar o pique recuperando o tempo perdido. Com isso, mais erros ocorrerão. No instante em que você constatar que tem de voltar e desmontar tudo de novo, terá chegado, em definitivo, o momento de fazer uma pausa bem comprida.

É importante distinguir o caso das remontagens que saíram de seqüência porque você não tinha acesso a determinada informação. Freqüentemente, todo o processo de desmontagem e remontagem se torna uma técnica de tentativa e erro na qual você desmonta tudo para fazer uma mudança e depois monta para ver se a mudança funcionou. Se não funcionar, isso não será um revés, pois a informação obtida será um verdadeiro progresso.

Mas, se você cometeu um erro tolo de remontagem, um pouco de pique poderá ser recuperado pela noção de que o segundo processo de desmontagem e remontagem será provavelmente muito mais rápido que o primeiro. Inconscientemente, você memorizou muitas coisas que não terá de reaprender.

De Baker para cá, a moto nos conduziu para cima, através de florestas. A estrada envereda por uma passagem no alto da montanha e depois cruza mais florestas no outro lado.

À medida que descemos a encosta, vemos as árvores rareando ainda mais até nos encontrarmos novamente no deserto.

O próximo revés é o da falha intermitente. É aquele em que o problema se resolve repentinamente quando você começa a consertá-lo. Os curtos-circuitos elétricos encaixam-se freqüentemente nesta categoria. O curto só ocorre quando a máquina está pulando para cá e para lá. Assim que você pára, tudo se resolve. É quase impossível consertá-lo nesse caso. Tudo o que você pode fazer é tentar provocar novamente o problema; se não der, esqueça.

As falhas intermitentes tornam-se armadilhas de pique quando o levam a pensar que você realmente consertou a máquina. Qualquer que seja o serviço feito, sempre convém rodar algumas centenas de quilômetros antes de chegar a essa conclusão. Quando tornam a aparecer, as falhas são desencorajadoras; mas, nesse caso, você não está em situação pior que a pessoa que vai a um mecânico profissional. Na verdade, está melhor. A falha intermitente é uma armadilha muito maior para o proprietário que tem de levar sua moto inúmeras vezes à oficina sem ter seus desejos atendidos. Em sua própria máquina, você pode estudar as falhas por longos períodos, coisa que o mecânico profissional não pode fazer; e pode simplesmente levar consigo as ferramentas que acha que vai precisar se a falha acontecer de novo. Então, quando acontecer, pare e trabalhe nela.

Quando recorrem as falhas intermitentes, procure correlacioná-las com outras coisas que a moto está fazendo. Por acaso o motor só falha em ruas esburacadas? Nas curvas? Quando você acelera? Só em dias quentes? Essas correlações são pistas para hipóteses de causa e efeito. No caso de algumas falhas intermitentes, você tem de resignar-se a uma longa pescaria; mas, por maior que seja o tédio, nunca será tão grande quanto o de levar a moto ao mecânico cinco vezes. Estou tentado a expor detalhadamente as "Falhas intermitentes que conheci", descrevendo ponto a ponto os processos pelos quais foram resolvidas. Porém, isto será semelhante àquelas histórias de pescaria que interessam sobretudo ao pescador, que não compreende por que todos estão bocejando. *Ele* gosta.

Depois dos erros de montagem e das falhas intermitentes, acho que a armadilha de pique externa mais comum é o revés das peças. Nessa categoria, a pessoa que trabalha sozinha pode ficar deprimida de diversas maneiras. Quando compra a máquina original, você nunca faz planos de comprar peças. Os lojistas gostam de manter estoques pequenos. Os atacadistas são lentos e sempre têm funcionários de menos na primavera, quando todo o mundo compra peças de motocicleta.

O preço das peças é a segunda parte desta armadilha de pique. Todos sabem que as indústrias põem um preço competitivo no equipamento original, pois é fácil para o consumidor comprar outra coisa; porém, elas descontam nas peças. O preço da peça é muito mais alto do que deveria ser, e, o que é pior, você tem de pagar mais ainda porque não é um mecânico profissional. Trata-se de um arranjo matreiro que permite que o mecânico profissional enriqueça substituindo peças que não precisavam ser substituídas.

Mais um obstáculo. A peça pode não encaixar. As listas de peças sempre contêm erros. As mudanças de marcas e modelos são confusas. Às vezes, certos lotes de peças que não obedecem às especificações conseguem passar pelo controle de qualidade porque esse setor simplesmente não existe na fábrica. Certas peças que você compra são fabricadas por empresas pequenas que não têm acesso aos dados de engenharia de que necessitam para fabricá-las corretamente. Às vezes, as próprias *fábricas* se confundem com as mudanças de marca e modelo. Às vezes, o funcionário da loja anota o número errado. Às vezes, é você quem não identifica a peça corretamente. Porém, é sempre uma grande armadilha para o pique voltar para casa e descobrir que a peça nova não funciona.

As armadilhas de peças podem ser superadas por meio de várias técnicas. Em primeiro lugar, se houver mais de um fornecedor na cidade, escolha sempre aquele cujos funcionários tiverem mais espírito de cooperação. Conheça-os a ponto de chamá-los pelo nome. Pode ser que eles mesmos já tenham sido mecânicos e possam lhe fornecer informações de que você precisa.

Experimente os grandes atacadistas. Em alguns, você fará bons negócios. As concessionárias de automóveis e as empresas de venda pelo correio costumam fazer grandes estoques das peças motociclísticas mais comuns e vendê-las por um preço muito inferior ao das lojas de motos. Você pode comprar a corrente direto do fabricante, por exemplo, a uma fração do preço cobrado pela loja de peças.

Sempre leve consigo a peça antiga para não comprar uma peça errada. Leve um paquímetro para comparar as dimensões.

Por fim, se o problema das peças o exasperar tanto quanto me exaspera, e se você tiver algum dinheiro para investir, adote o fascinante *hobby* de confeccionar suas próprias peças. Para esse tipo de trabalho, tenho um torninho de 15 por 45 cm, que também serve de fresa, e um jogo completo de equipamento de solda: arco elétrico, bico, gás e minigás. Com o equipamento de solda, você pode reconstituir com um metal melhor que o original as superfícies de peças desgastadas e, depois, reduzi-las à dimensão correta com o esmeril e a lima. Só o uso pode fazê-lo acreditar em quanto é versátil esse arranjo de torno, fresa e equipamento de solda. Se ele não servir para fazer a peça de que você precisa, sempre poderá fazer algo que lhe permitirá confeccioná-la. O trabalho de fazer uma peça é muito lento, e existem peças, como os rolamentos, que você jamais será capaz de fazer; porém, ficará surpreso com o quanto será capaz de modificar as especificações das peças de modo que possa construí-las com seu equipamento. Além disso, esse trabalho não é tão lento nem tão frustrante quanto o de esperar que um funcionário encomende peças da fábrica. Enfim, é um trabalho que *aumenta* o pique, e não o destrói. Andar numa moto cujas peças você mesmo fez dá uma sensação especial que você jamais obterá com peças compradas na loja.

Chegamos à areia e à artemísia do deserto e o motor começa a engasgar. Abro o tanque de gasolina de reserva e estudo o mapa. Abastecemos numa cidadezinha chamada Unity e lá vamos nós, entre as moitas de artemísia, pela estrada escura e quente.

Bem, são esses os reveses mais comuns de que me lembro: montagem fora de seqüência, falha intermitente e problemas de peças. Porém, embora os reveses sejam as armadilhas mais comuns para o pique, constituem tão-somente causas externas de perda de pique. Chegou a hora de considerar algumas armadilhas de pique *internas* que funcionam ao mesmo tempo que aquelas.

Como indicava a descrição da disciplina da piquelogia, essa parte interna do ramo pode ser decomposta em três tipos principais de armadilhas de pique internas: as que bloqueiam a inteligência afetiva, chamadas "armadilhas de valores"; as que bloqueiam a inteligência cognitiva, chamadas "armadilhas de verdade"; e as que bloqueiam o comportamento psicomotor, chamadas "armadilhas musculares". De longe, as mais numerosas e perigosas são as armadilhas de valores.

Dentre as armadilhas de valores, a mais disseminada e perniciosa é a rigidez de valores. Trata-se da incapacidade de reavaliar aquilo que se vê, em virtude de uma adesão prévia a determinados valores. No conserto de motocicletas, você *tem de* redescobrir o que está fazendo no momento em que o faz. A rigidez de valores torna isso impossível.

A situação típica é que a motocicleta não funciona. Os fatos estão lá, mas você não os vê. Estão na sua cara, mas ainda não têm *valor* suficiente. Era disso que Fedro falava. A Qualidade, o valor, *cria* os sujeitos e objetos deste mundo. Os fatos só passam a existir quando o valor os cria. Se seus valores são rígidos, você não é capaz de captar fatos novos.

Isso se manifesta freqüentemente num diagnóstico prematuro. Você tem certeza de qual é o problema; quando vê que não é aquele, fica travado. Então, tem de encontrar novas pistas. Para encontrá-las, porém, tem de limpar a mente de todas as opiniões velhas. Se cair vítima da rigidez de valores, não conseguirá ver a verdadeira resposta mesmo que ela esteja um palmo à frente de seu nariz, pois não conseguirá ver que ela é importante.

O nascimento de um fato novo é sempre um acontecimento maravilhoso. Do ponto de vista dualista, baseado na presunção de que o fato já existe independentemente da consciência que alguém tem dele, esse acontecimento é chamado "descoberta". Sempre que aparece, tem, de início, um valor pequeno. Então, dependendo da liberdade do observador com relação aos valores e da qualidade potencial do fato, seu valor aumenta, quer devagar, quer rapidamente; ou, senão, o valor diminui e o fato desaparece.

A imensa maioria dos fatos – as imagens e sons que nos rodeiam a cada segundo, as relações entre eles e tudo quanto nossa memória contém – não tem Qualidade, ou, aliás, tem uma qualidade negativa. Se estivessem todos presentes ao mesmo tempo, nossa consciência seria a tal ponto atulhada de dados insignificantes que não poderíamos pensar nem agir. Assim, fazemos uma pré-seleção baseada na Qualidade, ou, para usar as palavras de Fedro, os trilhos da Qualidade pré-selecionam os dados de que vamos ter consciência, e o fazem de modo que harmonizam da melhor maneira possível o que somos agora com aquilo que vamos nos tornar.

Se ficar preso na armadilha de pique da rigidez de valores, o que você tem de fazer é ir com calma – vai ter de ir com calma de qualquer modo, quer queira, quer não –, adotar deliberadamente um ritmo mais lento e repassar tudo o que já fez para ver se as coisas que considerava importantes eram importantes de fato e para... bem... simplesmente *olhar* para a máquina. Não há nada de errado nisso. Simplesmente conviva com ela por algum tempo. Observe-a do mesmo modo que observa a linha de pesca quando está pescando. Em pouco tempo, com toda a certeza, um peixinho vai morder o anzol, um fato bem pequenino vai lhe perguntar, com toda a timidez e humildade, se você não estaria interessado nele. É assim que o mundo acontece. Tenha interesse por ele.

De início, não procure entender esse fato novo no contexto de seu grande problema. Procure entendê-lo simplesmente para saber o que ele é. O problema talvez não seja tão grande quanto você pensa, e o fato talvez não seja tão pequeno. Pode não ser o fato que você busca, mas, no mínimo, você tem de ter muita certeza disso antes de mandá-lo embora. Freqüentemente, antes de mandá-lo embora, perceberá que ele tem amigos bem ao lado dele que estão esperando para ver como você reage. Pode ser que, entre os amigos, esteja o fato exato que você procura.

Depois de certo tempo, você talvez perceba que as mordidas são mais interessantes que o propósito original de consertar a máquina. Quando isso acontece, você chegou a um certo destino. Então, já não é somente um mecânico de motocicleta; é também um cientista das motocicletas e dominou completamente a armadilha da rigidez de valores.

A estrada subiu e passa novamente entre pinheiros, mas vejo pelo mapa que isso não vai durar muito. Ao longo dela há alguns cartazes de hotéis turísticos, e, abaixo deles, um bando de crianças colhendo pinhas, como se fizessem parte da propaganda. Elas nos acenam, e, quando o fazem, o menor dos meninos deixa cair todas as suas pinhas.

Estou com vontade de voltar à analogia da pescaria de fatos. Consigo imaginar alguém perguntando, cheio de frustração: "Sim, mais *quais* fatos você busca pescar? Não pode ser *somente* isso."

A resposta é que, se você sabe quais fatos quer pescar, já não está pescando. Já pegou todos os peixes. Estou tentando pensar num exemplo específico...

Poderia oferecer inúmeros exemplos tirados do conserto de motocicletas, mas o exemplo mais notável de rigidez de valores de que consigo me lembrar é a velha armadilha para macacos do sul da Índia, que depende da rigidez de valores para funcionar. A armadilha consiste numa cabaça de coco, oca e acorrentada a uma estaca cravada no chão. Dentro do coco há um pouco de arroz, que pode ser alcançado por um buraquinho. O buraco tem um tamanho suficiente para que a mão aberta do macaco possa entrar, mas é pequeno para que seu punho fechado, cheio de arroz, possa sair. O macaco vai pegar o arroz e se vê repentinamente preso – tão-somente por sua rigidez de valores. É incapaz de reavaliar o arroz. Não consegue perceber que a liberdade sem o arroz é mais valiosa que o cativeiro com ele. Os aldeões estão chegando para capturá-lo e levá-lo embora. Estão cada vez mais próximos... cada vez mais!... agora! Que conselho geral – não específico –, mas que conselho de caráter *geral* você daria ao pobre macaco nessa situação?

Bem, parece-me que você poderia dizer-lhe, com um pouco mais de urgência, exatamente o que venho dizendo a respeito da rigidez de valores. Há um fato que esse macaco deve conhecer: se abrir a mão, estará livre. Porém, como vai descobrir esse fato? Eliminando a rigidez de valores que coloca o arroz acima da liberdade. E como pode ele fazer isso? Bem, de algum modo, deve tentar deliberadamente acalmar-se, repassar o que aconteceu, ver se as coisas que julgava importantes realmente o eram e, ora bolas, parar de puxar a mão e simplesmente olhar para o coco por algum tempo. Rapidamente há de perceber um pequeno fato mordiscando o anzol e perguntando se não está interessado nele. Não deve procurar entender esse fato no contexto de seu grande problema, mas deve procurar entender o que ele é em si. O problema talvez não seja tão grande quanto parece, e o fato talvez não seja tão pequeno. Em matéria de informações gerais, isso é praticamente tudo o que você poderia dizer-lhe.

Em Prairie City, saímos novamente das florestas de montanha e penetramos numa cidadezinha do semi-árido, com uma larga rua principal que passa pelo centro e dá direto na pradaria. Chegamos a um restaurante, que, porém, está fechado. Atravessamos a rua larga e tentamos outro. A porta está aberta. Sentamo-nos e pedimos leite maltado. Enquanto esperamos, pego o esquema da carta que Chris estava preparando para sua mãe e entrego-o a ele. Para minha surpresa, ele trabalha nele sem fazer muitas perguntas. Recosto-me na cadeira e deixo-o trabalhar em paz.

Sinto que, com relação a Chris, os fatos que estou pescando também estão bem à minha frente, mas alguma rigidez de valores me impede de vê-los. Às vezes, parecemos caminhar em trilhas paralelas, e não juntos; e, num momento ou em outro, colidimos.

Em casa, os problemas dele sempre começam quando me imita e tenta mandar nos outros, especialmente no irmão mais novo, do mesmo jeito que mando nele. Naturalmente, os outros não obedecem às suas ordens, ele não compreende que eles têm esse direito, e é assim que se instaura o pandemônio.

Ele não se importa de não agradar a ninguém mais. Quer agradar somente a mim. No todo, isso não é saudável. Já está na hora de ele dar início ao longo processo de se tornar independente. O afastamento deve ser tão pacífico quanto possível, mas é necessário que ocorra. É hora de fazê-lo caminhar com as próprias pernas. Quanto mais cedo, melhor.

E agora, depois de ter pensado nisso tudo, não acredito mais em nada. Não sei qual é o problema. O sonho que se repete me assombra porque não posso fugir ao que ele significa: estou sempre do outro lado de uma porta de vidro, que me recuso a abrir para ele. Ele quer que eu a abra, mas, no passado, sempre lhe dei as costas. Porém, agora, há no sonho um outro personagem que é quem me impede de abrir a porta. Estranho.

Dali a pouco Chris diz que está cansado de escrever. Levantamo-nos, pago a conta no caixa e vamos embora.

De novo na estrada, falando sobre armadilhas.

A próxima é importante. É uma armadilha de pique interna: a armadilha do ego. O ego não está inteiramente separado da rigidez de valores, mas é uma de suas causas.

Se você se tem em alta conta, sua capacidade de reconhecer fatos novos fica enfraquecida. Seu ego isola-o da realidade da Qualidade. Quando os fatos mostram que você deu bola fora, sua tendência é não admiti-los. Quando informações falsas contribuem para sua boa imagem, você tende a acreditar nelas. Em qualquer processo de conserto mecânico, o ego leva bordoadas. Você se engana repetidamente, comete erros sem parar, e o mecânico que tem um grande ego para defender começa o trabalho em terrível desvantagem. Se você conhece um número suficiente de mecânicos para poder avaliá-los enquanto grupo, e se suas observações coincidem com as minhas, acho que concorda em que os mecânicos, em geral, tendem a ser modestos e calados. Existem exceções, mas, em geral, se não são modestos e calados de início, o próprio trabalho parece levá-los nessa direção. E são céticos. Atentos, mas céticos. E não são exibidos. Não há como forjar um bom resultado num conserto mecânico, exceto se for feito para alguém que não conhece absolutamente nada do assunto.

... Eu ia dizer que a máquina não reage à sua personalidade, mas ela reage *sim*. O único detalhe é que a personalidade à qual ela reage é sua personalidade *verdadeira*, aquela que realmente sente, raciocina e age, e não as imagens de personalidade falsas e exageradas que o ego faz surgir. Essas imagens falsas murcham tão rápida e cabalmente, que se você extrai seu pique do ego e não da Qualidade, está fadado a perder todo o ânimo em pouco tempo. Se a modéstia não é uma qualidade fácil ou natural para você, um dos métodos para escapar da armadilha consiste em *representar* a atitude de modéstia de qualquer maneira. Se você parte deliberadamente do princípio de que não é o bom, seu pique tende a aumentar quando os fatos comprovam que esse pressuposto está correto. Assim, pode ir levando a vida até chegar a hora em que os fatos provem que o pressuposto é *in*correto.

A *ansiedade* é a próxima armadilha para o pique, e é, de certo modo, o oposto da armadilha do ego. Você tem tanta certeza de que vai fazer tudo errado que tem medo de fazer qualquer coisa. Muitas vezes é isso, e não a "preguiça", que o impede de começar a trabalhar. A ansiedade, uma armadilha que resulta do excesso de motivação, pode produzir todo tipo de erros devidos ao cuidado excessivo. Você conserta o que não precisa de conserto e sai em busca de males imaginários. Tira conclusões extravagantes e, por nervosismo, enche a máquina de problemas. Quando esses erros são cometidos, eles tendem a confirmar o mau juízo que você já fazia de si mesmo. Isso produz mais erros, que o levam a subestimar-se mais ainda, formando um círculo vicioso.

Parece-me que a melhor maneira de romper esse ciclo consiste em trabalhar suas ansiedades no papel. Leia todos os livros e revistas que puder que tratam desse tema. A ansiedade facilita essa tarefa e, quanto mais você lê, tanto mais se acalma. Deve lembrar-se que o que você quer é paz de espírito, e não simplesmente uma moto consertada.

Ao começar um serviço de conserto, você pode listar em pequenas fichas de papel todas as coisas que vai fazer, e então organizar as fichas na seqüência apropriada. Vai descobrir que a seqüência será organizada e reorganizada diversas vezes à medida que as idéias lhe forem chegando. Em geral, o tempo gasto nessa atividade é mais que compensado pelo tempo economizado durante o conserto, e isso o impede de tomar atitudes espasmódicas que criarão problemas mais tarde.

Para diminuir um pouco sua ansiedade, encare o fato de que não existe nenhum mecânico na face da Terra que não tenha feito um mau serviço vez ou outra. A principal diferença entre você e os mecânicos profissionais é que, quando eles fazem um mau serviço, você não fica sabendo – simplesmente paga pelos erros deles nas contas dos consertos subseqüentes. Quando é você mesmo que comete os erros, pelo menos terá aprendido alguma coisa.

A próxima armadilha de pique que me vem à mente é o *tédio*. É o oposto da ansiedade e via de regra é acompanhado por problemas de ego. O tédio é um sinal de que você saiu dos trilhos da Qualidade, não está vendo mais nada como uma novidade, perdeu a "mente de principiante" e, portanto, sua motocicleta corre grande perigo. É sinal de que suas reservas de pique estão exauridas e têm de ser repostas antes de qualquer outra coisa.

Quando você estiver entediado, *pare*! Vá ao teatro, ligue a TV, encerre o dia de trabalho. Faça qualquer coisa, menos trabalhar na máquina. Se não parar, o movimento seguinte será o Grande Erro. Então, o tédio e o Grande Erro se combinarão para extirpar de você todo o pique que lhe restava, e você terá de parar de vez.

Minha cura predileta para o tédio é o sono. É fácil ir dormir quando se está entediado, e difícil ficar entediado depois de um bom descanso. Depois do sono, meu favorito é o café. Geralmente deixo uma jarra na cafeteira enquanto trabalho na máquina. Se nem um nem outro funcionarem, isso pode significar que problemas de Qualidade mais profundos o estão aborrecendo e distraindo das coisas que estão diante de si. O tédio, nesse caso, é um sinal de que você deve voltar sua atenção para esses problemas – de um jeito ou de outro, já é neles que você está prestando atenção – e controlá-los antes de continuar trabalhando na motocicleta.

Para mim, a tarefa mais tediosa é limpar a moto. Parece uma tremenda perda de tempo, pois ela se suja novamente na primeira vez em que você sai. John sempre deixava sua BMW tinindo. Ela realmente tinha um aspecto ótimo, ao passo que a minha sempre parece um pouco maltrapilha. É a mente clássica em operação: por dentro, funciona direitinho, mas parece encardida na superfície.

Em certos tipos de tarefas, como a lubrificação, a troca de óleo ou a regulagem do motor, uma das soluções para o tédio está em transformá-las numa espécie de ritual. Existe uma estética própria para fazer as coisas com que não estamos familiarizados, e outra para fazer aquelas com que estamos familiarizados. Já ouvi dizer que existem dois tipos de soldadores: os soldadores de produção, que não gostam de arranjos complicados e preferem fazer a mesma coisa várias vezes; e os soldadores de manutenção, que odeiam ter de fazer o mesmo trabalho duas vezes. Se você tiver de contratar um soldador, saiba de que tipo ele é, pois eles não são intercambiáveis. Faço parte da segunda classe, e provavelmente é por isso que, mais que a maioria, gosto de identificar e resolver problemas e desgosto de limpar. Porém, posso fazer as duas coisas quando sou obrigado a tal, e o mesmo se pode dizer de qualquer pessoa. Quando tenho de fazer limpeza, faço como os que vão à igreja – não para descobrir alguma coisa nova, embora permaneça atento, mas principalmente para redescobrir o que já conheço. Às vezes é gostoso passear por caminhos já conhecidos.

O Zen tem algo a dizer a respeito do tédio. Sua prática principal, de "simplesmente ficar sentado", deve ser a atividade mais tediosa do mundo – ou talvez só perca para a prática hindu de ser enterrado vivo. Nela, você não faz nada; não se mexe, não pensa nem se preocupa. O que poderia haver de mais tedioso? Não obstante, no próprio âmago desse tédio está aquilo mesmo que o Budismo Zen pretende ensinar. O que é? O que é que está bem no meio do tédio, e que você não vê?

A *impaciência* é próxima do tédio, mas é produzida sempre pela mesma causa: subestimar o tempo que o serviço vai levar. Na verdade, você nunca sabe o que vai acontecer, e são pouquíssimos os serviços que duram exatamente o tempo planejado. A impaciência é a primeira reação a qualquer revés, e, se você não toma cuidado, ela pode rapidamente se transformar em raiva.

Para lidar com a impaciência, o melhor é reservar para o serviço um tempo indefinido, sobretudo para serviços novos, que exigem o uso de técnicas desconhecidas. Portanto, quando as circunstâncias o obrigarem a planejar o tempo, duplique o prazo que lhe parecer necessário; e diminua o âmbito do que você pretende fazer. Os objetivos gerais têm de ter sua importância diminuída, ao passo que os imediatos têm de ser encarados como mais importantes. Para isso, é preciso ser flexível quanto aos valores, e a mudança de valores vem geralmente acompanhada por alguma perda de pique. É, porém, um sacrifício necessário. Nem se compara à perda que ocorrerá se você cometer um Grande Erro por impaciência.

Para diminuir o ritmo, meu exercício favorito consiste em limpar porcas, parafusos, roscas sem fim e orifícios rosqueados. Tenho fobia de roscas deslocadas, espanadas ou bloqueadas pela ferrugem ou pela sujeira, que tornam lento e difícil o girar das porcas; e, quando encontro uma, tomo suas dimensões com um paquímetro e um medidor de roscas, tiro da caixa as tarraxas e cassonetes, refaço a rosca, examino-a, lubrifico-a e adquiro toda uma nova visão do que é a paciência. Outro exercício é limpar as ferramentas que foram usadas, não foram guardadas e estão ocupando espaço útil na oficina. Este é bom, pois um dos primeiros sinais de impaciência é a frustração por não ser capaz de pôr as mãos imediatamente na ferramenta de que você precisa. Se você simplesmente parar e guardar as ferramentas bem arrumadas, vai encontrá-las quando precisar delas e diminuirá sua impaciência sem perder tempo nem pôr em risco o trabalho.

Estamos entrando agora em Dayville, e meu traseiro está duro que nem concreto.

Bem, terminamos assim as armadilhas de valores. É claro que existem muitas outras. Na verdade, mal e mal toquei no assunto, só para dar uma idéia do que se trata. Praticamente qualquer mecânico poderia falar-lhe por horas e horas sobre armadilhas de valores que ele descobriu e que desconheço inteiramente. Você mesmo está fadado a descobrir sozinho uma abundância delas em qualquer tarefa. Talvez a melhor coisa a aprender seja como reconhecer uma armadilha de valor quando você cai nela, e saber que precisa trabalhar nisso antes de continuar a trabalhar na moto.

Em Dayville, há árvores gigantescas que fazem sombra junto ao posto de gasolina onde esperamos pela chegada do frentista. Ninguém aparece. Com o corpo endurecido e sem nenhuma vontade de subir de novo na moto, esticamos as pernas sob a sombra das árvores. São árvores grandes, que praticamente cobrem a estrada. Estranho, neste lugar desértico.

O frentista ainda não aparece, mas seu concorrente, no posto de gasolina que há do outro lado do estreito cruzamento, nos vê e logo chega para encher o tanque.
– Não sei onde está o John – diz ele.
Quando John chega, agradece ao outro e diz, orgulhoso:
– Nós sempre nos ajudamos deste jeito.

Pergunto-lhe se há algum lugar onde possamos descansar e ele diz:
— Vocês podem usar o gramado da minha casa. — Aponta para o outro lado da estrada principal, onde sua casa se esconde por trás de uns choupos que têm um metro de diâmetro ou mais.

Fazemos isso. Esticamo-nos na grama comprida e verde e percebo que a grama e as árvores são irrigadas pela água clara e corrente de uma grande vala junto à rua.

Depois de dormir cerca de meia hora, vemos que John está numa cadeira de balanço no gramado ao nosso lado, conversando com um bombeiro sentado em outra cadeira. Fico a ouvir. O ritmo da conversa me intriga. Ela não tem a intenção de chegar a lugar algum; pretende simplesmente passar o tempo. Não ouço uma conversa lenta e ritmada como essa desde a década de 1930, quando meu avô, meu bisavô, meus tios e tios-avôs falavam desse jeito: emendando assunto em assunto sem nenhum outro objetivo senão o de ocupar o tempo, como o balançar de uma cadeira.

John percebe que estou acordado e conversamos um pouco. Ele diz que a água da irrigação vem da "Vala dos Chineses".

— Um homem branco jamais cavaria uma vala dessas — diz ele. — Eles a escavaram há oitenta anos, quando pensavam que havia ouro por aqui. Hoje em dia, não se encontra uma vala como essa em lugar nenhum.

Diz ainda que é por isso que as árvores são tão grandes.

Conversamos um pouco sobre de onde viemos e para onde vamos. Quando nos despedimos, John diz que está contente de nos ter conhecido e espera que tenhamos descansado. Enquanto saímos de baixo das grandes árvores, Chris acena e John sorri e devolve o aceno.

A estrada estende-se, sinuosa, por entre gargantas rochosas e colinas no deserto. Este é o território mais seco pelo qual já passamos.

Quero falar agora sobre as armadilhas relacionadas à verdade e sobre as armadilhas musculares, e depois encerrar a Chautauqua por hoje.

As armadilhas relacionadas à verdade têm por objeto os dados apreendidos e guardados nos vagões fechados do trem. Em sua maioria, esses dados podem ser manejados pela lógica convencional dualista e pelo método científico de que falei logo depois de Miles City. Porém, existe uma armadilha, relacionada à verdade, em que isso não funciona – a armadilha da lógica do sim e do não.

Sim e não... isto ou aquilo... um ou zero. Todo o conhecimento humano se constrói com base nesse discernimento elementar entre duas coisas. A demonstração desse fato é a memória dos computadores, que guarda todo o seu conhecimento na forma de informações binárias. Contém uns e zeros, mais nada.

Por não estarmos acostumados com isso, geralmente não percebemos que existe um terceiro termo lógico possível, equivalente ao sim e ao não, que pode expandir nosso entendimento numa direção não-reconhecida. Como não temos sequer uma palavra para designar isso de que estou falando, vou ter de usar a palavra japonesa *mu*.

Mu significa "coisa nenhuma". Como "Qualidade", aponta para além do processo de discernimento dualista. *Mu* diz simplesmente: "Nenhuma classe; nem um, nem zero, nem sim, nem não." Afirma que o contexto da questão é tal que qualquer resposta "sim" ou "não" estaria errada e, portanto, não deve ser dada. "Desfaça a pergunta" – é isso que ele diz.

Mu vem ao caso quando o contexto da questão se torna pequeno demais para a verdade da resposta. Quando perguntaram a Joshu, monge zen, se um cachorro tinha a natureza de Buda, ele respondeu "*Mu*", querendo dizer que, se respondesse "sim" ou "não", estaria dando a resposta errada. A natureza de Buda não pode ser capturada por perguntas que exigem uma resposta "sim" ou "não".

É evidente que *mu* existe no mundo natural investigado pela ciência. O único problema é que, como sempre, nossa herança cultural nos treinou para não percebê-lo. Repete-se sem cessar, por exemplo, que os circuitos de computador só exibem dois estados, uma voltagem que representa "um" e outra que representa "zero". Que bobagem!

Qualquer técnico em eletrônica sabe que isso não é verdade. Tente encontrar uma voltagem que represente um ou zero quando a energia está desligada! Os circuitos encontram-se em estado de *mu*. Não estão em um, não estão em zero, encontram-se num estado indeterminado que não pode ser interpretado em função do um ou do zero. Em muitos casos, as leituras do voltímetro apresentam características de "campo flutuante", o que significa que o técnico não está lendo de modo algum as qualidades dos circuitos do computador, mas sim as qualidades do próprio voltímetro. Acontece que a condição de energia desligada faz parte de um contexto maior que aquele em que os estados um ou zero são considerados universais. Foi desfeita a pergunta que tem resposta "um" ou "zero". E, além da condição de estar com a energia desligada, existem muitas outras condições de um computador em que se encontram respostas *mu* criadas por contextos maiores que a universalidade do um e do zero.

A mente dualista tende a conceber as ocorrências de *mu* na natureza como uma espécie de pilantragem contextual ou simplesmente como algo que não vem ao caso, mas *mu* está presente em toda e qualquer investigação científica; além disso, a natureza não trapaceia e suas respostas sempre vêm ao caso. É um grande erro, uma espécie de desonestidade, varrer para debaixo do tapete as respostas *mu* da natureza. O reconhecimento e a valorização dessas respostas contribuiriam em muito para aproximar a teoria lógica da prática experimental. Todo cientista de laboratório sabe que, com demasiada freqüência, seus resultados experimentais fornecem respostas *mu* às perguntas segundo as quais o experimento foi concebido, perguntas que em tese exigiram uma resposta "sim" ou "não". Nesses casos, o cientista chega à conclusão de que seu experimento foi mal projetado, recrimina-se pela própria estupidez e, na melhor das hipóteses, considera o experimento "desperdiçado" que propiciou a resposta *mu* como uma espécie de malabarismo que poderá ajudar a prevenir erros na concepção de experimentos futuros, feitos para obter respostas "sim" ou "não".

Essa fraca avaliação do experimento que deu a resposta *mu* não se justifica. A resposta *mu* é importante. Ela disse ao cientista que o contexto de sua pergunta é pequeno demais para a resposta da natureza, e que ele deve, portanto, ampliar o contexto da pergunta. Trata-se de uma resposta *muito* importante! O entendimento que o cientista tem da natureza aumenta muito, e era esse o objetivo primeiro do experimento. Pode-se defender com grande plausibilidade a idéia de que a ciência cresce *mais* pelas respostas *mu* que pelas respostas "sim" ou "não". O sim e o não confirmam ou negam uma hipótese. *Mu* diz que a resposta está *além* da hipótese. *Mu* é o "fenômeno" que dá a inspiração primeira da investigação científica! Não há nada de esotérico ou de misterioso em *mu*. O único problema é que nossa cultura nos predispôs a fazer mau juízo disso.

No conserto de motocicletas, a resposta *mu* dada pela máquina a muitas das perguntas de diagnóstico que lhe são dirigidas é uma das principais causas de perda de pique. *Não deveria* ser! Quando a resposta a um teste é indeterminada, isso significa que das duas, uma: ou seus procedimentos de teste não estão fazendo o que se propõem fazer, ou seu entendimento do contexto da questão tem de ser ampliado. Verifique seus testes e estude a questão. Não jogue fora essas respostas *mu*! Elas são tão vitais quanto as respostas sim ou não. São *mais* vitais. São as que o fazem *crescer*!

Esta motocicleta parece estar esquentando um pouquinho... mas suponho que é só este território quente e seco que estamos atravessando... vou deixar a resposta a essa pergunta num estado de *mu*... até a coisa piorar ou melhorar...

Paramos para tomar um demorado copo de chocolate maltado na cidadezinha de Mitchell, aninhada em umas colinas áridas que podemos avistar pelos janelões de vidro laminado. Crianças chegam em turma numa caminhonete, param, despejam-se para fora, entram no restaurante e como que tomam posse dele. São razoavelmente bem comportadas, mas barulhentas e cheias de energia, e vê-se que a senhora encarregada está um pouco nervosa.

De novo o deserto árido e arenoso. Nele penetramos. Já estamos no final da tarde e realmente fizemos uma boa quilometragem. Já estou bastante dolorido de passar todo esse tempo sentado na moto. Agora estou cansado mesmo. No restaurante, Chris também estava. E estava um pouco desanimado. Acho que talvez ele... bem... vamos deixar para lá...

* * *

A expansão de *mu* é a única coisa que pretendo dizer agora a respeito das armadilhas relacionadas à verdade. É hora de passar às armadilhas psicomotoras. É esse o domínio de entendimento mais diretamente relacionado com o que acontece à moto.

Nesse domínio, a armadilha mais frustrante é, de longe, a falta de ferramentas adequadas. Nada desmoraliza tanto quanto um problema relacionado a ferramentas. Se você comprar boas ferramentas quando tiver condições para isso, jamais se arrependerá. Se quiser economizar dinheiro, não deixe de consultar os anúncios classificados nos jornais. Via de regra, as boas ferramentas não se desgastam, e boas ferramentas de segunda mão são muito melhores que ferramentas inferiores de primeira mão. Estude os catálogos de ferramentas, que poderão ensinar-lhe muitas coisas.

Depois das más ferramentas, um mau ambiente é uma grande armadilha para o pique. Preste atenção à iluminação. É incrível o número de erros que um pouquinho de luz pode impedir.

Um pouco de desconforto físico é inevitável, mas o desconforto excessivo, como o que ocorre num ambiente muito quente ou muito frio, pode prejudicar imensamente suas avaliações se você não tomar cuidado. Se estiver com muito frio, por exemplo, vai ficar com pressa e provavelmente cometerá erros. Com muito calor, seu limiar de resistência à raiva fica muito mais baixo. Evite, sempre que possível, trabalhar em posições incômodas. Dois banquinhos, um de cada lado da moto, podem contribuir muito para aumentar sua paciência, e você terá menos probabilidade de danificar os conjuntos mecânicos nos quais estiver trabalhando.

Há uma armadilha psicomotora, a insensibilidade muscular, que efetivamente provoca danos. Ela resulta, em parte, da falta de cinestesia, da incapacidade de perceber que, embora o exterior de uma moto seja resistente, dentro do motor há peças delicadas, de precisão, que facilmente podem ser danificadas pela insensibilidade muscular. Existe algo que se chama "sensibilidade mecânica". É óbvia para quem a conhece, mas difícil de descrever para os que a ignoram; e, quando a pessoa que está trabalhando na moto não tem essa sensibilidade, o espectador que observa o serviço tende a sofrer junto com a moto.

A sensibilidade mecânica nasce de uma profunda percepção interior da elasticidade dos materiais. Alguns materiais, como a cerâmica, têm pouca elasticidade. Por isso, ao fazer uma rosca numa peça de porcelana, você tem de tomar muito cuidado para não aplicar pressão demais. Outros materiais, como o aço, têm uma elasticidade tremenda, maior que a da borracha. Porém, a menos que você esteja trabalhando com forças mecânicas de grande magnitude, a elasticidade do aço não é perceptível.

Ao trabalhar com porcas e parafusos, você entra no âmbito das forças mecânicas de grande magnitude. Deve compreender então que, nesse âmbito, os metais são elásticos. Ao apertar uma porca, existe um ponto que se chama "apertado ao toque", no qual, embora já haja contato, não houve aproveitamento da elasticidade. A seguir vem o ponto "apertado", no qual se aproveita a elasticidade superficial do material. E, por fim, vem o ponto de "aperto máximo", no qual a elasticidade é aproveitada por completo. A força necessária para chegar a cada um desses pontos é diferente para cada tamanho de porca e de parafuso, e diferente ainda para as porcas lubrificadas e autotravantes. Além disso, são diferentes as forças necessárias para apertar porcas de aço, ferro fundido, latão, alumínio, plástico e cerâmica. Porém, a pessoa dotada de sensibilidade mecânica sabe que chegou ao ponto e pára. A pessoa que não tem essa sensibilidade passa do ponto e espana a rosca ou quebra o conjunto mecânico.

A "sensibilidade mecânica" não envolve somente uma compreensão da elasticidade do metal; implica também uma noção dos limites de sua resistência. O interior de uma motocicleta contém certas superfícies que, em alguns casos, são feitas com uma precisão de poucos centésimos de milímetro. Se você deixa cair essas peças, se deixa que elas se sujem, se as arranha ou bate-lhes com o martelo, elas perdem essa precisão. É importante compreender que o metal *atrás* da superfície é, via de regra, capaz de suportar grandes tensões e pancadas fortes, mas que a superfície em si mesma não é. Ao lidar com peças de precisão que estão travadas ou são difíceis de manipular, a pessoa dotada de sensibilidade mecânica evita danificar a superfície e, sempre que possível, aplica as ferramentas às faces da peça que não exigem tanta precisão. Quando é obrigada a trabalhar nas superfícies de precisão, sempre as manipula com instrumentos mais macios. Para isso é que existem martelos de latão, plástico, madeira, borracha e chumbo. Use-os. Revestimentos de plástico, cobre e chumbo podem ser adaptados às prensas de uma morsa. Use-os também. Maneje as peças de precisão com suavidade; você jamais se arrependerá. Se tem a tendência de deixar cair as coisas e batê-las umas nas outras, faça tudo mais devagar e tente criar em si um pouco mais de respeito por esse grande feito tecnológico que é uma peça de precisão.

* * *

As sombras compridas, nas terras áridas pelas quais passamos, deixaram em mim um sentimento triste, deprimido...

Talvez seja apenas a "baixa" costumeira do final da tarde, mas o fato é que, depois de tudo o que disse hoje, tenho a sensação de que, de algum modo, não fui direto ao assunto. Alguém poderia perguntar: "Então, se eu conseguir desarmar todas essas armadilhas, terei resolvido a questão?"

A resposta, evidentemente, é não. Não terá resolvido nada. Também é preciso viver corretamente. É o modo de viver que nos predispõe a evitar as armadilhas e prestar atenção aos fatos corretos. Quer saber como pintar um quadro perfeito? Fácil. Seja perfeito e pinte naturalmente. É assim que fazem todos os especialistas. Pintar um quadro ou consertar uma motocicleta não são atividades separadas do resto da existência. Se você é desleixado em seus pensamentos nos seis dias da semana em que não trabalha com a moto, que truques, que meios de evitar armadilhas podem torná-lo subitamente inteligente no sétimo dia? Todas essas coisas andam juntas.

Porém, se você for desleixado em seus pensamentos seis dias por semana, mas *realmente* tentar ser inteligente no sétimo, pode ser que os seis dias seguintes não sejam tão ruins quanto os seis anteriores. Acho que, com essas armadilhas para o pique, o que estou tentando encontrar são atalhos para uma vida correta.

A verdadeira moto que você conserta é você mesmo. A máquina que parece estar "lá fora" e o indivíduo que parece estar "aqui dentro" não são duas coisas separadas. Juntas, elas crescem em direção à Qualidade ou afastam-se da Qualidade.

Quando chegamos a Prineville Junction, restam poucas horas de luz do dia. Estamos na intersecção com a Rodovia Federal 97, que tomaremos rumo ao sul. Encho o tanque no cruzamento e estou tão cansado que vou para trás e sento-me no meio-fio pintado de amarelo, com os pés nas pedras do chão, enquanto os últimos raios do sol passam através das árvores e rebrilham em meus olhos. Chris chega e senta-se também, e nada dizemos, mas esta é a pior depressão até agora. Tantas palavras sobre as armadilhas que acabam com o pique, e eu mesmo acabo caindo numa. O cansaço, quem sabe. Precisamos dormir um pouco.

Fico algum tempo observando os automóveis que passam pela estrada. Há neles algo de solitário. Não – algo pior. Nada. Como a expressão do frentista quando encheu o tanque. Nada. Um meio-fio de nada, ao lado de pedrinhas de nada, num cruzamento de nada, que leva a lugar nenhum.

Há algo também nos motoristas. Parecem-se com o frentista do posto de gasolina, olhando fixo para a frente, cada qual no seu transe particular. Não vejo isso desde... desde que Sylvia o percebeu, no primeiro dia. Todos têm o aspecto de quem acompanha um cortejo funerário.

Vez por outra, um deles nos dá uma rápida olhadela e volta o olhar para o outro lado, inexpressivamente, como se cuidasse de seus próprios assuntos, como que envergonhado por termos notado que nos olhava. Se o percebo agora é porque estamos longe disso há bastante tempo. O estilo de dirigir também é diferente. Os automóveis parecem deslocar-se continuamente na velocidade máxima permitida para a zona urbana, como se quisessem chegar a algum lugar, como se o aqui e agora fosse simplesmente algo a ser transposto. Parece que os motoristas não pensam onde estão, mas onde querem estar.

Eu sei do que se trata! Chegamos à Costa Oeste! Mais uma vez, somos todos estranhos uns aos outros! Gente, me esqueci da maior de todas as armadilhas para o pique. O cortejo funerário! Esse cortejo que todos acompanham, esse estilo de vida exagerado, egoísta, ultramoderno, que tem a ilusão de mandar neste país. Estamos fora dele há tanto tempo que tinha me esquecido dele.

Entramos na corrente de trânsito que ruma para o sul e sinto a aproximação desse perigo exorbitado, pronto para explodir. Pelo retrovisor, vejo que um idiota qualquer está colado em minha traseira e se nega a ultrapassar. Aumento a velocidade para cento e vinte e ele não desgruda. Cento e cinqüenta e o deixamos para trás. Não gosto nem um pouco disto.

Em Bend, paramos e jantamos num restaurante moderníssimo no qual as pessoas entram e saem sem olhar umas para as outras. O serviço é excelente, mas impessoal.

Mais ao sul, encontramos um bosque de árvores baixas e raquíticas, subdividido em lotezinhos ridículos. Um esquema de loteamento, ao que parece. Num dos lotes, longe da estrada principal, estendemos nossos sacos de dormir e descobrimos que as agulhas de pinheiro caídas no chão mal conseguem cobrir um solo poeirento e esponjoso que parece ter mais de um metro de profundidade. Nunca vi nada parecido.

Temos de tomar cuidado para não espalhar as folhas, para que a poeira não levante e cubra tudo.

    Estendemos a lona e colocamos sobre ela os sacos de dormir. Parece que deu certo. Chris e eu conversamos um pouco sobre onde estamos e para onde vamos. Consulto o mapa à luz do crepúsculo e olho-o mais detidamente com a lanterna. Hoje, cobrimos 520 quilômetros. É muito. Chris parece tão extenuado quanto eu, e tão pronto quanto eu a cair no sono.

PARTE IV

27

Por que você não sai das sombras? Qual é sua verdadeira aparência? Está com medo de alguma coisa, não está? De que você tem medo? Atrás da figura nas sombras está a porta de vidro. Chris, do outro lado, gesticula para mim, pedindo-me que abra. Está mais velho agora, mas seu rosto ainda tem uma expressão de súplica. "Que faço agora?", quer ele saber. "Que faço depois?" Está à espera de minhas instruções.
É hora de agir.
Estudo a figura nas sombras. Não é tão onipotente quanto parecia.
– Quem é você? – pergunto.
Nenhuma resposta.
– Com que direito esta porta está fechada?
Ainda nenhuma resposta. A figura está em silêncio, mas também recua. Está com medo! De *mim*.
– Há coisas piores que se esconder nas sombras. É isso? É por isso que você não fala?
Ela parece tremer, encolher-se, como se pressentisse o que vou fazer.
Espero e, então, me aproximo dela. Um ser odioso, escuro, mau. Mais próximo, olhando não para ela, mas para a porta de vidro, a fim de não alertá-la. Faço nova pausa, preparo-me e salto!
Minhas mãos afundam numa substância macia, que deve ser o pescoço. Ela estrebucha e aperto mais forte, como se segurasse uma serpente com a mão. E agora, segurando-a cada vez mais forte, vamos chegar à luz. Lá vai! *Agora vamos ver seu rosto!*

— Pai!
— Pai! — Ouço a voz de Chris pela porta de vidro?
Sim! Pela primeira vez!
— Pai! Pai!

— Pai! Pai! — Chris me puxa pela camisa. — Pai! Acorde! Pai!
Ele está chorando, soluçando agora.
— Pare, pai! Acorde!
— Está tudo bem, Chris.
— Pai! Acorde!
— Estou acordado. — Mal e mal consigo distinguir-lhe a face na luz da madrugada. Estamos em algum lugar ao ar livre, no meio das árvores. Há uma moto aqui. Acho que estamos em algum lugar do Oregon.
— Estou bem, foi só um pesadelo.
Ele continua chorando e sento-me em silêncio ao lado dele por um tempo.
— Está tudo bem — digo, mas ele não pára. Está com muito medo. *E eu também.*
— Com o que você estava sonhando?
— Estava tentando ver o rosto de alguém.
— Você gritou que ia me matar.
— Não, você não.
— Quem, então?
— A pessoa no sonho.
— Quem era?
— Não sei.
Chris pára de chorar, mas continua tremendo de frio.
— Você viu o rosto?
— Vi.
— Quem era?
— Era o meu próprio rosto, Chris, e foi aí que gritei... Foi só um sonho ruim. — Digo-lhe que está tremendo e deve voltar para o saco de dormir. Ele o faz.
— Está muito frio — diz.
— É.
Na luz da alvorada, vejo o vapor da nossa respiração. Ele se cobre com o saco de dormir e agora só vejo o meu próprio.

Não durmo.
A pessoa que sonhou não era eu. Não, de modo algum.
Era Fedro.
Ele está despertando.
Uma mente dividida contra si mesma... eu... Sou eu a figura má, que fica nas sombras. Sou eu o odioso....
Sempre soube que ele voltaria....
Agora é uma questão de estar preparado...
O céu, visto de sob as árvores, parece cinza e sem esperanças.
Coitado do Chris.

28

Agora o desespero cresce.

Como um daqueles *fade-outs* num filme, nos quais você sabe que não está no mundo real, mas, mesmo assim, sente que está.

É um dia frio de novembro, sem neve. O vento sopra poeira pelas rachaduras das janelas de um carro velho cujos vidros estão cobertos de fuligem, e Chris, aos seis anos de idade, senta-se ao lado dele, vestido de blusa de lã porque o aquecedor não funciona. E, pelas janelas sujas desse automóvel castigado pelo vento, eles se vêem avançando rumo a um céu cinzento e sem neve entre duas muralhas de edifícios cinzentos e cinza-acastanhados, com fachadas de tijolos, vidros quebrados entre as fachadas e detritos espalhados pelas ruas.

– Onde estamos? – pergunta Chris.

Fedro responde:

– Não sei.

E realmente não sabe, sua mente praticamente desapareceu. Está perdido, vagando pelas ruas cinzentas.

– Aonde vamos? – diz Fedro.

– À loja de beliches – diz Chris.

– E *onde* fica essa loja? – pergunta Fedro.

– Não sei – diz Chris. – Quem sabe, se continuarmos andando, vamos encontrar.

E, assim, os dois percorrem as ruas sem fim à procura da loja de beliches. Fedro quer parar, pousar a cabeça sobre o volante e simplesmente descansar. A fuligem e a cor de cinza penetraram-lhe os olhos e praticamente o obliteraram do cérebro a consciência. Todas as placas de rua são iguais. Cada edifício cinza-acastanhado é igual ao anterior. Sempre em frente eles seguem à procura da loja de beliches. Loja essa que – Fedro o sabe – jamais encontrarão.

Lenta e gradativamente, Chris começa a perceber que há algo de estranho, que o motorista já não dirige o automóvel, que o capitão está morto e o carro está sem piloto; e ele não sabe disso, mas o sente. Diz "pare" e Fedro pára.

Um automóvel logo atrás toca a buzina, mas Fedro não se mexe. Outros carros buzinam, depois outros, e Chris, em pânico, diz:

– VAMOS!

Fedro, em agonia, aperta o pedal da embreagem e engata a marcha. Devagar, como num sonho, o carro se move em marcha lenta pelas ruas.

– Onde moramos? – pergunta Fedro a um Chris aterrorizado.

Chris lembra-se de um endereço, mas não sabe chegar lá. Porém, raciocina que, se perguntar a um número suficiente de pessoas, encontrará o caminho. Assim, diz:

– Pare o carro.

Então, sai, pede informações e conduz um Fedro ensandecido pelas muralhas infinitas de tijolos e vidros quebrados.

Horas depois, eles chegam e a mãe está furiosa por estarem tão atrasados. É incapaz de compreender por que não encontraram a loja de beliches. Chris diz:

– Procuramos em toda parte – mas lança na direção de Fedro um rápido olhar de medo, de terror perante o desconhecido. Para Chris, foi aí que tudo começou.

Não acontecerá de novo...

Acho que o que vou fazer é descer até São Francisco, colocar Chris num ônibus para casa, vender a moto e internar-me num hospital... ou, esta última coisa parece tão sem sentido... não sei o que farei.

A viagem não terá sido completamente perdida. Pelo menos ele terá algumas boas lembranças de mim quando crescer. Isso faz diminuir um pouco a ansiedade. É um bom pensamento ao qual posso me apegar. Vou apegar-me a ele.

Enquanto isso, simplesmente continuar numa viagem normal e esperar que alguma coisa melhore. Não jogue nada fora. Nunca, nunca jogue nada fora.

Frio! Parece o inverno! Onde estamos, para que fique tão frio? Devemos estar num lugar muito alto. Espio para fora do saco de dormir e, desta vez, vejo geada na motocicleta. Sobre o cromado do tanque de gasolina, ela rebrilha no primeiro sol do dia. No quadro de cor negra, onde bate o sol, já se converteu parcialmente em pérolas d'água que logo correrão em direção às rodas. Está frio demais para ficar deitado.

Lembro-me da poeira sob as agulhas de pinheiro e calço as botas com todo o cuidado para não espalhá-la. Junto à moto, abro toda a bagagem, tiro as ceroulas de dentro da mala e visto-as. Depois visto as roupas, uma malha de lã e a jaqueta. Ainda estou com frio.

Passo sobre a poeira esponjosa, chego à estradinha de terra que nos trouxe até aqui, corro por ela para baixo por uns trinta metros, mais ou menos, diminuo um pouco o ritmo e, por fim, paro. Sinto-me melhor. Nenhum som. A geada se acumula também em pequenas manchas sobre a estrada, mas já está derretida e dá um tom castanho escuro úmido aos pontos aonde já chegaram os primeiros raios do sol. É tão branca, e intocada, e se parece com uma renda. Está nas árvores também. Volto devagarinho pela estrada, como se não quisesse perturbar o nascer do sol. Uma sensação de começo de outono.

Chris ainda está dormindo e não poderemos ir a lugar algum enquanto o ar não esquentar. É um bom momento para regular a moto. Desatarraxo o puxador na capa lateral do filtro de ar e, de sob o filtro, retiro o rolo gasto e sujo das ferramentas de campo. Minhas mãos estão enrijecidas pelo frio, e suas costas estão enrugadas. Essas rugas, porém, não são do frio. Aos quarenta anos de idade, é a velhice chegando. Deito o rolo de ferramentas sobre o assento da moto e abro-o... aqui estão elas... é como rever velhos amigos.

Ouço Chris, dou uma olhada por sobre o banco e vejo que está se mexendo, mas não se levanta. Evidentemente, está se mexendo durante o sono. Ao cabo de certo tempo, o sol esquenta e minhas mãos não estão mais tão rígidas.

* * *

Eu ia falar sobre certos conhecimentos ligados ao conserto de motocicletas, sobre as centenas de coisas que aprendemos à medida que avançamos e que enriquecem nossa ação não só do ponto de vista prático, mas também do estético. Porém, e embora eu não deva dizer isso, esse tema me parece agora trivial demais.

Agora, pois, pretendo caminhar em outra direção para completar a história *dele*. Não cheguei a completá-la porque pensei que não fosse necessário. Agora, porém, acho que seria bom fazê-lo no tempo que nos resta.

O metal destas chaves inglesas está tão frio que machuca as mãos. Mas a dor é boa. É real, não imaginária, e está aqui, em minhas mãos, de modo absoluto.

... Quando você viaja por um caminho e nota que outro caminho sai para o lado num ângulo de, digamos, 30 graus, e depois, mais à frente, outro caminho sai para o mesmo lado num ângulo maior, digamos de 45 graus, e depois um outro a 90 graus, você começa a compreender que deve haver para aquele lado um ponto no qual todos esses caminhos convergem, e que muita gente achou que valia a pena ir naquela direção; começa então a se perguntar, por curiosidade, se não é naquela direção que também deveria ir.

Na busca de um conceito de Qualidade, Fedro reiteradamente deparou com caminhozinhos que conduziam todos ao mesmo ponto, para um lado. Pensava ele que já conhecia a região genérica ao qual todos levavam – a Grécia antiga –, mas começou então a se perguntar se algo, nessa área, não lhe havia escapado.

A Sarah, que muito tempo atrás havia chegado com seu regador e posto em sua cabeça a idéia de Qualidade, ele perguntara em que área da literatura inglesa a qualidade, enquanto disciplina acadêmica, era ensinada.

– Deus do céu, não sei, não sou especialista em inglês – dissera ela. – Sou de letras clássicas. Minha área é o grego.

– E por acaso a qualidade faz parte do pensamento grego? – perguntara ele.

– A qualidade é *todo* o pensamento grego – dissera ela, e ele pensara no assunto. Às vezes, por baixo daquele jeito de velhinha, ele pensava detectar uma astúcia secreta, como se, qual um oráculo de Delfos, ela dissesse coisas dotadas de um sentido oculto. Mas não conseguia ter certeza.

Grécia antiga. Estranho que, para eles, a Qualidade fosse tudo, ao passo que, hoje, é quase descabido dizer que a qualidade existe. Que ocultas mudanças poderiam ter ocorrido de lá para cá?

Um segundo caminho em direção à Grécia antiga foi indicado pela maneira súbita com que a questão inteira – O que é a Qualidade? – fora jogada para o campo da filosofia sistemática. Ele pensava ter esgotado esse campo, mas a "qualidade" o havia aberto novamente.

A filosofia sistemática é grega. Os gregos da Antiguidade a inventaram e, assim, imprimiram nela um selo permanente. A afirmação de Whitehead de que toda a filosofia não passa de um conjunto de "notas de rodapé à obra de Platão" tem muitos argumentos a seu favor. A confusão acerca da realidade da Qualidade devia ter começado em algum momento lá atrás.

Um terceiro caminho surgiu quando ele decidiu ir embora de Bozeman para conseguir o doutorado de que precisava para continuar lecionando na Universidade. Queria levar adiante a investigação sobre o sentido da Qualidade, que havia sido desencadeada pelas suas lições de inglês. Mas onde? E em que disciplina?

Era evidente que o termo "Qualidade" não se encaixava em disciplina alguma que não fosse a filosofia. E ele sabia, por sua experiência com a filosofia, que o prosseguimento dos estudos dentro desse campo dificilmente culminaria em novas descobertas acerca de um termo aparentemente místico ligado à redação e composição em inglês.

Aos poucos foi percebendo que talvez não houvesse nenhum programa de pós-graduação no qual pudesse estudar a Qualidade nos termos segundo os quais a entendia. A Qualidade não residia somente fora de qualquer disciplina acadêmica; escapava também ao alcance dos métodos de toda a Igreja da Razão. Só uma Universidade muito especial aceitaria uma tese de doutorado na qual o candidato se recusasse a definir seu termo central.

Ele compulsou os programas por muito tempo, até descobrir o que pensava estar procurando. Havia *uma* Universidade, a Universidade de Chicago, que oferecia um programa interdisciplinar sobre "Análise das Idéias e Estudo dos Métodos". A comissão de avaliação era formada por um professor de inglês, um professor de filosofia, um professor de chinês e o Presidente, que era professor de grego arcaico! Isso lhe chamou a atenção.

Na moto, tudo já está feito, exceto a troca de óleo. Acordo Chris, arrumamos as coisas e nos pomos a caminho. Ele ainda está sonolento, mas o ar frio na estrada o desperta. A estrada ladeada de pinheiros sobe, e nesta manhã não há tanto trânsito. As rochas entre os pinheiros são escuras e vulcânicas. Pergunto-me se não dormimos sobre poeira vulcânica. Será que existe poeira vulcânica? Chris diz que está com fome, e eu também estou.

Paramos em La Pine. Digo a Chris que me peça ovos e presunto para o desjejum enquanto fico lá fora para trocar o óleo.

Num posto de gasolina ao lado do restaurante, compro um litro de óleo, e, num terreno calçado de pedrinhas, atrás do restaurante, tiro o parafuso de drenagem, deixo sair o óleo, recoloco o parafuso, ponho o óleo novo e, quando termino, o óleo novo na vareta brilha ao sol quase tão claro e incolor quanto a água. Ahhhhh!

Guardo a chave de boca, entro no restaurante e vejo Chris. Sobre a mesa, meu desjejum. Vou para o banheiro, lavo-me e volto.

– Que fome! – diz ele.

– Foi uma noite fria – digo. – Queimamos muito alimento só para permanecer vivos.

Os ovos estão uma delícia, e o presunto também. Chris fala sobre o sonho e sobre o quanto se assustou, e isso encerra o assunto. Ele parece a ponto de fazer uma pergunta, mas não faz. Passa um tempo a contemplar os pinheiros pela janela e depois retoma a questão.

– Pai?

– Que foi?

– Por que estamos fazendo isto?

– Isto o quê?

– Só viajando sem parar.

– Só para ver o país... férias.

A resposta não o satisfaz, mas ele não parece capaz de identificar o problema.

Sou atingido por uma súbita onda de desespero, como aconteceu de madrugada. *Minto* para ele. É esse o problema.

– Nós só ficamos viajando – diz ele.
– É claro. O que você preferiria fazer?
Ele não tem resposta.
Nem eu.

Na estrada, vem-me a resposta de que estamos fazendo a coisa de melhor Qualidade que sou capaz de imaginar agora, mas isso não o satisfaria mais que o que eu já lhe disse. Não sei o que mais poderia ter dito. Cedo ou tarde, antes de nos despedirmos, se é isso que deve acontecer, teremos de conversar um pouco. Protegê-lo do passado, deste jeito, pode estar-lhe fazendo mais mal do que bem. Ele terá de ouvir a respeito de Fedro, embora haja muitas coisas que jamais poderá saber. Sobretudo o final.

Quando Fedro chegou à Universidade de Chicago, já vivia num universo de pensamento tão diferente do que eu e você conhecemos que seria difícil de descrever, mesmo que eu me lembrasse de tudo. Sei que o presidente interino, na ausência do Presidente titular, aceitou-o com base em sua experiência como professor e em sua aparente capacidade de entabular uma conversa inteligente. O que ele efetivamente disse está perdido. Depois, Fedro passou algumas semanas aguardando a volta do Presidente, na esperança de obter uma bolsa. Porém, quando o Presidente finalmente apareceu, manteve com ele uma entrevista que consistiu essencialmente numa única pergunta, que ficou sem resposta.

Disse o Presidente:
– Qual é a sua área substantiva?
Fedro disse:
– Redação e composição em inglês.
O Presidente berrou:
– É um campo metodológico!

E, para todos os efeitos, foi esse o final da entrevista. Depois de um pouco de conversa fiada, Fedro tropeçou, hesitou, pediu desculpas e voltou para as montanhas. Fora essa característica sua que já o levara a ser expulso da Universidade. Ficara preso a uma pergunta e não fora capaz de pensar em mais nada, enquanto as aulas continuavam sem ele. Dessa vez, porém, tinha o verão inteiro para pensar por que seu campo de estudos deveria ser substantivo ou metodológico; e, no decorrer daquele verão, foi só isso que fez.

Nas florestas, quase no limite do crescimento arbóreo, ele comia queijo suíço, dormia em leitos de folhas de pinheiro, bebia água de montanha e pensava na Qualidade e nos campos substantivos e metodológicos. A substância não muda. O método não permanece. A substância está relacionada à forma do átomo. O método, à atividade do átomo. Na composição técnica há uma distinção semelhante a essa: a distinção entre a descrição física e a descrição funcional. A melhor descrição de um conjunto complexo começa com a descrição de suas substâncias: seus subconjuntos e partes. Depois vem a descrição de seus métodos: suas funções, segundo a seqüência em que ocorrem. Se você confunde a descrição física e a funcional, a substância e o método, fica todo enrolado, e o mesmo acontece com o leitor.

Mas a aplicação dessas classificações a todo um campo de conhecimento, como a redação e composição em inglês, parecia arbitrária e pouco prática. Nenhuma disciplina acadêmica existe sem seus aspectos substantivos e metodológicos. E ele não conseguia ver nenhuma ligação entre a Qualidade e qualquer uma dessas coisas. A Qualidade não é uma substância, e tampouco é um método. Está fora de ambos. Se alguém constrói uma casa usando o prumo e o nível, esse alguém o faz porque a parede reta e vertical tem menos probabilidade de cair e, portanto, tem mais Qualidade que uma parede torta. A Qualidade não é um método. É o objetivo em vista do qual se usa o método.

"Substância" e "substantivo" na verdade correspondem a "objeto" e "objetividade", que ele havia rejeitado a fim de chegar a um conceito não-dualista de Qualidade. Quando tudo é dividido em substância e método, não sobra espaço algum para a Qualidade, assim como ocorre quando tudo é dividido em sujeito e objeto. Sua tese não poderia fazer parte de um campo substantivo, pois a aceitação de uma cisão entre substantivo e metodológico equivalia a uma negação da existência da Qualidade. Para que a Qualidade permanecesse, os conceitos de substância e método teriam de desaparecer. Isso acarretaria uma briga com a comissão, coisa que ele não queria de modo algum. Porém, ficou irritado por eles destruírem, já na primeiríssima pergunta, todo o sentido do que ele estava dizendo. Campo substantivo? Em que tipo de leito de Procusto estavam procurando deitá-lo? – perguntou-se.

Decidiu estudar mais de perto os antecedentes dos membros da comissão, e, para tanto, enfiou-se na biblioteca. Sentiu que essa comissão estava mergulhada num padrão de pensamento completamente estranho. Não via de que modo esse padrão e o grande padrão de seu próprio pensamento poderiam convergir.

Perturbou-se especialmente com a qualidade das explicações da finalidade da comissão. Pareciam extremamente confusas. Toda a descrição do trabalho da comissão consistia num estranho jogo de palavras comuníssimas justapostas de maneira extremamente incomum, de tal modo que a explicação parecia muito mais complexa que a coisa que deveria ser explicada. Se antes aquilo lhe chamara a atenção, não chamava mais.

Estudou todos os textos do Presidente que conseguiu encontrar e aí de novo encontrou o mesmo padrão estranho de linguagem que vira na confusa descrição da comissão. Era um estilo enigmático, pois divergia completamente do que ele vira na pessoa do próprio Presidente. Este, numa entrevista breve, impressionara-o com uma inteligência extraordinariamente rápida e um temperamento igualmente inflamável. Não obstante, aquele era um dos estilos mais ambíguos e inescrutáveis que ele jamais vira. Lá estavam frases enciclopédicas nas quais o sujeito gritava e o predicado não ouvia, de tão longe que estava. Elementos parentéticos inseriam-se inexplicavelmente dentro de outros elementos parentéticos, inseridos de maneira igualmente inexplicável dentro de orações cujo vínculo com as orações anteriores, na mente do leitor, já estava morto, enterrado e decomposto muito antes da chegada do período em questão.

Porém, o mais notável era a proliferação assombrosa e inexplicável de categorias abstratas que pareciam carregadas de significados especiais que jamais eram declarados e cujo conteúdo tornava-se, assim, puro objeto de especulação; tais categorias empilhavam-se umas sobre as outras numa tal proporção e com tanta rapidez que Fedro soube que não tinha a menor possibilidade de compreender o que se apresentava ante seus olhos, e muito menos de discordar daquilo.

De início, Fedro presumiu que a razão da dificuldade explicava-se porque tudo aquilo era complexo demais para ele. Os artigos pressupunham um conhecimento básico que ele não tinha. Depois, porém, notou que certos artigos haviam sido escritos para um público que não poderia de modo algum ter esse conhecimento. Assim, essa hipótese perdeu força.

Sua segunda hipótese foi que o Presidente era um "técnico", nome que ele dava a um autor tão profundamente envolvido com seu campo que perdera a capacidade de se comunicar com as pessoas de fora. Porém, se assim era, por que a comissão recebera um título tão geral e tão antitécnico quanto "Análise das Idéias e Estudo dos Métodos"? E o Presidente não tinha a personalidade de um técnico. Logo, essa hipótese também era fraca.

Com o tempo, Fedro deixou de bater de frente com a retórica do Presidente e passou a tentar descobrir um pouco mais sobre os antecedentes da comissão, esperando que *isso* explicasse a finalidade de tudo aquilo. Foi essa, no fim, a abordagem correta. Começou a entender o que o incomodava.

As declarações do Presidente estavam protegidas – protegidas por enormes fortificações labirínticas que se multiplicavam com tamanha complexidade e massa que era quase impossível descobrir o que, diabos, ele protegia dentro delas. Elas tinham a inescrutabilidade que uma pessoa sente quando entra de repente numa sala onde uma discussão raivosa acabou de terminar. Todos estão em silêncio. Ninguém fala.

Tenho um minúsculo fragmento de Fedro de pé nos corredores de pedra de um edifício, evidentemente dentro da Universidade de Chicago, falando com o vice-presidente da comissão, como um detetive no final de um filme, dizendo:

– Na descrição da comissão, vocês omitiram um nome importante.
– É mesmo?
– É – diz Fedro com ar de onisciência. – ... Aristóteles...

O vice-presidente fica chocado por um instante e então, quase como um culpado que foi descoberto mas não sente remorso, solta uma gargalhada alta e comprida.

– Ah, entendi – diz ele. – Você não sabia... nada sobre... – Então, pensa duas vezes no que vai dizer e resolve não falar mais nada.

Chegamos à saída para o Lago Crater e subimos uma estrada bem construída que entra no Parque Nacional – limpo, asseado e bem preservado. É assim mesmo que deve ser, mas isto também não ganha nenhum prêmio de Qualidade. Transforma o lugar num museu. Assim eram as coisas antes da chegada do homem branco – belos fluxos de lava, arvorezinhas retorcidas e nenhuma lata de cerveja à vista –, mas,

345

agora que o homem branco chegou, parece de mentira. Talvez o Departamento de Parques Nacionais deva deixar uma única pilha de latas de cerveja no meio da lava; assim, tudo ganharia vida. A ausência de latas de cerveja incomoda.

Junto ao lago, paramos, espreguiçamo-nos e misturamo-nos afavelmente com a pequena multidão de turistas com suas câmeras na mão e suas crianças, gritando "Não cheguem perto demais!" Vemos os automóveis e *trailers* com placas de diferentes estados e vemos o Lago Crater com um sentimento de "Olha ele aí", igualzinho às fotografias. Observo os outros turistas, todos os quais parecem igualmente deslocados. Isso tudo não me provoca ressentimento nenhum, só a sensação de que nada disso é real e que a qualidade do lago é sufocada pelo fato de ele ser a tal ponto o centro das atenções. Quando algo se torna o centro das atenções por ter Qualidade, esta tende a desaparecer. A Qualidade é algo que se vê pelo rabo do olho; assim, contemplo o lago lá embaixo mas sinto a peculiar qualidade dos raios solares, frios, quase gelados, que me batem nas costas, e do vento quase imóvel.

— Por que viemos até aqui? — pergunta Chris.
— Para ver o lago.
Ele não gosta disso. É mais uma mentira cabeluda. Ele pressente a falsidade e franze profundamente o cenho, procurando encontrar a pergunta certa para pô-la a nu.
— Detesto isso — diz ele simplesmente.
Uma senhora encara-o com surpresa e, depois, ressentimento.
— Bem, Chris, o que podemos fazer? — pergunto. — Temos de continuar viajando até descobrir o que há de errado ou descobrir por que não sabemos o que há de errado. Você entende?
Ele não responde. A senhora finge não estar ouvindo, mas sua imobilidade revela que está. Caminhamos em direção à moto e tento pensar em algo, mas nada me vem à mente. Vejo que ele está chorando um pouco e agora olha para o outro lado para me impedir de percebê-lo.
Saímos do parque em direção ao sul pela estrada sinuosa.

Eu disse que o vice-presidente da Comissão de Análise das Idéias e Estudo dos Métodos ficou chocado. O que o assustou foi o fato de Fedro não saber que estava no próprio centro do que provavelmente fora a mais famosa controvérsia acadêmica do século, que o reitor de uma universidade californiana descreveu como a última tentativa na história de mudar o rumo de toda uma universidade.

As leituras de Fedro revelaram-lhe uma breve história dessa famosa revolta contra a educação empírica, que ocorrera no começo da década de 1930. A Comissão de Análise das Idéias e Estudo dos Métodos era um vestígio dessa tentativa. Os líderes da revolta eram Robert Maynard Hutchins, que se tornara reitor da Universidade de Chicago; Mortimer Adler, cujo trabalho sobre os fundamentos psicológicos do direito das provas era mais ou menos semelhante às pesquisas realizadas em Yale por Hutchins; Scott Buchanan, filósofo e matemático; e, mais importante que tudo o mais para Fedro, o atual presidente da comissão, que era, naquela época, especialista em Espinosa e em filosofia medieval na Universidade de Colúmbia.

Os estudos de Adler sobre as provas legais, fertilizados por uma leitura dos clássicos ocidentais, resultaram na convicção de que a sabedoria humana avançara bem pouco nas épocas recentes. Com toda coerência, Adler tomou como ponto de referência a filosofia de São Tomás de Aquino, que englobara Platão e Aristóteles em sua síntese medieval da filosofia grega e da fé cristã. A obra de Tomás de Aquino e as obras dos gregos, tal como Tomás os interpretara, constituíam, ao ver de Adler, a pedra de ângulo da herança intelectual do Ocidente. Eram, portanto, um critério fixo para quantos buscavam a boa doutrina.

Na tradição aristotélica, tal como fora interpretada pelos escolásticos medievais, o homem é considerado um animal racional, capaz de buscar e definir a boa vida e de efetivamente vivê-la. Quando esse "primeiro princípio" da natureza humana foi aceito pelo reitor da Universidade de Chicago, era inevitável que tivesse repercussões no sistema educacional. O famoso programa *Great Books*, da Universidade de Chicago; a reorganização da estrutura da Universidade segundo critérios aristotélicos; a fundação do "College", no qual alunos de quinze anos começavam a ler os clássicos – foram alguns dos resultados.

Hutchins rejeitara a idéia de que a educação científica empírica pudesse garantir automaticamente uma "boa" formação. A ciência é "livre de valores". A incapacidade da ciência de captar a Qualidade como objeto de investigação faz com que lhe seja impossível formular uma escala valorativa.

Adler e Hutchins preocupavam-se fundamentalmente com o "dever ser", com os valores, com a Qualidade e com os fundamentos da Qualidade na filosofia teorética. Assim, pareciam estar caminhando na mesma direção que Fedro; mas, de algum modo, haviam chegado a Aristóteles e lá haviam estacionado.

Houve um choque.

Mesmo os que se dispunham a aceitar o interesse de Hutchins pela Qualidade recusavam-se a conceder à tradição aristotélica a autoridade máxima em matéria de definição de valores. Insistiam em que os valores não podem ser fixos e afirmavam que uma filosofia moderna válida não precisaria levar em conta as idéias expressas em livros da Antiguidade e da Idade Média. Para muitos dos que assim pensavam, a coisa toda afigurava-se um novo e pretensioso jargão, feito de conceitos evasivos.

Fedro não conseguiu entender esse choque. Porém, parecia-lhe próximo à área em que ele desejaria trabalhar. Sentia, além disso, que os valores não podem ser fixos, mas que isso não é motivo para que os valores sejam ignorados ou para que se pense que os valores não têm existência real. Era contrário à tradição aristotélica como definidora de valores, mas não achava que essa tradição pudesse ser simplesmente ignorada. A resposta a seu problema estava, de algum modo, profundamente ligada a essa tradição, e ele queria conhecê-la melhor.

Dos quatro que haviam criado tamanho furor, só restava o presidente da comissão. Talvez por ter descido de grau na hierarquia universitária, talvez por outras razões, o presidente não tinha, entre as pessoas com quem Fedro conversou, uma reputação de genialidade. Sua genialidade não fora confirmada por ninguém e fora asperamente negada por duas pessoas: o diretor de um grande departamento da Universidade, que o descrevera como um "monstro sagrado", e um mestre em filosofia pela Universidade de Chicago, que dissera que o presidente era famoso por só aprovar, em seus cursos, alunos que fossem cópias dele mesmo em papel-carbono. Nenhum dos dois conselheiros tinha natureza vingativa, e Fedro sentiu que estavam falando a verdade. Sua conclusão foi confirmada, ainda, por uma descoberta feita no escritório do departamento. Conversando com dois pós-graduandos da comissão para conhecê-la um pouco melhor, ele ficou sabendo que a comissão só concedera dois doutorados em toda a sua história. Tudo indicava que, para encontrar um lugar ao sol para a realidade da Qualidade, ele teria de combater e sobrepujar o presidente de sua própria comissão, cujo ponto de vista aristotélico impossibilitava que Fedro sequer começasse a trabalhar e que parecia, por temperamento, ser extremamente intolerante em relação a idéias diferentes das suas. No todo, o quadro que se desenhava era bastante sombrio.

Então, ele sentou-se e escreveu, para o Presidente da Comissão de Análise das Idéias e Estudo dos Métodos da Universidade de Chicago, uma carta que só pode ser descrita como uma provocação visando a uma dispensa, na qual o missivista se recusa a sair em silêncio pela porta dos fundos, mas cria uma cena de tais proporções que seus opositores são obrigados a lançá-lo fora pela porta da *frente*, dando assim à provocação um peso que ela originalmente não tinha. Depois, ele se levanta no meio da rua e, tendo certeza de que a porta já se fechou por completo, brande em sua direção o punho cerrado, sacode o pó das roupas e diz: "Bem, eu *tentei*"; e assim absolve sua consciência.

Fedro, em sua provocação, informava o presidente que seu campo substantivo era agora a filosofia, não mais a redação e composição em inglês. Entretanto, dizia ele, a divisão do estudo em campos substantivos e metodológicos era um fruto da dicotomia aristotélica entre forma e substância, dicotomia essa que nada significava para os não-dualistas, para quem as duas eram idênticas.

Dizia que, embora não tivesse certeza disso, parecia-lhe que sua tese sobre a Qualidade era uma tese antiaristotélica. Se isso fosse verdade, ele escolhera um lugar adequado para defendê-la. As grandes Universidades evoluem de maneira hegeliana, e qualquer faculdade que se negue a aceitar uma tese que contradiga seus princípios fundamentais virou escrava da rotina. Assim, ribombava Fedro, aquela era a tese pela qual a Universidade de Chicago estivera esperando.

Admitia que suas alegações eram grandiosas e que, na verdade, era-lhe impossível emitir juízos de valor sobre esse assunto, já que nenhuma pessoa pode ser a juíza imparcial de sua própria causa. Porém, se outra pessoa produzisse uma tese que se apresentasse como uma grande ponte entre as filosofias do Oriente e do Ocidente, entre o misticismo religioso e o positivismo científico, ele a consideraria uma tese dotada de grande importância histórica, uma tese que faria a Universidade avançar muitíssimo. De qualquer modo, dizia ele, ninguém chega a ser realmente aceito em Chicago a menos que desbanque outra pessoa. Era a vez de Aristóteles cair.

Simplesmente escandaloso.
E tampouco era uma simples provocação à dispensa. O que se destaca com maior força é a megalomania, os delírios de grandeza, a perda completa da capacidade de avaliar o efeito que suas palavras teriam sobre os outros. Ele ficara tão enredado em seu mundo metafísico da Qualidade que já não conseguia enxergar nada fora dele; e, uma vez que mais ninguém compreendia esse mundo, ele já estava perdido.

Acho que, na época, ele sentia que suas palavras eram verdadeiras e que pouco importava que seu modo de dizê-las fosse escandaloso ou insultuoso. A coisa era tão grande que ele não tinha tempo de embelezá-la. Se a Universidade de Chicago se interessasse mais pela estética das palavras que pelo seu conteúdo racional, estaria deixando de cumprir sua função fundamental enquanto Universidade.

E ponto final. Ele realmente *acreditava*. Não era simplesmente uma outra idéia interessante a ser posta à prova pelo método racional. Era uma modificação dos próprios métodos racionais existentes. Normalmente, quando você tem uma idéia nova e deseja apresentá-la no ambiente acadêmico, deve assumir uma postura objetiva e desinteressada em relação à idéia. Porém, a idéia de Qualidade negava esse mesmo pressuposto – da objetividade e da indiferença. Esse modo de comportamento só era adequado à razão dualista. A excelência dualista é alcançada pela objetividade, mas a excelência criativa *não*.

Ele acreditava, com fé, que havia resolvido um enorme enigma do universo; que havia, com uma palavra – Qualidade –, cortado o nó górdio do pensamento dualista. E não estava disposto a deixar que a palavra fosse novamente amarrada. Em sua crença, não conseguia perceber o quanto suas palavras pareciam insultuosas e megalomaníacas aos ouvidos alheios. Ou, se conseguia, não se importava. Suas palavras eram megalomaníacas, mas e se fossem *verdadeiras*? Se ele estivesse errado, quem se importaria? Mas e se estivesse *certo*? Estar certo e jogar fora esse fato só para atender às predileções de seus professores – *isso, sim*, seria uma tremenda monstruosidade!

E, assim, pouco se lhe dava como os outros entendessem suas palavras. Era uma atitude totalmente fanática. Naquela época, ele vivia num universo discursivo solitário. Ninguém o compreendia. E, quanto mais as pessoas demonstravam que não conseguiam compreendê-lo e não gostavam do pouco que compreendiam, tanto mais ele se tornava fanático e desagradável.

Sua provocação à dispensa recebeu a resposta esperada. Uma vez que seu campo substantivo era a filosofia, ele devia buscar uma vaga no departamento de filosofia, não na comissão.

Fedro, obedientemente, fez isso. Então, ele e sua família encheram o carro e o *trailer* com todos os seus pertences, despediram-se dos amigos e estavam a ponto de partir em viagem. Na hora em que ele trancava as portas da casa pela última vez, o carteiro apareceu com uma carta. Era da Universidade de Chicago e dizia que ele não fora aceito. Mais nada.

Evidentemente, o presidente da Comissão de Análise das Idéias e Estudo dos Métodos havia influenciado a decisão.

Fedro tomou emprestado papel dos vizinhos e respondeu ao presidente que, uma vez que *já fora aceito* na Comissão de Análise das Idéias e Estudo dos Métodos, teria de *permanecer* nela. Era uma manobra bastante legalista, mas, a essa altura, Fedro já havia desenvolvido uma espécie de astúcia combativa. Aquela atitude tortuosa, de lançá-lo fora expeditamente pela porta da filosofia, parecia indicar que o presidente, por um motivo qualquer, fora *incapaz* de lançá-lo fora pela porta da frente da comissão, mesmo tendo em mãos aquela carta ultrajante; e isso deu a Fedro alguma confiança. Nada de portas laterais, por favor. Teriam de lançá-lo fora pela porta da frente ou aceitá-lo lá dentro. Talvez eles não conseguissem. Tanto melhor. Ele não queria que sua tese ficasse a dever algo a alguém.

Trafegamos pela margem leste do Lago Klamath numa rodovia de três faixas que lembra muito a década de 1920. Foi naquela época que essas rodovias de três faixas foram construídas. Paramos para almoçar num restaurante de estrada que também pertence a essa era. Estrutura de madeira precisando desesperadamente de uma pintura, anúncios de cerveja em néon nas janelas, pedrisco e manchas de óleo em lugar de um gramado frontal.

Lá dentro, o vaso sanitário está rachado e a pia é coberta de manchas de graxa, mas, voltando à nossa mesa, olho pela segunda vez para o proprietário atrás do balcão. Um rosto da década de 1920. Sem complicações, sem grande polidez, sem subserviência. Este é seu castelo. Somos seus convidados. E, se não gostarmos de seus hambúrgueres, temos o direito de calar a boca.

Mas os hambúrgueres, com gigantescas cebolas cruas, são saborosos, e a cerveja de garrafa é ótima. Uma refeição completa por muito menos do que se pagaria num desses restaurantes feitos para velhinhas, com flores de plástico nas janelas. Enquanto comemos, vejo pelo mapa que fizemos uma conversão errada lá atrás e poderíamos ter chegado muito mais rápido ao oceano por outra rota. Agora está quente, um calor pegajoso da Costa Oeste, que, depois do calor seco do deserto, é muito deprimente. Na verdade, todo este cenário não passa de algo transplantado do Leste para cá, e eu gostaria de chegar o mais rápido possível ao frescor do mar.

Penso nesse assunto enquanto contornamos toda a margem sul do Lago Klamath. Calor pegajoso e lixo da década de 1920... Era essa a sensação de Chicago naquele verão.

Quando Fedro e sua família chegaram a Chicago, estabeleceram-se perto da Universidade. Como ele não tinha bolsa, começou a lecionar retórica em tempo integral na Universidade de Illinois, que, na época, era sediada no Cais da Marinha, projetando-se para dentro do lago, quente e suja.

As aulas eram diferentes das de Montana. Os melhores alunos do segundo grau haviam sido selecionados para os campi de Champaign e Urbana, e quase todos os estudantes para os quais ele lecionava estavam num sólido e monótono nível C. Quando suas redações foram julgadas em sala de aula, foi difícil saber quais eram melhores e quais eram piores. Em outras circunstâncias, Fedro teria inventado algo para contornar esse problema, mas dessa vez ele dava aulas só para se sustentar e não podia investir nelas sua energia criativa. Seus interesses estavam no sul, na outra Universidade.

Entrou na fila de matrícula na Universidade de Chicago, anunciou seu nome ao professor de filosofia que fazia o registro e percebeu nele um leve franzir de pálpebras. O professor de filosofia disse que sim, que o presidente havia pedido que ele fosse matriculado num curso de Idéias e Métodos que o próprio presidente coordenaria, e que recebesse o programa do curso. Fedro notou que o horário de aulas conflitava com seu horário de trabalho no Cais da Marinha e escolheu em vez daquele um outro curso, Idéias e Métodos 251, Retórica. Sendo a retórica o seu próprio campo, ele se sentia mais em casa aí. E o professor não era o presidente. Era o próprio professor de filosofia que o estava registrando. Os olhos deste, antes franzidos, agora arregalaram-se.

Fedro voltou a suas aulas no Cais da Marinha e a suas leituras para a primeira aula do novo curso. Era absolutamente necessário que ele estudasse como nunca antes a fim de apreender o pensamento da Grécia Clássica em geral e de um grego clássico em particular – Aristóteles.

Dos milhares de alunos que estudaram os clássicos da Antiguidade na Universidade de Chicago, é difícil que tenha havido algum mais dedicado que ele. O programa *Great Books* dirigia suas baterias principalmente contra a crença moderna de que os clássicos não têm nada de importante a dizer para uma sociedade do século XX. É certo que a maioria dos alunos que faziam os cursos obedecia às regras da polidez em relação a seus professores e aceitava, para poder compreendê-la, a idéia preliminar de que os antigos tinham algo de significativo a nos dizer. Mas Fedro, que não obedecia a regra alguma, não se limitava a *aceitar* essa idéia. Com paixão fanática, ele *sabia* que ela era verdadeira. Se chegou a *odiar* veementemente os clássicos e a atacá-los com todas as invectivas em que pôde pensar, não foi por crê-los insignificantes, mas pela razão contrária. Quanto mais estudava, mais se convencia de que ninguém havia ainda medido os males feitos ao mundo pela nossa aceitação inconsciente do pensamento deles.

Contornando a extremidade sul do Lago Klamath, passamos por um loteamento de classe média. Depois, deixamos o lago para trás e vamos para o oeste, rumo ao litoral. A estrada sobe agora entre florestas de árvores enormes que não se assemelham em nada às matas sedentas de chuva pelas quais temos passado. Abetos gigantescos espalham-se de ambos os lados da pista. Enquanto passamos entre eles sobre a moto, nosso olhar pode acompanhar-lhes os troncos, que se erguem perfeitamente verticais por dezenas ou mesmo centenas de metros. Chris quer parar e caminhar entre eles. Assim, estacionamos.

Enquanto ele vai passear, recosto-me o mais cuidadosamente possível num grande pedaço de casca de abeto, olho para cima e tento me lembrar...

Os detalhes do que ele aprendeu já estão perdidos, mas, dos acontecimentos que depois se sucederam, concluo que absorveu uma quantidade tremenda de informação. E foi capaz de fazê-lo de maneira quase fotográfica. Para compreender como chegou a condenar os gregos da era clássica, temos de repassar de forma sumária o argumento do "*mythos* sobre o *lógos*", que é bem conhecido dos estudiosos do grego e costuma fascinar os que se dedicam a essa área de estudo.

O termo *lógos*, raiz de "lógica", refere-se à totalidade do nosso conhecimento racional do mundo. Já *mythos* é a totalidade dos mitos antigos e pré-históricos que precederam o *lógos*. O *mythos* engloba não só os mitos gregos como também o Antigo Testamento, os hinos védicos e as lendas arcaicas de todas as culturas que contribuíram para o entendimento que hoje temos do mundo. Segundo o argumento da precedência do *mythos* sobre o *lógos*, nossa própria racionalidade é moldada por essas lendas, e nosso conhecimento atual está para as lendas como uma grande árvore está para o pequeno arbusto que foi no passado. Para facilitar o entendimento da complexa estrutura geral da árvore, podemos estudar a forma do arbusto, que é muito mais simples. Não há diferença de espécie nem mesmo diferença de identidade; só uma diferença de tamanho.

Assim, nas culturas que contam a Grécia antiga como uma de suas ancestrais, encontramos invariavelmente uma forte diferenciação entre sujeito e objeto, pois a gramática do antigo *mythos* grego presumia uma aguda divisão natural entre sujeitos e predicados. Em culturas como a chinesa, em que as relações entre sujeito e predicado não são definidas rigidamente pela gramática, encontramos uma correspondente ausência de rigidez na distinção entre sujeito e objeto na filosofia. Constatamos que, na cultura judaico-cristã, em que o "Verbo" do Antigo Testamento tinha uma sacralidade própria e intrínseca, os homens estão dispostos a sacrificar-se, viver e morrer por causa de palavras. Nessa cultura, um tribunal pode pedir a uma testemunha que diga "a verdade, toda a verdade e nada senão a verdade, em nome de Deus", e ter certeza de que a verdade será dita. Se o mesmo tribunal for transportado para a Índia, como fizeram os ingleses, a questão do perjúrio não terá o mesmo peso, pois o *mythos* indiano é diferente e a sacralidade das palavras não é percebida da mesma maneira. Problemas semelhantes ocorreram neste país entre grupos minoritários dotados de antecedentes culturais diferentes. Há inúmeros exemplos de como as diferenças de *mythos* determinam as diferenças de comportamento, e todos eles são fascinantes.

O argumento da precedência do *mythos* sobre o *lógos* destaca o fato de que cada criança nasce tão ignorante quanto qualquer troglodita. O que impede o mundo de voltar à neandertalidade a cada geração é esse *mythos* contínuo, que se perpetua, transformado em *lógos* mas ainda *mythos*, o gigantesco corpo de conhecimento comum que une nossas mentes como as células se unem no corpo de um homem. A pessoa que não se sente unida desse modo, que pensa que pode aceitar ou descartar esse *mythos* a seu bel-prazer, não compreende o que é o *mythos*.

Só existe um tipo de pessoa, dizia Fedro, que aceita ou rejeita o *mythos* dentro do qual vive. E, segundo Fedro, o nome dessa pessoa, depois de ter rejeitado o *mythos*, é "louca". Sair do *mythos* é ficar louco...

Meu Deus, isso me veio à mente agora. Eu nunca soube disso.

Ele sabia! Certamente sabia o que estava para acontecer. Está começando a se abrir.

Você tem todos esses fragmentos, como peças de um quebra-cabeça, e pode colocá-las em grandes grupos, mas os grupos não se juntam por mais que você tente; de repente, você pega um fragmento que junta dois grupos, e repentinamente os dois grupos são um só. A relação entre o *mythos* e a loucura. Trata-se de um fragmento fundamental. Duvido que alguém tenha dito isso antes dele. A loucura é a terra incógnita ao redor do *mythos*. E ele sabia! Sabia que a Qualidade da qual falava ficava fora do *mythos*.

Agora cheguei! É porque a Qualidade é a *geradora* do *mythos*. É isso. Foi isso que ele quis dizer quando afirmou: "A Qualidade é o estímulo contínuo que nos faz criar o mundo em que vivemos. O mundo todo, em cada uma de suas partes." Não é a religião que é inventada pelo homem. É o homem que é inventado pela religião. Os homens inventaram *maneiras de responder* à Qualidade, e entre essas respostas há uma compreensão do que eles mesmos são. Você conhece algo; então, vem o estímulo qualitativo; você tenta definir esse estímulo qualitativo; mas, para defini-lo, só pode trabalhar com o que já conhece. Assim, sua definição é feita do que já é conhecido. É análoga ao conhecimento que você já tem. E não poderia ser diferente. É assim que o *mythos* cresce: por analogias com o já conhecido. O *mythos* é uma construção de analogias sobre analogias sobre analogias. São elas que enchem os vagões do trem da consciência. O *mythos* é o trem da consciência coletiva de todos os seres humanos que se comunicam entre si. Da humanidade toda, em cada uma de suas partes. A Qualidade são os trilhos sobre os quais corre esse trem. O que está fora do trem, de um lado e do outro – essa é a terra incógnita da loucura. Ele sabia que, para compreender a Qualidade, teria de sair do *mythos*. Foi por isso que sentiu algo se partir. Sabia que algo estava para acontecer.

Agora, vejo Chris correndo entre as árvores. Ele parece tranqüilo e feliz. Mostra um pedaço de casca de árvore e me pergunta se pode guardá-la como lembrança. Não tenho sido muito amigo da idéia de carregar a moto com essas coisinhas que ele encontra e provavelmente jogará fora assim que chegar em casa, mas dessa vez, mesmo assim, concordo.

Depois de alguns minutos, a estrada chega ao alto do morro e descai acentuadamente para dentro de um vale que se torna cada vez mais formoso à medida que descemos. Nunca achei que aplicaria esse adjetivo a um vale – formoso –, mas esta região litorânea é tão diferente de qualquer outra região montanhosa dos Estados Unidos que, por si, ela evoca essa palavra. É daqui, um pouco para o sul, que vêm todos os nossos bons vinhos. As colinas, de algum modo, se dobram e se articulam de maneira diferente – formosa. A estrada serpeia, coleia, inclina-se e desce, e nós e a moto rolamos suavemente com ela, seguindo-a com uma elegância toda própria, toda nossa, quase a tocar as folhas lustrosas dos arbustos e os grandes galhos de árvores que pendem sobre a via de rodagem. Já deixamos para trás os abetos e as rochas das terras altas e vemos ao nosso redor colinas arredondadas, videiras, flores roxas e vermelhas cuja fragrância se mistura com a fumaça de lenha que sobe da neblina distante, no fundo do vale. Para além de tudo isso, invisível – o vago aroma do mar...

... Como posso gostar tanto de tudo isto e ainda assim ser louco?...

... Não *acredito* nisso!

O *mythos*. O *mythos* é louco. Era nisso que ele acreditava. O *mythos* segundo o qual as formas do mundo são reais mas a Qualidade do mundo é irreal – esse *mythos* é louco!

E, em Aristóteles e nos gregos da Antiguidade, ele acreditava ter encontrado os vilões que haviam dado essa forma ao *mythos*, de modo que nos faz aceitar essa loucura como realidade.

Isso. Isso agora. Isso junta tudo. É um alívio quando isso acontece. Às vezes, é tão difícil montar tudo isso que, depois, sou tomado por uma estranha espécie de esgotamento. Às vezes, penso que estou inventando tudo. Às vezes, não tenho certeza. E às vezes sei que não estou. Porém, o *mythos* e a loucura, e o caráter central disso tudo – isso, tenho certeza de que veio *dele*.

Quando deixamos para trás as colinas dobradas, chegamos a Medford e a uma auto-estrada que leva a Grants Pass. Já é quase noite. Um forte vento frontal nos mantém presos ao tráfego nas subidas, mesmo com o motor acelerado ao máximo. Entrando em Grants Pass, ouvimos um ruído alto e assustador de metal batendo em metal e paramos para descobrir que o protetor da corrente prendeu-se nela de algum modo e ficou todo amassado. Nada de sério, mas é o suficiente para nos reter aqui até que seja substituído. Talvez seja tolice substituí-lo, uma vez que a moto será vendida em poucos dias.

Grants Pass parece uma cidade grande o bastante para ter uma loja de peças motociclísticas aberta na manhã seguinte. Assim, quando chegamos, procuro um hotel.

Desde Bozeman, Montana, que não vemos uma cama.

Encontramos um hotel com televisão colorida, piscina aquecida, uma cafeteira para a manhã, sabonete, toalhas brancas, um banheiro todo azulejado e lençóis limpos.

Deitamo-nos nos lençóis limpos e Chris pula um pouco no colchão. Lembro, da infância, que pular no colchão é um remédio excelente para a depressão.

Amanhã, talvez, tudo isso possa ser resolvido. Agora, não. Chris desce para nadar na piscina aquecida enquanto me deito em silêncio na cama limpa e esvazio a mente.

29

No processo de tirar as coisas do bagageiro da moto e repô-las de volta, enfiando-as lá dentro de qualquer jeito, nossa bagagem ficou excepcionalmente amassada de Bozeman até aqui. De manhã, espalhada pelo chão, ela tem uma aparência péssima. O saco plástico com óleo dentro rompeu-se e o óleo vazou para o rolo de papel higiênico. As roupas estão tão amarfanhadas que parecem ter adquirido vincos profundos e permanentes. A bisnaga metálica de protetor solar estourou, cobrindo de uma crosta branca a capa da machadinha e emprestando a toda a bagagem um perfume especial. A bisnaga de graxa para a ignição também estourou. Que bagunça. No caderninho que levo no bolso da camisa, escrevo: "Comprar caixa para coisas amassadas", e acrescento: "Lavar roupas." Depois: "Comprar tesourinha de unha, protetor solar, graxa para a ignição, protetor da corrente, papel higiênico." São muitas coisas para fazer antes da hora de sair do hotel. Assim, acordo Chris e mando-o levantar-se. Temos de lavar as roupas.

Na lavanderia automática, ensino Chris a operar a secadora e pôr para funcionar a máquina de lavar. Saio então para cuidar do resto.

Encontro tudo, exceto um protetor de corrente. O vendedor me diz que eles não têm um protetor, nem vão ter. Penso em viajar sem o protetor durante o pouco tempo que nos resta. Porém, isso vai espalhar sujeira por toda parte e pode ser perigoso. Além disso, não quero fazer as coisas baseado nessa idéia. Isso me comprometeria com ela.

Mais à frente, na mesma rua, vejo a oficina de um soldador e entro. De todas as oficinas de soldagem que já vi, esta é a mais limpa. Grandes árvores e um belo gramado rodeiam um espaço aberto nos fundos da loja, dando-lhe uma aparência de ferraria do interior. As ferramentas estão cuidadosamente penduradas e tudo está limpo e arrumado, mas não há ninguém em casa. Terei de voltar mais tarde.

Dirijo de volta e paro para pegar Chris. Verifico as roupas que ele pôs na secadora e rodamos pelas ruas animadas em busca de um restaurante. Há trânsito em toda parte. A maioria dos carros são bem conservados, e os motoristas, atentos. Costa Oeste. O brilho limpo e difuso do sol numa cidade aonde os vendedores de carvão não conseguiram chegar.

Na extremidade da cidade, encontramos um restaurante no qual nos sentamos e esperamos, numa mesa com toalhas branca e vermelha. Chris toma um exemplar da *Cycle News*, que comprei na loja de peças para motos, e lê em voz alta os nomes dos vencedores de todas as corridas e, depois, uma matéria sobre percursos *cross-country*. A garçonete o observa com certa curiosidade. Em seguida, olha para mim, repara em minhas botas de motociclista e anota nosso pedido. Acho que está prestando atenção em nós porque estamos sozinhos aqui. Enquanto esperamos, ela põe algumas moedas na vitrola automática e, quando chega o café da manhã – *waffles* com xarope de milho e salsichas, ah! –, comemos ao som de música. Chris e eu conversamos sobre o que ele vê na *Cycle News*, e falamos numa voz mais alta que o som da vitrola, com aquela tranquilidade que caracteriza as pessoas que estão juntas na estrada há muitos dias; e, pelo rabo do olho, percebo que estamos sendo fixamente observados. Depois de certo tempo, Chris tem de me repetir as perguntas, pois esse olhar fixo me atrai a atenção e fica difícil pensar no que ele está falando. O disco toca uma música sertaneja que fala de um caminhoneiro.... Encerro a conversa com Chris.

Assim que terminamos, saímos e damos a partida na moto, lá está ela na porta, olhando para nós. Solitária. Provavelmente não compreende que, com esse tipo de olhar, não estará solitária por muito tempo. Dou a partida e acelero demais o motor, frustrado com alguma coisa; e, dirigindo-nos de novo ao soldador, o motor demora um pouco a responder aos comandos.

O soldador já está na oficina. É um senhor de sessenta ou setenta anos e olha para mim com desprezo – o contrário da garçonete. Explico o problema do protetor de corrente e, pouco tempo depois, ele diz:

— Não vou tirá-lo para você. Terá de tirá-lo sozinho.
Faço isso, mostro-lhe o protetor e ele diz:
— Está cheio de graxa.

Nos fundos, debaixo de uma castanheira cujos ramos se espalham para os lados, encontro um pedaço de pau e raspo toda a graxa do protetor para dentro de um latão de lixo. De longe, ele diz:
— Tem um pouco de solvente naquela vasilha ali.

Vejo a vasilha rasa e tiro o restante da graxa com o solvente e umas folhas de árvore.

Quando lhe mostro o protetor, ele faz um movimento afirmativo com a cabeça e, lentamente, vai ao outro lado e prepara os reguladores de seu maçarico. Então, olha para a ponta deste e escolhe outra. Absolutamente sem pressa. Pega uma vareta de solda de aço e me pergunto se ele realmente vai tentar fazer uma *solda por fusão* num metal tão fino. Nunca soldo por fusão o metal laminado. Soldo-o a forte com solda de latão. Quando tento fundi-lo, abro buracos nele que depois tenho de remendar com enormes bolotas de solda.

— O senhor não vai soldar a forte? — pergunto.
— Não — diz ele. O cara gosta de conversar.

Acende o maçarico e regula-o para uma chama azul bem pequenina. É difícil descrever o que ele faz: executa uma espécie de dança com o maçarico e a vareta em ritmos separados sobre o fino metal laminado, deixando todo o ponto de solda numa cor alaranjado-amarelada luminosa e uniforme, deixando cair o maçarico e a vareta no momento exato e então removendo-os. Nenhum buraco. Mal se vê a solda.

— Um belo trabalho — digo.
— Um dólar — diz ele, sem sorrir. Então, capto em seu olhar uma expressão engraçada, de quem não está entendendo algo. Será que ele pensa que cobrou demais? Não, é outra coisa... solitário, como a garçonete. Provavelmente pensa que estou tirando sarro dele. Quem, hoje em dia, aprecia esse tipo de trabalho?

Arrumamos tudo, saímos do hotel bem na hora e logo penetramos na floresta litorânea de sequóias que nos conduz do Oregon para a Califórnia. O trânsito está tão pesado que não temos ocasião para apreciar a paisagem. O tempo está ficando frio e enfarruscado; paramos para vestir as blusas de lã e as jaquetas. Ainda está frio, cerca de dez graus, e pensamos pensamentos invernais.

* * *

Pessoas solitárias na cidade. Vi a mesma coisa no supermercado, na lavanderia e quando saímos do hotel. Estes *trailers* que passam pela floresta de sequóias, cheios de velhos aposentados e solitários que olham as árvores a caminho de olhar o mar. É algo que se vê na primeira fração do olhar de um rosto novo – um olhar que busca alguma coisa – e que depois desaparece.

Agora, vemos muito mais essa solidão. É paradoxal que a solidão seja maior onde as pessoas vivem juntas em maior número, nas grandes metrópoles litorâneas do Leste e do Oeste. Lá no Oregon, em Idaho, em Montana e nas Dakotas, onde as pessoas vivem espalhadas, seria de imaginar que a solidão fosse maior, mas não a víamos tanto.

A explicação, suponho, é que a distância física entre as pessoas não tem relação alguma com a solidão. O que importa é a distância psíquica. Em Montana e em Idaho, as distâncias físicas são grandes, mas as distâncias psíquicas entre as pessoas são pequenas. Aqui, é o inverso.

Estamos na América primária. Ela se impôs na noite anterior à chegada em Prineville Junction e está conosco desde então. Existe esta América primária das auto-estradas, dos aviões a jato, da televisão e dos espetáculos de cinema. E as pessoas presas nesta América primária parecem passar a maior parte de sua vida sem tomar consciência do que acontece imediatamente ao seu redor. Os meios de comunicação convenceram-nas de que o que está ao redor delas não tem importância. E é por isso que são solitárias. Isso é visível nos rostos delas. Primeiro aquele pequeno lampejo de busca, de procura; depois, quando efetivamente lhe dirigem o olhar, você não passa de um tipo de objeto. Você não importa. Não é você que elas estão procurando, pois você não aparece na TV.

Porém, na América secundária pela qual passamos, a América das estradas vicinais, das valas dos chineses, dos cavalos *appaloosa*, das enormes cadeias de montanhas, dos pensamentos meditativos, das crianças que brincam com pinhas e mamangavas e do céu aberto que se estende acima de nós por quilômetros infindáveis, nessa América o que predomina é o que é real, o que está *em torno* de nós. E, por isso, não há uma tão grande sensação de solidão. Assim deveriam ser as coisas há cem ou duzentos anos. Pouca gente e pouca solidão. Sem dúvida estou generalizando, mas, caso se fizessem as restrições necessárias, isto seria verdade.

361

Atribui-se à tecnologia a culpa por grande parte dessa solidão, uma vez que a solidão certamente está associada aos aparelhos tecnológicos mais recentes – a televisão, os aviões a jato, as auto-estradas etc. –, mas espero ter deixado bem claro que o verdadeiro mal não está nos objetos da tecnologia, e sim na tendência da tecnologia de isolar as pessoas em atitudes solitárias de objetividade. O que gera o mal é a objetividade, a maneira dualista de ver as coisas. Foi por isso que me dei a tanto trabalho para demonstrar que a tecnologia pode ser usada para destruir o mal. Uma pessoa que sabe consertar motocicletas – com Qualidade – tem menos probabilidade de ficar sem amigos do que uma pessoa que não sabe. E esses amigos não vão tender a vê-la como um tipo de *objeto*. A Qualidade sempre destrói a objetividade.

Ou, se essa pessoa tomar a tarefa tediosa que está obrigada a fazer – e todas as tarefas, mais cedo ou mais tarde, tornam-se tediosas – e, só para se divertir, começar a procurar opções de Qualidade e a realizar secretamente essas opções, por nenhum outro motivo senão por elas mesmas, fazendo assim da sua atividade uma arte, essa pessoa provavelmente vai descobrir que se tornará um indivíduo muito mais interessante e será menos encarada como objeto pelos que a rodeiam, pois suas decisões de Qualidade também operam mudanças sobre *ela*. E não somente sobre ela e a tarefa, mas também sobre os outros, pois a Qualidade tem a propriedade de se irradiar como uma onda. A tarefa de Qualidade que ela pensava que ninguém ia ver é vista *sim*, e a pessoa que a vê sente-se um pouco melhor por causa disso, e por sua vez tende a passar esse sentimento aos outros; e assim a Qualidade se transmite.

Meu sentimento pessoal é que toda melhora ulterior do mundo se processará assim: por meio de indivíduos que tomam decisões de Qualidade, e mais nada. Meu Deus, nunca mais quero me entusiasmar pelos grandes programas de planejamento social para grandes massas de pessoas que deixam de fora a Qualidade individual. Esses programas podem ser esquecidos por um tempo. Eles têm o seu lugar, mas devem ser construídos sobre um fundamento de Qualidade dentro dos indivíduos envolvidos. No passado, essa Qualidade individual existia e era inconscientemente explorada como um recurso natural. Agora, está praticamente esgotada. Todos perderam o pique. E acho que chegou a hora de recuperar *esse* recurso norte-americano – o valor individual. Existem reacionários políticos que há anos dizem algo parecido com isso. Não sou um deles, mas, na medida em que falam do verdadeiro valor individual e não simplesmente invocam uma desculpa para deixar os ricos ainda mais endinheirados, eles têm razão. *Precisamos* voltar à integridade individual, à auto-suficiência e ao bom e velho pique. Realmente precisamos. Espero que, nesta Chautauqua, eu tenha indicado alguns caminhos para isso.

Fedro não seguiu a idéia da tomada de decisões de Qualidade pelo indivíduo, mas um caminho diferente. Foi, na minha opinião, um caminho errado; porém, se eu estivesse na situação dele, talvez trilhasse a mesma via. Sentia ele que a solução partia de uma nova filosofia, ou de algo que lhe parecia ainda mais amplo que isso – uma nova *racionalidade* –, na qual a feiúra, a solidão e a aridez espiritual da razão tecnológica dualista tornar-se-iam ilógicas. A razão não seria mais "isenta de valores". Tornar-se-ia logicamente subordinada à Qualidade, e Fedro tinha certeza de que, se essa subordinação hoje não existe, a causa estava entre os antigos gregos, cujo *mythos* instilou em nossa cultura a tendência subjacente a todo o mal tecnológico, a tendência de *fazer o que é "razoável" mesmo que não faça bem a ninguém*. Era essa a raiz de tudo. Ela mesma. Há muito tempo eu disse que ele estava em busca do fantasma da razão. Era isso que eu queria dizer. A razão e a Qualidade haviam se separado e estavam em conflito uma com a outra; em algum momento daqueles tempos longínquos, a Qualidade havia sido vencida, e a razão, alçada à posição suprema.

Começou a chover um pouco. Não tanto, porém, que nos obrigue a parar. Só os fracos primórdios de um chuvisco.
Agora, a estrada nos conduz para fora da alta floresta e nos deixa debaixo de um enorme céu cinzento. Há muitos cartazes de anúncios ao longo desta rodovia. Os da Schenley's, em cores quentes, não acabam nunca, mas ficamos com a sensação de que as permanentes de Irma são medíocres por causa das rachaduras da tinta em seu cartaz.

De lá para cá, li Aristóteles novamente em busca do grande mal indicado nos fragmentos de Fedro, mas não o encontrei. O que encontro em Aristóteles é sobretudo uma insípida coletânea de generalizações, muitas das quais parecem impossíveis de justificar à luz dos conhecimentos modernos; uma coletânea cuja organização parece extremamente insatisfatória e que tem o mesmo aspecto de primitivismo que a cerâmica grega arcaica vista nos museus. Tenho certeza de que, se a conhecesse muito mais do que a conheço, veria muito mais coisas e não a consideraria primitiva de modo algum. Porém, sem esse conhecimento, vejo que ela não merece nem os delírios de excitação do pessoal da *Great Books* nem as amargas críticas de Fedro. Certamente, não vejo as obras de Aristóteles como grandes fontes de valores, positivos ou negativos. Entretanto, os delírios de excitação do grupo *Great Books* são bem conhecidos e publicados. As amargas críticas de Fedro, por outro lado, não são, e tenho a obrigação de me deter nelas.

A retórica é uma arte – começava Aristóteles – *porque pode ser reduzida a um sistema de ordenamento racional.*

Isso deixou Fedro boquiaberto, atônito. Estava preparado para decodificar mensagens de imensa sutileza e sistemas de grande complexidade a fim de compreender o profundo sentido interno de Aristóteles, por muitos considerado o maior filósofo de todos os tempos. E então tomar de chofre esse tapa na cara, com uma afirmação estapafúrdia como essa! Isso o abalou.

Ele prosseguiu na leitura:

A retórica pode ser subdividida em provas e tópicos particulares, de um lado, e em provas comuns, de outro. As provas particulares podem ser subdivididas em métodos de prova e tipos de prova. Os métodos de prova são as provas artificiais e as não-artificiais. Das provas artificiais fazem parte as provas éticas, as emocionais e as lógicas. As provas éticas são a sabedoria prática, a virtude e a boa vontade. Os métodos particulares que empregam provas artificiais de tipo ético envolvendo a boa vontade requerem um conhecimento das emoções, e, para os que se esqueceram de quais são estas, Aristóteles fornece uma lista: a ira, o desdém (subdividido em desprezo, escárnio e insolência), a brandura, o amor ou amizade, o medo, a confiança, a vergonha, a falta de vergonha, a benignidade, a benevolência, a piedade, a indignação virtuosa, a inveja, a competição ou rivalidade e, de novo, o desprezo.

Lembra-se da descrição da motocicleta que demos lá atrás, na Dakota do Sul? Aquela que enumerava meticulosamente todas as peças e funções da moto? Reconhece a semelhança? Fedro convenceu-se de que ali estava a origem desse estilo de discurso. Página a página, Aristóteles insistia naquilo. Como um instrutor técnico de terceira categoria, dando nomes a todas as coisas, mostrando as relações entre as coisas nomeadas, inventando ocasionalmente uma astuta ligação nova entre essas coisas e esperando o tocar do sino para poder repetir a aula para a classe seguinte.

Nas entrelinhas, Fedro não encontrou nenhuma dúvida, nenhum sentimento de assombro e admiração – só a eterna autocomplacência do acadêmico profissional. Será que Aristóteles realmente pensava que seus alunos seriam melhores retóricos por terem aprendido essa infinidade de nomes e relações? E, se não pensava, será que realmente achava que estava ensinando retórica? Fedro concluiu que sim. No estilo de Aristóteles não havia nenhum indício de que ele duvidasse de si mesmo. Na opinião de Fedro, Aristóteles vivia tremendamente satisfeito com seu truquezinho de nomear e classificar todas as coisas. Seu mundo começava e terminava com esse truque. Se Aristóteles não estivesse morto há mais de dois mil anos, Fedro com prazer o teria chamado para uma boa briga, pois via-o como o protótipo dos milhões de professores convencidos e verdadeiramente ignorantes que, no decorrer da história, protegidos no conforto de seus escritórios, assassinaram brutalmente o espírito criativo de seus alunos com esse obtuso ritual de análise, esse hábito eterno, cego e rotineiro de dar nome às coisas. Se você, hoje em dia, entrar em qualquer sala de aula dentre as centenas de milhares que existem, ouvirá os professores a dividir, subdividir, inter-relacionar e estabelecer "princípios" e "métodos" de estudo. É a voz do fantasma de Aristóteles pontificando através dos séculos – a voz árida e sem vida da razão dualista.

As discussões sobre Aristóteles ocorriam ao redor de uma enorme mesa redonda de madeira numa sala melancólica em frente a um hospital. O sol do fim da tarde, sobre o telhado do hospital, mal conseguia penetrar a fuligem da janela e o ar poluído da cidade. Esmaecido, pálido e deprimente. Na metade da hora de aula, Fedro notou que aquela mesa enorme tinha uma rachadura imensa que ia de um lado a outro, perto do meio. Parecia que estava lá havia anos, mas ninguém pensara em consertá-la. Estavam, sem dúvida, ocupados demais com coisas bem mais importantes. Terminada a hora de aula, ele perguntou por fim:

– Podemos fazer perguntas sobre a retórica de Aristóteles?

– Desde que vocês tenham lido o material – foi a resposta. Ele captou na expressão do Professor de Filosofia aquele mesmo preguear dos olhos que vira no dia da matrícula. Esse fato alertou-o de que devia ler o material com o máximo cuidado, e foi isso que ele fez.

A chuva cai com mais intensidade agora e paramos para fixar as máscaras de plástico aos capacetes. Seguimos então em velocidade moderada. Fico atento aos buracos e manchas de areia e óleo.

Na semana seguinte, Fedro lera o material e estava preparado para desmontar a afirmação de que a retórica é uma arte porque pode ser reduzida a um sistema de ordenamento racional. Por esse critério, o que a General Motors produz é pura arte, ao passo que o que Picasso produz não é. Se Aristóteles tivesse um sentido mais profundo, por que não trazê-lo à tona ali mesmo?

Porém, ele nem sequer chegou a fazer a pergunta. Levantou a mão e captou num milissegundo um olhar de malícia do professor; mas então outro aluno, numa quase interrupção, disse:

– Acho que temos aqui algumas afirmações muito dúbias.

E foi só isso que conseguiu dizer.

– Meu senhor, não estamos aqui para saber o que *você* acha! – silvou o Professor de Filosofia. Acidamente. – Estamos aqui para saber o que *Aristóteles* acha! – Bem na cara. – Quando quisermos saber o que você acha, faremos um curso sobre esse tema!

Silêncio. O aluno está atônito, e os demais, idem.

Porém, o Professor de Filosofia não terminou. Aponta o dedo para o aluno e pergunta:

– Segundo Aristóteles, quais são os três tipos de retórica particular de acordo com o tema em discussão?

Mais silêncio. O aluno não sabe.

– Isso significa que o senhor nem *leu* o texto, não é?

E então, com um brilho no olhar que mostrava ser isso que ele pretendia desde o princípio, o Professor de Filosofia gira o braço e aponta o dedo para Fedro.

– O senhor. Quais são os três tipos de retórica particular de acordo com o tema em discussão?

Mas Fedro está preparado:

– Forense, deliberativa e epidêitica – responde calmamente.

– E quais são as técnicas epidêiticas?

– A técnica de identificar semelhanças, a técnica do louvor, a do encômio e a da amplificação.

– Ééé... – diz lentamente o Professor de Filosofia. Então, tudo fica em silêncio.

Os outros alunos parecem chocados. Não sabem o que aconteceu. Os únicos que sabem são Fedro e, talvez, o Professor de Filosofia. Um aluno inocente tomou as bordoadas que estavam destinadas a Fedro.

Agora as expressões de todos se tornam cuidadosamente concentradas e contidas para não dar ocasião a outros interrogatórios desse tipo. O Professor de Filosofia cometeu um erro. Desperdiçou sua autoridade disciplinar num aluno inocente, ao passo que Fedro, o culpado, o hostil, saiu livre. E está cada vez mais livre. Como não fez pergunta alguma, não pode ser coibido. E, agora que já sabe como as perguntas serão respondidas, certamente não as fará.

O aluno inocente olha para a mesa, de rosto vermelho, as mãos cobrindo os olhos. Sua vergonha se torna a raiva de Fedro. Nunca, em todas as suas aulas, ele falou dessa maneira com um aluno. Então é assim que eles ensinam os clássicos na Universidade de Chicago. Agora Fedro conhece o Professor de Filosofia. Porém, o Professor de Filosofia não conhece Fedro.

O céu cinzento e chuvoso e a estrada cheia de *outdoors* descem até Crescent City, na Califórnia – cor de cinza, fria e úmida –, onde Chris e eu levantamos os olhos e vemos ao longe a água, o mar, entre o cais e edifícios cinzentos. Entramos num restaurante com um elegante carpete vermelho, cardápios igualmente elegantes e preços elevadíssimos. Somos as únicas pessoas aqui. Comemos em silêncio, pagamos a conta e caímos de novo na estrada, agora rumo ao sul frio e nebuloso.

Nas aulas seguintes, o aluno humilhado já não está presente. Isso não surpreende. A classe está completamente congelada, como inevitavelmente acontece depois de um incidente daqueles. A cada aula, só uma pessoa fala: o Professor de Filosofia. Ele fala, fala e fala diante de rostos transformados em máscaras de neutralidade.

O Professor de Filosofia parece ter perfeita consciência do que aconteceu. O olhar de malícia dirigido a Fedro transformou-se agora num olhar de medo. Ele parece compreender que, dada a situação atual da classe, quando chegar a hora há de ser tratado como tratou aquele aluno e não poderá contar com a solidariedade de nenhum dos rostos ali presentes. Jogou fora seu direito à cortesia. Agora, a única maneira de evitar a retaliação é permanecer na defensiva.

Porém, para permanecer na defensiva ele tem de trabalhar duro e falar tudo com perfeição. Fedro também compreende isso. Permanecendo em silêncio, ele pode agora aprender em circunstâncias extremamente vantajosas.

Fedro estudou muito durante esse período. Aprendeu extremamente rápido e ficou de boca fechada, mas seria errado dar a impressão de que ele era um bom aluno. O bom aluno busca o conhecimento de maneira justa e imparcial. Não era isso que Fedro fazia. Ele tinha um determinado objetivo pessoal e só estava interessado nas coisas que poderiam ajudá-lo a alcançar esse objetivo ou a derrubar qualquer obstáculo que se pusesse em seu caminho. Não tinha tempo nem interesse pelos Grandes Livros de outras pessoas. Estava lá unicamente para escrever seu próprio Grande Livro. Sua atitude em relação a Aristóteles era flagrantemente injusta pelo mesmo motivo pelo qual Aristóteles fora injusto para com seus predecessores. Eles prejudicavam seus argumentos.

Aristóteles prejudicava os argumentos de Fedro na medida em que situava a retórica numa categoria escandalosamente insignificante em sua ordenação hierárquica das coisas. Para ele, a retórica era um ramo das Ciências Técnicas, que constituíam, em seu conjunto, uma espécie de apêndice da *outra* categoria, as Ciências Teoréticas, das quais Aristóteles se ocupava em primeiro lugar. Sendo um ramo das Ciências Técnicas, a retórica estava isolada de qualquer preocupação com a Verdade, o Bem ou a Beleza, exceto enquanto esquemas a serem utilizados nos argumentos. Assim, no sistema de Aristóteles, a Qualidade está completamente separada da retórica. Esse desprezo pela retórica, associado à qualidade atroz da retórica do *próprio* Aristóteles, desgostou Fedro a tal ponto que ele já não podia ler nada que Aristóteles tinha escrito sem buscar meios para depreciar e atacar o que lia.

Não havia nenhum problema nisso. Aristóteles sempre fora eminentemente atacável e sempre fora atacado no decorrer da história, e o ato de apontar os absurdos patentes de Aristóteles, como pescar num barril, não era fonte de grande satisfação. Se não fosse tão parcial, Fedro poderia ter aprendido com Aristóteles certas técnicas utilíssimas para se elevar pelos próprios esforços a novas áreas de conhecimento, sendo essa a verdadeira razão pela qual a comissão fora formada. Porém, se não tivesse sido tão parcial na busca de uma rampa de lançamento para sua tese sobre a Qualidade, ele nem sequer teria ido parar lá; assim, na verdade, aquilo não tinha a menor chance de dar certo.

O Professor de Filosofia dava aulas e Fedro prestava atenção à forma clássica e à superfície romântica do que ele dizia. O Professor parecia pouquíssimo à vontade quando o tema era a "dialética". Embora Fedro não pudesse descobrir o porquê disso à luz da forma clássica, sua crescente sensibilidade romântica lhe dizia que ele captara a pista de alguma coisa – uma fonte de informações.

Dialética, hem?

O livro de Aristóteles, misteriosamente, falava dela logo no começo. Dizia que a retórica é parecida com a dialética, como se isso fosse uma informação de suma importância; entretanto, não chegava a explicar por que era tão importante. Seguiam-se diversas outras afirmações desconexas que davam a impressão de que uma boa parte do texto fora deixada de fora, ou que o material não fora concatenado da maneira correta, ou mesmo que a gráfica havia errado na composição do livro; pois, por mais vezes que Fedro lesse aquele trecho, as coisas não se encaixavam. A única coisa que ficava clara era que Aristóteles estava muito preocupado com a relação entre retórica e dialética. No entender de Fedro, o mesmo mal-estar que ele observara no Professor de Filosofia aparecia aí, em Aristóteles.

O Professor de Filosofia definira a dialética e Fedro ouvira cuidadosamente a definição, mas ela entrara por um ouvido e saíra pelo outro, o que é característico das afirmações filosóficas incompletas. Numa aula posterior, outro aluno que parecia estar com o mesmo problema pediu ao Professor de Filosofia que redefinisse a dialética. Dessa vez, o Professor encarou Fedro com outro lampejo de medo no olhar e tornou-se *muito* escorregadio. Fedro começou a perguntar-se se a palavra "dialética" não teria um sentido especial que fazia dela uma palavra-chave – uma palavra que, dependendo de sua colocação, pode mudar o equilíbrio de um argumento. Era isso mesmo.

Dialética em geral significa "que tem a natureza de um diálogo", de uma conversa entre duas pessoas. Hoje em dia, significa toda argumentação lógica. Envolve uma técnica de contra-interrogatório pela qual se chega à verdade. É a modalidade de discurso adotada por Sócrates nos *Diálogos* de Platão. Platão acreditava que a dialética era o único método capaz de levar o homem à verdade – o único.

É por isso que ela é uma palavra-chave. Aristóteles atacou essa crença, afirmando que a dialética só era adequada a determinadas finalidades – investigar as crenças dos homens e chegar a verdades referentes às formas eternas das coisas, chamadas *Idéias*, que eram fixas e imutáveis e, para Platão, constituíam a realidade em si. Aristóteles afirmou que, além dela, havia também o método científico, ou método "físico", que parte da observação dos fatos físicos e chega a verdades referentes às substâncias, que sofrem mutações. A dualidade entre forma e substância, bem como o método científico que leva aos fatos referentes às substâncias, eram pontos centrais da filosofia de Aristóteles. Assim, era absolutamente essencial para Aristóteles que a dialética fosse desbancada do patamar em que Sócrates e Platão a haviam situado, e a palavra "dialética" era, e ainda é, uma palavra-chave.

Fedro supôs que a redução da dialética operada por Aristóteles, do único método para se chegar à verdade para uma coisa "parecida com a retórica", devia enfurecer os platonistas modernos como enfurecera o próprio Platão. Uma vez que o Professor de Filosofia não conhecia a "posição" de Fedro, era por isso que sentia pisar em terreno escorregadio. Talvez estivesse com medo de que Fedro, o platônico, fosse atacá-lo. Nesse caso, não tinha nada com que se preocupar. Fedro não se sentia insultado pelo fato de a dialética ser reduzida ao nível da retórica. Estava escandalizado pelo fato de a retórica ser reduzida ao nível da dialética. Na época, era essa a confusão.

Como não poderia deixar de ser, a pessoa indicada para acabar com essa confusão era Platão; e, felizmente, foi ele o próximo personagem a aparecer naquela mesa redonda com uma rachadura no meio, na sala triste em frente ao hospital, na zona sul de Chicago.

Acompanhamos agora a linha do litoral, frios, ensopados e deprimidos. A chuva parou temporariamente, mas o céu não nos dá esperanças. A certa altura vejo uma praia em cuja areia molhada caminham algumas pessoas. Como estou cansado, paro.

Enquanto desce da moto, Chris diz:
– Por que estamos parando?

– Estou cansado – respondo. O vento frio sopra do mar. Nas dunas que se formaram, escuras e molhadas pela chuva que deve ter caído logo agora, encontro um lugar para me deitar e assim me aqueço um pouco.

Mas não durmo. Uma menininha aparece no alto da duna e olha para mim como se me chamasse para brincar. Pouco depois, vai embora.

Logo Chris volta e quer partir. Diz que encontrou perto das pedras umas plantas engraçadas, dotadas de tentáculos que se recolhem quando tocados. Acompanho-o e, entre a subida das ondas junto às pedras, vejo que são anêmonas do mar, que não são vegetais, mas animais. Digo-lhe que os tentáculos são capazes de paralisar peixes pequenos. A maré deve estar muito baixa, digo, senão não veríamos esses bichos. Pelo canto dos olhos vejo que a menininha, do outro lado das pedras, recolheu uma estrela-do-mar. Os pais dela também levam estrelas-do-mar nas mãos.

Subimos na moto e rumamos para o sul. Às vezes a chuva engrossa e ponho a máscara transparente para que a água não fira meu rosto, mas não gosto disso e tiro a máscara quando a chuva pára. Teríamos de chegar a Arcata antes de escurecer, mas não quero ir rápido demais nesta pista molhada.

* * *

Acho que foi Coleridge quem disse que todos ou são platônicos ou aristotélicos. As pessoas que não conseguem suportar a infinita especificidade de detalhes de Aristóteles amam naturalmente as elevadas generalidades de Platão. Os que não suportam o idealismo etéreo de Platão encontram conforto nos fatos terra-a-terra de Aristóteles. Platão é o eterno buscador do Buda que surge a cada geração e sobe cada vez mais alto em direção ao "Um". Aristóteles é o eterno mecânico de motocicletas que prefere o "múltiplo". Eu mesmo sou bastante aristotélico nesse sentido e prefiro encontrar o Buda na qualidade dos fatos que me rodeiam, mas não há dúvida de que Fedro era platônico por temperamento, e, quando o tema das aulas mudou para Platão, sentiu-se muito aliviado. Sua Qualidade e o Bem de Platão eram tão semelhantes que, não fosse por algumas anotações que ele deixou, eu teria pensado que eram idênticos. Porém, ele o negou, e com o tempo vim a perceber o quanto essa negação era importante.

O curso de Análise das Idéias e Estudo dos Métodos não tratava, contudo, da noção platônica do Bem; tratava da noção platônica da retórica. Platão deixa muito claro que a retórica não tem relação alguma com o Bem; a retórica é o "Mal". Depois dos tiranos, as pessoas que Platão mais odeia são os retóricos.

O primeiro *Diálogo* platônico a ser estudado foi *Górgias*, e Fedro sentiu que enfim tinha chegado. Estava, enfim, onde queria estar.

No decorrer de todo o caminho, tivera a sensação de estar sendo carregado por forças que não compreendia – forças messiânicas. O mês de outubro chegara e se fora. Os dias haviam se tornado fantasmagóricos e incoerentes, exceto no que dizia respeito à Qualidade. Nada importava, exceto o fato de ele ter em gestação dentro de si uma nova verdade, que iria abalar o mundo e sacudir todas as estruturas; e, de um jeito ou de outro, o mundo estaria moralmente obrigado a aceitá-la.

No diálogo, Górgias é o nome de um sofista que é interrogado por Sócrates. Sócrates sabe muito bem o que Górgias faz para ganhar seu sustento, mas começa sua dialética das Vinte Perguntas pedindo a Górgias que diga de que trata a retórica. Górgias diz que ela trata do discurso. Respondendo a outra pergunta, Górgias afirma que ela tem a finalidade de persuadir. A ainda outra, assevera que o lugar próprio da retórica são os tribunais e outras assembléias. E, respondendo a outra pergunta ainda, diz que os temas da retórica são o justo e o injusto. Tudo isso, que é simplesmente a descrição que Górgias faz da atividade dos chamados sofistas, é sutilmente transformado em outra coisa pela dialética de Sócrates. A retórica é transformada num objeto, e um objeto tem partes. As partes têm inter-relações, e essas relações são imutáveis. Vê-se claramente, nesse diálogo, que a faca analítica de Sócrates pica em pedacinhos a arte de Górgias. E, mais importante ainda, vê-se que esses pedacinhos constituem a base da arte retórica de Aristóteles.

Sócrates fora um dos heróis de infância de Fedro, que ficou chocado e irado com esse diálogo. Preencheu as margens do texto com as respostas que ele mesmo teria dado. Isso deve tê-lo frustrado enormemente, pois não podia saber como o diálogo teria prosseguido se fossem dadas aquelas respostas. A certa altura, Sócrates pergunta a que classe de coisas pertencem as palavras usadas pela retórica. Górgias responde: "Às Maiores e às Melhores." Fedro, reconhecendo, sem dúvida, a Qualidade nessa resposta, escreveu "Verdade!" à margem do livro. Porém, Sócrates retruca que essa resposta é ambígua. Ainda está no escuro. "Mentiroso!" – escreve Fedro à margem, e lança como referência uma página de outro diálogo em que Sócrates deixa claríssimo que *não* poderia estar "no escuro" no que dizia respeito àquele assunto.

Sócrates não está usando a dialética para entender a retórica; está usando-a para destruí-la ou, pelo menos, para lançá-la na ignomínia. Por isso, suas perguntas não são perguntas verdadeiras – são armadilhas de palavras em que caem Górgias e seus amigos retóricos. Isso tudo deixa Fedro muito irritado, e ele sente vontade de ter estado presente naquela ocasião.

Na sala de aula, o Professor de Filosofia, notando o bom comportamento e a diligência aparentes de Fedro, chega à conclusão de que ele talvez não seja tão mau aluno. É o seu segundo erro. Decide chamar Fedro para um joguinho, perguntando-lhe o que ele pensa da arte culinária. Sócrates demonstrou a Górgias que tanto a retórica quanto a culinária são ramos da bajulação – da adulação – porque não fazem apelo ao verdadeiro conhecimento, mas às emoções.

Respondendo à pergunta do Professor, Fedro dá a definição de Sócrates, de que a culinária é um ramo da bajulação.

Uma das mulheres da classe dá uma risadinha que desagrada a Fedro, pois este sabe que o Professor está tentando, pela dialética, imobilizá-lo como Sócrates imobilizava seus adversários, e sua resposta não pretende ser engraçada, mas simplesmente livrá-lo do golpe dialético que o Professor pretende aplicar-lhe. Fedro está preparado para recitar ponto a ponto os argumentos que Sócrates usa para provar essa tese.

Mas não é isso que o Professor quer. Ele quer ter na sala de aula uma discussão dialética na qual ele, Fedro, seja o retórico derrubado pela força da dialética. O Professor franze o cenho e tenta de novo.

– Não. Quero dizer o seguinte: o senhor realmente pensa que uma refeição bem-feita, servida no melhor dos restaurantes, é algo a ser desprezado?

Fedro pergunta:

– O senhor quer minha opinião *pessoal*?

Há meses, desde o desaparecimento do aluno inocente, nenhum membro da classe se arrisca a expressar uma opinião pessoal.

– Éééé – diz o Professor.

Fedro fica em silêncio e tenta elaborar uma resposta. Seus pensamentos alcançam a velocidade do raio, joeirando a dialética, repassando uma após a outra as diversas aberturas dialéticas possíveis, percebendo que cada uma delas está fadada à derrota, passando à seguinte, cada vez mais rápido – mas a classe não vê nada, só o silêncio. Por fim, embaraçado, o Professor deixa de lado a pergunta e começa a aula.

Porém, Fedro não presta atenção. Sua mente percorre aceleradamente as permutações da dialética, indo cada vez mais longe, chocando-se contra as coisas, encontrando novos ramos e sub-ramos, explodindo de raiva a cada nova constatação da malignidade, da mesquinhez e da vileza dessa "arte" chamada dialética. O Professor, percebendo a expressão de Fedro, fica assustado e prossegue a aula mergulhado numa espécie de pânico. A mente de Fedro corre bem longe e mais longe ainda, contemplando agora por fim um tipo de coisa má, um mal profundamente arraigado dentro dele mesmo, que *finge* tentar conhecer o amor, a beleza, a verdade e a sabedoria, mas cujo verdadeiro objetivo não é compreender essas coisas, e sim destroná-las e entronizar a si mesma. A dialética – uma usurpadora. É isso que ele vê. Uma arrivista, arrebatando pela força todo o Bem e buscando contê-lo e controlá-lo. O Mal. O Professor termina a aula antes da hora e sai apressado.

Depois de os alunos saírem em silêncio, Fedro senta-se sozinho junto à enorme mesa redonda até o sol desaparecer no ar fuliginoso por trás da janela e a sala ficar cinzenta e, por fim, completamente escura.

No dia seguinte, ele chega à biblioteca antes da hora de abrir. Quando ela abre, ele começa a ler com fúria, pela primeira vez, os autores *anteriores* a Platão, em busca de conhecer o pouco que se sabe sobre os retóricos que Platão tanto desprezava. E suas descobertas começam a confirmar o que seus pensamentos da noite anterior já o haviam feito intuir.

A condenação dos sofistas por Platão fora encarada com grande desconfiança por diversos eruditos. O próprio Presidente da comissão afirmara que os críticos que não sabem ao certo o que Platão queria dizer devem contentar-se de igualmente não saber ao certo o que queriam dizer os antagonistas de Sócrates nos diálogos. Quando se sabe que Platão colocou suas próprias palavras na boca de Sócrates (é Aristóteles quem o afirma), não se tem mais razão para duvidar que possa ter colocado suas próprias palavras também nas bocas dos outros.

Os fragmentos de outros escritores antigos parecem conduzir a uma outra avaliação dos sofistas. Muitos dos sofistas mais antigos eram escolhidos como "embaixadores" de suas cidades, cargo que certamente não é baixo. O nome "sofista" foi até aplicado, sem nenhuma intenção pejorativa, aos próprios Sócrates e Platão. Alguns historiadores posteriores chegaram mesmo a aventar a possibilidade de que, se Platão odiava tanto os sofistas, era porque eles não se comparavam a seu mestre, Sócrates, o maior sofista de todos. Fedro considera esta última explicação interessante, mas insatisfatória. Ninguém abomina a escola da qual faz parte o próprio mestre. Qual era o *verdadeiro* objetivo de Platão com isso? Fedro dedica-se cada vez mais à leitura do pensamento grego pré-socrático para descobri-lo, e chega por fim à noção de que o ódio de Platão pelos retóricos fazia parte de uma guerra muito maior: uma guerra que a realidade do Bem, representada pelos sofistas, e a realidade da Verdade, representada pelos dialéticos, travavam entre si pelo domínio da mente futura da humanidade. A Verdade ganhou, o Bem perdeu, e é por isso que hoje temos tão pouca dificuldade para aceitar a realidade da verdade e tanta dificuldade para aceitar a realidade da Qualidade, embora haja tão pouca concordância numa área quanto na outra.

São necessárias algumas explicações para compreender como Fedro chega a isso.

É preciso, antes de mais nada, renunciar completamente à idéia de que foi curto o lapso de tempo decorrido entre o último troglodita e o primeiro filósofo grego. Às vezes, a ausência de uma história registrada desse período nos dá essa ilusão. Porém, antes de os filósofos gregos entrarem em cena, por um período de pelo menos *quatro vezes* toda a nossa história registrada desde a época dos filósofos, existiram civilizações num estado avançado de desenvolvimento. Essas civilizações tinham cidades e metrópoles, veículos, casas, praças de mercado, campos delimitados, implementos agrícolas e animais domésticos, e levavam uma vida tão rica e variegada quanto a que se leva hoje em dia na maior parte das áreas rurais do mundo. E, à semelhança das pessoas que hoje vivem nessas áreas, aquelas civilizações não viam razão alguma para escrever tudo, ou, se viam, escreveram em materiais que nunca foram encontrados. Por isso, nada sabemos sobre elas. A "Idade das Trevas" foi somente a retomada de um modo natural de vida que fora momentaneamente interrompido pelos gregos.

A filosofia grega dos primórdios representou a primeira busca consciente de um elemento imperecível nos assuntos humanos. Até então, o imperecível fazia parte do domínio dos Deuses, dos mitos. Mas, naquela época, em função da crescente imparcialidade dos gregos em relação ao meio em que viviam, desenvolveu-se uma faculdade de abstração que lhes permitiu encarar o antigo *mythos* grego não como uma verdade revelada, mas como uma criação artística da imaginação. Essa consciência, que nunca existira em nenhum outro lugar do mundo, determinou para a civilização grega todo um novo nível de transcendência.

Porém, o *mythos* continua. Aquilo que destrói o *mythos* antigo torna-se um novo *mythos*, e, sob os primeiros filósofos jônicos, o novo *mythos* transmudou-se em filosofia, a qual, de maneira nova, entronizava a permanência em lugar de honra. A permanência já não era um atributo exclusivo dos Deuses Imortais. Encontrava-se também nos Princípios Imortais, dos quais é exemplo nossa atual lei da gravitação.

Tales foi o primeiro a dar ao Princípio Imortal o nome de Água. Anaxímenes chamou-o Ar. Os pitagóricos chamaram-no Número e foram assim os primeiros a ver o Princípio Imortal como algo não-material. Heráclito chamou o Princípio Imortal de Fogo e declarou que a mudança faz parte desse Princípio. Disse que o mundo só existe como conflito e tensão entre opostos. Disse que há o Um e o Múltiplo, e que o Um é a lei universal imanente em todas as coisas. Anaxágoras foi o primeiro a identificar o Um como *noûs*, que significa "intelecto" ou "espírito".

Parmênides, outro pioneiro, evidenciou que o Princípio Imortal, o Um, a Verdade, Deus, é separado das aparências e opiniões; e é extraordinária a importância dessa separação e de seus efeitos sobre toda a história subseqüente. Foi aí que a mente clássica, pela primeiríssima vez, despediu-se de suas origens românticas e disse: "O Bem e a Verdade não são necessariamente idênticos" – e seguiu seu próprio caminho. Anaxágoras e Parmênides tiveram um ouvinte chamado Sócrates, que levou suas idéias à plena fruição.

O que é essencial compreender a esta altura é que até então não havia espírito e matéria, sujeito e objeto, forma e substância. Essas divisões não passam de invenções dialéticas que vieram depois. Às vezes, a mente moderna recua diante da idéia de que essas dicotomias são meras invenções e diz: "Bem, essas divisões já existiam; só foram *descober-*

tas pelos gregos." Então, você é obrigado a responder: "Onde estavam elas? Mostre-me!" A mente moderna fica um pouco confusa, pergunta-se qual será, no fim, o objetivo desse questionamento, e *continua* acreditando que as divisões já existiam.

Mas, como Fedro dissera, elas não existiam nem existem. Não passam de fantasmas, deuses imortais do *mythos* moderno que só nos parecem reais porque estamos *dentro* do *mythos*. Na realidade, são criações artísticas, como eram os Deuses antropomórficos que vieram substituir.

Todos os filósofos pré-socráticos mencionados até aqui buscaram identificar um Princípio Universal imortal no mundo exterior que viam à sua volta. Esse esforço comum uniu-os num grupo ao qual podemos dar o nome de cosmólogos. Todos eles concordavam com a idéia de que esse princípio existia, mas suas discordâncias a respeito do que era esse princípio pareciam irredutíveis. Os seguidores de Heráclito insistiam em que o Princípio Imortal era a mudança e o movimento. Mas Zenão, discípulo de Parmênides, provou através de uma série de paradoxos que qualquer percepção da mudança e do movimento é ilusória. A realidade, necessariamente, não tinha movimento algum.

A resolução das discussões entre os cosmólogos veio de uma direção completamente nova, de um grupo que, ao ver de Fedro, era o dos primeiros humanistas. Todos eles eram professores; não buscavam, porém, ensinar princípios, mas as crenças dos homens. Seu objetivo não era chegar a uma verdade única e absoluta, mas melhorar os homens. Diziam que todos os princípios e todas as verdades são relativos. "O homem é a medida de todas as coisas." Foram eles os famosos mestres da "sabedoria", os sofistas da Grécia antiga.

Para Fedro, esse pano de fundo do conflito entre os sofistas e os cosmólogos acrescenta toda uma nova dimensão aos *Diálogos* de Platão. Sócrates não está simplesmente expondo nobres idéias num vácuo. Está no meio de uma guerra entre os que pensam que a verdade é absoluta e os que a consideram relativa. Está inclusive lutando nessa guerra. Seus inimigos são os sofistas.

Agora o ódio de Platão pelos sofistas começa a ganhar sentido. Ele e Sócrates defendem o Princípio Imortal dos cosmólogos contra o que se lhes afigura como a decadência dos sofistas. Verdade. Conhecimento. Aquilo que independe dos pensamentos das pessoas a seu respeito. O ideal pelo qual Sócrates morreu. O ideal que a Grécia sozinha possui pela primeira vez desde a aurora do mundo. Ainda é algo muito frágil e corre o risco de desaparecer completamente. Platão abomina e amaldiçoa os sofistas sem exceção alguma, não por serem eles pessoas vis e imorais – evidentemente, existem pessoas muito mais vis e imorais na Grécia, pessoas que ele ignora por completo. Amaldiçoa-os porque ameaçam a primeira e incipiente apreensão, pela humanidade, da idéia de verdade. Era disso que se tratava.

Os resultados do martírio de Sócrates e da prosa inigualada de Platão, que se seguiu àquele, não são outra coisa senão todo o mundo do homem ocidental tal como o conhecemos. Caso se tivesse permitido que a noção de verdade perecesse e não fosse redescoberta pelo Renascimento, provavelmente não estaríamos hoje muito além do nível do homem pré-histórico. As idéias da ciência, da tecnologia e de outros esforços humanos sistematicamente organizados têm por centro essa noção. Ela é o núcleo disso tudo.

Não obstante, Fedro compreende que o que está dizendo a respeito da Qualidade é, de certo modo, o oposto disso. Parece ser muito mais parecido com o que diziam os sofistas.

"O homem é a medida de todas as coisas." Sim, é isso que ele diz sobre a Qualidade. O homem não é a *fonte* de todas as coisas, como diriam os idealistas subjetivos. Nem é o observador passivo de todas as coisas, como querem os idealistas objetivos e os materialistas. A Qualidade que cria o cosmos surge como uma *relação* entre o homem e sua experiência. Ele *participa* da criação de todas as coisas. A *medida* de todas as coisas – confere. E eles ensinavam retórica – confere.

A única coisa que não conferia entre o que ele dizia e o que Platão dizia sobre os sofistas era a profissão destes, que consistia no ensino da *virtude*. Todos os relatos indicam que esse era um aspecto absolutamente central do ensinamento deles, mas como se pode ensinar virtude e ao mesmo tempo ensinar a relatividade de todas as idéias éticas? A virtude, se implica algo, implica um absoluto ético. A pessoa cuja idéia de boa conduta varia de dia para dia pode ser admirada pela largueza de sua mente, mas não por sua *virtude* – não segundo o entendimento que Fedro tinha dessa palavra. E como podiam eles extrair a *virtude* da retórica? Em nenhum lugar isso se explica. Falta algo.

A busca desse elemento perdido o conduz por diversos livros de história da Grécia antiga, os quais, como sempre, ele lê como um detetive, retendo os fatos que podem ajudá-lo e descartando todos os que não podem. E está lendo *The Greeks* de H. D. F. Kitto, um livrinho de capa de papel azul e branca que ele comprou por cinqüenta centavos. Chega a uma passagem que descreve "a própria alma do herói homérico", a figura legendária da Grécia pré-decadente, pré-socrática. O clarão de iluminação que se segue à leitura dessas páginas é tão intenso que os heróis nunca foram apagados da mente, e posso ainda contemplá-los sem fazer um grande esforço de memória.

A *Ilíada* é a história do cerco de Tróia, que será arruinada, e de seus defensores, que morrerão em batalha. A esposa de Heitor, chefe militar dos troianos, lhe diz: "Tua força será tua ruína; e não tens piedade nem do teu filho criança nem da tua triste esposa, que logo será tua viúva. Pois em breve os aqueus cairão sobre ti e te matarão; e, caso venha a perder-te, melhor será para mim morrer."

Responde-lhe o marido:

— Bem sei de tudo isso, e tenho-o como certo: em breve virá o dia em que a sagrada cidade de Tróia perecerá, e, junto com ela, Príamo e o povo do rico Príamo. Todavia, não sofro tanto pelos troianos, nem pela própria Hécuba, nem pelo rei Príamo, nem por meus muitos irmãos de nobreza, que serão mortos pelo inimigo e jazerão no pó, o quanto sofro por ti, quando um dos aqueus, couraçados de bronze, levar-te consigo banhada em lágrimas e puser fim a teus dias de liberdade. Então viverás, quiçá, em Argos, e trabalharás o fuso da casa de outra mulher; ou levarás água, talvez, para uma mulher de Messena ou Hipéria, coberta de pena e contra a tua vontade; mas a dura coerção estará sobre ti. E então, quando te vir chorar, dirá um homem: "Foi esta a esposa de Heitor, o mais nobre guerreiro dos troianos, domadores de cavalos, quando lutavam em torno de Ílion." Será isto que dirão; e para ti será esse um novo pesar, o de lutar contra a escravidão sem ter a teu lado um marido como esse. Mas que eu esteja morto, e que a terra se acumule sobre meu túmulo, antes que eu ouça teus gritos e venha a saber da violência cometida contra ti.

Assim falou o luminoso Heitor, e estendeu os braços ao filho. O menino, porém, gritou e recolheu-se ao seio da aia bem-cingida, pois assustou-se à vista de seu pai querido — à vista do bronze e do diadema de crina que pendia terrível do topo do elmo. Seu pai riu em voz alta, e o mesmo fez a senhora sua mãe. De imediato, o resplandecente Heitor tirou o elmo da cabeça e depositou-o no chão; e, depois de beijar o filho e aninhá-lo nos braços, orou a Zeus e aos demais deuses:

– Ó Zeus e ó vós, outros deuses, concedei que este meu filho seja, como sou, o mais glorioso entre os troianos e um homem poderoso, e governe Ílion com grandeza. E que digam, quando voltar da guerra: "É muito melhor que o pai."

"O que move o guerreiro grego aos feitos de heroísmo", comenta Kitto, "não é o senso de dever tal como o compreendemos – o dever para com os outros; é, antes, um dever para consigo mesmo. Ele busca o que traduzimos por 'virtude', mas que é em grego *areté*, 'excelência'... teremos muito o que dizer a respeito de *areté*. Ela está presente em todos os aspectos da vida dos gregos."

Aí está, pensa Fedro, aí está uma definição de Qualidade que já existia mil anos antes de os dialéticos jamais conceberem a idéia de capturá-la em armadilhas de palavras. Qualquer um que não seja capaz de compreender o sentido disso sem um *definiens*, um *definiendum* e uma *differentia* lógica está mentindo, ou então encontra-se tão separado da sorte comum da humanidade que não merece nenhuma resposta. Fedro está igualmente fascinado pelo motivo do "dever para consigo", que é uma tradução quase exata da palavra sânscrita *dharma*, às vezes definida como o "um" dos hindus. Será que o *dharma* dos hindus e a "virtude" dos antigos gregos eram a mesma coisa?

Então, Fedro teve o impulso de ler de novo aquela passagem, e o fez; e então... o que é isto?!... *"O que traduzimos por 'virtude', mas é em grego 'excelência'."*

Cai o relâmpago!

Qualidade! Virtude! Dharma! Era *isso* que os sofistas ensinavam! Não o relativismo ético, não uma "virtude" pura, mas *areté*, a excelência. *Dharma!* Muito antes da Igreja da razão, da substância, da forma, do espírito e da matéria, da própria dialética, a Qualidade reinara absoluta. Esses primeiros professores do mundo ocidental ensinavam a *Qualidade*, e o método que haviam escolhido era o da retórica. Ele sempre estivera no caminho correto.

A chuva parou o suficiente para nos permitir enxergar o horizonte, uma linha bem nítida que separa o cinza-claro do céu do cinza mais escuro da água.

* * *

Kitto tinha mais coisas a dizer a respeito dessa *areté* dos antigos gregos. "Quando encontramos o termo *areté* em Platão", disse ele, "traduzimo-lo por 'virtude' e, conseqüentemente, perdemos todo o seu sabor. 'Virtude', pelo menos no inglês moderno, é uma palavra que se refere quase exclusivamente à moral; *areté*, por outro lado, é usada indiferentemente em todas as categorias e significa simplesmente excelência."

Assim, o herói da *Odisséia* é um grande guerreiro, um planejador astuto, um orador eloqüente, um homem de coração firme e larga sabedoria que sabe que deve suportar sem muitas queixas a sorte que lhe foi destinada pelos deuses; e, ao mesmo tempo, é capaz de construir e pilotar um navio, arar um campo com sulcos tão retos quanto os feitos pelo melhor lavrador, vencer um jovem fanfarrão no arremesso do disco, desafiar o jovem de Feácia no pugilato, na luta livre ou na corrida; esfolar, cortar e cozinhar um boi e ser levado às lágrimas por uma bela canção. É, com efeito, excelente em muitas coisas; é dotado de uma *areté* inigualável.

Areté implica um respeito pela totalidade ou unicidade da vida e, conseqüentemente, um desgosto pela especialização. Implica um desprezo pela eficiência – ou, antes, uma idéia muito mais elevada de eficiência, uma eficiência que não se restringe a um único departamento da vida, mas existe na vida como um todo.

Fedro lembrou-se de uma linha de Thoreau: "Nunca se ganha nada sem perder-se algo." E então começou a perceber a incrível magnitude do que o homem havia perdido quando obteve poder para compreender e reger o mundo através de verdades dialéticas. Construiu impérios de capacidade científica para manipular os fenômenos da natureza e organizá-los em gigantescas manifestações de seus próprios sonhos de poder e riqueza – mas, para isso, teve de dar em troca um império de conhecimento de idêntica magnitude: o conhecimento do que é ser uma parte do mundo e não um inimigo deste.

Só o ato de observar aquele horizonte pode dar a um homem um pouco de paz de espírito. É uma linha geométrica... completamente plano, estável e conhecido. Talvez seja a linha original que deu origem à compreensão euclidiana da linearidade; uma linha de referência da qual foram derivados os cálculos originais dos primeiros astrônomos que mapearam as estrelas.

Fedro sabia, com a mesma certeza matemática que Poincaré sentira quando resolvera as equações fuchsianas, que essa *areté* grega era a peça que faltava para completar o quebra-cabeça, mas continuou lendo até chegar ao fim.

A auréola em torno da cabeça de Platão e Sócrates desapareceu. Fedro vê que ambos fazem reiteradamente o que acusam os sofistas de fazer – usam uma linguagem emocionalmente persuasiva para fazer com que o argumento mais fraco, a defesa da dialética, pareça o mais forte. Pensou: o que mais condenamos nos outros é sempre o que mais tememos em nós mesmos.

Mas por quê? – pensou Fedro. Por que destruir a *areté*? E, no momento mesmo em que se fez a pergunta, veio-lhe a resposta. Platão *não havia* tentado destruir a *areté*. Ele a havia *encapsulado*, transformado numa Idéia permanente e fixa, *convertido* numa Verdade Imortal rígida e imóvel. Havia transformado a *areté* no Bem, na forma mais elevada e na mais excelsa de todas as Idéias. Era subordinada tão-somente à própria Verdade, numa síntese de tudo o que ocorrera antes.

Era por isso que a Qualidade a que Fedro chegara na sala de aula era tão semelhante ao Bem de Platão. O Bem de Platão fora *tomado* dos retóricos. Fedro procurou, mas não conseguiu encontrar nenhum cosmólogo anterior que tivesse falado sobre o Bem. Isso viera dos sofistas. A diferença era que o Bem platônico era uma Idéia fixa, eterna e imóvel, ao passo que, para os retóricos, não era uma Idéia de maneira alguma. O Bem não era uma *forma* da realidade. Era a *própria* realidade, sempre mutável e, em última análise, irredutível a um conhecimento rígido e fixo.

Por que Platão fizera isso? Fedro compreendeu a filosofia de Platão como um resultado de *duas* sínteses.

A primeira síntese tentava resolver as diferenças entre os filósofos heraclitianos e os seguidores de Parmênides. Ambas as escolas cosmológicas postulavam uma Verdade Imortal. A fim de vencer a batalha pela causa de uma Verdade à qual a *areté* se subordina, contra seus inimigos, que ensinavam uma *areté* à qual a verdade se subordina, Platão tinha, antes de mais nada, de resolver o conflito interno entre os que acreditavam na Verdade. Para tanto, afirmou que a Verdade Imortal não é mera mudança, como diziam os seguidores de Heráclito. Tampouco é somente o Ser imutável, como queriam os seguidores de Parmênides. Ambas essas Verdades Imortais coexistem na qualidade de Idéias, que são imutáveis, e de Aparências, que mudam. É por isso que Platão sente a necessidade, por exemplo, de separar a "cavalidade" do "cavalo" e dizer que a cavalidade é real, fixa, verdadeira e imóvel, ao passo que o cavalo é um mero fenômeno transitório de pouca importância. A cavalidade é pura Idéia. O cavalo visível é uma coleção de Aparências mutáveis, um cavalo que pode se movimentar e mudar o quanto quiser e pode até morrer sem que a cavalidade seja minimamente perturbada, uma vez que esta última é o Princípio Imortal e pode seguir inabalada o caminho dos Deuses de antanho.

A segunda síntese platônica é a incorporação da *areté* sofística a esta dicotomia de Idéias e Aparências. Platão concede à *areté* o lugar de honra, subordinando-a unicamente à própria Verdade e ao método que leva à Verdade, a dialética. Porém, em sua tentativa de unir o Bem e o Verdadeiro, fazendo do Bem a mais elevada de todas as Idéias, Platão efetivamente usurpa o lugar da *areté*, substituindo-a pela verdade dialeticamente determinada. Uma vez que o Bem tenha sido encapsulado numa idéia dialética, não é difícil que surja um outro filósofo que demonstre por métodos dialéticos que a *areté*, o Bem, deve ser rebaixada a uma posição inferior dentro da "verdadeira" ordem das coisas – uma ordem mais compatível com o funcionamento intrínseco da dialética. Esse filósofo, com efeito, não demorou a surgir. Seu nome era Aristóteles.

Aristóteles achava que o cavalo mortal das Aparências, que comia grama, carregava as pessoas e paria novos cavalinhos, merecia muito mais atenção do que Platão lhe concedera. Afirmou, assim, que o cavalo não é mera Aparência. As Aparências aderem a algo que independe delas e que é imutável como as Idéias. A esse "algo" a que as Aparências aderem, Aristóteles deu o nome de "substância". E nesse momento, não antes desse momento, nasceu a moderna compreensão científica da realidade.

Sob o jugo de Aristóteles – o "Leitor", que prima pela ignorância da *areté* troiana –, as formas e substâncias dominam todas as coisas. O Bem é um ramo relativamente pouco importante do conhecimento, chamado ética; a razão, a lógica e o conhecimento são suas preocupações principais. A *areté* está morta, e a ciência, a lógica e a Universidade tal como hoje a conhecemos ganham sua carta de fundação: encontrar e inventar uma proliferação infinita de formas relativas aos elementos substantivos do mundo, chamar essas formas de conhecimento e transmiti-las às gerações futuras – transmiti-las como "o sistema".

E a retórica. A pobre retórica, que já fora o próprio escopo da erudição, reduziu-se ao ensinamento de maneirismos e formas, formas aristotélicas da escrita, como se essas coisas tivessem alguma importância. Cinco erros de ortografia, lembrou-se Fedro, *ou* um erro de oração inconclusa, *ou* três modificadores mal colocados, *ou*... uma lista sem fim. Qualquer uma dessas falhas bastava para informar a um aluno que ele não sabia retórica. Afinal de contas, é isto que é retórica, não é mesmo? É claro que existe uma "retórica vazia", ou seja, uma retórica dotada de apelo emocional, que porém não se submete à verdade dialética – mas não é *isso* que nós queremos, certo? Isso nos faria semelhantes aos sofistas, aquele bando de mentirosos, trapaceiros e canalhas da Grécia antiga – lembra-se *deles*? Aprenderemos a Verdade em nossos outros cursos acadêmicos e depois aprenderemos um pouquinho de retórica para podermos escrevê-la com belas palavras e assim impressionar nossos chefes, que nos guindarão a colocações mais altas.

Formas e maneirismos – odiados pelos melhores, amados pelos piores. Ano após ano, década após década de pequenos "leitores" da primeira fileira, imitadores com sorrisos simpáticos e penas bem afiadas, dispostos a tudo para obter nota A em Aristóteles, ao passo que os que possuem a verdadeira *areté* sentam-se silenciosamente no fundo, perguntando-se o que há de errado consigo, já que não conseguem gostar dessa matéria.

E hoje, nas poucas Universidades que ainda se ocupam de ensinar a ética clássica, os alunos, seguindo Aristóteles e Platão, brincam interminavelmente com a pergunta que, na Grécia antiga, nunca precisava ser feita: "O que é o Bem? Como defini-lo? Uma vez que pessoas diferentes o definiram de forma diferente, como *saber* até mesmo que o Bem existe? Alguns dizem que o Bem está na felicidade, mas como saber o que é a felicidade? E como definir a felicidade? Felicidade e Bem não são termos objetivos. Não podemos tratá-los cientificamente. E, uma vez que não são objetivos, só podem existir em sua mente. Por isso, se você quiser ser feliz, mude sua mente. Há-há, há-há."

Ética aristotélica, definições aristotélicas, lógica aristotélica, formas aristotélicas, substâncias aristotélicas, retórica aristotélica, gargalhadas aristotélicas... há-há, há-há.

E os ossos dos sofistas há muito tempo viraram pó, e suas palavras viraram pó junto com eles, e o pó foi enterrado sob os escombros da Atenas decadente e da Macedônia em seu declínio e queda. Passando pelo declínio e queda da Roma antiga, de Bizâncio, do Império Otomano e dos Estados modernos – os ossos foram enterrados tão fundo e com tanta cerimônia, tanta afetação, tanta malícia, que só um louco, séculos depois, poderia descobrir as pistas necessárias para desenterrá-los e contemplar, com horror, o que tinha acontecido...

A estrada ficou tão escura agora que tenho de ligar o farol para segui-la em meio à neblina e à chuva.

30

Em Arcata, entramos num restaurantezinho frio e úmido, comemos pimentão picante com feijão e tomamos café.

Voltamos então para a estrada – desta vez é uma auto-estrada, rápida e ensopada. Vamos chegar a um dia de distância de São Francisco e então parar.

A auto-estrada, na chuva, capta estranhos reflexos dos faróis que vêm em nossa direção na faixa contrária. Como pequenos projéteis, as gotas de chuva atingem o visor, que refrata a luz em estranhas formas circulares e semicirculares. Século XX. Este século XX está em toda parte ao nosso redor. Chegou a hora de terminar essa odisséia de Fedro no século XX e encerrar o assunto.

Na vez seguinte em que a turma de Idéias e Métodos 251, Retórica reuniu-se ao redor da grande mesa redonda na zona sul da Chicago, uma secretária do departamento anunciou que o Professor de Filosofia estava doente. Na semana seguinte, ainda estava. Os remanescentes perplexos da classe, agora reduzida a um terço de seu tamanho original, atravessaram a rua para tomar café.

Na mesa do café, um aluno que Fedro reconhecia como brilhante mas intelectualmente esnobe disse:

– Na minha opinião, essa é uma das matérias mais desagradáveis que já fiz.

Parecia olhar para Fedro com um desdém afeminado, como se Fedro fosse culpado de estragar uma experiência que poderia ter sido boa.

— Concordo plenamente — disse Fedro. Ficou à espera de um ataque que não veio.

Os outros alunos pareciam pressentir que Fedro era a causa de tudo isso, mas não tinham nada em que se apoiar. Então, uma mulher mais velha, na outra extremidade da mesa do café, perguntou-lhe por que ele fazia aquela matéria.

— Ainda estou tentando descobrir — disse Fedro.
— Você estuda em tempo integral? — perguntou ela.
— Não, dou aulas em tempo integral no Cais da Marinha.
— Que disciplina você leciona?
— Retórica.

Ela parou de falar. Todos ao redor da mesa olharam para ele e puseram-se em silêncio.

O mês de novembro esgotava-se lentamente. As folhas, que em outubro haviam adquirido uma bela tonalidade alaranjada, como que carregada de sol, caíram então das árvores, deixando os galhos nus para enfrentar os ventos frios do norte. A primeira nevasca caiu e derreteu, e a cidade opaca ficou à espera da chegada do inverno.

Na ausência do Professor de Filosofia, outro diálogo platônico fora proposto à classe. Seu título era *Fedro*, o que nada significava para *nosso* Fedro, que não se chamava por este nome. O Fedro grego não é um sofista, mas um jovem orador que faz contraponto a Sócrates neste diálogo, o qual fala sobre a natureza do amor e a possibilidade da retórica filosófica. Fedro não parece muito brilhante e tem uma péssima noção de qualidade retórica, uma vez que cita de memória um péssimo discurso do orador Lísias. Porém, o leitor logo percebe que esse péssimo discurso não passa de uma preparação, um artifício para que Sócrates entre em seguida com um discurso muito melhor, ao qual se segue outro melhor ainda, um dos melhores de todos os *Diálogos* de Platão.

Afora isso, a única coisa notável em Fedro é sua personalidade. Platão costuma designar os contrapontos de Sócrates por nomes característicos da personalidade de cada um. No *Górgias*, um interlocutor jovem, falador, inocente e bem-humorado recebe o nome de Pólo, que em grego significa "potro". A personalidade de Fedro é diferente da dele. Fedro não está ligado a nenhum grupo em particular. Prefere a solidão do campo à cidade. É agressivo a ponto de ser perigoso. A certa altura, ameaça Sócrates fisicamente. Fedro, em grego, significa "lobo".

Neste diálogo, ele é arrebatado e domado pelo discurso de Sócrates sobre o amor.

Nosso Fedro lê o diálogo e se deixa impressionar tremendamente pelo magnífico imaginário poético. Mas não chega a ser domado, pois, no meio desse imaginário, sente um suave odor de hipocrisia. O discurso não é um fim em si mesmo, mas está sendo usado para condenar o próprio domínio afetivo do entendimento ao qual faz seu apelo retórico. As paixões são caracterizadas como destruidoras do entendimento, e Fedro se pergunta se foi aí que começou a condenação das paixões, tão profundamente arraigada na mentalidade ocidental. Dificilmente. Um outro livro diz que a tensão entre pensamento e emoção era um dos elementos básicos do temperamento e da cultura dos antigos gregos. Interessante, de qualquer modo.

Na semana seguinte, o Professor de Filosofia de novo não aparece, e Fedro aproveita o tempo para pôr em dia o trabalho na Universidade de Illinois.

Na outra semana, na livraria da Universidade de Chicago, em frente ao prédio em que vai assistir à aula, Fedro surpreende dois olhos negros a fitá-lo insistentemente por trás de uma estante de livros. Quando surge o rosto, ele o reconhece como o rosto do aluno inocente que fora verbalmente surrado no começo do trimestre e depois desaparecera. A expressão do aluno dá a entender que ele sabe algo que Fedro não sabe. Fedro se dirige a ele para conversar, mas o rosto bate em retirada pela porta afora, deixando Fedro intrigado. E ansioso. Talvez esteja apenas fatigado e nervoso. O esforço de lecionar no Cais da Marinha, além de batalhar para levar a melhor sobre todo o corpo do pensamento acadêmico ocidental, está obrigando-o a trabalhar e estudar vinte horas por dia sem cuidar adequadamente da alimentação e dos exercícios físicos. Pode ser que o simples cansaço o faça pensar que havia algo de estranho naquele rosto.

Porém, quando atravessa a rua para dirigir-se à aula, o rosto segue-o a uns vinte passos de distância. Algo está acontecendo.

Fedro entra na sala de aula e espera. Logo chega o aluno, de volta à classe depois de tantas semanas. Não é possível que ele ainda pense que vá conseguir os créditos. O aluno olha para Fedro com um meio-sorriso no rosto. É verdade, está sorrindo por algum motivo.

Ouvem-se passos junto à porta e Fedro repentinamente *compreende* – e suas pernas amolecem, suas mãos começam a tremer. De pé na porta da sala, com um sorriso benigno no rosto, está o próprio Presidente da Comissão de Análise das Idéias e Estudo dos Métodos da Universidade de Chicago. Ele está assumindo a classe.

É agora. É agora que Fedro será lançado fora pela porta da frente. Cortês, imponente, com imperial magnanimidade, o Presidente pára na porta por um instante e depois fala com um aluno que parece conhecê-lo. Desviando o olhar do olhar do aluno, sorri e passeia os olhos pela classe, como que à procura de outro rosto conhecido. Balança a cabeça, num cumprimento, e solta risadinha, à espera do toque do sino.

É por isso que aquele rapaz está aqui. Explicaram-lhe o motivo de ter sido acidentalmente surrado e, só para mostrar o quanto são bondosos, deixam-no ocupar um lugar à margem do ringue enquanto, desta vez, aplicam a surra em Fedro.

Como pretendem fazê-lo? Fedro já sabe. Primeiro, vão destruir dialeticamente sua imagem perante a classe, demonstrando quão parco é seu conhecimento de Platão e Aristóteles. Isso não será difícil. É claro que conhecem cem vezes mais Platão e Aristóteles do que ele jamais conhecerá. Afinal, dedicaram toda a vida a isso.

Então, depois de picotá-lo dialeticamente, vão sugerir que ele entre na linha ou caia fora. Em seguida, vão fazer outras perguntas, cujas respostas ele tampouco conhecerá. Vão, por fim, dar a entender que seu desempenho é tão abominável que ele não deve se preocupar em freqüentar as aulas, mas deve deixar imediatamente a turma. Existem variações possíveis, mas o formato básico é esse. É fácil.

Bem, ele aprendera muito, e era para isso que estava ali. Poderia encontrar outra maneira de fazer sua tese. Com esse pensamento, a sensação de moleza nas pernas o abandona e ele se acalma.

Fedro deixou crescer a barba desde a última vez em que o Presidente o viu, e, por isso, ainda não foi identificado. Essa vantagem, porém, não vai durar muito. O Presidente o identificará em dois tempos.

O Presidente, com todo o cuidado, tira o paletó, toma uma cadeira no lado oposto da enorme mesa redonda, senta-se, saca do bolso um velho cachimbo e começa a enchê-lo de fumo. Este último passo leva quase meio minuto. Percebe-se que ele já fez isso muitas vezes, em outras situações.

Num momento de atenção à classe, estuda os rostos com um leve sorriso e um olhar hipnótico, captando o humor que está no ar e percebendo que ainda não está perfeito. Enche um pouco mais o cachimbo, sem pressa.

Logo chega a hora. Acende o cachimbo e, em breve, a sala se enche do odor de fumaça.

Fala por fim:

— Segundo me consta — diz —, devemos começar hoje a discussão do imortal *Fedro*. — Olha individualmente para cada aluno. — Correto?

Os membros da classe confirmam-lhe timidamente a suposição. Sua presença é dominadora.

O Presidente pede desculpas, então, pela ausência do Professor anterior e descreve o formato de sua aula. Uma vez que já conhece o diálogo, vai questionar os alunos em busca de respostas que demonstrem quão bem o estudaram.

Fedro pensa que esse é de fato o melhor método. Assim, o professor pode conhecer cada aluno individualmente. Felizmente, Fedro estudou o diálogo com tanto cuidado que o sabe praticamente de cor.

O Presidente tem razão. É um diálogo imortal, estranho e enigmático de início, mas que depois nos atinge com uma força cada vez maior, como a própria verdade. O que Fedro chamou de Qualidade, Sócrates parece identificar à alma, dotada de movimento próprio, fonte e origem de todas as coisas. Não há contradição. Aliás, na realidade, não pode haver contradição entre os termos essenciais das filosofias monistas. O Um na Índia tem de ser idêntico ao Um na Grécia. Se não for, não será um, mas dois. As discordâncias entre os monistas não dizem respeito ao Um em si, mas a seus atributos. Uma vez que o Um é a origem de todas as coisas e contém todas as coisas em si, não pode ser definido em função dessas coisas. Se for, a definição jamais chegará a descrevê-lo em sua plenitude. O Um só pode ser descrito de forma alegórica, através de analogias e figuras de imaginação e de palavras. Sócrates opta por uma analogia com o céu e a terra, mostrando que o ser humano avança em direção ao Um montado numa carruagem puxada por dois cavalos...

Porém, o Presidente dirige agora uma pergunta ao aluno ao lado de Fedro. Está açulando-o, provocando-o ao ataque.

O aluno, cuja identidade foi confundida, não ataca. O Presidente, tremendamente desgostoso e frustrado, coloca-o de lado por fim com uma reprimenda, dizendo que deveria ter lido melhor o texto.

É a vez de Fedro. Ele já está muito mais calmo. Agora, tem de explicar o diálogo.

– Se me permite, gostaria de começar de novo com minhas próprias palavras – diz ele, em parte para ocultar o fato de que não ouviu o que o aluno anterior disse.

O Presidente, entendendo esse pedido como mais uma censura ao aluno ao lado, sorri e diz, com desdém, que se trata de uma excelente idéia.

Fedro prossegue:

– A meu ver, neste diálogo a pessoa de Fedro é caracterizada como um *lobo*.

Ele o afirma em voz alta, com um toque de raiva, e o Presidente quase dá um salto. Ponto!

– Sim – diz o Presidente, e um brilho em seu olhar revela que já reconhece a figura barbada que o ataca. – *Fedro*, em grego, de fato significa "lobo". É uma observação extremamente pertinente. – Começa a recuperar a compostura. – Prossiga.

– Fedro encontra Sócrates, *que só conhece o modo de vida da cidade*, e o conduz ao campo, onde começa a recitar um discurso do orador Lísias, a quem admira. Sócrates lhe pede que recite e Fedro o atende.

– Pare! – diz o Presidente, que a esta altura já recuperou completamente a compostura. – Você não está falando do diálogo, mas do enredo. – Chama então o aluno seguinte.

Nenhum dos alunos parece conhecer o tema do diálogo tão bem quanto o Presidente queria. E assim, fingindo tristeza, ele diz que todos eles deveriam ler com mais atenção, mas que desta vez os ajudará, tomando sobre si o fardo de explicar-lhes o diálogo. Proporciona assim um tremendo alívio da tensão que ele mesmo cuidadosamente construíra, e tem a classe inteira na palma de sua mão.

O Presidente passa então a revelar o significado do diálogo com a mais completa atenção. Fedro escuta, profundamente absorto.

Poucos minutos depois, algo o tira de seu estado de concentração. Um tipo de falsidade insinuou-se no discurso do Presidente. De início, Fedro não consegue perceber de que se trata; em seguida, porém, toma consciência de que o Presidente deixou completamente de lado a descrição que Sócrates faz do Um e passou direto para a alegoria da carruagem e dos cavalos.

Nessa alegoria, o amante, ansioso por chegar ao Um, é levado numa carruagem puxada por dois cavalos, um deles branco, nobre e morigerado, o outro intratável, obstinado, passional e negro. O primeiro não se cansa de ajudá-lo em sua jornada rumo aos portais do céu, ao passo que o segundo a todo momento o frustra. O Presidente ainda não o afirmou, mas chegou agora ao ponto em que deve declarar que o cavalo branco é a razão equilibrada, e o cavalo negro, as trevas da paixão e da emoção. Chegou ao ponto em que precisa descrever ambas, mas a nota de falsidade subitamente se transforma num coro.

Ele se detém por um instante e afirma novamente:

– Ora, Sócrates jurou pelos Deuses que está falando a Verdade. Fez o juramento de dizer a Verdade; e, se o que disser em seguida não for a Verdade, ele perderá a própria alma.

ARMADILHA! Ele está *usando* o diálogo para provar a santidade da razão! Uma vez feita essa prova, poderá descer a uma investigação do que é a razão e então, como que num passe de mágica, estaremos de novo nos domínios de Aristóteles!

Fedro levanta a mão, a palma voltada para a frente, o cotovelo apoiado na mesa. Se antes sua mão tremia, está agora perfeitamente inerte. Fedro sente que está assinando formalmente sua sentença de morte nessa Universidade, mas sabe que, se abaixar a mão, estará chamando para si outro tipo de pena capital.

O Presidente vê a mão levantada e mostra-se surpreso e perturbado, mas admite que ele fale. A mensagem, então, é transmitida.

Fedro diz:

– Tudo isso não passa de uma analogia.

Silêncio. E surge a confusão no rosto do Presidente.

– O quê? – diz ele. O encanto de seu discurso foi quebrado.

– Toda essa descrição da carruagem e dos cavalos não passa de uma analogia.

– O quê? – diz ele novamente. E então com força: – É a *verdade*! Sócrates acabou de jurar pelos Deuses que é a verdade!

Fedro replica:

– O próprio Sócrates diz que é uma analogia.

— Se você se der ao trabalho de ler o diálogo, verá que Sócrates declara explicitamente tratar-se da Verdade!

— Sim, mas *antes* disso... dois parágrafos antes, creio... ele afirma tratar-se de uma *analogia*.

O texto está sobre a mesa para ser consultado, mas o Presidente tem tino suficiente para não consultá-lo. Se o fizer e Fedro estiver com a razão, sua imagem perante a classe estará demolida. Afinal, dissera à classe que ninguém lera o livro com atenção.

Retórica, 1; Dialética, 0.

É fantástico, pensa Fedro, que ele tenha se lembrado disso. Toda a posição dialética simplesmente cai por terra. Talvez nem seja preciso ir adiante. É claro que se trata de uma analogia. Tudo é uma analogia. Os dialéticos, porém, não sabem disso, e foi por isso que o Presidente não reparou nessa afirmação de Sócrates. Fedro reparou nela e lembrou-se dela porque, se Sócrates não tivesse dito aquilo, não estaria falando a "Verdade".

Ninguém o percebe ainda, mas logo o perceberão. O Presidente da Comissão de Análise das Idéias e Estudo dos Métodos tomou um tiro e foi ao chão em sua própria sala de aula.

Agora, está sem fala. Não consegue pensar em algo para dizer. O silêncio que tanto construíra sua imagem no começo da aula agora colabora para destruí-la. Ele não compreende de onde veio o tiro. Nunca teve de confrontar um sofista vivo, só sofistas mortos.

Agora tenta se agarrar a algo, mas não há nada em que possa agarrar-se. O próprio impulso que tinha tomado empurra-o para o abismo; e, quando por fim encontra as palavras, já não são as palavras da mesma pessoa: são as palavras de um escolar que esqueceu a lição e errou a resposta, mas gostaria que, mesmo assim, todos nós o perdoássemos.

Tenta blefar, jogando na cara da classe o mesmo que dissera antes: que ninguém estudara com atenção. O aluno ao lado de Fedro, porém, balança a cabeça negativamente. É evidente que alguém estudou.

O Presidente engasga, hesita, demonstra medo da classe e não consegue convencê-los. Fedro se pergunta quais serão as conseqüências disso.

Então, vê acontecer uma coisa ruim. O aluno inocente que apanhara na outra aula, e antes o estivera observando, agora não se mostra mais tão inocente. Sorri com expressão escarninha e dirige ao Presidente perguntas sarcásticas e cheias de duplo sentido. O Presidente, já estropiado, está sendo morto... e Fedro compreende então que aquilo deveria ter acontecido consigo.

Ele não consegue sentir pena, só nojo. Quando um pastor vai matar um lobo e leva o cão para assistir à caçada, tem de tomar cuidado para não cometer erros. O cão tem certas relações com o lobo de que o pastor pode ter se esquecido.

Uma garota resgata o Presidente, fazendo-lhe perguntas fáceis. Ele acolhe as perguntas com gratidão, estende ao máximo a resposta de cada uma delas e lentamente se recupera.

Então alguém lhe pergunta:

– O que é a dialética?

Ele pensa no assunto e então, por Deus, volta-se para Fedro e pergunta-lhe se gostaria de responder.

– O senhor quer dizer minha opinião *pessoal*? – pergunta Fedro.

– Não... digamos, a opinião de Aristóteles.

Chega de sutileza. Ele vai simplesmente conduzir Fedro para seu próprio território e cobri-lo de pancadas.

– Pelo que sei... – diz Fedro, e faz uma pausa.

– Sim? – O Presidente sorri à larga. Tudo está preparado.

– Pelo que sei, a opinião de Aristóteles é que a dialética vem *antes* de tudo o mais.

A expressão do Presidente passa da beatitude à perplexidade, e daí à ira, em menos de meio segundo. É *verdade*! – grita seu rosto, mas ele não o diz. O preparador de armadilhas caiu de novo em sua própria armadilha. Não pode matar Fedro por ter feito uma afirmação tirada do verbete que ele mesmo escrevera para a *Enciclopédia Britânica*.

Retórica, 2; Dialética, 0.

– E da dialética vêm as formas – continua Fedro –, e das formas vêm... – mas o Presidente corta o assunto. Vê que não está indo pelo caminho que quer e encerra a conversa.

Não deveria tê-la cortado, pensa Fedro. Se fosse um verdadeiro buscador da Verdade e não um propagandista de determinado ponto de vista, não teria feito isso. Poderia aprender algo. Quando se diz que "a dialética vem antes de tudo o mais", essa mesma afirmação torna-se uma entidade dialética, passível de um questionamento dialético.

Fedro perguntaria: que provas temos de que o método dialético para chegar à verdade, baseado no uso de perguntas e respostas, vem antes de tudo o mais? Não temos prova alguma. E, quando essa afirmação é isolada e posta como objeto de investigação, torna-se manifestamente ridícula. Aqui está a dialética, como a lei da gravidade de Newton, sentada sozinha no meio do nada, dando à luz o universo. O quê? É uma asneira sem tamanho.

A dialética, mãe da lógica, nasceu da retórica. Esta, por sua vez, é filha dos mitos e poemas da Grécia antiga. Isso é verdade tanto do ponto de vista histórico quanto pela aplicação do senso comum. A poesia e os mitos são reações de um povo pré-histórico ao universo que os rodeava, reações essas que se baseavam na Qualidade. É a Qualidade, e não a dialética, que gera todas as coisas que conhecemos.

A aula termina, o Presidente fica em pé junto à porta para responder às perguntas e Fedro quase se levanta para dizer algo, mas não o faz. Uma vida inteira de bordoadas tende a fazer com que a pessoa perca o entusiasmo diante de qualquer interação desnecessária que possa levá-la a apanhar um pouco mais. Nada de amistoso foi dito, nem sequer insinuado, e viu-se muita hostilidade.

Fedro, o lobo. Correto. Voltando ao apartamento com seu passo ligeiro, ele percebe cada vez mais como as coisas se encaixam. Não ficaria contente se sua tese fosse aceita com manifestações de júbilo. A hostilidade é seu hábitat, sem dúvida alguma. Fedro, o lobo, descendo das montanhas para alimentar-se dos pobres cidadãos inocentes desta comunidade intelectual. Tudo se encaixa.

A Igreja da Razão, como as demais instituições do Sistema, não se baseia na força do indivíduo, mas em sua fraqueza. O que a Igreja da Razão realmente exige não é a capacidade, mas a *in*capacidade. Então, você é considerado passível de ser ensinado. Uma pessoa verdadeiramente capaz é sempre uma ameaça. Fedro percebe que jogou fora a oportunidade de integrar-se à organização mediante a submissão a um aspecto qualquer de Aristóteles ao qual deveria submeter-se. Porém, esse tipo de oportunidade não parece valer os salamaleques, as humilhações e a prostração intelectual necessários para mantê-la. É uma vida de baixa qualidade.

Ele acha mais fácil ver a Qualidade no alto das montanhas do que aqui, obscurecida por janelas fuliginosas e oceanos de palavras; e compreende que aquilo de que está falando não será jamais aceito aqui, pois, para perceber do que se trata, a pessoa tem de libertar-se da autoridade social, e esta é uma instituição fundada na autoridade social.

Para as ovelhas, Qualidade é o que o pastor diz. E, se você levar uma ovelha para o alto das montanhas à noite, com o zunir do vento, a ovelha entrará em pânico e balirá desesperadamente até o pastor chegar, ou chegar o lobo.

Na aula seguinte, ele faz uma última tentativa de ser agradável, mas o Presidente não a aceita. Fedro pede-lhe que explique um assunto, dizendo que não foi capaz de compreendê-lo. Foi, mas acha que seria gentil de sua parte manifestar uma certa deferência.

A resposta – "Você devia estar cansado!" – é dada com toda a mordacidade possível, mas Fedro não se sente atingido. O Presidente está simplesmente condenando em Fedro aquilo que mais teme em si mesmo. À medida que a aula prossegue, Fedro senta-se e olha pela janela, sentindo pena desse velho pastor, das ovelhas e dos cães que estão na classe, e sentindo pena de si mesmo porque sabe que jamais conseguirá ser igual a eles. Então, quando toca o sino, vai embora para nunca mais voltar.

As aulas no Cais da Marinha, por outro lado, estão animadas como fogo na mata. Os alunos escutam atentamente essa estranha figura barbada vinda das montanhas, que lhes diz que existe nesse universo uma Qualidade e que eles já sabem o que essa Qualidade é. Os alunos não sabem que conclusão tirar disso e ficam inseguros; alguns têm medo do professor. Percebem que ele é, de certo modo, perigoso, mas estão todos fascinados e querem ouvir mais sobre o assunto.

Porém, Fedro também não é nenhum pastor, e a tensão de ter de comportar-se como tal está acabando com ele. Uma coisa estranha que sempre aconteceu em suas classes acontece novamente: os alunos indisciplinados e barulhentos das fileiras de trás simpatizam com ele e tornam-se seus prediletos, ao passo que os alunos mais mansos e obedientes das fileiras da frente sentem-se aterrorizados e por isso tornam-se objeto de seu desprezo, muito embora as ovelhas acabem passando de ano e os amigos barulhentos das fileiras de trás, não. E Fedro, posto que não queira admiti-lo sequer para si mesmo, percebe intuitivamente que seus dias de pastor também estão chegando ao fim. E cada vez mais se pergunta o que acontecerá em seguida.

Sempre tivera medo do silêncio na sala de aula, como o que destruíra o Presidente. Não é da sua natureza falar e falar por horas a fio, e isso o deixa exausto; agora, sem ter mais para onde se voltar, volta-se para esse medo.

Chega à sala de aula, o sino toca, e ele fica sentado sem falar nada. Fica em silêncio por uma hora. Alguns dos alunos o desafiam, procurando despertá-lo, mas depois voltam ao silêncio. Outros perdem a razão de tanto pânico interno. Ao cabo de uma hora, a classe inteira literalmente estoura e corre para a porta. Ele vai então à classe seguinte e a mesma coisa acontece; e acontece também com a outra, e com a outra. Então, Fedro vai para casa. E fica cada vez mais a perguntar-se o que acontecerá em seguida.

Chega o Dia de Ação de Graças.

Suas quatro horas de sono reduziram-se a duas e, depois, a nenhuma. Tudo está terminado. Ele não voltará jamais a estudar a retórica aristotélica, nem voltará a dar aulas dessa disciplina. Acabou. Começa a vagar pelas ruas, a cabeça girando.

A cidade o oprime agora e, do seu estranho ponto de vista, torna-se a antítese de tudo aquilo em que ele acredita. Não é a cidadela da Qualidade, mas da forma e da substância. A substância na forma de chapas e vigas de aço, a substância na forma de cais e avenidas de concreto, na forma de tijolos, asfalto, peças de automóveis, velhos rádios, trilhos, carcaças mortas de animais que antes pastavam nas pradarias. Forma e substância sem Qualidade. Tal é a alma desse lugar. Cega, enorme, sinistra e desumana: vista à luz do fogo que se eleva à noite dos altos-fornos das siderúrgicas ao sul, através da fumaça pesada de carvão, cada vez mais densa e profunda, dentro do néon dos cartazes de CERVEJA, PIZZA e LAVANDERIA AUTOMÁTICA e dos sinais desconhecidos e sem sentido que pontilham as ruas retas, também elas absurdamente desprovidas de sentido, que vão dar para sempre em outras ruas igualmente retas.

Se tudo fosse feito de tijolos e de concreto, puras formas da substância, franca e abertamente, ele talvez conseguisse suportar. O golpe de misericórdia são os pequenos e patéticos ensaios de Qualidade. A lareira falsa, de gesso, no apartamento, configurada e preparada para receber uma chama que jamais poderá existir. Ou a cerca-viva na frente do prédio de apartamentos, com uns poucos metros quadrados de grama por trás. Uns poucos metros quadrados de grama, depois de Montana! Se tirassem a cerca-viva e o gramado, estaria tudo bem. Agora, isso só serve para chamar a atenção para o que foi perdido.

Ao longo das ruas que se afastam do apartamento, ele nada consegue ver além do concreto, do tijolo e do néon, mas sabe que, sepultadas debaixo deles, há almas pervertidas e grotescas, ensaiando perpetuamente os gestos que, segundo crêem, poderão fazê-las convencer-se de que possuem a Qualidade. Aprendem estranhas poses de estilo e glamour, vendidas pelas revistas de celebridades e outros meios de comunicação de massa e financiadas pelos comerciantes da substância. Fedro visualiza essas almas sozinhas, à noite, depois de tirar os sapatos, as meias e as roupas de baixo que lhes foram vendidas bem caro pela propaganda, a contemplar, através da fuligem que se acumula nas janelas, as cascas grotescas que além destas se revelam – quando a pose se desfaz e a verdade se apresenta, a única verdade que existe aqui, a clamar aos céus: meu Deus, aqui não há nada a não ser este néon sem vida, este cimento e estes tijolos!

Sua consciência temporal começa a desvanecer-se. Por vezes, seus pensamentos se aceleram até quase a velocidade da luz. Porém, quando tenta tomar decisões relativas às coisas que acontecem ao seu redor, ele leva vários minutos para formular um simples pensamento. E uma idéia única e singular começa a crescer em sua mente, extraída de algo que ele leu no diálogo *Fedro*.

"E quanto ao que é bem escrito e ao que é mal escrito – acaso precisamos pedir a Lísias ou a qualquer outro poeta ou orador que escreveu ou escreverá uma obra escrita, de política ou outro assunto, com ou sem métrica, poeta ou prosador – acaso precisamos pedir-lhes que nos ensinem isso?"

O que é bom, Fedro, e o que não é bom – acaso precisamos pedir a alguém que nos ensine essas coisas?

Era o que ele dizia meses atrás na sala de aula em Montana, uma mensagem que Platão e todos os outros dialéticos depois dele deixaram passar em branco, uma vez que todos buscaram definir o Bem em sua relação intelectual com as coisas. Porém, o que Fedro vê agora é o quanto se afastou disso. Ele mesmo está fazendo as mesmas coisas más. Sua meta original era deixar a Qualidade indefinida; porém, no processo de combater os dialéticos, ele fez diversas afirmações que, cada uma delas, transformaram-se em tijolos colocados numa muralha de definição que ele mesmo construíra em volta da Qualidade. Toda tentativa de desenvolver um raciocínio organizado em torno de uma entidade indefinida está fadada ao fracasso. A própria organização do raciocínio abole a qualidade. Ele vinha se dedicando, desde o princípio, a uma tarefa impossível.

No terceiro dia, ele dobra uma esquina, intersecção de duas ruas desconhecidas, e perde a consciência. Quando volta a si, está caído na calçada e as pessoas se movem ao seu redor como se ele não estivesse ali. Levanta-se cansado e, sem piedade, espicaça os pensamentos para se lembrar do caminho de volta ao apartamento. Os pensamentos estão mais lentos, cada vez mais lentos. É mais ou menos nessa época que ele e Chris tentam encontrar a loja que vende beliches para crianças. Depois desse episódio, ele não sai mais de casa.

Sentado sobre um acolchoado no chão de um quarto de dormir sem camas, de pernas cruzadas, ele olha para a parede. Todas as pontes foram queimadas atrás de si. Não há mais caminho de volta. E, agora, tampouco há caminho de ida.

Por três dias e três noites, Fedro fita a parede do quarto. Seus pensamentos não avançam nem recuam, mas permanecem fixos no instante. Sua esposa pergunta se ele está doente; ele não responde. A esposa se enfurece, mas Fedro a ouve sem nada responder. Escuta o que ela diz, mas já não é capaz de sensibilizar-se. Não só seus pensamentos, mas também seus desejos estão mais lentos, cada vez mais lentos, como se adquirissem uma massa imponderável. Tão pesado, tão cansado, mas nada de o sono chegar. Fedro sente-se como um gigante, de um milhão de quilômetros de estatura. Sente que está estendendo-se sem limites pelo universo inteiro.

Começa a desfazer-se de encargos que levou consigo durante toda a sua vida. Diz à esposa que saia de casa com as crianças e considere terminado seu casamento. O medo da abominação e da vergonha desaparece quando sua urina escorre, não de maneira deliberada, mas naturalmente, pelo chão do quarto. O medo da dor, da dor dos mártires, é superado quando as brasas dos cigarros queimam-lhe os dedos, não de maneira deliberada, mas naturalmente, até serem apagadas pelas bolhas criadas pelo seu próprio calor. Sua esposa vê as mãos feridas e a urina no chão e pede ajuda.

Porém, antes que a ajuda chegue, lentamente, a princípio imperceptivelmente, toda a consciência de Fedro começa a desintegrar-se... a dissolver-se e desaparecer. Aos poucos, ele deixa de perguntar-se o que acontecerá em seguida. Sabe o que acontecerá, e derrama lágrimas por sua família, por ele mesmo e por todo este universo. Vem-lhe à memória o fragmento de um antigo hino cristão: "Terás de cruzar o vale solitário." Ele o conduz em frente. "Terás de cruzá-lo sozinho." Parece um hino do Oeste, que estaria em casa nas vastidões de Montana.

"Ninguém mais pode fazê-lo por ti", diz o hino. Parece dar a entender algo além do alcance. "Terás de cruzá-lo sozinho."

Ele cruza esse vale solitário, sai do *mythos* e como que acorda de um sonho, percebendo que toda a sua consciência, o *mythos*, não passava de um sonho, um sonho que agora ele tem de sustentar pelas próprias forças. Então, até "ele" desaparece e somente o sonho de si mesmo permanece com ele, nele.

E a Qualidade, a *areté* pela qual tanto lutou, pela qual tanto se sacrificou, que *nunca* traiu, mas que, em todo aquele tempo, nem por uma vez chegou a compreender, a Qualidade se manifesta claramente a seus olhos e sua alma repousa em paz.

* * *

Os automóveis reduziram-se praticamente a nada e a estrada está tão escura que o farol parece ter de lutar para atravessar a chuva. Mortífera. Tudo pode acontecer – um buraco no asfalto, uma mancha de óleo, um animal morto... Porém, se você for devagar, será colhido pelos carros que vêm por trás. Não sei por que ainda seguimos em frente. Deveríamos ter parado há muito tempo. Já não sei o que estou fazendo. Acho que estava procurando a placa de um hotel de estrada, mas, sem prestar atenção, deixei passar muitas. Se continuarmos assim, todos fecharão.

Tomamos a próxima saída da rodovia, na esperança de que ela nos conduza a algum lugar, e logo nos encontramos numa esburacada estrada de asfalto, de pavimento deformado e coberta de pedregulhos soltos. Diminuo a velocidade. As lâmpadas de rua, acima de nossas cabeças, lançam arcos de luz de sódio por entre as camadas de chuva. Passamos da luz à sombra e desta à luz, e assim sucessivamente, sem encontrar em lugar algum um sinal de boas-vindas. Uma placa à nossa esquerda diz "PARE", mas não nos informa para que lado virar. A esquerda parece tão escura quanto a direita. Poderíamos percorrer indefinidamente estas ruas sem nada encontrar, chegando mesmo ao ponto de não conseguir encontrar de novo a estrada.

– Onde estamos? – berra Chris.
– Não sei. – Minha mente está lenta e exausta. Não consigo encontrar a resposta correta... nem saber o que fazer em seguida.

Vejo à frente, na mesma rua, um brilho branco e o luminoso de um posto de gasolina.

Está aberto. Estacionamos e entramos. O frentista, que parece ter a idade de Chris, encara-nos de um jeito estranho. Não conhece nenhum hotel. Pego a lista telefônica, encontro alguns e lhe pergunto sobre os endereços. Ele tenta nos dizer como encontrá-los, mas suas instruções são insatisfatórias. Ligo para o hotel que, segundo ele, é o mais próximo, faço uma reserva e confirmo as instruções.

Mesmo com as instruções, quase nos perdemos na chuva e na escuridão das ruas. O hotel está de luzes apagadas. Nenhuma palavra é dita quando faço a inscrição na portaria.

O quarto é uma relíquia da aridez dos anos trinta, sórdido, construído por uma pessoa que nada sabia de carpintaria; mas está seco e tem um aquecedor e duas camas, e é o que basta. Ligo o aquecedor, sentamo-nos à frente dele e logo os calafrios, a tremedeira e a umidade começam a sair de nossos ossos.

Chris não olha para mim. Limita-se a encarar fixamente o radiador do aquecedor de parede. Então, ao cabo de alguns instantes, diz:

– Quando vamos voltar para casa?

Fracasso.

– Quando chegarmos a São Francisco – respondo. – Por quê?

– Estou cansado de ficar sentado sem... – Sua voz morre no ar.

– Sem o quê?

– Sem... não sei. Só ficar sentado... como se não estivéssemos indo para lugar nenhum.

– E para onde deveríamos ir?

– Não sei. Como vou saber?

– Eu também não sei – digo.

– E *por que* não sabe? – diz ele. Começa a chorar.

– Qual é o problema, Chris? – pergunto.

Ele não responde. Então, cobre a cabeça com as mãos e balança para a frente e para trás. O jeito como o faz me dá um calafrio. Depois de alguns instantes, ele pára e diz:

– Quando eu era pequeno, era diferente.

— O que era diferente?
— Não sei. Nós sempre *fazíamos* coisas, coisas que eu queria fazer. Agora não quero fazer *nada*.

Ele continua a balançar para a frente e para trás daquele jeito lúgubre, com o rosto escondido entre as mãos, e não sei o que fazer. É um balanço estranho, como se não fosse deste mundo, um movimento fetal de autofechamento que parece deixar de fora a mim e a todas as outras coisas. É uma volta a algo que desconheço... o fundo do oceano.

Agora já sei onde o vi antes: no chão do hospital.

Não sei o que fazer.

Depois de certo tempo, deitamo-nos nas camas e tento dormir. Então pergunto a Chris:

— As coisas eram melhores antes de irmos embora de Chicago?
— Eram.
— Como? De que você se lembra?
— Era divertido.
— *Divertido?*
— É — diz ele, e fica em silêncio. Então completa:
— Lembra-se daquela vez em que saímos para comprar beliches?
— Aquilo foi *divertido?*
— Com certeza — diz ele, e permanece um longo tempo em silêncio. Então diz:
— Você não se lembra? Você me fez pedir informações para encontrar o caminho de casa... Você costumava brincar conosco. Costumava nos contar histórias, e nós saíamos de moto para fazer várias coisas, e agora você não faz nada.
— Faço, sim.
— Não faz, *não*! Você só fica sentado, olhando, e *não faz nada*!

Ouço-o novamente chorando.

Lá fora, a chuva bate na janela em violentas rajadas, e sinto como que um peso enorme sobre mim. Ele está chorando por *ele*. É *dele* que ele sente falta. É disso que fala o sonho. No sonho...

Por um tempo que parece compridíssimo, continuo a escutar o crique-crique do aquecedor e o vento e a chuva batendo contra o telhado e a janela. Então a chuva pára, e nada resta a não ser umas poucas gotas d'água que uma ocasional rajada de vento faz cair das árvores.

31

De manhã, surpreendo-me com o aspecto de uma lesma verde no chão. Ela tem uns quinze centímetros de comprimento e dois de largura. É macia, quase borrachenta, e é coberta de uma substância pegajosa, como se fosse um órgão interno de algum animal.

À minha volta o tempo está úmido, frio e nebuloso e tudo está molhado, mas o ar está claro o suficiente para me fazer perceber que o hotel em que paramos fica numa vertente. Lá embaixo há macieiras e, debaixo delas, um mato baixo coberto de orvalho ou das gotas de chuva que não evaporaram. Vejo outra lesma, depois outra – meu Deus, este lugar está cheio delas.

Quando Chris sai, mostro-lhe uma lesma que se move lentamente, como um caracol sobre uma folha. Ele nada diz.

Partimos e tomamos o café da manhã numa cidadezinha chamada Weott, ao largo da estrada. Lá, vejo que ele ainda está com o espírito distante. É um espírito de quem olha para longe, não de quem quer conversar, e por isso deixo-o em paz.

Mais além, em Legget, vemos um laguinho feito para os turistas. Compramos biscoitos salgados e jogamos as migalhas para os patos, e ele faz isso da maneira mais triste que já vi. Então passamos por um trecho sinuoso de estrada, sobre a cordilheira litorânea, e penetramos de repente numa neblina densíssima. A temperatura cai e fico ciente de que estamos de novo perto do mar.

Quando a névoa se desfaz, avistamos do alto de um promontório o oceano, tão azul e tão distante. À medida que prosseguimos, fico cada vez com mais frio, muito frio.
Paramos. Tiro a jaqueta da mala e visto-a. Vejo que Chris está muito perto da beira do precipício. São pelo menos trinta metros de queda livre até as rochas. Perto demais!
— CHRIS! — grito. Ele não responde.
Subo, pego-lhe rapidamente pela camisa e puxo-o para trás.
— Não faça isso — digo.
Ele me encara, franzindo os olhos de um jeito estranho.
Tiro roupas mais quentes da mala e entrego-as a ele. Ele as toma nas mãos, mas fica a remexê-las e não as veste.
Não há motivo para apressá-lo. Nesse espírito, se ele quiser esperar, que espere.
Ele espera e espera mais um pouco. Passam-se dez minutos, depois quinze.
Vamos entrar numa competição para ver quem espera mais.
Depois de trinta minutos sentindo o vento frio que vem do mar, ele pergunta:
— Em que direção estamos indo?
— Agora para o sul, ao longo do litoral.
— Vamos voltar.
— Para onde?
— Para onde é mais quente.
Com isso, acrescentaríamos cento e sessenta quilômetros à nossa viagem.
— Agora temos de ir para o sul — digo.
— Por quê?
— Por que, se voltássemos, o caminho ficaria muito comprido.
— Vamos voltar.
— Não. Vista suas roupas quentes.
Ele nada faz. Fica ali, sentado no chão.
Quinze minutos depois, diz:
— Vamos voltar.
— Chris, não é você quem está guiando a moto. Sou eu. Vamos para o sul.
— Por quê?

– Porque é muito longe e porque eu mandei.
– Bem, e por que simplesmente não voltamos?
A raiva me atinge.
– Acho que você não quer saber, não é mesmo?
– Quero voltar. Só me diga por que não podemos voltar. Agora estou me controlando.
– O que você quer não é voltar. O que você realmente quer é me deixar bravo, Chris. E, se continuar assim, vai conseguir!
Um rápido olhar de medo. É isso que ele queria. Quer me odiar porque não sou *ele*.

Ele olha com amargura para o chão e veste as roupas de frio. Montamos de novo na moto, então, e já estamos a caminho, ao longo do litoral.

Posso até imitar o pai que ele deveria ter, mas subconscientemente, no nível da Qualidade, ele conhece a verdade e sabe que seu verdadeiro pai não está aqui. Toda esta Chautauqua foi marcada por uma boa dose de hipocrisia. Falei inúmeras vezes da necessidade de eliminar a dualidade entre sujeito e objeto, mas a maior de todas as dualidades, a dualidade entre mim e ele, não foi encarada. Uma mente dividida contra si mesma.

Mas quem fez isso? Não fui *eu*. E não há como desfazê-lo... Fico me perguntando quão fundo será o mar aí ao lado...

Quem sou eu? Sou um herege que abjurou da heresia e assim, aos olhos de todos, salvou a própria alma. Aos olhos de todos menos aos meus, que sei, lá no fundo, que a única coisa que ele salvou foi a própria pele.

Se sobrevivo, é principalmente por agradar aos outros. É isso que é preciso fazer para sair de lá. Para sair de lá, você descobre o que eles querem que você diga e, em seguida, diz exatamente isso com tanta habilidade e originalidade quanto possível. Se eles se convencem, deixam você sair. Se não tivesse me voltado contra ele, ainda estaria lá; ele, por sua vez, foi fiel às suas crenças até o fim. Essa é a diferença que existe entre nós, e Chris sabe disso. E é por esse motivo que às vezes sinto que ele é a realidade e eu sou o fantasma.

Estamos agora no litoral do condado de Mendocino, e aqui tudo é selvagem, bonito e aberto. As colinas, em sua maioria, são cobertas de relva; porém, nos espaços que ficam entre as rochas e as dobras do terreno crescem estranhos arbustos de formas fluidas, esculpidos pelos ventos que sobem do oceano. Passamos ao lado de antigas cercas de madeira, já acinzentadas pelo tempo. A distância vê-se, igualmente velha e acinzentada, uma antiga casa de fazenda. Como poderia alguém cultivar a terra neste lugar? A cerca está quebrada em muitos pontos. Pobreza.

No lugar em que a estrada descai dos altos promontórios para a praia, paramos para descansar. Quando desligo o motor, Chris diz:

– Por que estamos parando aqui?

– Estou cansado.

– Bem, eu não estou. Vamos em frente.

Ainda está bravo, e eu também estou.

– Vá até a praia e fique correndo em círculos até que eu descanse – digo.

– Vamos em frente – diz ele, mas ignoro-o e saio a caminhar. Ele senta-se na beira da estrada ao lado da motocicleta.

Aqui, é bem pesado o cheiro oceânico de matéria orgânica em putrefação, e o vento frio não dá folga. Porém, encontro um grande maciço de rochas cinzentas onde não há vento e ainda pode-se sentir e gozar o calor do sol. Concentro-me na calidez dos raios solares e sinto-me grato pelo pouco que posso absorver.

De volta à estrada, percebo agora que ele é um segundo Fedro, pensando como ele pensava e agindo como ele agia, procurando sarna para se coçar, movido por forças que ele mal percebe e que não compreende. As perguntas... as mesmas perguntas... ele tem de saber de tudo.

E, se não obtiver a resposta, simplesmente seguirá em frente até obtê-la, o que por sua vez o levará a outra pergunta, e então seguirá em frente até obter a resposta a essa outra pergunta... eternamente correndo atrás de respostas, sem ver e compreender que as perguntas jamais se esgotarão. Algo lhe falta; ele sabe disso e há de matar-se na tentativa de encontrá-lo.

Contornamos uma curva acentuada sobre um penhasco que dá para o mar. O oceano estende-se indefinidamente, frio e azul, e gera em mim uma estranha sensação de desespero. O povo do litoral nunca chega a compreender de verdade o que o oceano simboliza para a gente do interior – o quanto ele é um sonho grande e distante, presente mas invisível nas camadas mais profundas da subconsciência; e, quando uma pessoa do interior chega ao oceano e compara as imagens conscientes com o sonho subconsciente, sente-se derrotada por ter vindo de tão longe para ver-se barrada diante de um mistério que jamais será sondado. A origem de todas as coisas.

Muito tempo depois, chegamos a uma cidadezinha onde uma neblina luminosa, que parecia tão natural sobre o oceano, faz-se presente agora nas próprias ruas, emprestando-lhes uma espécie de aura, um fulgor solar difuso que a tudo dá um aspecto nostálgico, como se fosse uma lembrança de muitos anos.

Paramos num restaurante lotado e encontramos a última mesa vazia ao lado de uma janela de onde se vê a rua, radiante. Chris olha para baixo e nada diz. Talvez ele também sinta, de algum modo, que nossa caminhada lado a lado está chegando ao fim.

– Não estou com fome – ele diz.
– Você não se importa de esperar enquanto como?
– Vamos seguir em frente. Não estou com fome.
– Bem, eu estou.
– Bem, eu não estou. Estou com dor de estômago.
O velho sintoma.

Como meu almoço em meio à conversa e ao bater de pratos e talheres de outras mesas. Pela janela, vejo passar um homem com sua bicicleta. Sinto que, de algum modo, chegamos ao fim do mundo.

Olho para a frente e vejo que Chris está chorando.
– O que foi agora? – pergunto.
– Meu estômago. Está doendo.
– É só isso?
– Não. É que eu *detesto* tudo isto... estou arrependido de ter vindo... detesto esta viagem... achei que fosse ser divertida, e não está sendo divertida coisa nenhuma... Estou arrependido de ter vindo. – Como Fedro, ele só fala a verdade. E, como Fedro, encara-me com um ódio cada vez maior. Chegou a hora.

– Chris, estive pensando em pôr você num ônibus e mandá-lo de volta para casa.

Primeiro seu rosto não mostra expressão nenhuma; depois, reflete surpresa e desânimo.

Acrescento:

— Vou seguir sozinho com a moto e vejo você em uma ou duas semanas. Não há por que obrigá-lo a continuar numa viagem de férias que você detesta.

Agora é a minha vez de ficar surpreso. Sua expressão não demonstra nenhum alívio. Pelo contrário, o desânimo fica ainda pior. Ele olha para baixo e nada diz.

Parece ter sido pego desprevenido e está com medo. Olha para mim.

— Onde vou ficar?

— Bem, agora você não pode ficar em casa, pois há outras pessoas lá. Pode ficar com seu avô e sua avó.

— Não quero ficar com eles.

— Pode ficar com sua tia.

— Ela não gosta de mim e eu não gosto dela.

— Pode ficar com seu outro avô e sua outra avó.

— Também não quero ficar lá.

Menciono alguns outros nomes, mas ele sacode a cabeça.

— Então, *quem*?

— Não sei.

— Chris, acho que você mesmo pode perceber qual é o problema. Você não quer continuar fazendo esta viagem, que está odiando. Por outro lado, também não quer ficar com ninguém nem ir para algum outro lugar. Todas essas pessoas que eu mencionei, ou você não gosta delas ou elas não gostam de você.

Ele está em silêncio, mas agora as lágrimas se formam.

Uma mulher, em outra mesa, olha para mim com raiva. Abre a boca como se fosse dizer algo. Encaro-a com o cenho franzido por longo tempo até que ela fecha a boca e volta a comer.

Agora Chris está chorando alto, chamando a atenção das pessoas em outras mesas.

— Vamos dar uma volta — digo, e levanto-me sem esperar a conta.

No caixa, a atendente diz:

— É uma pena que o menino não esteja se sentindo bem.

Concordo com a cabeça, pago e estamos do lado de fora.

Procuro um banco de rua em meio à névoa luminosa, mas não encontro nenhum. Em vez disso, montamos na moto e vamos lentamente rumo ao sul, procurando um lugar tranqüilo para encostar.

A estrada conduz novamente para junto do oceano, num local onde sobe até um promontório bem alto que parece projetar-se sobre o mar, mas está agora rodeado de massas de neblina. Por um instante vejo uma brecha distante em meio à neblina, onde pessoas repousam sobre a areia; porém, logo a neblina avança e as pessoas somem.

Olho para Chris e vejo em seu rosto um olhar perplexo e vazio. Porém, logo que lhe peço que se sente, um pouco da raiva e do ódio desta manhã ressurgem.

– Por quê? – diz ele.

– Acho que chegou a hora de termos uma conversa.

– Então converse – diz ele. A velha hostilidade está de volta. O que ele não suporta é a imagem do "pai bondoso". Sabe que essa "benignidade" é uma farsa.

– E o futuro, como será? – digo. Que pergunta mais estúpida!

– O que é que tem o futuro?

– Eu ia lhe perguntar o que você pretende fazer no futuro.

– Vou deixar que as coisas aconteçam. – É o desprezo que se manifesta agora.

A neblina se abre por um instante, revelando o penhasco sobre o qual nos encontramos. Depois, fecha-se de novo, e sou tomado por uma sensação do quanto é inevitável isso que está acontecendo. Estou sendo inapelavelmente conduzido a fazer algo, e agora os objetos nos cantos de meu olhar e os que ocupam o centro da visão têm todos a mesma intensidade, estão todos juntos numa única massa, e digo:

– Chris, acho que chegou a hora de lhe dizer certas coisas que você não sabe.

Ele ouve um pouco. Pressente que algo vai acontecer.

– Chris, você está olhando para um pai que esteve louco por bastante tempo e está próximo de ficar louco novamente.

E próximo é pouco. Já está aqui. O fundo do oceano.

– Não estou lhe mandando para casa porque estou bravo com você, mas porque tenho medo do que pode acontecer se eu continuar assumindo a responsabilidade por você.

Seu rosto ainda não demonstra nenhuma mudança de expressão. Ele ainda não compreende o que estou dizendo.

– Então este será nosso adeus, Chris, e não sei se vamos nos ver de novo.

É isso. Está feito. E o resto, agora, seguirá naturalmente.
Ele me encara com um olhar muito estranho. Acho que ainda não compreende. Esse olhar... já o vi em algum lugar... em algum lugar... em algum lugar...
Na neblina de certa manhã, nos pântanos, havia um patinho, um marreco que tinha esse olhar... Eu já o tinha ferido nas asas e ele não podia voar. Corri, peguei-o pelo pescoço e, antes de matá-lo, tive um pressentimento do mistério do universo e olhei-o nos olhos. Eles me olhavam assim... tão calmos, tão inocentes... e, não obstante, tão atentos. Então fechei as mãos sobre seus olhos e torci-lhe o pescoço até quebrar e até sentir o estalido entre meus dedos.
Então abri a mão. Os olhos ainda me encaravam, mas já não viam nada e não seguiam meus movimentos.
— Chris, eles me falam de você.
Ele me encara.
— Que todas essas perturbações estão na sua cabeça.
Ele sacode a cabeça, dizendo que não.
— Elas parecem reais e você acha que são reais, mas não são.
Ele arregala os olhos. Continua a balançar a cabeça, mas a compreensão o surpreende.
— As coisas têm ido de mal a pior. Problemas na escola, problemas com os vizinhos, problemas com a família, problemas com seus amigos... problemas onde quer que você vá, Chris. Eu era a única pessoa que mantinha isso sob controle, dizendo que estava tudo bem com você, e agora não haverá ninguém. Você compreende?
Ele me fita, atônito. Seus olhos ainda me acompanham, mas começam a vacilar. Não estou lhe dando força. Nunca dei. Estou matando-o.
— A culpa não é sua, Chris, e nunca foi. Por favor, compreenda isso.
Seu olhar fraqueja e volta-se subitamente para o interior. Então seus olhos se fecham e um estranho grito lhe sai da boca, um lamento, como se viesse de muito longe. Ele vira para o outro lado, tropeça e cai no chão. Dobra o corpo, ajoelha-se e balança para a frente e para trás, com a cabeça no solo. Um vento fraco, nebuloso, sacode a relva ao seu redor. Uma gaivota pousa nas proximidades.
Em meio à neblina, ouço o guinchar das marchas de um caminhão e sinto-me aterrorizado.
— Você tem de se levantar, Chris.

Seu gemido é agudo e inumano, como uma sirene tocando a distância.
— Você tem de se levantar!
Ele continua a balançar para cá e para lá e a gemer no chão. Não sei o que fazer agora. Não tenho a menor idéia. Tudo acabou. Quero correr e me lançar no precipício, mas luto contra esse impulso. Tenho de botá-lo no ônibus; depois poderei lançar-me no precipício.
— Agora está tudo bem, Chris.
Essa não é a minha voz.
— Eu não me esqueci de você.
Chris pára de balançar.
— Como poderia me esquecer de você?
Chris levanta a cabeça e me encara. Um véu em seu olhar, através do qual ele sempre olhou para mim, desaparece por um instante e depois retorna.
— Estaremos juntos agora.
O guincho do caminhão já está ao nosso lado.
— *Agora, levante-se!*
Chris senta-se devagar e olha-me fixamente. O caminhão chega, pára, e o motorista põe a cabeça pela janela e pergunta se precisamos de uma carona. Digo-lhe que não e despeço-me com um aceno. Ele sacode a cabeça afirmativamente, engata a primeira marcha e o caminhão sai guinchando novamente em meio à neblina. Agora somos só Chris e eu.

Coloco minha jaqueta nas costas dele. Está com a cabeça enterrada entre os joelhos e chora, mas desta vez é um lamento grave, humano, e não o estranho grito de antes. Minhas mãos estão molhadas e sinto que a testa está suada também.

Depois de alguns instantes, ele geme:
— Por que você foi embora?
— Quando?
— No hospital!
— Não tive escolha. A polícia me obrigou.
— Eles não deixavam você sair?
— Não.
— Mas, então, por que você não abriu a porta?
— Que porta?
— A porta de vidro!

411

Uma espécie de choque elétrico percorre lentamente todo o meu corpo. De que porta de vidro ele está falando?

– Você não se lembra? – ele diz. – Estávamos em pé de um lado, você estava do outro lado e mamãe estava chorando.

Nunca lhe falei desse sonho. Como pode ele saber disso? Ah, não.

Estamos em outro sonho. É por isso que minha voz parece tão estranha.

– Eu não podia abrir aquela porta. Eles me mandaram não abri-la. Eu tinha de fazer tudo que eles mandavam.

– Achei que você não quisesse nos ver – diz Chris. Olha para baixo. O terror em seus olhos, todos estes anos.

Agora vejo a porta. Está num hospital.

Vou vê-los agora pela última vez. Sou Fedro, sou Fedro, e vão me destruir por ter dito a verdade.

Tudo se encaixa.

Agora, Chris chora baixinho. Chora, e chora, e chora. O vento do mar sopra em meio às altas hastes de relva ao nosso redor, e a neblina começa a desfazer-se.

– Não chore, Chris. Chorar é coisa de criança.

Depois de bastante tempo, dou-lhe um pedaço de pano para enxugar o rosto. Juntamos nossas coisas e as colocamos na motocicleta. A neblina some de repente e percebo que o sol no rosto dele dá a sua expressão uma franqueza que nunca antes vi. Ele põe o capacete, afivela-o e olha para mim.

– Você estava louco mesmo?

Por que me faz essa pergunta?

– *Não!*

Bate o espanto. Mas os olhos de Chris rebrilham.

– Eu sabia – ele diz.

Então, monta na moto e vamos embora.

32

Rodando agora em meio à vegetação arbustiva do litoral, a *manzanita* e outras touceiras de folhas brilhantes, vem-me à mente a expressão de Chris. Ele disse: "Eu sabia."

A moto inclina-se sem esforço algum a cada curva, de tal modo que, qualquer que seja o ângulo formado entre ela e o chão, nosso peso sempre se firma embaixo. O caminho é cheio de flores e vistas exuberantes que nos pegam de surpresa, curvas fechadas que se sucedem rapidamente, e assim o mundo inteiro rola e dá piruetas, sobe e descai.

"Eu sabia", disse ele. Suas palavras me voltam agora como um desses fatos pequenos que puxam a ponta de uma linha, dando a entender que não é tão pequeno quanto imagino que seja. Isso está na cabeça dele há muito tempo. Anos. Todos os problemas que ele nos deu tornam-se mais compreensíveis. "Eu *sabia*", ele disse.

Ele deve ter ouvido algo há muito tempo e, em sua mente de criança, incapaz de entender as coisas, deve ter confundido tudo. Era isso que Fedro sempre dizia – *eu* sempre dizia – há anos, e Chris deve ter acreditado nisso e tê-lo mantido guardado dentro de si todo esse tempo.

Nossas relações uns com os outros têm aspectos que nunca chegamos a compreender plenamente, e talvez não compreendamos em absoluto. Foi sempre ele a *verdadeira* razão pela qual saí do hospital. Deixá-lo crescer sozinho teria sido realmente errado. Também no sonho era ele que tentava abrir a porta.

Não sou eu que o venho levando nas costas. É ele que vem levando a *mim!*

"Eu *sabia*", ele disse. Esse fato fica puxando a linha e dizendo que meu grande problema talvez não seja tão grande quanto penso que é, pois a resposta está bem à minha frente. Pelo amor de Deus, alivie-o de seu fardo! Seja novamente uma única pessoa!

O ar exuberante e os estranhos perfumes das árvores e arbustos nos envolvem. Já mais longe do litoral, o frio foi embora e o calor está de novo sobre nós. Ele penetra na jaqueta e nas roupas e seca a umidade que lá está. As luvas, que estavam escuras de tanta água, começaram a ficar claras novamente. Parece que a umidade oceânica me enregelou os ossos por tanto tempo que esqueci como é o calor. Começo a me sentir sonolento e, numa ravina logo adiante, vejo uma saída lateral e uma mesa de piquenique. Quando lá chegamos, desligo o motor e paro.

– Estou com sono – digo a Chris. – Vou tirar uma soneca.

– Eu também – ele diz.

Dormimos e, quando acordamos, sinto-me extremamente descansado, mais descansado que há muito tempo. Pego a jaqueta de Chris e a minha e prendo-as debaixo das cordas elásticas que retêm a bagagem sobre a motocicleta.

Está tão quente que fico com vontade de ficar sem capacete. Lembro-me que, neste estado, o uso do capacete não é obrigatório. Prendo-o em uma das cordas.

– Ponha o meu aí também – diz Chris.

– Você precisa usar o seu, por segurança.

– Você não está usando o seu.

– Tudo bem – concordo, e guardo o dele junto com o meu.

A estrada continua a evoluir sinuosa por entre as árvores. As subidas culminam em curvas fechadíssimas que revelam novos panoramas que se sucedem uns aos outros, e passamos da vegetação arbustiva a grandes espaços abertos de onde podemos ver os desfiladeiros que se estendem lá embaixo.

– Que bonito! – grito para Chris.

– Não precisa gritar – ele diz.

– Ah – digo, e rio. Sem os capacetes, podemos conversar em nosso tom de voz normal. Depois de tantos dias!

– Bem, é bonito de qualquer modo – afirmo.

Mais árvores, arbustos e bosques. Está ficando mais quente. Chris se agarra agora a meus ombros e, virando-me um pouco para trás, vejo que está erguido sobre os apoios para os pés.

– Isso é meio perigoso – digo.
– Não é, não. Dá para sentir.

Provavelmente isso é verdade.

– Tome cuidado de qualquer modo – digo.

Pouco tempo depois, quando entramos de repente numa curva bem fechada debaixo de algumas árvores cujos ramos se debruçam sobre a estrada, ele diz "Oh!", depois "Ah!", depois "Uau!" Alguns desses ramos pendem tão baixos sobre o asfalto que vão acertá-lo na cabeça se ele não tomar cuidado.

– O que foi? – pergunto.
– Tudo está muito diferente.
– O quê?
– Tudo. Nunca tinha olhado por cima dos seus ombros.

Passando entre os ramos das árvores, os raios do sol desenham formas estranhas e belas sobre a estrada. Elas jogam luzes e sombras em meus olhos. Inclinamo-nos numa curva e saímos em direção a um trecho de céu aberto, sob o sol.

Isso é verdade. Nunca o tinha percebido. Esse tempo todo, ele esteve olhando para minhas costas.

– O que você vê? – pergunto.
– Tudo está diferente.

Entramos de novo num bosque e ele diz:

– Você não fica com medo?
– Não, a gente se acostuma.

Pouco tempo depois, diz:

– Posso ter uma moto quando ficar mais velho?
– Se você cuidar dela.
– O que é preciso fazer?
– Muita coisa. Você tem visto o que eu faço.
– Você vai me ensinar tudo?
– Com certeza.
– É difícil?
– Não, se você tiver a atitude correta. O difícil é ter a atitude correta.
– Ah.

Algum tempo depois, vejo que ele está novamente sentado. Então diz:
– Pai?
– O quê?
– Será que eu vou ter a atitude correta?
– Acho que sim – digo. – Acho que não terá problema nenhum.

E assim seguimos sempre em frente, passando por Ukiah, Hopland e Cloverdale, descendo e penetrando na região produtora de vinhos. Os quilômetros de estrada são vencidos agora com facilidade. O motor que nos transportou por meio continente zumbe sem parar, perpetuamente alheio a tudo exceto a suas próprias forças internas. Passamos por Asti e Santa Rosa, Petaluma e Novato, na rodovia que agora se torna mais larga e mais cheia, preenchendo-se de automóveis, caminhões e ônibus lotados de gente. Logo, ao lado da estrada, vemos as casas e os barcos e a água da Baía.

Evidentemente, as aflições nunca acabam. Enquanto estivermos vivos, estaremos fadados a padecer a infelicidade e o sofrimento, mas tenho agora um sentimento que não tinha antes e que não está apenas na superfície das coisas, mas penetra até o fundo: vencemos. Agora, tudo vai melhorar. Dá para sentir essas coisas.

POSFÁCIO

Este livro tem muito a dizer sobre os pontos de vista da Antiguidade grega e sobre os significados desses pontos de vista, mas há um aspecto que ele deixa de lado. Trata-se do conceito grego de tempo. Para os gregos, o futuro chegava-lhes pelas costas e o passado se afastava diante de seus olhos.

Quando se pensa no assunto, essa metáfora é mais precisa que a que usamos atualmente. Quem será efetivamente capaz de olhar para o futuro? Tudo o que podemos fazer é elaborar projeções a partir do que aconteceu no passado, mesmo que o próprio passado nos mostre que essas projeções nem sempre estão certas. E quem será realmente capaz de esquecer o passado? O que mais existe que possa ser conhecido?

Dez anos depois da publicação de *Zen e a arte da manutenção de motocicletas*, o ponto de vista da Antiguidade grega é mais adequado do que nunca. Não sei, na verdade, qual é o futuro que está se aproximando de nós pelas costas, mas o passado, espalhado diante de nós, domina toda a paisagem.

É certo que ninguém poderia ter previsto o que haveria de acontecer. Naquela época, depois de 121 editoras recusarem o livro, um único editor ofereceu a quantia-padrão de 3.000 dólares adiantados. Disse que o livro o obrigava a resolver para que, afinal de contas, estava ele no ramo editorial; e acrescentou que, embora aquele fosse, com quase toda certeza, o último pagamento, eu não deveria desanimar. Um livro como este não tinha como finalidade o dinheiro.

Isso era verdade. Porém, vieram então o dia da publicação, as resenhas cheias de elogios, o topo da lista de mais vendidos, entrevistas para revistas, para o rádio e para a televisão, propostas para fazer um filme, publicações em outras línguas, infinitos convites para dar palestras e cartas dos fãs — semana a semana, mês a mês. As cartas vêm cheias de perguntas: Por quê? Como isto aconteceu? O que está faltando aqui? Qual *foi* a sua motivação? O tom delas revela uma certa frustração. Sabem que este livro não é só aquilo que os olhos vêem. Querem ouvir tudo.

Na realidade, não há um "tudo" a ser revelado. Não houve uma profunda intenção interior de manipulação. O ato de escrevê-lo parecia dotado de mais qualidade que o de não escrevê-lo, e só. Porém, à medida que o tempo recua diante de nós e a paisagem ao redor do livro se faz mais ampla, torna-se possível dar uma resposta um pouco mais detalhada.

Há uma palavra sueca, *kulturbärer*, que pode ser traduzida por "portador da cultura", mas mesmo assim não significa muita coisa. Não é um conceito muito usado nos Estados Unidos, embora devesse ser.

Um livro portador da cultura, como uma mula, leva a cultura no lombo. Ninguém deve sentar-se deliberadamente para escrever um livro desses. Os livros portadores da cultura ocorrem quase acidentalmente, como uma mudança brusca no mercado de ações. Há livros de alta qualidade que são *elementos* importantes da cultura, mas são diferentes. Eles *fazem parte* da cultura, mas não a levam a lugar algum. Podem demonstrar compaixão para com a loucura, por exemplo, pois é essa a atitude cultural padrão. Mas não levam em si a idéia de que a loucura seja algo mais que uma doença ou uma degradação.

Os livros portadores da cultura desafiam os valores culturais, e freqüentemente o fazem numa época em que a cultura está começando a aceitar esse desafio. Não são, necessariamente, livros de alta qualidade. *A cabana do Pai Tomás* não era nenhuma obra-prima literária, mas foi um livro portador da cultura. Foi publicado numa época em que a cultura como um todo estava a ponto de rejeitar a escravidão. As pessoas acolheram-no como a imagem de seus novos valores, e ele fez um tremendo sucesso.

O sucesso de *Zen e a arte da manutenção de motocicletas* parece ter resultado desse fenômeno do portador da cultura. O tratamento involuntário por choque elétrico, aqui descrito, hoje em dia é contra a lei. É uma violação da liberdade humana. A cultura mudou.

O livro também surgiu numa época de grande indefinição cultural no que diz respeito à questão do sucesso material. Os *hippies* nem queriam saber do assunto. Os conservadores estavam perplexos. O sucesso material era o próprio sonho americano. Milhões de camponeses europeus haviam acalentado esse sonho por toda a vida e haviam ido para os Estados Unidos para encontrá-lo – um mundo em que eles e seus descendentes enfim teriam o suficiente para sobreviver. Agora, seus mimados descendentes atiravam-lhes o sonho em rosto, dizendo que não o queriam. O que queriam, então?

Os *hippies* achavam que queriam alguma coisa e davam-lhe o nome de "liberdade"; mas, em última análise, a "liberdade" é uma meta puramente negativa. Ela só diz que uma determinada coisa é ruim. Os *hippies*, na realidade, não propunham nenhuma alternativa, a não ser certas alternativas coloridas e imediatistas, algumas das quais começavam a parecer-se cada vez mais com a promiscuidade pura e simples. A promiscuidade pode ser gostosa, mas é difícil transformá-la numa ocupação séria e praticá-la durante toda uma vida.

Este livro oferece outra alternativa ao sucesso material, uma alternativa mais séria. Não é tanto uma alternativa quanto uma expansão do sentido de "sucesso", entendendo-o como algo um pouco maior que simplesmente obter um bom emprego e manter-se livre de encrencas. É, também, algo um pouco maior que a mera liberdade. Propõe uma meta positiva rumo à qual devemos seguir, uma meta não-limitativa. A meu ver, é essa a principal razão do sucesso do livro. A cultura inteira estava procurando exatamente o que este livro tinha a oferecer. É nesse sentido que ele é um portador da cultura.

A perspectiva grega dos últimos dez anos, que recua diante de nossos olhos, tem também um lado negro: Chris está morto.

Foi assassinado. Por volta das 8 da noite num sábado, dia 17 de novembro de 1979, em São Francisco, ele saiu do Centro Zen, onde estudava, para visitar um amigo a uma quadra de distância, na Haight Street.

Segundo as testemunhas, um carro parou a seu lado na rua e dois homens, negros, saíram do automóvel. Um deles colocou-se atrás de

Chris e segurou-o pelos braços, de modo que não pudesse escapar. O que ficou à frente dele esvaziou-lhe os bolsos, não achou nada e ficou com raiva. Ameaçou Chris com uma grande faca de cozinha. Chris disse algo que as testemunhas não conseguiram ouvir. O assaltante ficou com mais raiva. Chris, então, disse outra coisa que o deixou ainda mais furioso. Ele enfiou a faca no peito de Chris. Então, os dois entraram no automóvel e foram embora.

Chris apoiou-se por um tempo num carro estacionado, tentando não ir ao chão. Em seguida, cambaleou até o outro lado da rua e parou sob um poste de luz na esquina da Haight com a Octavia. Por fim, com o pulmão direito encharcado do sangue da artéria pulmonar, que fora cortada, caiu na calçada e morreu.

Continuo vivendo, mais por força do hábito que por qualquer outra coisa. No enterro dele, ficamos sabendo que, naquela mesma manhã, ele comprara uma passagem para a Inglaterra, onde eu e minha segunda mulher morávamos a bordo de um veleiro. Depois, chegou uma carta dele que, estranhamente, dizia: "Nunca pensei que chegaria a viver para ver meu 23º aniversário." Ele faria vinte e três anos duas semanas depois.

Depois do enterro, pegamos todas as suas coisas, entre as quais uma motocicleta usada que acabara de comprar, e a colocamos numa velha picape e fizemos o caminho de volta pelas estradas das montanhas e desertos do Oeste norte-americano descritas neste livro. Naquela época do ano, as florestas de montanha e as pradarias estavam cobertas de neve, solitárias e belas. Quando chegamos à casa do avô de Chris, em Minnesota, estávamos mais em paz. Lá, no sótão de seu avô, ainda estão guardadas as coisas dele.

Tenho a tendência de enfronhar-me em questões filosóficas, repassando-as reiteradamente pela cabeça em ciclos que giram e giram até gerar uma resposta ou, alternativamente, até tornar-se tão repetitivos e mecânicos que começam a representar uma ameaça psiquiátrica. Então, fiquei obcecado pela seguinte questão: "Para onde ele foi?"

Para onde foi Chris? Ele comprara uma passagem de avião na manhã daquele mesmo dia. Tinha uma conta bancária, gavetas cheias de roupas, estantes cheias de livros. Era uma pessoa existente e viva, que ocupava o tempo e o espaço neste planeta – e agora, de repente, para onde tinha ido? Será que subira pela chaminé do crematório? Estaria, por acaso, na caixinha de ossos que nos entregaram? Estaria dedilhando uma harpa de ouro numa nuvem bem alta? Nenhuma dessas respostas tinha sentido.

Eu tinha de saber: qual era o objeto daquele meu tamanho apego? Seria algo puramente imaginário? Para quem já ficou internado num hospital psiquiátrico, essa pergunta nunca é simples. Se ele não era puramente imaginário, para onde fora? Será que as coisas reais simplesmente desaparecem num piscar de olhos? Nesse caso, as leis físicas da conservação da matéria e da energia devem ser questionadas. Porém, se nos ativermos às leis da física, concluiremos que o Chris que desapareceu era irreal. E o ciclo continua. Chris costumava sumir de vez em quando, só para me deixar bravo. Mais cedo ou mais tarde ele voltava a aparecer; mas e desta vez, onde apareceria? Na realidade, para onde fora, afinal?

O círculo vicioso parou por fim quando percebi que, antes de perguntar "Para onde ele foi?", tinha de perguntar "O que é o 'ele' que se foi?" Nossa cultura tem o antigo hábito de ver as pessoas primordialmente como algo material, carne e ossos. Enquanto eu continuasse com essa idéia, não haveria solução. Evidentemente, os óxidos da carne e do sangue de Chris *tinham* subido pela chaminé do crematório – mas não eram Chris.

O que eu tinha de saber era que o Chris de quem eu sentia tanta falta não era um objeto, mas um padrão; e, embora esse padrão contivesse também sua carne e seu sangue, não se reduzia a isso. O padrão era maior que Chris e maior que eu, e relacionava-se conosco de diversas maneiras, que nem eu nem ele poderíamos compreender ou controlar plenamente.

O corpo de Chris, que fazia parte desse padrão maior, tinha desaparecido. O padrão maior, porém, permanecia. Um enorme buraco se abrira bem no meio dele, e era isso que me dava tamanha dor. O padrão procurava algo a que se ligar e não encontrava nada. Talvez seja por isso que os enlutados se sentem tão apegados às lápides de cemitério e a quaisquer objetos materiais e representações pictóricas dos falecidos. O padrão tenta permanecer agarrado a esta existência, buscando uma nova coisa material na qual possa centrar-se.

Pouco tempo depois, ficou claro que esses pensamentos eram muito parecidos com afirmações que se encontram em diversas culturas "primitivas". Se tomarmos essa parte do padrão que não é a carne e os ossos de Chris e chamarmos-lhe de "espírito" ou "fantasma" de Chris, poderemos dizer, sem fazer nenhuma outra tradução, que o espírito ou fantasma de Chris está à procura de um novo corpo. Quando ouvimos os "primitivos" falando desse modo, chamamo-lhes desdenhosamente de supersticiosos, pois entendemos o *fantasma* ou *espírito* como uma espécie de ectoplasma material, ao passo que, na verdade, talvez não seja nada disso.

De qualquer modo, poucos meses depois, minha esposa ficou grávida inesperadamente. Ao cabo de cuidadosa discussão, chegamos à conclusão de que a gravidez não deveria ser levada adiante. Estou com mais de cinqüenta anos. Não queria passar de novo pela experiência de criar um filho. Já tinha visto muitas coisas nesta vida. Assim, tomamos nossa decisão e marcamos a data com um médico.

Foi então que aconteceu algo muito estranho. Nunca me esquecerei. Enquanto repassávamos toda a decisão detalhadamente pela última vez, houve uma espécie de dissociação, como se minha esposa começasse a recuar na distância enquanto estávamos sentados conversando. Olhávamos um para o outro, conversando normalmente, mas a sensação era semelhante à daquelas fotografias de um foguete logo depois do lançamento, nas quais se vêem dois estágios começando a separar-se um do outro no espaço. Você acha que está junto da outra pessoa mas, de repente, está separado.

Eu disse: "Pare. Espere. Há algo errado." O que era não sei dizer; mas sei que era intenso; e eu quis que aquilo parasse. Era uma coisa assustadora, que de lá para cá tornou-se mais clara. Era o padrão maior de Chris, dando-se enfim a conhecer. Revertemos nossa decisão e hoje percebemos quão grande seria a catástrofe que nos acometeria se não o tivéssemos feito.

Assim, acho que podemos dizer que, segundo essa maneira primitiva de encarar as coisas, Chris conseguiu enfim sua passagem de avião. Desta vez ele é uma menininha chamada Nell e nossa vida tem de novo algum sentido. O buraco bem no meio do padrão está sendo consertado. Milhares de lembranças de Chris estarão sempre ao alcance da mão, é verdade; mas não haverá mais o apego destrutivo a uma entidade material que não poderá jamais estar novamente entre nós. Estamos na Suécia agora, a terra dos antepassados de minha mãe, e estou trabalhando num segundo livro que serve de seqüência a este.

Nell me ensina aspectos da paternidade que eu nunca havia compreendido. Se ela chora, faz bagunça ou decide ser do contra (e esses episódios são relativamente raros), não me incomodo. Sempre posso compará-los com o silêncio de Chris. O que se evidencia agora com muito mais clareza é que, embora os nomes mudem e os corpos mudem, o padrão maior que nos une a todos permanece sempre o mesmo. No que se refere a esse padrão maior, as últimas linhas do livro ainda valem. Nós *realmente* vencemos. Tudo *realmente* melhorou. Dá para sentir essas coisas.

ooo1o99ikl;i.,pyknulmmmmmmmmmm 111

(Esta última linha foi escrita por Nell. Ela pôs a mãozinha por cima da máquina e bateu com força nas teclas; depois, me olhou com o mesmo brilho que costumava aparecer nos olhos de Chris. Se os editores a conservarem, será sua primeira obra publicada.)

ROBERT M. PIRSIG
Gotemburgo, Suécia
1984

GUIA PARA A LEITURA DE
Zen e a arte da manutenção de motocicletas
Uma investigação sobre os valores

ROBERT M. PIRSIG

Introdução

Zen e a arte da manutenção de motocicletas são essencialmente três livros: o relato de uma viagem de moto de Minnesota à Califórnia, uma meditação filosófica sobre o conceito de Qualidade e a história de um homem perseguido pelo fantasma de seu eu anterior. Nesses três livros encontramos alegorias e tensões psicológicas, uma lição sobre as escolas de pensamento do Oriente e do Ocidente, uma charada sobre o sentido da existência, um comentário sobre a paisagem física e social dos Estados Unidos e algumas dicas bastante úteis sobre a manutenção de uma motocicleta. Em suma, todos poderão encontrar algo de seu gosto neste livro brilhante e extenso, que examina os aspectos interiores e exteriores das possibilidades de obter a iluminação num mundo complicado.

Quando foi publicado pela primeira vez, em 1974, o livro de Robert Pirsig foi uma sensação literária. Alguns críticos aplaudiram sua estrutura complexa e sua proposta ambiciosa, ao passo que outros viram nele somente a tagarelice abstrusa e ensimesmada de um retórico convencido de sua própria grandeza. Não há dúvida de que se trata da obra de um escritor determinado a propor perguntas difíceis a si mesmo e a seus leitores: como saber o que é verdadeiro e o que não é? O que faz de nós a pessoa que somos? Acaso podemos, ou devemos, trabalhar para nos transformar numa pessoa correspondente à idéia do que queremos ser? Ao explorar essas questões, Pirsig emprega vários esquemas literários clássicos. Seguindo a tradição da filosofia grega, estabelece uma série de diálogos entre o narrador e diversos "discípulos", diálogos em que as idéias são trocadas, às vezes, num clima bastante carregado. Está entretecida em todo o livro a alegoria da viagem do narrador para o Oeste norte-americano com seu filho pré-adolescente, uma viagem na qual eles sobem e cruzam montanhas e transpõem pradarias, vales e trechos completamente cobertos de neblina. Parte do livro são lembranças – a história de Fedro e de seu mergulho na loucura, revelada lentamente ao leitor por um narrador enigmático e enganosamente onisciente. E há um clímax – um confronto catártico entre pai e filho – e um desenlace, no qual as tensões se resolvem e a viagem termina.

Nesse caso, por que esse livro, tão cheio de elementos e técnicas familiares, tão rigoroso no que pede do autor e do leitor – por que esse livro atraiu tanta atenção e inspirou tantos debates, que, aliás, prolongam-se até agora, vinte e cinco anos depois de sua publicação? Como qualquer outra obra clássica da literatura, *Zen e a arte da manutenção de motocicletas* é simultaneamente específico e atemporal. Foi escrito numa época tumultuada, em que a maneira comum de viver era questionada e posta em cheque. Porém, o livro não fica preso a seu contexto histórico. Seu tom é formal sem parecer rígido, e a prosa é descontraída sem ser frouxa. Pirsig, como escritor, sabe que um fluxo constante de narrativa ininterrupta aborrece o leitor, e assim divide sua Chautauqua em porções digeríveis, cuidadosamente entremeadas de pequenas seqüências de trama e gradativas revelações acerca dos personagens principais. Cada um desses elementos coopera para dar legibilidade e acessibilidade a esse grande romance. Porém, como explicar o quanto ele nos prende, o poder que tem de nos fazer pensar e a ânsia que muitos leitores sentem de voltar a lê-lo novamente, várias vezes?

A resposta, provavelmente, está na estrutura do livro, enganosamente simples: um homem cruza o país de motocicleta com seu filho. Aos poucos, porém, vamos descobrindo que a obra compreende muitas jornadas, no espaço, no tempo e no sentimento. As diferentes jornadas se encontram em muitos pontos; ecoam umas às outras e explicam umas às outras quando a situação fica difícil. O mais importante é que essas jornadas são reveladoras e nos dizem muitas coisas sobre os personagens principais – retendo, porém, as informações cruciais até o momento em que o leitor está preparado para recebê-las. E, no final, o que ficamos sabendo nos tenta a voltar ao princípio e fazer nova leitura do livro! Este livro de estrutura aparentemente livre é, na verdade, construído com todo o cuidado, de maneira precisa e notável. Estimula-nos a pôr em questão nossas crenças mais básicas – e depois nos dá o grau exato de validade dessas mesmas crenças. Talvez. Como na vida, também não há respostas simples em *Zen e a arte da manutenção de motocicletas* – não existe a interpretação correta, a solução do grande mistério. Como na vida, a jornada – através deste livro de muitas jornadas – é sua própria recompensa.

A seguir, alguns trechos da correspondência entre Robert Pirsig e seu editor, James Landis, da William Morrow and Company. Eles nos oferecem uma visão fascinante do processo criativo do escritor e da singular relação de apoio que tinha com o sr. Landis. Estas cartas nos contam a história extraordinária de um livro que, publicado em face de imensas dificuldades, alcançou um sucesso totalmente imprevisto. A história começa em junho de 1968 com a primeira "carta de sondagem" que Pirsig enviou a John C. Wiley, então editor-chefe da William Morrow, na qual falava de um livro com um "estranho título":

6 de junho de 1968
[carta a John C. Willey, editor-chefe, William Morrow and Company]

Caro Sr. Willey,

Estou trabalhando num livro com o estranho título de *Zen e a arte da manutenção de motocicletas* e estou em busca de uma editora.

Como diz o título, o livro fala do zen e do conserto de motocicletas, mas fala também de uma unificação do sentimento espiritual e do pensamento tecnológico. Afirma, em parte, a tese de que a dissociação entre essas duas coisas é uma das raízes profundas do descontentamento desta nossa época; e oferece algumas soluções heterodoxas.

Envio, anexas, duas páginas de amostra. Se tiver interesse em ler mais, por favor me diga.

Grato,
ROBERT M. PIRSIG

10 de junho de 1968

Caro Sr. Pirsig,
John Willey encaminhou-me sua carta de 6 de junho a respeito de seu ZEN E A ARTE DA MANUTENÇÃO DE MOTOCICLETAS. O livro parece fascinante e de boa vontade dedicar-lhe-emos uma leitura, quer já terminado, quer no estado em que se encontra agora. Encaminhe-o a meus cuidados.

Atenciosamente,
JAMES LANDIS
Editor

Assim teve início uma singular aliança criativa: uma correspondência de quase quatro anos entre Robert Pirsig e James Landis. Durante esse período, os dois trocaram informações, idéias e palavras de encorajamento enquanto Pirsig delineava e escrevia ZAMM, organizando minuciosamente o trabalho através de um sistema rigoroso que envolveu o uso de cerca de três mil fichas de 10 por 15. A associação entre os dois é extraordinária na medida em que uma tal interação entre escritor e editor quase nunca ocorre antes de um livro ser efetivamente contratado.

16 de agosto de 1968

Caro Sr. Pirsig,
Muito lhe agradeço pelo ótimo trecho enviado. Estou mais interessado e curioso do que nunca e gostaria de deixar bem claro que nós, aqui, não temos pressa alguma – o senhor deve trabalhar com toda a calma e em nenhuma circunstância deve sacrificar a arte à pressa por medo de que minha disposição de ler seu livro venha a esgotar-se ou ser esquecida. Estarei aqui e estarei pronto quando seu manuscrito chegar, seja quando for.

Meus melhores votos,
JAMES LANDIS

P.S. Se o senhor conseguir inserir no livro a viagem com seu filho, tanto melhor; mas a decisão é sua. Evidentemente, não estou sugerindo uma espécie de diário de viagem, mas antes um registro do que aconteceu com vocês no campo dos *sentimentos* enquanto cruzavam o país de motocicleta e trabalhavam neles quando isso se fazia necessário.

5 de janeiro de 1969
Caro Sr. Landis,
   Passa pouco do Natal e este é o período para o qual fora originalmente prevista a entrega de *Zen e a arte da manutenção de motocicletas*. O livro está longe de estar terminado e, em vez dele, envio este relatório preliminar.
   O relatório é o seguinte: estou extremamente contente com o progresso do livro. No início de outubro ficou claro que eu tinha acabado de subir uma espécie de ladeira e não teria mais de fazer o esforço de subida. De lá para cá, tenho viajado numa longa e agradável descida.
   No final de agosto, minha insatisfação com o caráter recôndito da forma "ensaio" tornou-se tão forte que adotei uma abordagem completamente nova, a de ensaio-narrativa. O ensaio é narrado em primeira pessoa, no tempo presente, por um indivíduo que cruza o país de motocicleta. A viagem que fiz com meu filho no último verão proporcionou-me o formato natural...
   Em certo sentido, a esta altura, tudo está pronto, com exceção da redação propriamente dita. O esquema, que foi feito em cerca de 3.000 fichas de 10 por 15 cm, ficou pronto em dezembro com uma minúcia que chega ao nível do parágrafo. Na verdade, foram preparados cinco esquemas separados, com os nomes de "Acontecimentos", "Pessoas", "Considerações gerais sobre a manutenção", "Considerações gerais sobre o Zen" e "Alturas". Estes cinco foram cuidadosamente entremeados para reforçar-se mutuamente e dar unidade ao livro...
   Minha primeira estimativa de data de entrega errou o alvo de tão longe que hesito em fazer uma segunda, mas vamos combinar para setembro. Penso que o senhor se sentirá agradavelmente surpreso pela qualidade deste romance, e não quero que a pressa venha a diminuir essa qualidade.

Cordialmente,
Robert Pirsig

3 de março de 1970
Caro Sr. Landis,
   Chegou de novo a hora do relatório semestral sobre o *Zen e a arte da manutenção de motocicletas*. O relatório é o seguinte:
   O primeiro rascunho está terminado.
   É difícil de acreditar, mas é verdade. Ainda está muito feio, insípido, digressivo, desconexo, malproporcionado... nada que alguém conseguisse ler sem sentir náuseas... mas está pronto, em todas as suas 120 mil palavras, e contém uma história que, com sorte e paciência, pode ser elaborada para transformar-se em algo realmente forte.

Por isso, agora, estou trocando o chapéu... guardando na prateleira o turbante do vidente e ajeitando na cabeça uma viseira de copidesque, e é com tremendo alívio que o faço. Foi muito difícil escrever tudo isto por dois anos sem riscar uma única palavra. Não obstante, estou certo de que, se não tivesse procedido desse modo, o primeiro rascunho jamais teria sido terminado. Agora, cada uma de suas partes pode ser julgada não só por seu valor intrínseco, mas pelo valor que representa para o livro como um todo.

Meus melhores votos,
BOB PIRSIG

8 de junho de 1970

Caro Sr. Landis,

Foi bom receber sua carta encorajando-me a prosseguir com o *Zen e a arte da manutenção de motocicletas*. Certamente, o senhor terá a oportunidade de ver o livro completo...

Seus comentários são fascinantes e evidenciam, para mim, a intuição de um artesão longamente experimentado. O poeta Allen Tate, com quem estudei por quase um ano, costumava apontar os mesmos tipos de coisas.

De fato, as transições são muito difíceis. Passar da reflexão à observação não é tão ruim. Os acontecimentos simplesmente interrompem o pensamento. Porém, da realidade à reflexão não é fácil. Fiz uma nota a esse respeito numa de minhas 3.000 fichas...

Na verdade, Sylvia e o narrador estão *discutindo* por causa do "cortejo funerário". Ela procura impor ao narrador seu estado de espírito. Trata-se de uma linha fraca dada de bandeja ao narrador para que ele possa derrubá-la com a afirmação de que "trabalha-se para viver, e é isso que elas estão fazendo". Ele não quer concordar com a idéia de que o trabalho tecnológico é um mal. É essa a primeira discórdia do livro, que rompe a tranqüilidade vigente até então. Gosto deste livro, embora Sylvia tenha ficado brava por causa de suas linhas fracas, ciente de que *jamais* teria dito algo parecido. Mandei-a para o inferno. Estou sacrificando-a para fortalecer o narrador, que precisa de toda a energia possível para o que vem em seguida.

De qualquer modo, foi ótimo receber sua carta. O senhor é a primeira pessoa que conheço, desde Allen Tate, que é capaz de ler um manuscrito com tanta atenção.

Meus melhores votos,
BOB PIRSIG

Com o manuscrito completo em mãos, ficou claro que o ZAMM era um livro exigente sob todos os aspectos: intelectual, comercial e até logístico.

21 de novembro de 1972

Caro Sr. Pirsig,

Estive pensando em seu livro desde que terminei de lê-lo, alguns dias depois da última vez em que lhe escrevi para dizer-lhe o quanto gostara do que já havia lido até então. E fico satisfeito, embora perplexo, em dizer-lhe que continuo gostando do livro, que é sábio, divertido e triste e ensinou-me algumas coisas. É um livro que eu adoraria publicar, posto que – e aqui tocamos em alguns dos motivos de perplexidade – não tenha certeza nem de como fazê-lo nem se poderei fazê-lo.

Partindo do pressuposto de que o senhor ainda não tenha vendido o livro, vou procurar explicar aqui o que vou chamar de "o problema", e que se reduz, no fim, e infelizmente, à mundana questão do dinheiro... O dinheiro que mais me preocupa é o que seria gasto na confecção do livro. Pois trata-se, como o senhor sabe, de um livro bastante grande, com cerca de 200.000 palavras numa estimativa pouco rigorosa. E um livro desse tamanho representa um verdadeiro problema para a editora, que tem de cobrar por ele um preço que lhe garanta pelo menos que não vá perder dinheiro com a mera fabricação... E o que torna o problema ainda maior é que (para mim, pelo menos) é muito difícil estimar o mercado potencial desse livro. Quanto a mim, considero-o uma obra de proporções quase clássicas; não se trata de um juízo comercial, ainda que, quando a noção de clássico se alia à noção de comercial, o que temos é um livro cujas vendas não diminuem de ano a ano. É um livro grande, um livro exigente, e não é, pelo menos à primeira vista, um livro com grande apelo para as massas... Eu não eliminaria do futuro do livro um público muito amplo e substancial. Porém, não posso *contar* com esse público... Preocupa-me também o tamanho: em certo sentido, não li o livro como um editor o leria, mas como um leitor – para mim, pelo menos, há aí uma diferença. Tendo-o apreciado na qualidade de leitor, não há dúvida de que o aprecio como editor; mas, na qualidade de editor, eu tenderia a estudá-lo atentamente, minuciosamente, criticamente, procurando trechos supérfluos, redundantes e coisas afins – e, nesse caso, procurando lugares em que ele pudesse ser cortado... Sempre pensei que nenhum livro deve ser cortado só por sê-lo, independentemente dos custos de produção de um livro de grande tamanho. Porém, tenho a impressão de que os cortes, em certos trechos, são cabíveis, e que fariam bem ao livro como um todo....

Já disse tudo o que queria, por enquanto; embora o senhor talvez tenha perguntas a me fazer sobre estes assuntos, e deve fazê-las. Aguardo uma resposta sua e tenho grandes esperanças de que possamos efetuar juntos este trabalho.

Meus melhores votos,
JAMES LANDIS
Editor

3 de janeiro de 1973

Caro Bob,

    Um simples bilhete apressado, de fim de noite, para agradecer-lhe pela última carta e tentar mantê-lo a par dos progressos que têm ocorrido por aqui...

    Antes de vir para o litoral, terminei a avaliação de custos sobre a qual lhe escrevi... e ela começou a circular pela casa. Porém, na minha ausência, um de nossos diretores de *marketing* pegou o manuscrito e está fazendo uma leitura. Você já deve ter percebido, pelas cartas que trocou com outras editoras, que o livro não é o sonho de um homem de *marketing*, e, se o nosso homem... tentar criar problemas, terei de fazer pressão para vencê-lo: estou determinado a fazer todo o possível para alcançarmos o objetivo que você e eu almejamos... Não tenho motivo algum para tentar lhe enganar dizendo que o livro é "comercial" segundo o sentido que a maioria das pessoas do ramo editorial, hoje em dia, dá a essa palavra... Entretanto, deposito minha fé no fato de que o livro, em última análise, é bom e importante, o que nos coloca num contexto que vai além do comercial e nos leva para o domínio daquilo que, a meu ver, é a própria finalidade da atividade editorial. De qualquer modo, acho que posso fazer este livro vender; será preciso trabalhar e levará algum tempo, mas acho que existem por aí compradores em número suficiente para agradar até mesmo àqueles entre nós que mais se preocupam com o mercado.

JAMES LANDIS

Das 122 editoras que receberam a primeira "carta de sondagem" de Robert Pirsig em 1968, a William Morrow foi a única que fez uma oferta (em 1973) de compra do manuscrito completo. Jim Landis apresentou o ZAMM a seus colegas exaltando-o como um clássico, o que se verificaria em seguida.

APRESENTAÇÃO DO EDITOR (4/73)
TÍTULO: ZEN E A ARTE DA MANUTENÇÃO DE MOTOCICLETAS

PROGRAMA: Trata-se, em seu sentido último, de um livro sobre a vida, sobre como viver e, pelo menos de modo indireto, sobre por que viver. É um livro que pode ser lido em diversos níveis... Para fazer uma super-simplificação: é o relato autobiográfico de um homem que faz uma viagem de motocicleta com seu filho. O homem, no passado, ficou louco. Em sua opinião, a pessoa que é agora é totalmente diferente da pessoa que era antes de sua loucura. Durante a viagem de motocicleta, esse homem (que nunca é designado oficialmente como Robert Pirsig) confronta consigo mesmo, com seu passado e com seu filho Chris, que tem onze anos e, segundo um diagnóstico médico, apresenta "os primeiros sintomas de uma doença mental"... O livro é inacreditavelmente brilhante; provavelmente, é uma obra de gênio; e aposto que alcançará a estatura de um clássico.

Mas havia mais trabalho a fazer: apresentava-se diante deles o tremendo desafio – que durou um ano – de produzir esse livro volumoso e publicá-lo com sucesso. Esse trabalho foi desde a identificação exata do subtítulo correto até a busca (e a obtenção) da aclamação da crítica, que estabeleceu o ZAMM como uma obra-prima e exaltou-o como um dos livros mais singulares e instigantes de toda a história da literatura norte-americana.

29 de maio de 1973

Caro Jim,

Trago aqui as respostas às suas perguntas, mais um ou dois cortes e a reorganização do Capítulo 8 (a poeira não baixou bem). Não sei quantos editores passam um pente fino como o que você passou ou dão ao autor a opção de aceitar ou rejeitar as sugestões, mas apreciei tremendamente ambas as coisas. Estou me sentindo mais confiante, a respeito do livro, do que jamais estive, e espero ansiosamente a primeira prova....

Meus melhores votos,
Bob

15 de junho de 1973

Caro Jim,

Nancy, minha esposa, teve ontem um pesadelo no qual você apareceu aqui com dois exemplares do livro, um de capa dura e outro em brochura. Porém, o título havia sido inesperadamente alterado para "O RIO FLEXÍVEL". Ela não tem idéia de onde esse título surgiu, mas eu lhe disse que, quanto mais pensava sobre ele, melhor ele me soava. Ela não partilhou de meu senso de humor. Disse que, depois do título, havia várias linhas de subtítulos de que não se lembrava, mas que eles concluíam com "Uma investigação sobre o valor", o que a deixou muito aborrecida.

O que precipitou tudo isso foi uma festa na qual perguntamos a todos o que achavam desse subtítulo, e ele provocou um grande baque (especialmente em Kate Berryman, esposa do poeta). A reação geral foi a de que cortava o efeito do título principal da mesma maneira que uma piada perde o efeito quando é seguida imediatamente por uma explicação, e fazia com que tudo soasse como uma espécie de astuta dissertação de mestrado.

BOB PIRSIG

19 de junho de 1973

Caro Bob,
Uma festa não é o lugar mais indicado para fazer experiências com as pessoas, especialmente a respeito de coisas que elas não podem entender de modo algum (por causa da distância – muito comprida *ou* muito curta). É claro que seus amigos podem ser encarados como inocentes, o que dá um pouco mais de validade ao juízo deles e configura-o como uma espécie de amostra da reação inicial das pessoas; mas acho que, no final, não importa o que eles dizem, e penso que você deve ficar tranqüilo com essas palavras e com a verdade que elas representam... Minha opinião é que devemos ficar com "Uma investigação sobre os valores", uma vez que, em matéria de poucas palavras, essas me parecem tão verdadeiras quanto quaisquer outras que alguém pudesse inventar... O título é singularmente maravilhoso, mas terá muito mais a dizer a quem já tiver lido algumas páginas do livro do que à pessoa que simplesmente está decidindo se vai comprá-lo ou lê-lo ou não... Se for necessário, você e eu poderemos resistir a todo o resto do mundo quando o resto do mundo decidir dar uma festa.

JIM

Memorando de: James Landis
2 de agosto de 1973

George Steiner, que é sem dúvida um dos escritores e pensadores mais queridos do mundo, ... leu este livro e me escreve: "É um livro grandioso." Compara-o, em estatura, às obras de Dostoiévski e Broch, ... Proust e Bergson. Em seguida, diz que *Zen* é "uma obra de grande importância" e menciona o "profundo entusiasmo" que ela lhe causou. Steiner escreveu ao *The New Yorker* para tentar convencê-los a publicar uma resenha do livro, que ele mesmo escreveria; mas, ao que parece, é o próprio *The New Yorker* que decide quais livros vai resenhar... Considero muito importante que um homem tão imensamente erudito e de tão elevada reputação reaja dessa maneira a um livro que vamos lançar... Espero que as reações futuras ao livro, tanto as de fora quanto as dos próprios membros da casa que vierem a lê-lo, deixem muito claro que esse livro de Robert Pirsig é, sob todos os aspectos, um grande acontecimento e pode ser reconhecido sem grande dificuldade como um dos livros mais importantes de nossa época.

Uma conversa com o Autor

Esta entrevista com Robert Pirsig foi feita através de *e-mail*.

O ZAMM parece ter sido escrito, em parte, como uma reação a um estado de espírito que o senhor percebeu no país, de pessoas que questionavam o status quo *mas não tinham certeza de qual alternativa adotar. Como o senhor acha que mudou o estado de espírito do país nos últimos vinte e cinco anos, ou seja, desde que o livro foi publicado?*

Acho que o estado de espírito do país, agora, está muito mais sossegado. Todas as civilizações passam por períodos de crescimento e incerteza e períodos de estabilidade e certeza. Agora, as coisas parecem muito estáveis e garantidas, mais ou menos do jeito que estavam na década de 1890. É uma época boa para as crianças, mas péssima para os revolucionários.

É certo que muitos leitores hão de achar difíceis de engolir algumas das lições filosóficas do ZAMM, muito embora apreciem enormemente o livro. O quanto é importante que o leitor compreenda a fundo a Chautauqua do narrador?

Depende do leitor. Há aqui dois livros entremesclados, um que trata de idéias e outro que trata de pessoas. Se houver um leitor que só queira saber das pessoas, não há problema. Mesmo assim o livro é legível. Os que quiserem saber um pouco mais a respeito das idéias deverão passar ao livro seguinte, *Lila*.

Seu narrador afirma: "Precisamos voltar à integridade individual, à auto-suficiência e ao bom e velho pique." Vinte e cinco anos depois, muita gente (e muitos políticos) concordaria com essas palavras. O ZAMM é um livro voltado para o interior, mas afirmações como essa fatalmente provocarão uma reação política. Era isso que o senhor pretendia? Na época em que escreveu essas palavras, o senhor concordava com a perspectiva do narrador?

Não conheço nenhuma corrente política que se oponha à "integridade individual, à auto-suficiência e ao bom e velho pique". Tanto os republicanos quanto os democratas assumem essa posição. Ninguém sobe ao palanque para gritar: "Precisamos é de mais conformismo apático!" O narrador, aqui, está apresentando um clichê porque ele mesmo é meio político. Inseriu um lugar-comum em seu discurso para ganhar a aprovação geral do público.

No ZAMM, o senhor faz o elogio das estradas secundárias e vicinais dos Estados Unidos, que permitem uma intimidade maior com o povo deste país e com os diferentes modos de vida de nossa gente. O senhor ainda viaja por essas estradas? Se viaja, suas experiências o deixam animado ou desanimado?

Moro hoje numa área rural que está se enchendo rapidamente de gente, e assisto a esse fenômeno com tristeza. Porém, enquanto a população estiver crescendo, será impossível evitar isso.

O senhor fala de um "divórcio" entre arte e tecnologia. Por acaso chegamos mais perto de curar essa cisão no último quarto de século? Os computadores nos deixaram mais à vontade com a tecnologia?

Não. Os computadores são tecnologia do mesmo jeito. O divórcio tem de ser curado num nível muito superior a esse. Quando o narrador fala disso, está preparando o caminho para a discussão sobre a qualidade, que vem depois. A qualidade é o elemento comum à arte e à tecnologia.

O senhor disse que levou muitos anos para escrever o ZAMM. Pode explicar o processo criativo que produziu este livro, o que o conduziu à estrutura do livro e quais foram suas razões para criar um ponto de vista tão complexo?

O livro, na verdade, começou com o título. John Sutherland era estudante de filosofia e, na faculdade, interessava-se enormemente pela filosofia oriental. Na verdade, conheci-o numa conferência da Fundação Rockefeller sobre o termo sânscrito "dharma", da qual ele era o secretário. Como disse no livro, tínhamos o costume de andar um pouco de moto e periodicamente parar para tomar uma cerveja. Nessas paradas, freqüentemente discutíamos temas filosóficos, como, por exemplo, *A arte cavalheiresca do arqueiro Zen*, de Eugen Herrigel. Eu sabia que John não gostava da manutenção de motocicletas e eu gostava, e pensei em escrever um ensaio para ele chamado "Zen e a arte da manutenção de motocicletas" para fazê-lo entender meu ponto de vista. A idéia intrigou-me, e foi assim que o livro começou.

O livro cresceu organicamente, sem tomar nenhuma direção predeterminada, somente na medida em que surgiam idéias para melhorá-lo. O ensaio sobre a manutenção de motocicletas expandiu-se e transformou-se num ensaio sobre a tecnologia em geral. O conflito entre mim e John expandiu-se e transformou-se numa divisão do Universo em clássico e romântico. Depois de fazermos a viagem descrita no livro, tive a idéia de situar as idéias dentro da narrativa da viagem para dar-lhes mais realidade concreta. Foi assim que tudo tomou forma.

Apesar do tamanho do livro, do tema difícil e da obscuridade do autor, o ZAMM surpreendeu o setor editorial quando apareceu em diversas listas de best-sellers e atraiu a atenção dos meios de comunicação. Como o senhor explica o sucesso do livro e sua popularidade, que não diminuiu?

Acho que ele pratica o que prega. Lembro-me que, quando o escrevia, pensei comigo mesmo: "Se você vai fazer um ensaio sobre a qualidade, é melhor dar um exemplo disso no próprio texto."

Depois de ser recusado por 121 editoras, o senhor deve ter se sentido desestimulado com as perspectivas de publicação do livro. Muitos escritores teriam perdido a esperança e engavetado o projeto. O que o determinou a publicar ZAMM?

Não foi tão difícil. As 122 cartas foram feitas simultaneamente com uma máquina de escrever elétrica que funcionava com fita perfurada. De início, vinte e duas editoras se interessaram; mas, depois dos quatro anos que o livro demorou para ficar pronto, esse número havia caído para seis. Depois de as seis lerem o manuscrito, só uma o quis. Porém, não é preciso mais que uma.

Os senhor está trabalhando atualmente em algum projeto literário?

Não. Basta. Na minha opinião, não é bom escrever quando não se tem a necessidade premente de dizer algo. É claro que, para a maioria dos escritores, essa necessidade premente é o dinheiro, mas meus dois livros cuidaram dessa parte. De qualquer modo, não me concebo como um escritor, mas mais como um praticante do Zen, e um dos aspectos mais admiráveis do Zen é que ele encoraja o silêncio.

Algum livro o inspirou a escrever ZAMM?

Há alguns livros que me inspiraram, mas lembre-se sempre do seguinte adágio: "A leitura é inimiga da escrita." Lembro-me de ter dito isso a Kay Sexton, da B. Dalton, que lançou as mãos ao alto, fingindo horror, e disse: "Não diga isso! Você nos levará à falência!" Mas é verdade. Toda vez que lia um livro durante os anos em que estava escrevendo o *ZAMM* e *Lila*, eu parava de escrever por até uma semana enquanto as memórias do que havia acabado de ler ou ouvir desfaziam-se gradativamente. O mesmo acontecia com filmes, programas de televisão e festas.

Entre os livros que me lembro de ter lido muito antes de começar a escrever o *ZAMM*, posso mencionar, em ordem cronológica: *A casa dos livros*, *Uma história do mundo para crianças* de V. M. Hillyer, *Robinson Crusoé*, *As viagens de Gulliver*, *A história de um menino travesso* de Thomas Bailey Aldrich, *O livro dos navios antigos*, a *Comton's Pictured Encyclopedia*, ...*E o vento levou*, *Frankenstein*, *Drácula*, *O sol também se levanta* (o primeiro livro de capa dura que comprei), *Adeus às armas*, as obras de Edgar Allan Poe, *O encontro de Oriente e Ocidente* de F. S. C. Northrop, o *Tao Te Ching*, *Admirável mundo novo*, *Prefácio à moral* de Walter Lippman, *A filosofia indiana* de S. Radhakrishnan, *O verdadeiro crente* de Eric Hoffer, *A arte cavalheiresca do arqueiro Zen* de Eugen Herrigel, *Pé na estrada* de Jack Kerouac e *Mente Zen, mente de princi-*

piante de Shunryu Suzuki. Houve, evidentemente, centenas de outros, e posso ter-me esquecido de alguns importantes, mas são estes que se apresentam imediatamente à memória.

O senhor pode recomendar outras leituras para os que gostaram de o ZAMM?

Os que leram o livro pelas idéias intelectuais que ele contém, e não pela narrativa, devem ler sua seqüência, *Lila*, e entrar no *site* www.moq.org, na internet. Trata-se de um grupo de discussão *on-line* formado por pessoas do mundo inteiro.

O senhor ainda anda de moto?

A moto com que Chris e eu viajamos ainda está em nossa garagem e roda perfeitamente. Mas já tenho 70 anos, nunca sofri um acidente e, há alguns anos, decidi parar enquanto ainda estava por cima.

Questões para debater

1. O *Zen e a arte da manutenção de motocicletas* é, ao mesmo tempo: a narrativa de uma viagem de motocicleta de um lado a outro do país; uma meditação sobre os valores e o conceito de Qualidade; e o conto alegórico de um homem que faz as pazes com seu passado. Discuta quais os aspectos do livro que você considerou mais interessantes, e por quê.

2. Discuta a "Nota do autor" de Pirsig. O que ele quer dizer quando afirma que "a retórica" motivou "muitas mudanças"? Está afirmando que o livro é factual ou fictício? De que modo seu uso de um narrador em primeira pessoa torna complexa esta questão? Qual é a relação entre o autor e o narrador?

3. Discuta a epígrafe do *ZAMM*: "*O que é bom, Fedro, / E o que não é bom – / Acaso precisamos pedir a alguém que nos ensine essas coisas?*" Qual a semelhança entre essa pergunta e um *koan* budista – uma pergunta paradoxal ou absurda que dá mais importância ao processo de busca da resposta que à própria resposta? Por que você acha que Pirsig escolheu essa citação para introduzir o livro?

4. No começo da viagem, o narrador e John têm uma conversa em que o narrador chama a educação de "hipnose coletiva", citando como exemplo o fato de a lei da gravidade de Newton não passar de uma invenção humana, como também as leis da lógica, as da matemática e os fantasmas. Por que esse diálogo ocorre no início do livro, e não em algum ponto no meio ou no final da viagem? De que modo Pirsig prepara o leitor para as cenas futuras do livro?

5. Expondo o tema de sua Chautauqua, Pirsig compara a consciência predominante na época atual a um rio que inundou suas margens e causa destruição e caos à medida que suas águas buscam novos leitos: "Já houve épocas da história da humanidade em que os canais do pensamento eram demasiadamente profundos e não admitiam nenhuma mudança, em que nada de novo acontecia e o 'melhor' era definido por um dogma, mas já não é essa a situação atual. Agora a correnteza da nossa consciência comum parece devorar suas próprias margens; está perdendo sua direção essencial e sua finalidade... Parece que é necessário aprofundar de novo os canais" (p. 8). Você é capaz de explicar essa metáfora? A que tipo de mudança ele está se referindo? O que ele quer dizer com "aprofundar os canais"?

6. Enquanto escritor de manuais técnicos, o narrador lamenta a situação atual, em que a idéia daquilo que um homem *é* separou-se do que o homem *faz*. Afirma ele que nessa separação existem pistas que podem nos ajudar a determinar "o que, diabos, deu errado neste século XX". Como esse conceito se relaciona com o que você conhece do Budismo Zen, que exalta a unidade do universo? Você se sente unido com sua profissão? Explique sua resposta. Se não se sente, o que o impede de se sentir ligado ao que faz para ganhar a vida? Acaso se sentiria mais satisfeito ou trabalharia melhor se percebesse essa ligação?

7. O narrador divide a inteligência humana em duas categorias: romântica e clássica. Discuta a distinção entre as duas. Como você se encaixa num e noutro pólo dessa dicotomia? Dê exemplos que ilustrem as tendências que fazem de você uma pessoa clássica ou romântica.

8. Como Pirsig apresenta e desenvolve o personagem de Fedro? Será que o narrador é capaz de fornecer uma imagem confiável da loucura de Fedro? Você acha que Fedro realmente era louco?

9. O que você acha de Chris, filho do narrador? Ele parece efetivamente perturbado ou não passa de um menino típico que se impacienta com a conduta do pai? Quem, na sua opinião, é um pai melhor para Chris – Fedro ou o narrador?

10. Por que você acha que o narrador se recusa a completar a caminhada pela montanha, apesar da decepção de Chris por não terem chegado ao topo? Será real a ameaça de uma avalanche? O narrador está com medo de "encontrar" Fedro? Está fazendo uma afirmação sobre o ego do ponto de vista da filosofia Zen? O que está ocorrendo na Chautauqua a essa altura do livro?

11. Discuta a cena que marca o clímax do livro – um confronto entre Chris e o narrador que ocorre sobre um promontório nebuloso à beira do oceano. Onde está Fedro? O que essa cena revela sobre os três personagens? De que modo essa cena faz mudar sua interpretação dos acontecimentos que a produziram? Qual é o significado do fato de Chris e seu pai fazerem o resto da viagem sem capacetes?

Este livro foi composto na fonte Garamond e impresso
pela gráfica Plena Print, em papel Off White 60 g/m², para a
Editora WMF Martins Fontes, em setembro de 2025.